D0802536

10 18

12, avenue d'Italie – Paris XIIIᵉ

SANG ET VOLUPTÉ
À BALI

PAR

VICKI BAUM

Traduit de l'allemand
par Maurice Betz

10|18

« *Domaine étranger* »
dirigé par Jean-Claude Zylberstein

Cet ouvrage est la traduction intégrale, publiée pour la première fois en France, du livre de langue allemande : LIEBE UND TOD AUF BALI (Querido, Amsterdam 1937) par les Éditions Stock en 1946.

La fin de la Naissance est Mort. La fin de la Mort est Naissance. Telle est la loi. »

De la Bhagavad-Gita.

PRÉFACE

Ce fut, je crois, en 1916 – en un temps où l'Europe avait de plus graves soucis et où l'on ne savait pas grand'chose de l'existence d'une petite île nommée Bali – que le hasard mit entre mes mains quelques photographies admirables. Un de mes amis les avait reçues d'un correspondant qui exerçait la médecine à Bali. Ces images firent sur moi une impression si forte que je le suppliai de me les donner. Chaque fois que les calamités auxquelles ma génération a été exposée – guerre, révolution, inflation, émigration – devenaient trop insupportables, je me réfugiais auprès de ces hommes, de ces animaux et de ces paysages. Une curieuse relation s'établit entre ces photographies et moi : comme si j'avais connu ces hommes personnellement, comme si j'avais parcouru moi-même les rues de ces villages, comme si j'avais franchi les seuils de ces temples...

Ce n'est qu'en 1935 que je fus en mesure de faire la dépense d'un voyage à Bali. Cette première visite combla un désir ancien, sans y mêler l'ombre d'une déception. Grâce à une lettre d'introduction pour le docteur Fabius, je pus voir la vraie Bali, inaltérée, non la périphérie modernisée et décolorée dont les touristes se contentent d'ordinaire.

Le docteur Fabius était ce même homme dont les photographies – maintenant jaunies et pâlies – avaient joué un si grand rôle dans ma vie. Il passait à Bali pour l'habitant hollandais le plus ancien, pour un original et pour un connaisseur incomparable du monde balinais. Les autres fonctionnaires hollandais de l'île tenaient en vive estime ses capacités médicales, son savoir et l'influence favorable qu'il exerçait sur les indigènes. Cependant, ils souriaient parfois de sa manière de vivre, disant qu'il était presque devenu Balinais lui-même. C'était un vieux monsieur, aux cheveux blancs, maigre, silencieux, moqueur et assez distant à l'égard de visiteurs comme moi. Néanmoins, une étrange sorte d'amitié se développa peu à peu entre nous ; elle se manifestait par la complaisance avec laquelle il m'emmenait en des villages de plus en plus lointains, pour me permettre de voir la vraie vie des Balinais.

Je rentrai en Amérique, non sans emporter une profonde nostalgie de Bali. J'écrivis au docteur Fabius plusieurs lettres qui restèrent sans réponse. Lorsque je retournai à Bali, un an plus tard, pour un second séjour, plus prolongé, j'appris qu'il était mort. Pneumonie. Plusieurs de ses amis avaient hérité des objets d'art dont sa maison était pleine. Fabius m'avait destiné un amusant coffret japonais en métal. J'accueillis ce legs avec tristesse et avec étonnement. Le coffret contenait des feuillets, en partie manuscrits, en partie dactylographiés. C'étaient des pages d'un journal, des notes sur des coutumes et des cérémonies, des observations de toutes sortes, et en outre un grand roman dont le sujet était la conquête de Bali par les Hollandais. Une lettre y était jointe, par laquelle le docteur Fabius m'autorisait, en quelques phrases assez ironiques, à mettre de l'ordre dans la confusion de ses manuscrits – « ce que ma paresse balinaise m'a toujours empêché de faire », disait-il – et à publier ce que je jugerais intéressant.

« La fin de la naissance », ainsi se nommait le livre que je finis par dégager de cette masse de manuscrits après avoir élagué l'inutile. Il se rapporte à un événement historique connu dans l'histoire de la colonisation de Bali sous le nom de « Poupoutan », ce qui signifie « la Fin ». Néanmoins, il s'agissait, non d'un roman historique, à proprement parler, mais plutôt d'une libre paraphrase d'événements réels.

Les noms et les caractères ont été modifiés, la succession chronologique des événements n'a pas toujours été respectée. C'est ainsi que la crémation des veuves, à Tabanan, a eu lieu trois ans, et non deux mois avant le départ de l'expédition punitive. Les fonctionnaires hollandais qui ont assisté à ces événements, sont encore vivants pour la plupart, et ils étaient les amis de Fabius, qui parlait d'eux avec beaucoup d'estime. Des hommes tels que Liefrinck et Schwarz ont bien mérité de Bali et ont beaucoup aimé leur île. Les fonctionnaires dépeints dans l'ouvrage de Fabius portent non seulement des noms différents, ce sont même des caractères librement inventés et qui n'ont rien de commun avec ces hommes. En revoyant le manuscrit, j'ai rencontré de nombreux écarts de ce genre qui étaient certainement voulus, et que je n'ai donc pas corrigés. Fabius, semble-t-il, cherchait avant tout à peindre la vérité intérieure, au besoin aux dépens de l'exactitude littérale.

En revanche, j'ai pris la liberté d'arrêter le récit après la conquête de Badoung. L'interminable manuscrit de Fabius relate encore la colonisation des autres provinces, où se sont répétés les mêmes événements qu'à Badoung. Le prince de Tabanan se suicida après avoir été fait prisonnier, et à Kloungkoung il y eut un suicide collectif, un « Poupoutan », comme à Badoung. D'ailleurs, il semble que l'existence très simple et en quelque sorte pacifiste du paysan Pak ait retenu l'intérêt de Fabius plus encore que le conflit entre le sain réalisme politique de la Hollande et l'héroïsme guerrier et féodal de Bali.

Les Hollandais ont accompli depuis lors une admirable œuvre colonisatrice. Nulle part au monde on ne trouverait sans doute des indigènes menant sous la souveraineté des blancs une vie aussi heureuse, aussi libre, aussi peu altérée qu'à Bali. Et je suis tentée de penser, avec le docteur Fabius, que le sacrifice fait jadis par tant de Balinais avait un sens profond et qu'il a enseigné aux Hollandais à gouverner ce peuple d'insulaires doux et orgueilleux avec la prudence dont ils font preuve, et à nous conserver ainsi en Bali le paradis que cette île est restée.

Le prologue, composé de pages de journal du docteur Fabius, se situe à une époque récente. Le récit lui-même s'étend sur les années 1904 à 1906. Je dois remercier M. le Résident de Bali et Lombok, G. A. W. Ch. de Haze-Winkelman, Mrs Katharene Mershon, à Sanour, M. Walter Spies, à Oeboed, et nombre de mes amis balinais de l'aide complaisante qu'ils m'ont prêtée dans l'examen et la mise au point d'une documentation volumineuse.

Bali est à la mode. A mon retour de l'île, où la vie et les coutumes n'ont en maints endroits presque pas changé depuis des millénaires, je trouvai l'Amérique submergée de bars balinais, de costumes de bain balinais, de chansons balinaises. J'ai à peine besoin de dire que l'ouvrage du docteur Fabius n'a rien de commun avec cette Bali américaine, pour la bonne raison qu'elle n'existe pas.

VICKI BAUM.
(1937)

PROLOGUE

En rentrant de la petite clinique du Gouvernement, où j'avais traité durant toute la matinée diverses sortes de fièvres, de blessures provoquées par des éclats de bambou, et d'abcès chauds, j'aperçus une bicyclette appuyée à la porte d'entrée de ma maison. Je traversai rapidement la cour, car je me demandais quelle visite pouvait m'attendre. Mes amis hollandais se moquent parfois de moi, parce que j'ai fait construire mon habitation dans le style des indigènes. Le corps principal en torchis blanc, avec terrasse, est entouré de maisons plus petites, ou balés. Les balés sont des plates-formes surélevées, couvertes de toits en herbe alang-alang, que portent des piliers. Nombre de balés sont entourées d'un simple mur en torchis, et l'on peut s'y abriter contre le soleil et la pluie en étendant des nattes de bambou. On vit dans ces balés, comme en plein air, de façon fort agréable, et seul le corps principal est à proprement parler clos. L'ensemble de la propriété est fermé par un mur d'enceinte, d'où s'échappe une vraie forêt de palmiers et d'arbres à pain.

Sur le carreau de la terrasse ouverte je trouvai, accroupis, Ida Bagus Poutouh et, une marche plus bas, le sculpteur Tamor. Tous deux sont originaires du village de Taman Sari, qui est situé sur la côte, à quelques heures des montagnes auprès desquelles je demeure. Tous deux joignirent les mains et les levèrent à hauteur d'épaule, pour me saluer. Ida Bagus fit le geste avec une politesse

13

raffinée; quant à Tamor, qui a des idées modernes, il rit tout en saluant, montrant ses dents blanches et régulièrement limées, comme s'il ne prenait pas ce cérémonial tout à fait au sérieux. Tamor est un beau garçon, qui exécute avec une adresse étonnante de curieuses sculptures. Il aime à porter des sarongs de couleurs vives et de belles écharpes qu'il noue avec un goût très personnel autour de son haut crâne d'Égyptien. Il avait planté derrière son oreille une fleur rouge d'hibiscus et il fumait une cigarette de maïs au parfum doux d'épices et d'œillet. Son beau torse était enfoui dans une chemise sale, de confection japonaise, selon la mode qui régnait alors chez les jeunes gens.

« Salut, touan », dit-il d'une voix joyeuse. Il avait déposé à côté de lui un sac en fibre de palmier qui, je le savais, devait contenir quelque nouvelle sculpture. « Salut, touan », dit également Ida Bagus Poutouh. « Salut, mes amis », dis-je, en les regardant tous deux.

Poutouh, qui sait que j'ai des goûts un peu anciens, s'était habillé, d'après le vieil usage balinais, aussi cérémonieusement que s'il avait rendu visite à un rajah. Son torse était nu, et l'on voyait de beaux muscles glisser sous sa peau brun clair. Un sapout brodé d'or était croisé autour de ses reins et de sa poitrine, par-dessus son kaïn en soie, tissé à la main. Poutouh avait même planté son kriss dans sa ceinture, de sorte qu'on en voyait la belle poignée en bois sculpté poindre derrière son épaule. Lui aussi portait une fleur, au milieu du front, piquée dans son turban; mais c'était une fleur jaune de tjempaka. Son parfum fort, doux et amer emplissait l'espace; c'était le parfum de Bali, et la fleur commençait à se faner. Ida Bagus Poutouh avait dans sa bouche une chique de sirih, de bétel, de chaux et de tabac, ce qui était moins plaisant à voir, et, à intervalles réguliers, il projetait adroitement un jet de salive rouge par delà les marches, dans la cour.

« Depuis combien de temps mes amis sont-ils ici? » questionnai-je par politesse. « Nous venons d'arriver », me répondirent-ils, mais cela aussi n'était qu'une politesse. Mes deux visiteurs pouvaient fort bien être accroupis là depuis cinq bonnes heures, mâchant et fumant, songeurs, avec l'infinie patience de leur race.

Ida Bagus est le titre que l'on donne à la caste la plus haute des Brahmanes. Je soupçonne Poutouh d'avoir des idées presque aussi démodées que moi, bien qu'il ait à peine la moitié de mon âge. Sa famille a joué jadis un grand rôle dans son village et bien au delà des limites de la commune. Elle a produit plusieurs grands prêtres, ou pédandas, jusqu'à ce que son père fût frappé par la grande infortune. A présent ils sont pauvres et vivent paisiblement à Taman Sari, où Poutouh cultive son riz comme n'importe quel soudra sans caste. Mais malgré sa jeunesse il est très digne, et, encore une fois, c'est un conservateur qui se plaît à maintenir les bonnes manières d'autrefois.

Les Balinais n'ont souvent qu'une notion approximative de leur âge. Leurs mères ne tardent pas à confondre les dates, ce qui n'a rien de surprenant en raison des complications du calendrier balinais, après quoi l'on cesse de compter. Mais certains événements, dont il sera question plus loin, s'étaient produits alors que Poutouh était âgé de deux ans, et comme ces événements avaient compté dans l'histoire coloniale des Pays-Bas, il m'était facile de calculer l'âge de Poutouh. Il était âgé de trente-deux ans, d'après notre calendrier, et presque du double si l'on comptait par années de 210 jours, à la mode balinaise.

Quoique Poutouh fût un homme modeste et l'ami intime de Tamor, il avait eu soin de s'asseoir une marche au-dessus, ainsi qu'il convenait à sa caste.

Je fis servir du café et j'allumai ma pipe, qui continue à provoquer l'étonnement et l'admiration des Balinais. Bouche bée, tous deux me considéraient. Ils savent manifester leur étonnement de façon merveilleusement expressive, ces gens-là. Leur lèvre supérieure, agréablement ondulée, se trousse, leurs narines se dilatent, larges et rondes, et leurs yeux allongés, qui, même rieurs, gardent une nuance mélancolique, prennent une expression fascinée. « Bèh », disent-ils, admiratifs. « Bèh! »

L'entretien s'engagea lentement, ainsi que le veut l'usage. Avec beaucoup de circonlocutions, nous approchions du but de leur visite. En ce qui concerne Tamor, il était évident qu'il avait achevé une sculpture et désirait me la proposer. Poutouh ne l'avait-il accompagné que parce qu'il avait de la sympathie pour moi? C'est ce que je ne pouvais établir aussi facilement. Il était assis là, mâchant son tabac, cependant qu'un sourire entr'ouvrait sa bouche, ce qui était une prouesse compliquée; de temps à autre une expression inquiète et empressée paraissait dans ses yeux.

Tamor raconta qu'il avait amené Poutouh sur sa bicyclette. Poutouh ajouta qu'il avait eu l'intention de venir en autobus, mais que sa chance avait voulu que Tamor eût, lui aussi, une raison de me rendre visite. Le Gouvernement a construit de bonnes routes sur lesquelles circulent les rares autos des fonctionnaires hollandais et des régents indigènes, et où passe de temps à autre, en pétaradant, quelque autobus antédiluvien et surchargé. Mais les indigènes aiment à se servir des bicyclettes japonaises et l'on voit même des femmes, en kaïn bariolé, portant leurs petits fardeaux sur la tête, enfourcher ces machines au mépris du danger.

« Qu'est-ce que mon ami a apporté dans son sac? finis-je par demander à Tamor, après avoir fait une part suffisante aux politesses et préambules.

— Ce n'est rien, dit-il avec modestie. Rien qu'une mauvaise sculpture.

— Puis-je la voir? » demandai-je.

Il ouvrit lentement le sac en fibre, démaillota une sculpture enroulée dans un chiffon et la posa sur la marche de l'escalier, à côté des pieds nus et bruns de Poutouh. C'était une œuvre d'un art simple mais osé. Une biche et un cerf au moment de leur accouplement. Une flèche avait pénétré dans le dos du mâle, et les encolures des deux bêtes étaient cabrées avec une expression de douleur et de mortel effroi. J'examinai la sculpture avec une émotion soudaine, car je me souvins tout à coup d'avoir déjà vu un sujet analogue, voici bien des années. Oui, je me rappelais. C'était l'oncle de Tamor qui avait essayé de traiter ce sujet, au mépris du goût de son temps. Le souvenir m'envahit avec une grande force, tandis que je tenais dans mes mains ce morceau lisse et finement ouvragé de bois satiné.

« Mon ami a-t-il déjà vu quelque part une sculpture

semblable? » demandai-je. Tamor sourit, d'un air surpris.
« Non, touan, répondit-il. C'est pourquoi je dois vous prier
de m'excuser. »

Je m'étais aussitôt entiché de cette pièce et je la
voulais. Mais cela exigerait bien des cérémonies. Je louai
la sculpture, et Tamor, à son tour, déclara qu'elle était
mauvaise, sans valeur, indigne de trouver place dans ma
maison, ajoutant que lui-même n'était qu'un débutant
ignorant et incapable. Cependant, la joie et l'orgueil que
lui inspirait son travail luisaient dans ses yeux loyaux et
innocents de jeune animal. Je le priai de me faire
connaître son prix, à quoi il répondit qu'il accepterait ce
que je voudrais bien lui donner, trop heureux si je lui
permettais de me faire cadeau de cette pièce. Je savais
que Tamor était un excellent vendeur, et qu'il aimait
gagner de l'argent, comme tous les Balinais, pour pouvoir
le perdre au jeu ou parier aux combats de coqs. Il
calculait tout simplement que je lui offrirais plus qu'il
n'oserait me demander, et c'est bien ce qui arriva.

Le marché fut conclu et Tamor noua l'argent dans les
plis de sa ceinture de soie.

Poutouh n'avait pas encore soufflé mot de l'objet de sa
visite et il eût été malséant de le questionner directement
à ce sujet. Peut-être n'avait-il pas été en mesure de payer
ses impôts et voulait-il solliciter un prêt. Mais dans ce cas,
au lieu de se faire accompagner par Tamor, il serait venu
seul et en secret. L'entretien tarissait peu à peu. Bientôt
viendrait la saison des pluies. Pendant quelques jours la
chaleur avait été grande, surtout pour ceux qui devaient
labourer leurs savahs, leur rizières. A Sanour, au village
voisin de Taman Sari, on avait célébré une crémation, oh,
rien de très considérable, des gens modestes qui s'étaient
partagé les frais, au total environ trente morts. Il y avait
beaucoup d'écureuils dans les cocotiers, et l'on s'était
réuni afin de les pourchasser pendant plusieurs nuits de
suite, à l'aide de torches et de crécelles. Le prince de
Badoung avait pris pour concubine une jeune fille de
Taman Sari, une Gousti de la caste de petite noblesse des
Wesyas. A la prochaine pleine lune, on célébrerait une
fête de trois jours au temple de Kesiman. Les rizières ne
produisaient plus autant que dans l'ancien temps. Bientôt

viendrait la saison des pluies, et c'en serait fini des chaleurs.

Lorsque nous eûmes ainsi commenté les menus événements des villages, la conversation tarit. Peu importe aux Balinois de rester accroupis en silence pendant une heure ou deux, et les dieux seuls savent ce qui se déroule durant ce temps dernière leurs fronts sereins. Mais pour ma part je dégageais encore l'odeur d'iodoforme et de phénol de ma clinique et j'avais hâte de prendre mon bain. Je demandai la permission de me retirer. Ce n'était qu'une plaisanterie, car il appartenait à mes visiteurs de solliciter la permission de prendre congé. Ils joignirent les mains, les portèrent à leur épaule gauche, et je me retirai dans ma petite cabane de bains.

Je me baignai et bus mon arak habituel. Mes domestiques me servirent mon repas dans une autre balé. Du riz bouilli et du cochon de lait rôti qui s'achète au marché. Un légume jauni au kounit et sauté avec beaucoup d'épices. Des papayes et du pisang. Ensuite j'allumai ma pipe et m'étendis dans un profond fauteuil de bambou pour lire les dernières revues arrivées. Depuis que Bali est directement reliée à la Hollande par une ligne aérienne, nous ne sommes en retard que de dix jours sur les nouvelles du monde. On a quelquefois le vertige à la pensée que notre petite île, si ancienne, si unique, si paradisiaque malgré toutes les transformations, que ce morceau de terre intacte est à ce point rapproché du reste du monde par les avions, les vapeurs et la publicité touristique.

Je m'endormis en lisant et ne m'éveillai que lorsque mon petit singe Djoggi vint se percher sur mon épaule pour jouer avec mes cheveux à gestes câlins. La lumière avait changé, les palmiers et les arbres à pain dans mon jardin projetaient des ombres parce que le soleil avait décliné. La mère de ma cuisinière traversa la cour, portant le petit panier en feuilles de palmier qui contenait les offrandes. Je vis sa forme maigre aux seins desséchés s'affairer autour de mon autel domestique et présenter aux dieux les hommages que j'étais, moi, l'homme blanc, incapable de leur offrir. Ma maison était donc en sûreté, sous leur protection. L'air s'était rafraîchi, les pigeons roucoulaient dans les cages suspendues aux rebords du toit.

Plusieurs heures s'étaient écoulées lorsque je retournai dans l'autre maison. On y respirait encore l'odeur des fleurs de tjempaka. Poutouh était toujours assis là, mâchant du sirih. Tamor semblait s'être esquivé. Je me dirigeai vers la porte et cherchai des yeux la bicyclette. Elle n'était plus là. Je fus alors certain que Poutouh désirait m'emprunter de l'argent. Quiconque n'a pas payé ses impôts pendant deux ans, se voit retirer ses champs qui sont vendus aux enchères. Je posai ma main sur son épaule pour le rassurer. « Mon ami voulait-il me raconter quelque chose ? » demandai-je. Il tira sa chique de sirih de sa bouche et la posa sur une marche de l'escalier.

« Je ne devrais pas importuner le touan avec mes affaires sans intérêt, dit-il cérémonieusement. Mais je sais que le touan possède un bon médicament contre la maladie et j'espérais que le touan voudrait bien m'en donner pour l'enfant malade.

— Lequel de tes enfants est malade ? » demandai-je, oubliant de lui adresser la parole avec les circonlocutions dues à sa caste. Mais peut-être prit-il le tutoiement pour un signe de familiarité qui est permis entre égaux, car son visage s'éclaira. « C'est Raka, touan, dit-il. Il a la fièvre chaude.

— Pourquoi ne l'as-tu pas amené ? demandai-je, impatient. Tu sais que tous les malades peuvent venir chez moi, à l'hôpital. »

Poutouh me regarda d'un œil noyé. Son sourire se fit plus profond. C'était le sourire le plus triste du monde. « L'enfant est très faible, touan, dit-il. Il serait mort en route. Son âme n'est plus auprès de lui. »

Poutouh possédait trois femmes, dont l'une s'était enfuie. De ces trois femmes cinq enfants étaient nés. Raka est son fils aîné. Je connais bien Raka. C'est un mince petit gamin de six ans et un danseur merveilleux. La corporation des danseurs de la commune paye un professeur célèbre de Badoung afin qu'il enseigne son art à Raka. A Taman Sari on est fier de cet enfant et on a l'espoir de le voir devenir un jour un grand danseur qui fera honneur à la corporation. Or, voici que Raka avait la malaria et délirait; sa petite âme voyageait et son père avait mis près de sept heures à venir me trouver et à me communiquer la nouvelle. « Père de Raka, dis-je d'un ton sévère, pourquoi n'es-tu pas venu plus tôt? N'apprendrez-vous jamais à aller chez le médecin lorsqu'il en est encore temps? »

Poutouh baissa la tête avec une mimique expressive comme seuls les Balinais en sont coutumiers. « La mère de Raka n'est qu'une sotte femme, dit-il. Elle n'a pas plus de raison qu'une vache. Elle est allée chercher le balian, qui a donné un médicament à l'enfant. C'était un bon médicament, mais l'enfant veut retourner auprès de ses pères. »

Ce langage à la fois résigné et orné me mit hors de moi. Furieux, je réclamai ma trousse. J'empoignai Poutouh par le bras et le traînai vers ma voiture en l'injuriant. J'eus peine à me retenir de traiter le médecin du village, le sorcier, le balian, de buffle et de vieil idiot. Les médecins indigènes savent guérir bien des maux par leurs herbes et leurs cérémonies d'exorcisme, mais ils sont impuissants contre un nombre bien plus grand de maladies. Ils combattent la malaria par une décoction d'écorce qui contient de la quinine, mais en quantité trop faible pour produire un effet utile. Aussi nombre de balians viennent-ils me trouver en secret pour me demander des cachets de quinine qu'ils broient et incorporent à leur breuvage. Le médecin de Taman Sari, malheureusement, n'était pas un sorcier assez intelligent.

Tandis que nous roulions dans ma vieille Ford, je songeais que Raka pouvait fort bien être déjà mort et que sa petite âme puérile de grand danseur pouvait errer dans je ne sais quelles ténèbres inconnues. Je pestais et grondais encore tandis que nous franchissions le pont qui emjambe à l'entrée du village une gorge profonde aux versants abrupts. Poutouh m'écoutait tranquillement, et, lorsque je me tus enfin, il se remit à sourire.

« Il n'arrive que ce que veulent les dieux », dit-il simplement.

Pour moi Raka n'était pas un malade comme un autre. J'avais vu récemment le jeune garçon danser le kebjar, à l'occasion d'une fête au temple. Quelle étrange gravité dans ce petit visage tendu, quelle sagesse précoce dans ces yeux! C'est ce jour-là que m'était venue pour la première fois l'idée que cet enfant devait avoir vécu plusieurs vies antérieures, selon la croyance des Balinais. Il me sembla tout à coup reconnaître l'ancêtre qui avait pris la forme du petit Raka pour ressusciter, qui s'était de nouveau manifesté dans ce corps afin de pouvoir revenir sur l'île et y vivre encore une fois. Une vie nouvelle, avec les mêmes douceurs, les mêmes amertumes que l'existence précédente, mais avec moins d'erreurs et de péchés, une vie plus proche de la perfection et du ciel balinais, asile définitif où l'on ne se réincarne plus. Durant certaines phases de cette danse, il m'avait semblé que cet enfant, dans ses vêtements dorés, n'était pas le jeune Raka, mais qu'il était l'autre Raka, l'aïeul, le Raka rayonnant des temps passés. L'homme que tous aimaient, qui avait péché, qui avait été châtié et qui s'était purifié lui-même, afin de revoir le monde non sous les espèces d'un ver ou d'un scorpion, mais sous la forme d'un enfant, d'un petit-fils, d'un danseur tel qu'il l'avait été lui-même. J'aimais le petit Raka, comme j'avais aimé autrefois le grand Raka, et ma vieille voiture ne roulait pas assez vite pour mon impatience.

Mes pensées étaient sans doute fort belles et élevées, mais ce que je disais dans le même temps à Ida Bagus Poutouh était d'une vulgarité crasse et tout entremêlé de jurons hollandais. Je ne voyais rien ni de la route ni du paysage, quoique, d'ordinaire, malgré les trente-cinq années que j'avais passées à Bali, je ne me lassasse jamais de la vue de ces rizières en terrasses, de ces gorges et de ces horizons de palmiers. Poutouh avait glissé une chique fraîche dans sa bouche et il gardait le silence, confondu par le manque de sang-froid de l'homme blanc.

Nous traversâmes la ville de Badoung, qui se nomme également Denpasar, d'après sa principale rue commerçante, où les Chinois, les Hindous, les Japonais et les Arabes tiennent leurs curieuses petites boutiques. Nous passâmes devant l'hôtel, sous le hall en rez-de-chaussée duquel résonnait un des cinq appareils de radio de l'île. On eût dit un dimanche dans une ville de province hollandaise, et, irrité, je fermai les yeux. Poutouh rit, puis essaya d'imiter les sons de l'appareil qui lui semblaient comiques. « Les gamelans des hommes blancs ne valent rien », dit-il, d'un ton critique. Mes pensées cependant retournaient aux événements d'autrefois lorsque nous passâmes auprès des deux grands varingas, à l'accès de la grande route. Ils étaient encore là, comme voici bien des années, devant le mur de la pouri, du palais du prince de Badoung. C'était ici, l'endroit où Bali avait le plus changé. Là où s'étendaient jadis les cours des princes avec leur grouillement de maisons et d'hommes, quelques jeunes femmes vêtues de blanc jouaient au tennis ; et, plus loin, des commis musulmans de Denpasar s'exerçaient au football. Une automobile chargée de touristes parut au tournant de la route...

Je ne sais si les Balinais se rappellent encore qu'ici leurs princes et toute leur famille sont morts d'une mort orgueilleuse et terrible. C'est un peuple oublieux, et sans doute ne pourrait-on vivre aussi heureux qu'eux qu'à condition de posséder leur faculté d'oubli. Mais les Hollandais, eux, se souviennent de quelle façon les princes de Badoung et de Pametyoutan, de Tabanan et de Kloungkoung ont cherché la mort. Ils y pensent avec admiration, et peut-être ces événements leur ont-ils dévoilé l'âme des Balinais, en leur faisant comprendre que l'on ne doit y toucher qu'avec précaution si on ne veut pas la détruire. J'incline même à penser que les princes ont contribué par leur mort à conserver à l'île sa liberté, ses vieilles lois et ses dieux.

A cent mètres de l'hôtel, les femmes se baignaient, nues, dans le fleuve, les maisons se recroquevillaient derrière des murs que surplombaient les cimes des palmiers. Des poules, des porcs et des chiens couraient devant l'auto. Nous entrâmes dans le village suivant, puis abordâmes les vastes étendues de rizières situées au-delà. Au nord de Sanour, ma voiture s'arrêta et nous entreprîmes de traverser les rizières en direction de Taman Sari. Je me déchaussai à la lisière des champs, car on avançait plus facilement pieds nus sur les étroites digues en terre mouillée qui séparaient les savahs les unes des autres. Devant moi, des serpents rapides, d'un jaune verdâtre, plongeaient dans l'eau des savahs, où l'on venait de planter les jeunes pousses. Entre les pointes vertes du riz nouveau, le ciel, traversé de nuages, miroitait dans l'eau. Taman Sari n'est pas situé au bord d'une grande route; c'est pourquoi la vie y est restée la même que dans l'ancien temps. Poutouh marchait derrière moi; le pas de ses pieds nus était silencieux et sûr.

Devant la porte de la maison de Poutouh, on avait suspendu le signe, tressé en feuilles de palmier, qui annonce la présence d'une maladie. Dans deux niches, de côté et d'autre du portail, on avait déposé des offrandes aux esprits malins – du sirih, du riz et des fleurs – afin qu'ils ne fussent pas tentés de pénétrer dans la cour. Nous entrâmes, Poutouh et moi, suivis de mon domestique, qui portait ma trousse sur l'épaule, comme il eût fait d'un lourd fardeau.

La cour était propre et silencieuse, avec ses différentes maisonnettes et balés. Quelques porcelets noirs couraient sous mes pieds. Je n'avais pas encore pris le temps de remettre mes chaussures, quoique les gens du village se divertissent de me voir marcher nu-pieds comme un Balinais. Mais j'étais trop impatient et je n'avais pas le temps de m'attarder à des politesses formalistes. Poutouh, avec une politesse implacable, murmura les paroles habituelles d'excuse. Il me demanda pardon, parce que sa maison était pauvre, sale et puante. Je fus soulagé en voyant à la porte le signe de la maladie et non celui de la mort. Poutouh appela ses femmes à travers la cour. L'une d'entre elles, la plus jeune, sortit de la cuisine, portant un nourrisson à califourchon sur sa hanche. Deux fillettes toutes nues, les oreilles ornées de boutons, me regardèrent fixement, les doigts dans la bouche. Au fond de la cour, les coqs de combat chantaient dans leurs cages de bambou. Poutouh m'accompagna jusqu'à une maison de bambou, dressée sur une plate-forme en pierre, apparemment la balé qu'habitait sa seconde femme avec ses enfants. Sur la couche de bambou était accroupie une très vieille femme, qui devait être la grand'mère de Raka; elle tenait l'enfant sur ses genoux. La mère était agenouillée auprès d'elle; c'était une femme au visage hindou, un peu fané comme il arrive fréquemment chez les Brahmanes, mais dont les seins étaient encore jeunes et droits. Les deux femmes sourirent d'un air inquiet lorsque je me penchai sur l'enfant.

Raka avait l'air mal en point. Ses lèvres étaient sèches et déchirées par la fièvre, ses yeux fermés tressaillaient. Les bras étaient maigres, les petites mains sales faisaient le poing malgré leur faiblesse. Il ne cessait de murmurer, mais on ne distinguait pas de mots intelligibles. Au front et aux avant-bras on l'avait frotté d'une pâte jaunâtre; sans doute était-ce un médicament du balian. Le pouls était rapide et presque imperceptible, l'enfant respirait superficiellement et avec peine. Je vis aussitôt qu'il n'avait pas la malaria, ou tout au moins qu'il ne souffrait pas seulement de la malaria. Comme tous les malades à Bali, il était nu, à peine couvert de son petit kaïn. La grand'mère dit quelques mots à Poutouh qui me les répéta, parce qu'il n'était pas séant qu'une femme adressât la parole au touan blanc. « L'enfant n'a pas encore transpiré. Il est froid et chaud, mais il ne peut pas transpirer », dit Poutouh en souriant. J'avais mis des années à comprendre ce sourire balinais. Parfois il se dessine sur des lèvres blêmes et dans ce cas il trahit une profonde tristesse, peut-être même le désespoir.

Je ne tardai pas à me convaincre que Raka avait une double pneumonie.

« Depuis quand l'enfant est-il malade? » demandai-je. La femme et la grand'mère rapprochèrent leurs mains et firent le compte des jours. On se mit d'accord sur un total de neuf jours. La crise ne tarderait pas à se produire. « Comment la maladie a-t-elle débuté? » questionnai-je encore, pour être tout à fait sûr de mon fait. Poutouh tarda à répondre. Ce que je voulais connaître, c'étaient les premiers symptômes : frissons, vomissements... J'aurais dû prévoir la réponse de Poutouh : « Quelqu'un a jeté sur l'enfant un mauvais sort », dit-il à voix basse. A Bali on n'admet pas d'origine naturelle pour les maladies. On y est ensorcelé, tourmenté par des esprits malins, ou bien châtié pour les méfaits d'un ancêtre. Le souvenir du Raka d'autrefois me reprit tandis que j'essayais de faire absorber un médicament à l'enfant et que je tirais les femmes de leur torpeur en leur réclamant de l'eau chaude, des kaïns pour envelopper et couvrir le petit corps brûlant, un matelas en kapok à étendre sur la couche.

« Qui donc aurait ensorcelé un enfant? demandai-je. Raka est un danseur gracieux. Tout le monde l'aime.

– Il y a des sorcières au village, murmura Poutouh. Je ne veux pas les nommer. »

Il me regarda avec effroi lorsque j'apprêtai la seringue, pour faire une piqûre à l'enfant.

« S'il est ensorcelé, je romprai le charme, tu peux m'en croire, rétorquai-je, furieux.

– Tout le monde dit que le touan possède le pouvoir bienfaisant », observa la grand'mère, avec respect.

Elle apportait de l'eau chaude dans une grande cruche en grès qu'elle tenait avec précaution. Les muscles de ses bras maigres étaient pareils à des cordes tendues. La mère apporta des kaïns et des morceaux d'étoffes multicolores, mais d'une propreté plutôt douteuse. Je frottai les pieds de Raka avec du sel, lui préparai un enveloppement chaud et l'enroulai du mieux que je pus. Ensuite je l'étendis sur la couche et la vieille femme s'accroupit de nouveau auprès de l'enfant. A droite de la maison, il y avait une petite balé ouverte, comme en possèdent toutes les propriétés et qui était destinée à recevoir les offrandes quotidiennes. La mère de Raka jeta encore un regard vers l'enfant, qui avait cessé de murmurer, puis elle s'accroupit là-bas et se mit à tresser des feuilles de palmier. Sans doute fallait-il offrir aux dieux encore plus d'offrandes qu'on n'avait fait jusqu'à présent. Des offrandes importantes et efficaces pour implorer leur aide. Et d'autres aux esprits malfaisants pour les apaiser. Il y a des sorcières dans tout village balinais. Ce sont des femmes le plus souvent vieilles ou parfois jeunes, qui se consacrent aux puissances des ténèbres par certaines formules d'envoûtement antiques et mystérieuses. Elles suivent le sentier de gauche, comme on dit. Elles acquièrent ainsi le pouvoir de se transformer en lejaks, en créatures étranges et malfaisantes qui errent durant la nuit, provoquant toutes sortes de désordres et de malheurs. Parfois, tandis que leur corps est endormi à la maison, l'âme méchante et ensorcelée de ces sorcières se promène dans la nuit sous les apparences d'une sphère de feu. Presque tous les

Balinais ont déjà vu des lejaks. On sourira peut-être de ce que j'affirme. J'ai moi-même rencontré plusieurs fois, la nuit, de telles sphères de feu – d'étranges formes qui volaient et respiraient – et d'autres blancs que moi ont vu dans l'île de ces étranges et inexplicables phénomènes nocturnes.

Je fis de mon mieux et employai tout mon savoir de médecin à tenter de sauver le petit Raka. Mais je n'étais pas absolument certain de n'avoir à combattre qu'une pneumonie.

Une heure s'écoula en silence. Poutouh s'était accroupi sur une marche, à mes pieds, et j'attendais, assis sur une natte, à côté du lit de malade improvisé. J'étais lié à l'enfant par un sentiment puissant et inexplicable. Il me fallait rester jusqu'à la fin de la crise, qu'elle tournât bien ou mal. Le temps cessait de compter, comme il arrive parfois. Mon serviteur s'était accroupi dans la cour, auprès des cages de coqs, et chantonnait une mélodie composée de cinq notes, qui paraissait triste quoiqu'il la crût gaie. Mon domestique est un amateur passionné de combats de coqs. Le Gouvernement n'autorise ces combats qu'assez rarement, pour empêcher les Balinais de perdre toute leur fortune en enjeux et en paris. Mais sur l'herbe rase des prés, derrière les villages, à l'écart des grandes routes, ont souvent lieu des combats clandestins. L'esprit absent, je regardais mon serviteur tirer un coq blanc de sa cage pour le caresser. Le temps avait cessé de s'écouler. Après un long moment j'entendis un geignement s'élever du paquet d'étoffes étendu sur le lit. Je me levai aussitôt et examinai l'enfant. Raka avait cessé de délirer. Ses yeux étaient ouverts et presque clairs. La sueur coulait en petits ruisseaux sur son visage, dissolvant la crasse de sa peau brune. Ses lèvres sèches réclamaient à boire. Poutouh lui-même se hâta de chercher de l'eau dans une moitié de noix de coco. Il versa le liquide dans la bouche de l'enfant qui but avidement. Poutouh me regarda d'un œil interrogateur. « Ça va bien, maintenant », dis-je, soulagé. La grand'mère leva les mains et murmura avec reconnaissance que le touan était capable de rompre tous les charmes. Elle appela la mère, qui accourut et se posta timidement auprès du lit. Comme s'il ne s'était pas agi de son propre enfant, elle le regardait seulement, en silence. Raka sourit à sa mère. Poutouh ne lui adressa pas la parole, car sa dignité ne lui permettait pas de parler à sa femme en présence d'un visiteur. « Mon petit prince, bientôt tu seras guéri », dit-il à l'enfant. La grand'mère se leva et entoura mes hanches de ses deux bras, marque de dévouement que seule une vieille femme pouvait se permettre. « Bientôt Raka dansera de nouveau le kebjar », dis-je, satisfait. Je déroulai les couvertures chaudes qui enveloppaient le petit corps amaigri et le massai. La fièvre était tombée. La grand'mère m'aida de ses mains adroites, la mère était debout, l'air las, et nous contemplait, comme épuisée par un trop grand effort. Lorsque j'examinai l'enfant d'un œil attentif, la grand'mère effleura ma main. « Le touan a-t-il remarqué, lui aussi, à qui il ressemble ? » demanda-t-elle avec un fin sourire. « Oui, dis-je, je l'ai remarqué.

– Le touan a encore connu son grand-père. Le touan est vieux lui aussi ; il est au soir de sa vie, comme moi », dit la grand'mère. Son langage me surprit. Je n'avais jamais songé que j'étais vieux. J'avais cessé de compter les années, comme les Balinais. Oui, j'étais vieux, moi aussi, et le passé m'était plus cher, plus proche et plus clair que le présent. J'appuyai ma main sur l'épaule de la vieille, ce qui était une marque de grande sympathie, et elle se mit à rire comme une jeune fille.

La nuit commençait à tomber, lorsque, ayant achevé de donner toutes mes instructions, je quittai la cour. Mon domestique portait au bout d'une perche de bambou ma trousse magique et une bouteille de vin de riz doux dont Poutouh m'avait fait cadeau. Sur la route du village régnait maintenant une grande animation, car bien des choses devaient être faites pendant l'heure qui précède le coucher du soleil. Des hommes remportaient les coqs qui avaient passé la journée au bord de la route, hors des murs d'enceinte, pour jouir de la vue des passants. Des femmes rentraient d'ici ou de là, portant leurs paniers carrés sur leurs têtes. Les gardiens des canards, munis de longues perches, à l'extrémité desquelles se balançait un plumet, ramenaient leurs troupeaux des champs. Des jeunes filles garnissaient les niches à offrandes devant les portails. Tout le monde se hâtait de rentrer et de tout remettre en ordre avant la tombée de la nuit qui libère les démons et les esprits. Des hommes portant des gerbes de riz au bout de leurs perches, d'autres chargés d'énormes bottes de foin, d'autres encore qui revenaient des champs, poussant devant eux des vaches brunes ou blanches. Des jeunes gens musardaient, des fleurs plantées derrière l'oreille, élégants et farauds. Des vieillards s'appliquaient à leur tâche, maigres et sages. Tous marchaient, isolés ou par groupes, la nuque droite, avec leurs torses nus et le rythme incomparable de leur démarche. Je ne me lasse jamais de regarder ces hommes marcher, s'accroupir, se redresser, travailler, se reposer. Aboiements de chiens, fumée des foyers allumés sous la balé de cuisine, et qui s'échappe à travers le chaume du toit. Odeur de cigarettes et de fleurs de tjempaka. Les jeunes filles reviennent du bain, les cheveux mouillés et lisses, parées de fleurs. Çà et là, une petite lampe à huile brûle déjà derrière un éventaire. Un son diffus, comme le tintement de beaucoup de clarines accordées : c'est le gamelan, l'orchestre balinais, avec son fin réseau de musiques. Près de la grande balé, sur la place publique du village, les hommes s'exercent à exécuter le programme de la prochaine fête. A la sortie du village se dresse un arbre sacré, un antique varinga, grand comme une cathédrale, avec une sombre voûte de verdure et des milliers de racines qui émergent de la terre, couleur gris fer, dures comme de l'acier. Sous l'énorme voûte s'élève un des six temples de Taman Sari; un portail étroit, plein de figures de divinités, gardé par des démons, donne accès à la première des trois cours. Les temples à Bali ne sont pas des édifices, ce sont des places découvertes, situées en des lieux sacrés et révérés depuis toujours. Là se dressent les hauts sièges, les trônes de bois et de pierre, où les dieux invisibles s'assoient lorsque le prêtre les invoque. Je m'arrêtai un instant devant le portail du temple, pour laisser passer quelques femmes qui portaient de grandes corbeilles d'offrandes sur leurs têtes. La musique du gamelan se perdit lorsque je sortis du village et traversai de nouveau les rizières. A présent j'avais devant moi la Grande Montagne, à peine voilée par quelques nuages qui se déplaçaient horizontalement. Les premières chauves-souris voletaient déjà et les cigales faisaient leur vacarme insensé. Je me réjouissais de retrouver bientôt ma maison. Je placerais les cerfs de Tamor devant moi et m'étonnerais à la pensée qu'une génération avait pu parfaire cette œuvre que la génération précédente n'avait pas réussi à achever. Je me rappelai que la vieille femme avait parlé de mon grand âge, et j'en souris.

Oui, j'avais longtemps vécu sur cette île, et j'avais vu bien des choses. J'avais connu beaucoup de gens qui étaient morts, et j'en avais vu ressusciter quelques-uns. Je me sentais entraîné dans la gravitation des êtres et des choses, comme si j'eusse participé à leur existence. J'avais connu l'île au temps où elle combattait encore, je l'avais vue succomber et recevoir de nouveaux maîtres qui avaient remplacé les rajahs cruels et puissants d'autrefois. Mais bien peu de choses ont changé depuis lors. On rencontre maintenant des bicyclettes, des autobus, et un peu de pacotille moderne dans quelques magasins d'une comique exiguïté. Il y a quelques hôpitaux et des écoles, il y a même un hôtel, où l'on débarque pour trois jours des touristes que l'on remmène aussitôt qu'ils ont vu, sans les comprendre, quelques curiosités du pays. Mais Bali n'a pas changé. L'île continue à vivre d'après la loi ancienne, qui est restée la même. Les montagnes, les gorges, les rizières, les palmeraies sont restées les mêmes. Les hommes sont restés les mêmes. Ce sont les mêmes hommes qui reviennent sans cesse, la plupart d'entre eux sont gais, doux, oublieux, nous ne les comprendrons jamais tout à fait et nous ne pourrons jamais apprendre leur calme et leur douceur. Beaucoup d'entre eux sont des artistes, et ils ne cesseront jamais d'inventer de nouvelles musiques de gamelan, de sculpter de nouvelles figures en bois ou en pierre, de composer de nouvelles pièces de théâtre et de danser de nouvelles danses. Mais les dieux ne changent pas, et tant qu'ils trôneront dans mille temples, dans chaque fleuve, chaque montagne et chaque champ, Bali ne saurait changer.

Oui, c'était vrai. Il fallait que je fusse bien vieux pour penser de telles choses! Pieds nus, je bute par-dessus les lisières minuscules des savahs et je philosophe. En pleins champs il y a un petit temple qui avait été reconstruit en ce temps lointain où des fléaux de toutes sortes avaient dévasté les savahs. Devant l'entrée, est assis un homme qui porte un chapeau rond, tressé à la main, et qu'il me semble connaître. C'est un vieillard; il me fait un signe de la main : « Salut, touan », s'écrie-t-il, sur le ton de mélopée des hommes simples et à l'ancienne mode. « Salut, mon ami, dis-je, salut, mon frère. »

Mais oui, vraiment, c'est Pak, le père du sculpteur Tamor. Il est aussi vieux que moi; ses cheveux sont gris et il n'a plus de dents. Il faut qu'il broie le sirih avec une lame, car il ne peut plus le mâcher.

« Comment vas-tu, Pak?

– Je suis content, chantonne Pak. Mes pieds sont contents, mes mains sont contentes après le travail. Mes yeux sont contents lorsqu'ils regardent la savah, et la vie est douce. »

Je m'arrête un instant auprès de lui et nous bavardons de choses et d'autres. Mon domestique attend à mon côté, avec une pointe d'impatience, car il voudrait aller ce soir au village pour assister au théâtre d'ombres. Il est amoureux d'une jeune fille, à laquelle il compte faire des yeux doux à la faveur de cette fête; peut-être même pourra-t-il lui glisser quelque mot d'amour. « Je viens, je viens de suite. Un instant mon ami! » Je ne fais que franchir rapidement le portique du petit temple, et jeter un coup d'œil par-dessus les champs. Ils paraissent maintenant plus clairs que le ciel lui-même, qui se reflète dans leurs étendues d'eau. Déjà les premières grenouilles coassent, et vers Sanour on entend le battement sourd et régulier du koulkoul, du tambour de bois qui convie les hommes aux réunions. Dans le dernier éclat du jour je vois le petit autel de la divinité. Encastrées dans la maçonnerie du socle, brillent trois assiettes. Elles sont en porcelaine très ordinaire, avec un dessin de roses assez laid. Oui, les voilà, bien conservées, ces trois assiettes, qui ont joué un si grand rôle dans la vie de Pak. Je m'arrête encore un instant, le bourdonnement des grillons et le battement du koulkoul dans l'oreille, tandis que l'odeur fraîche et verte des rizières qui mûrissent m'atteint de très loin. Raka guérira, me dis-je. Pak lève la main

et me fait un petit signe amical lorsque je m'en vais.
« Paix sur ta route! » chantonne-t-il.
Je réponds : « Paix sur ton sommeil! »
Ma voiture m'attend, fidèle et patiente, sur la route, au nord de Sanour. Vingt curieux sont assemblés autour d'elle. Des yeux, des bouches, des narines, pleins d'une attente et d'un étonnement joyeux. Ce sont des jeunes gens du village, et ils poussent des cris de joie lorsque ma vieille voiture se met en marche avec des toussottements rauques.

La lune se levait déjà lorsque j'arrivai chez moi. Voici la constellation d'Orion, que l'on nomme ici la charrue ou la croix du Sud. Dans mon jardin le soir est tout vibrant de cigales, de bourdonnements et de scintillements de vers luisants. Il est frais, et la lumière sur les palmiers fait ressembler les feuilles à de longs kriss. Mon petit singe se perche sur mon épaule et s'endort. Le long du mur, les petits lézards tityak font entendre leur claquement et un grand gekko, d'un rouge tacheté, pousse son cri de baryton rauque. Je compte : onze fois; c'est du bonheur! Ensuite tout redevient silencieux; le silence bruyant des pays tropicaux.

Je ferme les yeux et je vois le petit visage fiévreux de Raka. Derrière lui, paraît la figure de son grand-père. Poutouh, Pak, les assiettes de mauvaise porcelaine, intactes dans le petit temple à la déesse du riz. Vieilles, vieilles histoires, touchantes et comiques, pleines d'orgueil et de sang. Beaucoup d'hommes sont morts, mais Pak vit encore, Pak, le vieux paysan au bord de sa rizière.

J'allume ma pipe et je prends du papier. A présent je veux raconter tout ce que je me rappelle de ces temps lointains.

« Les sages ne pleurent ni les vivants ni les morts. Tout ce qui vit est éternel. Ce qui est ne peut jamais finir. La vie est indestructible. Elle n'est et ne peut être ni diminuée ni altérée. Seul le corps fragile passe. L'esprit est impérissable, éternel, indissoluble. »

De la Bhagavad-Gita.

I

L'ÉCHOUEMENT DU « SRI KOUMALA »

Les coqs qui chantaient au fond de la cour éveillèrent Pak. Il frissonna sous le kaïn bleu qui le couvrait, et ses yeux, encore pleins de sommeil, s'entrouvrirent. La chambre était plongée dans l'obscurité, quoique Pougloug, sa femme, eût en sortant laissé la porte ouverte. Pak poussa un profond soupir. Il n'aimait guère se lever, il n'aimait guère aller au travail. Mais d'après le calendrier, ce jour était favorable aux travaux de labour, et Pak s'arracha à sa couche au moment précis où le koulkoul annonça au village la septième heure de la nuit. Une heure encore, et le soleil, sortant de sa maison, viendrait du large et apporterait le jour avec lui.

Les coqs continuaient à faire leur vacarme, et Pak sourit en reconnaissant la voix de son favori : le coq rouge. Il était trop jeune pour combattre, mais Pak avait déjà distingué les marques qui promettaient qu'il deviendrait un jour un coq de combat hardi et redoutable. Pak noua son kaïn autour de ses hanches, le drapa autour de ses cuisses et de ses reins. Dans l'obscurité il étendit la main vers la poutre et prit son couteau ainsi que le sac de sirih qu'il attacha à sa ceinture. Le kaïn était encore humide, alourdi par la rosée nocturne. Pak se souvenait confusément d'un rêve incompréhensible. Il s'avança à tâtons vers la cage de bambou qui était en face de sa couche. Les enfants endormis respiraient doucement : Rantoung, âgée de sept ans, Madé, la puînée, et, dans le coin, ce

35

paquet contenant le dernier né qui n'avait pas encore de nom.

Pak et sa femme étaient convaincus que, cette fois-ci, ils auraient un fils. Ils avaient consulté le balian pour onze kepengs lorsque l'enfant avait commencé de bouger dans le ventre de la mère, et il leur avait promis un garçon. Pak avait formé de grands projets et il avait choisi un beau nom pour son fils. Il décida de l'appeler Siang, c'est-à-dire la lumière et le jour. Mais lorsque, à la déception générale, Pougloug donna encore la vie à une fillette, on ne sut quel nom lui donner. Sans doute l'appellerait-on tout simplement Klepon, comme plusieurs des autres filles de la famille.

Pak soupira encore, puis il sortit. Il s'attarda quelques instants sur la galerie avant de descendre dans la cour. Le koulkoul avait achevé de frapper l'heure.

Dans la balé qui servait de cuisine, les femmes avaient allumé un feu, et le père de Pak, tenant une torche en feuilles sèches de palmier, traversa la cour, précédé de son ombre étroite. Dans la partie ouest du terrain, où habitait l'oncle, on entendait déjà la voix querelleuse de la première femme de ce dernier, laquelle n'était capable de vivre en paix avec personne. Quant à Pougloug, elle était impure pendant les quarante-deux jours qui suivaient la naissance de la fillette, et elle ne pouvait préparer les repas de son époux. Celui-ci avait donc tout lieu de soupirer. Il était rassasié de Pougloug comme d'un mets dont on a trop mangé. Elle avait accouché de trois filles, mais elle ne lui avait donné aucun fils. Elle était inutile, elle n'était même pas belle. Pak s'accroupit sur les marches de la maison et, d'humeur morose, regarda sa femme qui balayait la cour. Le ciel commençait à s'éclaircir derrière les cimes des cocotiers, et Pak distingua l'épaisse silhouette de Pougloug, pliée en deux et qui besognait avec ardeur.

Il aperçut tout à coup Lambon, sa jeune sœur, qui sortait de la cuisine et venait vers lui. Elle portait sur une feuille de pisang une bonne portion de riz qui lui était destinée. Pak la prit, se rassit sur les marches et se sentit plus dispos. Il plongea trois doigts dans le riz et s'en emplit la bouche. Chaque bouchée avalée améliorait son humeur. Pougloug s'interrompit dans son travail et regarda son mari, à qui elle n'avait pas le droit de donner à manger, puis elle se remit à balayer. Après tout, c'est une brave femme, se dit Pak, la panse garnie de riz. Elle est forte et capable de porter trente noix de coco sur sa tête. Elle est travailleuse, elle va au marché, elle vend du sirih et gagne de l'argent. Ce n'est pas sa faute si elle n'a pu donner la vie à un garçon. Les ancêtres en ont ainsi décidé. Il essuya ses doigts sur la feuille vide, la jeta, puis enroba avec beaucoup de soin son sirih dans la noix de bétel et couvrit le tout d'un peu de chaux. Lorsqu'il eut glissé cette chique poivrée dans sa bouche et que la salive commença de couler de ses joues, il lui sembla que tout allait pour le mieux dans le meilleur des mondes. Pak se leva pour aller chercher la vache à l'étable et la charrue dans la balé où étaient rangés les outils. Lambon, qui était restée assise à ses pieds et qui l'avait regardé manger, retourna dans sa cuisine. Son petit corps était gracieux à la lumière de la torche, et Pak, fier de sa sœur, la suivit des yeux.

Lambon était danseuse : aux fêtes elle dansait le legong avec deux autres enfants, vêtue de robes d'or et portant sur ses cheveux une couronne de fleurs en or. Elle était belle, cela, Pak lui-même le remarquait, quoiqu'elle ne fût que sa sœur. Elle n'avait pas encore célébré la fête de la maturité, mais les garçons du village tournaient déjà autour de la maison et gonflaient leurs narines lorsqu'elle passait de son pas gracieux. Toute la famille espérait que Lambon épouserait un homme riche quand elle serait nubile.

Lorsque Pak s'avança dans sa cour que l'aube achevait d'éclairer, il s'arrêta tout à coup, la bouche ouverte. Il semblait que les démons l'eussent dévastée durant la nuit. En plusieurs endroits, le chaume qui recouvrait le mur, et qu'il avait étendu à grand-peine après la dernière récolte, avait été arraché. Du côté de la rue, non loin du portail, béait un trou. Une lourde branche de jaquier avait été arrachée et gisait sur le sol comme une chose morte. Le toit de l'étable avait été à moitié emporté. Pak considéra tout ce désordre avec terreur et sans comprendre. Il n'avait jamais rien vu de pareil. Il courut chez son père qui était vieux et qui en savait plus long que lui-même. « Qui a fait cela? » demanda-t-il, hors d'haleine.

Le vieillard n'avait plus de dents; il était faible : la vie et de fréquents accès de fièvre chaude l'avaient épuisé. « Qui a fait cela? » répondit-il en chantonnant, selon son habitude. Il prit le temps de réfléchir et de préparer sa réponse avec soin. Pak le considérait anxieusement. Il sentait réellement la présence des esprits malfaisants qui avaient joué avec sa maison durant la nuit.

« Cette nuit, une tempête est venue de l'ouest, dit le père. C'est elle qui a fait tout cela. Je n'ai pas dormi de la nuit. Il y a eu des éclairs dans le ciel et un grand fracas dans l'air. » Il sourit de sa bouche édentée et ajouta : « Le sommeil des vieillards est léger, mon fils. »

La peur de Pak relâcha son étreinte. « Peut-être faudrait-il faire des offrandes particulières à Bayou, le Dieu du vent? » murmura-t-il en regardant le mur éventré. Le vieillard médita la chose à loisir. « Il y a bien des années, dit-il, nous avons eu une tempête semblable. Le pédanda a ordonné alors de sacrifier une poule dans toutes les maisons, on a fait de nombreuses offrandes à Bayou, et le lendemain la mer rejeta un bateau chargé de riz et de noix de coco qui furent partagés entre les membres de la commune. » Pak était stupéfait. « Bèh! » dit-il avec respect. Il examina le mur percé. « Dois-je égorger une poule? » demanda-t-il. Il lui semblait que tous les démons des enfers pouvaient maintenant envahir sa cour. Le vieillard, qui devinait souvent les pensées des autres avant qu'ils les eussent exprimées, dit : « Appelle ton frère. Nous boucherons le trou avec de la paille pendant que tu travailleras dans la savah. Lorsque tu seras de retour, tu pourras le remplir de terre. Il y a encore un peu de chaux pour crépir le mur. Tu égorgeras une poule et nous l'offrirons aux dieux. Mais va-t'en maintenant aux champs, car c'est aujourd'hui un bon jour pour labourer. »

Pak s'en retourna docilement, tranquillisé par le chantonnement monotone du vieillard. « Mais ma femme est impure et ne peut sacrifier », murmura-t-il cependant. « Égorge la poule toi-même, tes sœurs et les femmes de ton oncle présenteront l'offrande et je consulterai le pédanda. »

Le cœur de Pak battit plus légèrement, car le pédanda, Ida Bagus Rai, était probablement l'homme le plus intelligent qui fût au monde, et presque infaillible. Le prince de Badoung lui-même le faisait quérir lorsqu'il avait besoin d'un conseil. Pack cracha son sirih et s'en fut à la cuisine. « Il faut que vous prépariez un cadeau pour le pédanda, dit-il aux femmes. Rien de spécial, car Ida Bagus Rai sait que nous sommes pauvres. Lambon ira le lui porter. Et qu'on me cherche une poule blanche à égorger. »

Pougloug, qui avait l'ouïe fine, était accourue et, appuyée sur son balai, elle éclata tout à coup, quoique personne ne l'eût consultée : « A quoi bon faire de grands présents au pédanda, alors que le balian donne d'aussi bons conseils pour trois papayes? Si on m'avait demandé mon avis, j'aurais pu dire, moi aussi, ce qui est arrivé cette nuit. J'aurais même pu le prédire, car Babak est venu avant-hier et m'a rapporté tout ce que les femmes ont raconté au marché. La sœur de la mère de Babak a vu un homme qui n'avait qu'une jambe et qui avait un groin de porc pour visage. Tout homme de bon sens sait ce que cela signifie. Si on interrogeait le balian, il dirait que chaque homme de la commune doit prendre une grosse pierre et aller jusqu'à une certaine maison pour tuer une certaine personne qui est cause de tout. Égorger une poule blanche? Porter des cadeaux au pédanda? Quoi encore? Ne dirait-on pas que nous sommes des gens riches et que nous possédons quarante savahs? Mon mari a-t-il enterré cinq cents ringgits sous sa maison, pour courir chez le pédanda, parce qu'il y a un petit trou dans le mur? Naturellement, Lambon est ravie d'aller dans la maison du pédanda, parce qu'elle espère y rencontrer Raka. J'ai vu ses yeux s'assombrir lorsque Raka passe auprès d'elle; c'est une vrai honte pour une jeune fille qui n'a pas encore de seins... »

La suite du discours de Pougloug fut couverte par les cris de la poule que Lambon apportait. Pak la saisit par les pattes et se dirigea vers l'angle sud de la cour. L'envie le démangeait de battre cette femme mal élevée qui parlait sans lui en demander la permission, mais il se contint. Ça parle et ça parle! Comme un troupeau de canards dans la savah! Tactactactac! Qu'on lui demande son avis, ou non. Oh! qu'il était donc lassé de cette Pougloug, et comme il était grand temps de prendre une seconde femme!

Il tira son large couteau de la gaine de bois fixée à sa ceinture et leva la poule.

« Poule, dit-il, il faut que je te tue. Ce n'est pas que je te veuille du mal, mais il faut que je te sacrifie. Pardonne-moi, ma petite poule, et permets-moi de te tuer. »

Lorsqu'il eut ainsi satisfait à la forme, il tendit verticalement la lame du couteau et balança le volatile jusqu'à ce que son cou rencontrât le fer, puis il jeta la bête ensanglantée par terre. Elle poussa encore un cri et retomba morte. Dans le silence qui suivit, on entendit le bruit d'une dispute qui venait d'éclater à la cuisine entre Pougloug et la première femme de l'oncle. Les deux commères ne se le cédaient en rien ni pour la loquacité ni pour la mobilité de leur langue, à tel point que Pak partit tout à coup d'un grand rire en entendant ce jacassement incompréhensible qui se perdit soudain en un rire général. Pour un peu il eût oublié son angoisse récente. Il éveilla au passage, en les secouant, ses deux frères cadets qui couchaient ensemble sur une natte, dans une balé ouverte. « Allez me chercher de la terre et préparez de la chaux pour que je puisse réparer le mur, ce soir », dit-il, et il se sentit redevenu chef de famille.

Merou s'éveilla aussitôt. « Il en sera fait selon vos ordres et vos vœux, mon prince », dit-il en termes choisis, comme s'il avait parlé à un rajah. Pak lui donna une tape amicale sur l'épaule. Il avait un faible pour ce joli garçon insoucieux et léger, depuis le jour où il avait guidé les premiers pas de son jeune frère. Depuis lors, Merou l'avait dépassé à bien des égards, car il savait sculpter et il avait même fourni un portique pour le palais du prince de Badoung. « A qui vas-tu demander du sirih, aujourd'hui, grand fainéant? » dit Pak, jovialement, faisant allusion aux nombreuses bonnes fortunes de Merou. « A une femme plus aimable que la tienne, en tout cas », répondit Merou, non moins amicalement. « Nous verrons bien lequel des deux finira par ramener la plus belle femme », répliqua Pak, non sans emphase. Et en parlant ainsi, il pensait à une certaine jeune fille qui occupait depuis longtemps son esprit.

Gai et dispos, il entra dans l'étable dévastée, prit la vache par le licol, chargea la charrue sur son épaule et se mit en route. Le vieillard, fléchissant sur ses genoux, était déjà occupé à bourrer de paille la trouée faite dans le mur. Il était tard et le soleil était déjà haut. « Mon père pensera-t-il à donner à manger aux coqs ? » demanda Pak avec politesse. Le vieillard fit de la main un geste rassurant et, les yeux fermés, leva les sourcils en signe d'accord. Le cœur tranquille, laissant derrière lui les événements compliqués de cette matinée exceptionnelle, Pak sortit par l'étroit portail, paisiblement conduit par sa vache.

Sur la route du village, le long de laquelle s'alignaient les murs des fermes, interrompus de temps à autre par de hauts portiques, la vie suivait son cours ordinaire. Entre les cimes des palmiers et des arbres fruitiers lourdement chargés, les rayons de soleil traversaient, pareils à des poutres d'argent, le brouillard du matin. Des milliers d'oiseaux chantaient à l'unisson. Les grandes feuilles côtelées du pisang se transformaient au lever du soleil en disques verts, lumineux et transparents. Derrière chaque mur fleurissaient des hibiscus rouges autour des autels des maisons. Des femmes surgissaient, portant des paniers et des nattes sur leurs têtes, marchant en file, précédées de leurs ombres longues et étroites, et la première parlait à mi-voix sans se soucier de savoir si la suivante la comprenait. Elles s'arrêtèrent sous l'arbre à pain, s'aidèrent mutuellement à déposer leurs fardeaux, étendirent leurs nattes et y disposèrent avec goût leurs marchandises : sirih, riz cuit, œufs de canard, poireaux et épices. Habituellement Pougloug allait, elle aussi, au marché, mais il lui fallait attendre, pour reprendre son travail, qu'elle cessât d'être impure. Pak, suivant paisiblement son chemin, chassa le souvenir de Pougloug comme une fourmi. Il s'attarda quelques instants devant la maison du riche Wayan et la vache s'arrêta d'elle-même pour brouter quelques touffes d'herbe au bord de la route. Elle avait déjà pris l'habitude de la pause que Pak faisait en cet endroit. Il s'arrêta, comme pour s'acquitter de quelque opération compliquée sur le grand chapeau rond dont il s'était coiffé par-dessus son mouchoir de tête. Un jeune garçon était justement occupé à extraire de leurs cages les coqs de Wayan et à les poser dans l'herbe pour rafraîchir leurs pattes. Wayan possédait dix-huit coqs, tandis que Pak n'en avait que quatre; encore était-ce plus qu'il n'eût convenu pour un homme de son état, et Pougloug faisait parfois des allusions désagréables à ce luxe. Comme il n'y avait rien à voir en dehors des coqs, Pak tira la vache par le licol et lui dit amicalement : « Il faut que nous allions dans la savah, ma sœur. » Ils repartirent.

Le père de Pak avait reçu deux savahs du vieux prince de Pametyoutan, et Pak lui-même s'en était vu attribuer deux autres par le jeune prince Alit, de Badoung. Les siennes étaient situées au nord-est du village, celles du vieillard au nord-ouest. Depuis que son père était devenu trop faible pour le pénible travail des champs, Pak devait cultiver lui-même les quatre savahs; il ne possédait qu'une vache et ses parents ne pouvaient l'aider suffisamment. Le don du prince avait en quelque sorte fait de Pak un serf, car il était tenu de livrer la moitié de sa récolte aux surveillants du rajah. Il devait en outre exécuter tous les autres travaux que la maison du prince, dans les pouris de Badoung, pouvait exiger de lui. En échange, il disposait de quatre savahs, de bonne terre grasse, et de l'eau qui la baignait, de grosses gerbes aux récoltes, d'abord vertes et soyeuses en attendant la maturité. Lorsqu'il travaillait bien, les quatre savahs pouvaient produire deux cents gerbes et il pouvait moissonner deux fois en quinze mois. Cela faisait pour sa part à lui assez de nourriture pour la famille, assez de riz pour les fêtes, les dîmes et les sacrifices, assez pour rétribuer de temps à autre l'aide d'un ami. Les bonnes années lui laissaient même un léger surplus qu'il pouvait vendre aux marchands chinois dont les voiliers accostaient à Sanour pour charger des marchandises. Pak avait prié la déesse Sri de lui accorder une bonne récolte, une terre aimable et des épis pleins. Trois jours auparavant, il avait donné accès à l'eau dans les savahs de l'est, et c'est pourquoi il devait aujourd'hui, conformément à la règle, commencer de labourer. Cependant, les champs situés à l'ouest étaient presque parvenus à maturité, on leur avait enlevé l'eau ; on labourait et plantait sur un champ, puis on récoltait et liait les gerbes sur l'autre.

De toutes parts, sur les sentiers étroits, Pak rencontrait d'autres hommes du village qui allaient cultiver leur terre. Sans s'arrêter, ils se lançaient au passage quelques mots brefs : sur la tempête nocturne, sur le but ou le pourquoi de leur course... Les champs situés à l'est étaient assez éloignés du village, et Pak devait descendre avec sa vache et sa charrue la berge escarpée du fleuve, puis le traverser à gué. Il marchait à présent sur un sentier, détrempé et glissant, où ne l'avaient précédé que des pieds nus, et la vache se montrait rétive. Pak l'appelait « ma sœur », « ma mère » ; il la priait de l'excuser et s'efforçait de lui expliquer que cette descente était indispensable. Soudain il entendit dans la direction du fleuve des voix de femmes et s'immobilisa, bouche bée. Il avait oublié qu'il s'était mis en retard, et qu'il allait donc rencontrer les femmes revenant de leur bain. L'une emboîtant le pas à l'autre, elles gravissaient la pente, riant et gazouillant comme des oiseaux du matin. Le cœur de Pak se mit à battre irrégulièrement. Il venait d'apercevoir Sarna.

Il lui jeta un regard rapide lorsqu'il passa auprès d'elle, mais il ne vit pas si elle avait répondu à ce coup d'œil. Elle avait souri. Mais était-ce de lui ou pour lui ? J'aurais dû piquer une fleur d'hibiscus rouge derrière mon oreille, se dit-il. Non, se dit-il un instant plus tard. Cela aurait peut-être tout gâté. Il ne faut pas montrer trop d'amour aux femmes. Il était debout dans l'herbe et des sauterelles bondissaient par-dessus son dos. Il regarda longuement Sarna. Elle était jeune, forte et belle. Tout en elle n'était que rondeurs. Le visage, les seins, les hanches. Rondeurs délicates et gracieuses. Son foie et son cœur étaient gonflés de douceur tandis qu'il contemplait Sarna. Les cheveux et le sarong de la jeune fille étaient encore mouillés. Une frange de cheveux, alourdie par l'humidité, s'échappait de son mouchoir de tête, en signe de sa virginité. Aux oreilles elle portait de grosses boucles en feuilles de lontar tressées, comme en porte Sri, la déesse du riz. Lorsque Pak faisait des offrandes à Sri et la priait de lui accorder une bonne récolte, il se la représentait pareille à Sarna, la fille du riche Wayan.

Il était arrivé au fond de la vallée, avec sa vache rétive, lorsque les jeunes filles parvinrent en haut de la pente. Elles étaient alignées là, claires et fines, et lui lancèrent des plaisanteries qu'il ne pouvait entendre. Il les suivit des yeux jusqu'à ce qu'elles eussent disparu dans les rizières. Puis il poursuivit sa route à l'ombre de son grand chapeau. L'eau rafraîchit ses pieds lorsqu'il traversa le fleuve et il en fut content.

Parvenu sur l'autre rive, il ne tarda pas à atteindre ses savahs. Elles étaient pleines d'eau limoneuse, et quoique Pak, en se levant, se fût irrité à la pensée de ce travail, il se réjouissait maintenant de l'accomplir. Il attela sa vache, dressa la charrue et monta lui-même dessus. Les genoux ployés, il s'alourdit pour faire entrer la charrue profondément dans le sol humide et mou. Pak aimait ce bruit. Il aimait cette terre. Le limon l'éclaboussait et les couvrait, lui et la vache, de flocons frais qui, en séchant, devenaient des croûtes grises. Des palmiers, derrière les champs, venait l'appel du tyorot, pareil au choc régulier de deux cannes de bambou. Des flamants blancs passèrent, atterrirent et se mirent à chasser sur leurs hautes pattes les fines anguilles qui habitent les savahs. Des libellules voletèrent. La terre glougloutait, produisait des bulles bourbeuses qui éclataient, puis s'apaisait. Terre, ma mère, songeait Pak. Terre, ma chère sœur, ne te défends pas, terre, il faut que je te fasse violence afin que tu produises beaucoup de riz lourd. Tu porteras beaucoup de riz en gerbes grasses et hautes. Il fait chaud, vache, mais il faut que nous labourions, sillon après sillon. Le premier labour est le travail le plus dur, ne te défends pas, terre. Je t'entends parler, terre. Bloc-bloc-bloc-bloc... Tu porteras du riz, beaucoup de grandes et belles gerbes. Mon beau champ, ma bonne savah, ma chère amie sous la charrue, la déesse Sri t'a bénie.

Les heures passèrent ainsi. Lorsque le soleil fut très haut et que les quatre premières des huit heures que compte le jour furent passées, Pak cessa de labourer. Ses cuisses lui faisaient mal, et ses bras. La sueur coulait dans sa bouche. Son estomac criait famine et le koulkoul sonnait au village. Mais il s'irrita, en pensant qu'il lui faudrait maintenant interrompre son travail et rentrer chez lui pour nourrir cet estomac creux. Il glissa dans sa bouche une nouvelle chique de sirih pour tromper sa faim.

C'est alors qu'il aperçut tout à coup une petite silhouette qui approchait à travers les rizières, portant un panier sur sa tête. Les flamants blancs reprirent leur vol à son approche. Pak se mit à rire. C'était Rantoung, sa petite fille, qui lui apportait à manger. Elle lui apportait à manger, quoique, en somme, elle fût encore trop petite pour faire le travail d'une femme adulte. Le visage grave, elle approchait, vêtue d'un sarong multicolore qui frappait ses jambes à chaque pas. Dans ses oreilles elle portait de petites boucles et une longue mèche lisse descendait sur son front. Cette mèche n'avait pas encore été coupée, car Pak n'avait jamais pu réunir assez d'argent pour préparer la fête à l'occasion de laquelle le pédanda couperait pour la première fois cette mèche et bénirait l'enfant. Oui, il en était à ce point qu'il n'avait même pas encore réussi à faire limer ses propres dents, quoiqu'il fût un homme marié et un membre considéré de la commune. On remettait les fêtes d'année en année dans la famille de Pak. Peut-être finirait-on un jour par épargner assez d'argent pour réunir toutes ces fêtes en une seule : le limage de ses dents, la maturité de Lambon, la mèche de cheveux de Rantoung et le premier anniversaire de l'enfant nouveau-né. Pak avait enfoui un peu d'argent sous sa maison : cinquante-deux ringgits en tout. Il en possédait cinquante-cinq avant le dernier combat de coqs. Pougloug avait fait des allusions mordantes aux hommes qui vont gaspiller leur argent en paris, au lieu d'assurer la crémation de leur mère. Pak subissait ces reproches d'un air têtu, convaincu au fond que Pougloug n'avait pas tort. Sa mère était morte depuis cinq ans, il était grand temps de brûler ses restes et Pak avait peur, dans son for intérieur, que l'âme prisonnière de sa mère ne se manifestât un jour dans sa famille par des signes néfastes. Il avait longtemps cherché la cachette où Pougloug devait serrer l'argent qu'elle rapportait du marché. Mais il n'avait rien trouvé et Pougloug prétendait dépenser tout son argent pour le nourrir à satiété comme c'est le devoir de la femme.

Tandis que Pak se laissait reprendre par les soucis que la vue de la mèche sur le front de Rantoung avait ranimés en lui, l'enfant s'était approchée. A présent elle était agenouillée au bord de la savah et ouvrait son petit panier. Gravement, avec une légère timidité, elle tendit à Pak une feuille de pisang pleine de riz et une autre, garnie d'abeilles grillées. Pak lava ses mains dans l'eau qui coulait d'un champ voisin, plus élevé, dans sa propre savah, et il commença à manger. La vache broutait d'un air maussade l'herbe de l'étroit sentier. Lorsqu'il fut rassasié, Pak donna son reste à Rantoung qui l'avala en gardant sa contenance modeste. Rantoung était une enfant tranquille et douce, et Pak aimait beaucoup son aînée quoiqu'elle ne fût pas un garçon. Il posa sa main sur l'épaule de la fillette et ils demeurèrent ainsi pendant quelques temps, immobiles, silencieux et heureux. Le tyorot avait repris son monotone battement de bambous.

Lorsqu'il se fut suffisamment complu à ce sentiment de satiété et qu'il se fut reposé assez longtemps, Pak se leva. « Tu es une brave petite femme et je te donnerai un jour un beau peigne tout neuf », dit-il. Rantoung se pelotonna tendrement sous la poigne de son père. Pak avait de l'affection pour sa fille, mais il désirait un fils. Pendant des heures entières il restait accroupi, imaginant tout ce qu'il ferait de son fils. Les filles appartiennent à la mère, et, plus tard à l'homme qui les enlève. Mais un père a besoin d'avoir des fils pour lui tenir compagnie et pour lui succéder. La main appuyée sur le corps délicat de Rantoung, il se disait qu'il avait besoin d'une seconde femme, puisque Pougloug ne donnait naissance qu'à des filles. Il finit par lâcher l'enfant et lui tailla une longue badine pour qu'elle pût chasser des libellules qui, rôties, sont un mets fort recherché. Ensuite il reprit la charrue en soupirant, et, les membres engourdis, entra de nouveau dans la terre trempée.

Le soleil avait commencé à tourner vers l'ouest, lorsque Pak entendit un son qui lui fit dresser l'oreille. C'était le koulkoul : d'abord celui de Sanour, lointain mais persistant, et un peu plus tard celui de Taman Sari, frappé à petits coups brefs et graves. Pak conduisit sa charrue jusqu'au bout de la savah, mais il n'était plus attentif à son travail. Il se demandait ce que le koulkoul pouvait bien annoncer à cette heure inaccoutumée. Il sentait la curiosité dilater son foie. Venez tous, venez vite, venez à l'aide, tel était à peu près le langage que tenaient les tambours du village, et le son se répercutait à travers toutes les savahs. Dans les autres champs on avait aussi cessé de travailler. « Qu'est-ce qui se passe? » s'écriaient les hommes, s'interrogeant les uns les autres. « On nous appelle », disaient-ils. Pak détclait déjà sa vache. « Il faut y aller », s'écria Krkek. C'était un homme d'âge, particulièrement avisé et estimé dans la commune, qui présidait plusieurs confréries chargées de la distribution de l'eau et de l'organisation du travail des moissons. Pak quitta son travail, comme tous les autres, et, poussant sa vache, il se dirigea vers le village. Une foule de buffles gris, de vaches claires et d'hommes pressés et curieux, mais tout éclaboussés de boue, stationnait aux abords du gué. A mi-pente ils rencontrèrent un autre groupe qui venait du village. « Demi-tour, crièrent ces derniers. Il faut que nous allions à Sanour; on a besoin de nous là-bas. » La plupart des hommes s'étaient munis de leurs perches de bambou pointues, aux extrémités desquelles ils suspendaient d'habitude leurs fardeaux, et quelques-uns portaient même le kriss dans leur ceinture ou la lance à la main. « Est-ce un tigre? » questionna Pak avec une émotion joyeuse. Krkek eut un rire du nez plein de dédain. « Dans la plaine tu pourras devenir très vieux sans jamais voir un tigre, dit-il avec condescendance. En montagne il y en a encore. J'ai aidé à en tuer deux, là-bas, à Kintamani. » Pak fit des lèvres une moue admirative et polie. La vache essayait de l'entraîner vers le fleuve : elle voulait être baignée, comme d'habitude, après le travail. Pendant quelques minutes ce ne fut que désordre, clameurs et débandade. Ensuite Krkek ordonna à quelques enfants de conduire les vaches et les buffles au pâturage, cependant que les hommes se dirigeaient en un long cortège vers Sanour.

Les rues, là-bas, étaient pleines de gens qui se rendaient à la plage. Devant les portails se tenaient les vieilles femmes auxquelles on avait confié les nourrissons, à califourchon sur leurs hanches. Les jeunes femmes marchaient parmi les hommes, poussant des rires et des cris aigus, suivies de leurs filles. Les gamins du village les avaient précédées de loin, soulevant derrière eux un nuage de poussière. D'après les cris que poussaient les gens, Pak comprit qu'un bateau avait échoué sur la côte. Il rit d'étonnement. Le vieillard, son père, ne l'avait-il pas prédit? Il était presque aussi savant que le pédanda lui-même.

« Mon vieux père l'avait prédit », confia-t-il à son voisin. Quelqu'un qui venait d'avoir une pensée cocasse se mit à rire et le rire se communiqua. Ils s'arrêtèrent à force de rire, fronçant les yeux et se donnant des tapes sur les genoux. On avait eu peur et voici qu'il apparaissait que Bayou, le dieu du vent, était plein de bienveillance à leur égard, puisqu'il avait jeté un bateau sur leur plage. Tous imaginaient de riches épaves, des caisses pleines de marchandises, de riz et de noix de coco sèches. Pak, qui courait de plus en plus vite, avait au fond de lui-même le sentiment que l'échouage de ce bateau le concernait particulièrement. Son père ne l'avait-il pas annoncé et n'avait-il pas sacrifié lui-même une poule blanche au dieu du vent? Il voyait la cause et l'effet favorable se suivre de près, et peu lui importait maintenant que le mur de sa cour eût été endommagé.

La foule s'ouvrit un instant pour faire place à l'administrateur des villages de la côte, au pounggawa Ida Bagus Gde. C'était un bel homme, fort et gras, avec des yeux ronds et une moustache. Un serviteur tenait ouverte au-dessus de sa tête une ombrelle chinoise en papier, quoique la route fût encore à l'ombre des palmiers.

Pak entendit le ressac avant de le voir. Des vagues hautes et bruyantes se brisaient sur la plage, car c'était l'heure de la marée montante. Ils coururent encore un bout de chemin, puis tous s'arrêtèrent à la fois et restèrent silencieux devant l'événement.

La mer jouait avec un bateau qui paraissait grand, mais

sans défense. Deux mâts sur trois étaient brisés. Les voiles étaient en lambeaux. On voyait quelques hommes sur le bateau, qui tendaient les mains et poussaient des appels que les gens de Sanour ne pouvaient comprendre. Une eau écumeuse et agitée séparait le bateau de la terre. Chaque nouvelle vague projetait le bateau contre le récif et le fracas était si grand que plusieurs femmes se bouchèrent les oreilles. Quoique le récif ne fût qu'à une centaine de pas de la terre, il était impossible de l'atteindre de pied ferme. On vit le pêcheur Sarda et deux autres hommes apporter sur leurs épaules une barque qu'ils mirent à l'eau. Ils ramèrent contre le flot, mais la mer les rejetait chaque fois et ils finirent par abandonner leur entreprise. Chaque vague qui refluait laissait sur la plage de petits paquets de choses méconnaissables d'où émanait une odeur forte et nauséabonde. Quelques gamins accoururent et s'en saisirent avant que la vague suivante se fût abattue en tonnant sur la plage. Avec de grands rires, les femmes se jetèrent sur ce butin, curieuses. C'étaient des peaux de buffles toutes détrempées, qui dégageaient une odeur fétide, et des poissons secs qui, au contact de l'eau de mer, s'étaient presque décomposés en une matière gélatineuse. Pak prit un de ces poissons mouillés dans sa main et se demanda longuement s'il serait encore possible de le sécher et d'en faire un usage quelconque.

Au même instant le Chinois Nyo Tok Suey se fraya un passage à travers la foule. Il possédait une maison à Sanour et commerçait avec les bateaux étrangers. On lui fit place en riant. Il portait un sarong comme les habitants de Bali, mais par-dessus une vareuse et un bonnet comme un vrai Chinois. Le bonnet avait glissé et on voyait son crâne nu. La foule éclata de rire. Ils avaient entendu dire que Nyo Tok Suey avait une tête aussi lisse qu'un iguane, mais cette tête, ils ne l'avaient jamais vue. Sans prendre garde aux exclamations, le Chinois réussit à force de coups et de bourrades à approcher le pounggawa. Aussitôt un cercle se forma autour des deux hommes; naturellement tout le monde voulait entendre l'entretien. Pak fut déçu, car il ne put rien comprendre. « Quel langage parlent-ils donc? » demanda-t-il au savant Krkek. « La langue malaise », répondit celui-ci, et l'on eût dit, à voir sa mine, qu'il comprenait toutes les langues du monde.

Après que le pounggawa se fut entretenu pendant quelque temps avec le Chinois, celui-ci s'inclina profondément et se retira. Le pounggawa se tourna vers la foule et cria : « Déposez devant moi tout ce que vous avez ramassé. Ces objets appartiennent aux hommes du bateau et il est interdit de rien emporter. »

On entendit de légers murmures. Si les dieux du vent et de la mer jetaient sur la plage des peaux de buffles mouillées, c'était évidemment pour en faire don aux habitants de la côte. Pak ne se dessaisit qu'à contrecœur de son poisson. Après avoir hésité, il finit par le lâcher et le posa sur la petite montagne d'objets trempés qui s'élevait en face du pounggawa. « Bah ! ce n'est qu'un tas d'ordures puantes », s'écria l'ami de Pak, le plaisantin Rib, et les murmures de la foule se muèrent en rires.

Le rire s'éteignit lorsque le pounggawa ordonna aux hommes de sauver l'équipage du bateau. Le pounggawa disposait d'un immense pouvoir sur les gens de Taman Sari et de Sanour et il n'était pas facile de lui résister. Ses yeux étaient pleins de feu et il avait une voix forte que personne ne pouvait ignorer. Ceux qui étaient au dernier rang s'esquivèrent discrètement. Les plus âgés murmurèrent qu'ils manquaient de courage. On ne pouvait exiger de simples Soudras et paysans sans caste qu'ils eussent du courage. C'était l'affaire des guerriers et des rajahs, de la caste des Ksatryas, et l'esprit de sacrifice pouvait bien être un devoir pour un Brahmane comme l'était par exemple Ida Bagus Gde. Ainsi pensa Pak et la plupart des hommes étaient du même avis. Cependant on entendait craquer et se briser les flancs du bateau chaque fois qu'il était projeté contre les récifs. Les hommes d'équipage avaient cessé de lancer des appels et leur silence avait quelque chose d'inquiétant. Le Chinois Nyo Tok Suey était debout à côté du pounggawa – non pas derrière lui, comme la politesse l'eût commandé – et en attendant les événements, il avait enfoui ses mains dans ses larges manches.

Un petit groupe d'hommes qui jusque-là s'étaient tenus plus loin sur la plage, accourut. C'étaient les célibataires et les jeunes gens des deux villages; Pak reconnut parmi eux son frère Merou. Son frère cadet, Lantchar, qui s'était procuré on ne sait où une lance et qui faisait de grands gestes avec ses petits bras maigres, était aussi du nombre. Soudain tous les hommes se retournèrent et un cri, parti du groupe des femmes, se transmit. « Raka, crièrent-ils, voilà Raka! Raka, que veux-tu faire? »

Pak poussa de côté son voisin le plus proche, s'aperçut avec une pointe d'effroi qu'il venait de donner un coup de coude au riche Wayran, et réussit à s'avancer jusqu'au premier rang.

Raka s'était mis à la tête des jeunes gens et il troussait son kaïn autour de ses reins. Raka était le plus beau garçon des cinq villages environnants et le meilleur danseur du royaume de Badoung. Il était le fils aîné du vénérable pédanda Ida Bagus Raï, et ces qualités avaient contribué à faire de lui l'idole de tous. Les jeunes filles avaient des yeux sombres lorsqu'il passait et les hommes souriaient ou lui adressaient des vœux amicaux quand ils le rencontraient. Lorsqu'il dansait, on eût dit le jeune dieu Ardyouna lui-même, somptueusement vêtu, plein de fierté et de noble beauté.

Il est vrai qu'en ce moment même on ne voyait plus grand-chose de cette splendeur, hors les belles proportions et la grâce forte de son corps. Raka marchait comme un paysan quelconque, ayant relevé les pans de son kaïn et, soudain, se mettant à courir, il suivit une vague qui reculait, ne laissant que de l'écume sur le sable. « Qui vient se baigner avec moi? » s'écria-t-il en riant, et, de fait, plusieurs garçons le suivirent jusqu'au bord de l'eau agitée. Merou était du nombre, et Pak n'eut que le temps de retenir Lantchar, qui allait s'élancer à son tour, lorsque la vague suivante se fut abattue sur la plage.

Tous poussèrent des clameurs lorsque les jeunes gens disparurent dans la mer, car les gens de Sanour redoutaient l'eau qui contenait des requins et des poissons à aiguillons venimeux. Seuls quelques pêcheurs étaient familiarisés avec cet élément et avec le dieu instable Barouna qui exigeait d'eux de fréquents sacrifices. Pak était debout, immobile; il enlaçait du bras les maigres épaules de son jeune frère Lantchar et il sentit le garçon trembler d'émotion. Tous étaient immobiles et contemplaient la mer en silence. Lorsque la vague eut reflué, ils virent Raka et ses compagnons s'avancer dans l'eau et s'approcher de la barque échouée. Un nouveau choc fit craquer les flancs du bateau. Un homme était monté à la proue de l'épave et agitait une sorte de drapeau délavé.

« Qu'est-ce que c'est que cette étoffe qu'il agite? » demanda Pak au savant Krkek, car peut-être était-ce quelque toile magique.

Krkek cligna des yeux et réfléchit. « C'est l'insigne que les Hollandais portent avec eux lorsqu'ils combattent », dit-il enfin. « Bèh! » s'écria Pak, pénétré d'admiration devant un savoir aussi étendu. Lui aussi avait entendu parler des hommes blancs qui gouvernaient le nord de l'île et qui avaient soumis dans le sud les princes de Karangasem et de Ghianjar. Parfois des hommes qui avaient voyagé au loin et qui traversaient Taman Sari faisaient d'étranges récits sur ces Hollandais. Pak n'en avait encore jamais vu, mais il pressentait qu'il aurait peur à leur aspect. On lui avait dit que les hommes blancs étaient énormes, très gros et très forts. Leurs yeux étaient incolores, mais ils voyaient fort bien, quoiqu'ils se mussent comme des aveugles ou comme des figures taillées dans la pierre, tant ils étaient gauches et raides, et quoiqu'on ne fût pas certain qu'ils eussent une âme et qu'une parcelle d'un dieu les habitât, comme les autres êtres vivants à Bali. Ils étaient venus, voici bien des années, de Java, le seul pays étranger dont Pak eût entendu parler. Ils étaient très intelligents et puissants, sans doute parce qu'ils avaient la peau claire comme certains dieux. Quoique tout cela parût fort étrange et effrayant, les Hollandais ne semblaient rien faire de mal. Ils respectaient les dieux de l'île et les lois anciennes. Ils étaient capables de guérir les maladies et ils n'aimaient pas qu'on tuât les hommes. On prétendait même que, dans les territoires soumis, ils empêchaient les rajahs de faire exécuter les condamnations à mort. Ils étaient immensément riches et, parfois, un de leurs ringgits s'égarait jusqu'à Taman Sari. On y voyait l'image d'une jeune déesse au long nez et à grands seins dont l'aspect était pourtant assez aimable.

Pak, serrant contre lui le jeune Lantchar qui tremblait, récapitula en pensée tout ce qu'il savait des hommes blancs. Il s'efforça de prendre courage, car il était possible que de tels hommes débarquassent du bateau, et qu'il dût sous peu supporter leur vue. Pendant quelques minutes il en oublia même son frère Merou qui se débattait dans le flot, quoiqu'il n'y eût rien perdu.

Un grand cri monta de la foule lorsque Raka eut atteint l'embarcation avec sa petite troupe. Les vagues étaient moins violentes à présent, car l'heure de la haute mer semblait passée. Le niveau de l'eau baissait, découvrant la coque du bateau dévasté. Deux barques prirent la mer, celle de Sarda et celle du pêcheur Bengek à qui appartenaient les savahs abandonnées, non loin des champs de Pak.

Les gens éclatèrent de rire lorsqu'ils virent ce que Raka entreprenait sur le bateau. Le jeune danseur et ses compagnons chargèrent sur leur dos plusieurs hommes du bateau naufragé et, à travers l'écume bouillonnante de la mer qui reculait, ils regagnèrent la rive. A mesure qu'ils s'approchaient les rires se faisaient plus forts, et ce fut une poussée et une clameur générale lorsqu'ils eurent abordé. Pak éprouva un grand soulagement lorsqu'il vit que les hommes qu'ils avaient ainsi ramenés et qu'ils déchargeaient sur le sable de la grève n'étaient pas des blancs. C'étaient des Musulmans et des Chinois en piteux état. Les femmes poussèrent des exclamations de pitié, surtout au sujet du plus jeune et du plus beau des étrangers qui avait une blessure au front et qui semblait évanoui. Elles formèrent le cercle autour de lui, mais s'écartèrent lorsqu'une femme plus grande que les autres s'approcha du blessé et appuya sur ses genoux la tête ensanglantée de l'étranger.

C'était Teragia, l'unique femme du beau Raka, que l'on vénérait profondément au village, quoiqu'elle fût jeune et qu'elle attendît encore la naissance de son premier enfant. Les forces favorables étaient si puissantes en elle que certains en sentaient le rayonnement. Elle savait guérir les malades, découvrir les sources, et, parfois, une divinité entrait en elle et parlait par sa bouche. Elle était de haute caste comme Raka lui-même, et avait pour père le médecin du village qui lui avait enseigné beaucoup de formules et de prières magiques. D'un pan de son sarong, elle essuya le sang sur le front du jeune homme, se retourna et murmura quelques mots à l'adresse de sa servante qui était agenouillée auprès d'elle. La jeune fille joignit docilement les mains et s'en fut, pour revenir un peu plus tard avec un petit panier d'où Teragia tira quelques grandes feuilles qu'elle posa sur le front du blessé. Le sang cessa de couler, l'homme ouvrit les yeux et soupira. Les femmes poussèrent des cris d'admiration et se rapprochèrent.

Cependant, le Chinois Nyo Tok Suey s'était occupé des autres étrangers. L'un d'entre eux, qui était également un Chinois, donna des ordres brefs en langue malaise. C'était apparemment le maître du navire quoiqu'il ne payât guère de mine, avec ses vêtements déchirés et ses mâchoires tremblantes. Nyo Tok Suey le soutint sous les bras et le conduisit chez le pounggawa. Aussitôt, les hommes de Sanour et de Taman Sari formèrent le cercle afin de ne pas perdre une seule des paroles qui seraient dites. Malheureusement, cette conversation eut lieu, elle aussi, en langue malaise. Krkek s'approcha le plus possible, porta même la main à son oreille pour mieux entendre et traduisit à ses compagnons, bribe par bribe, les discours des trois hommes.

« Il dit qu'il se nomme Kwe Tik Tyang. Il dit qu'il est un marchand de Bandjermasin. Il dit que son bateau se comme " Sri Koumala. " »

Plusieurs spectateurs rirent à ces mots, car ils trouvaient drôle qu'un bateau eût un nom comme un homme. D'un geste de la main, Krkek les invita au silence afin qu'il pût entendre la suite.

« Il dit qu'ils avaient jeté l'ancre hier, près de Bijaung. Mais la tempête secoua le bateau et brisa la chaîne de l'ancre. Il dit que le bateau a été entraîné et projeté comme l'écorce d'une noix de coco que l'on a jetée à la mer. Il dit qu'ils ont eu grand-peur. Ils n'espéraient plus parvenir vivants jusqu'à la côte. »

Krkek écouta encore attentivement lorsque le Chinois éleva la voix et prononça une longue phrase.

« Le Chinois Kwe Tik Tyang remercie les hommes qui

l'ont sauvé et demande la permission de se retirer. Il est souffrant et se sent très fatigué », traduisit-il.

Un murmure poli monta de la foule. Le Chinois demeura encore pendant quelques instants; de ses yeux rougis, il regardait les hommes, sans mot dire. Eux aussi le considéraient, car on ne voit pas tous les jours un marchand de Bandjermasin qui a fait naufrage. Lorsque le Chinois s'éloigna, ils le virent chanceler, et Nyo Tok Suey se précipita pour le soutenir et le guider vers sa maison.

« Il a l'air d'un orbe crevé », dit Rib le farceur. On rit à mi-voix et le pounggawa leur jeta un coup d'œil irrité.

« Hommes de Sanour et de Taman Sari, dit-il ensuite, je veux que vous désigniez ceux d'entre vous qui doivent monter la garde ici, pour que rien ne soit enlevé du bateau. Tout ce que la mer jettera sur le rivage doit être ramassé et conservé afin que le Chinois Kwe Tik Tyang ne subisse aucune perte. Ceux qui agiraient autrement seraient sévèrement châtiés. »

« Ainsi soit-il », murmurèrent les hommes, docilement. Le pounggawa cherchait des yeux, dans la foule : « Où est Raka? » demanda-t-il. Tous se retournèrent et cherchèrent. Raka était debout derrière Merou, le frère de Pak, et l'avait enlacé par-derrière, de sorte que ses mains se joignaient sur la poitrine de Merou. Il se reposait ainsi, appuyé amicalement contre le sculpteur. L'eau coulait encore de ses longs cheveux et, quoiqu'il rît, il semblait fatigué. Le pounggawa s'approcha du jeune homme, suivi de son serviteur qui portait l'inévitable ombrelle. « Raka, dit-il à voix haute, de telle sorte que tous l'entendirent, je rapporterai à ton noble ami, le prince de Badoung, que tu t'es montré courageux et charitable. Son cœur se réjouira lorsqu'il t'entendra louer. »

« Ainsi soit-il », dirent les hommes d'un air approbateur. Raka porta ses mains jointes vers son épaule pour remercier et le pounggawa quitta la plage. La foule se dispersa. Quelques curieux avaient suivi les deux Chinois jusqu'à la maison de Nyo Tok Suey et ils restèrent là à regarder par-dessus le mur. D'autres avaient suivi les femmes qui transportaient le jeune Javanais au village. Pak était indécis. Il était fier de Merou qui avait aidé au sauvetage et sur qui Ida Bagus Raka s'appuyait si amicalement. Néanmoins il décida de semoncer son jeune frère lorsqu'ils seraient de retour chez eux.

« Ce qu'il nous faudrait maintenant, c'est un grand carquois plein de vin de palme, frère, dit Raka à Merou.

– J'ai les intestins aussi froids que si j'avais bu toute la mer entre Bali et Lombok, répondit Merou et, la main dans la main, ils s'en allèrent. Pak allait les suivre lorsqu'une main se posa sur son épaule.

– Tu feras bien de rester ici avec quelques autres, pour monter la garde, dit Krkek. Tu es honnête et raisonnable, j'ai confiance en toi. Je vous ferai porter de la nourriture et des torches et peut-être quelques amis vous tiendront-ils compagnie pour que vous n'ayez pas trop peur de la nuit. A la première heure du jour, je vous ferai relever. »

Le cœur de Pak défaillit lorsqu'il entendit ces mots, mais Krkek était le premier homme du village et le préposé à la confrérie des eaux. Il n'était pas possible de le contrarier. Le rajah lui-même n'avait pas de pouvoir sur les soubaks et il devait se soumettre à leur distribution de l'eau. Néanmoins, Pak chercha une mauvaise excuse : « Je suis trop fatigué pour veiller, dit-il. Mes yeux se fermeront et je ne pourrai les en empêcher. J'ai travaillé dans la savah depuis le lever du soleil. Un homme fatigué est un mauvais gardien. »

Mais Krkek ne s'arrêta pas à sa réponse, car il se fût déconsidéré s'il était revenu sur ses ordres. « Nous avons tous travaillé dans la savah, frère », dit-il avec douceur, et il s'en alla. « Il y a un trou dans mon mur par lequel tous les démons entreront chez moi si je ne le bouche encore ce soir », murmura Pak, offensé. Mais Krkek fit la sourde oreille et s'en fut derrière les palmiers qui formaient la limite du village. Pak regarda autour de lui. Il était resté presque seul sur le rivage. Sarda et quelques autres étaient accroupis à côté de leur barque et mâchaient du sirih. Mais c'étaient des pêcheurs de Sanour qui avaient l'habitude de la mer. A deux cents pas environ, quelques hommes de l'équipage s'étaient allongés. Ils n'inspiraient guère confiance. On les invita pourtant à s'approcher, mais ils hochèrent la tête; un peu plus tard, ils se levèrent et s'en furent. Pak soupira. Il avait grand-peur de la nuit. Déjà le soleil disparaissait à l'ouest. L'heure de la haute mer était passée, le sable s'étendait presque jusqu'au bateau, et de minuscules vagues, pareilles à des dents, mordillaient la plage. Quelques enfants étaient parvenus jusqu'à l'épave, ils étaient très fiers, et pataugeaient dans l'eau, sur leurs petites jambes. Quelques peaux de buffle vinrent encore à la nage, mais l'odeur en était nauséabonde et ne rendait pas la garde plus agréable.

A présent seulement Pak sentit qu'il était réellement fatigué. Lorsqu'il s'assit à côté de Sarda, ses cuisses lui firent mal. Ses yeux étaient encore pleins de ce qu'il avait vu et lorsqu'il les fermait il ne cessait de voir le navire précipité contre les récifs. Le soleil verdit comme une rizière qui mûrit, rosit comme le palais d'un nourrisson, puis ce fut la fin du jour. Dans les villages, les koulkouls annoncèrent par un grand nombre de battements brefs la tombée de la nuit.

Pak mâchait du sirih. Ses pensées erraient au loin et son cerveau était vide. Un long temps s'écoula ainsi. Ensuite les femmes vinrent du village, envoyées par Krkek, et apportèrent à manger en abondance. Du riz, des légumes et des brochettes de viande grillée. Derrière elles, une lueur de torches jaillit des palmes et des hommes parurent qui apportaient du vin de palme dans leurs carquois de bambou. Pak but de ce touan sucré, car il avait la gorge sèche. Dasni, une jeune fille de Sanour qui lui avait parfois lancé des œillades, aux fêtes du Temple et à l'occasion de la dernière récolte, s'était accroupie devant lui. Elle n'était pas précisément laide, mais elle avait la peau sombre, tachée, et des seins trop lourds. Elle était assise à ses pieds, dans une attitude humble, et lui tendait les mets, tout en considérant le mouvement de ses mâchoires, dans l'espoir d'un signe de satisfaction. « Il paraît que tu viens d'avoir un enfant, dit-elle. Je souhaite qu'il devienne gras et beau et qu'il ressemble à son père. » Pak murmura un mot de remerciement poli, essuya ses doigts et jeta les feuilles de pisang vides. Dasni ne bougea pas lorsque les femmes se préparèrent à repartir. Au dernier moment elle puisa dans sa ceinture et, avant de s'en aller à la suite des autres, elle glissa un petit objet entre les doigts de Pak. C'était une gousse d'ail rose. Pak sourit. Cela signifiait que Dasni était inquiète à son sujet et désirait le protéger durant sa garde.

Après le départ des femmes, on s'entretint encore pendant quelque temps des événements de la journée, on s'assit autour des torches qui s'éteignaient peu à peu, et plusieurs des compagnons de Pak commencèrent à bâiller. Sarda ramassa des noix de coco sèches et des morceaux de bois rejetés par la mer, pour allumer un feu. La nuit devenait froide et la solitude, dangereuse. Pak croisa les bras et appuya les mains sur ses épaules, pour se réchauffer. Nombre des amis qui devaient l'assister dans sa garde avaient disparu; d'autres s'étaient endormis. Pak contemplait l'obscurité, et la peur montait en lui. Il se rapprocha de Sarda, mais après quelque temps le pêcheur s'endormit à son tour et laissa glisser la tête sur les genoux de son voisin. Pak songea que si des lejaks ou des démons sortaient maintenant des ténèbres, il serait sans défense. Il se hâta de tirer de sa ceinture la gousse d'ail que Dasni lui avait donnée. Il s'en frotta partout, afin que l'odeur chassât les mauvais esprits, et il en mit le reste dans son oreille percée. Après cette précaution il se sentit en sécurité, car on sait que les démons ne peuvent supporter l'odeur de l'ail. Il secoua doucement Sarda, mais il n'y avait pas moyen d'éveiller le pêcheur. Pak n'insista pas, car, si l'on éveille trop brusquement un homme endormi, son âme errante n'a pas le temps de regagner assez vite le corps qui l'abritait. Il regrettait sa couche derrière les murs protecteurs de sa maison, la chaleur de sa femme Pougloug, qui était bonne sinon belle, et la respiration des enfants sur l'autre couche. Qui donc se soucierait de voler des poissons puants ou d'emporter la coque d'un bateau échoué? J'ai dit à Krkek que mes yeux ne pouvaient pas rester ouverts, songea Pak, et il s'assoupit. Il rêva de son mur troué, il le vit soudain réparé, plus beau qu'auparavant. Un fracas de navire brisé pénétra dans ses songes. A la lueur du feu il vit encore passer des hommes, le visage du Chinois Kwe Tik Tyang se pencha sur lui et le pied du Chinois, chaussé d'un soulier noir, le heurta. Pak se retourna et cessa de rêver.

Il entendit chanter les coqs. Il ouvrit les yeux. Le koulkoul frappa la dernière heure de la nuit. Il se crut dans sa maison et tâtonna autour de lui. Ses doigts rencontrèrent des objets inconnus. Il gelait et un froid mordant léchait ses pieds. Cela acheva de l'éveiller et il se redressa. Il reconnut alors la plage de Sanour, au bord de laquelle il s'était endormi. Il faisait encore nuit, mais là où l'eau et la terre se rencontraient, un mince rais de lumière verte s'étendait. C'était le message de Sourya, dieu du soleil, qui ne tarderait pas à sortir de sa maison et qui apporterait le jour. La mer avait de nouveau grossi, elle chantait d'une voix forte et jetait des paquets d'eau jusqu'aux pieds de Pak. Effrayé, il sursauta. Il chercha les autres, mais ils avaient disparu.

Le feu était éteint, il n'y avait plus qu'un peu de cendre où Pak réchauffa ses mains. Il se sentait courbaturé, son estomac était creux et son cœur sans force. Il réfléchit pendant quelques minutes, puis décida de rentrer chez lui. Sarda lui aussi était parti. Pak avait besoin de labourer sa rizière. C'était là sa tâche, et non pas de garder l'épave d'un bateau chinois qui avait l'aspect et l'odeur d'un poisson crevé. Déjà les esprits s'étaient évanouis et les âmes errantes avaient regagné les corps endormis. Pak se sentit plein de courage lorsqu'il se mit en route.

Néanmoins son cœur cessa de battre lorsqu'il vit une lueur s'avancer sur l'eau. Il essaya de se rappeler la formule magique que son père lui avait enseignée au temps de son enfance, et par laquelle on se défendait contre les lejaks et les esprits. Mais sa tête était vide comme une cruche sans fond. La lumière approchait, puis il entendit un bruit pareil au grincement d'une barque abordant sur le sable de la grève. Rassuré, Pak vit l'ombre d'un homme descendre de la barque et s'avancer vers lui en tenant une lumière à la main. Ce n'était rien de surnaturel. C'était tout simplement une lanterne, une mèche fichée dans le creux d'un bambou et protégée par une feuille sèche de pisang. Pak attendit. Il crut d'abord apercevoir Sarda, mais lorsqu'il eut reconnu l'homme, il fut repris par la peur.

L'homme à la lanterne était Bengek l'enroué, le

pêcheur. C'était un homme laid; sa gorge malade l'empêchait de parler à voix haute, sans toutefois qu'il fût muet. Il possédait même une langue vive et méchante. Sa mère passait pour une sorcière, on prétendait qu'elle était capable de se changer en lejak, et c'est pourquoi on évitait autant que possible le fils. Mais personne n'osait affronter Bengek, car tous avaient peur de lui et de sa mère.

« Paix à ta venue », dit Pak, les lèvres tremblantes. Bengek s'arrêta et, protégeant d'une main sa lumière, il regarda dans la pénombre qui se dissipait peu à peu.

« Est-ce toi, Pak? demanda-t-il de sa voix rauque et chuchotante. N'es-tu pas encore dans ta savah, laborieux voisin? » Pak résolut de ne pas relever la pointe de moquerie qui perçait sous ces mots, et de feindre que cette rencontre au bord de la mer, à la dernière heure de la nuit, n'eût rien que de normal.

« D'où viens-tu? demanda-t-il, question que deux hommes qui se rencontrent posent habituellement.

– De la maison de ma mère, répondit Bengek.

– N'as-tu pas été sur la mer? J'ai vu ta lanterne sur l'eau, dit Pak.

– Pourquoi me questionnes-tu ainsi, ô subtil Pak? dit Bengek.

– J'ai été chargé de garder le bateau, répliqua Pak. Ce fut dit avec une emphase qui le surprit lui-même. Bengek s'approcha de Pak et lui éclaira le visage.

– Et as-tu bien veillé, de peur que quelqu'un ne vole le bateau ou ne le glisse dans sa poche de sirih? demanda-t-il de sa voix rauque. Pak, qui respirait l'odeur protectrice de l'ail, se sentait assez sûr de lui.

– Es-tu allé sur le bateau du Chinois? » demanda-t-il. Le pêcheur ne répondit pas; il retourna vers le rivage où les contours de sa barque commençaient à se dessiner plus nettement. Il revint bientôt, portant sur sa tête à la manière des femmes une caisse humide et qui semblait lourde. En passant auprès de Pak, il dit négligemment : « Et si j'étais allé sur le bateau du Chinois, que ferais-tu? »

Pak le rejoignit en courant. Il sentit son foie se gonfler de chaleur et de colère. « Je te dénoncerais au poung-gawa, s'écria-t-il, essoufflé.

– Non, mon frère, tu ne ferais pas cela », répondit Bengek. Pak porta la main à son couteau, dans sa ceinture. Il barra le passage à l'enroué et ordonna : « Dépose cette caisse pour que je voie ce qu'elle contient.

– Des poissons que j'ai pêchés », dit Bengek d'une voix chantonnante. Il déposa d'un geste moqueur la caisse aux pieds de Pak, comme pour dire : Essaie donc de l'ouvrir, cette caisse! Pak lui-même eut le sentiment que des poissons venimeux et des aiguillons d'animaux blesseraient ses mains s'il soulevait le couvercle. « Prends la caisse et viens avec moi chez le pounggawa », dit-il, essayant de mettre dans sa voix un peu de l'autorité de Krkek. Bengek vit le couteau dans la main de Pak et s'accroupit à côté de sa caisse. « Viens, frère, nous allons délibérer sur cette affaire, dit-il. Je t'affirme que ce serait une erreur de ta part de me dénoncer au pounggawa. Et sais-tu pourquoi?

– Pourquoi? demanda Pak, les lèvres agitées, bien qu'il connût déjà la réponse.

– Parce que cela ferait du tort à ta famille et à toi-même. Si je le veux, ta vache tombera malade, tes champs dessécheront et tes enfants mourront. »

Pak, effrayé, leva les mains et ferma les yeux. Il avait entendu dire au village que Bengek et sa mère avaient obtenu de l'argent et du pouvoir par de telles menaces et que plusieurs habitants de Sanour, qui ne s'étaient pas soumis, s'en étaient repentis. Il ne sut que répondre et il eût souhaité avoir auprès de lui son père qui possédait la sagesse du soir.

« Tu m'as vu rapporter de la mer un panier plein de poissons que j'ai pêchés », dit Bengek. Pak garda le silence et réfléchit. Que lui importaient ce Chinois inconnu et sa misérable barque? Était-ce la peine de mettre sa famille en danger pour cela?

– Je t'ai vu rapporter de la mer un panier plein de poissons que tu as pêchés », répéta-t-il docilement.

Bengek rit et, prenant la main de Pak, il le tira par terre, à côté de lui. « Attends, dit-il. Puisque tu es un ami, je vais te montrer ce que j'ai pris dans mon filet. »

Pak ne put résister à la curiosité. Il s'assit et, bouche

bée, regarda le pêcheur ouvrir la caisse. Bengek en tira trois paquets de varech, d'où il s'appliqua à extraire avec le plus grand soin trois assiettes. Il approcha sa lanterne, de sorte que Pak put voir le trésor dans toute sa splendeur.

C'étaient trois assiettes blanches sur lesquelles étaient étendues des couronnes de roses si ressemblantes que l'on avait l'illusion de pouvoir les saisir et les emporter. Pak tendit l'index et toucha timidement les fleurs. L'assiette était froide et lisse, et les roses étaient peintes ou avaient été incorporées par quelque mystérieuse sorcellerie à la porcelaine blanche.

Ce n'étaient pas les premières assiettes que Pak voyait. Le Chinois Nyo Tok Suey en avait accroché deux au mur de sa maison et l'on prétendait au village qu'elles valaient plus de ringgits qu'on ne peut compter de mille sur les doigts d'une main. Des assiettes semblables étaient également encastrées dans les socles des deux autels du temple de la Forêt sainte. Et le prince de Badoung avait fait décorer par de telles assiettes le fond de la grande balé dans laquelle il recevait ses hôtes de marque. Pak en avait entendu parler pour la première fois par Merou, et lui-même était allé à Badoung, avec beaucoup d'autres habitants de Taman Sari, pour admirer cette splendeur, à grands yeux et bouche bée. Mais jamais encore on n'avait vu à Bali des assiettes semblables à celles-ci.

« En as-tu d'autres? questionna-t-il, l'air incrédule, regardant vers la caisse.

— Non », répondit Bengek et il rabattit le couvercle. Mais en un clin d'œil Pak avait vu dans la caisse un miroitement comme de beaucoup d'écailles de poissons ou d'une quantité de ringgits. Bengek chargea la caisse sur sa tête et s'éloigna. « Les assiettes », s'écria Pak. Le pêcheur ne se retourna pas et ne s'arrêta pas. « Les assiettes sont pour toi parce que tu as si bien veillé, pour moi les poissons que j'ai pêchés cette nuit », dit-il, et son chuchotement rauque fut couvert par le bruit léger de ses pieds nus.

Pak resta accroupi à côté des assiettes. Mon âme erre en songe et voit des choses qui ne sont pas véritables, se dit-il. Ensuite – il ne savait pas si un long temps s'était écoulé – le koulkoul sonna la première heure du jour. Le soleil s'était levé sans que Pak l'eût remarqué. Avec précaution il tendit la main vers les assiettes. Il était bien éveillé et les assiettes existaient réellement. Les oiseaux se mirent à chanter. Bientôt les gens de Sanour peupleraient la route. Pak saisit d'un geste véhément les précieux objets et les dissimula sous son kaïn humide de rosée. Il prit le premier sentier qui contournait le village et qui conduisait vers les savahs. Il lui semblait qu'une année entière était passée depuis qu'il avait quitté pour la dernière fois sa rizière. Il ne savait pas encore ce que signifiait le cadeau de Bengek. Il s'accroupit à la lisière de la savah et tira avec précaution les assiettes de son kaïn. Il souffla contre la porcelaine, puis l'essuya. Le soleil levant la fit étinceler. Les roses paraissaient véritables. Seul le rajah possédait un pareil trésor! Sa poitrine battait et résonnait comme un grand gong. Il tourna les assiettes dans ses mains. Sur leur revers il découvrit quelques signes qu'il examina, les sourcils froncés, en plissant les yeux. Ils ne ressemblaient pas aux caractères des livres malais qu'il connaissait. Sans doute étaient-ce des signes d'une grande puissance magique. Sinon, ces assiettes fines et fragiles auraient-elles pu être tirées intactes de la mer, dans les filets de Bengek, alors qu'un grand bateau comme celui du Chinois s'était brisé? Il ne savait pas si une puissance bonne ou mauvaise habitait ces assiettes. Pak réfléchit et regarda autour de lui. Son regard tomba sur un tertre au coin de sa rizière, sur lequel gisaient des offrandes desséchées. Il l'avait dressé le jour où il avait donné accès à l'eau dans son champ. Il avait cherché dans les trois directions cardinales une pelletée de terre, et c'était là qu'il priait et sacrifiait.

Cet endroit était sous la protection de la déesse Sri. La terre de son champ, bénie par elle, était assez forte pour rompre tous les charmes qui pouvaient être attachés à ce cadeau. Il tira son couteau de sa gaine et commença à creuser la terre à côté du tertre. Elle était molle, limoneuse et s'ouvrit facilement. Lorsque le trou fut assez profond, Pak enfouit les assiettes, puis referma la petite fosse.

« Déesse Sri, dit-il, je t'offre ces précieuses assiettes.

Affranchis-les de toutes les mauvaises influences et bénis mon champ, afin que la terre soit bonne et que les épis soient lourds et pleins. »

Au loin, le tyorot se mit à chanter. Pak s'en retourna chez lui pour aller chercher sa charrue. Il était parti hier de chez lui comme un homme pauvre. Il revenait riche. Il était devenu plus riche que Wayan, le père de Sarna. Son secret reposait, grand et chaud, sur son cœur, comme un feu inextinguible.

II

LA POURI

Un vol de colombes blanches s'élança et s'éleva en tournoyant au-dessus de la pouri du prince de Badoung. Les clochettes d'argent fixées à leurs pattes produisirent une sorte de chant métallique; on eût dit la voix d'un nuage blanc, à midi. Les colombes grises, dans leurs cages rouges, s'agitèrent. Elles roucoulèrent et allèrent et vinrent à petits pas dans leurs étroites prisons. Un énorme casoar qui cherchait sa nourriture dans l'herbe, tendit son long cou, le ployant tantôt d'un côté tantôt de l'autre, comme s'il était enfermé dans un col trop étroit. L'esclave Mouna rit et laissa retomber ses mains. Bernis, la belle concubine du prince, pencha la tête en arrière et regarda dans le ciel. Elle secoua sa chevelure. « Et après? » questionna-t-elle, sans détourner son regard lourd et songeur de la nue de colombes. Mouna se remit à peigner activement les longs cheveux de sa maîtresse. Elle les séparait, mèche par mèche, puis les reposait, lisses, brillants et parfumés d'huile de coco.

« Ensuite elle s'est arrangée de façon à rencontrer le seigneur, poursuivit Mouna. Elle s'est plantée droit sur sa route lorsqu'il est allé voir les coqs. Il ne l'a même pas regardée. " Je salue mon seigneur et prince ", a-t-elle dit. " Bonjour, Toumoun ", a-t-il répondu en poursuivant sa route. Mais elle a couru derrière lui et l'a tiré par son sarong. " Depuis longtemps mon seigneur et prince n'a plus goûté de mon sirih ", a-t-elle dit. A ce moment-là ma maîtresse aurait dû voir le prince. Il ne l'a même pas regardée. C'était comme si elle n'avait pas existé. » Mouna loucha en essayant d'imiter le regard dédaigneux du prince. « Il ne l'a pas plus regardée que si elle avait été un scarabée mort au bord du chemin. Il a continué sa route et elle est restée là, debout, avec sa figure sotte et vaniteuse. Toutes les femmes se sont moquées d'elle.

– L'impudique! dit Bernis. S'offrir ainsi à un homme! On voit bien qu'elle est la fille d'un mendiant. » Mouna avait achevé son œuvre. « On m'a dit qu'elle a été courtisane à Kesiman et qu'elle devait se promener en couvrant ses seins jusqu'au jour où Anak Agoung Bouma l'a introduite au palais », reprit-elle. Elle approcha un petit panier en feuilles de palmier qui contenait des cambogies blanches et roses. Elle enroula ici ou là quelques cheveux de Bernis autour d'une fleur pour les fixer. On eût dit que l'on avait semé des fleurs au hasard sur sa chevelure noire. « Ma maîtresse est la plus belle. Elle donnera le jour à un fils beau et fort, et le prince l'élèvera au rang de première épouse.

– Tais-toi, ne dis pas de sottises lorsqu'on ne te demande rien, répliqua Bernis. Mouna se tut, effrayée, et se baissa du geste instinctif de quelqu'un que l'on a souvent frappé.

– Va-t'en, dit Bernis, laisse-moi seule. Je ne puis supporter ton bavardage. » Mouna prit son peigne, son panier, et descendit les marches, tête basse. Bernis appuya sa tête dans ses mains, car elle voulait être triste. Depuis douze mois elle était mariée au jeune prince Alit et elle n'avait pas encore d'enfant. A la dernière lune encore, son kaïn avait été souillé; elle n'avait donc pas d'espoir et depuis longtemps le prince ne lui avait plus rendu visite. C'était vraiment étrange que ses vingt-deux femmes fussent toutes sans enfants. Partout ailleurs, les cours et les cases grouillaient d'enfants; les courtisans, les serviteurs, les esclaves, les innombrables fonctionnaires de la Cour avaient tous une nombreuse progéniture. Seules les maisons qu'habitaient les femmes du prince étaient silencieuses et on n'y entendait aucun pas d'enfant. Bernis effleura sa peau qui avait faim de caresses. Elle toucha ses seins qu'une douleur inconnue tiraillait parfois. Elle laissa retomber ses mains et, d'un geste inquiet, resserra son sarong. « Mouna », appela-t-elle d'une voix chantante. Sans doute l'esclave avait-elle observé sa maîtresse de loin, car en quelques instants elle fut de nouveau sur les marches de la galerie. « Que désire ma maîtresse ? » demanda-t-elle d'un air faussement innocent. Bernis tira la jeune fille à elle et l'enlaça. « Tu as grandi, lui dit-elle d'une voix caressante. Il faudra bientôt te choisir un époux. Tes yeux sont-ils déjà partis en quête d'un homme ? » Mouna eut un petit rire et minauda. « Est-ce le jardinier Radia ? » questionna Bernis. « Ou le gardien des coqs blancs ? Oui, certainement, c'est lui. Il a une moustache et un visage comme un noble. Il gonfle ses narines comme un cheval lorsqu'il t'aperçoit. » Mouna cacha sa tête dans le sein de sa maîtresse et, comme honteuse, murmura quelques paroles dans ce creux discret. « Qui ? » demanda Bernis, et elle releva la jeune esclave en la tirant par les cheveux.

« Merou, le sculpteur », chuchota Mouna, les yeux baissés. Bernis considéra sa servante. « Tu n'as pas mauvais goût, dit-elle lentement.

— Il ne se soucie pas de moi. Il a trop de filles à ses trousses, murmura Mouna. Elle avait un minois de petit singe et les mains les plus menues et les plus adroites qui fussent.

— Tu es trop jeune, attends encore un an », dit Bernis, consolante. Toutes deux gardèrent le silence. Mouna prit la main de Bernis et joua avec elle.

« Avec qui le prince a-t-il passé la nuit dernière ? questionna tout à coup la maîtresse. Une grimace comique tordit la bouche de Mouna, mais elle ne répondit pas aussitôt. Elle laissa sa maîtresse griller de curiosité pendant quelques instants.

— Avec Ida Bagus Rai, le pédanda de Taman Sari, dit-elle enfin, et ses yeux étincelèrent de malice. Bernis ne parut pas sensible au comique de cette réponse.

— Le pédanda est un homme sage et très saint », dit-elle avec un soupir de soulagement. « Et il est le père de Raka », ajouta Mouna avec promptitude. Bernis regarda la servante d'un air pensif, comme si elle eût cherché à pénétrer le sens de ces mots. « Il n'est pas permis de faire des ragots sur les amis du prince », dit-elle fièrement. Mouna serra les lèvres et se tut. Les colombes s'abattirent du ciel, virèrent dans un sourd bruit d'ailes et allèrent se poser dans une des cours situées à l'est du palais. Bernis les suivait distraitement des yeux. Toute cette partie de la pouri avait été bâtie par des Chinois et était couverte de tuiles chinoises. Au fond de la galerie où elles étaient assises, de grandes dalles vertes et glacées avaient été encastrées dans le mur, identiques à celles qui décoraient le grand mur d'enceinte du palais. La maison de Bernis était une des plus belles. Elle était située sur une petite île carrée et était entourée de canaux et de fleurs sur lesquelles se posaient de grands papillons bleu vert. Le prince entourait la plus belle de ses femmes de tous les hommages dus à son rang, car elle était noble. Mais il n'avait pas encore choisi sa première épouse, qui devait appartenir à la même caste que lui. Mouna s'efforça de deviner les pensées de sa maîtresse. « Il y a des hommes qui préfèrent les vieux grimoires aux femmes », dit-elle d'un ton plein de sous-entendus. Bernis ne se fâcha pas. Elle ne fit que soupirer. L'ennui la prenait, comme un oiseau gris aux larges ailes.

« Que pourrions-nous faire pour passer le temps ? demanda-t-elle paresseusement.

– Tisser, proposa Mouna. Aller voir les oiseaux dans l'étang. Fouiller dans les coffres et essayer tous les sarongs. Tresser des couronnes en feuilles de palmier pour nos offrandes aux dieux. Dormir jusqu'à l'heure de s'habiller pour assister aux danses qui doivent avoir lieu dans la première cour. » D'un signe de tête, Bernis déclina ces propositions. Mouna poussa vers sa maîtresse le nécessaire doré qui supportait tout le service à sirih : l'étui en argent contenant les feuilles de sirih, de la chaux dans un coffret en bois, un cornet en argent repoussé qui contenait du tabac, des noix de bétel découpées sur une fine feuille de pisang. Bernis repoussa le nécessaire. Pour une raison inconnue, il semblait déplaire au prince que ses femmes mâchassent du sirih et eussent des dents brunes comme toutes les autres. Bernis s'interdisait donc ce plaisir consolant que la fille la plus pauvre pouvait s'accorder. « Je ne savais pas qu'on danserait ce soir dans la pouri », dit-elle, sans manifester aucune joie. Aussitôt Mouna rapporta ce qu'elle avait appris à ce sujet. « Ce sont les danseurs de Taman Sari, dit-elle avec empressement. Ils viennent danser le baris. Le prince leur a donné des vêtements neufs, ils danseront en signe de remerciement. Ces vêtements ont coûté plus de trois cents ringgits, et l'on assure que les couronnes de baris sont ornées d'argent véritable. On dit encore qu'une jeune fille dansera en même temps que les hommes, mais je ne puis le croire. Ce serait inconvenant », dit Mouna avec affectation. « La nymphe doit être représentée par un jeune garçon, comme le veut l'usage. Mais les danseurs de Taman Sari prétendent toujours inventer du nouveau, et ils ont eu cette idée. On verra bien ce que le prince en dira, si Raka amène vraiment une jeune fille.

— Qui est cette jeune fille ? demanda Bernis.

— Lambon, la fille d'un pauvre Soudra. Elle n'est pas plus grosse qu'une mouche. Je l'ai vue danser le legong, à la fête du temple des coraux, dit Mouna. Bernis écoutait à peine.

— Une couronne en argent véritable... répéta la maîtresse, lentement. Raka sera beau avec sa couronne en argent, dit-elle.

— Oui, il sera beau », dit Mouna. Toutes deux se turent soudain et regardèrent dans la direction du canal qui entourait leur îlot.

Mille hommes vont et viennent dans la pouri. Dans des cours sans nombre se pressent les petites cases, les balés contenant des ustensiles divers, des métiers à tisser, des coupes à offrandes; il y a les appartements des femmes, des parents, des fonctionnaires, des esclaves et de leurs familles. Des tours de garde flanquent de part et d'autre l'entrée de la première cour. C'est là que se trouve la grande balé où les visiteurs doivent attendre que le prince les reçoive. Dans la seconde cour se trouve la maison du rajah lui-même, ainsi que la balé de réception au fond de laquelle sont encastrées les assiettes qui excitent l'admiration générale. Le temple du palais, dans l'aile nord-est, est un bel édifice, avec des statues en pierre qui portent des autels en bois, avec des portes sculptées qui représentent Vichnou sur son oiseau Garouda. Là encore un canal entoure une île, et de trois côtés de petits ponts donnent accès au portique du temple. Dans les gradins on a enchâssé un dessin en coquillages. Il y a partout des arbres, des cocotiers, des aréquiers, des garcinies, avec leurs branchages gris et leurs fleurs claires, des arbres de tjempaka aux feuillages sombres et hauts. Entre les chemins on a semé de hautes herbes et des fleurs. Dans la quatrième cour, une balé est réservée aux coqs de combat qui sont au nombre de quarante. C'est partout un grouillement d'animaux de luxe et de plaisance. Le casoar et sa femelle sont là, prétentieux et ridicules. Des colombes de toutes sortes, les petits perroquets verts au poitrail rouge qui viennent de l'ouest de Bali et les cacatois blancs de l'île voisine de Lombok. Des singes tirent sur leurs chaînes, tandis que d'autres s'ébattent librement et font des farces. Sous des auvents, un grand nombre de petits chevaux au poil broussailleux et de buffles destinés à traîner des charrettes se frottent contre les murs du palais. Des porcs noirs, prodigieusement prolifiques, courent ici ou là avec leurs portées ; les chiens, les poules et les canards sont innombrables. Un grand iguane et trois tortues géantes sont enfermés près de la grande balé des cuisines ; ils sont destinés au prochain banquet. Il y a des granges pleines de riz et des aires destinées au battage des épis, il y a des balés qui servent de cuisines et d'autres, de chambres de provisions ; il en est encore où l'on conserve les figures du théâtre d'ombres.

Le prince Alit était assis, les jambes repliées, sur un banc, à l'intérieur de sa maison. Il y faisait assez clair, car la porte donnant sur la galerie était ouverte et l'architecte avait percé dans le mur du fond de grandes fenêtres comme dans les palais des grands sultans de Java. Sur les poutres transversales s'alignaient des offrandes et beaucoup de livres, des écrits tracés sur les étroites bandes des feuilles de lontar. Au-dessus était suspendue une lampe à pétrole, dont l'abat-jour était garni de perles de verroterie bleue ; c'était un cadeau du contrôleur général Visser.

Le prince était de taille moyenne, et son visage, comme son corps, avait quelque chose d'inerte, de mou. Parce qu'il avait un teint exceptionnellement clair, ses courtisans et ses femmes prétendaient qu'il était beau. Mais il ne s'aimait pas et il savait qu'il était laid, plus laid qu'un simple Soudra à qui son travail a du moins prêté de la force et des muscles. C'est surtout lorsqu'il avait son bel ami Raka auprès de lui que le prince était saisi de ce dégoût de lui-même.

Alit avait les yeux mi-clos et il tirait des bouffées de sa pipe d'opium. A ses pieds était accroupi le jeune Oka, un garçon âgé d'environ neuf ans, parent éloigné du prince, fils d'un père quelconque et d'une concubine sans caste, qu'il avait adopté. La petite figure d'Oka était penchée sur la flamme de la lampe à opium, sur laquelle il faisait griller avec soin une boulette destinée à la prochaine pipe. L'odeur douce-amère de la drogue emplissait la pièce, donnant à l'enfant des battements de cœur et une irrésistible envie de dormir. Sans ouvrir les yeux, Alit tendit la pipe vide pour la faire remplir. Il gardait presque toujours Oka auprès de lui parce que c'était un enfant tranquille et taciturne. Le prince aimait par-dessus tout penser en silence. Sans doute était-ce l'explication de l'expression étrange et presque douloureuse de ses yeux, pareils aux yeux des hommes qui savent trop de choses. Mais en ce moment Alit se sentait heureux et léger, exalté et apaisé qu'il était par l'opium. Sous son front s'étendait une grande clarté et il lui semblait qu'il allait comprendre ces lignes mystérieuses qu'il avait essayé de pénétrer, la nuit dernière, en compagnie du pédanda de Taman Sari : « L'un dit : j'ai tué un homme, l'autre pense : j'ai été tué. Ils ne savent rien ni l'un ni l'autre. La vie ne peut pas tuer, la vie ne peut être tuée. » De longues suites de vers, composés dans les anciennes langues nobles, se déroulaient sous ses yeux, scintillants de beauté et de sagesse. « La fin et le commencement ne sont que des rêves. Sans naissance ni mort ni changement, la vie subsiste éternellement. » Il donna de nouveau à l'enfant sa pipe à garnir. C'était la cinquième et dernière, car il n'en fumait jamais un plus grand nombre à la suite. Tant qu'il fumait, tout était adouci et apaisé. Mais durant les autres heures il était parfois saisi d'une grande tristesse, sans raison apparente. Il était jeune, riche, et il avait le pouvoir. Il possédait beaucoup de femmes belles et empressées à lui plaire, beaucoup de conseillers fidèles et avisés, et plus de rizières que le regard n'en pouvait embrasser. Mais il lui semblait parfois que sa vie n'avait pas de sens. Comme s'il était demeuré immobile, comme s'il était né avec une âme fatiguée qui eût déjà subi trop de métamorphoses.

Une ombre accroupie, les mains jointes, apparut dans l'entrebâillement de la porte. C'était un des gardiens de la première cour. « Que veux-tu? demanda le prince, tiré de ses pensées.

– Le pounggawa de Sanour attend avec deux Chinois dans la première balé, et sollicite une audience.

– Envoie-le avec ses Chinois chez Gousti Wana, dit le prince Alit avec humeur.

– C'est ce que j'ai fait, Seigneur. Le Ministre a entendu le pounggawa et lui a enjoint d'exposer son affaire au prince lui-même. Il m'a envoyé ici. » Au même moment parurent derrière le gardien plusieurs silhouettes courbées et un murmure s'éleva dehors. Alit en conclut que ses dignitaires étaient là et allaient le prier de recevoir le pounggawa. Il déposa sa pipe dans les mains d'Oka et se leva. Ce pounggawa fait l'important, se dit-il. Il se croit un tigre, mais il a tout au plus la taille d'un chat. Dans l'angle de la pièce il y avait un porte-kriss sculpté, qui représentait un courtisan et qui était peint de couleurs pâles. Oka prit le kriss des mains de la statue de bois et le tendit à son maître qui le mit dans sa ceinture et se dirigea vers la galerie où l'attendaient ses conseillers. Il y avait là Gousti Wana, son Premier ministre, un petit homme qui s'agitait facilement. Il y avait encore Gousti Nyoman, le préposé au produit des rizières et l'administrateur du trésor. Il y avait Dewa Gde Molog, le commandant des gardes, des guerriers et des armes de la pouri. C'était un homme fort orgueilleux et qui aimait les beaux discours. Trois autres parents du prince, fils de quelque deuxième ou troisième épouse, étaient également venus. Ils avaient des titres magnifiques et de beaux noms, mais n'exerçaient aucune influence. Alit les considéra l'un après l'autre, en souriant, et ils gardèrent le silence. Soudain, tous se mirent à parler à la fois pour lui expliquer l'affaire du pounggawa. Le prince fit un signe et ils se turent.

« Pourquoi n'avez-vous pas envoyé le pounggawa chez mon oncle? Vous savez bien que ses querelles de village ne m'intéressent pas.

— Le tyokorda de Pametyoutan est vieux et malade et il s'est plaint ce matin de fortes douleurs, dit Gousti Wana. On ne peut vraiment pas lui demander de résoudre des questions aussi difficiles.

— Est-ce donc une question si difficile que le pounggawa prétend nous infliger? » demanda le prince, qui souriait encore. Il trouvait le zèle de ses fonctionnaires amusant et un peu comique. Mais quelquefois ils l'ennuyaient au point de le faire bâiller jusqu'aux larmes. Il s'assit sur un siège surélevé qu'Oka venait de recouvrir d'une natte fine. « Amène-moi le pounggawa et ses Chinois », ordonna-t-il au gardien. En recevant les solliciteurs sur la galerie de sa propre maison, et non dans la grande salle de réception, le prince marquait qu'il n'accordait pas beaucoup d'importance à leur affaire. Les courtisans s'assirent derrière lui, les jambes croisées, et le pounggawa, suivi des deux Chinois, pénétra dans la cour. Tous trois marchaient dans une attitude courbée et respectueuse, et ils s'arrêtèrent devant les marches de la maison. Au dernier moment, avant que le pounggawa prît la parole, un petit vieillard accourut et s'accroupit aux pieds du prince. C'était Ida Katout, l'écrivain et conteur de la pouri. Il avait le museau d'un campagnol et une curiosité sans bornes. Il voulait tout voir, tout entendre, tout observer et, ensuite, lorsqu'il racontait des histoires, le prince reconnaissait souvent en riant les gens que Katout avait en quelque sorte absorbés en lui-même, avec tous leurs caractères, leur voix, leur démarche, la fatuité ou le respect dont ils faisaient montre en comparaissant devant le prince.

Le pounggawa se présenta cette fois-ci sans parasol; il avait laissé son serviteur dans la première cour. Les deux Chinois avaient revêtu pour cette circonstance solennelle le costume de leur pays : de longues robes de soie et, par-dessus, des vestes courtes et sans manches. On devinait que Nyo Tok Suey avait dû prêter des vêtements à son ami, car le marchand de Bandjermasin portait une robe trop longue de plusieurs pouces.

Pour se donner un air plus respectable, Nyo Tok Suey avait chaussé des bésicles qui étaient un sujet d'admiration pour le public. En effet la cour n'avait pas tardé à se peupler de gens qu'attirait la curiosité, mais qui se tenaient là en des attitudes fort humbles. Ils étaient accroupis au hasard et les pères tenaient leurs enfants devant eux, entre leurs genoux, comme s'ils assistaient à une représentation théâtrale.

Lorsque le pounggawa entama son discours, d'une voix sonore et bien posée, Ida Katout cligna d'un œil et gonfla ses joues. Le prince Alit comprit et réprima un sourire. Il écouta distraitement le rapport du pounggawa sur l'échouage du *Sri Koumala*. Mais bientôt ces paroles ne furent plus qu'un clapotis à ses oreilles, tandis que les vers de la Bhagavad-Gita s'emparaient à nouveau de ses pensées : « Les sages ne pleurent ni les vivants ni les morts... » Un murmure de ses courtisans lui rappela qu'il siégeait en conseil et un coup que Ida Katout lui donna malicieusement aux pieds le fit revenir à lui. Il entendit encore la conclusion du pounggawa : « Et je prie donc le prince d'entendre avec bienveillance la requête du Chinois Kwe Tik Tyang et de se prononcer sur son bien-fondé, car je ne suis qu'un pauvre sot incapable de juger. »

Les deux Chinois s'avancèrent à leur tour et se mirent à parler très vite. Nyo Tok Suey, que le prince connaissait déjà, était le porte-parole de son compatriote, car le marchand de Bornéo s'exprimait en un idiome malais inusité. Ida Katout eut un petit geste vers sa joue gauche. Le prince Alit saisit l'allusion. Le Chinois étranger avait à la joue une grosse verrue d'où partaient cinq longs poils. De nouveau le prince réprima un sourire. Il était reconnaissant à Ida Katout d'essayer de le distraire des ennuyeuses obligations de sa charge.

« Altesse, dit Nyo Tok Suey, mon ami porte plainte contre les gens de Taman Sari et Sanour. Il demande que vous l'indemnisiez du dommage qu'il a subi. Il demande que les hommes qui ont détruit son bateau soient châtiés et punis d'amendes. »

Le prince fit un effort pour concentrer son attention sur cette ennuyeuse affaire. Il était furieux contre le pounggawa qui lui avait amené ces Chinois rusés et impénétrables qu'il comparait en pensée aux couleuvres jaunes de la savah. « Nous venons d'apprendre par la voix du pounggawa que ton bateau était déjà une épave lorsqu'il a échoué sur notre côte. Il a plu aux dieux de te traiter avec rigueur et tu ferais mieux d'interroger tes prêtres sur la raison de cette sévérité. Les gens de Taman Sari et de Sanour ne sont pour rien dans ton malheur.

– Mon ami et ses hommes sont retournés la même nuit sur la plage pour garder le bateau, quoiqu'ils fussent faibles et malades. Lorsqu'ils arrivèrent à bord, ils constatèrent qu'il manquait certaines parties du bateau. Il faut que beaucoup d'hommes soient venus avec des haches et des couteaux et qu'ils aient emporté tout ce qui était précieux », dit Nyo Tok Suey, respectueusement. L'autre Chinois eut un sourire au récit de son malheur, et son front se plissa sous son bonnet noir. Quelque chose déplut au prince dans ce sourire exagéré. Il connaissait les hommes; son cœur allait vers eux ou se détournait d'eux dès le premier instant. « Le pounggawa déclare qu'il a immédiatement fait désigner des gardes pour veiller sur ton navire, quoiqu'il n'y fût pas obligé, dit-il avec une pointe d'impatience dans la voix.

– Les gardes du pounggawa dormaient comme des marmottes lorsque mon ami est retourné sur la plage », dit Nyo Tok Suey avec modestie.

Le pounggawa gonfla sa poitrine et déclara : « J'ai fait désigner des gardes parce que je savais que Badoung a pris depuis longtemps, dans une lettre importante aux Hollandais, l'engagement de modifier le droit d'épave et de protéger les navires échoués sur la côte. Mais je ne peux pas les empêcher de s'endormir s'ils sont fatigués. »

A ce rappel, un tressaillement parcourut le visage d'Alit. C'est vrai, songea-t-il, que nous avons donné aux Hollandais un pouvoir sur les lois de notre propre empire. Il avait lui-même signé nombre de lettres que les envoyés des blancs, hommes éloquents et à la plume facile, lui avaient imposées. Par des menaces de guerre et de violence, par des discours insinuants, par la promesse de

le défendre contre des actes d'arbitraire de voisins ennemis. Il avait commencé par résister, mais finalement il
avait signé quand même. Le subtil Gousti Nyoman, de
Bouleleng, avait répandu autour des cerveaux le brouillard de ses paroles. Les princes de Tabanan et de
Kloungkoung avaient souscrit aux mêmes conditions. Son
oncle lui-même, le vieux tyokorda de Pametyoutan, avec
qui il partageait le gouvernement de Badoung, lui avait
persuadé que mieux valait faire de petites concessions aux
blancs que de les laisser pénétrer dans le pays par la force
et les canons. Alit avait signé et avait essayé d'oublier.
Mais lorsqu'on lui rappelait les engagements pris, ce
souvenir le rongeait et l'irritait; c'était comme un ver
invisible qui s'attaquait à son orgueil.

Les courtisans s'agitèrent et murmurèrent. Seuls le
ministre Wana et l'écrivain Katout comprenaient la
langue étrangère. Les autres ne savaient pas ce que
voulait le Chinois, mais ils sentaient que sa requête devait
être importune. «Chinois dont je ne puis me rappeler le
nom, dit le prince avec hauteur, je t'ai entendu et je te
parle. Les hommes qui habitent sur la côte t'ont sauvé et
arraché au danger en te portant sur leur dos. Ils ont gardé
ton bateau, ils ont amoncelé tes marchandises et ils n'ont
rien touché. S'ils ont pris du bois et du fer de ton bateau
mort, ils n'ont fait qu'exercer un droit que mes grands
aïeux leur ont accordé et qui leur appartient depuis des
siècles. Et toi, ajouta-t-il plus bas dans sa propre langue
en se tournant vers le pounggawa, tu ferais mieux de ne
pas parler ici des Hollandais. Badoung ne s'est pas
soumis. Tu es mon beau-frère et mon ami et le chef de
cinq villages, et tu ne devrais pas défendre ici la mauvaise
cause de Chinois inconnus.

– Il a bien parlé », dirent les hommes de la suite du
prince. La colère fit pâlir les lèvres du pounggawa, mais il
joignit les mains et s'inclina. Les deux Chinois s'entretin-
rent à mi-voix. Le prince se sentit repris de sa langueur
lorsqu'il eut parlé. Il avait parfois le sentiment de n'être
qu'un gringalet auprès des grands aïeux; derrière ses
paroles énergiques son cœur était faible et n'était guère
capable d'une grande colère. Il n'écouta plus lorsque Nyo
Tok Suey reprit la parole, car son oreille avait perçu un

mouvement dans la première cour, des battements de semelles, des appels et des rires. Il se pencha vers l'oreille d'Oka et murmura : « Va voir si Raka est arrivé. » Les mains jointes, l'enfant sortit sans bruit. Lorsque Alit se retourna vers le Chinois, Nyo Tok Suey avait achevé son discours. Ida Katout regardait le prince d'un air malicieux. Alit se tourna d'un air interrogateur vers son premier conseiller.

« Le Chinois dit qu'il a navigué sous pavillon hollandais, avec des papiers réguliers et sous la protection hollandaise. Il sollicite à nouveau des dommages-intérêts pour son bateau pillé, telle est du moins son expression. C'est un être insolent et hypocrite, et il a deux visages, ajouta Gousti Wana, exprimant sa propre opinion.

– A combien évalues-tu le dommage que tu as subi ? » demanda le prince, le front plissé. Il apparut soudain que le Chinois de Bornéo n'avait pas besoin d'interprète. Il cacha les mains dans les manches de sa robe et répondit avec volubilité : « Mes pertes sont incalculables. Je dois rentrer à Bandjermasin comme un homme ruiné, sans bateau, sans argent, sans marchandises. Mon bateau était encore en assez bon état et, au prix d'un peu de peine et de travail, on aurait pu le remettre à flot. Mais les gens de la côte l'ont détruit. Mes pertes sont bien plus élevées – mais je me contenterais d'une indemnité de deux cents ringgits. »

Ces mots furent suivis d'un bref silence pendant lequel le jeune Oka reprit avec une légère timidité sa place aux pieds d'Alit. Le prince, impatient, se pencha vers l'enfant. « Les gens de Taman Sari sont arrivés avec leur gamelan », annonça Oka d'une voix chuchotante. « Et Raka ? Raka est-il dans la pouri ? » demanda le prince. « Raka n'est pas avec eux », répondit Oka, posant sa main sur le genou de son seigneur, comme si le prince avait eu besoin de ce réconfort. Le soleil était déjà dans le troisième quartier du jour et le soir allait tomber.

« Kwe Tik Tyang, dit le prince, se souvenant tout à coup du nom de ce solliciteur insolent et irritant. Puisque tu naviguais sous pavillon hollandais et que les dieux ont quand même permis que ton bâtiment s'échouât, tu as pu du moins te convaincre que ce pavillon n'est pas sacré et qu'il n'a aucun pouvoir. Mais si, comme tu l'affirmes, les Hollandais sont tes amis, je te conseille de te rendre à Bouleleng et de solliciter d'eux tes deux cents ringgits. »

Puis le prince se leva, car il était à bout de patience. Le Chinois fit un pas en avant et dit : « Je ne suis qu'un humble et pauvre commerçant et je ne puis obtenir mon bon droit par la force. Mais le Résident de Bouleleng me veut du bien. Il me fera rendre justice grâce à son pouvoir, car la reine lui a confié le gouvernement de l'île, et tout ce qu'il ordonne doit être exécuté. »

Cette insolence, proférée avec force révérences et sourires respectueux, fit rougir Gousti Wana. Mais avant qu'il eût pu prendre la parole, le Dewa Gde Molog sursauta et, perdant tout empire sur lui-même, il descendit de la galerie et s'approcha du Chinois jusqu'à le frôler.

« Nos rois ne le cèdent en rien à aucun Roi du monde, s'écria-t-il à voix forte. Quiconque les offense sera puni de mort. Personne n'a d'ordres à nous donner et il n'est permis à personne de porter atteinte à notre honneur. Nous n'avons pas peur des Hollandais ! Laisse-les venir avec leurs canons et leurs fusils. Nous aussi, nous avons des canons, nos soldats eux aussi savent tirer, et si le tyokorda envoie son kriss sacré, et s'ils voient le signe du lion et du serpent, plus de six mille guerriers viendront avec leurs lances combattre pour Badoung. »

Dewa Gde Molog était doué d'une voix forte et sonore ; c'était un guerrier de la caste des Ksatryas, et il était vif et ardent. Il ne savait pas lire les livres anciens, et lorsqu'il avait bu du vin de palme ses plaisanteries étaient rudes et grossières. Mais sa force et ses grands mots entraînaient les hommes. Il avait parlé balinais, ou, plus exactement, crié, car, jusque dans les coins les plus éloignés de la cour, les hommes s'agitèrent et murmurèrent des paroles d'approbation. Ida Katout lui-même avait instinctivement porté la main à son kriss. Mais bientôt il laissa tomber sa main fripée et considéra la poignée ornée de rubis qui apparaissait derrière l'épaule du prince. C'était le kriss sacré, Singha Braga, avec les images du lion et du serpent, auquel Molog venait de faire allusion.

L'attitude nonchalante du prince parut encore plus molle. On eût dit, à considérer le visage d'Alit, que les paroles de son général lui avaient fait mal; son propre orgueil était en lui, profondément caché, inaccessible, dur et incapable de se manifester. « On ne devrait pas gaspiller des mots aussi fiers pour un épicier chinois », dit-il d'un air las. Gousti Wana regarda son maître d'un visage mécontent. Que devient Raka? se demandait Alit, de plus en plus impatient. « La séance est levée », dit-il, et il se leva pour se retirer. Toute cette affaire au sujet d'une bagatelle de deux cents ringgits avait si peu d'importance! Mais que devient Raka? se demandait-il. Son cœur était impatient, comme si la journée écoulée ne pouvait prendre de sens et d'éclat que lorsqu'il aurait vu son ami. Il fut presque tenté de faire remettre son argent au Chinois pour avoir la paix. Mais au même instant il entendit Kwe Tik Tyang dire :

« Je rapporterai les paroles de votre Altesse à Monsieur le Résident de Bouleleng. »

C'était une menace discrète mais indéniable, et qui agita le public. Le Chinois s'inclina en souriant et attendit. Tous regardèrent le prince, dans l'attente de sa réponse.

Au même instant le gardien traversa la cour et murmura quelques mots à l'oreille du jeune Oka, qui transmit la nouvelle au seigneur. Le prince se leva avec vivacité et franchit rapidement la porte qui donnait sur la première cour.

« Mon ministre, Gousti Wana, réglera cette affaire », jeta-t-il par-dessus l'épaule au pounggawa qui attendait, indécis. Sur les marches parut Raka. Les mains jointes, il s'inclina devant le prince.

« Mon maître me pardonnera-t-il d'être arrivé en retard? » demanda-t-il cérémonieusement. Alit posa vite la main sur l'épaule du jeune homme.

Il avait oublié les Chinois aussi complètement que s'ils n'avaient jamais existé. Ses yeux brillaient et, soulagé, il dilata sa poitrine. « C'est bon de te voir », dit-il affectueusement. Il posa son bras autour de l'épaule de Raka et l'entraîna avec lui. « Raconte-moi ce que tu as fait pendant toute cette journée, dit-il. Je me suis infiniment ennuyé et je n'ai fait qu'attendre le soir.

– Es-tu d'humeur triste? » questionna Raka, du même ton amical, car le cérémonial, entre eux, n'était qu'une plaisanterie, et ils ne l'observaient qu'en présence des courtisans. Lorsqu'ils entrèrent dans la maison devant laquelle avait eu lieu cette séance importune, les Chinois et le pounggawa avaient disparu comme si la terre les avait engloutis. Seul Ida Katout était encore assis sur les marches, fredonnant doucement pour lui-même. Le prince entraîna Raka dans la chambre et Oka referma la porte.

« Raconte, dit Alit, qui s'assit, les jambes repliées, à côté de Raka. Dans cette pouri, la journée est vide et l'air immobile. Quelles aventures as-tu vécues, cependant?

– Je suis allé au temple, dit Raka. Nous y avons tous porté des offrandes pour le succès de notre danse. Auparavant, nous nous sommes longtemps exercés, car nous exécuterons certaines figures autrement que d'habitude et les joueurs de gamelan en étaient troublés. »

La porte s'ouvrit et deux serviteurs apportèrent du sirih et de jeunes noix de coco dont on avait coupé les couvercles. Ils burent le lait frais, qui avait un goût délicat et acidulé, puis Alit lui-même apprêta le sirih pour Raka.

« Ainsi tu as passé toute ta journée à présenter des offrandes et à répéter votre danse? demanda le prince en souriant.

– Non, dit Raka, souriant à son tour.

– Pourquoi es-tu venu si tard? questionna Alit à l'improviste. Il arrive toujours quelque chose dans ta vie. Je veux en avoir ma part.

– Il n'y a pas de quoi m'envier. Ce sont des soucis domestiques qui m'ont retenu, dit Raka. Le mot « soucis » avait un son étrange dans sa bouche rieuse.

– Quels soucis? demanda le prince.

– Ma femme a perdu trop tôt l'enfant que nous attendions. Elle a saigné et j'ai dû rester auprès d'elle.

Le prince se tut un instant.

– Tu concevras certainement un autre enfant, dit-il ensuite.

– Beaucoup d'enfants avec beaucoup de femmes, répondit Raka, joyeusement.

– Comment est ta femme? demanda tout à coup Alit. C'était une question inattendue et presque inconvenante.

– Elle est plus grande que d'autres, presque plus grande que moi. Son visage et ses mains aussi sont grands. Mais elle a des yeux pareils à ceux d'un chevrotin et il y a une grande force en elle.

– Je l'ai entendu dire, répondit Alit. Elle a découvert l'endroit où le pounggawa de Sanour devait faire creuser un puits. L'aimes-tu beaucoup?

Raka rit et donna une tape cordiale sur l'épaule du prince.

– L'amour est un mot que l'on rencontre dans les anciennes poésies que tu lis. En réalité, il n'y a pas d'amour. Les hommes s'unissent comme les singes et comme les oiseaux. Il est doux de jouer quelquefois avec une femme, mais le vent souffle, et c'est du passé. Je ne sais pas ce que tu veux dire lorsque tu parles d'amour.

– Et ta femme? questionna Alit, tenace. Il avait froncé les sourcils et ses yeux étaient rougis sous des paupières lourdes.

– Je l'ai épousée parce que mon père le désirait. Elle lui est d'un grand secours depuis que ma mère a perdu l'usage de ses yeux. Nos familles, d'ailleurs, ont toujours été alliées. Je l'estime plus que l'on n'estime un homme, comme si elle était mon pareil. Elle te plairait, ajouta Raka en souriant. Elle aussi comprend les langues anciennes et lit dans les livres de lontar les histoires des temps passés. »

Alit médita quelque temps la réponse de Raka. Il en parut satisfait. Il fit un signe à Oka, l'enfant apporta la pipe et commença d'apprêter l'opium. Alit aspira une première et longue bouffée, puis il tendit la pipe à Raka. Celui-ci refusa d'un signe de tête. « Avant la danse je ne puis ni manger ni me griser à l'opium, dit-il.

– Comme un prêtre avant la prière du matin », dit Alit en riant. Raka fit une grimace. Prenant une mine faussement dévote, il imita un pédanda qui murmure des mantras et agite les doigts. Il s'interrompit soudain et devint grave. « Quand je pense que moi aussi, je serai un jour pédanda! » dit-il d'un air contrit.

Alit posa sa main sur le genou de l'ami : « Tu es trop

jeune encore et il n'y a pas une goutte de savoir derrière ce front », dit-il, consolant. Il y avait une pointe de supériorité et un peu d'envie dans sa voix. Il fit un signe à Oka. « Apporte-moi le vêtement du baris pour Ida Bagus Raka. Il s'habillera dans ma maison », ordonna-t-il. L'enfant s'esquiva. La lumière et le bruit pénétrèrent pendant quelques instants par la porte entrebâillée.

Durant tout ce temps, ç'avait été un branlebas continuel dans la cour. Les curieux étaient sortis après la fin de la séance, mais d'autres étaient survenus et s'étaient assis. Quelques poules s'étaient même égarées jusque-là et durent être chassées par des rires et des claquements de mains. De nombreux serviteurs ne tardèrent pas à arriver, qui portaient des moitiés d'écorces de noix de coco dans l'huile desquelles brûlait une mèche. Ils suspendirent ces lampes aux murs et aux rebords de toits, empêchant ainsi la tombée de la nuit. En bas, dans la première cour, c'était un grouillement bariolé et impatient, sous la lumière des chaînes de lampes, car les habitants de nombreux villages affluaient pour assister à la danse, dont la nouvelle était parvenue à leurs oreilles. Jeunes et vieux; femmes portant des fleurs dans leurs chevelures fraîchement peignées et huilées, avec tous leurs enfants, les nourrissons à califourchon sur leurs hanches ou au sein; des jeunes filles, particulièrement impatientes, des étoffes polychromes jetées sur leurs épaules pour se protéger contre la fraîcheur de la nuit. A l'une des extrémités de la place de danse, les hommes de Taman Sari dressèrent les instruments de leur orchestre de gamelan, et les sculptures dorées brillaient chaque fois que les serviteurs passaient avec de nouvelles lampes. Devant le grand portail d'entrée de la pouri, se pressaient ceux qui n'avaient plus trouvé place dans la cour. Sur le mur de la maison étaient perchés des gamins; ils avaient des fleurs piquées derrière l'oreille, des cigarettes entre les doigts et beaucoup de crasse sur leurs petits sarongs. Les vendeuses, avec leurs nattes, leurs provisions et leurs petites lampes, s'étaient installées dehors, et beaucoup de gens mangeaient et jetaient les feuilles vides à terre où les innombrables chiens les léchaient aussitôt. Ida Katout se frayait un passage à travers la foule comme un lignivore. Il épiait çà

82

et là les conversations, et son visage ridé reflétait la joie qu'il prenait à tout observer.

Sur une balé voilée par des rideaux, les danseurs étaient déjà accroupis, sous leurs beaux atours. Ils étaient assiégés par les curieux qui se bousculaient et essayaient de voir à l'intérieur par les fentes ou par l'entrebâillement des rideaux. Des mères montraient à leurs enfants les deux acteurs qui joueraient les rôles du ministre et de son pitre domestique, en leur promettant beaucoup de plaisir. Au milieu de la balé, cachée par les hommes, Lambon était assise; elle était raide et dorée comme la statue de bois d'une déesse. Seuls ses yeux bougeaient. Elle se réjouissait de danser et était ravie par le parfum des fleurs de tjempaka qui garnissaient sa couronne. Auprès d'elle était assise sa tante, qui semblait avoir laissé sa volubilité au foyer. Sans doute était-elle intimidée par l'éclat du palais. De temps à autre, elle lissait un pan du costume de Lambor ou chuchotait une remarque à son oreille. De l'autre côté de Lambon était assis le maître de Kesiman, qui lui avait enseigné la danse. Ses cheveux longs et déjà grisonnants étaient maintenus par un turban et il portait une veste courte et noire à manches qui le faisait ressembler à un courtisan en grande tenue. Il semblait inquiet, et mâchait son sirih pour se calmer, quoique sa bouche édentée y eût quelque peine, car il était trop coquet pour broyer ses noix de bétel avant de s'en servir, comme font les vieillards.

Parmi les joueurs de gamelan, Pak était particulièrement impatient. Il avait revêtu son plus beau kaïn et avait piqué une fleur d'hibiscus derrière l'oreille. Autour des hanches, il portait un nouveau sapout rouge dont Pougloug lui avait fait cadeau. Parce qu'il ne possédait pas de kriss, il avait du moins pris un petit couteau à gaine et l'avait assujetti à sa ceinture. Mais ce qui relevait surtout sa tenue, c'était le nouveau mouchoir de tête rouge à fleurs dorées qu'avait acheté la confrérie du gamelan et que portaient tous les musiciens. Ces étoffes rivalisaient de splendeur avec les instruments et donnaient aux joueurs de gamelan l'impression que, sous le rapport de l'élégance, ils ne le céderaient en rien aux danseurs dans leurs beaux costumes neufs.

Pak attendait, accroupi auprès du grand gong que son rôle était de frapper. Ses doigts, raidis et durcis par le travail des champs, n'étaient pas aptes au jeu délicat des cloches et des touches de métal qui produisaient la mélodie principale. D'autre part, son oreille n'était pas assez fine pour qu'il pût jouer du long tambour qui menait le jeu. Mais il aimait la musique d'un amour somnolent, comme s'il avait pu se reposer sur les sons ainsi que sur des coussins. Le gong était facile à manier et il y avait longtemps qu'il avait appris à en jouer, alors qu'il était encore assis entre les genoux de son père.

Pak se leva et se dirigea vers la balé des danseurs pour s'informer de sa jeune sœur au sujet de laquelle il éprouvait une sourde inquiétude. En effet, parmi les membres âgés du gamelan, c'était un continuel murmure parce qu'une jeune fille allait danser avec des hommes. C'était une faute et c'était malséant parce que cela ne s'était jamais fait autrefois. Pak entrouvrit le rideau et fit signe à Lambon lorsqu'il eut aperçu son visage derrière le dos de son professeur, mais elle ne sourit pas. Elle le regarda gravement, comme si elle eût vraiment été la nymphe dont elle portait le somptueux costume. Il semblait à Pak lui-même qu'elle n'était pas la même enfant qui lui apportait son riz le matin et qui portait de l'eau, vêtue d'un sarong déchiré. Mais il aimait sa sœur d'un amour presque aussi grand que sa fille Rantoung.

Devant la grande balé de réception, on avait délimité et marqué, au moyen de lances et de hampes de drapeaux, l'emplacement réservé à la danse. Ces piquets portaient des lampes étranges, telles que Pak n'en avait encore jamais vues. Elles n'étaient pas sculptées dans du bois et ne possédaient pas de godet contenant de l'huile et une mèche; elles étaient en verre et jetaient une lumière presque trop vive. Il regretta que Krkek ne fût pas à proximité pour lui expliquer le phénomène. En revanche, il aperçut sa femme Pougloug, qui avait pris place au premier rang des spectateurs, tenant ses deux filles devant elle. Elles avaient un morceau de canne à sucre qu'elles suçaient à tour de rôle et en bonne intelligence. Pougloug était vêtue d'un sarong neuf, de couleur jaune, décoré d'oiseaux. Pak se demanda où elle avait pris l'argent nécessaire. Il s'irrita aussi en constatant que ses seins étaient nus, de sorte que les chauves-souris et les vampires pouvaient téter son lait. Elle semblait avoir laissé la petite Klepon nouveau-née dans son berceau suspendu, où on l'avait couchée pour la fête du douzième jour et au-dessus duquel les offrandes destinées à Koumara, la déesse des enfants, reposaient dans un petit oiseau en bois. D'ailleurs, le grand-père, qui s'était pris d'une vive tendresse pour la fillette indésirable, était resté à la maison. Mais soudain Pak aperçut la jeune Sarna et son cœur battit dans sa poitrine au point de lui couper le souffle. Elle avait coiffé ses cheveux en arrière et les avait ornés de fleurs comme une femme princière, ce qui n'était pas permis à sa caste, car en somme, riche ou non, elle n'était qu'une Soudra. Dans ses oreilles elle portait des boucles en argent, au lieu de feuilles de lontar roulées. Elle était très belle, et les yeux de Pak restèrent suspendus après elle. Au bout de quelques instants sa décision fut prise; il se leva et essaya de traverser la foule qui l'entourait. « Je vais acheter du sirih », murmura-t-il, en manière d'excuse, quoique le sachet de sirih à sa ceinture fût abondamment garni. Il ne réussit pas à approcher Sarna et alla donc devant le portail, à l'endroit où se trouvaient les vendeuses.

« Ne veux-tu rien acheter chez moi? » lui cria une femme. Il se retourna et reconnut la jeune fille de Sanour, Dasni, qui lui avait un jour apporté à manger. Comme elle l'avait appelé, il s'accroupit devant sa natte et la regarda. Elle avait roulé une écharpe blanche autour de ses cheveux, au-dessus de sa figure au teint foncé, naïve et boutonneuse. « Veux-tu du sirih? » lui demanda-t-elle en lui jetant un regard oblique. « Pour deux kepengs », dit-il. Elle prépara sa chique avec empressement. Il tira l'argent de son kaïn et le lui tendit. Elle le regarda bien en face et refusa la monnaie. Les yeux de Pak devinrent fixes. Sans y penser, il lui avait demandé du sirih. Cela voulait dire : Je veux coucher avec toi, et c'est ainsi qu'elle semblait l'avoir compris. En n'acceptant pas d'argent en échange du sirih, la jeune fille signifiait qu'elle était d'accord. Le farceur Rib, qui était accroupi auprès d'eux, partit d'un grand éclat de rire : « Tâchez de ne pas vous perdre ce soir, en rentrant », dit-il malicieusement. Pak battit en retraite. « Que la paix soit avec vous », dit-il, la gorge serrée, et il disparut.

Cette fois-ci, il réussit à approcher Sarna. Il attendit que les yeux de la jeune fille tombassent sur lui et osa lui jeter un regard qui avouait tout. Et Sarna – cette fois le doute n'était plus permis – répondit à ce regard par un battement rapide de ses cils épais. Pak sentit un tiraillement dans ses mains; il eut envie de s'approcher d'elle et de l'enlacer aussitôt. Mais quelqu'un le poussa et dit : « On va commencer. » Pak sortit comme d'un brouillard rouge qui obnubilait sa tête et il se fraya un passage à travers la foule jusqu'à ce qu'il se fût mis à l'abri derrière son gong.

Un spectacle encore plus attirant que Sarna elle-même, retint bientôt ses regards. De nombreuses lampes éclairaient la grande balé de réception, qui se dressait au-dessus du mur de la deuxième cour, et des servantes étaient occupées à y étendre des nattes fines, destinées aux invités qui ne trouveraient pas place dans le bas. Encastrées dans le mur en brique, les assiettes brillaient et miroitaient à la lumière. Il y avait beaucoup d'assiettes et elles étaient très belles. Pak cligna des yeux et se rapprocha même du mur pour mieux voir. Il n'y avait pas de fleurs sur ces assiettes. On n'y voyait qu'un dessin bleu, d'apparence chinoise. Sur les assiettes que Pak avait enterrées dans la terre de sa rizière, il y avait des fleurs. Ses assiettes à lui étaient plus blanches que celles-ci, et elles portaient des roses dont on croyait sentir le parfum lorsqu'on les regardait longtemps. A deux reprises déjà, Pak avait déterré son trésor pour s'en délecter la vue. Durant un moment de vertigineuse présomption il eut le sentiment d'être plus riche que le rajah lui-même. La possession de ces assiettes l'avait transformé. Sans elles, il n'eût jamais osé jeter à la fille du riche Wayan des regards aussi significatifs et rêver d'elle comme il faisait.

Il y eut un mouvement et une agitation dans le public, car une chaise dorée se balançait au-dessus des têtes de la foule, sur les épaules de six porteurs. Un vieillard à barbe et cheveux blancs y avait pris place. C'était le tyokorda de Pametyoutan, l'oncle et co-régent du prince Alit. Ses courtisans l'escortaient en grand nombre et l'aidèrent lorsque la chaise à porteurs eut été déposée et qu'il se leva avec peine. Il s'assit sur un siège surélevé, au milieu de la grande balé, et s'entretint avec les autres invités qui s'étaient réunis là. Plusieurs hommes coururent vers la deuxième cour pour annoncer au prince que son oncle était arrivé.

Les femmes qui étaient venues de leurs balés, suivies de leurs servantes, s'assemblaient déjà devant le bâtiment central. Elles étaient somptueusement vêtues de longs sarongs et d'écharpes de soie sur leurs seins. Elles portaient sur une épaule des étoffes noires et ajourées, elles étaient chargées de bijoux, et leurs cheveux, rejetés en arrière, étaient ornés de fleurs. Elles arrivèrent dans un bourdonnement de voix, pareilles à des oiseaux exotiques et multicolores, riant, s'interpellant, se toisant jalousement, ou pelotonnées les unes contre les autres avec des gestes câlins, et s'admirant mutuellement. Elles palpaient et appréciaient les étoffes de leurs robes, et leurs yeux brillaient, car c'était une distraction rare dans la vie du palais qu'une telle occasion de se montrer aux yeux d'autres hommes.

Le bourdonnement agité prit fin lorsque le prince sortit de sa chambre avec Raka. Raka était déjà habillé pour la danse et un rayonnement émanait de lui.

Il portait un sous-vêtement blanc qui enserrait gracieusement ses jambes. Sur ses épaules flottaient beaucoup de rubans multicolores et bordés d'or. Dans son kaïn doré et empesé était planté un kriss à poignée en or. Sur sa tête il portait une coiffure en forme de triangle allongé, au-dessus duquel tremblaient et scintillaient des centaines de paillettes d'argent sur des tiges courtes. Ce casque, tressé et haut, le grandissait et lui prêtait une allure élancée et guerrière.

Il s'arrêta quelques instants sur la galerie, comme s'il avait eu conscience de sa beauté et comme s'il avait voulu laisser aux femmes le temps de l'admirer.

Le prince qui l'accompagnait, hésita, tenant de son petit doigt replié, le petit doigt de Raka, puis il lâcha son ami. Il sourit à ses femmes qui se formaient en cortège et leur lança un salut. Elles étaient belles et son œil se reposa avec satisfaction sur cette beauté. « Vous êtes parfumées comme un parterre de fleurs », leur dit-il en souriant. Cette plaisanterie du seigneur souleva de nombreux rires. Toumoun, qui passait aux yeux des autres pour hardie et impertinente, s'approcha du prince et roula les yeux. « On ne sait pas lequel est plus beau, de Raka ou de notre maître », dit-elle à haute voix à sa servante. Bernis se retourna et jeta un regard méprisant à l'indiscrète. Elle regarda vers le prince jusqu'à ce qu'elle eût retenu le regard de ses yeux. Elle lui sourit sous ses paupières baissées, avec une expression qui trahissait leur intimité passée. Le prince répondit au regard et au sourire. Dans un tremblement de son cœur affamé, elle eut le sentiment qu'une entente venait de se conclure entre eux. Mouna, l'esclave, murmura derrière elle : « Cette nuit, le maître n'étudiera pas dans les livres de lontar. » Bernis serra les lèvres et se joignit au cortège qui descendait vers la première cour. Alit suivit ses femmes des yeux. « De tous les engagements que j'ai dû prendre envers les Hollandais, dit-il, reprenant la conversation qu'il venait d'avoir avec Raka, celui que j'aurai le moins de peine à tenir concerne l'immolation de mes veuves. Je ne me soucie vraiment pas le moins du monde d'entrer au ciel avec un cortège de femmes. Leurs bavardages et leurs jalousies en feraient un triste séjour. »

Raka partit d'un grand éclat de rire. Mais son visage changea aussitôt d'expression. « Le gamelan vient de commencer », dit-il. En effet, les sons sur lesquels s'ouvrait le premier thème musical, retentissaient dans la première cour. Lorsqu'Alit se retourna, Raka avait déjà franchi le portail. Il reparut bientôt dans la première cour, au milieu du groupe de danseurs qui gagnaient leur emplacement, délimité par deux porteurs de parasols sacrés.

Le prince, qui s'était joint à ses dignitaires impatients, s'attarda encore sous le portail qui donnait accès à la première cour. Il souriait inconsciemment, en contemplant le spectacle : cette lumière pâle, en contrebas. Le grouillement de la foule, belle et parée, les enfants nus, avec leurs grands yeux brillants. Il connaissait beaucoup de ces gens et les aimait tous. Le gamelan jouait; un air doux et incertain alternait avec des notes vives, fortes et guerrières, que précipitaient les battements du tambour. Il aimait cette attente de la danse qui faisait courir de petits frissons sur sa peau. Parfois, en entendant ces sons, il avait l'illusion de redevenir un enfant. Dès sa plus tendre enfance, ses yeux s'étaient animés de l'éclat doré et des mouvements des danseurs. Assis sur les genoux de sa mère, il avait assisté aux danses avant même d'apprendre à parler. Quelque chose de la fièvre rêveuse qui l'avait alors agité, vivait encore en lui. Il se réjouissait avec une impatience presque douloureuse de voir danser Raka, et il sentait battre son cœur qui semblait si souvent dormir. Depuis qu'ils avaient appris à connaître, petits gamins nus, les quatre points cardinaux, ils étaient toujours restés ensemble. Quoique le prince eût un an de moins que Raka, il se sentait beaucoup plus vieux que son ami. Il avait vu grandir Raka, gai et ardent, doué d'une âme que la tempête agitait sans cesse. Personne ne savait rire comme Raka, personne n'était aussi malheureux, personne ne pouvait s'animer autant que lui aux combats de coqs, personne n'était aussi songeur et taciturne que lui à l'heure du coucher du soleil. Personne, sur toute l'île de Bali, ne savait danser comme lui.

Raka, au milieu des autres danseurs, prit la petite Lambon par les épaules et la poussa devant lui. Il la sentit trembler et se pencha vers elle : « As-tu peur? » demanda-t-il. Elle ne fit qu'un signe de tête, en silence. « Surtout, n'oublie pas de te tourner lorsque je m'avancerai avec le kriss.

– Je n'ai pas peur de toi », répondit Lambon, et elle leva obliquement les yeux vers lui. Elle devait jouer le rôle de Soupanaka, la sœur de Rahwana, prince des démons, laquelle est envoyée par son frère pour séduire Laksamana sous les traits d'une belle nymphe. Mais celui-ci lui coupe le nez et la renvoie dans les régions mauvaises d'où elle est venue. Ils avaient souvent exercé cette figure de danse au cours de laquelle Laksamana levait le kriss au-dessus d'elle, car la danse devait se poursuivre et Lambon pouvait être blessée par un faux mouvement.

Raka l'inspecta en tournant autour d'elle, pour s'assurer que son costume lui allait bien. Il redressa une des nombreuses cambogies qui ornaient sa couronne en cuir doré et ajouré. Debout derrière elle, il desserra la ceinture dorée qui moulait son torse jusqu'aux hanches, puis la retenait. Le gamelan jouait. Le visage de Lambon dégageait un parfum doux-amer de fleurs et de poudre de kounyit, mêlé à l'odeur de la suie qui encadrait son front de noir. Lorsque Raka enroula la ceinture autour d'elle, il sentit que ses seins avaient commencé à pointer. Cela le fit sourire. Tiens, la petite Lambon, se dit-il. La voici qui veut se déployer! Étonné, il la regarda en face. Il lui semblait que c'était hier qu'il l'avait menée chez le maître de danse et qu'il l'avait tenue entre ses genoux pour la consoler. Ses mains étaient chaudes du contact de la jeune fille, comme s'il avait tenu un oiseau. Il lâcha Lambon et l'écarta de lui. Elle demeura debout, devant lui, les yeux baissés. Le gamelan jouait. Lambon se dressa et frémit intérieurement, comme font quelquefois les jeunes arbres de pisang même lorsque l'air est calme.

Raka se détourna et s'assit sur la natte, par terre, à côté des quatre autres danseurs. Lambon prit la main de son professeur entre les siennes et s'accroupit à côté de lui. Le premier danseur se leva et, se mouvant déjà avec la lenteur solennelle de la danse, les yeux fixes, il franchit le rideau et s'avança vers les deux ombrelles qui encadraient l'entrée du plateau réservé pour la danse. Le gamelan jouait. Le second danseur se leva un peu plus tard; il était meilleur que le premier, et la foule qui avait continué à bavarder, se tut.

Des serviteurs s'agenouillèrent devant Raka et lui tendirent de jeunes noix de coco, pleines d'un lait frais, liquide et aigrelet. Il les repoussa quoiqu'il eût la gorge sèche d'excitation. Cette étrange transformation s'opérait toujours en lui aux approches de la danse. Il ne savait plus qui il était. Il sortait de lui-même. Il sentait son cœur battre, et ses muscles se tendaient comme des cordes qui portent un lourd fardeau. Mais en même temps il se sentait léger et sans poids. Le vieux professeur appelait cet état « l'autre pensée ». Autour de Raka s'élevaient comme des voiles bleus, et peu à peu les visages des hommes pâlissaient. Bientôt il ne vit plus que ce bleu doux. Il était seul avec lui-même, comme dans un nuage. Le gamelan jouait. Il n'entendait ni les plaisanteries du serviteur comique ni les cris de joie des spectateurs. Ceux-ci criaient de plaisir, ils accueillaient chaque plaisanterie, chaque allusion par une pluie de rires. Ils se faisaient de petits signes de contentement et les garçons saisissaient l'occasion pour se serrer contre la haie des jeunes filles, comme pour mieux entendre. Les femmes du prince, les jambes croisées latéralement, assises sur les nattes d'une petite balé, étaient déchaînées comme de jeunes animaux que l'on remet en liberté. Leurs rires sifflaient ainsi qu'un vent.

Raka ne remarquait rien de tout cela. Il entendit le gamelan l'appeler et vit un point brillant monter dans le vide bleu comme un cristal. Ses yeux devinrent fixes. Il se leva. La route est prête, chantait le récitant. Mon prince paraîtra bientôt. Il traverse la forêt et les fleurs poussent sous ses pieds. Il menace et les tigres tremblent de peur. Le gamelan jouait. Le tambour appelait et précipitait son rythme. Raka était debout entre les deux ombrelles qui marquaient l'entrée dans l'autre monde, dans ce monde imaginaire qui allait le transformer en un dieu. Il se sentit grandir, se dilater bien au-dessus de sa propre taille. Puis il s'avança sous les lampes.

Le prince s'était accoudé et ne détournait pas les yeux de Raka. « Notre seigneur dévore la danse des yeux », murmura Ida Katout à l'oreille de son voisin. Celui-ci fit « oui » de la tête et pointa ses lèvres avec une expression significative. Il se nommait Anak Agoung Bouma, le fils du Grand. C'était un de ces trois parents du prince qui feignaient de jouer un grand rôle dans la pouri. Bouma s'était lui-même conféré une fonction. Il réquisitionnait les chevaux qui plaisaient au prince, ainsi que les femmes et les coqs. C'était lui qui avait procuré les assiettes qui décoraient le balé de réception, mais il ne les avait pas payées. Il recevait les cadeaux que l'on apportait à la pouri et parfois il gardait pour lui-même tel ou tel objet. On le surnommait Semal, l'écureuil, parce qu'il ne pouvait s'empêcher d'amasser et de ronger. Mais surtout il se sentait apte à deviner les désirs inexprimés du prince

Alit et à les satisfaire, qu'ils fussent de bon ou de mauvais augure. Épais et courtaud, il suivait partout son seigneur et cousin, ne se lassait pas de l'observer, et l'importunait à tel point qu'Alit avait parfois l'impression de s'être pris dans une toile d'araignée. Ce Bouma donc se dressa sur ses cuisses pour mieux voir ce qui avait intéressé le prince lorsqu'il avait eu ce geste involontaire.

Lambon venait de paraître sur la scène. Elle était mince et petite, et son visage d'enfant était grave. Les cuisses et les genoux serrés, elle s'avançait. Ses mains voltigeaient comme des oiseaux. Son cou étroit vibrait sous la grande couronne. Glissant et décrivant des zigzags hésitants, elle s'approchait de Raka. C'était une danse infiniment artificielle et presque inhumaine, où le mouvement, parfaitement réglé, avait remplacé le sentiment. Ses petits pieds nus faisaient jaillir la poussière et ses hanches se balançaient, fraîches comme des tiges de nénuphars. Elle était maintenant arrivée tout près de Raka et il se mouvait en même temps qu'elle. La lumière des lampes éclairait leurs corps dorés. Les fleurs de leurs couronnes tremblaient comme si elles avaient été vivantes. Leurs bras, dans les manches étroites et brillantes, décrivaient en l'air des arabesques tendues. « Vois, elle approche du divin seigneur, chantait le récitant. Elle s'enroule autour de lui comme un serpent, comme une liane autour d'un tronc vertical. Prends garde à la nymphe, Laksamana ! » Le gamelan jouait. Raka et Lambon passèrent l'un à côté de l'autre, leurs visages faillirent se rencontrer, ils se séparèrent et se rejoignirent de nouveau. On eût dit le jeu de deux grands papillons avant l'accouplement.

Le prince, penché en avant, regardait fixement la danse. Ses yeux en buvaient l'image, comme l'avait dit Ida Katout. Il serra les poings lorsqu'un serviteur dégaina le kriss de Raka et le lui tendit. Le jeu amoureux se changeait en combat. Le kriss étincela au-dessus de la tête de Lambon et elle se replia. Elle disparut. Le gamelan jouait. Alors Raka s'élança contre les deux autres danseurs ; c'était le combat de Laksamana avec les deux démons.

Beaucoup d'enfants s'étaient endormis. Comme de

petits singes ils étaient suspendus à leurs mères et dormaient. Les esclaves des femmes du palais avaient, elles aussi, appuyé leurs têtes les unes contre les autres et dormaient. Plusieurs des courtisans, leur chique de sirih en bouche, inclinaient la tête en avant. Le vieux tyokorda de Pametyoutan, lui aussi, s'était endormi, fatigué par l'âge et par ses douleurs. Seul Alit resta lucide et éveillé jusqu'au bout.

Après les dernières notes du gamelan la foule se mit en route et se dispersa rapidement. Précédés de torches, les habitants des villages partirent en groupes serrés, de façon à n'avoir à redouter ni démons ni lejaks. Beaucoup de femmes portaient devant elles un couteau dans lequel était embroché un oignon, sûre défense contre les noirs dangers de la nuit. Les hommes de Taman Sari épaulèrent leurs instruments et les emportèrent. Les nouvelles lampes de la place de danse, moins durables que les lampes en noix de coco, étaient noires de suie. Les femmes du prince, fatiguées, s'appuyaient les unes contre les autres; les fleurs dans leurs cheveux dégageaient un parfum plus fort, car elles commençaient à se faner. Elles attendaient de connaître les désirs de leur seigneur. Bernis se tenait à l'écart et attendait la nuit avec impatience.

L'air pensif et absent, le prince était resté assis sur sa natte. Il sourit en suivant des yeux les danseurs qui partaient. Ida Katout s'accroupit auprès de lui et essaya de distinguer les pensées de son maître. Anak Agoung Bouma s'approcha, les mains jointes, et s'inclina, quoiqu'il fût du même sang qu'Alit.

« J'ai remarqué que tu as pris plaisir à la petite danseuse, dit-il, à la fois discret et empressé. Le prince détacha son lourd regard de la place de danse et se leva. Il s'étira et respira profondément l'air frais qui tombait, chargé de rosée, des cimes des palmiers.

– Ce n'est qu'une enfant, répondit-il. Mais peut-être deviendra-t-elle un jour une belle femme. »

III

BOULELENG

Il faisait chaud à Bouleleng. Un vent paresseux entraînait la chaleur de l'Équateur vers le sud, et elle restait mollement suspendue le long de la côte de Bali. Les Chinois étaient assis devant leurs boutiques, leurs vestes ouvertes, et transpiraient. Deux marchands de Bombay étaient accroupis, les jambes repliées, à côté de leurs balles d'étoffes et jouaient au domino. Dans la rade, trois voiliers de Macassar étaient à l'ancre; on apercevait leurs mâts au-dessus des toits des maisons, et les hommes de l'équipage flânaient à travers les quelques rues de la ville, hâlés et entreprenants sous leurs fez noirs.

Un domestique javanais traversa en courant le jardin de la Résidence, en direction des bureaux. L'air soucieux, il portait sur ses paumes étendues une veste d'uniforme blanche et empesée. Dans le bureau, le contrôleur des affaires intérieures, Mijnheer Visser, piétinait d'impatience. Il était en manches de chemise et la sueur coulait en trois ruisselets le long de sa nuque. Il frappait du pied, tambourinait sur son bureau et donnait toutes les marques d'une furieuse impatience. Enfin le domestique parut avec la veste qu'il présenta respectueusement à son touan. Visser poussa quelques jurons en javanais, quoique cette langue ne se prêtât guère aux jurons. Il endossa en toute hâte l'uniforme et boutonna le col haut sous son double menton. Les épaulettes d'or brillaient. Visser ponctua cette opération par un énergique *Godverdomme* et le

Javanais éclata de rire. Ce mot signifiait – il le savait – que la colère de son maître s'était dissipée et que la paix et l'amitié étaient revenues.

« Qu'est-ce qui ne va pas? questionna Boomsmer, sortant du second bureau. C'était un Hollandais grand, très blond, aux cheveux couleur de chanvre et aux yeux bleus.

– Cet animal de domestique n'avait pas repassé ma veste, et voilà justement que le Résident me demande, dit Visser en boutonnant la vareuse sur son petit bedon.

– A neuf heures du matin? Qu'est-ce que cela peut bien signifier? Les Russes auraient-ils encore passé en contrebande leurs vieux tromblons dans les provinces du sud? »

Visser rassembla sous son bras quelques feuillets d'un dossier, but encore une gorgée de genièvre à même la bouteille qu'il tira d'un petit placard, sous le portrait de la Reine et du prince consort. Il regarda d'un air plaintif Boomsmer qui ressemblait à un œuf pelé, dans son uniforme blanc trop étroit, et qui semblait sourire à la vue de son collègue en sueur.

« Bon Dieu! Dire que vous ne sentez jamais la chaleur! dit-il d'un air de reproche.

– C'est affaire de volonté », répondit Boomsmer, raidissant ses reins.

Visser sortit. « Je suis certain d'une chose, en tout cas. Lorsque je serai vieux et à la retraite, je ne sortirai plus autrement qu'en sarong, dit-il, avant de disparaître.

– Vous en seriez bien capable », cria Boomsmer derrière lui, et la porte se referma. Visser avait la réputation d'être trop mou envers les indigènes. Ça n'a pas de discipline dans les os, songeait Boomsmer. Il fallait la tenir au doigt et à l'œil, cette île intraitable, telle était son opinion. Mais il semblait que le Résident se fût entiché de ce Visser. Visser connaissait les indigènes, et parlait leur langage compliqué. On le déléguait pour d'amicales palabres, d'où il rapportait même parfois certains résultats utiles. Sans l'entremise de Visser, on n'aurait peut-être pas réussi à imposer certains traités aux provinces du sud. Des canons auraient mieux valu que des traités, estimait Boomsmer. Il avait le point d'honneur chatouilleux et il semblait que le gouvernement hollandais se laissait trop faire. Dès qu'il s'agit de Bali, tous deviennent sentimentaux, songeait-il avec irritation. Lui-même ne réussissait pas à s'enthousiasmer pour cette île. La vie à Bouleleng était assez désespérante et il regrettait Sourabaja. Il n'y avait même pas de club dans ce sacré trou! Les indigènes étaient sales et crachaient le bétel jusque sur la galerie du bureau. Ils étaient pleins de gale, de vermine et de fièvres, et ils étaient trop bêtes pour se laisser guérir. Ils avaient des superstitions et des tabous sans fin, et les hautes castes étaient encore pires à cet égard que les basses classes. Les rajahs des petits royaumes, qui n'étaient après tout que des paysans et des va-nu-pieds, étaient accroupis au milieu du fouillis sordide de leurs pouris, et ils se prenaient pour les premiers rois du monde parce qu'ils pouvaient faire trancher la tête et les mains de leurs sujets si tel était leur bon plaisir. Mais lorsque l'un d'entre eux mourait, on l'enroulait dans du lin blanc et on le conservait dans la maison jusqu'à ce que le ciel lui-même en fût empesté. Boomsmer se secoua au seul souvenir de cette odeur de cadavres et à son tour il avala une gorgée de genièvre. Le portrait de la Reine, jeune et dans tout son apparat, semblait l'observer amicalement du haut du mur.

Boomsmer s'approcha de la table de travail de Visser et prit la première feuille qu'il y trouva. Elle ne portait aucune mention administrative, il ne vit qu'une foule de petits messieurs coiffés de chapeaux hauts de forme et dessinés de façon très primitive. C'était le genre d'occupation auquel Visser se livrait d'ordinaire lorsqu'il avait un problème à résoudre. Boomsmer soupira et retourna dans son propre bureau, où un greffier javanais, debout devant un pupitre, recopiait des actes de ses longues mains fines.

« Qu'est-ce que c'est que cette histoire de Chinois? demanda le Résident au Contrôleur qui avait pris place en face de lui dans un siège de rotin. Ils étaient assis sur la véranda qui était l'endroit le plus frais du palais de la Résidence. Le résident Berginck avait encore devant lui la tasse vide de son petit déjeuner et à côté de lui, il y avait une pile d'actes qui attendaient la signature.

– Le Chinois dont les gens de Gitgit ont fait saisir les champs? demanda Visser.

– Non, cette affaire-là est réglée. Je parle du Chinois dont le bateau a échoué. »

Le Résident fouilla dans ses dossiers. « Il s'appelle Kwe Tik Tyang, ajouta-t-il et il regarda son contrôleur bien en face.

– Je croyais que cette affaire aussi était réglée, monsieur le Résident? répondit Visser, après qu'il eut fait un effort pour se remémorer le nom et les circonstances. L'individu en question s'est calmé et il est reparti pour Bandjermasin.

– Vous croyiez, mais ce n'est pas exact. Notre homme est reparu hier, et cette fois il a sollicité l'appui de Gousti.

– De Gousti Nyoman? En quoi ce Chinois peut-il intéresser Gousti Nyoman?

– D'abord ils le considèrent comme une sorte de rajah et ils sont persuadés qu'il peut obtenir plus que nous. Au surplus, ils savent qu'il a été nommé par le gouvernement et ils semblent palabrer plus volontiers avec un Balinais qu'avec nous.

– Voulez-vous me permettre de jeter un coup d'œil?... demanda Visser en prenant le dossier. Il avait oublié quelques détails, car la plainte du Chinois n'était qu'une parmi les nombreuses affaires qu'il y avait à résoudre sur l'île. Le Résident déboutonna deux boutons de son uniforme et attendit. C'était un homme grand et fort, avec de beaux yeux bruns qui avaient le regard concentré des myopes.

– Comme Monsieur le Résident peut s'en rendre compte, j'avais d'excellentes raisons de rejeter la plainte de notre homme, dit Visser en déposant le dossier sur la table. Il a eu de la malchance, soit. Mais en quoi cela regarde-t-il notre gouvernement? Son bateau a échoué, mais il a eu la vie sauve, et les gens de la côte ont même repêché et restitué ses marchandises. Je ne parviens pas à comprendre pourquoi cet individu s'adresse à nous et réclame une indemnité. Quelle raison aurions-nous de lui payer cinq cents ringgits? Serions-nous par hasard une compagnie d'assurances? D'ailleurs, Monsieur le Résident avait lui-même contresigné la décision de classer l'affaire. Et, d'un geste prompt, Visser fit passer la pièce sous les yeux myopes du Résident.

– Vous avez négligé de me signaler que le bateau avait échoué dans la région de Badoung », dit le Résident, sans regarder le dossier. Visser demeura silencieux.

Les trois provinces rebelles du sud étaient le grand souci des autorités. C'était une situation à la longue intenable que les Hollandais fussent les maîtres de l'île sans l'être tout à fait. A tout moment une étincelle pouvait jaillir de Kloungkoung, de Tabanan ou de Badoung, et exciter à la révolte les autres princes, déjà soumis. On se fondait sur des traités si vieux qu'ils sentaient le moisi, malgré quelques clauses et signatures plus récentes qui accordaient au gouvernement certains pouvoirs. Tout cela était bel et bien. Mais c'était une solution insuffisante et le Gouvernement Général de Batavia faisait de temps à autre sentir à Bouleleng qu'en somme les fonctionnaires de Bali auraient eu tout le temps nécessaire pour améliorer la situation dans leur colonie. Visser le savait aussi bien que le Résident, et il en avait parfois des insomnies. Il avait fait tout ce qui dépendait de lui. Il était allé tout seul dans la caverne du lion. A plusieurs reprises, il avait pénétré sans défense dans les pouris, au milieu de centaines de guerriers armés de leur kriss, et il avait essayé de leur faire entendre raison. Il avait bu de leur affreux vin de riz sucré et s'était périodiquement détraqué l'estomac par leurs mets trop épicés. A force de patience, il avait su gagner la confiance de quelques princes et avait essayé de s'intituler leur « frère-aîné », pour leur persuader de suivre ses conseils. Mais dès qu'il entendit prononcer le mot « Badoung », il sut que des ennuis se préparaient.

« J'ai eu l'impression, en somme, que le Chinois essayait tout simplement d'exploiter l'échouage de son bâtiment. Il essaie d'en tirer profit, voilà tout!

– Je n'ai jamais envisagé que *nous* devrions l'indemniser, dit le Résident. Il fit cliqueter sa tasse à café vide en la repoussant. Visser avait, lui aussi, le front rouge. Il épongea la sueur qui coulait dans sa nuque.

– Puisque Monsieur le Résident semble s'intéresser

particulièrement à cette affaire, je propose de convoquer Gousti avec le Chinois Kwe Tik Tyang, dit-il avec un empressement administratif, persuadé que le Résident repousserait sa proposition.

– Oui, Visser, c'est ce que nous allons faire, répondit le Résident. Je reste chez moi jusqu'à deux heures. D'ailleurs inutile de s'agiter à ce propos », ajouta-t-il d'un air conciliant.

Visser traversa la pelouse que l'on avait décorée de quelques anciennes statues balinaises en pierre et au bord de laquelle se dressait le mât à pavillon. Une torpeur pesait sur la place. On avait essayé d'y ressusciter une certaine atmosphère hollandaise en faisant venir de la métropole des semences de plantes néerlandaises et en les semant en bordure. Elles fleurissaient péniblement et minablement dans cet air humide et brûlant qui faisait pourtant surgir des forêts de palmiers et de lianes d'une abondance merveilleuse. Devant la grille flânaient quelques Balinais, et le long de la rue s'alignaient les coquets pavillons des Hollandais, tous semblables, peints en jaune clair, avec une lampe suspendue et deux assiettes genre Delft dans la véranda. Mais sur le côté de la rue, à deux pas des maisons, il y avait une fillette, nue et brune, qui n'était vêtue que de quatre bracelets de cuivre aux poignets et aux chevilles, et de feuilles de lontar roulées en guise de boucles d'oreilles. Visser soupira et regagna son bureau. Il avala une gorgée de genièvre, s'assit à sa table et dessina encore trois messieurs à chapeaux hauts de forme sur la feuille de papier qu'il avait à portée de main. « Oppas », hurla-t-il tout à coup. « Touan », répondit un écho empressé. Le domestique en uniforme parut, l'air effrayé. « Je vais écrire une lettre que tu vas immédiatement porter à Gousti Nyoman », dit-il, et Oppas s'accroupit dans un coin de la pièce tandis que Visser écrivait. Après quelques minutes Boomsmer entrouvrit la porte et montra sa tête blonde.

« Alors, qu'est-ce qu'il voulait, le Touan Besar ? » questionna-t-il.

– Rien, rien, dit Visser, les bagatelles ordinaires.

– Vous dites ça, remarqua Boomsmer. Premier commandement : Aux colonies rien n'est bagatelles.

– Et ainsi de suite, dit Visser. Je connais par cœur toute votre litanie. Notre honneur est en jeu. C'est nous qui sommes les maîtres et nous exigeons d'être obéis, nous ne voulons que le bien des indigènes et nous sommes ici en territoire hollandais. Je vais vous faire une confidence : par de tels discours on ne fait que grossir les incidents. Fichez donc la paix aux indigènes, s'ils ne s'intéressent pas à la tôle ondulée et aux bicyclettes. Vous n'en ferez jamais des coolies pour vos plantations. Tout cela c'est de la blague!

– Vous êtes un anarchiste », dit Boomsmer, et comme Visser ne répondait pas, il retourna dans son bureau.

Une heure plus tard, trois charrettes à deux roues, attelées de chevaux dont les harnais garnis de grelots tintinnabulaient, s'arrêtèrent devant la résidence. Dans la première avait pris place Gousti Nyoman en personne. Dans les deux autres suivaient Kwe Tik Tyang et quelques hommes de la suite de Gousti. D'un pas rapide mais digne, Nyoman traversa le jardin, et le Résident vint le saluer avec politesse à l'entrée de la galerie. Le Malais serra la main tendue d'un geste un peu incertain, car il n'était pas encore très assuré dans la pratique des coutumes blanches. Ses compagnons s'accroupirent sur le pavement, qui était d'une propreté hollandaise, ce qui ne les empêcha pas de projeter de tous côtés leurs crachats rougis par le bétel. Le Chinois resta en bas des marches, en attendant qu'on l'appelât. Il souriait, mais il avait chaud sous sa robe de soie.

Le Résident offrit à Gousti un siège sur lequel le visiteur prit place en s'accroupissant comme si ç'avait été un tabouret de bambou. C'était un jeune homme beau et fort, qui avait des yeux intelligents et vifs. Il portait une veste blanche, boutonnée jusqu'au col, à la façon des Hollandais, et, en dessous, un sarong d'un vert argenté, mais il avait les pieds nus. « Le Touan Résident m'a fait appeler et je suis venu », dit-il en langue malaise. Le Résident lui offrit une cigarette. « Prie le Touan Visser de venir », commanda-t-il à un des domestiques accroupis sur les marches. « Mon ami Nyoman pourra lui faire part des plaintes du Chinois. »

Gousti Nyoman appartenait à une branche latérale de

sa famille et son sang n'était pas très pur. En pactisant avec les Hollandais, il s'était assuré une position à Bouleleng. Les autres princes le traitaient entre eux de traître, et il ne les aimait pas. Ils l'avaient considéré comme un homme de basse caste et comme un arriviste jusqu'au moment où les Hollandais lui avaient donné le pouvoir.

« Je n'estime pas le Chinois, dit-il fièrement, quoique Kwe Tik Tyang entendît ses paroles, mais parce qu'il a porté plainte contre les princes de Badoung et de Pametyoutan, il m'a paru préférable que cette plainte parvienne aux oreilles du Touan Résident. »

Au même moment Visser arriva; il salua Gousti et prit place en silence derrière la table. Il était accompagné du secrétaire javanais, qui s'accroupit sur le plancher et commença de rédiger une sorte de procès-verbal. Le Résident signifia au Chinois d'approcher et d'exposer son affaire. Et Kwe Tik Tyang, habitué à être son propre avocat, entra aussitôt dans ses explications avec une grande volubilité.

Lorsque sa barque avait échoué, raconta-t-il, il avait perdu ses esprits pendant plusieurs heures parce que la tempête l'avait jeté contre le mât. Durant ce temps, son second avait tout dirigé. Lui-même, aussitôt débarqué, avait prié le pounggawa de Sanour de faire garder le bâtiment et il avait en outre délégué à cet effet deux hommes de l'équipage. De plus, il était retourné auprès du bateau, vers le matin, en compagnie de tout l'équipage. A ce moment-là, ils avaient trouvé environ deux cents habitants de la côte occupés à démolir et à piller l'embarcation. Ses hommes et lui avaient été trop faibles pour les en empêcher. Lorsqu'il put, à marée basse, regagner le bord du bâtiment, il manquait une grande partie du chargement ainsi qu'une caisse en tôle contenant des ringgits et plusieurs paniers en bambou dans lesquels des kepengs chinois étaient enfilés par rangs de mille. Le lendemain, lors du déchargement, de nouveaux larcins avaient été commis. Il avait alors porté plainte à la cour de Badoung, mais on l'avait débouté en se moquant de lui. Il ajouta qu'il ne s'était sans doute pas montré lors de sa première plainte assez explicite sur l'importance du dommage qu'il avait subi. Il présentait donc une liste complète des pertes subies et un rapport sur les circonstances qui étaient à l'origine de ces pertes.

S'inclinant profondément, le Chinois déposa devant le Résident plusieurs feuillets couverts d'une écriture étroite en langue malaise.

Le Résident approcha les feuillets de ses yeux myopes et les repassa, un à un, après les avoir lus, au contrôleur. La tête de Visser s'injectait de sang à mesure qu'il lisait, et à plusieurs reprises il alla même jusqu'à siffloter sans se rendre compte de son impolitesse. Gousti était resté assis, mi-somnolent, mi-amusé, et il fumait.

Les feuillets contenaient une énumération interminable des objets que le marchand de Bandjermasin prétendait avoir perdus, à commencer par une caisse contenant 3 700 rixdales, et jusqu'à la batterie de cuisine du cuisinier Simin, de Bandjermasin, évaluée à cinq florins hollandais. Venait ensuite une déclaration sous la foi du serment, faite par les membres de l'équipage par-devant l'administrateur du port de Sigaradja, et contresignée par celui-ci.

Le Résident tira de nouveau les feuillets à lui, les relut deux fois de suite et soupira. « C'est tout ? » demanda-t-il ironiquement. Le Chinois s'inclina plusieurs fois et tira de sa manche une nouvelle pièce qu'il commença par tendre à Gousti et dont il suivit la transmission avec des yeux pleins d'espoir. « Quoi encore ? murmura Visser.

— Une lettre du Chinois Nyo Tok Suey, de Sanour, dit Gousti avec une expression d'ennui. Adressée au Chinois Kwe Tik Tyang.

— Est-il d'usage que des Chinois s'écrivent entre eux en langue malaise ? » remarqua Visser, qui avait jeté un coup d'œil rapide sur le document et y avait distingué des lettres arabes. Le Résident sourit. « Nyo Tok Suey informe par cette lettre Kwe Tik Tyang qu'il a renoncé à son intention primitive d'acheter l'épave parce que des pillards ont enlevé le revêtement de cuivre et les haubans après son départ de Sanour, dit le Résident à son contrôleur en clignant de l'œil.

— Grave, très grave », soupira Mijnheer Visser avec componction. Le Chinois regardait de l'un à l'autre et il lui semblait qu'ils ne le prenaient pas tout à fait au sérieux. « Les gens de la côte de Badoung ont agi comme toujours en naufrageurs », dit-il violemment. Plus cette fâcheuse aventure s'éloignait, plus elle s'amplifiait dans son imagination, et d'ailleurs le mensonge faisait partie intégrante de sa complexe morale chinoise.

« Mais tout ceci est nouveau, dit le Résident. Il n'en était pas question dans votre première plainte? Visser se pencha en avant pour mieux entendre. Le Chinois garda le silence. Le Résident tira de son dossier l'ancien document et le compara au nouvel exposé. Il hocha la tête et finit par chausser ses lunettes, dont il évitait autant que possible de se servir, parce qu'il n'aimait pas trahir sa myopie. Après avoir relu la plainte, il rejeta d'un grand geste tous les feuillets sur la table et toisa le Chinois.

– Ainsi vous aviez à bord trois mille sept cents rixdales et en outre deux mille neuf cents kepengs? Comment se fait-il que vous n'avez même pas sauvé une partie de cet argent?

– On a repêché des kepengs d'une valeur de cent soixante-quinze florins, dit le Chinois. Je n'ai déclaré que les pertes que j'ai réellement subies.

– Ah? Réellement subies?... dit le Résident, distrait. Je lis dans votre première requête que votre équipage a immédiatement transporté plusieurs caisses à terre. Que contenaient-elles?

– Du sucre, dit le Chinois.

– Je vois. On a sauvé le sucre et on a laissé l'argent sur l'épave, dit le Résident. Gousti Nyoman éclata de rire. Cette histoire lui semblait du plus haut comique.

– L'eau salée abîme le sucre... Et puis je n'avais pas tous mes esprits... J'avais été projeté contre le mât...

– Un instant, dit Visser, en s'approchant du Chinois. Es-tu certain que cette caisse pleine d'argent était encore à bord lorsque tu as quitté le bateau? N'est-il pas possible qu'elle ait été emportée par la tempête?

Kwe Tik Tyang réfléchit. Il cherchait la réponse la plus avantageuse. S'il était plus avantageux de ne pas mentir, il était prêt à dire la vérité.

– Il est possible que la caisse soit passée par-dessus

bord. Mais je n'en sais rien. Je n'ai rien vu, dit-il prudemment. Visser se rassit, satisfait.

– Vos prétentions, qui étaient primitivement de cinq cents ringgits, ont en tout cas beaucoup augmenté, dit le Résident, cependant que son crayon suivait les différents chiffres et qu'il essayait d'en faire le total. Kwe Tik Tyang regarda Gousti, comme s'il avait attendu de lui un conseil. Gousti fumait, une odeur d'œillet se répandait dans la galerie et le Malais examinait avec complaisance ses longs ongles.

– Touan Résident, Votre Excellence, dit le Chinois. Comment pourrais-je me permettre de formuler une demande précise? Je suis un pauvre homme et un homme ruiné. Mon bateau était bon, la cabine en était toute neuve, on l'a pillé, brisé et on a volé tout le cuivre, de sorte qu'il n'en reste que quelques planches. J'ai déclaré ma perte telle qu'elle est, et sous la foi du serment. Son Excellence décidera quelle indemnité doit m'être allouée.

Le Résident soupira. Cette affaire était encore plus embrouillée et plus désagréable qu'auparavant. Il regrettait presque d'avoir permis qu'elle fût soulevée à nouveau. Gousti jeta le bout de sa cigarette.

– Le Chinois m'a raconté qu'on lui avait dit à la Cour de Badoung que tout s'était passé très régulièrement et que trente pour cent des épaves appartenaient au prince, dit-il sans élever la voix.

Le Résident enleva ses lunettes et son regard se rétrécit.

– Le prince a dit cela? demanda-t-il avec vivacité.

– Un de ses parents, Touan Résident, Votre Excellence, dit Kwe Tik Tyang. Il y eut une pause. Visser ne semblait plus écouter. Sans formalisme, selon son habitude, il avait tiré à lui tous les papiers et les étudiait. Un large sourire éclairait de temps à autre son visage échauffé.

– J'ai entendu vos explications et j'examinerai votre requête avec bienveillance », dit le Résident. Il se leva, mettant fin à l'audience. Le Chinois, d'un regard interrogateur vers Gousti, parut demander à celui-ci quelle attitude il convenait d'adopter. Il s'inclina profondément et se retira. Sa longue robe souleva la terre sèche du jardin lorsqu'il retourna vers les voitures qui attendaient.

« Le mieux serait de faire une enquête sur place, à Badoung, dit Gousti. Les Chinois ont deux paroles, c'est vrai. Mais les gens de la côte de Badoung ont été habitués par leurs pères au brigandage, ceci est vrai aussi. »

Visser, qui poursuivait sa lecture, éclata de rire. « Une montre en or avec une chaîne. Avec une chaîne! dit-il. Ce doit être une montre magnifique. L'énergumène demande une indemnité de cent soixante-quinze florins!

— Une montre?... dit le Résident, absent. Le bateau naviguait sous pavillon hollandais, songeait-il. Cela nous regarde évidemment. Nous ne pouvons pas négliger cette affaire. Que disiez-vous, Visser?

— Toute cette affaire pue la mauvaise foi, Monsieur le Résident. Cette lettre du Chinois en malais est du travail fait sur commande, cela se sent à distance. Et cette liste des pertes, quelle imagination!

— Qu'est-ce que vous proposez? questionna le Résident. Gousti était resté et s'amusait cordialement. Comme ces hommes blancs transpiraient et comme ils prenaient tout au sérieux! Visser essaya de deviner les désirs de son chef. Il poussa un soupir.

— Si Monsieur le Résident estime qu'une requête pourrait être utile, je puis aller à Badoung et essayer de me rendre compte de ce qui s'est passé. Le pounggawa de Sanour est notre homme de confiance, il me renseignera. Mais je vous dis que cette affaire pue la mauvaise foi, elle empeste jusqu'au ciel! Nous ferions mieux de n'y pas toucher.

— Il s'agit de savoir si Badoung a manqué à l'article 11 du traité qui stipule l'abolition du droit d'épave, répondit le Résident. Je n'ai pas le sentiment que nous puissions nous désintéresser de cette affaire, mon cher Visser... »

IV

TAMAN SARI

Les semaines qui suivirent furent des semaines laborieuses pour Pak; ses muscles grossissaient, la sueur coulait à flots. Dans les champs situés à l'ouest, le riz mûrissait. Les tiges portaient de lourds épis dont le vert s'était d'abord argenté, puis doré. Le vieux père lui-même sortait parfois et venait tard dans l'après-midi, s'asseoir à la lisière de la savah pour se réjouir à sa vue. La vie est douce lorsque le riz mûrit, et le cœur est content. Pak tailla un grand nombre de crécelles qu'il suspendit dans ses champs à la pointe de longues perches; elles éloignaient les oiseaux et faisaient en même temps tout le vacarme nécessaire pour manifester sa joie. La veille de la récolte, on célébra une fête dans le temple du riz, avec force offrandes, et les vieilles femmes roulèrent des kaïns noirs autour de leurs cuisses. Elles portaient encore des traînes dorées, des écharpes jaunes sur l'épaule et beaucoup de fleurs piquées dans leurs cheveux gris. Tenant de la main gauche, levée, des coupes d'offrandes, elles s'avancèrent en dansant vers chaque autel, et les enfants étaient heureux d'assister au spectacle. La tante de Pak dansa, elle aussi, car quelque flétris que fussent ses seins, elle avait été dans son enfance une danseuse du temple, comme Lambon. Pougloug apporta sa natte, s'assit devant le portail du temple, parmi les marchandes, et gagna plus de cent kepengs. Pak les lui prit, car les trois fêtes qui avaient suivi la naissance de la petite Klepon avaient coûté beaucoup d'argent et de riz, et le troisième jour de la fête, un combat de coqs devait avoir lieu, que Pak attendait avec une grande impatience.

Le père de Pak était un grand connaisseur en coqs; sur la saline de sa balé, il conservait trois vieux livres de lontar où il était écrit de quel côté de l'arène et contre quelle sorte de coq un animal devait combattre un jour déterminé pour être vainqueur. Avant chaque combat de coqs beaucoup d'hommes se présentaient dans la cour de Pak pour demander conseil au vieillard. Celui-ci faisait semblant de consulter les vieux grimoires quoique ses yeux se fussent depuis longtemps obscurcis et qu'il ne sût plus lire. Mais il en connaissait le texte par cœur, car il l'avait appris de son père dans son enfance. Les visiteurs apportaient des cadeaux, des œufs de canards, des noix de coco et des papayes, et Pak était fier de la science de son père. D'une façon générale, sa famille se distinguait, quoiqu'ils fussent de pauvres gens sans caste. Le visage du rajah s'était attardé avec bienveillance sur Lambon, et lorsqu'elle dansa le legong, dans le temple du riz, le soir de la fête de la moisson, avec deux autres enfants, Pak put se rendre compte qu'elle plaisait à tous, quoique personne ne le dît. Quant à Merou, son frère cadet, il avait été appelé à la pouri pour sculpter deux nouvelles portes, destinées à la tour à neuf étages du temple du palais, et il était allé s'acheter un kriss tant il se sentait fier de cette distinction.

Pak creusa sous le sol de la balé principale lorsque Pougloug fut partie pour le marché, et il déterra trois ringgits pour le combat de coqs. Il nourrit modérément son coq rouge afin qu'il fût léger et vif, il l'enferma dans son sac tressé et s'en fut à l'arène.

Il se demanda longuement contre quel coq il ferait entrer le sien en lice, et il refusa de lui laisser affronter un grand coq aux plumes noires et blanches, quoique son coq rouge montrât une ardeur particulière à vouloir vaincre justement celui-là. Il agita dans sa tête tous les conseils de son père : prendre position à l'angle ouest, et ne laisser combattre son coq que contre un coq blanc, sans plumes noires. Néanmoins il perdit son coq et les deux ringgits qu'il avait pariés. Le vainqueur emporta le beau volatile mort, et Pak éprouva une grande tristesse quoiqu'il ne le laissât pas paraître. Il rit, frappa sur les genoux de ses voisins, et fit beaucoup de plaisanteries qui lui parurent excellentes.

Il essaya de se refaire en pariant son dernier ringgit sur le grand coq blanc et noir qu'il avait refusé comme adversaire, et il gagna. Cela lui rendit tout son courage. Il paria encore, perdit, et bientôt il ne lui resta plus un kepeng. Il eut envie de parier sa ceinture, qui était un cadeau de Pougloug, mais il appréhendait les reproches de sa femme.

Le lendemain, de bonne heure, on commença la récolte. Pak, avec les amis de sa confrérie, avec ses deux frères et son oncle. Les femmes aussi aidaient, et les enfants, et l'on chantait beaucoup, bien que le travail fût dur. Le soleil brûlait, les épis étaient piquants. Pak portait son grand chapeau et une veste à manches, en chanvre tressé, comme protection contre la paille. Il trouva moyen de travailler durant toute la journée à proximité de Sarna, et il lui demanda quand elle irait chercher de l'eau dans le fleuve. Sarna, en effet, travaillait dans le champ de Pak, car son père appartenait à la même confrérie que lui, et tous les membres devaient s'entraider. Sarna chantait bien, mais elle ne savait pas couper. Peu importait d'ailleurs à Pak que Sarna nouât peu ou beaucoup de gerbes de riz, car ses veines étaient pleines d'un sang bouillant qui battait amoureusement.

Pougloug, à son tour, vint dans la savah. Elle apportait à manger pour tout le monde, et par politesse ils mangèrent beaucoup et déclarèrent que Pougloug était une excellente cuisinière et Pak un homme heureux. Pak de son côté se montra poli et rabaissa de son mieux le repas et la femme. Son visage luisait de sueur et de plaisir. Mais Pougloug restait maussade et parlait moins que d'habitude. Le soir venu, lorsque les deux champs eurent été moissonnés, les hommes se réunirent encore dans la maison de Pak, pour manger. Le vieillard s'assit au milieu d'eux et raconta de vieilles histoires dont il ne retrouvait pas toujours la fin. Le riche Wayan envoya son fils chez lui et fit chercher du vin de palme dans des récipients en bambou, et Krkek loua la récolte et la façon dont Pak avait cultivé ses champs. On rit, on but beaucoup, et ce fut une nuit joyeuse dans la vie de Pak.

Ils avaient récolté quarante-huit gerbes sur un champ et cinquante-trois sur l'autre champ, ce qui faisait sept gerbes de plus que Pak n'avait espéré. Lorsqu'il eut livré la moitié de la récolte au prince et qu'il eut abandonné le décime à la confrérie, il lui resta encore quarante-cinq gerbes, soit plus qu'il ne faudrait à sa famille pour vivre durant la moitié d'une année, et pendant ce temps les champs d'ouest mûriraient sous la protection de la déesse Sri, sur la terre où Pak avait enfoui son trésor.

« Père de Rantoung, dit Pougloug, lui donnant le nom de son enfant préféré, comme elle faisait toujours lorsqu'elle avait quelque chose à lui demander, père de Rantoung, le travail excède mes forces. Depuis la naissance du dernier enfant, mon dos me fait mal, et la tante, ce vieux trumeau, ne m'est plus d'aucun secours. Trois fois chaque matin il faut que j'aille puiser de l'eau dans le fleuve parce que ne peux plus porter la grande cruche. Que comptes-tu faire pour me rendre la vie plus facile? »

Pak murmura que sa cour était pleine de femmes : il y avait là Lambon et les deux filles et les femmes de l'oncle. Pougloug l'inonda aussitôt d'un flot de paroles. « Lambon, dit-elle, juge sans doute ses mains trop fines pour le travail, depuis qu'elle danse le legong. Elle va chez son maître, à Kesiman, et ne rentre plus pendant plusieurs jours de suite comme une chienne en chasse. Elle court après Raka, qui est, lui aussi, à Kesiman, pour répéter de nouvelles danses. Elle n'est propre à rien dans la maison, ce n'est qu'une bouche inutile, elle mange mais ne cuit pas. Rantoung est suffisamment occupée à prendre soin de ses sœurs cadettes et à récolter des noix de coco sèches pour faire du feu. De plus, elle a tous les trois jours la fièvre chaude, et ses bras ont maigri depuis qu'elle porte Klepon. J'ai l'impression que tu ne vois même pas ce qui se passe dans ta maison. »

Pak, brusquement tiré de sa félicité, baissa la tête : « Tu parles de façon inconvenante, femme, et en vérité je devrais te battre », dit-il pour sauvegarder sa dignité, mais il avait honte au fond de lui-même. Depuis la fête de la récolte, il rencontrait en secret Sarna, ici ou là, la nuit parfois sous le varinga, où il faisait sombre, ou bien auprès du vieux temple, à l'entrée du village, où l'herbe poussait entre les balés. Il lui suffisait de penser à Sarna pour que ce fût pire que la faim et la soif, et pourtant il ne pouvait s'empêcher de penser à elle.

« Rantoung, viens ici », cria-t-il, se tournant vers la cour. Rantoung, sortant de la cuisine, courut vers son père. Il la prit par les épaules, la maintint devant lui, et la regarda. En effet, ses petits bras avaient maigri et ses yeux étaient trop brillants. Sur sa hanche, la petite Rantoung portait un gros poupon à l'air joyeux qui semblait fort peu se soucier d'être venu au monde mal à propos. Les anneaux de cuivre aux poignets et aux chevilles disparaissaient presque dans les plis de sa peau grasse. Il semblait que l'enfant était devenue trop lourde pour Rantoung. Au sarong de Rantoung était pendue Madé, le doigt dans la bouche. Rantoung tenait dans sa main une feuille contenant de petites offrandes et une coquille de noix rougeoyante. Il faisait presque nuit et elle voulait déposer ces offrandes devant la porte, avec une lumière, de façon que les mauvais esprits pussent les trouver et n'eussent pas besoin de pénétrer dans la cour. « Comment vas-tu, Rantoung ? » demanda Pak, en caressant la nuque chaude de l'enfant. « Très bien, mon père », dit Rantoung, et sa voix toucha le cœur de Pak comme une main. « Donne-moi Klepon, je vais la porter si ta mère n'en a pas le temps », dit-il, prenant la grosse fillette sur sa propre hanche. Si ç'avait été un fils il serait allé fièrement se planter devant la porte et il aurait accueilli les paroles d'admiration des voisins. Mais avec une fillette il préférait ne se montrer que dans sa maison. « Va poser tes offrandes devant la porte », dit-il en donnant à Rantoung une claque amicale sur ses maigres reins. Rantoung lui sourit comme si elle avait voulu lui demander pardon de ce qu'elle avait la fièvre chaude, et elle s'en fut avec sa lumière. Pougloug avait assisté en silence à l'entretien, les bras croisés sur sa poitrine, vers laquelle la jeune Klepon étendait ses petits bras.

« Comment as-tu pensé que je pourrais te rendre la vie

plus facile? » demanda Pak à Pougloug. C'était après tout une brave femme et elle ne s'était pas trop lamentée lorsqu'il avait perdu les trois ringgits. Le malheur avec Pougloug, c'était qu'on ne pouvait rien lui cacher. Les jours de marché, elle rentrait, pleine à craquer de nouvelles et des secrets des autres hommes qui s'échappaient d'elle comme les pommes de terre tombent d'un panier trop plein. C'est ainsi qu'elle avait appris jusqu'aux moindres détails du combat de coqs, quoique les femmes n'y fussent pas admises.

« J'ai pensé qu'il était temps pour toi d'épouser une seconde femme, dit Pougloug, se rendant compte qu'elle avait l'avantage pour le moment. Je suis en droit de te demander d'amener une jeune sœur dans la maison, afin qu'elle prenne sa part de mon travail et qu'elle m'aide lorsque j'aurai des douleurs. Elle pourrait s'occuper de la maison et faire les repas lorsque je vais au marché pour gagner de l'argent. »

A ces mots, Pak éprouva la même sensation que le jour où une grosse noix de coco lui était tombée sur le crâne. Il clignota des yeux. « Tu es vraiment beaucoup moins bête que je n'avais cru, dit-il, aimablement. Tu as raison. Je vais m'enquérir au village et j'accueillerai une seconde femme dans ma maison aussitôt que j'aurai trouvé celle qui me convient. » Sa tête bourdonnait de chaleur. Il était subjugué par la pensée que Pougloug elle-même lui désignait la voie qui lui permettrait d'assouvir son désir de posséder Sarna. Il prit la main de Pougloug sur son genou et la tapota.

« Il y a une fille à Sanour qui pourrait bien te convenir et qui t'accepterait volontiers. On sait au village que tu ne t'entends guère à courtiser les femmes. Mais tu n'aurais aucune peine à convaincre cette jeune fille de Sanour. Elle serait d'ailleurs toute désignée, pour la bonne raison que la sœur de sa mère a épousé un cousin de ton père. Tu ne dois pas t'en souvenir, car ils ont quitté le pays pour Krobokan. » Et Pougloug prit sur sa hanche l'enfant qui menaçait de fondre en larmes. « A Sanour? demanda Pak, étonné. Qui donc, à Sanour, pense à m'épouser? »

Pougloug s'accroupit devant lui, tenant l'enfant sur son sein, dans l'attitude qu'elle prenait habituellement lorsqu'elle avait des nouvelles à annoncer, et Pak soupira, car il prévoyait que le discours serait long.

« C'est Dasni, puisque tu me poses la question, et je ne vois vraiment pas d'autre jeune sœur qui pourrait mieux me convenir. Elle est capable de porter quarante-cinq noix de coco sur sa tête, et si tu crois que j'exagère, interroge plutôt les voisins de Sanour. Elle est capable de porter deux gerbes de riz au bout d'une perche, comme un homme, et à la dernière récolte elle a battu plus de riz qu'aucune autre femme. Je sais par hasard que ses yeux te suivent depuis longtemps, mais, naturellement, tu n'as rien remarqué. Voici quelque temps, elle m'a priée de lui rapporter deux cruches en terre du marché de Badoung. Lorsqu'elle est venue chercher les cruches, nous avons eu un long entretien. Et si tu voulais, tu n'aurais même pas besoin de te déranger. J'avais de toute façon l'intention d'aller à Sanour le « mercredi doux », et je puis m'entendre avec elle sur tout. »

Pak eut l'impression qu'une deuxième noix de coco, plus grosse que la précédente, venait de tomber sur son crâne. « Dasni? dit-il, le souffle coupé par la déception. Et pourquoi épouserais-je justement Dasni?

– J'ai à peine commencé de t'énumérer les raisons que tu aurais de le faire. Dasni sait tresser de beaux paniers et des nattes en padang, que je pourrais ensuite aller vendre au marché. Dans sa famille, sur quatre enfants, il y a toujours eu trois fils, et le balian a lu dans les livres qu'elle épouserait bientôt un homme qui vaut mieux que sa réputation », dit Pougloug avec volubilité. L'enfant s'était endormi sur son sein et, accroupie devant Pak, elle regardait son époux, son laid visage levé, avec une profonde résignation. Pak trembla en entendant ces derniers mots. « Un homme qui vaut mieux que sa réputation », c'était bien lui. Un homme qui cache un trésor dans sa rizière et qui pourrait à tout moment le déterrer pour le convertir en argent. Oui, en vérité, Pak était bien au-dessus de ce qu'on savait de lui! Mais la prophétie du balian lui déplut. « Il y a beaucoup d'hommes dans les deux villages, dit-il, et Dasni a la figure pleine de boutons.

– C'est une objection ridicule, dit Pougloug. Le riche

Wayan a beaucoup de colombes de Sougem. Il suffirait de lui emprunter un peu de fiente, et le balian en composera un remède qui nettoiera la peau de Dasni dans les trois jours. »

Pak eut un nouveau saisissement lorsqu'il entendit nommer le père de Sarna. Il en était à ce point, qu'il sursautait chaque fois qu'on faisait une allusion quelconque à Sarna, et tout semblait vouloir la lui rappeler. Il regarda sa femme en silence et réfléchit. Que pourrais-je faire de deux femmes laides dans ma maison? songeait-il. Je ne suis pas un porc qui est content, pourvu qu'il reçoive sa provende. Mes yeux veulent se réjouir, eux aussi, et je veux qu'on m'envie une femme aux beaux seins et qui soit douce à mes lèvres. Mais il avait pitié de Pougloug et il s'abstint de lui dire des paroles offensantes.

« J'en parlerai au sage Krkek, et j'écouterai son conseil, dit-il évasivement.

– Dois-je en attendant rendre visite à Dasni et lui porter le remède destiné à sa peau? Le balian me le préparerait en échange d'un panier de pisang, et quant au riche Wayan, tu n'auras besoin de lui faire un cadeau que si la fiente de ses colombes produit l'effet désiré.

– Si je dois solliciter le riche Wayan, ce sera pour lui demander autre chose que de la fiente de colombes », dit Pak. A peine eut-il prononcé ces paroles qu'il se mordit les lèvres. Pougloug le considéra d'un air interrogateur, mais se tut. Il eût donné beaucoup pour savoir si l'on parlait au marché de ses promenades secrètes avec Sarna. Mais Pougloug garda le silence et son visage se ferma.

« Assez parlé, ce soir! dit-il. Je suis fatigué. Nous aviserons demain. »

Docilement, Pougloug le suivit dans la maison et étendit la petite Klepon dans son berceau. Rantoung et Madé s'étaient déjà allongées sur l'autre banquette. Pak décrocha la lampe à huile et regarda sa fille. Jusque dans son sommeil, Rantoung tenait d'une main sa sœur cadette, comme pour la protéger. Pak sourit, écrasa la mèche, et se glissa sur sa couche de nattes. Pougloug s'était déjà allongée. Il ne la désirait pas et il resta éveillé jusqu'à ce qu'elle se fût endormie. Il avait chaud et se sentait oppressé dans cette petite chambre. Il se leva et alla dans la cour. La lune était levée et les cimes des palmiers se détachaient en silhouette sur le ciel clair. Le trouble de son sang l'obligeait à aller et venir. Il s'assit bientôt et laissa la rosée et la fraîcheur de la nuit se déposer sur son corps, mais ce fut en vain. On dirait une fièvre qui amollit la chair, se dit-il, malheureux. Si cela continue ainsi, il me faudra trois jours pour tracer un seul sillon avec ma charrue, mon travail sera en retard, ils couperont l'eau à ma savah et me puniront. Il franchit la porte de la cour et s'accroupit dans le petit ruisseau qui coulait le long du mur et traversait le village. L'eau le rafraîchit sans l'apaiser. Il faut que je prenne Sarna dans ma maison, se dit-il, afin que je puisse la voir et être avec elle chaque fois que j'en aurai envie. Sarna est la fille d'un homme riche, elle est gâtée, se dit-il encore. Elle ne voudra pas être ma seconde femme et se laisser commander par Pougloug lorsqu'il faudra battre le riz. Il essaya de se représenter Sarna, vêtue d'un kaïn sale, faisant des travaux domestiques et devenant laide comme Pougloug. Ce n'est pas possible, se dit-il. Si elle est gâtée, je puis continuer à la gâter. Ne suis-je pas assez riche? D'ailleurs tout le monde sait que la deuxième femme est le plus souvent là pour le plaisir du mari. Il rentra dans sa cour, au clair de lune, et renoua son kaïn autour de ses hanches mouillées. Les pensées tourbillonnaient dans sa pauvre tête, qui n'était pas habituée à un tel effort. Les chiens s'étaient éveillés et le regardaient, étonnés. Puis des pas légers traversèrent la cour, le vieillard parut et interrogea : « Pourquoi ne dors-tu pas, mon fils?

— Je ne sais pas, père. Un grand trouble m'a saisi et j'étouffe dans ma chambre trop étroite », répondit Pak. La lune éclairait la cour; les maisons et tous les ustensiles étaient des ombres noires. Le vieillard, qui s'était de plus en plus rabougri au cours de ces dernières années, de sorte que Pak était plus haut de taille que son père, regarda de ses yeux troubles son fils accroupi.

« J'ai cru que la vache avait rompu son lien, balbutia Pak. Il n'y a rien d'autre, père.

— Trois nuits de suite je t'ai entendu te glisser dans la maison avant le premier chant du coq. Es-tu allé rejoindre une femme, en secret? questionna le vieillard, et Pak se rendit compte avec soulagement de la sagesse de son père et se convainquit qu'il n'était rien que celui-ci ne sût ou ne comprît.

– Qu'est-ce qui torture un homme comme une maladie, au point qu'il ne sait plus que faire? C'est une femme, et il faut qu'elle soit à moi, sinon toute ma vie sera vouée au désordre. »

Le père réfléchit pendant quelques instants. « J'en parlerai à mon vieil ami, le pédanda, dit-il. Sans doute, cette femme t'a-t-elle versé un philtre magique, et il faut briser ce charme. Tu sais que la mère de l'enroué, à Sanour, est une sorcière, et que les femmes vont chez elle pour chercher des drogues pareilles. Dors à présent, et je saurai demain comment te guérir de cette maladie. » Pak écoutait, tête basse. Il ne se souciait pas d'être guéri; ce qu'il voulait, c'était que cette douce fièvre ne cessât de brûler son corps et qu'il pût prendre Sarna dans sa maison pour la calmer. Il essaya de se figurer qu'elle se rendait en secret chez la sorcière et qu'elle mélangeait un philtre à ses aliments. Mais elle était à l'intérieur de ses paupières; il pouvait la voir à tout instant, et son visage était doux, sans défaut, plein de rires et de moqueries. Il était donc impossible qu'elle fût mêlée à des machinations aussi ténébreuses. Il suivit son père, qui retournait à sa balé, maigre et voûté, sous le clair de lune. « Puis-je dormir auprès de toi, vieil homme? » demanda-t-il, en le tutoyant comme s'il était encore un enfant. Le vieillard consentit d'un signe de tête. Pak s'allongea à côté du maigre corps du vieillard qui occupait si peu de place sur la couche, et le père étendit sur son fils la moitié de son propre kaïn. Lantchar, le frère cadet, dormait par terre. Pak se sentit un peu apaisé, lorsqu'il se fut étendu à côté de son père, comme il faisait dans son enfance. Ses yeux se fermèrent. Il serait raisonnable d'épouser Dasni, se dit-il. Mais je ne veux pas être raisonnable. Je veux être heureux, songea-t-il encore, puis il s'endormit.

Raka et Lambon marchaient à travers les rizières de Kesiman. Ils rentraient chez eux, après avoir passé trois semaines dans la maison de leur vieux maître de danse. Il y avait longtemps qu'ils étaient en route, car dans tous les villages qu'ils traversaient, on interpellait Raka, on le retenait, on le priait d'entrer, d'accepter tout au moins quelques fruits ou du sirih. Il marchait, léger et rieur, accueillant l'amour des hommes comme un don naturel. Parce que ses danses leur faisaient plaisir et qu'ils aimaient à le voir et à se montrer hospitaliers envers lui, il eût été impoli de refuser ce qu'ils lui offraient si volontiers.

Le panier, sur la tête de Lambon, se garnissait de fruits et de sirih, et Raka finit par porter lui-même au bout de sa perche de bambou, une sorte de cage tressée où piaillait un minuscule porcelet noir. Quelqu'un le lui avait donné à l'intention de Teragia, sa femme, en témoignage de reconnaissance pour la guérison d'un enfant. Raka n'avait guère hâte de rentrer. Il s'asseyait sur les marches, devant les portes des maisons, et bavardait avec les vieilles femmes qui aiment entendre les nouvelles du village voisin. Il s'asseyait auprès des hommes, qui étaient accroupis le long de la rue, caressant et comparant leurs coqs de combat, ou feignant parfois de les lâcher l'un contre l'autre, par jeu et en manière d'exercice. C'était l'heure paresseuse du jour : le travail des champs était achevé, la partie agréable de la vie commençait.

Dans tous les villages, les jeunes gens célibataires étaient assis dans leurs balés ouvertes, fumant, mâchant, et se racontaient leurs dernières bonnes fortunes. Raka s'asseyait auprès d'eux, les taquinait, leur tapotait la nuque, mais lorsque eux-mêmes l'interrogeaient, il éclatait de rire et prétendait n'avoir point d'aventures à raconter. On assurait que les jeunes filles étaient d'autant plus dociles à ses désirs que sa discrétion était proverbiale. Lorsqu'il passait auprès des mères portant leurs petits enfants, il leur criait un vœu de bonheur, ou admirait la beauté et le poids du poupon. En plaisantant, il aidait les jeunes filles à hisser sur leur tête les lourdes cruches en terre, quand elles avaient puisé de l'eau. Il parlait aux enfants, aux vaches, aux canards qu'il rencontrait sur son chemin, et ne laissait passer personne sans poser une question sur le but ou le pourquoi de leur course. Aussi étaient-ils déjà en route depuis deux heures lorsqu'ils parvinrent auprès du fleuve qui coule derrière Taman Sari.

Lambon marchait quelques pas en arrière de Raka, car il était plus âgé qu'elle, marié et de caste supérieure. Elle était fière de traverser les villages avec lui et de jouir de sa popularité; elle savait que certaines jeunes filles qui étaient ses aînées, qui avaient des seins plus développés qu'elle, l'enviaient. La mine grave, elle marchait et sentait dans tous ses membres le plaisir de jouir de la compagnie de Raka, d'être Lambon, la danseuse, à laquelle le rajah lui-même avait souri en la regardant danser.

Chaque fois que Raka s'attardait quelque part, elle s'agenouillait au bord de la route et séchait les perles de sueur sur son visage. D'autres fois elle redressait ses cheveux et sa coiffure, car elle venait d'atteindre l'âge de la maturité et elle devait porter sur sa tête un beau chignon d'où pendait une frange de cheveux, attestant sa virginité. D'ailleurs on n'avait pas fait grand cas de cet événement. On avait présenté quelques offrandes. Son frère Pak lui avait donné le sarong neuf qu'elle portait et plusieurs amies de Pougloug étaient venues, apportant des gâteaux de riz sucrés qu'elles avaient grignotés ensemble en bavardant, sans s'occuper grandement de celle que l'on était censé fêter. Lambon ne rentrait pas volontiers chez elle. La maison était pauvre; à la cuisine, les femmes de son frère et de son oncle se disputaient la maigre pitance. A Kesiman, elle avait été choyée, et la cour de sa propre famille lui devenait de jour en jour plus étrangère. La maison de son maître à Kesiman eût presque mérité d'être qualifiée de pouri, tant les balés y étaient nombreuses et tant était grand le nombre d'hommes qui vivaient là-bas de son riz. C'est à Kesiman que Lambon avait des amies, et non à Taman Sari. Deux d'entre elles, qui étaient ses cadettes et avec lesquelles elle dansait le legong, et trois autres, qui l'aidaient à revêtir ses costumes de danse et qui l'admiraient lorsqu'elle était belle. Elles avaient toutes des secrets à se confier et n'en finissaient pas de rire sous cape et de se trémousser lorsqu'elles étaient ensemble. Lambon préférait à toutes la petite Resi, la petite-fille du vieux maître, qui était pour elle comme une sœur. Parfois toutes deux se tenaient compagnie pendant une matinée entière, assises l'une auprès de l'autre, la main dans la main, sans parler. Lambon aimait rester silencieuse, car lorsqu'elle restait silencieuse, elle pouvait tranquillement penser à Raka.

Parfois, le vieux maître et Raka avaient des divergences d'opinion. Le maître était un noble, d'une famille riche, et il n'avait d'autre raison de vivre que de transmettre à d'autres les vieilles danses et les gestes qu'il avait lui-même appris, cinquante ans plus tôt, de son propre maître, à Soukawati.

Mais Raka était hardi : en exécutant une danse, il faisait tout à coup un geste que personne n'avait jamais vu auparavant, et lorsque son maître lui en demandait l'explication, il ne savait même pas qu'il avait dansé autrement que d'habitude. Au contraire, Lambon exécutait avec beaucoup de zèle et d'application tous les mouvements qu'on lui avait enseignés, et ne s'en écartait même pas par un tressaillement de sa nuque, ou par une vibration de son petit éventail. Elle avait des doigts qui se repliaient jusque sur le dos de sa main, et des poignets minces et mobiles. Elle savait rouler les épaules comme de petites sphères, rendre ses yeux fixes, ou projeter ses pupilles avec la rapidité de l'éclair d'un coin de l'œil vers l'autre, selon que l'exigeait la danse. Raka lui avait appris à toucher de l'occiput ses propres talons lorsqu'elle dansait le legong. Le vieux maître fut épouvanté lorsqu'il vit cette innovation, mais Lambon aimait ce mouvement et s'y exerçait souvent en cachette, en se faisant soutenir les reins par la petite Resi. Depuis que Lambon avait grandi, il lui arrivait quelquefois de faire ou de désirer des choses qu'elle-même ne comprenait pas très bien. Elle ne voulait pas fâcher le vieux professeur. Mais Raka lui avait enseigné à se pencher en arrière, les membres détendus, les yeux fermés, et elle y prenait plaisir, quoique tout se mît ensuite à tournoyer autour d'elle. Il arrivait aussi qu'elle ne pût s'arrêter de rire de quelque stupide plaisanterie de ses amies. Mais surtout son cœur était plein d'impatience, car voici qu'était venu le temps où, nubile, elle devrait s'inquiéter de l'homme auquel il ne faudrait pas dire non lorsqu'il demanderait à coucher avec elle.

Elle se savait jolie, et cela lui semblait aussi naturel que d'avoir deux jambes. Le vieux maître avait essayé d'imprimer dans son esprit que les dieux étaient présents et qu'ils avaient pris place sur leurs trônes lorsqu'elle dansait aux fêtes des temples. Il allait de soi qu'on ne pouvait proposer aux dieux que la vue de belles danseuses. Ayant récolté les éloges de son vieux maître, l'admiration de ses amies et les compliments de Raka, il lui paraissait dès lors sans importance que les garçons du village s'arrêtassent pour la regarder passer. Elle ne désirait aucun d'entre eux, elle désirait Raka. Mais Raka ne semblait pas plus prendre garde à elle qu'elle ne prenait garde à un petit éventail dont elle avait besoin pour danser.

Tout ce qu'elle savait, elle le tenait de Raka. Il lui montrait tous les mouvements auxquels le corps raide et las du vieux maître ne voulait plus se prêter. Debout derrière elle, il lui tenait les mains et il faisait chaque mouvement avec elle jusqu'à ce qu'elle l'exécutât correctement. Il posait ses doigts sur la nuque de Lambon et l'aidait jusqu'à ce qu'elle fût capable de sentir et de mouvoir isolément chaque vertèbre de son cou. Il étreignait ses hanches et oscillait avec elle jusqu'à ce qu'elle devînt assez vive et pût s'exercer seule. Toutes les autres jeunes filles grandissaient auprès de leurs mères, loin des hommes. Mais elle était habituée depuis son enfance au contact des corps d'hommes. Et depuis quelque temps elle sentait une grande différence entre le vieux Gourou et le corps de Raka.

Lorsqu'ils arrivèrent à l'ombre des palmiers qui bordaient le haut de la berge du fleuve, Raka s'arrêta. Lambon, elle aussi, s'immobilisa, à distance respectueuse. « Viens, reposons-nous un instant, dit-il. Cet enfant de porc devient de plus en plus lourd. » Il déchargea son épaule de la perche de bambou et déposa la cage tressée dans l'herbe. Le porcelet grogna de contentemant. Lambon se laissa glisser sur ses genoux et déposa le panier qu'elle portait sur sa tête. Raka la regardait paresseusement. « Mon estomac est encore vide », s'écria-t-il. Elle s'agenouilla devant lui et lui présenta le panier. Il prit un fruit de pisang et en mangea. Lambon le regardait avec respect. Il avait des dents brillantes, limées en rangs égaux. Lorsqu'il eut fini de manger, il s'étendit sur le dos, croisa les bras sous sa tête et regarda vers les cimes des arbres.

« Le prince veut que nous dansions encore la semaine prochaine le baris, à Badoung. Il attend des visiteurs de Tabanan, dit-il avec nonchalance.

– Ce sera très beau », répondit Lambon, heureuse. Elle aimait l'éclat de la pouri, et le baris était la seule danse qu'elle pût danser avec Raka. Le vieux maître jugeait la chose inconvenante, mais la compagnie des danseurs de Taman Sari s'était entêtée sur ce point, et le succès qu'avait obtenu la présence d'une jeune fille parmi les hommes leur donna raison. Le maître avait réuni ses élèves autour de lui et leur avait conté l'histoire que figurait cette danse. Lambon n'écoutait jamais ce que déclamait le récitant pendant la danse, mais elle prêtait l'oreille avec attention et respect lorsque le maître parlait des démons et des dieux, quoiqu'elle ne tardât pas à tout oublier. Il lui en restait l'impression que les danses contenaient un autre monde que le village et la cour de son frère. Il y avait des princes, des princesses, des démons, et des dieux descendaient du ciel pour les combattre, et les femmes étaient comparables à des fleurs, à des oiseaux blancs, à des étangs profonds où nageaient des poissons dorés.

Dans la cour du père de Raka, chez le pédanda, tout était très différent de la maison de Pak. Lambon y allait parfois, envoyée par son père, ou bien c'était Raka qui la faisait chercher. Elle avait peur de Teragia, quoique celle-ci se montrât fort aimable à son égard. De sa grande main, l'épouse de Raka lissait les cheveux de Lambon, parfois elle lui offrait un jus de fruits dans une coquille de noix de coco et de petits gâteaux de riz qui avaient un goût de sucre de palme. Lambon était toujours intimidée dans la maison du prêtre. Tout y était si net, si pur; des fleurs multicolores y poussaient, dont le père de Raka, le pédanda Ida Bagus Rai, avait besoin pour ses offrandes quotidiennes. Sa mère allait et venait sans bruit dans la cour; c'était une grande et vieille femme, très droite, avec des seins de jeune fille, vêtue d'un kaïn noir. Parce que ses yeux ne voyaient plus, elle s'était habituée à palper les hommes et les choses. C'était une impression étrange de sentir la main fraîche de la vieille femme parcourir votre visage comme celui d'une sculpture en bois. Mais il émanait de cette maison on ne savait quoi qui vous empêchait de rire comme on eût fait ailleurs. Raka lui-même était différent en présence de ses parents et de sa femme.

Les pensées de Lambon erraient au hasard cependant que, assise dans l'herbe auprès du jeune homme, elle suivait les regards de Raka. Il n'y avait pas autre chose à voir là-haut qu'un petit nuage qui volait à tire d'ailes vers ses sœurs de la Grande Montagne. Raka arracha un brin d'herbe et se mit à le mâcher. Soudain, il partit d'un grand rire et se retourna pour considérer Lambon. « De quoi ris-tu? » demanda-t-elle, troublée. « Pas de toi », répondit-il, sans cesser de rire. D'un geste de dénégation, il agita sa main gauche aux longs ongles. Seuls les nobles et les artistes avaient le droit de porter de tels ongles. Ils étaient longs et pointus comme les ergots des coqs de combat et ils avaient la couleur des coquillages.

Le cochon de lait poussa un grognement aigu. Lambon étendit la main pour le frapper. « Non pas... » dit Raka, la retenant. Elle se dégagea. « Tu me fais mal », dit-elle. C'était un mensonge. Elle aimait que Raka lui tînt la main quand même il lui aurait fait mal. Il lâcha aussitôt la main de la jeune fille qui retomba dans l'herbe, comme une écorce de pisang que l'on a jetée, et il se remit à contempler le ciel.

A l'est, la ligne mince de la nouvelle lune monta, à peine visible, car il faisait encore jour. Lambon considéra avec humeur le ciel qui retenait ainsi le regard de Raka.

« Est-ce vrai qu'il y a eu autrefois sept lunes? demanda-t-elle. Depuis qu'elle avait reçu son premier kaïn et qu'elle avait commencé à danser, elle avait l'habitude de questionner Raka sur toutes choses.

— Tu oublies constamment ce qu'on t'a appris, dit-il. Autrefois il y avait sept lunes, jusqu'au jour où l'une d'elles est tombée du ciel. Elle est au temple de Pedjeng à présent : c'est un énorme gong. Depuis, il n'y en a plus que six et c'est pourquoi l'année n'a que six mois. Elle en comptait autrefois sept, dit Raka, nonchalamment, sans détourner les yeux du ciel.

– La femme qui demeure dans la lune, est-elle très belle?

– Oui, elle est très belle.

– Comment est-elle? questionna Lambon, tenace. Raka finit par délaisser le nuage au ciel et il se redressa :

– Comment le saurais-je? Je ne lui ai jamais rendu visite, répondit-il, enjoué.

– Ne connais-tu aucune jeune fille qui ressemble à la femme dans la lune? » demanda Lambon. Elle eût volontiers donné son sarong neuf pour que Raka répondît : « Si, toi, Lambon! » Mais il répondit simplement : « Non. »

Lambon se décida à parler d'autre chose.

« Y a-t-il encore d'autres pays en dehors de Bali? demanda-t-elle.

– Oui, dit-il. Il y a encore Java, d'où sont venus les grands aïeux. » Que ne savait-il pas, ce Raka! Elle en était émerveillée, mais son humeur ne désarmait pas. « Et qui a fait les étoiles? » demanda-t-elle encore.

Raka soupira, car la curiosité tenace de Lambon était fatigante et on perdait son temps à lui répondre, car elle aurait tout oublié un instant plus tard. Mais après avoir considéré sa bouche, que l'attente de sa réponse entrebâillait, il prit la peine de la renseigner encore sur ceci :

« Il faut te dire que le ciel est exactement pareil à Bali. Exactement. Il y a là-bas les mêmes villages, les mêmes pouris, les mêmes temples. Sauf qu'au ciel tout est à l'envers, comme si tu le voyais dans le miroir du fleuve. Oui, dit-il, Bali n'est qu'un reflet du ciel, comprends-tu? Il y a là-haut des savahs, tout comme ici, et ce que tu vois briller, la nuit, comme des étoiles, ce sont les pousses des jeunes plantes qui pendent vers nous. »

Lambon se retourna, elle vit briller les jeunes pousses dans l'eau de la savah, puis elle regarda vers le ciel. Les paroles de Raka, qui mélangeaient tout cela, lui donnaient le vertige.

« Il est vrai que beaucoup de gens prétendent que les étoiles ne sont là que pendant la nuit, comme parure du ciel, ajouta Raka.

– Je ne le crois pas, dit Lambon, résolument. Elle

réfléchit pendant quelques instants, puis elle étendit la main vers son panier et se mit à y ranger les fruits.

– Sambeh aura bientôt un enfant, dit-elle, sans regarder Raka.

– Qui? demanda-t-il, étonné.

– Sambeh, la servante de ta maison, dit Lambon. Elle attendit encore, puis comme Raka ne disait rien, elle reprit : Elle aura un enfant et sera impure pendant quarante-deux jours, de sorte qu'elle ne pourra préparer aucune nourriture et sera tout à fait inutile dans la maison.

– Les dieux l'ont voulu, dit Raka négligemment. Il ne savait pas où Lambon voulait en venir.

– Teragia, ta femme, aura donc besoin d'une autre servante », ajouta Lambon.

A ceci encore Raka ne trouva rien à redire. Il leva sa perche et y attacha le panier contenant le porcelet qui geignait comme un enfant.

« Je voudrais que tu me prennes comme servante dans ta maison, dit Lambon. Voudrais-tu demander à Teragia de m'engager comme servante lorsque Sambeh aura un enfant? »

Confuse, elle se tut, et son cœur battit. Elle sentit la chaleur monter à ses joues, et elle était fâchée contre elle-même. Raka posa deux doigts sous le menton de la jeune fille, leva sa figure et la sonda avec curiosité. « Non, dit-il ensuite. Non, Lambon, je ne puis pas t'employer comme servante.

– Non? Pourquoi pas? murmura Lambon, abattue.

– Tu es trop étourdie pour cuire et trop maladroite pour porter l'eau », dit Raka, sévèrement. Elle le regarda d'un air désolé, et il éclata de rire. « Lambon, chantonna-t-il, tu es beaucoup trop belle pour être servante, surtout dans la maison d'un pédanda. »

Lambon sentit ses mains faiblir. Elle regarda son corps, puis celui de Raka. La peau du jeune homme était plus claire que la sienne. Raka était clair et beau; elle avait une peau brune, des bras minces, et son père était un pauvre homme sans caste.

« Tu ne devrais pas te moquer de moi », s'écria-t-elle, furieuse. Raka la considéra avec surprise. « Quelles idées te fais-tu donc, assise là, avec des yeux sombres...? » dit-il, taquin. « Non, je n'ai pas d'yeux sombres, surtout pas en pensant à toi », s'écria-t-elle, et la colère faillit l'étouffer. Il rit très fort. « Comment le saurais-tu puisque tu ne peux pas voir tes propres yeux? Je les vois bien, moi, et je te dis qu'ils sont sombres. » Lambon détourna la tête, l'air offensé, lorsqu'il la prit par les mains et la tira à lui pour sonder ses yeux. Elle rabattit son écharpe sur sa figure, et, comme cette cachette ne lui semblait pas encore suffisante, elle enfouit sa tête sous ses bras croisés. Raka lâcha la jeune fille, haussa les épaules, se leva, s'étira, prit la perche et le porcelet sur son épaule, et partit. Lambon leva la tête et regarda Raka s'éloigner; à son tour elle ramassa son panier et le suivit en gravissant la pente raide. Tout en marchant, elle cueillit une petite fleur violette qu'elle noua à un cheveu, au-dessus de son front. Le fardeau sur sa tête ne vacillait pas. Raka se retourna vers elle et rit.

« Viens, allons nous baigner avant de rentrer chez nous, lui cria-t-il. Nous avons chaud et nous sommes couverts de poussière. » Il n'y avait personne à la baignade, car le soleil était encore haut, quoique la nouvelle lune fût déjà levée. L'eau semblait fraîche et le sable scintillait au fond du fleuve. Raka n'attendit pas la réponse de Lambon; il dénoua son kaïn et, se couvrant d'une main, comme il avait appris dans son enfance, il s'avança vers le milieu du fleuve. Il y avait là un petit rocher, sur lequel les baigneurs avaient déposé ce matin des offrandes qui se fanaient déjà. Lambon posa son panier, troussa son sarong et suivit Raka, mais elle resta à quelque distance de lui, en aval du fleuve, à l'endroit où les femmes avaient coutume de se baigner. Elle l'entendit s'ébrouer, gargouiller, et le vit filer à travers l'eau qui écumait comme du lait. Lorsqu'elle eut de l'eau jusqu'aux hanches, elle dénoua son sarong et le lança sur la rive. Ses jambes étaient plus claires que sa poitrine, toujours exposée au soleil. Lambon s'affligea, en songeant que Raka ne voyait d'elle que les parties du corps les plus hâlées et les moins délicates. Elle s'agenouilla sur le sable et ramena ses cheveux sur sa figure, pour les laver à grande eau. Le fleuve était frais et clair, son courant était plus rapide que d'habitude. Dans cette fraîcheur, Lambon se sentit subitement joyeuse. Elle poussa des cris et battit l'eau de ses mains. Raka retournait déjà au rivage; son corps mouillé luisait lorsqu'il noua le kaïn autour de ses hanches. Lambon joua encore quelque temps dans l'eau. Raka prit son cochon de lait et partit comme s'il avait oublié sa compagne. Lorsqu'il se fut retourné, elle se hâta de regagner la rive, revêtit son sarong que le soleil avait chauffé, et lissa ses cheveux. Elle chercha des fleurs, découvrit encore deux petites fleurs violettes et s'en para. Elle se sentait maintenant légère et joyeuse, le vent caressait ses membres rafraîchis. Elle se lorgna elle-même à la dérobée et fut plus satisfaite. Elle prit son panier et courut après Raka. Non loin du figuier des pagodes qui abritait un petit temple de riz, elle le rejoignit. Il s'arrêta pour l'attendre lorsqu'elle accourut, essoufflée.

« As-tu sérieusement pensé à venir dans ma maison? lui demanda-t-il, comme si leur conversation n'avait pas été interrompue.

– Oui, dit-elle, pleine d'espoir, soutenant du bras gauche le panier sur sa tête. Raka la considéra du haut en bas : ses cheveux, son visage, ses seins, ses hanches ceintes du sarong neuf et bon marché dont elle était si fière.

– Mais je n'ai pas encore l'intention de prendre une seconde femme dans ma maison », dit-il. Il parlait en plaisantant, avec une pointe de sérieux. Lambon le regarda avec effroi. Un instant plus tard, il la tenait dans ses bras et serrait son visage contre celui de la jeune fille. Au-dessus d'eux était le varinga, grand, sombre. Un oiseau chanta, puis se tut. Lambon sentit ses genoux s'alourdir et les pointes de ses seins lui faisaient mal. Elle repoussa Raka de toutes ses forces. Il reprit sa perche avec le cochon de lait qu'il avait laissé tomber dans l'herbe.

« Tais-toi, dit-il à l'animal qui piaillait. Nous allons rentrer. »

Il avait disparu, tandis que Lambon ramassait les fruits qui avaient roulé de son panier. Ce sont ses fruits, pensa-t-elle, et elle se remit à courir après Raka. Elle ne le rejoignit qu'à l'entrée du village. « Voici ton panier », cria-t-elle, essoufflée. En riant, il lui fit un signe de la main. « Garde-le pour toi », cria-t-il. Mais elle continua de courir et le tira par un pan de son kaïn lorsqu'elle l'eut atteint. Il se retourna et s'arrêta auprès d'elle, avec une expression moqueuse et tendre dans les yeux.

« Je crois que tu ne pourras bientôt plus danser, Lambon, dit-il. Je ne m'en étais pas encore aperçu. Lambon est trop âgée pour danser le legong. »

Lambon le regarda fixement et ne comprit pas tout de suite ce qu'il voulait dire. Elle n'avait jamais pensé dans sa petite cervelle que c'en serait fini de la danse le jour où elle deviendrait femme.

« Trop âgée! murmura-t-elle. Que ferais-je donc si je ne pouvais plus danser? »

Il éprouva un peu de pitié pour elle; pas trop, car elle était charmante, et il savait qu'il pourrait la prendre le jour où il en aurait envie.

« Il est temps que tu te choisisses un homme, dit-il. J'en connais beaucoup au village qui seraient contents de coucher avec toi. » Il prit la tête de Lambon entre ses mains, serrant les cheveux chauds de la jeune fille dans ses paumes chaudes. Les trois fleurs violettes étaient écrasées lorsqu'il relâcha son étreinte. Lambon resta debout, immobile, et le regarda disparaître derrière la porte de sa maison.

La femme de Raka leva les yeux de son métier à tisser lorsqu'il entra dans la cour, car il y avait trois semaines qu'il était absent, mais elle ne dit rien lorsqu'il passa auprès d'elle, portant son porcelet, et se dirigea droit vers l'étable. « Raka est-il rentré? » questionna la mère dont la vue était mauvaise. « Oui, il est rentré », répondit le pédanda Ida Bagus Rai, qui continuait à tailler dans la pierre la figure d'un Raksasa destiné à être érigé comme gardien au carrefour de l'entrée du village.

Après quelques minutes, Teragia se leva et rejoignit son mari à l'étable.

Le matin, Teragia était toujours debout la première dans la maison du prêtre. Elle se leva, laissant Raka profondément endormi. Elle se glissa vers la porte et sortit. Le matin était plein de rosée et de gazouillements d'oiseaux. Teragia retourna dans la chambre pour chercher un kaïn frais. Elle en étendit un autre sur Raka pour qu'il le trouvât, aussitôt éveillé. Elle s'attarda encore à contempler le visage du dormeur. Raka le beau. Ses cheveux retombaient sur ses joues, sa respiration était égale et profonde. Raka, songea Teragia, mon homme, mon beau frère! Elle n'en finissait pas de s'étonner que les dieux lui eussent donné Raka. En regard de sa beauté, elle se sentait laide, morte et raide auprès de sa vivacité. Elle étendit ses mains au-dessus de la poitrine de Raka, mais n'osa pas le toucher.

Lorsqu'elle retourna dans la cour pour puiser de l'eau dans le grand récipient en terre et se la verser sur les mains et le visage, elle entendit dans le bâtiment central la toux de son beau-père, le grand pédanda Ida Bagus Rai. Elle se hâta vers la cuisine et éveilla les deux servantes. Celles-ci s'empressèrent de ranimer le feu à l'aide d'un éventail, et la fumée s'échappa bientôt de la maison à travers le chaume du toit.

Teragia s'inclina lorsque le pédanda descendit de sa balé. Elle savait qu'il méditait le matin et qu'il ne voulait pas parler avant d'avoir prié. Il ne lui était pas davantage permis de manger, de boire ou de mâcher du sirih avant qu'il eût béni l'eau destinée à l'usage de la journée. Elle s'effaça respectueusement lorsqu'il passa auprès d'elle sans la voir. Ida Ragus Rai était un homme de haute taille, dont les cheveux commençaient à grisonner; l'arête de son nez était droite et aiguë comme le tranchant d'une lame. Il alla dans sa balé de prière et prit place sur son coussin, les jambes repliées, les mains jointes. Teragia avait tressé la veille de petites assiettes en feuilles de palmier, telles qu'elles sont prescrites pour les offrandes quotidiennes. Elle alla chercher du riz à la cuisine et puisa du sirih dans le panier. Elle cueillit au jardin les fleurs destinées aux offrandes et dressa le tout avec grâce sur les assiettes. Ensuite elle franchit la grille de bambou qui séparait le temple domestique de la cour, de peur que les porcs ne s'y introduisissent.

Les autels étaient beaux et nombreux. Le pédanda lui-même avait taillé dans la pierre les images de dieux et de démons qui les ornaient. Teragia joignit les mains devant son front, s'agenouilla et déposa une offrande sur chaque autel. Les poules, accourues, picorèrent le reste des grains de riz. Le soleil s'était levé, et des palmiers montait une buée bleue et humide, mêlée à l'âcre fumée de la cuisine. Teragia retourna dans la maison et prépara le métier à tisser pour sa mère. La vieille femme ne pouvait plus tisser que grâce à l'habileté de ses mains, car elle ne voyait plus. Aussi Teragia devait-elle enfiler les écheveaux de fil dans l'ordre voulu et avec les couleurs convenables. Lorsqu'elle eut achevé ce travail, c'était l'heure d'aller puiser à la source l'eau que le pédanda bénirait.

Teragia ne voulait laisser à aucune servante ce soin qui lui paraissait agréable et sacré. Aussi les femmes du village étaient-elles persuadées que l'eau que Teragia rapportait elle-même était douée d'une vertu plus forte. Elle leva la lourde cruche en terre, la posa sur sa tête, la recouvrit d'un panier qui contenait quelques offrandes, et sortit de la cour.

Elle ne tarda pas à prendre place dans la file des femmes qui se rendaient à la source pour se baigner. C'étaient pour la plupart des femmes pieuses et d'un certain âge, qui, au lieu d'aller au fleuve, ne craignaient pas de faire le chemin plus long et plus raide jusqu'à la gorge où un varinga énorme et séculaire retenait entre ses racines aériennes les rochers couverts de mousse sur lesquels coulait la source sacrée. Chaque jour, elles manifestaient la même joie lorsque Teragia se mêlait à elles, seule et sans servante, comme si elle eût été semblable. Elles touchaient les vêtements et les mains de la jeune femme pour lui manifester leur contentement, et, d'une voix traînante, elles chantaient d'anciens vœux de bonheur. Bonne journée et bonne route. Aie l'âme en paix et donne bientôt la vie à un fils..., et d'autres vœux encore. Certaines de ces grand-mères avaient amené leurs petits-fils, pour montrer à Teragia les blessures qu'ils s'étaient faites avec des échardes de bambou ou des fragments de corail.

Teragia se sentait heureuse durant ces heures matinales, lorsque tout rayonnait, comme ressuscité par la nuit. Elle défit ses deux kaïns et se mit sous le jet de la source, qui jaillissait de la bouche d'un serpent en pierre couvert de mousse. On l'eût prise pour un jeune homme au milieu des autres femmes; elle était plus grande que les autres et avait des seins à peine dessinés. Elle lava ses cheveux, les lissa, puis ceignit de nouveau ses kaïns. Elle plaisanta avec les vieilles femmes, assit les enfants entre ses genoux, les baigna et étendit un baume de kounyit jaune sur leurs petites écorchures. Elle n'emplit sa cruche d'eau que lorsque le silence se fit autour de la source. Mais auparavant elle déposa ses offrandes sur les petits autels de bois, dans la gorge, en amont de la source. Ses genoux tremblèrent lorsqu'elle souleva la cruche pleine, mais elle était forte et porta ce fardeau sans plier.

Parvenue au fleuve, elle ne le traversa pas à gué, par le chemin ordinaire, mais remonta d'environ cent pas jusqu'à l'endroit où un petit bassin s'était formé entre les sources. Ailleurs le cours du fleuve, déjà proche de la mer, était paisible, mais ici il franchissait en bruissant de minuscules brisants. Lorsque Teragia traversa le fleuve elle vit en amont le pédanda au bord de l'eau. Il brossait ses dents, lavait sa longue chevelure et baignait son corps. Il n'était accompagné que de deux disciples. Teragia, elle aussi, était une élève de son beau-père, car, encore qu'il ne pût l'initier aux mystères des Mantras et des Moudras sacrés, il lui apprenait à lire dans les vieux livres de lontar et à déterminer les jours qui sont favorables aux mille sortes d'offrandes.

Lorsque Teragia fut de retour à la maison, elle trouva Raka encore endormi, mais sa mère était déjà assise à son métier. « Bonjour, ma fille, paix à ta venue », chanta la vieille femme. Teragia caressa les mains de sa mère et piqua une fleur dans ses cheveux lisses. « Paix à ton travail », répondit-elle en souriant.

Les deux servantes étaient occupées, avec force rires, à balayer la cour et à donner leur provende aux porcs. Teragia versa avec précaution l'eau de source dans un large récipient en argent qu'elle plaça ensuite sur le trépied, dans la balé des prières. Elle disposa de la cire et de petits morceaux de bois de santal sur un foyer et alluma le feu sacré. Elle versa encore de l'eau dans un récipient en terre et le prépara pour les ablutions du prêtre. Elle cueillit une gerbe de fleurs aux buissons et aux arbres : des fleurs rouges pour Brahma, bleues pour Vichnou, blanches pour Siva. Elle attacha une fleur au goupillon d'argent et apprêta la clochette dans son étui de soie. Elle déplaça le panier contenant la couronne que le pédanda ne portait que pour les services solennels, et elle disposa le coussin du prêtre. Ceci fait, satisfaite, elle parcourut du regard tous ses préparatifs. Elle sentit à cet instant comme un toucher dans sa nuque et se retourna, en portant sa main à l'endroit effleuré. Personne ne l'avait touchée. Mais Raka était apparu sur la galerie de la maison et elle avait dû sentir son regard lorsqu'il s'était posé sur elle.

« Il y a ici un estomac affamé qui réclame sa pitance », lui cria-t-il. Il frappa de la main la fine musculature du creux de son estomac, ce qui fit rire Teragia. « Je viens, ô homme affamé », répondit-elle, et, déposant avec une hâte un peu négligente le sirih à côté du coussin, elle courut à la cuisine.

Elle revint auprès de Raka en portant une feuille garnie de riz. Le doux parfum d'œillet de la cigarette du jeune homme qui s'était paisiblement accroupi, se répandait dans la cour. Raka est de nouveau là, songea Teragia, heureuse. Le riz était si chaud qu'il fumait encore, et Teragia garda la feuille sur sa main tandis que son époux mangeait. Elle était heureuse de le servir, heureuse même que sa paume la brûlât. Elle courut chercher une seconde portion lorsqu'elle vit qu'il n'était pas encore rassasié, et, en guise de surprise, elle apporta du café épais dans l'unique verre du ménage. Elle regarda Raka manger, boire, puis se remettre à fumer, en lui tendant le reste du riz. Elle s'assit dans un coin, lui tournant le dos, car il n'est pas convenable de manger en présence d'un homme.

Au même instant le pédanda entra dans la cour et se dirigea vers la maison principale, avec un regard circulaire, mais distrait. Teragia quitta son mari, bien qu'elle eût volontiers prolongé à l'infini cette heure agréable. Elle tendit au prêtre le peigne et l'huile destinés à ses cheveux. Lorsqu'ils formèrent comme un casque lisse sur son crâne étroit, elle en noua les extrémités sur l'occiput, comme signe de sa caste.

Teragia suivit le pédanda lorsqu'il entra dans sa balé. Il se tourna vers l'ouest, se rinça trois fois la bouche, versa de l'eau sur ses pieds et lissa encore ses cheveux. Puis il échangea ses vêtements ordinaires contre le kaïn en toile blanche qui est la tenue des pédandas. Ainsi purifié en vue de l'acte sacré, il tourna son visage vers l'est, dans la direction des autels de la maison, pour s'entretenir avec les dieux. Les poules accoururent et se rassemblèrent devant la balé, dans l'attente des grains de riz qui tomberaient pendant la cérémonie. Un poulet particulièrement ardent et impatient faillit même couvrir de son caquet le murmure du prêtre.

Lorsque Teragia se retourna vers Raka, elle le vit appuyé contre un arbre, observant son père avec un mélange de respect et de gaieté. Il avait noué une écharpe sur sa tête, ce qui lui prêtait un air entreprenant, et le soleil faisait luire toutes ses dents. Voilà Raka, se dit encore Teragia. Raka, mon époux, de qui je porte un enfant. Il ne sait rien des ténèbres dans lesquelles flotte le monde. Raka fit la petite bouche, comme faisaient les singes au jardin; il fit un signe et disparut à la cuisine. Teragia se ressaisit et suivit attentivement les prières.

Tenant une fleur de tjempaka entre les index de ses mains jointes, et la bague de prêtre au pouce, Ida Bagus Rai parla aux dieux. Il invoqua chacun d'entre eux séparément, jeta pour chacun des pétales de fleurs dans l'eau sacrée et lança des fleurs dans les directions des quatre points cardinaux. Il leva la clochette et l'agita pour attirer l'attention des dieux : il exécuta des mouvements de doigts plus beaux que ceux d'un danseur, en prenant les antiques attitudes des Moudras. De temps en temps, son murmure se perdait en une invocation muette et concentrée, les mains jointes devant le front. Il s'aspergea lui-même et les fleurs, puis il piqua dans ses cheveux un minuscule éventail de fleurs, comme il sied au prêtre. Les poules se tenaient auprès de lui et regardaient. Les prières suivirent leur cours, car les dieux étaient nombreux, et chacun d'entre eux devait être invoqué, expressément nommé, qualifié de Seigneur, de Roi, de Prince et de Rajah. Du coin de l'œil, Teragia épiait Raka. Il était maintenant assis sous la balé qui servait de remise et paraissait fort absorbé. Les enfants des servantes et deux petits voisins étaient appuyés contre lui et il leur faisait des cerfs-volants. Je te donnerai un beau fils et ses cerfs-volants voleront plus haut que tous les autres, pensa Teragia avec tendresse. Elle se détourna de la balé des prières et se dirigea vers le petit groupe. Raka ne remarqua même pas sa présence. Les enfants et lui s'amusaient maintenant à se faire d'horribles et comiques grimaces, et leurs rires crépitaient dans la cour. Teragia se rapprocha d'eux : elle sentait son ventre lourd et il lui semblait qu'elle avait les mains vides. Elle les posa sur l'épaule d'un des enfants, le jeune garçon leva les yeux vers elle et les rires se perdirent peu à peu.

« Le vent est bon pour les cerfs-volants, dit Raka. Nous irons tout à l'heure les faire monter dans les champs moissonnés. » Des animaux de toutes formes et de toutes couleurs jonchaient le sol autour de ses pieds : de grands poissons à longues queues, des oiseaux et des créatures fabuleuses, car Raka avait parcouru de nombreux villages et il savait fabriquer beaucoup de modèles différents, en plus des cerfs-volants carrés de Taman Sari. « Oui, ce sera beau », dit Teragia. « Veux-tu venir avec nous ? » demanda Raka. Elle le regarda, étonnée. « Peut-être », dit-elle, hésitante. Il ne lui semblait guère possible de sortir avec une bande d'enfants pour lancer des cerfs-volants. Mais cela convenait parfaitement à Raka. Elle s'attarda encore pendant quelques instants auprès de lui, puis elle retourna chez le pédanda. A peine leur eût-elle tourné le dos que les rires éclatèrent de nouveau.

Aussitôt qu'Ida Bagus Rai eut dit sa dernière prière, il se précipita vers le sirih dont il était privé depuis la veille. Il sourit à Teragia, mais ses yeux gardèrent encore pendant quelques instants une expression grave. Les premiers visiteurs qui désiraient consulter le pédanda, attendaient déjà devant l'habitation principale. Teragia vit parmi eux le père de Pak et le riche Wayan. « Où est parti Raka ? » demanda-t-elle à sa mère. « Du côté des palmiers », répondit la vieille femme. Teragia suivit son époux vers les palmiers. Elle voulait rester auprès de lui tant qu'il serait là.

Elle ne l'aperçut pas tout de suite ; ce n'est que lorsque

l'appel d'un oiseau betyitja retentit dans la couronne d'un palmier qu'elle le découvrit. Il était perché là-haut, comme un morceau d'arbre, s'agrippant des jambes au tronc, et il imitait le cri de l'oiseau. Un jeune betyitja qui ne savait pas encore bien chanter, lui répondit par quelques fausses notes. « Viens ici, Teragia », cria Raka à sa femme, mais ce n'était qu'une plaisanterie. Elle entoura le tronc de ses bras, cela aussi c'était bon, et elle attendit que Raka eût tiré son couteau de sa ceinture, pour couper les grandes feuilles de palmier dont on se servait à la maison. Elles tombèrent avec un lourd bruissement. Lorsqu'il y en eut assez, il se laissa glisser le long du tronc. Teragia lâcha le palmier. Elle se pencha pour charger les lourdes feuilles sur son épaule. Raka la regarda faire, puis il lui prit le fardeau et le chargea lui-même sur son dos – mais à présent il semblait sans poids. « Dommage! » dit-il tout à coup. « Qu'est-ce qui est dommage, mon frère? » questionna-t-elle. « Que tu ne sois pas un homme, dit Raka en souriant. Ce serait bon de t'avoir pour ami si tu étais un homme. » Teragia sourit à son tour. « Mais s'il en était ainsi je ne pourrais pas te donner de fils », dit-elle, tête basse. Elle garda le silence. Soudain, l'oiseau se remit à siffler et le betyitja s'en fut avec sa charge de feuilles. C'est vrai, songea Teragia, laissant tomber ses mains sans force, c'est vrai que mon corps impatient a déjà perdu deux enfants avant terme. Mais cette fois-ci elle avait confiance, car son père, qui était un grand médecin, avait prononcé sur elle des bénédictions sévères.

La matinée suivait son cours, en même temps que le travail dans la maison et au jardin. Tout brillait et reluisait, car Raka était là. Bien que Teragia ne le vît pas, elle sentait partout sa présence. A la cuisine, les servantes se récriaient joyeusement à propos d'un mot qu'il venait de dire. Un peu plus tard, elle le vit assis auprès de son père, lui faisant un récit avec beaucoup d'animation. Ensuite il traversa la cour et alla porter à sa mère de nouveaux écheveaux de lin. Ou bien il grimpait sur le toit de la balé aux offrandes, pour une réparation, assisté des deux enfants. Un instant plus tard, la corde du puits à poulie gémissait. Il jouait encore avec les ramiers auxquels il apprenait à lui faire de petites révérences. Ensuite elle le vit entouré de feuilles de lontar, comme s'il voulait écrire un livre à l'instar de son père. Mais il était occupé à autre chose. Lorsqu'elle se pencha sur lui, elle vit qu'il découpait dans les feuilles des formes de poissons, et les enfants rapportèrent bientôt de la plage une espèce particulière de coquillages qu'ils déposèrent à ses pieds. Raka se retourna vers Teragia et laissa tomber son couteau de sculpteur. « Je fais un carillon pour le temple, dit-il presque avec humeur. Il en faudra un pour la fête de l'an nouveau. – Très bien », dit-elle. On était à trois mois de la fête du Galongan Nadi. Elle le laissa à son travail, qui consistait à attacher aux feuilles les coquillages tintinnabulants. Pourquoi donc ai-je toujours l'impression de déranger Raka? se demanda Teragia. Elle s'éloigna, mais resta dans la cour voisine et l'observa par-dessus la palissade de bambous; ses yeux ne pouvaient se lasser de sa vue. Il ne se savait pas observé, mais il remua la tête, comme si une fourmi l'avait importuné. Teragia s'éloigna. Elle était mécontente d'elle. Elle demanda à sa mère la permission de sortir, prit un panier et s'en alla au village. Elle rendit visite à son père, le médecin, puis elle fit des emplettes au marché et s'arrêta dans plusieurs cours où habitaient des gens vieux ou malades. Durant tout ce temps elle se sentait inquiète et se rendait compte qu'elle ne supportait qu'au prix d'un effort de rester loin de Raka. Sa main a reposé sur mon cœur pendant la nuit, se disait-elle, sans le croire.

Lorsqu'elle approcha de la maison elle entendit de loin des cris et des jubilations. Devant le portail toutes sortes de gens se pressaient pour voir; ils se tenaient les côtes à force de rire, et, dans la rue, de nouveaux groupes se formaient qui voulaient voir ce qui se passait. Teragia se fraya un chemin à travers la foule et entra dans la cour. Celle-ci était pleine de gens qui formaient le cercle comme pour un spectacle. Au milieu d'eux Raka allait et venait, jouant la comédie.

Il avait roulé son écharpe pour en faire un coussin comme les femmes qui portent des fardeaux et il balançait sur sa tête une coupe d'offrandes sur laquelle il avait amoncelé toutes sortes de débris et de tessons recouverts d'un couvercle de panier rouge, comme s'il avait porté une offrande véritable. Il avait roulé son kaïn autour de sa poitrine et singeait apparemment une femme qui est fière de la beauté de ses offrandes et qui s'en va au temple d'une démarche affectée. Son visage rayonnait de plaisir, et chaque muscle de son corps était féminin ; ses hanches se balançaient, les gestes de ses mains étaient guindés, ses yeux mi-clos exprimaient la coquetterie et la prétention.

Teragia déposa son panier et s'arrêta sous le portail. Elle vit parmi les spectateurs le père de Raka qui séchait ses larmes tant il avait ri. La mère aveugle, elle aussi, était là et se faisait expliquer par une voisine ce qui se passait. « Le voici qui tortille le cou, disait celle-ci, gémissant à force de rire. A présent il a peur de laisser tomber l'offrande en gravissant les marches du temple ; à présent il balance les hanches comme la vieille Dadong qui se figure être encore belle, voilà qu'il a failli buter, mais il fait la fine bouche... »

Raka se complaisait à sa parodie, et plus on riait, plus il imginait de scènes cocasses. Il était sur le point de tendre la coupe à son père, qui prenait parfois aux grandes fêtes les offrandes des mains des femmes, et le pédanda se prêtait jovialement et gaiement à cette bouffonnerie, lorsqu'il aperçut tout à coup sa femme.

Teragia était debout sur la marche la plus haute de l'escalier d'entrée et elle était bouche bée de surprise. Elle croyait sourire, mais elle ne souriait pas. Raka fit encore quelques mouvements, puis il s'arrêta court. Il détacha l'étoffe de sa poitrine, donna un coup de pied à la pyramide de prétendues offrandes, et reprit son sexe. Les gens cessèrent de rire. Le pédanda reprit son ciseau, et, comme s'il avait oublié quelque chose, il se retourna d'un air presque gêné vers la figure qu'il taillait. La foule se dispersa rapidement. On n'entendait plus que quelques rires à la cuisine.

Raka, debout au milieu de la cour, renoua son écharpe autour de sa tête, et il semblait attendre que Teragia lui adressât la parole. « Depuis combien de temps es-tu ici ? demanda-t-il comme si elle avait été une visite. Et sa femme répondit, comme si en effet, elle n'avait été que cela :

– J'arrive à l'instant.

– Pourquoi ne ris-tu pas? » lui demanda-t-il. Teragia s'empressa de répondre : « Mais j'ai ri aux éclats. C'était vraiment drôle! » Raka la considéra d'un air mécontent. Soudain, Teragia aperçut une fleur sous l'écharpe de son époux, au milieu du front, et elle s'approcha vite de lui : « Oh, Raka, dit-elle. Qu'as-tu pris? » C'était une grande orchidée, sept fleurs sur une seule panicule; elles tremblaient au-dessus de son front comme des papillons blancs.

« N'est-elle pas belle? demanda-t-il. Je l'ai trouvée au jardin. La veux-tu? Si tu ris, je te l'offrirai peut-être.

– Oh, Raka, dit encore Teragia. Tu n'aurais pas dû la prendre... »

Il fit une grimace d'enfant boudeur. « Cela ne te fait donc pas plaisir que je me pare? demanda-t-il encore, tout en retirant la fleur qu'il tendit à sa femme. Teragia ne la prit pas.

– Nous sommes allés jusque dans les forêts de Besakih, à trois jours de marche d'ici, ton père et moi, pour chercher cette fleur, dit Teragia lentement. Ton père aura besoin de cette orchidée le premier jour du Galongan. Nous avons attendu qu'elle fleurisse. Elle appartient à Siva. Tu n'aurais pas dû la prendre. Il y a tant d'autres fleurs dont tu pourrais te parer... »

Le visage de Raka s'attrista, mais la gaieté reprit presque aussitôt le dessus. « Tu es toi-même un vrai pédanda... Tu es beaucoup trop sainte pour moi », dit-il.

Il regarda de bas en haut son visage et y chercha un reflet de sa boutade. Mais Teragia semblait grave et inquiète. Elle ne fit que répéter : « Oh Raka! »

Il lui tendit de nouveau l'orchidée blanche et finit par la mettre dans sa main.

« Comment se fait-il que tu ne saches jamais rire? » demanda-t-il à l'improviste.

Teragia le regarda fixement. « Que je ne sache pas rire? » questionna-t-elle, incrédule. Il hocha la tête. « Pardonne-moi », dit-il lentement. Il vit que ses yeux brillaient, mais elle ne pleurait pas.

« Ton père ne t'a-t-il jamais raconté ce qui m'est arrivé? demanda-t-elle.

– Quelqu'un t'a-t-il fait du mal? interrogea Raka avec véhémence.

– Oh non, dit Teragia, oh non, personne ne m'a rien fait, mon frère... »

Il l'attira vers lui, sur la marche de l'escalier, et garda la main de la jeune femme dans la sienne. Une chaleur se communiqua par ce contact. Elle baissa les yeux sur l'orchidée blanche entre ses doigts et, hésitante, raconta :

« Nous vivions alors loin d'ici, à Abianbase dans le Gianjar, dit-elle. Et c'est pourquoi tu n'as jamais entendu parler de cela. J'étais une enfant, peut-être avais-je à peine huit ans. A cette époque, ma grand-mère tomba malade, puis ma mère, à son tour, et toutes deux moururent en peu de temps. Je tombai malade, moi aussi, et mon père eut beau prier, il ne parvenait pas à me guérir. Il réussissait à guérir tous les gens du village, mais pas moi. Ma peau se couvrit d'affreuses plaies qui rongeaient ma chair jusqu'aux os. »

Elle sentit tressaillir la main de Raka qui s'était posée sur elle, et cela lui fit mal, mais il fallait poursuivre ce récit.

« Mon père entra en transe, mais aucun dieu ne vint le conseiller, il restait creux et vide. Des mois passèrent, et comme mon sang était brûlé, ma force épuisée, et qu'il n'y avait plus un point de mon corps qui fût resté intact, mon cœur faiblit et cessa presque de battre. De nouveau mon père entra en transe, et, cette fois, Dourga, la déesse de la mort, l'inspira. Elle lui ordonna de me porter dans le temple des morts et de m'y laisser mourir, seule et sans défense.

« Mon père obéit. Avant le coucher du soleil, il me porta dans ses propres bras au temple des morts, et il m'a raconté que j'étais aussi légère qu'un poulet destiné au sacrifice. Il emporta des offrandes, et les quelques femmes de ma famille qui étaient encore en vie, les présentèrent. Mon père était assis auprès de moi, il tenait ma main – comme tu la tiens en ce moment, mon frère – et il attendit que le soleil fût couché. Il pria encore la déesse de m'appeler à elle, et il ausculta mon cœur qui ne battait plus. Ensuite il prit congé de moi et s'en alla.

« On m'avait déposée sur la balé qui servait pour les offrandes et on m'avait recouverte d'un kaïn blanc. J'étais si faible que je ne vis mon père qu'à travers un brouillard lorsqu'il partit, ensuite je perdis connaissance. Au milieu de la nuit, je m'éveillai. La cour du temple était illuminée. Je vis tous les autels comme s'ils avaient été éclairés par une lumière plus forte que le soleil, et le temple était peuplé de figures. Non, je ne les vis pas, mais je les sentis, et je sus que j'étais entourée d'innombrables êtres invisibles. Je n'eus pas peur, j'en fus heureuse, puis je reperdis connaissance ou je m'endormis et ne sus plus rien. »

Teragia se tut pendant quelques instants et considéra l'orchidée sur ses genoux. Elle entendit le souffle irrégulier de Raka.

« Lorsque je m'éveillai, poursuivit-elle, c'était le matin. Les oiseaux chantaient et mon cœur était léger. Une chèvre grise, suivie de deux chevreaux, se promenait dans la cour du temple et mangeait les fleurs des coupes d'offrandes. Je regardai les chevreaux et je ris, car ils me plaisaient. Je regardai ensuite mes propres mains : elles étaient saines. Toutes les blessures s'étaient fermées. J'avais même oublié mes souffrances. Je n'ai jamais pu me rappeler ni mes souffrances ni ma maladie. Lorsque le soleil parut au-dessus des arbres, mon père arriva pour m'enterrer. Il me trouva bien portante, sans un seul abcès sur tout le corps, et jouant avec les deux petits chevreaux.

– Et après? demanda Raka, lorsque Teragia eut achevé son récit. Elle le regarda, surprise :

– Que te dire de plus, mon frère? Depuis ce temps, il m'est donné à moi-même de guérir des enfants malades, et les dieux parlent quelquefois par ma bouche. Tu dis que je suis incapable de rire. Mais je suis très heureuse, cela je le sais. Il n'y a pas de femme plus heureuse que moi, et il faut que tu me pardonnes si je te pèse quelquefois. Peut-être suis-je de pierre et non pas de bambou... »

Lorsque Raka se pencha vers sa femme pour regarder dans son visage incliné, il y découvrit un sourire. Et c'était bien comme elle avait dit : un sourire comme le montrent parfois les figures de pierre dans les temples, un peu énigmatique, sans le moindre enjouement...

Teragia prit l'orchidée blanche sur ses genoux et la planta de nouveau dans le turban de Raka. « Tiens, dit-elle, tu as eu raison de la cueillir. Elle te va bien et il faut que tu la portes sur ton front. D'autres fleuriront si ton père en a besoin. Pardonne-moi si je t'ai ennuyé. »

Pak labourait pour la troisième fois les savahs de l'est. La terre à présent était meuble et malléable, elle répondait par un clair glouglou lorsqu'il passait avec le lampit pour l'égaliser. Le travail était devenu plus facile, et ses cuisses, bien qu'elles ressentissent encore la fatigue, ne lui faisaient plus mal. Blek-blek-blek, disait la savah, qui formait de petites bulles et qui était prête à accueillir les jeunes pousses.

Pak avait mis en réserve les plus belles de ses gerbes, en partie pour les offrandes, en partie pour ensemencer. Il fut bientôt temps de repiquer les jeunes plants verts qu'il avait fait pousser dans un coin de la savah, et son frère Merou l'assista dans ce travail.

Tout en repiquant les plants, Pak pensait à Sarna et il lui parlait continuellement en pensée. « Ma petite colombe, disait-il, mon flamant blanc, ma jeune mangue. » Il ignorait auparavant qu'il eût de tels mots, mais à présent ces mots montaient d'eux-mêmes à ses lèvres. Lorsqu'il se rencontrait en secret avec Sarna, c'était ces mots qu'il lui disait. « Ma petite colombe, mon flamant blanc, ma jeune mangue... » Sarna ne se moquait pas de lui, quoiqu'elle aimât rire et qu'elle le taquinât souvent.

Elle semblait aimer son rude corps brun, car elle se rencontrait avec lui aussi souvent que possible; mais quoiqu'elle lui accordât sa fleur et son parfum, elle ne voulait pas entendre parler de mariage. « Que ferais-je dans ta maison? disait-elle, moqueuse. Tu n'as même pas de place pour une seconde épouse. Dois-je faire la cuisine pour Pougloug, et la servir afin qu'elle puisse aller bavarder au marché? » Elle disait encore : « Comment m'épouserais-tu, puisque tu n'as même pas encore fait limer tes dents? » Et Pak en avait honte. Ou bien elle disait : « Où prendrais-tu l'argent nécessaire pour m'acheter beaucoup de sarongs neufs, car je suis coquette, et il me plaît d'être bien vêtue. Quelqu'un m'a promis un jour cinq pièces d'or étrangères, afin que je puisse me faire faire cinq anneaux pour mes doigts.

– Soit, je t'achèterai dix pièces d'or, proclama Pak, vantard. Attendrais-tu par hasard que le rajah te fasse quérir et fasse de toi sa femme?

– Et pourquoi pas?» répondit Sarna, avec coquetterie, et Pak sentit qu'on le faisait griller à petit feu comme les âmes des méchants aux enfers. Il commit des imprudences, tant il était amoureux, et tout le village était au courant de son secret. Pougloug, la bavarde, gardait le silence, et Pak s'en inquiétait. Il eût préféré l'entendre protester lorsqu'il passait les nuits hors de la maison et qu'il se parait d'étoffes neuves. Il portait toujours des fleurs d'hibiscus derrière l'oreille, et le petit buisson, à côté de l'autel de la maison, avait été entièrement dépouillé.

« Dis-moi, frère, qui donc mange nos fleurs d'hibiscus pendant la nuit?» demandait Merou, car lui aussi avait besoin de fleurs derrière l'oreille lorsqu'il allait à Badoung pour sculpter le portail de temple commandé par le prince. « Nous n'avons même plus assez de fleurs pour nos offrandes, disait Pougloug, laconique. Nous en sommes arrivés à ce point qu'il faut que je les achète au marché pour de l'argent, ou que je les échange contre du sirih.

– Oui, c'est une honte que nous n'ayons plus assez de fleurs pour les offrandes dans notre propre maison, dit à son tour la tante, qui, exceptionnellement, était du même avis que Pougloug. Regarde-le se pavaner comme un coq qui a remporté vingt victoires. »

Le plus gros du travail était achevé et Pak n'avait plus rien à faire aux champs. Il ne pouvait plus qu'attendre que les rizières de l'ouest se fussent reposées et que les jeunes plantes grandissent à l'est. Il n'y allait que de temps à autre pour arracher la mauvaise herbe, retracer la lisière et surveiller le niveau de l'eau. Durant ce temps, aucune femme n'avait le droit de pénétrer dans la savah, même pas Sarna, qui passait quelquefois, comme par hasard. La savah était pleine de bonne et rude force virile, et aucune femme n'en devait troubler l'action.

« Je te bâtirai une maison plus belle que celles des

femmes du rajah », dit Pak à Sarna, nuitamment, à l'ombre du varinga.

Elle promena ses doigts caressants sur le visage de l'homme et, le taquinant : « Combien de ringgits as-tu enterrés sous ta maison, pour parler ainsi? » demanda-t-elle en riant. Son rire montait du fond de sa gorge comme le roucoulement des grandes tourterelles. Lorsque Pak entendait ce rire, son sang en était agité. Il la mordit à la gorge, comme font les jeunes chevaux lorsqu'ils jouent ensemble.

« Si j'avais enterré beaucoup de ringgits, m'aimerais-tu davantage? demanda-t-il, la poitrine oppressée. Mais on ne pouvait obtenir de Sarna aucune réponse sérieuse.

– Je ne peux pas t'aimer plus que je ne t'aime », dit-elle, croisant les bras derrière la nuque de Pak d'une étreinte chaude et indéchirable.

Pak s'en fut dans sa rizière, déterra les assiettes, et les renfouit en cachette, sous sa maison, à l'endroit où étaient les ringgits. Pougloug était au marché et ne se douta de rien. Mais le vieillard, à qui rien n'échappait, s'était aperçu de cela aussi. « Fils, dit-il, j'ai interrogé mon ami, le pédanda, et il m'a donné de l'eau bénite pour la mélanger à ta nourriture. J'ai aussi consulté le balian et lui ai porté onze kepengs, ainsi qu'une grande offrande afin qu'il rompe le charme. Mais tu continues à fouiller en terre comme un scarabée qui cache sa bouse, et tu tournes et tournes nuit et jour. Sais-tu qu'il est temps de brûler ta mère pour libérer son âme? Que cherches-tu sous la maison? Déterres-tu l'argent épargné pour le porter à la femme qui t'a ensorcelé, au lieu d'avoir soin de l'âme de ta mère? »

Ayant entendu ces mots, Pak ne put garder plus longtemps son secret. Il déterra les assiettes et les montra à son père, à la lumière de la lampe à huile. Le vieillard les approcha de ses yeux troubles, caressa la porcelaine lisse, regarda les roses et réfléchit longtemps. « D'où viennent ces assiettes? questionna-t-il enfin.

– Je les ai trouvées dans la terre de notre savah de l'est, lorsque ma charrue a creusé un sillon très profond, dit Pak. Ce n'était pas tout à fait un mensonge, et sa conscience était tranquille.

– Des assiettes pareilles à celles-ci sont venues chez nous dans l'ancien temps, des pays situés au-delà de Java, de Chine et d'autres pays dont les noms sont inconnus, dit le vieillard, et Pak admira une fois de plus l'immense savoir de son père.

– Valent-elles beaucoup d'argent? demanda-t-il respectueusement.

– Plus que tu ne peux compter, répondit le père. Quelqu'un a dû les enterrer autrefois, dans la savah qui appartenait au rajah. »

Un beau matin, Pak noua les assiettes dans un kaïn propre, suspendit le paquet à sa perche de bambou, et partit pour Sanour.

« Où vas-tu? demandèrent tous ceux qui le rencontrèrent.

– A Sanour, répondit-il sans s'arrêter.

– Que vas-tu faire à Sanour? demanda-t-on.

– J'ai des choses que je veux vendre au Chinois Nyo Tok Suey », dit-il non sans fierté, et il poursuivit sa route. Derrière lui, le village bourdonnait de curiosité, ce qui n'était pas fait pour lui déplaire.

Lorsqu'il arriva devant la maison du Chinois, il dut se donner à lui-même du courage avant de se décider à entrer. Il ne s'accroupit pas à terre, mais resta debout, car Nyo Tok Suey n'était qu'un Chinois et n'avait pas de caste.

« Si tu as des porcs à vendre, va plutôt à Kouta, dit le Chinois. Les bateaux qui abordent ici n'en veulent plus. Si tu as du kopra, nous pouvons en parler.

– Je n'ai ni porcs ni kopra à vendre. Ce que j'ai est bien plus beau, et sans doute n'as-tu jamais rien vu de pareil », répliqua Pak, enhardi. « Montre », dit le Chinois. Pak dénoua avec précaution le kaïn propre, frotta les assiettes une à une et présenta les trois précieuses pièces au Chinois.

Nyo Tok Suey ne parla pas tout de suite. Il entra dans sa maison et revint avec ses lunettes. Pak fut légèrement intimidé lorsque le Chinois eut chaussé les bésicles, mais un homme qui avait sur le crâne moins de cheveux qu'un porc n'a de poils sur le dos, ne pouvait lui en imposer.

« D'où viennent ces assiettes? » demanda le Chinois.

Pak conta avec volubilité qu'il avait labouré son champ et qu'il les avait découvertes dans la terre. Il ajouta ce que son père lui avait dit : « Elles sont venues dans l'ancien temps du pays de Chine et on a dû les enterrer dans les savahs du rajah, car c'était un grand trésor. Peut-être était-ce une offrande contre de mauvaises récoltes et les souris », ajouta-t-il, car cette idée lui était venue à l'instant même et lui avait semblé particulièrement heureuse. Nyo Tok Suey hocha la tête, en tournant et retournant les assiettes. « Elles ne sont pas anciennes et elles ne viennent pas du pays de Chine », dit-il. Soudain une pensée traversa son esprit, il rentra dans la maison d'un pas pressé, et revint en portant un long manuscrit. Pak y jeta un coup d'œil, mais ne put en déchiffrer les caractères.

« Je croyais que quelqu'un avait pu les voler sur le bateau et les enterrer dans ta savah, dit Nyo Tok Suey, mais elles ne figurent pas sur la liste. » Ce langage était du chinois pour Pak, mais il fut quand même saisi d'une inquiétude. Il avait fini par oublier lui-même de quelle façon les assiettes étaient tombées entre ses mains, et il frémit légèrement en se rappelant sa nuit de garde et sa rencontre avec Bengek l'enroué. « Pourquoi viens-tu chez moi avec ces assiettes? demanda Nyo Tok Suey.

— Je voudrais les vendre, et tu es le seul qui possède assez d'argent; de plus, tu connais mieux que d'autres la valeur d'un pareil trésor », dit Pak, aimablement. Nyo Tuk Suey retourna encore les assiettes. « Tu n'as pas de cuivre à vendre? questionna-t-il tout à coup.

— Qu'est-ce que c'est : du cuivre? demanda Pak, qui eut honte de son ignorance.

— Je vais te le dire, répondit le Chinois. Du cuivre, c'est ce que vous avez volé sur le bateau qui a échoué ici. On en fait des kepengs.

— Pas moi, répondit Pak, offensé. J'étais un des gardiens. » Après ces mots, Nyo Tok Suey le considéra pendant quelques instants, en silence.

Pak avait déjà entendu dire au village que certaines choses avaient été enlevées de cette épave dont plus personne ne s'inquiétait. Il était même allé un jour sur la plage, accompagné de son jeune frère Lantchar, qui méritait bien, lui aussi, qu'on lui accordât un petit divertissement, et qui pourrait l'aider à rapporter des clous et du bois, s'ils en trouvaient.

« Je veux épouser une seconde femme et il faut que je bâtisse une maison neuve, car elle est de parents riches, et assez belle pour être en droit de se montrer exigeante, dit Pak. C'est pourquoi j'ai résolu de me séparer de ce trésor et de vendre les assiettes que la déesse Sri elle-même m'a envoyées. Il faut beaucoup d'argent pour épouser une seconde femme, le touan ne l'ignore pas. »

Nyo Tok Suey enleva ses lunettes comme pour indiquer que les assiettes ne valaient pas la peine d'être examinées de près. « Je n'ai que faire de tes assiettes, dit-il. Tu aurais mieux fait de m'apporter du kopra. Mais pour te rendre service, je veux bien te donner dix kepengs par assiette. »

Pak eut un rire amer. Il savait que discuter avec un Chinois était aussi pénible que de marcher avec des sangsues aux jarrets. Mais ceci était pire que tout ce qu'il avait pu craindre. « Dix ringgits par assiette, s'écria-t-il, et je t'aurai fait un beau cadeau. »

Ils marchandèrent quelque temps, mais le Chinois avait la tête dure, et Pak n'arrivait à rien. Douze kepengs par assiette, ce fut tout ce que le Chinois offrit. Or, Pak achetait parfois pour douze kepengs de sirih en une seule journée. Il enveloppa ses assiettes et repartit pour Taman Sari. Il n'était pas déprimé, loin de là! Il renfouit son trésor, cette fois près du mur de la cour, de peur que Pougloug ne le découvrît, et il piétina soigneusement la terre.

Le lendemain, tout le village savait que Pak avait découvert des assiettes dans sa rizière, et de nombreux curieux envahirent la cour, sous des prétextes variés, dans l'espoir d'apercevoir les assiettes. Cela ne déplaisait pas à Pak. Il n'était pas mauvais que le riche Wayan apprît que le pauvre Pak possédait des objets tels que personne au village n'en avait même jamais vus.

A partir de ce jour, Pougloug ne parla plus d'autre chose, et elle retourna chaque carré de terre dans la cour, dans l'espoir de découvrir les assiettes, pour les voir et les toucher de ses propres doigts. La tante et l'oncle apportaient à Pak des morceaux délicats, dans l'espoir qu'il leur confierait son secret. Et Pak sentait de tous côtés combien il avait pris d'importance. Seule Sarna ne posait aucune question. Elle le regardait parfois de côté, en mouillant sa lèvre supérieure du bout de sa langue, ce qui voulait dire qu'elle réfléchissait. Pak dut lui-même engager la conversation sur ce sujet.

« Certaines gens du village semblent croire que j'ai déterré un trésor dans ma savah », dit-il. Il vivait des jours assez agités, car à peine Pougloug était-elle sortie, qu'il s'empressait de déterrer ses assiettes pour les renfouir un peu plus loin, de peur qu'elle ne les trouvât. D'ailleurs, depuis le refus du Chinois, il ne savait pas ce qu'il eût pu en faire d'autre que de les enterrer, de les déterrer et de se donner de l'importance par ce secret.

« Les gens du village semblent dire que tu t'offres partout à faire la chasse aux écureuils et à récolter les noix de coco, comme un pauvre diable, répondit Sarna, et ce fut comme une douche d'eau glacée.

— Ce sont des affaires auxquelles les femmes n'entendent rien », déclara-t-il avec dignité. Sarna lui pinça l'oreille et rit, mais lorsqu'il partit, elle lui demanda un nouveau rendez-vous, et la fièvre d'amour continuait à brûler dans son sang.

Pak travaillait ferme, en effet, pour rapporter chez lui plus de noix de coco que n'en portaient ses propres douze arbres. Selon la coutume, il aurait dû se reposer après le dur travail du labour et du repiquage. Au lieu de cela, il escaladait les palmiers, s'écorchait les mollets aux troncs d'arbres et traînait des fardeaux de noix de coco. A la maison, il obligeait son frère Lantchar et sa sœur Lambon à râper et sécher les noix, afin qu'il eût du kopra à vendre au Chinois.

« C'est une honte, disait Pougloug, volubile. Bientôt nous n'aurons plus assez de lait de coco pour nourrir Klepon lorsqu'elle fera ses dents. Il nous faudra acheter des noix de coco pour les offrandes et nous aurons oublié le goût des noix râpées.

— On peut vraiment dire qu'il y a plus d'intelligence dans les noix de coco que dans la tête de certaines gens », ajoutait la tante, faisant chorus. Pak ne dit rien. Il prit ses quatre coqs et les emporta à la maison de la commune, où étaient réunis la plupart des hommes du village. Durant quelques heures il voulait ne plus entendre parler ni de femmes, ni de noix de coco, ni d'assiettes enterrées. Sa petite sœur Lambon elle-même était devenue lunatique depuis qu'elle était trop âgée pour danser le legong. D'un air morose elle était assise devant les noix de coco qu'il s'agissait de transformer en kopra et pendant de longs moments son couteau s'endormait.

Sur ces entrefaites, arriva le jour où un événement qui l'émut plus qu'il ne l'avait jamais été de sa vie, lui fit oublier pendant une heure toutes les complications de son existence.

Cela commença par des battements du koulkoul qui convoquaient les gens du village à la maison du poung-gawa de Sanour. Les hommes accoururent, non seulement de Taman Sari, mais encore des quatre villages les plus voisins de la côte, et on les voyait trotter en longs cortèges à travers les rizières. C'était presque comme le jour où le bateau chinois avait échoué. « Que signifie ceci ? » demanda Pak au savant Krkek. « J'en avais été informé dès hier, dit celui-ci, avec nonchalance. Un grand poung-gawa des hommes blancs est arrivé, en bateau, de Bouleleng, pour nous interroger.

– Pour nous interroger ? Sur quoi veut-il nous interroger ? s'écria Pak, et la frayeur fit vaciller ses genoux.

– On verra bien », se borna à répondre Krkek.

Dans la cour du pounggawa on eût dit l'orifice d'un tronc d'arbre creux, habité par des abeilles. Cela grouillait, se pressait, les uns grimpant sur les autres. Déjà les marchandes avaient étalé leurs nattes, se promettant un trafic important. Pak s'introduisit dans la cour à la suite de Krkek, et comme ils étaient très loin en arrière, il se fit une place parmi les gamins. Il réussit enfin à voir l'homme blanc.

Son aspect n'était pas aussi terrible qu'il l'avait craint. D'abord le blanc n'était pas plus grand que Pak lui-même et il transpirait comme n'importe quel autre homme. Il est vrai que son visage avait quelque chose d'effrayant, car il n'était pas blanc, comme on pouvait s'y attendre, mais rose, de la couleur qu'ont parfois les buffles clairs sous leur poil. L'homme blanc était enfoncé dans un vêtement de forme grossière et lourde, mais de couleur blanche, et il était assis sur un appareil tel que Pak n'en avait jamais vu.

« Sur quoi donc est-il assis? chuchota-t-il à l'oreille de Krkek.

– C'est une chaise, comme en possèdent tous les hommes blancs, dit Krkek. Pak, étonné, claqua de la langue.

– Est-il infirme? questionna-t-il encore, après avoir observé d'autres particularités. Pourquoi laisse-t-il ainsi pendre ses pieds devant lui?

– Tais-toi, dit Krkek, impatienté. Les hommes blancs ne savent pas s'asseoir autrement. C'est le signe de leur caste. » Pak se contenta provisoirement de cette réponse. L'homme blanc devait en effet appartenir à une caste supérieure, car sa chaise avait été placée plus haut que la natte du pounggawa. De plus, le domestique de ce dernier tenait le parasol au-dessus du blanc, et non au-dessus du chef des villages de la côte.

« Taisez-vous! disaient les hommes dans la cour, en se poussant et se bousculant. Il veut nous parler. »

Tous, ils ouvrirent la bouche, pour mieux entendre, et un murmure d'étonnement parcourut la foule lorsque le contrôleur s'exprima dans la langue du pays. « Il parle comme un homme », dit Pak, stupéfait. Rib le bouffon était assis à côté de lui. « Pensais-tu qu'il grognerait comme un porc? » demanda-t-il à voix haute, et l'on rit derrière eux. Le pounggawa se leva et regarda autour de lui. « Faites silence, dit-il sévèrement. Écoutez ce que le Touan Contrôleur va vous dire, et répondez-lui s'il vous questionne. »

« Hommes de Sanour, Taman Sari, Intara, Renon et Dlodpekan, dit le contrôleur. Vous vous souvenez tous du deuxième jour de la troisième semaine du deuxième mois, jour où le bateau *Sri Koumala* s'est échoué sur votre côte.

– C'est vrai, murmura-t-on avec empressement.

– Je voudrais que ceux d'entre vous que le pounggawa a désignés comme gardes, s'avancent. »

Pendant quelques instants la cour ressembla à une

passoire de riz lorsque les femmes l'agitent et que les grains roulent en tous sens. Mais finalement douze hommes qui joignaient les mains furent au premier rang. Pak était parmi eux, il y avait encore le pêcheur Sarda, son joyeux ami Rib et d'autres voisins. « C'est donc vrai que des gardes ont été désignés ? » demanda le contrôleur au pounggawa. Krkek prit la parole au nom des hommes.

« C'est vrai, seigneur, dit-il d'une voix qui tremblait légèrement. On a désigné des gardiens pour plusieurs jours, chaque fois deux par deux, des hommes braves et honnêtes. »

Le contrôleur réfléchit, il fronça les sourcils. « Pounggawa, dit-il.

— Touan Contrôleur ? dit le pounggawa, et il joignit les mains devant le blanc, comme s'il avait été un homme sans caste.

— Le pounggawa m'a déclaré hier, qu'il n'avait pas fait monter la garde parce qu'il ne voulait pas assumer de responsabilité. Il m'a dit que les gardes du Chinois avaient été surpris, maîtrisés, et que le bateau avait été mis au pillage. Ce matin, interrogé par le rajah, le pounggawa a rétracté toutes ces paroles. Je constate moi-même à présent que des gardes ont été réellement désignés. Comment expliquer ces réponses contradictoires et que dois-je annoncer à Monsieur le Résident ?

— Des gardes ont été désignés, Touan Contrôleur, dit le pounggawa, d'une voix humble et éteinte. Mais parce que nos gardes étaient des hommes lâches et endormis qui n'ont pas bien veillé sur le bateau, j'ai jugé préférable de dire que je n'avais pas fourni de gardes.

— Lesquels d'entre vous ont veillé pendant la première nuit ? demanda le contrôleur. Je veux leur parler. »

Krkek donna à Pak un coup dans le dos, qui l'amena jusque devant le contrôleur. Anxieux, il essaya de se raccrocher à quelqu'un, rencontra le bras du pêcheur Sarda et s'y cramponna. Le contrôleur parut sourire, et le cœur de Pak s'allégea. Timidement, il essaya de répondre à ce sourire.

« Eh bien, mes amis, dit le contrôleur — et déjà Pak s'était habitué à sa vue — vous avez veillé pendant la première nuit. Dites-moi ce que vous avez vu. Je sais la vérité et il est inutile de me dire des mensonges.

– Il faisait froid et, plus tard, il a plu, dit Krkek, prenant la parole pour les deux autres, qui semblaient incapables de dire mot. On a eu du mal à entretenir un feu.

– On m'a affirmé qu'au milieu de la nuit un grand nombre d'hommes étaient venus et avaient pillé le bateau. Peut-être y en avait-il tant que vous avez eu peur et que vous vous êtes sauvés? Vous n'avez pas besoin d'avoir honte de cela, puisque vous êtes des paysans, et non des guerriers.

– C'est bien dit, murmura la foule, qui trouva ces paroles judicieuses. Sarda ouvrit la bouche et parla.

– Je n'ai pas vu d'hommes, dit-il, puis il se tut.

– Et toi? questionna le contrôleur en regardant Pak. C'était une impression fort désagréable, car les yeux clairs du blanc étaient pareils à ceux d'un aveugle, mais ils visaient quand même directement le visage de Pak. Il avait chaud sous son turban et ses cheveux se dressaient. Il fronça les sourcils et fit un grand effort de réflexion, car il n'avait guère de mémoire.

– Je ne sais pas si j'ai vu des hommes, dit-il enfin.

– Pourquoi ne le sais-tu pas? As-tu de mauvais yeux? demanda le contrôleur, patiemment.

– Très mauvais. Ils ne voulaient pas rester ouverts, quoique je le leur eusse sévèrement commandé. Mais tant qu'ils sont restés ouverts, ils n'ont pas vu d'hommes », dit Pak

Il advint alors que le touan blanc éclata de rire. Il ouvrit une grande bouche et rit très fort. Tous commencèrent par le regarder fixement, puis le rire se communiqua et se répandit à travers toute la cour. Ils se désignaient les uns aux autres l'homme qui riait et s'écriaient : « Il rit, voyez, il rit! » A travers tout ce bruit, on entendit encore la voix de Rib, le bouffon : « Pour une fois, Pak a passé une nuit tranquille, parce qu'il n'a pas dû coucher avec sa femme. »

Le pounggawa étendit la main et les rires s'apaisèrent peu à peu. L'homme blanc se leva; son visage était grave. « Hommes de la côte de Badoung, dit-il, lorsque ce bateau a échoué, la tempête l'avait secoué, mais c'était un bon bateau, chargé d'argent et de marchandises. Est-ce exact? »

Des voix murmurèrent que c'était vrai.

« Si vous allez maintenant sur la plage, qu'y voyez-vous? Quelques planches auxquelles les coquillages eux-mêmes ne se fieraient pas. Je demande ce qui est arrivé à ce bateau? Que sont devenus les marchandises et les ringgits qu'il transportait? Qui l'a détruit, et qui a enlevé ses mâts et le revêtement de sa coque? »

Ainsi interpellés, les hommes, inquiets, se mirent à sautiller sur leurs semelles nues. Quelques-uns, dans leur émotion, mâchaient très vite leur chique, et personne ne répondit. Au fond, près du mur, quelqu'un murmura que la mer et le dieu de la mer Barouna avaient pris ce qui leur plaisait, mais ce murmure s'éteignit bientôt.

« Vous êtes responsables de ce bateau, hommes, s'écria le Contrôleur. Je suis ici au nom de mon maître, Monsieur le Résident de Bali et Lombok, qui est juste et qui vous aime comme ses enfants. Si vous rapportez ce que vous avez volé, on vous pardonnera. Sinon, des vaisseaux viendront, avec des canons et des fusils, et vous regretterez le jour où vous avez pillé ce bateau. »

Le contrôleur se rassit et essuya la sueur de sa figure avec une étoffe blanche. Il y eut un profond silence. Les visages des hommes s'étaient refermés. Ils serraient les dents et se taisaient. On les avait offensés et ils ne pouvaient rien faire. Le silence pesait sur toute la foule. Soudain, lorsque ce silence fut devenu presque intolérable, un homme s'avança et tous le regardèrent. C'était Bengek l'enroué, le fils de la sorcière.

« Puis-je parler? demanda-t-il au pounggawa, et celui-ci consentit d'un signe de tête.

— Je suis un pêcheur, Monsieur, dit Bengek, de sa voix chuchotante, que l'on entendit néanmoins jusqu'au fond de la cour. Je pars en mer lorsqu'il fait encore nuit et que les hommes dorment au village. La nuit qui a suivi l'échouage, je suis sorti plus tôt que les autres pêcheurs, et j'ai vu des hommes. Les nuits suivantes aussi, lorsque la lune était cachée, j'en ai vu. Ils gagnaient le bateau à marée basse et travaillaient sur l'épave. C'étaient des hommes du Gianjar.

– Comment le sais-tu? demanda le Contrôleur.

– Je connais leurs barques. Elles sont différentes des nôtres, à Badoung », répondit l'enroué. Il attendit encore quelques instants, puis se retira dans la foule. Les hommes chuchotèrent, soulagés. C'était fort bien, ce que Bengek venait de dire, et tout au plus regrettait-on de n'avoir pas eu un porte-parole plus digne que lui. Le Contrôleur s'entretint à mi-voix avec le pounggawa. Il s'exprimait maintenant en malais.

« Vous pouvez vous en retourner. Je n'ai plus besoin de vous », dit le contrôleur. La foule s'écoula lentement. Ils s'en allaient à contrecœur, car le Chinois Nyo Tok Suey venait précisément d'arriver, et il était accompagné de l'autre Chinois, propriétaire du bateau, que Raka avait naguère sauvé du naufrage en le portant sur ses épaules. Un troisième Chinois était avec eux, et l'homme blanc les regarda avec humeur.

Les hommes restèrent dans la rue, massés en groupes, et s'entretenant de l'événement. « Nous a-t-on traités de voleurs et nous a-t-on menacés? » questionnaient certains en serrant le poing. Krkek le sage allait et venait et calmait les esprits les plus excités.

« L'homme blanc était mécontent du pounggawa, expliquait-il. J'ai écouté ce qu'ils ont dit en langue malaise. Il a dit qu'on avait effectivement trouvé dans le Gianjar du cuivre provenant du bateau. Il a reproché au pounggawa d'avoir manqué de franchise. Et il n'aime pas les Chinois. »

Plusieurs hommes s'étaient approchés de l'enroué, qu'ils évitaient d'ordinaire, et ils l'interrogeaient sur les hommes qu'il avait vus. Pak, pour une raison quelconque, se tenait à l'écart. Il était aussi trempé de sueur et fatigué qu'après un pénible travail aux champs; aussi avait-il hâte de rentrer, pour raconter chez lui tout ce qui s'était passé. Il évita la rue, au bord de laquelle Dasni avait installé son éventaire et lui faisait signe, et il regagna le village à travers champs.

Mais lorsque, tout agité et chargé de nouvelles, il arriva dans sa cour, on savait déjà tout. Pougloug, cette peste, avait tout appris au marché et, comme d'habitude, elle en savait même plus long que lui. Bouche bée, la famille faisait cercle autour d'elle et écoutait à perdre haleine.

« ... Et le gamelan a joué lorsqu'il est entré dans la pouri, car c'est un grand ami du prince de Badoung et il veut savoir la vérité », dit-elle, jetant dans l'ombre toutes les informations de Pak sur l'homme blanc. « Il n'a eu besoin que de regarder le Chinois Tan Suey Hin pour lui faire avouer qu'on lui avait payé deux ringgits et demi afin qu'il accusât dans une lettre les gens de Badoung d'avoir arraché du cuivre de la coque du bateau. On lui avait promis deux cents ringgits pour son faux témoignage, mais l'homme blanc sait regarder à travers les os jusqu'au centre du cœur où la vérité est écrite...

– La vérité n'est pas écrite dans le cœur, mais dans le foie... dit Pak, qui était de méchante humeur, pour avoir l'occasion de parler à son tour.

– S'il en est ainsi, je te conseille de bien cacher ton foie », riposta Pougloug, qui avait la repartie prompte, et tous éclatèrent de rire. Ces femmes, pensa Pak, malheureux, elles ont des langues comme des serpents. Il noua un foulard frais autour de sa tête, alla se baigner dans le fleuve, acheta en passant de l'huile parfumée à une marchande, s'en frictionna les épaules et le dessous des oreilles, puis attendit la venue de Sarna.

Les champs de l'ouest avaient pris assez de repos, et le lendemain matin, Pak sortit de chez lui, enfouit les cendres de la paille brûlée dans la terre, afin de la rendre plus fertile, fit la première offrande et livra passage à l'eau à travers la rizière, où se succéderaient de nouveau les travaux du labour, du repiquage et de la récolte. C'était bon d'accomplir ce travail pénible et de laisser couler sur soi la sueur du soleil. Néanmoins, une nouvelle inquiétude s'était jointe à l'ancienne. Pak resta dans la savah longtemps après que le koulkoul eut rappelé les hommes pour manger et prendre du repos, et il y avait à cela une raison particulière.

Les champs voisins du sien appartenaient au pêcheur Bengek et à sa sorcière de mère. Or, depuis les menaces du seigneur blanc, Pak désirait avoir un nouvel entretien avec l'enroué au sujet des assiettes. Mais Bengek négligeait ses savahs, et, bien qu'il fût temps pour lui de commencer le labour, on ne le voyait nulle part.

Pak descendit vers le fleuve, lava sa vache, puis la poussa dans la direction de Sanour, car il s'était décidé à rendre visite à Bengek dans sa maison. La vache ne voulut pas marcher; elle savait que c'était l'heure de rentrer. « Viens, ma mère, il faut que nous allions à Sanour, disait Pak, tout en la poussant dans la direction voulue. Moi aussi je suis fatigué, ma sœur, nous ne nous attarderons pas. »

Devant la cour de Bengek, il attacha l'animal à un arbre, puis entra avec précaution. C'était la maison la plus proche de la mer; elle était située en dehors du village, non loin du temple des morts, où brillait, la nuit, un jaquier sacré et fluorescent. Le mur était construit non en terre, mais en pierres de corail gris et brut, auxquelles étaient incorporés par endroits des morceaux de corail rouge couleur de chair blessée. La cour était grande, propre, et donnait presque une impression d'aisance. Bengek était occupé à réparer ses filets; la mère, la sorcière, travaillait à la cuisine.

« Paix à ton œuvre, dit Pak avec une amabilité exagérée. Paix à ton soir, vieille femme. » Car il avait peur de la vieille. Elle s'approcha de lui et le salua en chantonnant. Lorsqu'il regarda dans ses yeux, il vit qu'ils larmoyaient, ce qui est un signe par lequel on reconnaît avec certitude les sorcières. « Du sirih, mon fils? » dit-elle aimablement, en lui tendant son panier, mais Pak refusa par prudence, de peur d'être ensorcelé.

« Je t'ai cherché dans ta savah, mais tu n'es pas venu, dit-il, pour mettre la conversation en train, et Bengek lui jeta un regard rapide et interrogateur.

— Je suis un mauvais cultivateur, mais un bon pêcheur, dit-il négligemment. Quelque incident aurait-il gêné par ma faute la circulation de l'eau?

— Non. Nullement, se hâta de répondre Pak. Il s'agit d'autre chose. J'ai été très surpris par ce que tu as raconté à l'homme blanc sur les hommes du Gianjar. »

Comme Bengek ne répondait ni ne levait les yeux, Pak dut bon gré mal gré poursuivre son discours.

« Je ne sais pas si tu te rappelles que nous nous sommes rencontrés cette nuit-là...

— Je ne me rappelle rien », dit Bengek. Pak avait peine à poursuivre. Il prit un nouvel élan. « Il s'agit des assiettes dont tu m'as fait cadeau cette nuit-là », balbutia-t-il. Bengek rejeta son filet et regarda Pak. « Où veux-tu en venir? demanda-t-il.

— Elles sont très belles, mais si elles proviennent du bateau du Chinois, il faudra sans doute que j'aille les porter au pounggawa, dit Pak d'un air contrit.

— Elles ne proviennent pas du bateau et tu n'as pas besoin de les remettre. Personne ne s'est enquis d'assiettes. Il n'a été question que de cuivre, de fer et de ringgits.

— Où t'es-tu procuré ces assiettes? demanda Pak, hardiment.

— Elles viennent de la mer. Je les ai pêchées dans mon filet, au lieu de poissons que j'aurais préférés.

Pak respira profondément.

— Pourquoi ne les as-tu pas gardées? demanda-t-il.

— Que ferais-je d'assiettes? Je n'ai pas de femme et n'ai nul besoin de jouets d'enfants.

— Mais elles sont précieuses, dit Pak timidement.

— Non, elles ne valent rien. Crois-tu que j'aurais été assez bête pour te les offrir si elles avaient eu de la valeur? dit Bengek. Elles valent tout au plus autant que les petits services de voisin que tu me rends quelquefois dans les champs, ajouta-t-il. La poitrine de Pak s'allégea et s'alourdit tout à la fois.

— Je les ai enterrées dans mon champ, comme offrande à la déesse Sri. Elles étaient encore neuves et belles lorsque je les ai retirées, ce qui signifie que la déesse y a pris plaisir assez longtemps et que je puis m'en servir, dit-il, soulagé.

— Allons, tant mieux, répondit l'enroué, indifférent.

— Je voulais dire... je voulais te demander... si à présent je me sers des assiettes à ma façon... Raconteras-tu aux gens que c'est toi qui m'en as fait cadeau? demanda Pak, touchant enfin au point essentiel de l'entretien.

— Qui? Moi? Non », dit Bengek, laconique. Il savait se montrer fort éloquent, malgré sa voix rauque, comme il l'avait prouvé en présence du blanc. D'autres fois au contraire sa bouche était trop paresseuse pour s'ouvrir et se fermer. Il poussa un petit rire qui ressemblait à une toux. « Tenons-nous-en là et disons que c'est la déesse Sri qui te les a données », conclut-il.

Pak hésitait à s'en aller. « Je veux bien t'aider un jour dans ta savah, si tu es en retard.

– Tu es très complaisant », répondit le pêcheur. Pak prit poliment congé de la sorcière. Il avait peur d'elle. « Paix à ton chemin, mon fils », dit-elle avec un rire étouffé. Pak tira sa vache par la corde et pressa le pas pour atteindre le village avant la nuit. « Ma sœur, lui dit-il en confidence, nous pouvons être contents d'en avoir fini. »

Mais il semblait que c'en fût fini de la tranquillité dans la vie de Pak, depuis qu'il possédait les assiettes. Car environ une semaine plus tard, le cinquième jour du quatrième mois, il arriva ceci :

Pak était occupé ce jour-là à étendre de la paille sur le mur de sa cour, et celle-ci était déserte. Pougloug était allée au grand marché de Badoung, et la tante assistait à un enterrement dans le village voisin. Le vieillard dormait dans sa balé, fatigué par la chaleur du jour. Pak était heureux et fredonnait doucement, tout en étendant et lissant la paille destinée à protéger et couronner son mur. C'est alors qu'il entendit soudain au fond de la cour, là où le jardin se perd en une petite plantation de cocotiers, un son étrange. On eût dit un gémissement et, après quelques instants, il alla voir si sa petite fille Rantoung n'avait pas eu un accident. Mais il ne vit pas ses enfants et il se rappela que son jeune frère Lantchar les avait tous emmenés lorsqu'il était parti aux champs avec le troupeau de canards. Pak regarda autour de lui et fut pris d'inquiétude, car il n'est pas bon d'entendre des sons inexplicables et de ne rien voir. Soudain, il aperçut une forme jeune, accroupie entre les palmiers, et son cœur cessa de battre. Il se précipita, car il venait de reconnaître le kaïn jaune et garni de papillons bleus de Sarna.

Elle était couchée à terre, serrait ses deux mains contre son oreille gauche et gémissait doucement. Elle souffrait apparemment, car du sang coulait en abondance entre ses doigts. Pak fut parcouru d'un frisson d'angoisse, lorsqu'il la souleva de terre : « Que t'a-t-on fait ? » demanda-t-il, effrayé. Mais Sarna appuya sa tête contre la poitrine de l'homme, et le sang coula le long de la peau de Pak, chaud et gluant. Chaque fois qu'il essayait de découvrir son visage, elle serrait ses mains.

« Personne ne m'a rien fait, dit-elle en sanglotant. Oh, Pak, puis-je me cacher dans ta maison ? »

Il regarda autour de lui et se rappela que Pougloug n'était pas chez elle ; d'ailleurs, quand même elle eût été présente, il ne s'en serait pas soucié. Il remit donc Sarna sur pieds, et la conduisit dans la balé principale en passant auprès des autels. « Que t'est-il arrivé ? Que t'a-t-on fait ? » ne cessait-il de demander. En même temps, ne voulant pas manquer aux devoirs de la politesse, il murmurait que sa hutte était laide et sale et que ce n'était pas un lieu fait pour recevoir des visites aussi gracieuses que Sarna. Cependant, il sentait que son cœur se tordait dans sa poitrine, tant étaient vives la pitié et l'anxiété que lui inspirait la jeune fille.

Lorsqu'il l'eut étendue sur la couche et qu'il la berça dans ses bras, comme si elle avait été la petite Klepon, elle retira enfin les mains de son visage. Elles étaient pleines de sang, et le sang coulait encore plus abondamment de son oreille dans sa nuque. Pak vit alors ce qui était arrivé : le lobe de l'oreille de la coquette Sarna, qu'ornaient d'habitude de belles boucles, était fendu jusqu'au bord et, pendant tel un lambeau sanguinolent, il ne pourrait plus jamais porter de bijoux. « Que signifie ceci ? » chuchota-t-il, effrayé, et sa gorge en était sèche. Car Pak n'aimait pas même saigner un poulet et le sang de Sarna lui faisait mal.

« Cela signifie que je ne veux pas qu'on me couche dans le lit d'un affreux vieillard, dit-elle en se redressant, et ses yeux mouillés de pleurs étincelèrent. Non, jamais, dit-elle, cela me dégoûte. Je préfère être défigurée jusqu'à la fin de mes jours, plutôt que de me prêter à cela.

— Viens, murmura Pak, laisse-moi étancher le sang... Ou bien dois-je courir chez Teragia ? Elle a des médicaments... Mais qu'as-tu fait, petite Sarna ? T'es-tu blessée toi-même? A quel vieillard voulait-on t'unir? Je n'y comprends rien, dis-moi... »

Sarna prit son foulard qu'elle serra contre l'oreille fendue. Quoiqu'elle poussât encore de profonds gémissements, elle se reprenait déjà à sourire, et le sang commençait à couler plus lentement.

« Ne cours pas comme un poulet auquel on a coupé la tête, Pak, dit-elle. Tiens-moi bien, et je te raconterai tout. Je suis contente d'avoir agi ainsi, et toi aussi tu dois en être content. »

Pak se souvint fort à propos qu'il y avait encore un peu d'eau bénite à la maison, il alla dans la balé de son oncle, y prit le récipient, aspergea la blessure et reprit Sarna dans ses bras. Il sentit alors qu'elle cessait de trembler, mais il ne comprenait encore rien.

« Ne sais-tu pas que les gens du rajah parcourent les villages à la recherche de jeunes filles pour sa couche? dit Sarna, déjà plus tranquille. Mais je me suis défigurée, de sorte qu'ils ne pourront pas m'emmener dans la pouri pour m'offrir au rajah.

– Au rajah? » balbutia Pak, et il la regarda fixement. Il avait déjà entendu raconter quelquefois que des jeunes filles se mutilaient ainsi lorsqu'elles ne voulaient pas être emmenées dans la pouri, car un rajah ne pouvait tolérer auprès de soi une femme ainsi défigurée. Mais ces jeunes filles avaient agi ainsi par désespoir, parce qu'elles aimaient un homme au village et qu'elles ne voulaient pas se séparer de lui. Son cœur se gonfla et il le sentit jusqu'au fond de sa gorge...

« Pourquoi as-tu fait cela? Dis-moi », questionna-t-il, hors d'haleine, et il lui semblait incroyable qu'une jeune fille aussi belle et douce que Sarna eût pu se blesser avec un couteau par amour pour lui, et refuser d'entrer dans le lit d'un rajah. « Est-ce pour moi que tu as fait cela? » chuchota-t-il timidement, et en même temps il se sentait grossier et sali par son travail, aussi puant qu'un porc. Sarna le regarda et rit à voix basse.

« Pour toi? dit-elle, Oui, pour toi. »

Au même instant le vieillard sortit de sa balé, car il avait le sommeil léger et sans doute avait-il entendu les sanglots de Sarna. Pak ne dit rien, mais il retira vite ses bras du corps de la jeune fille et resta assis auprès d'elle, dans une attitude indifférente. Le vieillard ne dit rien non plus, et quoiqu'il eût tout vu, il ne fit pas mine d'avoir rien remarqué; il prit un panier et disparut derrière la maison.

« Le rajah est très vieux et malade depuis des années, tu le sais bien. Et voilà qu'ils ont décidé de coucher des jeunes filles dans son lit pour lui réchauffer la moelle des os, car l'intérieur de son corps se refroidit, ses intestins pourrissent et son haleine a la mauvaise odeur de sa maladie, dit Sarna. Mais je ne veux pas qu'on fasse de moi un médicament pour un cadavre, quand même il serait mille fois prince de Pametyoutan. Je suis jeune et je ne me laisserai pas enterrer vivante. »

Pak commençait à comprendre. S'il ne s'agissait pas du jeune prince Alit, mais du vieux tyokorda de Pametyoutan, et s'il en était comme Sarna disait, sa folle action lui paraissait explicable. Sarna enleva l'étoffe de la blessure qui avait cessé de saigner et Pak eut un frisson en voyant le lobe déchiqueté qui pendait, sanguinolent. Sarna le regarda attentivement dans les yeux. « A présent je ne vais plus pouvoir porter mes boutons d'oreille, dit-elle, souriant, mais ses yeux se remplirent de larmes.

— Qu'importe, mon petit oiseau, dit Pak, la consolant maladroitement. Tu es tout aussi belle sans bijoux.

— Ils étaient incrustés de petits rubis et ils avaient coûté sept ringgits », poursuivit Sarna, d'un ton plaintif. Mais Pak la serra contre lui et dit : « Si tu te maries, il faudra quand même que tu renonces à tes boutons d'oreille, ma sœur. »

Sarna se pelotonna contre lui. Elle ne dit plus rien, mais au bout d'un moment, ce roucoulement qui enfiévrait Pak s'échappa de nouveau de sa gorge. « Mon père me battra lorsque je rentrerai », dit-elle. Pak, lui aussi, avait peur du riche Wayan.

« Mon père estime que c'est un honneur d'être choisie pour le prince de Pametyoutan et d'être une de ses femmes, vêtue de magnifiques kaïns, sans avoir jamais rien à faire.

— Et tu as refusé tout cela? dit Pak, enthousiaste. Jamais de sa vie il ne s'était senti aussi grand que depuis cet acte de Sarna. Il pensait confusément que jusqu'à ce jour il n'avait rien su et rien compris d'elle. Sarna la frivole avait entaillé sa propre beauté avec un couteau.

– Je ne veux pas être enfermée comme les femmes de rajahs, dit-elle, suivant le cours de ses pensées. On ne les voit jamais, ce sont des prisonnières. Et le rajah est vieux, il mourra bientôt : ses femmes devront alors se faire brûler avec lui, cela je ne le veux pas. Mais mon père me battra.

– Et c'est pourquoi tu es venue chez moi ? dit Pak.

– Chez qui d'autre serais-je allée ? » demanda Sarna, et il n'avait jamais rien entendu d'aussi doux. Chez qui d'autre ? En effet, chez qui d'autre ? Il se redressa, grandi de l'épaisseur de deux doigts, et ses muscles se durcirent. « Ton père ne te battra pas, j'en réponds », dit-il fièrement. Une excellente pensée lui était venue et il se leva. « Attends, je vais te montrer quelque chose que personne encore n'a vu », dit-il et il courut chercher sa pelle.

Deux jours plus tôt, il avait enfoui les assiettes auprès des autels. Il entraîna Sarna et se mit à creuser très vite, avec une force que jamais auparavant il n'avait sentie dans ses bras. Le cochon accourut et fouilla la terre de son groin, de sorte que Pak dut le repousser du pied. Sarna s'était accroupie sur le sol, et, de temps à autre, un gémissement s'échappait du fond de sa gorge, mais elle était pleine de curiosité et avait cessé de pleurer. Enfin les assiettes parurent ; les roses y étaient aussi fraîches qu'au premier jour, la terre ne les avait ni effacées ni abîmées. Pak les essuya avec un pan de son kaïn et elles brillèrent aussitôt. « Tiens, je te ferai cadeau de cela lorsque tu seras ma femme », dit-il, un peu essoufflé, et il les déposa aux pieds de Sarna. La bouche ouverte, elle regardait tantôt le trésor, tantôt Pak. Elle ne disait rien. Elle caressait timidement les fleurs du bout des doigts. Puis elle retirait précipitamment comme si elle avait eu peur de se brûler. Elle leva de nouveau les yeux sur Pak. Il éclata de rire, car il était évident que les assiettes avaient fait une impression très forte, et il les manipula en les faisant cliqueter, comme si elles avaient été peu de chose à ses yeux et que lui, Pak, eût eu l'habitude de se servir de telles assiettes. « Veux-tu les emporter ? C'est un cadeau pour toi », proposa-t-il, mais Sarna fit « non » de la tête. « J'ai peur de mon père », dit-elle encore. Pak renfouit ses assiettes, et le porc, déçu, s'éloigna. Pak, lui aussi, commençait d'avoir peur, non du père de Sarna, mais du retour de Pougloug et du vacarme qu'elle ferait, ou de son silence pire encore, si elle trouvait Sarna dans sa propre maison. Il eut une excellente idée : « Je vais te conduire chez Teragia. Elle pansera ta blessure, qui sera bientôt guérie, et tu n'auras pas de cicatrice. Teragia qui est bonne et courageuse, pourra te ramener chez ton père et lui parler, de sorte qu'il ne te fera pas de mal. » Là-dessus, Sarna le regarda encore avec insistance, comme si elle avait distingué le petit lambeau de peur qui se cachait dans sa poitrine. Elle finit par consentir d'un signe de tête. « Ne m'accompagne pas, dit-elle enfin. J'irai seule chez Teragia, car au village on sait déjà ce que j'ai fait, et je ne veux pas que nous soyons un sujet de bavardages. »

Pak lui fut reconnaissant de se montrer aussi raisonnable, et il respira, soulagé, lorsqu'elle eut quitté la maison avant que son orage particulier fût rentré du marché.

« Mon père, dit-il ensuite au vieillard, quel serait le meilleur endroit dans la cour pour bâtir une maison destinée à une seconde femme ? Et quand dois-je commencer le travail ? »

Le vieillard eut un rire étouffé, puis répondit : « J'interrogerai mon ami, le pédanda, sur le jour le plus favorable pour la construction du mur de fondation. Et ne t'inquiète pas davantage. Encore que ce soit une erreur d'épouser une belle femme, tu te rassasieras d'elle et tu retrouveras ta tranquillité lorsqu'elle t'aura donné un fils. »

Quoique les semaines suivantes fussent les plus agitées que Pak eût connues, le calme entra dans la maison. Pougloug avait mélangé pendant de longs mois des remèdes magiques à sa nourriture afin de le détourner de Sarna. A présent qu'elle s'était rendu compte de l'inutilité de ses efforts, elle se résigna et ne souffla mot de rien quoiqu'elle sut tout. Pougloug était si bien capable de garder le silence lorsqu'elle voulait se taire, que Pak se figura que, malgré l'ardeur de ses préparatifs, Pougloug ignorait ses projets. Cependant, il négligeait les étranges petites contrariétés qui surgissaient à tout moment dans sa vie. Tantôt il n'y avait pas assez à manger pour lui lorsqu'il revenait de la savah, tantôt on lui servait plusieurs jours de suite les mêmes restes, envahis par les fourmis. Lorsqu'il cherchait un kaïn propre, il n'en trouvait pas, et Pougloug prétendait avoir oublié de faire la lessive. Ou bien elle avait le bras écorché et ne pouvait pas battre le riz destiné aux repas. Une autre fois le grand récipient d'eau lui tomba sur la tête et son contenu se répandit sur le kopra séché, le jour même où il voulait le porter chez le Chinois de Sanour, pour le vendre. Mais tout cela ne réussissait pas à troubler Pak dans son rêve, car il savait qu'il aurait bientôt une seconde femme et que sa vie serait mûre et savoureuse comme le fruit du durion.

Le père de Pak tint parole. Le troisième jour du quatrième mois fut choisi pour entreprendre la construction de la maison. Pak avait amené de la terre et des pierres; il dressa lui-même le mur de fondation, battit la terre et la borda. Il aurait aimé employer des pierres rouges comme celles du bâtiment principal de la maison de Wayan, mais il n'en trouva pas et elles eussent coûté trop cher. Il employa donc des blocs de corail comme tous les autres. Pougloug fit le tour du terrain et, agitée, cracha plusieurs fois de la salive rougie par le bétel, car il ne lui avait pas échappé que les dimensions du mur de fondation étaient plus grandes que celles du bâtiment principal. Merou, qui revenait de la ville, siffla d'étonnement. « J'ai entendu dire, mon frère, que tu avais soufflé la plus jolie fille au rajah », dit-il cordialement. Pak ne savait pas si son frère se moquait de lui ou l'enviait, car Merou passait pour un grand connaisseur et amateur de femmes. « J'aurai besoin d'un oiseau Garouda portant Vichnou pour la poutre centrale, dit Pak avec emphase.

– Et que me donneras-tu si j'en sculpte un?

– Rien, car tu es mon frère », répondit Pak, offensé. Merou se remit à siffloter. Il était capable de sculpter des oiseaux Garoudas en dormant, tant il en avait taillé pour la pouri de Badoung. « Un oiseau Garouda avec Vichnou, haut d'une brasse, peint en rouge et or, comme dans la maison de Bernis, cela peut-il suffire pour Son Altesse la seconde épouse de mon frère? demanda-t-il.

– Qui est Bernis? » questionna Pak. Merou ne répondit pas, mais il tira son couteau de sculpteur de sa ceinture et se mit à jouer avec un morceau de bambou. « Je te donnerai mon coq blanc », dit enfin Pak, ce qui n'était pas une mauvaise affaire pour Merou.

« Tous les hommes sont devenus fous dans cette famille, dit Pougloug à sa tante, à voix assez haute pour que Pak pût l'entendre. Au marché de Badoung on prétend que Merou vole de l'amour dans la pouri. L'un des frères a perdu la tête dans les rues du village, et l'autre se la fera trancher un de ces jours sur l'ordre du rajah, s'il ne renonce pas à poursuivre les femmes du palais. »

Pak s'inquiéta passagèrement, car s'il était vrai que Merou volât l'amour d'une femme du rajah, c'était en effet là une dangereuse entreprise. Il eut un bref entretien d'homme à homme avec son frère cadet. « Tu ne devrais pas courir les femmes de la pouri, dit-il. Il n'est jamais rien sorti de bon de ces choses-là. » Merou se tapa sur les cuisses et rit : « Moi, courir les femmes? s'écria-t-il. En voilà une bonne plaisanterie! Ce sont elles qui courent après moi, les poulettes! La pouri est pleine d'esclaves qui sont toutes aussi folles que les chattes après la saison des pluies. Occupe-toi de tes femmes, je m'occuperai des miennes.

– Et j'aurai encore besoin de quatre traverses sculptées, car il faut que la maison fasse bonne impression », dit Pak en guise de conclusion.

Il allait et venait à la recherche des troncs les plus beaux et les plus droits dans les plantations, car s'il ne pouvait acheter du bois de Nanka, il entendait du moins ne prendre que les plus beaux troncs de durions qu'il pourrait découvrir. Les meilleurs durions se trouvaient dans la plantation de Wayan, derrière le village, et cela tombait fort bien. Un mardi matin, Pak se rendit dans la cour de Wayan, les hanches drapées d'un sapout en soie et coiffé d'une écharpe neuve. Wayan l'accueillit aimablement. Comme l'exige la politesse, Pak commença par parler longuement de choses qui n'avaient aucun rapport avec le but de sa visite.

« Mon père annonce que la grande pluie tombera bientôt », dit-il, et encore : « J'ai entendu dire que tu possédais parmi tes coqs un sravah, qui serait invincible », et : « On m'a demandé si je ne voudrais pas faire brûler ma mère, à l'occasion de la crémation du cinquième jour de la semaine prochaine, mais j'ai refusé, parce que je veux qu'elle ait sa propre crémation, plutôt que de la faire brûler avec trente autres, ce qui ne réjouirait pas son âme. »

Cette dernière affirmation était un mensonge, car Pak ne possédait même pas les vingt mille kepengs nécessaires pour participer à la crémation collective, et à plus forte raison était-il incapable ne serait-ce même que de se représenter la somme décuple qui eût été nécessaire pour la crémation particulière qui n'était permise qu'aux riches. Mais Wayan resta aimable et lui offrit du sirih en abondance. Pak en arriva ainsi à aborder l'objet de sa visite.

« Je suis en train de bâtir une maison, car je veux épouser une seconde femme, et je désire que cette maison soit plus belle que le bâtiment principal », dit-il, et c'était là un morceau d'éloquence longuement médité. Il était impossible d'informer Wayan de façon plus élégante de ses intentions touchant Sarna, sans manquer aux usages.

« J'ai entendu parler de ton projet, dit Wayan. Je te souhaite paix et bonheur dans ta maison.

– Je suis allé dans les plantations et j'ai cherché des troncs d'arbres pour les poutres de la nouvelle maison. Personne ne possède de plus beaux arbres que toi, et je voulais te demander si tu consentirais à me vendre six durions et quatre palmiers de ta plantation du nord. »

Wayan répondit : « Pourquoi pas ? » mais il ajouta qu'il lui faudrait d'abord calculer le prix. Il dit encore qu'il les céderait peut-être à Pak, quoique ces arbres fussent en somme destinés à porter des fruits. Et Pak répondit en soulignant qu'il désirait surtout construire une maison très belle et que les arbres de Wayan lui plaisaient mieux que tous les autres. Mais lorsque Wayan demanda six cents kepengs par tronc, il sentit son cœur défaillir et en eut le souffle coupé. Il était incapable de payer ce prix et ne voulait pourtant pas paraître un homme pauvre aux yeux de son futur beau-père. Il lui offrit donc de payer la moitié en espèces, et de s'acquitter de l'autre moitié en travaillant dans les savahs de Wayan. Lorsque l'affaire fut enfin conclue, Wayan fit monter son fils cadet à la cime d'un palmier et il offrit à Pak le lait d'une jeune noix de coco, comme à un hôte honoré, après quoi Pak s'en retourna chez lui, gonflé d'orgueil et de contentement comme s'il avait marché sur des nuages.

Le lendemain, il prit sa hache et se rendit avec plusieurs amis dans la plantation, pour commencer par abattre deux cocotiers. Il se conforma aux leçons qu'il avait reçues de son père. Il embrassa le tronc de chaque palmier, déposa une offrande au pied de l'arbre et lui parla ainsi : « Palmier, mon frère, il faut que je t'abatte, non parce que je te veux du mal, mais parce que j'ai besoin de poutres pour ma nouvelle maison. Pardonne-moi, cher palmier, et permets-moi d'enfoncer ma hache dans ton tronc. » Et lorsqu'ils entaillèrent les palmiers et que les arbres s'abattirent avec un bruissement lourd de leurs couronnes, il sentit qu'il avait autant de force que dix hommes, car il avait remarqué que Sarna s'était cachée dans la plantation, pour observer son travail, et rien ne rend un homme plus heureux que d'être admiré dans son œuvre par la femme qu'il désire.

Tandis que les troncs séchaient, il s'en fut couper des bambous pour le toit. Il possédait heureusement un taillis au bord de sa rizière, de sorte qu'il n'eut pas besoin d'en acheter. Il faisait frais à l'ombre des bambous qui se rejoignaient au-dessus du ruisseau et Pak se donna du bon temps à couper et à retailler les perches à la longueur convenable. Ensuite il s'en alla faucher de l'herbe alang-alang pour le toit. Dans le pré de son oncle elle lui montait presque jusqu'à la poitrine. L'herbe sifflait et chuchotait sous sa faucille, elle s'abattait en gerbes, elle sécha en deux jours et déjà elle était prête à être liée. Il s'adressa à Krkek, qui lui envoya des hommes pour l'aider à couvrir son toit. Pak les nourrit et les paya en leur donnant du riz dont il avait sa grange pleine. A cette occasion, Pougloug fut reprise d'un de ses anciens accès d'éloquence, et elle se répandit en paroles désagréables, sans toutefois s'adresser à une personne déterminée. Les femmes de la maison se montrèrent encore plus revêches lorsque les poutres eurent été dressées et qu'il s'agit de faire déposer par une femme une offrande à l'angle nord-est de la maison. Pougloug disparut en ce jour solennel et resta tout bonnement introuvable. Cette absence maligne irrita Pak au fond de son cœur. Cependant, sa tante, qui se comportait d'ordinaire comme si elle avait été la seule de tout le village à savoir présenter convenablement les offrandes, grognait et se refusait à présenter celle-ci. Elle déclarait qu'elle n'était pas ici pour préparer un nid à une poulette à peine éclose, et que ce n'était pas son affaire que la maison fût, ou non, bénie. Tout ceci était très pénible pour Pak, car le pédanda, le père de Teragia, était venu pour dire les prières nécessaires, et pendant une demi-heure ce fut une confusion et un désordre général. Finalement, Teragia elle-même vint, posa sa main sur la nuque de Lambon, il lui expliqua comment préparer les offrandes. Et la jeune sœur de Pak, non sans maladresse, mais malgré tout avec la grâce d'une ancienne danseuse, présenta l'offrande, de sorte que le balian put implorer la bénédiction sur la maison et écarter d'elle les maladies. Finalement, la tante s'était quand même décidée à communiquer son savoir, de sorte qu'en fin de compte les huit offrandes prescrites furent déposées aux endroits convenables pour gagner le dieu du foyer, Bagavan-Souva Karma. Ce fut un grand jour pour Pak, et aussi pour les chiens et les poules qui picorèrent ensuite le riz et les entrailles rôties dans les coupes d'offrandes.

Ce qui avait déchiré le cœur de Pougloug, ce jour-là, et l'avait rendue indocile envers son époux, c'était la splendeur de l'oiseau Garouda rouge et or, qui était suspendu à la poutre maîtresse et qui témoignait de l'habileté de Merou.

En ce temps-là, les journées de Pak étaient si remplies qu'il ne voyait Sarna que rarement et rapidement. Car à présent il construisait les murs, dressait la porte, et, entre-temps, il fallait aller dans les savahs de Wayan pour équarrir les troncs d'arbres. Il passait également beaucoup de temps aux combats de coqs, mais il se sentait heureux et en période favorable, et il pariait avec entrain. Effectivement son coq blanc fut à trois reprises vainqueur et Pak gagna ainsi sept cents kepengs sur les trois mille qu'il devait à Wayan. Il s'en alla ensuite sur la plage et recueillit des pierres de corail qui contiennent beaucoup de chaux; il porta plusieurs de ces pierres dans des paniers aux fours à chaux de Sanour et il donna aux gens de là-bas six noix de coco mûres afin qu'ils lui brûlassent de belle chaux blanche pour crépir les murs de sa maison. Il porta encore son kopra chez le Chinois Nyo Tok Suey et reçut en échange vingt-deux fois cent kepengs, ce qui n'était pas un bon prix, mais ce qui devait quand même l'aider à couvrir les dépenses qui l'attendaient encore.

Lorsque les murs furent debout et que la porte fut posée, Pak prit sa pelle et, sous les yeux de Pougloug, il déterra les assiettes et les incrusta dans le mur. L'une au-dessus de la porte, les deux autres à droite et à gauche. A ce moment-là, la maison était à peu près achevée et donnait une telle impression de richesse et de splendeur que tout le village accourut. Il y avait continuellement plusieurs personnes dans la cour qui disaient : « bèh! » et poussaient des cris d'admiration. Pak avait peine à rester modeste et à qualifier sa nouvelle maison de cabane misérable et sale, mais il le faisait quand même, parce que la politesse l'exige.

Au milieu de toute cette agitation, il advint, un mercredi, jour particulièrement favorable, que Pak fut appelé chez le pounggawa. Revenant de couper de l'herbe pour la vache, il trouva à sa porte le serviteur de celui-ci, et il eut à peine le temps de se laver dans le ruisseau, tant le messager avait hâte de l'emmener chez le pounggawa. Pak retomba du haut de ses rêves, en cours de route, car il se sentait assez seul, et il n'avait eu le temps de demander ni à son père ni à Krkek ce que pouvait bien signifier cette convocation. Il était inquiet car il songeait que ses assiettes, qui étaient maintenant visibles à tous sur les murs de sa maison, pouvaient fort bien être en relation avec cette affaire. De plus, on entendait toutes sortes de rumeurs au sujet du bateau qui s'était naguère échoué, et l'on voyait parfois au village des gens de la cour de

Badoung, qui s'informaient et recherchaient des restes de l'épave.

Lorsqu'il pénétra dans la cour du pounggawa, Pak aperçut en effet la haute stature d'un seigneur de la Cour. C'était l'Anak Agoung Bouma, un parent du prince, comme Pak ne l'ignorait pas. Il était assis à côté du pounggawa, sur une natte fine, et mâchait du sirih. Pak s'accroupit, les mains jointes, et attendit.

« Mon ami, dit l'Anak Agoung, je crois me rappeler que ta famille fait partie, depuis deux générations déjà, de notre pouri. Ton père ne s'est-il pas vu octroyer des savahs par notre vieux prince?

– C'est ainsi, Votre Altesse, répondit Pak, étonné.

– Ton frère, lui aussi, travaille dans la pouri, et je lui ai fait récemment l'honneur de lui commander pour moi un porte-kriss », poursuivit le seigneur.

Pak s'inclina de nouveau. Il se rappela tout à coup les allusions inquiétantes de Pougloug aux bonnes fortunes de Merou, et il respira en constatant qu'il n'était question que de distinctions et d'honneurs.

« Notre seigneur, le prince Alit, est mon frère, poursuivit Bouma, ce qui était un mensonge. Je suis son œil, sa bouche et sa main. »

Pak accueillit ce discours avec respect. Veulent-ils me donner une nouvelle savah ou veulent-ils m'en retirer une? se demanda-t-il, troublé.

« Tu as une sœur? Elle se nomme Lambon, elle est belle et c'est une bonne danseuse, dit soudain Anak Agoung.

– J'ai une sœur, Lambon, répondit Pak. Malheureusement elle est beaucoup trop vieille pour danser, elle est laide, et c'est une charge pour ma maison. »

Dans son for intérieur, il remerciait son père de l'avoir si bien élevé, qu'il était capable de s'exprimer convenablement même dans une conversation avec des dignitaires de la Cour. Bouma écarta ces politesses d'un signe de la main et alla droit au but.

« Je suis venu t'annoncer que ta sœur a été choisie pour être admise dans la pouri. Si elle se développe comme je l'espère, elle pourra devenir une seconde épouse au prochain anniversaire du prince », dit-il sans plus de détours.

Le cerveau de Pak ne travaillait pas assez vite pour enregistrer tant de choses à la fois. Il était accroupi là, le visage stupide, bouche bée, les sourcils levés jusqu'au bord de son mouchoir de tête, et il regardait fixement le pounggawa.

« Ma sœur Lambon? » demanda-t-il.

Bien entendu, toutes sortes de gens s'étaient joints à lui durant le trajet, et dans son dos c'était maintenant un murmure d'étonnement et d'admiration. Nombre de gamins essayaient déjà de se percher sur le mur de la cour, et Pak s'attendait à entendre d'un instant à l'autre quelque quolibet de son ami Rib.

« Remercie l'Anak Agoung, dit le pounggawa. Et conduis ta sœur dès demain matin à la pouri de Badoung. Je suis heureux de cette distinction accordée à ta maison, car je sais que ton père et toi vous êtes de braves gens, dévoués au prince votre seigneur.

— Dois-je l'accompagner demain matin? demanda Pak. Mais elle n'a même pas un kaïn neuf, songea-t-il. Elle n'a même pas un kaïn neuf à se mettre, dit-il à haute voix. Il y eut des rires derrière lui.

— A la pouri, on fera tout le nécessaire pour qu'elle ait des vêtements et des bijoux, dit l'Anak Agoung. Tu n'auras besoin que de l'y conduire et de me faire demander... »

Mais, quelque troublé que fût le cerveau de Pak par tant d'honneur, une heureuse pensée y avait soudain germé. « Ne me fera-t-on pas un petit cadeau, si j'accorde ma sœur au rajah, afin que je puisse l'habiller et la pourvoir du nécessaire? demanda-t-il. Le pounggawa fronça les sourcils et l'Anak Agoung se mit à rire.

— Tu devrais plutôt m'offrir un cadeau, parce que j'ai recommandé ta sœur dans la pouri, et non pas m'en réclamer un », s'écria-t-il, et Pak se rappela que son frère Merou avait un jour traité l'Anak Agoung, dans le langage insolent qui lui était habituel, de rhinocéros vénal et cupide. Une voix en lui-même l'incita malgré tout à persister dans sa demande d'argent, et, parce qu'il avait besoin d'argent, de beaucoup d'argent pour son mariage, il s'enhardit.

« Je parlerai à ma sœur, dit-il. Elle n'est encore qu'une

enfant et peut-être aura-t-elle peur d'aller dans la pouri. »

En prononçant ces mots, il s'avisa que, peut-être, ils exprimaient la vérité. Il ne savait pas grand-chose des pensées de Lambon et elle parlait rarement en sa présence. On discuta encore assez longuement, et lorsque Pak prit congé, l'Anak Agoung lui avait versé cinq ringgits. C'était le double de la somme que Pak avait eu l'espoir d'obtenir, mais tout au plus la moitié de ce que Bouma s'attendait à payer. Suivi d'une escorte de gens agités, Pak regagna sa maison. Bien entendu, Pougloug était déjà au courant de tout, et il trouva les femmes de sa maison réunies autour de Lambon, accroupie au milieu du cercle comme une petite poupée inerte. Pak ressentit de l'humeur parce qu'il ne réussissait jamais à annoncer lui-même de grandes nouvelles, mais il avait cinq ringgits en poche et beaucoup d'honneur pour sa maison.

« Te réjouis-tu de devenir une femme du Rajah? demanda-t-il à Lambon. Elle le considéra avec de grands yeux et baissa la tête sans mot dire.

— Tu ne te rends sans doute pas compte de ce que cela signifie, ajouta-t-il, impatient.

— Je suis sotte, mon frère, chuchota Lambon. Serai-je libre dans la pouri? demanda-t-elle un peu plus tard. Ou me tiendra-t-on prisonnière? »

Pougloug et la tante l'inondèrent de paroles, lui expliquant l'honneur et le bonheur qui l'attendaient. Elle tenait ses mains jointes sur ses genoux et souriait, absente.

« Tu dois être très heureuse, Lambon, ma sœur », dit Pak, d'un ton d'exhortation. Et Lambon répondit avec douceur qu'elle était très heureuse.

Les femmes eurent fort à faire pendant toute la soirée, car Pougloug courut chercher des huiles parfumées et un kaïn neuf, tandis que la tante épouillait la tête de Lambon et peignait ses cheveux avec soin. On lava son vieux kaïn et on lui rasa les sourcils comme si elle devait encore danser le legong. Le lendemain matin, l'agitation n'était pas calmée, car elles envoyèrent de bonne heure Lambon se baigner au fleuve, tandis que Pougloug empaquetait ses bagages dans un panier carré. On lui prépara encore du pisang et des papayes et on recouvrit les fruits d'un couvercle tressé, décoré de rouge, comme une offrande, non pas de peur qu'il n'y eût rien à manger à la pouri, mais parce que l'impression serait plus favorable si elle n'arrivait pas les mains vides. Pak s'était habillé avec soin pour conduire sa sœur à Badoung, mais il dut longtemps attendre devant la porte, car Lambon tardait à revenir du fleuve.

Après son bain, elle était passée devant la maison du pédanda et elle eût aimé prendre congé de Raka avant de devenir une des femmes du rajah. Mais lorsqu'elle fut arrivée devant la porte, elle n'osa pas entrer et s'assit dehors, dans l'herbe, cachant sa tête sous ses bras, et attendant elle ne savait quoi. C'est dans cette position que Teragia la trouva lorsqu'elle revint de la source, et, se penchant sur la jeune fille accroupie, elle demanda : « Es-tu malade, Lambon, ma jeune sœur?

— Non, dit Lambon, je suis très heureuse, car je m'en vais aujourd'hui dans la pouri, pour devenir une des épouses du prince. »

Teragia la considéra pendant quelques instants d'un air interrogateur, puis elle l'introduisit amicalement dans la cour et appela son mari. Raka parut, les bras chargés de jeunes papayes qu'il venait de cueillir dans le verger. « Lambon, dit-il. Comme tu as grandi! Il y avait longtemps que je ne t'avais revue. »

Lambon resta debout devant lui, tête basse. Elle ne pouvait pas parler. Teragia effleura amicalement le menton de la jeune fille et dit : « Raka, elle vient prendre congé de toi, avant qu'on la conduise dans la pouri, pour devenir une des femmes du prince. »

A ces mots, Raka éclata de rire. « Alit n'a-t-il pas déjà plus de femmes qu'il n'en voudrait? s'écria-t-il. Mais l'Anak Agoung continue à écumer les villages pour en trouver de nouvelles. »

Lambon rejeta la tête en arrière et dit avec force : « C'est un grand honneur et je suis très heureuse. J'ai vu le prince Alit, il est beau et il a une peau claire. Il est rajah et fera de moi sa femme. »

Raka se tut et regarda Lambon, d'abord surpris, puis pensif. « Alit est bon, et c'est un ami fidèle pour ceux qu'il aime », dit-il sérieusement. Lambon demeura encore quelque temps en face de lui, les bras tombants, comme en attente. Puis elle dit : « Je ne voulais que prendre congé de toi. Paix sur toi », et elle se retourna pour partir. Teragia lui piqua d'un geste prompt quelques belles fleurs bleues dans les cheveux, telles qu'il n'en poussait que dans le jardin du pédanda et, debout sur le seuil, à côté de Raka, elle fit des signes à la jeune fille jusqu'à ce que sa petite silhouette eût disparu au tournant de la rue du village.

Au dernier moment, lorsque Lambon fut prête à partir, qu'elle eut pris congé de tous et posé son panier sur sa tête, les fillettes de Pak s'échappèrent de la maison et fondirent en larmes. A travers tout le village elles suivirent Lambon : Rantoung portant la petite Klepon sur sa hanche, et Madé, toute nue. Mais Lambon ne pleura pas en quittant le village; elle ne cessait de montrer le même sourire doux et figé, et elle tenait les yeux baissés.

Ils mirent une bonne heure pour atteindre Badoung, et Pak était en sueur lorsqu'il confia sa sœur au gardien du portail. Il posa ses mains sur les épaules de la jeune fille et la repoussa pour la dernière fois. Mais il ne savait que dire en signe d'adieu et il regretta à cet instant que leur mère à tous deux fût morte.

« Pourra-t-on venir la voir? demanda-t-il au gardien.

– Ce n'est pas l'usage », répondit l'homme, et un pan du kaïn vert de Lambon fut la dernière chose que Pak vit de sa sœur.

Pak oublia rapidement Lambon, car à présent il avait besoin de rassembler toutes ses pensées autour de sa seconde femme. Lorsque la maison fut prête, le pédanda lui-même vint la consacrer. On fit neuf offrandes, les unes aux dieux supérieurs, les autres aux démons. Le pédanda leur parla à tous, afin que la maison ne fût menacée ni d'une mort, ni d'un incendie, ni de maladie. On barbouilla les poteaux de la maison de chaux, de charbon, du sang d'une poule, d'huile de coco et de poudre de santal. Les assiettes brillaient au-dessus de la porte, et on avait étendu des nattes neuves sur les banquettes. Pougloug et la tante se comportaient enfin comme il convient, et seul Pak s'agitait, courant de-ci de-là, presque déchiré par son émotion. Car le moment était venu où il faudrait enlever Sarna.

Tout le village était au courant, et le pédanda avait désigné un jour favorable au père de Pak. Mais naturellement personne au village n'en parlait et tous allèrent à leurs travaux, comme d'habitude. Quant à Pak, il s'était entendu avec ses amis, Rib le farceur et le pêcheur Sarda, qui devaient l'assister dans le rapt, selon la coutume.

Cet après-midi-là, Sarna alla chercher de l'eau, non pas au fleuve, mais à la source, dans la gorge, et elle avait indiqué l'heure exacte à Pak. Celui-ci était donc aux aguets, derrière les racines du vieux varinga, et, lorsque Sarna eut déposé sa cruche, ils surgirent et l'emportèrent. Elle se défendit avec une branche, et les trois hommes riaient aux éclats. Ils se reposèrent ensuite, tout essoufflés par ce jeu, et se frottèrent les membres avec de l'eau fraîche. Ensuite ils partirent à travers les savahs, Sarna marchant devant, et, à quelque distance derrière elle, Pak, puis ses deux amis. Les savahs de Rib étaient assez loin, et il y avait là une cabane vide. Le soleil s'était presque couché lorsqu'ils arrivèrent : les oiseaux chantaient, les rizières vibraient du chant des grillons et du ronflement des cigales. Ensuite la nuit tomba rapidement et des milliers de grenouilles se mirent à coasser. Le vent du soir agitait les crécelles dans les champs qui mûrissaient et une foule de grandes lucioles voltigeaient en l'air, se posant parfois sur les cheveux de Sarna. La tête de Pak résonnait de tout ce vacarme nocturne après les émotions de cette journée.

Rib le farceur, pour une fois, fut un modèle de tact et de politesse. Il ne fit pas la moindre plaisanterie lorsque les amis laissèrent les époux seuls dans la cabane. Ils avaient apporté deux lampes à huile et de quoi manger. L'eau qui coulait dans les champs, bruissait dans le voisinage, et la terre, humide et riche, dégageait un parfum de fertilité. De l'autre côté, le vent apportait l'odeur verte de la savah qui mûrit. Tout cela était si familier, si habituel pour Pak que son haleine se fit plus calme et que son cœur s'apaisa après tant d'inquiétudes et de fièvres. Le bras posé sur l'épaule de Sarna, debout à la porte de la cabane, il regarda s'éloigner les amis, qui disparurent dans le crépuscule, à la lisière des champs. Il entendit encore leurs rires, puis, au loin, les battements du koulkoul de Taman Sari et les appels des hommes. Car, après leur avoir laissé assez de temps pour se cacher, on venait de découvrir l'enlèvement, et il convenait à présent de faire un grand vacarme.

« Sarna, dit Pak à voix basse. Je suis content ». Il regarda encore une fois vers les savahs, puis il l'entraîna à l'intérieur de la hutte, ferma la porte, se coucha avec elle et fit d'elle sa femme.

Cependant, le village s'était animé, on allumait des torches, les battements du koulkoul et les cris des hommes faisaient grand tapage. Les hommes couraient de tous côtés, à la recherche de la jeune fille enlevée, sauf vers l'endroit où les jeunes époux s'étaient cachés. Wayan s'arrachait les cheveux, se lamentant à voix haute, puis, un peu plus tard, Rib et Sarda lui rendirent visite et essayèrent poliment de le calmer et de le consoler.

Il apparut alors que, malgré toute la préparation diplomatique de Pak, Wayan était sérieusement fâché du rapt de sa fille. Même lorsque Krkek alla le voir et lui représenta que sa fille ne pouvait espérer mieux avec son oreille mutilée qu'un mariage avec l'honnête et laborieux Pak, il s'entêta, se débattit et réclama des dommages-intérêts pour sa douleur et pour la grande offense qui lui avait été faite.

Après trois jours, Pak rentra au village avec sa nouvelle femme et demanda pardon à son beau-père. On décida alors qu'il aurait à payer huit ringgits pour le rapt, et le village entier estima que c'était une injustice. Mais Pak était trop heureux pour s'en soucier. Il creusa sous sa balé et préleva huit ringgits sur ses économies, de sorte qu'il ne lui resta que vingt-quatre ringgits et qu'il ne pouvait plus être question de crémation pour sa mère.

« Comment te plaît ta maison? demanda Pak à sa seconde femme.

– Elle est très gentille », répondit Sarna qui, en parlant ainsi, ne faisait pas preuve d'un enthousiasme excessif, si l'on tenait compte des assiettes et du magnifique oiseau

Garouda. « Si j'avais épousé le rajah, j'aurais eu un toit couvert de tuiles chinoises », dit Sarna. Depuis que son oreille était guérie, elle rappelait de plus en plus souvent qu'elle avait refusé d'épouser un rajah et qu'elle avait fait de grands sacrifices pour épouser un homme aussi simple que Pak. Mais Pak ne faisait qu'en rire car, outre que ce langage le flattait, il connaissait maintenant Sarna dans l'intimité de la nuit. Elle était sa femme, il savait combien elle était douce et combien elle avait faim de son étreinte.

On célébra le mariage en même temps que l'inauguration de la maison neuve, et Pak troubla toutes les solennités par son agitation et son manque de mémoire. Son oncle et sa tante, son père et son frère, tous durent le pousser, tantôt ici tantôt là, et, grâce à leur assistance, il finit quand même par s'en tirer. Sarna, au contraire, ne perdit pas un instant son sang-froid. Elle lui vendit du riz dans la cour, elle se laissa battre par lui, elle déchira la corde, elle franchit le feu lors de la cérémonie du mariage. Ils se baignèrent ensuite dans le fleuve, ils rentrèrent, ils se couchèrent à même le sol de la maison, avec une torche brûlante, posée à côté d'eux pour la cérémonie de la purification. Enfin, ils s'assirent en face du pédanda, les visages tournés vers l'orient. Le prêtre parla aux âmes des aïeux, fit les offrandes prescrites, aspergea le couple d'eau bénite et accomplit encore différentes autres solennités que Pak ne parvenait plus à se rappeler. Tout cela, c'était « l'animation » du mariage, après quoi ils seraient homme et femme.

Pour Pak, cette journée baignait dans une sorte de brouillard sonore, et il admirait Sarna, qui allait et venait, gracieuse, servant les invités, comme si elle habitait cette maison depuis toujours. Elle considéra plusieurs fois Pougloug avec un peu d'inquiétude, mais elle put se rendre compte que la première épouse s'était habillée avec soin, qu'elle portait des fleurs dans ses cheveux, et qu'elle s'efforçait de faire croire que ce mariage était son œuvre. Pougloug avait en outre préparé des plats abondants et raffinés, et elle appelait Sarna « ma jeune sœur » ou « mon amie ». Quant à Sarna, elle se pelotonnait contre la première épouse comme une jeune chatte et elle la remerciait fréquemment à haute voix. Elle portait au-dessus de l'oreille une grande fleur d'hibiscus qui cachait le lobe mutilé. Le gamelan, dont Pak était membre, fut, lui aussi, de la fête. Il s'installa devant la porte, et ce fut le père de Pak qui joua du gong, au lieu de Pak, qui était aujourd'hui à l'honneur et ne pouvait donc être qu'audi-teur. Quand la nuit tomba, la cour dégageait une odeur de vin de palme, et les invités burent encore longtemps après que Pak se fut endormi : fatigué par tant d'honneur et de bonheur, il dormait, la tête appuyée contre une poutre de sa maison neuve.

Lorsque l'ivresse et l'émotion de ces semaines de fêtes se furent dissipées, la saison était venue de récolter dans les champs de l'est. La savah accueillit de nouveau Pak ; c'était là qu'il menait la vie qui lui convenait. Dans sa maison, il était plus heureux qu'avant, mais les choses n'étaient plus aussi simples qu'autrefois. Pougloug don-nait beaucoup de travail à la jeune femme, mais celle-ci s'en déchargeait sur Pougloug avec un sourire aimable. « Si j'avais épousé le rajah... » l'entendait-on souvent dire. Après quelque temps Pak ne fit plus qu'en rire cordiale-ment. Sarna était sa femme et quoique, dans le premier feu de son amour, il lui eût bâti une maison décorée de trois assiettes, elle devrait apprendre à tenir sa place. Il aimait encore jouer et coucher avec elle, et il continuait à lui donner parfois des noms d'oiseaux et de fruits. Mais il s'habituait à elle, et il arriva ce que son père avait dit : la faim, la fièvre et l'inquiétude s'évaporèrent de son sang, comme une maladie qui est passée.

D'ailleurs, Sarna n'était pas sans utilité dans la maison. Elle savait chasser et griller à la perfection les libellules. Elle avait les mains les plus vives pour découper les ornements de feuilles de palmier destinés aux offrandes. Les choses allaient moins bien durant les mois pendant lesquels lui incombait la charge d'assurer la nourriture de son mari. Mais il lui pardonnait, car dès le premier mois qui suivit les noces, le kaïn de la jeune épouse resta propre et Pak se prit à espérer un fils.

« Il ne faut pas qu'elle batte le riz et qu'elle porte de l'eau, car elle attend un fils pour notre maison », dit-il à Pougloug, en confidence. Celle-ci fit une grimace : « Ne dirait-on pas qu'elle est un œuf frais? s'écria-t-elle. Comment l'enfant pourra-t-il être fort, si sa mère ne travaille pas? »

Néanmoins, Pak remarqua que Pougloug déchargeait sa seconde femme des travaux les plus pénibles, lorsque son ventre commença de grossir, et il lui en fut reconnaissant. Il ne laissait pas s'écouler une semaine sans passer une nuit auprès de sa première femme, dans la maison principale, et louait ses enfants et la nourriture qu'elle lui offrait. D'ailleurs, en ce temps-là, il se vit attribuer une nouvelle savah par le prince de Badoung, sans doute parce que Lambon était à la pouri. Plus de riz pour la maison, plus de travail pour Pak! Il ne s'en plaignait pas. Il laissait reposer les champs de l'est, il désherbait à l'ouest, il récoltait à l'ouest, il ouvrait les vannes à l'est, il commençait à labourer, puis à damer la terre, trois fois de suite, et le dos et les cuisses lui en faisaient mal. Il parlait à la terre, il faisait des offrandes à la déesse du riz, et il expliquait à sa vache ce qu'elle avait à faire. Le tyorot chantait – on eût dit un minuscule koulkoul – et son père venait parfois contempler les champs, où le riz poussait. Durant tout ce temps, Pak attendait la naissance de son fils et faisait à ce propos de grands rêves. Je lui apprendrai à labourer, à semer et à repiquer, se disait-il. Je le prendrai entre mes genoux et lui enseignerai comment on bat le gong, songeait-il d'autres fois. Je lui transmettrai mon savoir et mon expérience, comme mon père a fait jadis, songeait-il encore.

Peu après que l'on eut fêté le nouvel an, arriva le jour de la naissance. Pak était dans la savah et arrachait de la mauvaise herbe, lorsque Rantoung accourut. « Ta femme est dans les douleurs, cria-t-elle de loin, le petit frère veut venir au monde. » Pak fut saisi d'un émoi joyeux; c'était comme une main qui l'étreignait à la gorge. Il ne prit même pas le temps de laver dans la rivière la boue dont son corps était maculé, et, couvert de sueur, il entra dans la cour, tout essoufflé. Dès l'entrée, il entendit crier Sarna, et cela lui sembla étrange, car Pougloug avait accouché de ses trois enfants dans un profond silence, les lèvres serrées. La cour était pleine de femmes; il semblait à Pak que toutes les femmes du village étaient venues, quelques-unes couraient en tous sens comme des poules étourdies, d'autres étaient assises, en silence, donnaient des conseils, ou apprêtaient des offrandes.

Rantoung prit la main de son père lorsqu'il entra dans la maison de Sarna, et elle s'accroupit à côté de lui lorsqu'il s'assit auprès de Sarna et soutint le corps de sa femme. « Regarde bien, Rantoung, dit-il, car toi aussi tu devras un jour accoucher. »

Sarna lui faisait pitié : la sueur coulait le long de son corps, son kaïn était trempé, ses yeux étaient clos. Elle se cabrait et poussait de grands cris. Mais si elle n'avait pas crié, il l'eût plainte encore davantage. « Pougloug n'a jamais crié », dit-il à voix haute. Mais Pougloug lui fit signe de se taire et Sarna cria encore plus fort. Après quelque temps, Pak se sentit à son tour inondé de sueur, et les cris tintaient à ses oreilles. Il eût voulu pouvoir demander à son père si sa mère avait crié aussi fort, lors de sa naissance, mais le vieillard ne se montrait pas en ces circonstances. Pak demeura donc assis derrière Sarna, à même le sol de la maison, et le temps passait lentement sans qu'il y eût rien de changé. « Pourquoi est-ce si long ? » demanda-t-il aux femmes, car il sentait sous ses mains le corps de Sarna se tordre et se raidir, sans qu'elle accouchât.

« L'enfant naît à l'heure voulue », dit la vieille sage-femme. Elle massait le ventre de Sarna, et elle lui donna une corde que l'on attacha à la porte et qui devait faciliter l'accouchement. Pak regarda la figure de Pougloug, qui était toute concentrée, et il découvrit à cette heure-ci dans ce laid visage une grande bonté et une grande force. Volontiers il eût appuyé la tête sur son large sein, pour se reposer, car il était fatigué par les efforts que faisait Sarna. Mais Pougloug ne lui fit qu'un signe de tête, et, posant ses mains sur le ventre de Sarna, elle dit : « C'est ainsi qu'il faut que tu l'aides, car c'est toi l'homme. »

Le soleil déclinait déjà, et Sarna continuait à crier.

« J'en ai assez, maintenant », dit Pak, et il se leva pour sortir. N'est-elle donc pas faite comme les autres femmes ? se demanda-t-il, et, il pensait à elle avec impatience. Elle n'est pas capable de battre le riz, elle ne veut pas aider Pougloug dans mon travail, et lorsqu'il s'agit d'accoucher, elle se brise. Mais à cette pensée il eut tout à coup peur, car il n'avait pas songé qu'il pût y avoir du danger. Il retourna dans la maison; les femmes avaient accroché deux lampes à huile au mur, à côté de l'assiette. Pak s'adressa à sa première femme. « Pougloug », murmura-t-il, et il s'étonna de sentir sa gorge aussi sèche, et ses lèvres comme couvertes de poussière. « Ce ne sera plus long », répondit Pougloug, d'un ton consolant, et elle s'approcha de lui. « Sarna est jeune et étroite; il faut que l'enfant se fraye un passage.

– Est-ce dangereux? » questionna Pak, reconnaissant de ce réconfort. Pougloug se moqua de lui, prit la main de Pak entre les siennes et la frotta. « Non, ce n'est pas dangereux », dit-elle, comme si elle avait parlé à un enfant.

Pak recula et se rassit derrière Sarna, plein d'étonnement.

On avait étendu la jeune femme sur le sol, afin que la force de la terre nue pénétrât la femme et l'enfant, mais Sarna était sans force. Sa tête pendait comme la tige d'une fleur cassée, et c'est tout au plus si elle gémissait encore. Son corps ne faisait pas un mouvement. Le soleil se coucha. Pak se retourna vers les nombreuses femmes qui se pressaient dans la pièce. Est-ce dangereux? Va-t-elle mourir? Mettra-t-elle au monde un enfant mort? voulut-il demander. Mais les femmes semblaient indifférentes. Elles mâchaient du sirih; quelques-unes d'entre elles tenaient des feuilles à la main et mangeaient le riz cuit que leur servait Pougloug. Il vit soudain la tante gravir les marches de la galerie; elle tenait un couteau tranchant à manche de bambou pour couper le cordon ombilical. Sarna cria plus fort et Pougloug sécha la sueur sur son front. Pak l'avait prise pour femme dans la petite cabane des savahs, elle avait été douce, mais à présent elle était laide, comme si elle eût été piétinée. Elle était impropre à accoucher et à tout le reste. Les yeux de Sarna se tournèrent vers lui et elle chuchota : « Oh Pak, aide-moi, oh Pak, aide-moi! » Et elle cria très fort : « Oh! Pak, aide-moi! » Pak soutint de nouveau son dos et serra son ventre, comme Pougloug lui avait montré. La terre, en dessous de Sarna, était humectée par la sueur; c'étaient de larges taches foncées, et il se disait : « Cet enfant ne viendra jamais au monde. »

Soudain, le corps tendu et plein de la femme se cabra, et elle poussa un cri perçant et prolongé. Pougloug et la tante se penchèrent sur elle pour l'aider. Et Pak vit que son enfant était à terre, avec de petits membres qui s'agitaient, et c'était un fils.

Sarna retomba dans ses bras et se mit à sourire à l'instant précis où la douleur se dissipa. « Est-ce un fils, Pak ? » demanda-t-elle. « Oui, c'est un fils », répondit-il, hors d'haleine à force de joie. Il caressa le front de Sarna, ses cheveux mouillés, ses épaules, et la garda sur ses genoux jusqu'à ce que Pougloug eût séparé l'enfant du cordon ombilical. Toutes les femmes se mirent à parler à la fois, le poussèrent hors de la maison, l'inondèrent de félicitations. Pak resta seul, tandis qu'une grande activité se déployait dans la maison. Il courut chez son père et s'écria : « C'est un fils. Il est gras et beau. » Le vieillard descendit de sa balé et dit : « Il faut faire des offrandes, et il faut que tu dresses un autel à droite de la maison, pour enterrer la délivrance, le frère cadet de ton fils. » La cour était pleine de torches, de femmes et de cris. Les femmes accouraient de la cuisine en portant de grands récipients pleins d'eau, pour baigner la mère et l'enfant.

Pougloug avait toujours nettoyé elle-même la maison, après l'accouchement, mais Sarna semblait trop fatiguée, et les autres femmes s'en acquittèrent à sa place. Le lendemain encore, lorsqu'elle alla se baigner dans le fleuve, Pougloug dut l'aider, et elle soutint sans murmurer sa jeune sœur sur la berge abrupte. Et elle ne dit pas : « J'ai mis mes enfants au monde sans crier, je n'ai eu besoin du secours de personne. » Mais Sarna portait la tête haute et disait : « J'ai accouché d'un fils dans une maison qui ne comptait jusqu'à présent que des filles. »

Quant à Pak, il était assis dans la maison et il portait dans ses bras le petit paquet enveloppé de lin blanc qui était son fils, et il oubliait tout devant l'accomplissement de son vœu le plus cher. Et il le nomma Siang, ce qui veut dire : la Lumière et le Jour.

V

L'ANNIVERSAIRE

« Prêt à partir? demanda le résident Berginck, en
déposant la plume avec laquelle il venait de signer une
lettre.

– Oui, prêt à partir, Monsieur le Résident, dit Boomsmer, qui avait marqué un temps d'arrêt auprès de la
porte, son casque à la main, dans une attitude respectueuse.

– C'est donc l'heure du cigare d'adieu, dit le résident
en souriant, et il désigna une chaise à son subordonné.
Boomsmer s'inclina et s'assit dans une attitude raide, car
son uniforme était fortement empesé et sa cravate particulièrement haute. Si Monsieur le Résident le permet...,
dit-il, en tendant une allumette à son chef, puis il attendit
la suite des événements.

– Je regrette vraiment de vous perdre, Boomsmer, dit
Berginck, en déboutonnant sa veste. Mais naturellement
je suis heureux de votre avancement. Palembang vous
plaira, c'est un bon poste, où vous n'aurez pas autant de
tracas que nous en avons ici. J'ai été en fonction là-bas
pendant quelques mois, comme jeune aspirant. Les plan-
teurs y ont un club charmant. Il est vrai qu'il y fait un peu
plus chaud...

– Je tiens à exprimer toute ma reconnaissance à
Monsieur le Résident pour les faveurs dont... Il est vrai
que je n'ai guère eu l'occasion de faire mes preuves : mes
responsabilités étaient trop limitées. Comme résident

adjoint de Palembang, je pourrai sans doute rendre plus de services... »

Berginck n'écoutait plus; il était occupé à relire le document qu'il venait de signer. Il parcourut les dernières phrases de la conclusion du rapport et n'en parut pas mécontent. « Quand la *Zwaluw* part-elle pour Banyouwangui? » demanda-t-il distraitement. « A deux heures », répondit Boomsmer. Berginck repoussa la lettre. Il n'aimait guère les paperasses, et la rédaction de ses rapports lui donnait beaucoup de mal. C'était un marin par son origine et son éducation, et il avait une préférence pour les colonies où les choses n'étaient pas encore trop solidement établies. Il détestait les dossiers.

« J'espère que les fourmis ne vous dévoreront pas. La *Zwaluw* en est pleine, dit-il. Pas de la grande espèce qui est à la rigueur supportable, mais de ces petites fourmis qui vous empoisonnent l'existence...

— J'ai voyagé plusieurs fois à bord de la *Zwaluw* », répondit Boomsmer. La *Zwaluw* était l'ancien bâtiment du Gouvernement, qui parcourait avec des fonctionnaires les côtes de Bali et de Lombok chaque fois qu'il y avait des troubles quelque part.

« Écoutez-moi, Boomsmer, dit Berginck, et il en vint au fait. Je voulais vous demander de remettre personnellement au Gouvernement la lettre que voici. Vous resterez sans doute plusieurs jours à Batavia.

— Deux semaines exactement, Monsieur le Résident.

— C'est bien ce que je pensais. Le résumé que je viens de rédiger est assez complet. Il serait néanmoins bon que vous donniez encore verbalement à Monsieur le Gouverneur Général les éclaircissements qu'il pourrait désirer.

— Bien entendu, Monsieur le Résident.

— J'aurais voulu pouvoir y aller moi-même, car cette affaire a fini par prendre une certaine importance. Mais je ne puis pas m'absenter en ce moment. D'ailleurs vous êtes au courant...

— Pas dans le détail, Monsieur le Résident, dit Boomsmer avec une certaine raideur. Étant donné que c'est mon collègue Visser qui a été chargé des enquêtes...

— Il n'y a pas de quoi l'envier, mon cher Boomsmer, fit le résident avec jovialité. Cela ne lui a procuré ni beaucoup d'agrément ni beaucoup d'honneurs. Voici les faits : on pourrait les faire tenir dans une cuiller à thé. Ce Kwe Tik Tyang a fini par montrer des prétentions exorbitantes et il a affirmé sous la foi du serment que son bateau avait été pillé. Entre nous soit dit, nous savons ce que vaut un serment de Chinois. Il a même payé un second Chinois pour faire un faux témoignage et s'est livré à d'autres pratiques du même genre. D'autre part, on n'a pas réussi à établir combien d'argent et de marchandises le *Sri Koumala* transportait exactement. Certainement beaucoup moins que les chiffres indiqués par Kwe Tik Tyang. »

Le résident ébaucha un geste avec son cigare, dit : « Mais... » et oublia de continuer.

« Mais on a volé et pillé, ceci est établi, Monsieur le Résident, dit Boomsmer, intervenant, et il glissa vers le bord de sa chaise, comme il en avait pris l'habitude par la fréquentation prolongée de ses supérieurs hiérarchiques, habitude qu'il aurait quelque peine à perdre, à présent que lui-même semblait devoir faire une carrière rapide.

— Oui, on a volé et pillé, c'est certain, dit le résident. Il semble que les gens de la côte soient venus en toute innocence réduire le bateau en miettes. Le seul revêtement de cuivre de la coque valait cinq cents florins. Et quoique je n'aie pas pu établir ce que les gens ont effectivement emporté et ce qui avait été arraché par la tempête, j'ai pu néanmoins évaluer à 1926 florins la valeur totale des marchandises et des espèces qui ont été volées.

— A Badoung! ajouta Boomsmer. On eût dit une porte qui se refermait automatiquement. Le résident le considéra un instant en silence, en pensant à autre chose.

— A Badoung et à Gianjar. Pour dire toute la vérité, on a même retrouvé plus d'objets volés à Gianjar qu'à Badoung.

— Le gouvernement ne s'arrêtera sans doute guère à ce détail, dit Boomsmer en souriant.

— Évidemment! A quoi servirait de chercher noise à une province qui est déjà soumise? Le gouvernement ne voudra savoir qu'une chose, qui est incontestablement établie, à savoir : que Badoung a enfreint l'article II du traité du 13 juillet 1849.

– C'est déjà inouï que le gouvernement ait laissé aller les choses pendant plus de cinquante ans, sans jamais intervenir.

– Il se peut que vous ayez raison, Boomsmer. Vous avez probablement raison. C'est au gouvernement d'en décider. Pour ma part, je fais l'enquête et le rapport, après quoi je m'en lave les mains.

– Avec deux compagnies on pourrait mettre de l'ordre là-dedans, pour l'éternité, dit Boomsmer, énergiquement.

– Avec deux compagnies? Je n'en suis pas sûr...

– Nous ne sommes pas des défaitistes, pas vrai, Monsieur le Résident? dit Boomsmer, et Berginck lui lança un regard rapide de ses yeux myopes.

– Défaitistes? Mon Dieu, non, Boomsmer. Mais je connais ces îles depuis plus longtemps que vous. Je me souviens de la retraite de Lombok. Cela nous a coûté combien d'hommes? »

Le résident se leva, s'approcha du bord de la terrasse et regarda par-dessus la pelouse, avec ses parterres hollandais et ses statues balinaises. Mais il ne les voyait pas; Dieu sait ce que ses yeux distraits pouvaient voir en se moment-ci!

« Donc, plus de deux compagnies », dit Boomsmer derrière lui.

Le résident se retourna. « Je suis devenu nerveux avec l'âge, dit-il en souriant. Je ne supporte plus guère le fracas des canons. Surtout lorsqu'ils tirent sur des hommes nus, armés de lances.

– J'ai les rapports de nos agents secrets, répondit Boomsmer, d'un ton sec. Les hommes nus de Badoung ont entreposé dans leur pouri plus de six cents fusils à baguettes et quatre canons. Mon opinion personnelle, c'est que nous leur permettons depuis trop longtemps de s'armer jusqu'aux dents. Il faut agir, énergiquement et le plus tôt possible, tel est mon avis. Si vous me permettez de l'exprimer, Monsieur le Résident.

– Oui, oui, dit Berginck. Vous avez raison. Expliquez cela à Monsieur le Gouverneur Général. Si on doit faire la guerre, qu'on la fasse au moins pour de bon! Moi non plus, je n'aime pas les demi-mesures.

– Voulez-vous me permettre de prendre congé à présent, Monsieur le Résident? demanda Boomsmer, et il se leva. Mais le résident resta assis, car il n'était pas encore arrivé au bout de ses pensées.

– Je voudrais que nous puissions en finir sans violence. Je voudrais que les princes de Badoung et de Tabanan se montrassent aussi raisonnables que l'a été notre Gousti Nyoman. Ils ne peuvent que perdre à se dresser contre nous et ils le savent. Pourquoi diable sont-ils plus entêtés que des buffles? dit-il. C'était un monologue.

– Ce tyokorda Sri Padouka Gde Ngoura Alit de Badoung a promis une enquête sévère, dit Boomsmer en étirant ironiquement ce titre interminable. En est-il rien résulté?

– Non, rien, naturellement! Qu'en espériez-vous? Pour ma part, je ne comptais pas que le prince reconnaîtrait le pillage. Les Balinais sont chatouilleux, ils ont un terrible sentiment de l'honneur et une sorte de fierté que nous ne comprenons pas. Dieu sait ce qui se passe dans leurs têtes pour qu'ils montrent cet entêtement borné et vraiment fou. Je vais vous faire une confidence, Boomsmer. Il y a longtemps que je suis en fonction dans ce pays, mais j'avoue n'avoir pas encore compris ces gens. Non, vraiment, ils restent une énigme pour moi. Si je les comprenais, nous n'aurions sans doute pas besoin de recourir à des expéditions punitives. »

Ayant ainsi parlé, le résident s'approcha de la table et glissa d'un geste rapide la lettre dans l'enveloppe officielle, sans la relire.

Tiens, tiens, M. le résident qui fait de la psychologie ethnique, pensa Boomsmer, moqueur. Il avait fréquenté des écoles supérieures et méprisait un peu ces fonctionnaires de l'ancien temps. Il était heureux de quitter Bali, et c'était une chance qu'il fût chargé de cette lettre. Il comptait des amis dans les bureaux de tous les Gouvernements et entretenait une correspondance étendue. Il savait prendre le vent et n'ignorait pas que le Gouverneur Général serait heureux de trouver enfin une occasion de marcher, à bon droit et avec conviction, contre les provinces du sud.

« Permettez-moi de vous remercier encore une fois, Monsieur le Résident, de la confiance que vous me témoignez. Je m'efforcerai de tout régler selon votre désir, dit-il en s'inclinant.

– Oui, oui faites ça, dit Berginck, reboutonnant sa veste. Bonne chance dans votre nouveau poste! Et si jamais vous allez à l'« Harmonie », à Batavia, ne manquez pas de saluer les amis de ma part. »

Il suivit des yeux la volumineuse missive qui disparut dans la serviette de Boomsmer. « Nous nous retrouverons certainement... », dit-il, tendant la main au nouveau résident adjoint. « Et envoyez-moi donc Visser », cria-t-il encore, au moment où Boomsmer franchissait la porte.

Un grand gecko taché de rouge, qui était suspendu au plafond, chanta sept fois. Le résident attendit, mais plus rien ne retentit. Berginck soupira. Les superstitions coloniales vous atteignaient, on ne savait comment. Il fit tomber l'énorme cône de cendre qui s'était formé au bout de son cigare et envoya le domestique chercher du genièvre.

Trois tortues géantes avaient été abattues dans la pouri de Badoung, et depuis la première heure du jour les hommes étaient occupés à découper, hacher et épicer la viande, puis à la rouler autour de petits bâtons de bois. L'odeur du festin flottait déjà dans la cour et autour des cuisines. Entre deux longues perches de bambou, étaient alignés les satés de viande de tortue, et les hommes tournaient au-dessus du feu des centaines et des milliers de ces broches garnies de viande grillée.

Soudain, une averse formidable s'abattit et éteignit le feu. La saison des pluies avait commencé deux semaines auparavant, et le ciel était chargé de nuages bas et noirs, pareil à un pâturage peuplé de vaches pleines. Avec des cris et des rires, on transporta les satés à l'abri d'une balé. La pluie fouettait l'herbe du toit et tombait à flots. On alluma de nouveaux feux. La fumée montait dans le poutrage de bambou et ne trouvait pas d'issue, car la pluie pesait sur les balés comme une toile mouillée. Bleue et mordante, la fumée se répandait entre les poteaux, brûlant les yeux des hommes au point de les faire pleurer. Des esclaves couraient à tort et à travers, s'exhortant à la hâte de leurs voix aiguës. De la cour voisine s'échappaient les clameurs des porcs que l'on saignait, et le caquetage des canards auxquels on faisait la chasse. Des enfants nus pataugeaient dans d'immenses flaques d'eau; ils portaient des chapeaux sur leurs têtes, ou d'immenses feuilles de kladi pour se protéger contre la pluie, et ils apportaient des œufs, du riz, des légumes de toutes sortes.

De vieilles femmes, célèbres par leurs connaissances culinaires, se disputaient avec de jeunes femmes qui prétendaient en savoir plus long. Deux esclaves survinrent, qui étaient déjà ivres; deux autres, qui avaient, eux aussi, aidé à préparer le vin de palme, s'injuriaient et finirent par se battre à coups de poing, sous la pluie battante. L'un d'entre eux roula dans une flaque, l'autre partit en vainqueur, portant deux flacons en verre au bout de sa perche, des flacons tels qu'on n'en avait encore jamais vus dans la pouri. Deux Chinois et un Arabe étaient tantôt ici, tantôt là, et partout à la fois. Ils donnaient des ordres, mettaient toutes choses au point et gesticulaient beaucoup, car ils connaissaient les usages des hommes blancs, et c'est pourquoi on les avait chargés de surveiller les préparatifs. C'était le jour anniversaire du prince Alit, et la visite du résident de Bali et de Lombok, de touan Besar Mijnheer Berginck, était attendue.

Les balés des femmes étaient en folie, ce matin-là. Nombre de femmes n'avaient jamais vu de Hollandais, et elles tremblaient de curiosité et d'émotion. Le prince leur avait ordonné de revêtir leurs plus beaux atours. Des caisses et des coffres surgissaient les étoffes d'argent et d'or, les couronnes en métal doré, les écharpes en soie multicolore. On battait des esclaves, on en envoyait d'autres dans les jardins, pour cueillir des fleurs destinées à parer les chevelures. Des esclaves riaient, d'autres pleuraient. Des femmes se querellaient, d'autres se réconciliaient et s'embrassaient. Des fleurs mouillées et parfumées étaient éparses un peu partout dans les paniers, et des mains agitées les distribuaient. Des flots d'huile étaient déversés sur les chevelures. On se brossait les ongles et les dents, on pourchassait une dernière fois la vermine. Cependant, la pluie bruissait, faisant gicler l'eau des flaques en petites fontaines rondes.

Dans les cours du devant, on voyait Ida Katout, le petit conteur d'histoires, qui se frottait les mains, écoutait, épiait et qui était partout à la fois. Sous les ombrelles chinoises en papier huilé, arrivèrent les hommes du gamelan de Badoung. Le fameux gamelan de Kesiman était attendu, lui aussi, ainsi que des hôtes nobles de toutes les pouris des environs. Sur les deux tours proches de l'entrée on avait placé des gardes, en tenue guerrière, les uns armés de lances, les autres de longs fusils. Mais derrière le mur, sur une plate-forme surélevée, deux canons étaient en batterie. Dewa Gde Molog, le commandant lui-même, s'était installé là, pour surveiller les hommes auxquels on avait confié la tâche importante et dangereuse de tirer la salve d'honneur. C'étaient des Ksatryas, des hommes de la caste des guerriers, qui n'avaient pas peur, et l'on espérait que les coups partiraient sans tuer personne. De toutes parts retentissait le son du koulkoul, sous les varingas, près de l'entrée, dans la ville de Badoung, dans la pouri du vieux prince de Pametyoutan, et dans tous les villages, jusque très loin, le long de la côte de Sanour.

La canonnière du gouvernement était en vue depuis plus d'une heure et manœuvrait au large, contre la mer mauvaise, parmi des rideaux de pluie, pour gagner l'accès du port. Sur la plage, le gamelan jouait sans arrêt avec une animation joyeuse. Comme il pleuvait, on avait dressé en hâte une sorte de balé à l'abri de laquelle étaient assis les musiciens. Des guirlandes de bambou, de hautes perches de bambou décorées de mille façons se dressaient le long des rues du village, et dans les niches d'offrandes, à côté des portes, étaient accrochés de beaux et longs entrelacs de feuilles de palmier de couleurs différentes, comme pour les fêtes du nouvel an. Un groupe de dignitaires de la cour, de nombreux pounggawas et parents du prince s'étaient assemblés dans la cour du pounggawa de Sanour et attendaient le signal qui annoncerait le débarquement du résident. On put voir le pédanda Ida Bagus Rai, sur une chaise à porteurs, revêtu de ses ornements, la haute couronne sur la tête, suivi de porteurs d'ombrelles.

Tout le monde était dans les rues, qu'il plût ou non, et les prêtres des villages avaient allumé des feux dans la cour du temple de corail, et avaient fait des offrandes pour chasser l'averse. Une épaisse fumée blanche montait de ces feux, tout le monde la regardait, plein d'impatience, en attendant que cette fâcheuse pluie prît fin.

Lorsque les feux eurent brûlé le temps de mâcher une portion de sirih, il cessa effectivement de pleuvoir, et le soleil fut tout à coup là, dans un ciel qui bleuissait à vue d'œil. Les palmiers, fraîchement lavés, étincelèrent, et l'air humide était alourdi par l'odeur des buissons en fleurs. Le gamelan joua plus fort, comme s'il avait repris haleine.

Les gens de la côte virent tout à coup une petite barque se détacher de la *Zwaluw,* et s'approcher rapidement, ballottée par les vagues. Les dignitaires sortirent de la cour, les uns transportés sur des chaises, d'autres montés sur des chevaux blancs. Une troupe de lanciers à cheval surgit des plantations, où elle s'était abritée pendant la pluie, et trotta vers la plage. L'eau giclait sous les petits sabots des chevaux. Des jeunes filles, vêtues avec grâce et qui avaient voilé leurs seins, sortirent des maisons et s'alignèrent le long du chemin, tenant dans leur main gauche, levée, des coupes d'offrandes. Des drapeaux blancs et rouges furent hissés un peu partout et bordèrent la plage. On aperçut alors le résident, un homme ni très grand ni très jeune, tout habillé de blanc, avec une quantité de tresses et de boutons dorés sur sa veste. Il descendit de l'embarcation et fit un geste de refus lorsque deux hommes voulurent le soulever pour le transporter sur leurs épaules jusque sur le sable sec.

Un seul endroit resta paisible durant cette matinée bruyante et agitée : la maison du vieux prince de Pametyoutan. Le vieillard avait enduré de grandes souffrances pendant la nuit, et il reposait à présent sur son banc, épuisé, le dos soutenu par des coussins de kapok. Deux balians l'avaient soigné, celui de Badoung et celui de Taman Sari. Ils l'avaient massé, lui avaient administré des calmants, et à présent le prince se sentait mieux. Il tirait des bouffées de sa pipe d'opium, et les vapeurs de la fièvre nocturne se dissipaient. Alit, son neveu qu'il avait adopté, était accroupi auprès de lui, et le visage, d'ordinaire mou, du jeune prince avait une expression bizarre de tension, d'effort ou de concentration. Lui aussi fumait de l'opium pour stimuler son cerveau, en cette heure consacrée à un conciliabule important. Inconsciemment il faisait glisser ses mains le long des minces vertèbres du jeune Oka, qui était accroupi à ses pieds, et le contact de cette peau chaude et lisse avait quelque chose d'apaisant.

« Nous sommes donc d'accord, mon père, dit Alit. Nous ne pouvons pas satisfaire aux exigences insolentes des Hollandais. Ils ne cherchent qu'une occasion de nous humilier. Si nous leur cédons cette fois-ci, ils chercheront un autre moyen de nous opprimer. Ils sont fiers, quoique sans caste, et ils ignorent tout de la politesse. Ils ne semblent pas savoir à qui ils ont affaire. Parce que quelques princes ont trahi et passé à l'ennemi, ils croient pouvoir nous intimider tous. Ils verront bien qu'ils se sont trompés sur Badoung. »

Le vieux prince considéra longuement son neveu avant de prendre la parole : « Je suis heureux de t'entendre parler ainsi, mon fils, dit-il. Je suis vieux, fatigué; la maladie a ralenti le cours de mon sang de guerrier et trouble souvent mes pensées. Mais tu es jeune, toi, et tu dois opposer ton cœur et ton front aux hommes blancs. Je t'ai vu grandir et je n'étais pas certain que tu suivrais les traces des ancêtres. Tu m'as semblé parfois penser comme un Brahmane plutôt que comme un Ksatrya. Je suis heureux que tes livres ne t'aient pas fait oublier le kriss.

— J'ai longuement prié, répondit Alit, et je me suis longuement entretenu avec les ancêtres. Mon ami, le pédanda de Taman Sari, a passé des jours et des nuits avec moi, et m'a aidé à trouver mon chemin. Les livres anciens, mon père, sont aussi puissants que le kriss, encore plus puissants lorsqu'on les entend bien. J'ai appris d'eux une chose : que moi, Alit, prince de Badoung, je ne suis rien. Je ne suis qu'un maillon de la chaîne, une perche de bambou dans le pont. Ce que j'ai reçu de mes grands aïeux, il faut que je le transmette. Je ne suis pas libre et il ne m'est pas permis d'agir selon mes préférences. Je ne puis rien donner, rejeter ou vendre de mon héritage, et il faut que je tienne bon là où m'a placé ma naissance. Voilà ce que j'ai lu dans les livres. »

Le vieux tyokorda sourit en entendant ces mots. Il lui semblait que c'était beaucoup de paroles et de détours pour arriver à une chose aussi simple que de préserver son honneur et sa fierté. « Peu importe la façon dont nous parvenons à nos résolutions, dit-il d'un ton amical. Tu viens d'un côté, moi de l'autre. L'essentiel c'est que nous nous rencontrions au milieu et que nous soyons du même avis. »

Alit se leva et ouvrit la porte qui donnait sur la galerie, car les vapeurs d'opium l'empêchaient de respirer. « Il a cessé de pleuvoir », dit-il, regardant le grouillement des hommes dans les cours et les reflets du soleil sur les flaques. Le son mince et lointain d'un gamelan lui parvint à travers l'air humide. « Je voudrais savoir quel âge j'ai..., dit-il, en retournant d'un air pensif auprès de la couche de son oncle. Personne n'a compté les années pour moi. On fait tant de bruit autour de mon anniversaire, et il paraît que je dois épouser six femmes à la foi afin que la fête soit complète. Mais lorsque je regarde en moi-même, je ne sais pas si je suis jeune ou vieux.

— Tu es jeune, car tu étais un enfant lorsque le mont Batour a explosé et a jeté de grosses pierres jusque sur la plage, dit le vieillard. Et tu n'as même pas encore conçu ton premier fils. »

Deux messagers traversèrent la cour et tombèrent à genoux devant les marches. Ils mimèrent de façon assez dramatique la fatigue et l'essoufflement. Alit se retourna vers la chambre. « Il semble que le résident ait débarqué, dit-il. Il faut que j'aille me préparer à le recevoir. » Il fit un signe à Oka et s'appuya sur l'épaule frêle du jeune garçon.

« Excuse mon absence auprès du résident. Témoignelui toute l'hospitalité dont Badoung est capable. Tu peux lui céder sur l'accessoire, mais reste ferme sur l'essentiel», dit le vieux prince. Alit prit congé, tendrement, respectueusement, et lorsque la porte se fut refermée derrière lui, le vieux tyokorda inclina la tête sur les coussins, ferma ses yeux fatigués, et son cerveau s'emplit de douleur et de trouble.

Alit renvoya d'un signe les porteurs de chaise et d'ombrelles qui l'attendaient en bas des marches. Il voulait prendre un peu l'air frais avant de recevoir le résident. La journée, avec ses festivités et ses exigences, était devant lui comme une haute montagne. Il traversa rapidement les cours, salué par tous, mais ne voyant personne, ses pieds nus trempaient dans les flaques et heurtaient les pierres. A un moment donné, il étendit la main vers le kriss, derrière son épaule, et resserra la ceinture qui le maintenait.

Une ombre tomba sur sa route, et, lorsqu'il leva les yeux, Biyang était devant lui. C'était une femme grande, à cheveux blancs : la mère du vieux tyokorda. Elle était aussi vieille qu'un rocher ou un figuier des pagodes, et la peau était si tendue autour de la charpente de sa tête que celle-ci avait rapetissé comme la tête d'une enfant. Biyang jouissait d'un grand respect dans les pouris, et elle exerçait une autorité sévère sur les femmes et les esclaves. Bien qu'elle s'appuyât sur la poignée en or d'une canne, sa démarche était assurée et ses yeux étaient clairs. Chose étrange, dans ce visage de centenaire on distinguait encore la jeune fille qu'avait été Biyang à travers un sourire ou un regard, sous des paupières baissées.

«Où vas-tu, mon enfant? demanda-t-elle en entourant de ses bras les hanches d'Alit.

— Il faut que j'aille saluer mes hôtes, mère.

— Je sais, dit-elle, attentive. Tu as invité l'homme blanc pour une nuit dans ta maison. Est-il ton ami?

— Il prétend l'être, dit Alit. Peut-être l'est-il en effet. Je le saurai bientôt.

— Sois prudent, dit la vieille femme. Réfléchis trois fois avant de parler. Et si tu veux écouter le conseil d'une vieille sotte de femme, ajouta-t-elle, avec un sourire de confidence, fais taire Molog. Il parle trop et trop fort, il a plus de courage que de raison. »

Alit la regarda en face, d'un air confiant, et elle lui cligna des yeux, ce qui le fit rire. Il l'accompagna jusqu'aux marches de sa balé, puis poursuivit son chemin, en suivant des ruelles, parmi les poules, les cochons et les canards. A peine eut-il atteint sa pouri et sa propre maison, qu'un grand fracas ébranla l'air et fit cliqueter les vitres.

On venait de tirer le canon pour l'arrivée du résident, et cette importante journée avait commencé.

L'esclave Mouna était accroupie en face de Lambon, sur une natte, et lui rasait avec soin les sourcils. Elle louchait à force d'attention, et sa bouche remuait sans arrêt, comme une crécelle au vent. « J'ai cru que la terrre allait éclater, ou le mont Batour crever et lancer des pierres dans le lac de Batour, comme les vieilles gens prétendent l'avoir vu autrefois. Mais c'était cet objet qu'ils appellent un canon. Bernis s'est évanouie, quoi-qu'elle se fût bouché les oreilles, et nous avons dû verser sur elle de l'eau froide, pour la ranimer. T'es-tu effrayée, toi aussi, Lambon? On dirait que tu as pleuré.

— Toi aussi, dit Lambon sans bouger la tête, de peur de déranger le travail délicat qui se faisait sur ses sour-cils.

— Moi? Cela ne veut rien dire. Bernis m'a battue, et je la connais. Elle ne s'arrête pas avant de voir des larmes. Elle devient de semaine en semaine plus acariâtre, et je sais pourquoi, mais je ne le dis pas. Parce que tu as toujours été si gentille pour moi, je vais te dire quand même. Ses yeux suivent un jeune homme que tu connais aussi. Mais lui ne veut pas prendre garde à elle, et comment le pourrait-il? Il n'a pas le droit de voir une femme de rajah, même si elle se mettait en travers de son chemin. Il s'en tient aux esclaves, qui sont libres et qui peuvent donner leur amour quand elles veulent. C'est un très beau jeune homme, et tu le connais bien.

— Je ne connais aucun homme », dit Lambon. Mouna avait fini de lui raser les sourcils, et, du pied, elle approcha un petit panier contenant de la poudre et du fard à la suie. Après avoir soufflé sur les sourcils de Lambon, elle se remit à l'œuvre.

« Si, tu le connais. Réfléchis! dit-elle. Lambon réfléchit.

– Raka », dit-elle.

Mouna tomba à la renverse à force de rire. « Raka, s'écria-t-elle. Pourquoi Raka? De tous les hommes dont il n'est pas question tu cites justement Raka! Non, puisque tu veux le savoir, c'est Merou le sculpteur, ton frère. Tu lui ressembles. C'est pourquoi je t'aime bien », ajouta-t-elle avec une pointe de timidité. Lambon se pelotonna un instant contre la petite esclave, car elle était seule dans la pouri et avait besoin d'un peu de chaleur.

« Pourquoi la petite sœur a-t-elle pleuré? questionna Mouna avec tendresse, et elle la berça.

– J'ai peur, dit Lambon.

– Tu n'as pas besoin d'avoir peur, car tu es la plus jeune et la plus belle des six femmes que le prince doit épouser aujourd'hui. La vieille Ranis m'a rapporté qu'il s'est à deux reprises informé de toi. Tu verras bien qu'il te fera demander cette nuit, toi et non une autre. Et demain je ne pourrai plus venir jouer avec toi, il faudra que je te dise « maîtresse », et je ne pourrai plus t'adresser la parole qu'avec les mots les plus respectueux. »

Lambon sourit tristement. « C'est de cela précisément que j'ai peur : que le maître me fasse chercher... »

Mouna s'écarta d'elle et la regarda en face en hochant la tête. « Je ne sais pas comment me conduire, chuchota Lambon.

– Pourquoi donc as-tu habité pendant six mois la maison de Toumoun? dit Mouna non sans sévérité. Si tu n'as rien appris d'elle, tu n'apprendras jamais rien. On dit qu'elle a été pendant cinq ans fille publique à Kesiman, et dans toute la pouri il n'y a pas une seule femme qui ait autant d'expérience qu'elle. C'est pourquoi on lui adjoint toujours les plus jeunes parmi les novices, afin qu'elle leur enseigne sa science, mais il semble que tu sois restée ignorante.

– Toumoun s'est toujours montrée gentille à mon égard, dit Lambon. Mouna considéra son amie en hochant la tête.

– Tu n'as pas plus de volonté qu'une papaye suspendue à un arbre. Peu importe au fruit qu'il soit cueilli ou non », dit-elle d'un air de reproche. Soudain, ayant entendu un bruit, elle se précipita au dehors, grimpa sur un mur et observa ce qui se passait dans la cour voisine. Lambon porta les mains à ses cheveux, mais n'osa pas les toucher, car ils étaient disposés sur sa tête en un grand nœud, et après avoir laissé pendant quelques instants ses mains en suspens au-dessus de sa tête, elle les posa sur ses genoux.

« Les voilà qui conduisent l'homme en blanc dans la balé où doit avoir lieu le grand conseil. Ida Katout m'a dit que l'homme blanc avait été très satisfait de l'étrange maison qu'on a construite pour lui. Ida Katout assure que ce n'est pas un rajah, quoiqu'il prétende se faire rendre autant d'honneurs qu'un vrai prince... Il paraît qu'il a apporté un cadeau merveilleux au prince. C'est une maisonnette en écaille, sur le toit de laquelle sont posées deux figures en métal jaune, très lourd, un homme et une femme, et l'homme tient une faux. En dessous, il y a une grande figure avec beaucoup de chiffres, qui indique l'heure. A l'intérieur de la maison, il y a un cœur qui bat, et, chaque fois qu'une heure est passée, une cloche sonne et une musique retentit. Il est vrai que la musique n'est guère belle, à ce que dit Ida Katout, qui l'a entendue lui-même, et les heures sont plus courtes que les nôtres, car les hommes blancs sont plus pressés que nous et ont moins de patience. Notre seigneur, le prince, a souhaité la bienvenue à l'homme blanc dans la langue de Java, à ce que dit Ida Katout, et il l'a appelé son frère. Mais, à mon avis, c'était quand même une grossièreté d'effrayer un hôte au moment de son arrivée en faisant tirer le canon. A présent, montre-moi tes jambes, et laisse-moi les friction-ner à l'huile, car ce soir tu dois avoir tout le corps également lisse. Et si jamais tu veux voir Merou, ton frère, fais-le-moi savoir, et je te l'amènerai en secret. Mais il ne faut pas...

– Mouna, que fais-tu ici? s'écria Toumoun qui gravis-sait les marches. Ta maîtresse Bernis te réclame et crie si fort que les singes ont eu peur et ont rompu leur chaîne. Elle a préparé une corde mouillée pour te battre, parce que tu es partie sans lui peigner les cheveux. Vite, vite, cours, je m'occuperai de Lambon. »

Mouna fit une grimace et s'en fut avec l'agilité d'un singe. Une nouvelle averse tomba du ciel et Mouna rabattit son kaïn sur sa tête pour garantir sa coiffure, tandis que ses jambes claires et nues franchissaient hardiment les flaques d'où l'eau rejaillissait.

La conversation eut lieu dans la grande balé ouverte, cependant que de vraies murailles de pluie isolaient la maison à double toit. Parfois le bruissement de l'eau était si fort qu'il dominait le bruit des voix ; à d'autres instants sa monotonie donnait envie de dormir, et plusieurs vieux dignitaires, assis au dernier rang, s'assoupirent. Le résident et ses compagnons étaient assis sur des chaises, derrière une longue table. Ces meubles avaient été spécialement fournis par des Chinois, en vue de cette réception. Le prince, lui aussi, occupait une chaise, que l'on avait placée au même niveau que celle de son hôte ; ses jambes étaient repliées sous lui, et il se sentait mal à l'aise. Quoiqu'il portât une courte veste noire, à longues manches, il frissonnait d'émotion. Au contraire le résident avait trop chaud dans son uniforme empesé et son col commençait à se défraîchir sous son épais menton. Visser, assis auprès de lui, murmurait parfois quelques mots ; car, bien que le résident parlât couramment le javanais, l'entretien se ralentissait parfois, parce que le prince avait l'élocution lente et minutieuse de quelqu'un qui n'a appris une langue que dans les livres et qui tient à se servir de tournures choisies et élégantes.

La nuit allait tomber lorsque l'entretien toucha à sa fin. Le résident se leva et, dominant du regard les rangs de conseillers et dignitaires de la cour alignés sur leurs nattes, il se résuma en ces termes :

« Le gouvernement de mon pays a fait preuve de beaucoup de mansuétude et de longanimité. Il a renoncé à envoyer à Badoung des soldats et des canons, pour lever par la force la somme que nous réclamons à bon droit. Je suis venu ici en ami et en frère aîné, et j'ai été reçu comme tel, ce dont je vous remercie de tout cœur. C'est en ami et en frère aîné que je vous donne pour la dernière fois ce conseil : que Badoung paie les trois mille rixdales de dommages et intérêts, pour le bateau qui a été pillé et détruit sur la côte de Sanour. Cette affaire serait alors considérée comme réglée et il ne serait porté aucune atteinte à l'indépendance de Badoung. »

Le résident considéra les visages fermés des Balinais. Grands yeux fendus, paupières baissées, lèvres serrées : une expression somnolente et presque obtuse. Il sentit le sang lui monter à la tête.

« Si les conseillers du prince de Badoung tiennent à la sécurité et à la paix de leur État et de leur prince, ils engageront celui-ci à verser la somme demandée. De même que j'ai conseillé à plusieurs reprises à mon gouvernement de ne pas entreprendre d'expédition militaire contre Badoung. Mais en tant qu'ami et frère, je dois vous dire que mon gouvernement est à bout de patience. Ceci est mon dernier mot et ma dernière proposition. »

Le résident avait parlé de plus en plus fort, afin de couvrir de sa voix le bruissement de la pluie. Lorsqu'il se fut rassis, Visser se leva et répéta ses paroles en langue balinaise, afin que tous pussent comprendre. Néanmoins, les hommes ne sourcillèrent même pas. Il y eut un silence, durant lequel on n'entendait que la pluie tomber. Ensuite Molog, le commandant, se pencha en avant et dit : « Et qu'arrivera-t-il si Badoung refuse de payer? »

Le résident se leva d'un bond, le front rougissant. « C'est une question à laquelle je préfère ne pas répondre, s'écria-t-il. Mais quoi qu'il arrive, Badoung aura lui-même décidé de son sort. »

Durant toute la délibération, le prince Alit n'avait guère parlé. Il avait laissé à ses conseillers et dignitaires le soin de prendre la parole en son nom. Tous se tournèrent vers lui, comme si l'on avait attendu de lui une réponse décisive. Il leva ses mains jointes devant son front et demeura ainsi pendant un long moment, muet et concentré. Lorsqu'il commença de parler, Ida Katout, qui était comme d'habitude accroupi à ses pieds, remarqua que les lèvres de son maître avaient pâli.

« J'ai entendu les paroles de mon ami et frère, Monsieur le Résident de Bali et Lombok, dit-il, et sa voix était si blanche que les hommes du dernier rang portèrent les mains aux oreilles pour mieux entendre. Je remercie mon ami et frère de son conseil, et de sa volonté d'éloigner de nos frontières la guerre et l'oppression. Moi aussi je désire la paix. Pour l'attester, j'ai fait aujourd'hui de nouvelles concessions et j'ai signé de nouvelles lettres par lesquelles j'ai promis de renoncer à des droits anciens et à des coutumes sacrées de ce pays. Sans doute y a-t-il longtemps qu'aucune veuve n'a plus été forcée à se faire brûler avec son époux défunt. Mais désormais, même la mort volontaire des veuves doit être interdite et empêchée. J'ai également accepté certaines restrictions touchant la peine de mort, non pas que j'aie jugé cette mesure justifiée, mais afin de prouver mon bon vouloir au gouvernement hollandais. En ce qui concerne le paiement des trois mille rixdales demandés, je ne puis en décider seul. Il est regrettable que mon père et co-régent, le prince de Pametyoutan, soit actuellement malade et dans l'impossibilité d'assister à cette délibération. Je discuterai cette question avec lui aussitôt que ses forces le lui permettront et je ferai alors parvenir notre réponse à Bouleleng.

– Le prince de Pametyoutan n'était pas trop faible il y a quelque temps pour prêter en personne un serment d'assistance au prince de Tabanan », s'écria le résident, irrité. Les courtisans s'agitèrent. La peau claire du jeune prince devint presque blanche, mais il se domina. « Le gouvernement hollandais nous a souvent exhorté à rester en paix avec nos voisins. L'alliance avec Tabanan répond à ce vœu », dit-il, sans élever la voix.

La pluie avait tout à coup cessé, et le silence subit fit comme un vide dans lequel les voix se perdirent. Le résident se ressaisit et contint sa colère.

« Mon ami, le prince de Badoung, a deux semaines pour donner sa réponse, dit-il avec mesure. Si le sixième jour du mois prochain les trois mille rixdales ne sont pas payés mon gouvernement fermera les frontières de Badoung et enverra des bateaux de guerre. Je remercie le prince et ses conseillers de l'entretien que nous venons d'avoir. Je n'ai rien de plus à dire. »

Il se leva et repoussa son siège, tandis que Visser était encore occupé à traduire cet ultimatum en balinais.

L'assemblée leva séance, avec des murmures et des étirements de membres. « Les Hollandais ont peu de patience, mais beaucoup d'endurance », dit l'Anak Agoung Bouma à l'Anak Agoung Wana. L'eau ne tombait plus du toit que goutte à goutte, et les reflets roses des nuages qui passaient dans le ciel s'allumaient sur la terre humide de la cour. Le prince rejoignit le résident sur les marches et posa sa main sur l'épaule du blanc.

« Mon ami est fatigué par tous ces discours, dit-il gracieusement. Nous avons besoin d'une petite trêve. La soirée sera belle et claire, et mes danseurs sont impatients de montrer ce dont ils sont capables. Notre petite fête commencera au lever de la lune; nous voulons nous en divertir ensemble comme des frères. »

La politesse asiatique de ces mots irrita le résident, déjà excédé par cette séance fatigante et inutile. Il ne put se dominer davantage. Il ne fit qu'un petit geste : il retira la main du prince de son épaule et partit brusquement, sans répondre. Alit resta debout sur l'escalier, blêmissant devant l'offense. Ses courtisans se mirent à lui parler tous à la fois, mais il n'écoutait pas. Ses yeux qui se rétrécissaient suivirent la petite forme blanche qui traversait la cour, et son souffle se fit plus rapide derrière ses dents serrées.

La maison qu'habitait Berginck avait été spécialement construite à son intention. Par une attention particulière, on avait essayé d'imiter le style des maisons hollandaises de Bouleleng, avec une terrasse, des murs peints en jaune et un grand nombre de lampes suspendues sous des abat-jour de soie. Le portrait de la reine était là : on l'avait découpé dans un journal illustré, et cloué au mur. Devant l'entrée étaient accroupis quelques lanciers, comme garde d'honneur, mais le résident avait amené lui aussi des gardes du corps, quatre soldats hollandais, de grands hommes barbus, dont les thorax étaient vastes comme des tonneaux, et qui portaient les casques à larges bords des troupes coloniales.

« On ne peut vraiment pas dire que ces palabres aient été couronnées de succès, qu'en pensez-vous, Visser? dit Berginck sur les marches de la galerie, et il alluma un cigare. Il fumait dans l'espoir de se calmer, mais il ne savait pourquoi, il trouva mauvais goût au tabac, retira son cigare de la bouche et l'inspecta d'un air réprobateur.

– Ces gens sont vexés, dit Visser. Une fois de plus nous avons dû marcher sans nous en douter sur quelque cor au pied balinais.

– J'en ai assez de ces bavardages perpétuels qui ne mènent à rien. C'est tout ce que je puis dire, déclara le résident, violemment. On tourne continuellement dans le même cercle et on n'arrive à rien. On a parfois le sentiment qu'ils se moquent de nous... Il considéra encore son cigare, jura à mi-voix, puis le lança dans la cour. Allons, partie remise, dit-il en descendant les marches.

– Monsieur le Résident désire-t-il que je rédige dès maintenant un rapport? demanda Visser, au bas de l'escalier.

– Faites ce que vous voudrez. Il faudra quand même que nous reprenions demain la conversation avec ces gens. Écoutez-moi... Vous connaissez le jeune prince mieux que moi. Quelle espèce d'homme est-ce, ce jeune prince? Je n'y comprends rien. Il donne une impression de mollesse, et pourtant il fait preuve d'un entêtement... imbécile et sur lequel on n'a aucune prise...

– C'est un savant plutôt qu'un rajah, Monsieur le Résident. Il est plus facile d'avoir affaire à un politicien réaliste, comme notre Gousti... »

Le résident soupira et disparut dans sa maison. Visser soupira également et se retira de son côté. Le résident était debout au milieu de la chambre, l'air indécis. On avait aligné douze chaises le long du mur : c'était d'un ridicule achevé. Le résident était à la fois colère et fiévreux. Il sentit au même instant un picotement bien connu dans ses veines, comme des millions de petites aiguilles glacées. Allons bon, pensa-t-il, la malaria! Saisi d'un immense découragement, il se jeta sur son lit, qui était garni de rideaux propres, à dentelles, et d'une moustiquaire neuve. Il prit un étui en métal dans lequel il conservait quelques objets personnels à l'abri des fourmis, et en tira deux tablettes de quinine. « Des canons, pensait-il, les yeux fermés. Ce sont des enfants qui auraient besoin d'une râclée! »

Il retint son souffle et ferma les yeux. A présent ç'allait être le tour de la migraine! « Ce Molog, avec sa grande gueule! dit le résident à haute voix. C'est la faute à cette espèce de gens si tout va de travers. » Une idée tout à coup lui traversa l'esprit et l'égaya subitement. Eux, ils ont Molog, et nous avons notre Boomsmer, se dit-il. En proie à un début de fièvre il les voyait tous deux tirer l'un contre l'autre, avec des canons d'enfants chargés de pois chiches. Il s'enroula dans sa couverture de voyage, car les premiers frissons commençaient à le secouer. Il regarda autour de lui, constata que son hôte de Badoung avait poussé l'hospitalité jusqu'à le munir d'un *dutchwife,* tira à soi le traversin en kapok recouvert d'une housse blanche, puis se laissa emporter par la quinine dans un sommeil bourdonnant.

« Aussitôt que Raka sera arrivé, qu'on me prévienne! dit Alit au jeune Oka. Toi, reste ici et attends-le. » Il avait défait tous ses vêtements, sauf le kaïn léger, et il partit d'un pas rapide, en la seule compagnie de deux serviteurs. Le soleil était près de se coucher et le ciel, lavé par la pluie, était d'une pureté étrange. Alit gonfla sa poitrine et respira profondément. Il était content de lui et se sentait léger. En même temps qu'il avait enlevé sa veste et son kriss, il s'était délivré des émotions de la journée, et tout allait bien, maintenant.

Le chemin qui conduisait au bain longeait l'étang, et il s'arrêta pour observer deux marabouts, mâle et femelle, qui jouaient ensemble avec une dignité grave. Il se réjouissait pour la soirée et pour ses fêtes. Avant même d'être arrivé au bain, il commença de dénouer son kaïn.

Le bain, que dominait un petit temple, était décoré avec son bonheur particulier. L'eau se déversait de sept têtes de serpents en bronze, dans un profond bassin de pierre; elle était fraîche et claire parce qu'on l'avait amenée des collines jusqu'à la pouri. De plus son eau était douée d'une vertu particulière qu'Alit avait souvent éprouvée lorsqu'il se sentait triste ou fatigué. Il se mit nu sous le jet étincelant et laissa longtemps glisser cette fraîcheur sur son corps, avide d'en jouir. L'eau effaça les dernières heures et l'offense que lui avait faite le blanc...

Une odeur pénétrante de fleurs flottait au-dessus du bain, car des offrandes abondantes avaient été déposées dans le petit temple, pour célébrer cette journée. Très haut, volaient les colombes blanches, avec la vibration de leurs clochettes d'argent, et, quoique la pouri fût déjà plongée dans l'ombre, le soleil faisait encore briller leur clair plumage.

Le prince tordit ses longs cheveux, d'où l'eau s'écoula, puis il revêtit le kaïn frais que lui tendait un serviteur.

Il sortait du bain, lorsqu'il vit le jeune Oka accourir. Il n'attendit pas son message, et se dirigea immédiatement, d'un pas rapide, vers sa maison. Raka, qui l'attendait sur les marches, s'inclina, les mains jointes, et Alit, posant le bras sur l'épaule de son ami, l'entraîna sur la galerie.

« Je t'ai apporté un cadeau », dit Raka, lorsqu'ils eurent gravi les marches. Par un accord tacite, ils ne firent aucune allusion à la présence du résident. Raka s'accroupit devant un sac finement tissé d'où surgissait de temps à autre une tête de coq, surmontée d'une double crête rouge.

« Edt est un djamboul, il gagnera pour toi beaucoup de combats », dit Raka, tendant son cadeau à Alit, et ayant manifestement conscience de son importance. Alit poussa une exclamation joyeuse. « Tu savais donc que je t'enviais ce coq, mon frère? » Raka rit, tira le coq de son sac et le soupesa dans ses mains caressantes. « C'est en effet un djamboul et il vient de Bedoula », dit Alit, examinant attentivement le plumage et les muscles de l'animal. Le coq dressa la tête et poussa un cri de bataille. Les deux frères rirent.

« Dans sept jours tu combattras, mon ami », dit le prince. Il caressa les plumes collaires du coq et le balança en l'air pour l'exciter.

Un cortège de femmes passa devant la maison, gazouillant comme des oiseaux et parées avec grâce. Raka baissa les yeux, car il n'est pas permis de regarder les femmes du prince. Alit leur cria : « Pitié. Vous allez me rendre aveugle par votre beauté », ce qui les fit beaucoup rire.

« Es-tu content, mon frère? demanda Raka, lorsque les

femmes eurent disparu avec leurs cheveux luisants, leurs épaules nues et leurs traînes chatoyantes.

– Oui, je suis joyeux, répondit le prince. Je viens de vivre des heures sombres et pénibles, mais à présent je connais ma route et je suis joyeux. » Il fit un signe à Oka et le garçon replaça le coq dans sa cage.

« Nous allons nous-mêmes le porter chez les autres coqs, dit Alit. Je voudrais le voir en face de mon bouvik. » Il souleva le coq du geste exercé, délicat et ferme d'un amateur, et tâta les muscles tendus des pattes. L'heure était toute de bonheur, réchauffée par la présence de Raka, rafraîchie par le vent léger du soir qui approchait.

Au moment où ils quittaient la maison, pour aller rendre visite aux coqs, quelques silhouettes courbées parurent. « Qu'y a-t-il? demanda Alit, reconnaissant son cousin, l'Anak Agoung Bouma.

– Les femmes t'attendent depuis longtemps dans la balé Est, mon frère, dit Bouma. Il serait bon que tu les épouses avant le lever de la lune et le repas. Le pédanda, lui aussi, attend depuis longtemps. »

Alit, stupéfait, regarda Raka. « Les femmes? En effet, j'avais complètement oublié les femmes », dit-il, riant de sa propre négligence. « Quelles femmes? » demanda Raka. « Celles que je dois épouser », répondit le prince. Il resta pendant quelques instants indécis sur les marches, serrant le coq contre lui. L'animal tendit le cou et poussa un cocorico impatient. Alit le tendit à Raka, gravit rapidement les marches et s'approcha du porte-kriss dans le coin de sa chambre. Il tira le kriss des mains de la figure en bois et le remit à Bouma.

« Voilà! dit-il. Il suffira que les femmes soient unies à mon kriss. »

Sans se retourner, il reprit le coq, apprécia avec un plaisir véritable la chaleur, la force et la légèreté de l'animal dans ses mains, et entraîna Raka avec lui vers la balé des bêtes de combat. Des serviteurs portant des flambeaux et des lampes traversèrent la cour, car la nuit était tombée.

L'Anak Agoung Bouma emporta le kriss, posé en travers de ses bras comme un enfant. Dans la balé Est,

Ida Bagus Rai, le pédanda, était assis sur un coussin, sa tête grise surmontée de la haute couronne, et priait. La balé était drapée de riches étoffes, et garnie des offrandes particulières qu'exige la cérémonie du mariage d'un prince. Derrière le prêtre étaient agenouillées, sur un rang, six jeunes filles qui devaient être unies au prince. Lambon était la plus jeune d'entre elles, et toutes paraissaient à la fois émues et fatiguées, car elles attendaient depuis que le soleil avait atteint le zénith. Les autres femmes étaient assises en cercle autour de la balé et derrière elles se pressaient les esclaves, curieuses. Ces six jeunes filles étaient vêtues et parées somptueusement et osaient à peine bouger dans leurs robes hérissées d'or.

Bouma se pencha vers l'oreille du prêtre, qui fit un signe d'assentiment sans interrompre sa prière. Alors l'Anak Agoung tira le kriss de sa gaine et le tint pendant quelques instants verticalement devant lui; c'était le kriss sacré Singha Braga avec le lion et le serpent. Les têtes des jeunes filles s'agitèrent comme des fleurs au vent. Bernis, qui était assise au milieu des autres femmes, s'écria à haute voix : « Le Seigneur n'a même pas daigné se déranger ! » Quelqu'un rit, et une vieille femme réclama le silence. Bouma piqua le kriss dans le mur en bambou tressé, et ce fut tout. L'arme était là pour remplacer l'homme qui pendant ce temps jouait avec ses coqs.

Poussées par quelques vieilles femmes expertes du palais, les jeunes filles s'assirent devant le prêtre, et la cérémonie commença. Le pédanda invoqua les dieux, aspergea d'eau bénite les paumes et le dessus des mains des jeunes filles. Il répandit de la poudre de santal sur leurs têtes baissées, et, le regard fixé sur le kriss, il les donna pour épouses au prince Alit de Badoung.

Lorsque la cérémonie eut pris fin, elles attendirent, indécises, que le pédanda se levât et quittât la balé. Aussitôt, les femmes se mirent à parler toutes à la fois, et leurs cris, leurs rires animèrent les cours. L'Anak Agoung Bouma reprit le kriss, le rengaina et l'emporta. Lambon resta la dernière, raide et immobile comme une figurine dorée. « Et maintenant, qu'est-ce qui va venir ? » questionna-t-elle, étonnée. « Maintenant tu auras de bonnes choses à manger. Viens vite dans la grande maison, Ida Katout nous racontera des histoires », lui cria Toumoun. Lambon n'avait pas encore bien saisi. « Suis-je à présent la femme du rajah? » demanda-t-elle. Mais personne ne lui répondit. L'esclave Mouna passa en courant près d'elle, ensuite accourut Bernis, qui cria : « Dans un instant nous allons voir la lune. »

Lambon soupira, leva du bout des doigts la longue traîne de son kaïn, et suivit les autres femmes.

Ce soir-là, il arriva que Raka et Lambon se revirent pour la première fois depuis qu'elle avait été conduite dans la pouri, et leur vie, à tous deux, changea, tout devint lumineux, mais en même temps plus compliqué, comme sous l'effet de quelque mauvais charme.

Il arriva que Raka, peu avant de commencer à danser, aperçut tout à coup Lambon. Ou plus exactement, c'était le regard de Lambon qui, sans réserve ni pudeur, s'était longuement posé sur lui, à son insu.

Elle était assise avec les autres femmes du prince, sur les nattes d'une balé plus basse, et Raka ne la reconnut pas aussitôt. Il sut seulement que jamais auparavant il n'avait vu femme aussi belle que celle-ci. Il en eut le souffle coupé. Son cœur s'arrêtait, puis bondissait comme une bête sauvage, et repartait en avant. Il oubliait où il était et ce qui se passait autour de lui. Il ne faisait que regarder la femme du rajah, qui était assise parmi les autres femmes. Elle portait des cheveux tressés avec art et parés d'orchidées mouchetées. Une fine couche de poudre jaune couvrait son visage et dans ses yeux s'assemblaient des étangs profonds de sombre douceur. Elle portait la tête haute, dressée altièrement sur la tige de sa nuque. Sa bouche était ouverte, l'ondulation de ses lèvres, pleine d'attente et de promesses. Elle était vêtue d'un kaïn pourpre, sur lequel étaient peintes d'immenses fleurs dorées, et une écharpe couleur d'ivoire, également tissée de fils d'or, enserrait sa poitrine. Les lignes de ses épaules, ses bras, ses mains, la naissance délicate de sa gorge qui respirait, tout cela semblait à Raka parfait et d'une indescriptible beauté. Parmi toutes les autres femmes, qui étaient également belles, celle-ci rayonnait comme un rubis perdu au milieu des cailloux.

Le regard de la jeune femme rencontrait le regard de Raka, sans arrêt, avec une gravité étrange. Et ce n'est qu'alors qu'il reconnut tout à coup en cette belle femme Lambon, l'enfant de Taman Sari, la petite danseuse aux membres graciles et au sarong poussiéreux, le petit bourgeon vert, dur et fermé, auquel jadis il n'avait pas pris garde. La fleur s'était ouverte, se dit-il, et une émotion violente et dévorante s'élevait de cette pensée. Il regardait fixement Lambon. Jamais encore il n'avait connu pareille tempête. Ses muscles se tendaient, son haleine se faisait haletante, sa bouche s'emplissait de salive, comme s'il avait mâché du sirih. Quelqu'un le poussa et il se ressaisit. Le gamelan l'appelait.

Il sortit de sous le toit de bambou, sous lequel il avait attendu l'instant d'entrer dans la danse. Il détacha violemment ses yeux de Lambon et se mit à danser. Il lui sembla qu'il n'avait jamais dansé auparavant. Il se sentait lui-même, fort, jeune et beau dans tous ses membres, parce qu'il savait que Lambon le regardait. Il ne s'était jamais trouvé aussi heureux... Il voyait Lambon, et rien qu'elle, même lorsqu'il abaissait ses paupières et fermait les yeux.

Teragia, qui était assise parmi les invités, se pencha en avant lorsque Raka entra dans la lumière. Elle portait sur son bras le jeune fils à qui elle avait donné le jour trois mois plus tôt. Depuis la naissance de l'enfant elle avait encore maigri et deux plis fins s'étaient creusés de part et d'autre de sa bouche. Elle regardait son mari, d'un air interrogateur et presque inquiet. Il est absent de lui-même, se dit-elle. Le petit enfant endormi étendit les bras vers son sein, et elle sourit. Raka semblait danser sans fin, avec le reflet des lampes sur son visage de somnambule, et le gamelan répétait sans trève la mélodie de sa danse. Teragia chercha autour d'elle si personne n'avait remarqué cette étrange transformation de son mari. Mais encore que nombreux fussent ceux qui contemplaient le danseur avec plaisir et enchantement, tout suivait son cours habituel. On mâchait, on buvait, on bavardait durant le spectacle. L'hôte blanc, sur sa chaise incommode, avait les yeux battus. Teragia devina qu'il avait la fièvre et éprouva pour lui une pitié passagère. Elle entendait les pensées des hommes et devinait leurs sentiments. Le col montant du blanc gênait la circulation du sang, sa tête lui faisait mal, et il aurait fermé les yeux si la politesse ne l'avait obligé à garder de la tenue et à sourire. Le regard de Teragia franchit le groupe de courtisans, dont un grand nombre s'étaient endormis, car minuit était passé depuis longtemps. Elle regarda le prince et ses yeux s'attardèrent sur lui. Alit, lui aussi, s'était penché en avant : il regardait fixement Raka, qui continuait à évoluer sur la scène, comme en songe, tantôt glissant, tantôt bondissant, tantôt comme porté, avec des mains levées et tressaillantes.

Au même instant, un bruissement parcourut les cimes des palmiers qui surplombaient les murs de la cour, et les premières gouttes d'une averse tombèrent du ciel, lourdes et larges. Le désordre gagna la foule et l'on rit. Teragia couvrit son jeune fils d'une écharpe, pour l'abriter contre le courant d'air. Les spectateurs, qui étaient assis sous des balés ou sur des terrasses couvertes, levaient en souriant les yeux vers le ciel nocturne d'où l'eau tombait à présent à flots. Mais les gens de Badoung, qui s'étaient accroupis en cercle autour de la place de danse, et les enfants qui les entouraient, se mirent à parler et à crier, dénouant leurs kaïns pour couvrir leurs épaules, se serrant les uns contre les autres, et ils finirent par courir vers les tours du portique d'entrée, pour y chercher un abri contre la pluie. Le gamelan cessa de jouer et les hommes mirent leurs précieux instruments à couvert sous une balé. Seul Raka, ne voyant rien, comme endormi, dansait encore lorsque tout le monde se fut dispersé, jusqu'à ce qu'il s'arrêtât soudain, comme étonné. Il regarda autour de lui, considéra ses bras mouillés, puis quitta la scène en quelques pas de danse.

La pluie tombait avec une violence accrue et finit par éteindre les lampes. Tous causaient et riaient pêle-mêle, car c'était un merveilleux divertissement. L'Anak Agoung Bouma donnait des ordres aux domestiques et faisait des signes de tous côtés. Des torches parurent et les esclaves apportèrent de grands récipients pleins de vin de palme.

On offrit aux danseurs de jeunes noix de coco, pour étancher la soif après la fatigue de la danse.

« Pouvons-nous enfin aller dormir? demanda le Résident au contrôleur Visser. Je ne sais même plus où je suis, avec cette sacrée malaria dans les os.

– J'ai peur que ce ne soit encore long, dit Visser. Ceci n'est qu'un petit intermède et le spectacle peut durer des heures.

– Ils ont d'étranges notions du temps, ces Balinais », soupira Berginck en se laissant retomber sur sa chaise. Visser but son vin de palme. La pluie faisait un bruit sans fin sur le toit de chaume.

Le prince Alit eût aimé rendre visite aux danseurs, mais il ne pouvait quitter ses invités. Il était assis là, attentif et courtois, et attendait que Raka le remarquât. A deux reprises, il lui fit signe, mais Raka était debout sous le toit de bambou, où les danseurs attendaient leur tour d'entrer en scène, et il ne semblait rien voir. Alit appela du geste Ida Katout, et le petit conteur d'histoires trotta sous la pluie et ramena Raka. Le prince le présenta à ses hôtes et Raka, s'accroupissant poliment, sourit d'un air de somnambule lorsque le touan Besar blanc fit son éloge. Puis il demeura assis, un peu plus bas que le prince, le visage détourné. La pluie cessa. Voyant que ses invités s'entretenaient entre eux, le prince effleura l'épaule de Raka. Raka se retourna et considéra son maître. « Ah! c'est toi, dit-il... Je crois qu'il pleut. »

Alit ne put s'empêcher de sourire. « Il semble, dit-il. Mais ton père prétend que la pluie va s'arrêter dans quelques instants, et la danse pourra reprendre. »

Raka continuait à regarder le prince, mais ses yeux ne voyaient rien. Alit le secoua doucement par l'épaule. « Qu'y a-t-il, Raka? demanda-t-il.

– Ce qu'il y a? Rien, répondit Raka. Il venait de se rendre compte à l'instant même que Lambon était la femme de son meilleur ami, intangible et même interdite aux regards.

– Es-tu malade? demanda Alit, qui le secoua plus fort.

– Malade? Qui? Moi? Non, je ne suis pas malade, mon ami... dit Raka, du même air absent. La pluie tombait à présent avec une force régulière, et les feuilles de palmier pliaient sous le vent.

– La fête continue-t-elle? demanda le résident au prince, en javanais. Il se sentait mal en point et avait peur de commencer à délirer. Je me demande comment je pourrai assister demain à une délibération, songeait-il, l'esprit embrumé.

– La pluie va cesser et les danses reprendront aussitôt. Je vous demande pardon de cette interruption. Le nord de Bali est sec et le climat y est meilleur, me suis-je laissé dire, dit le prince poliment.

– Désespérant, murmura le résident à Visser. Le contrôleur haussa les épaules avec une expression de pitié et de résignation. Alit se pencha de nouveau vers Raka.

– Veux-tu passer la nuit dans le pouri? demanda-t-il, hospitalier. Tu seras fatigué et les chemins seront mouillés. Je voudrais m'entretenir avec toi de beaucoup de choses. La journée de demain sera décisive.

– Je resterai avec plaisir, dit Raka. Mais je ne serai pas fatigué... »

Le prince se retourna vers ses hôtes. Raka regardait dans la direction de la balé où étaient assises les femmes. Il ne voyait pas Lambon en ce moment, car la pluie avait éteint les lampes, et l'on ne voyait que çà et là une lueur de torche. Raka entendit quelqu'un lui adresser la parole, mais il ne comprenait rien, et le résident renonça à se montrer aimable, lorsqu'il eut remarqué cette expression de sourd-muet sur le visage du danseur.

Raka voulait aller chez Lambon. Elle était assise, non loin de lui, dans l'obscurité, à portée de voix. Mais il n'avait le droit ni de lui parler, ni même de la regarder, car elle était la femme du prince. Il avait d'elle un désir d'une violence telle qu'il n'en avait jamais éprouvé de sa vie. La pluie bruissait. La balé des femmes du prince était plongée dans les ténèbres et pleine de rires. Il ne pouvait pas y aller pour chercher Lambon et l'emmener avec lui. Il ne comprenait pas ce qui lui était arrivé. Il avait entendu dire que cette sorte de folie existe, qu'il y a des hommes qui deviennent fous à force de désirer une femme. Dans les livres anciens aussi on pouvait lire des choses pareilles. Mais il ne comprenait pas qu'il eût pu vivre une telle aventure, lui, Raka, pour qui tout n'était que jeu, et dont tous les désirs s'étaient toujours accomplis sans peine.

De l'autre côté, dans l'obscurité, Lambon était assise et regardait Raka. Voilà Raka, pensait-elle. Raka est beau et il m'a remarquée, pensait-elle. Quelque étourdie qu'elle fût, elle n'avait pas cessé de penser à Raka durant tout le temps qu'elle avait passé dans la pouri. Elle avait montré de l'application, et Toumoun lui avait enseigné comment la femme d'un prince doit marcher, baisser les yeux, répondre à son seigneur. Elle avait appris à s'habiller avec élégance et à plaire à un homme. Néanmoins, pendant toute la durée de cette initiation, elle avait eu le sentiment d'être une prisonnière. Parfois, en rêve, elle était retournée de Kesiman dans son village, en passant à travers les savahs, et s'était baignée avec Raka dans le fleuve. A présent elle était la femme du prince. C'était comme si toutes les portes venaient d'être scellées....

Je suis la femme du rajah, se disait Lambon à elle-même. Là-bas, en face d'elle, était Raka, qui la cherchait, et elle était la femme du rajah.La vieille Ranis lui avait été adjointe comme une gardienne; la duègne était assise derrière elle dans l'obscurité et veillait sur la jeune femme. Lambon prit ses cheveux à pleines mains. Ses cheveux même ne lui appartenaient plus; ils appartenaient au prince. Ses membres ne lui appartenaient plus, ni son visage ni son sourire.

Les serviteurs apportèrent de nouvelles lampes, pleines d'huile fraîche. Lambon n'osait plus regarder Raka. Et Raka de son côté détourna la tête, après avoir une dernière fois accueilli l'image de la jeune femme. La pluie s'apaisa, le bruissement s'affaiblit dans les cimes des palmiers. Il ne tombait plus de gouttes que des rebords des toits, et la terre battue de la place de danse avait pris une couleur plus foncée.

« Il a cessé de pleuvoir, dit le prince à ses hôtes. Les danses vont reprendre.

– Parfait », répondit le résident, avec effort. Déjà les joueurs de gamelan dressaient leurs instruments. Ida Katout poussa légèrement Raka. « Que dis-tu? » demanda Raka, absent. « Ne faut-il pas que tu retournes chez les autres danseurs?» murmura le petit écrivain. «A-t-il cessé de pleuvoir?» demanda Raka, étonné. «Où sont tes yeux, mon fils?» chantonna Ida Katout avec malice. Mais il se tut soudain, comme s'il avait deviné le dangereux désir de Raka.

«M'est-il permis de retourner chez les autres danseurs?» demanda Raka cérémonieusement, joignant les mains devant le prince et son hôte blanc. Il essayait de s'éveiller et de se ressaisir. Le prince lui sourit : «Je te reverrai après la danse», dit-il avec une amabilité froide. Raka se leva et retourna sous le toit de bambou sous lequel attendaient les danseurs.

Le gamelan se remit à jouer. Le récitant et son valet comique reparurent sur la scène et commencèrent par faire quelques plaisanteries sur la pluie et sur la terre mouillée. Les spectateurs qui avaient repris leurs places, en rirent bruyamment. Raka attendait sa prochaine entrée sur scène sous le petit toit de bambou. Il attendait que les voiles bleus s'élevassent et l'entourassent comme d'habitude. Mais les pensées étrangères ne l'envahissaient pas; il restait lucide et clairvoyant.

Il faut que je voie Lambon, pensait-il. Il faut que je lui parle. Il faut qu'elle m'appartienne. Le gamelan l'appelait, il se tendit et bondit hors de son abri. Il s'étirait et tournait la tête, par secousses, avec force et fierté, comme l'exige la danse du baris, mais il ne se rendait pas compte qu'il dansait. Il ne pensait qu'à Lambon. Il est dangeureux d'aimer une femme de rajah, pensait-il. C'est encourir la peine de mort. Je n'y puis rien, songeait-il encore. Dussé-je mourir dix fois, il faut que je la voie et que je la possède. C'est avec de telles pensées qu'il dansait.

Il était hors d'haleine lorsque le spectacle prit fin et qu'il voulut se rhabiller. «Tu saignes, Raka», dit le petit conteur, désignant sa joue. Raka essuya le sang avec ses doigts et parut surpris. «Pardonne-moi, dit l'autre danseur de baris, cela a dû arriver pendant le combat.

— Je ne sens rien», dit Raka en riant. Dans les balés, on s'apprêtait au départ. Lambon était invisible. Raka restait debout, indécis, dans son costume étincelant, car il venait de se rappeler qu'il avait laissé ses vêtements dans la maison du prince. Il n'osait se présenter sous les yeux de son ami, avec cette nouvelle et dangereuse révolte dans son cœur. Il passa encore la main sur sa joue et considéra ses doigts qui étaient pleins de sang. Soudain, il sortit de la balé et entra dans la foule. L'idée lui était venue de se placer sur le chemin que suivraient les femmes, au moment où elles rentreraient dans leurs maisons. Il voulait revoir Lambon et lui adresser un signe. La balé qu'avaient occupé les femmes du prince était déjà déserte.

Une petite silhouette vêtue d'un kaïn détrempé par la pluie se dressa sur le chemin de Raka. « Seigneur, dit-elle poliment, ma maîtresse m'envoie vers toi.

— Qui est ta maîtresse? demanda Raka, vite.

— Mieux vaut ne pas la nommer, répondit l'esclave Mouna, à voix basse. Elle est originaire de ton village. C'est pourquoi elle m'envoie vers toi. Elle te fait prier de dire à sa famille qu'elle se porte bien. Et qu'elle n'a pas oublié ceux qui lui étaient chers à Taman Sari. »

Raka accueillit ce message. « Dis à ta maîtresse qu'on la regrette à Taman Sari, répondit-il. Et dis-lui...

— Que dois-je lui dire? demanda Mouna, voyant hésiter Raka.

— Rien de plus. Dis-lui que j'ai reçu son message. Et dis-lui encore ceci ; le bourgeon s'est changé en fleur. La fleur veut-elle être cueillie, ou veut-elle se faner? »

Mouna poussa un rire étouffé, tout heureuse d'avoir part à ce secret. « La fleur veut être cueillie, Raka, dit-elle, pour autant que j'entends quelque chose aux fleurs. » Elle lui tendit soudain se paume ouverte qui tenait une fleur. Raka la reconnut. C'était une des orchidées mouchetées qui ornaient la chevelure de Lambon. Il la prit. Un parfum doux et mystérieux s'en dégageait. Raka ferma les yeux et aspira ce parfum excitant, comme si c'eût été Lambon elle-même. Lorsqu'il leva les yeux, la petite esclave s'était évanouie.

Il resta immobile pendant quelques instants, confondu, puis il rit de joie et d'inquiétude. Lorsqu'il fut de retour dans la première cour, il fit signe à un serviteur, et lui ordonna d'aller chercher ses vêtements dans la maison du prince. Après qu'il se fut changé en compagnie des autres danseurs la pluie se remit à tomber. Mais Raka ne voulait pas revoir le prince, cette nuit. Ivre comme s'il avait bu du vin de palme il se mit en route pour Taman Sari. Il avait caché l'orchidée sous son foulard de tête et ce parfum contenait un secret et une promesse dangereuse.

Cette nuit-là, Teragia fut éveillée par son mari, qui criait en dormant, et lorsqu'elle leva la lampe à huile au-dessus de lui, elle vit que sa joue reposait sur une fleur écrasée.

Cette nuit-là, le vieux prince de Pametyoutan souffrit de douleurs telles qu'il crut mourir. Mais sa mère, la centenaire, veilla auprès de lui et le berça comme un enfant et l'obligea à rester en vie.

Cette nuit-là, le commandant des guerriers, Dewa Gde Molog, rêva qu'il avait douze canons et qu'il les faisait tirer tous à la fois, et que les obus déchiquetaient l'homme en blanc, mais en même temps lui-même et tous ses guerriers.

Et le résident, dans le demi-délire de la malaria, repassait son examen de second et était refusé, parce qu'il était incapable de résoudre un problème nautique des plus simples, à cause de la musique ininterrompue du gamelan qui l'empêchait de penser.

Cette nuit-là, le jeune prince attendit longtemps que Raka vînt le rejoindre après la fin des danses, et il tint sa pipe d'opium prête et son cœur ouvert pour une conversation intime. Mais Raka ne vint pas. Et comme le prince se sentait seul et déçu, il envoya son jeune garçon Oka, et lui fit chercher la plus jeune et la plus belle de ses femmes, pour qu'elle remplît le vide de son insomnie : Lambon, la danseuse, les cheveux lisses ornés d'orchidées fanées, une heure avant le premier chant du coq.

VI

LE MAUVAIS SORT

Le malheur débuta dans la maison de Pak par la maladie des poules. Pour commencer, deux ou trois des jeunes poules noires furent touchées, mais bientôt le poulailler entier fut atteint. Le bec ouvert, elles se perchaient, ne voulaient plus ni manger ni boire. Le vieux père soufflait dans leurs plumes, leur tirait la langue, et la tante préparait un remède composé de fiente de poulets et de chaux râpée. Mais les poules refusaient de l'avaler et, quelques jours plus tard, on trouvait çà et là, dans les coins de la cour, leurs petits cadavres écroulés.

Pak dépouilla une des poules mortes, sans la plumer, et cloua la peau, avec les ailes ouvertes, du côté extérieur du mur, pour empêcher les esprits de continuer leur jeu. Mais la maladie se répandait de plus en plus et elle finit même par gagner les grands coqs de combat sous leurs cloches de bambou, ce qui fut un motif de terreur et de deuil.

Pak baissait la tête et Merou lui aussi était triste, car il avait donné son cœur au coq noir et blanc dont son frère lui avait fait cadeau lorsqu'il avait fourni les sculptures destinées à la maison neuve. Quant à Sarna, qui ne supportait pas d'avoir autour d'elle des visages attristés, elle fit de son mieux pour égayer son mari, et elle n'avait besoin que d'appuyer son fils sur la hanche de Pak pour faire reparaître le rire sur son visage. Elle obtint en outre trois jeunes coqs de son père, les rapporta, et lorsque Pak rentra de son travail, il entendit des cocoricos dans les cages de son mur et en fut ravi. Quant à Merou, il sculpta un joli petit coq en bois, jouet destiné à Siang, et le petit ne s'en séparait jamais, le mordillant parfois, car sa première dent avait poussé de très bonne heure.

Mais à peine cette infortune fut-elle surmontée qu'il arriva que la vache vêla et en mourut. Ç'avait été une jeune bête, qui était bonne pour la savah et pour la charrue. La nuit, Pak entendit ses meuglements prolongés; ils étaient si forts qu'il l'éveillèrent quoiqu'il eût le sommeil dur. Lorsqu'il arriva sous le toit qui abritait la vache, il trouva son père déjà occupé à la soulager. A la lueur d'une torche fixée à la poutre maîtresse, il massait les flancs tremblants de l'animal, qui était debout dans la litière de feuilles. Le vieillard frottait et serrait de toutes ses forces le ventre de la vache et la sueur coulait le long de son visage. « Son enfant est mal placé, dit-il, lui qui savait tout. Il veut sortir, l'arrière-train en avant, et déchirera sa mère si nous ne réussissons pas à le retourner. »

Sur ses jambes maigres et torses, le kaïn relevé, l'oncle vint lui aussi, et, agité, donna beaucoup de conseils. Les femmes se tenaient à l'écart, c'était l'affaire des hommes; mais la tante avait, comme toujours, son opinion. « Peut-être devrait-on aller dans la savah et y pêcher une anguille, comme on en donne à manger aux femmes, pour faciliter les accouchements », remarqua-t-elle. « Je n'ai jamais rien entendu d'aussi ridicule », répondit Pougloug, qui s'était mise à broyer des feuilles, en pleine nuit, afin de fortifier la vache et de la rendre mieux capable de vêler. Et un instant plus tard une vive querelle suivait son cours autour des marmites de la cuisine.

Les trois hommes s'appliquaient autour de l'animal. « Patience, mère, disaient-ils à la vache. Tu auras un bel enfant, tu es jeune et forte; et il faut que tu aides ton veau à l'instant où il voudra s'échapper de toi, chère mère. » La vache considérait avec de grands yeux bruns les hommes, ses amis, avec lesquels elle avait travaillé dans la savah, et de temps à autre elle tendait le cou et beuglait. Le vieux buffle de l'oncle s'agitait et répondait par un cri étrange en râclant de son dos la poutre de l'étable. Les femmes,

Pougloug et la tante, allumèrent un feu dans la cour, pour éloigner les esprits, mais Sarna dormait durant tout ce vacarme, tenant son jeune fils dans son bras, derrière le mur de sa maison.

A la sixième heure de la nuit, le vieillard tira le veau du corps de la vache et le sécha en le frottant avec des feuilles. Mais la vache posa sa tête sur le bras de Pak, qui était accroupi auprès d'elle dans la paille, elle s'appuya sur lui et mourut sans pousser un cri.

Pendant deux jours les femmes essayèrent de garder le veau en vie, en lui faisant boire du lait de jeunes noix de coco et une bouillie de pisang, de même que l'on maintient en vie les nourrissons dont les mères sont mortes en accouchant, mais le troisième jour le petit veau était mort à son tour.

Pak allait et venait, l'air sombre, car il avait labouré une première fois les savahs de l'ouest et il était temps de les labourer pour la seconde fois, mais la vache était morte. Quant au vieux buffle de l'oncle, il n'était pas assez fort pour travailler dans toutes les savahs de la famille.

Ce fut encore Sarna qui essaya de résoudre la difficulté. Elle dit à son père : « Notre vache est morte, mais je suis sûre que mon père prêtera deux buffles à mon mari, afin que le travail ne subisse pas de retard dans les savahs. »

Le riche Wayan, qui était devenu riche parce qu'il ne faisait rien sans calculer son profit, répondit : « Combien de riz le père de Siang me donnera-t-il si je fais travailler mes buffles dans son champ ? »

Quoiqu'il rendît ainsi une politesse à son gendre, en le nommant « père de Siang », cette réponse était assez désagréable pour provoquer la colère de Sarna. « Le père de Siang est devenu ton fils, dit-elle en élevant la voix, et j'aurais honte de lui rapporter une pareille réponse. Si tu ne l'aides pas, ses amis l'aideront.

— Je lui prêterai deux buffles, dit alors le riche Wayan, si pour chaque journée qu'ils travailleront dans ses savahs, il travaillera, lui, deux jours dans les miennes. C'est une proposition avantageuse pour lui, car deux buffles sont non pas deux fois, mais huit fois plus forts qu'un homme. » Irritée, Sarna prit son jeune fils sur sa hanche et l'emporta aussitôt, car elle savait que Wayan aurait voulu jouer avec son petit-fils. Elle rapporta cette mauvaise réponse à Pak, qui soupira profondément. « Les dieux n'ont pas fait les hommes afin qu'ils travaillent jusqu'à ce qu'ils tombent de fatigue, mais ils les ont faits pour qu'ils prennent plaisir à la vie et qu'ils aient le temps de célébrer des fêtes et de se reposer suffisamment.

– C'est ainsi », dit le vieillard, approbateur. Pougloug écouta le récit de Sarna avec un sourire moqueur et resta silencieuse. Elle était jalouse parce que la jeune femme; qui ne rendait aucun service dans la maison, faisait l'importante comme si son riche père avait pu les aider. Et lorsque Pak coucha de nouveau avec elle, comme il ne manquait jamais de le faire par politesse et pour maintenir la paix dans le ménage, une fois par semaine, elle s'attarda derrière la maison le long du mur, puis, muette et les lèvres serrées, lui tendit sur sa paume deux rangées de kepengs, dont chacune comptait mille pièces perforées.

« Que veux-tu que j'en fasse? D'où tiens-tu cet argent? demanda Pak, stupéfait.

– C'est de l'argent gagné et économisé, non pas volé, dit Pougloug. Tu peux t'acheter des buffles avec cet argent, père de Siang, pour ne pas dépendre de la mauvaise humeur du riche Wayan. Tu ne manges pas son riz et il n'a rien à te dire. Mais n'achète pas de vache, prends plutôt deux jeunes buffles. Je sais que Rib a deux buffles de deux ans à vendre; il te les cédera pour un prix avantageux car il est ton ami. »

Pak fut grandement surpris par les paroles de sa première femme; les femmes le surprenaient toujours, car elles ne disaient et ne faisaient jamais que des choses inattendues. D'ailleurs, quelques jours plus tard, lorsque Pougloug fut partie pour le marché, il creusa lui-même dans le mur, pour essayer de trouver le reste des économies de sa première épouse; il découvrit l'excavation, mais elle ne contenait pas autre chose que les petits sacs de lin où Pougloug conservait les cordons ombilicaux séchés de ses deux filles aînées, ainsi qu'il convient pour leur protection et leur sécurité...

Effectivement, en ce temps-là, il était débordé de travail. Il n'y avait pas seulement ses savahs, au nombre de cinq, et les deux rizières de son oncle qu'il devait aider à cultiver. Il faisait encore partie de deux corporations – l'une pour la moisson du riz, l'autre chargée d'entretenir les plantations de noix de coco appartenant au village – dont les membres se devaient l'entr'aide. En outre, il lui fallait assister aux séances de la commune s'il ne voulait pas être mis à l'amende et le coureur du gamelan venait presque chaque jour le convoquer à quelque répétition ou exécution, avec les autres musiciens. Il y avait encore que la saison des pluies avait fait s'effondrer le mur d'enceinte extérieur du temple des morts, et la commune avait décidé de le reconstruire entièrement. Sous de hauts échafaudages se dressaient deux nouveaux portiques et, à tout heure du jour, on voyait à l'œuvre ceux qui étaient habiles à tailler et à ciseler des figures en pierre. Quant à Pak, qui ne s'entendait pas aux arts délicats des ornementations, il avait été réquisitionné avec plusieurs autres pour ramasser, transporter, tailler et amonceler des pierres de corail. Il faisait ce travail avec plaisir. Mais ce qui l'irritait et achevait de le priver de ses dernières heures de liberté, c'est le fait que les pounggawas et dignitaires de la cour convoquaient eux aussi tous les hommes auxquels le prince avait donné des savahs, pour leur faire exécuter des travaux à la pouri de Badoung.

Dans la pouri de Badoung on dressait également de nouveaux murs d'enceinte, en creusait des fossés et l'on alimentait le palais en eau, par des canalisations compliquées, de telle façon que les fossés pouvaient être emplis d'eau en quelques heures. Une étrange animation régnait dans tout le royaume de Badoung. A toute heure, on voyait Molog, le commandant des guerriers, faire manœuvrer ses hommes, et le crépitement des fusils qu'ils apprenaient à manier, effrayait souvent les paysans jusqu'au jour où ils furent habitués et où ils se divertirent de ce vacarme, comme s'il s'était agi d'un feu d'artifice chinois.

En ce qui concerne Pak, il fut désigné à plusieurs reprises pour charger avec d'autres hommes du riz et des noix de coco sur les selles en bois des petits chevaux du prince, et pour conduire ces fardeaux par des chemins détournés à Tabanan. Chacun de ces transports durait plusieurs jours et l'éloignait du travail dans ses propres savahs. Mais il fallait se soumettre, car Pak était un serviteur et sujet du prince, comme l'avaient été son père et son grand-père.

A la même époque, un autre malheur survint, qui atteignit non seulement les douze cocotiers de Pak, mais toutes les plantations du village. Les écureuils se multiplièrent à tel point qu'on ne pouvait plus se défendre contre eux. Ils rongeaient les noix avant leur maturité, en vidaient le contenu et ce qui tombait n'était plus qu'une coquille creuse. Les enfants les recueillaient pour faire du feu, et Merou en choisit quelques-unes où les écureuils avaient déjà rongé de profondes orbites pour y sculpter des têtes amusantes. Mais Pak se fâcha, car ce n'était vraiment pas là un événement qui prêtait à rire. En compagnie des autres membres de la corporation, il passait des nuits entières à pourchasser les animaux, avec de grandes clameurs, des cannes de bambou et des torches. Mais le résultat était maigre, car lorsqu'on avait réussi à chasser les écureuils des jardins de Taman Sari, ils envahissaient les palmeraies de Sanour, et les hommes de Sanour ne tardaient pas à leur tour à les rabattre vers Taman Sari. Il s'en suivit que des querelles éclatèrent entre les deux villages et même entre certains clans d'un même village, au point que les jeunes gens se menaçaient les uns les autres, et que les enfants se battaient dans les rues. Le pédanda Ida Bagus Rai se mêla lui-même aux habitants et les pria de s'accorder, car ce n'était pas, dit-il, le moment de se montrer désunis. Non seulement une comète était apparue au ciel, ce qui avait toujours été un présage de guerre – aussi les hommes d'un certain âge contemplaient-ils, le soir venu, d'un air soucieux la lueur trouble et rougeâtre qui balayait les autres étoiles – mais le pire c'était l'arrivée dans les eaux de Sanour de deux vaisseaux hollandais, qui jetèrent l'ancre et parurent se disposer à rester indéfiniment. Ceux qui avaient de bons yeux, comme les pêcheurs Sarda et Bengek, pouvaient voir, amarrés sur les ponts, les canons dont les bouches rondes et noires étaient tournées vers la côte. Un peu plus tard, trois grandes barques plates se détachèrent des bateaux, et chacune portait un canon. Des soldats en uniforme bleu et au teint foncé les mirent en batterie sur la côte, après avoir édifié des plates-formes en pierres, et ils restèrent là comme une menace et un avertissement. C'était dur pour les habitants de la côte de s'habituer à cette vue, et nombreux étaient ceux qui évitaient de regarder vers la mer, où les deux grands vaisseaux étaient à l'ancre, de jour, de nuit et à tout moment.

Pougloug, revenant du grand marché de Badoung, déversa sur la famille une pluie de nouvelles.

« ... et ils disent que les rajahs des hommes blancs ont réclamé une somme énorme aux princes de Badoung, pour cette barque puante du Chinois qui a échoué un jour à Sanour. Qui se souvient encore de cela ? Mais les rajahs des hommes blancs ont écrit des lettres et ont envoyé des délégués, et l'on prétend au marché qu'ils ont demandé neuf fois cent mille kepengs...

— Combien de kepengs ? demanda le père, portant la main à l'oreille pour mieux entendre.

— Neuf fois cent mille kepengs, ou davantage encore, répéta Pougloug, levant neuf doigts en l'air.

— Bèh ! » s'écria Pak, ébloui, mais son oncle hocha la tête, et dit : « Ce sont des commérages de femmes. Neuf cent mille kepengs : dans le monde entier on ne trouverait pas une telle quantité d'argent.

— C'est pourtant bien ce que les hommes blancs ont demandé, et mon oncle a raison : il n'y a pas une pareille quantité d'argent tout au moins à Badoung. C'est pourquoi les vaisseaux des soldats blancs ont jeté l'ancre en face de notre côte, et l'ordre a été donné de fermer les frontières du côté de Tabanan et de Gianjar, de façon que les gens de Badoung ne puissent plus rien vendre. Et c'est pourquoi le père de mes enfants est obligé de transporter du riz dans d'autres pays, en empruntant des sentiers secrets afin que les soldats des blancs n'en sachent rien.

— Tout ce que tu dis là n'a guère de sens, répliqua Pak, maussade. Si nos récoltes ne deviennent pas meilleures que la dernière, plus personne à Badoung ne voudra vendre du riz à Gianjar ou Tabanan. Nous serons au contraire obligés de nous rendre sur ces marchés pour en acheter nous-mêmes, de peur que nous ne souffrions de la faim.

— Cela aussi, c'est défendu, car ils veulent nous faire mourir de faim. Et si les rajahs blancs apprennent que le riz franchit quand même la frontière, ils déchargeront leurs canons et détruiront nos villages. C'est ce qu'annonce la comète au ciel, déclara Pougloug, péremptoire.

— Comment détruiraient-ils nos villages? s'écria le père. Sommes-nous donc des guerriers? Les guerriers n'ont jamais combattu contre des paysans. Si la comète signifie la guerre, cela ne nous concerne pas, nous autres Soudras. Les soldats des hommes blancs devront s'en expliquer avec les Ksatryas, qui font tant de vacarme avec leurs fusils, sous le commandement de Molog.

— C'est vrai », dirent tous ceux qui avaient écouté. Néanmoins un malaise continua de planer sur les villages, car des rumeurs semblables se répandaient souvent. Et encore que Pougloug ne fût qu'une stupide commère qui disait des sottises, il semblait que des gens sages et expérimentés comme Krkek par exemple eussent des opinions analogues.

Lorsque Pak coucha de nouveau dans le bâtiment principal, avec sa première femme, Pougloug, dans l'intimité conjugale, lui parla d'un autre souci : « Je ne suis qu'une sotte de femme, et il ne m'appartient pas, à moi, de te donner des conseils, père de Siang », dit-elle, et Pak, surpris qu'elle montrât tant d'égards, écouta plus attentivement. « Mais si j'avais un frère cadet comme Merou, je ne le laisserais plus aller à Badoung. Je le forcerais à travailler dans les savahs. Je l'attellerais comme un buffle, ou l'attacherais comme un cochon sauvage plutôt que de lui permettre d'aller traîner dans la pouri. Je ne suis qu'une sotte, mais voilà ce que je ferais si j'avais un frère cadet.

— Pourquoi parles-tu ainsi? demanda Pak, qui éprouva une inquiétude singulière, car il savait que Pougloug n'était pas sotte, malgré ses bavardages, et que c'était elle qui avait gagné l'argent nécessaire pour acheter deux jeunes buffles. Tu sais aussi bien que moi que Merou a été mandé à la pouri, pour sculpter les portes de la tour du nouveau temple.

– Il y a beau temps que les portes sont achevées et Merou n'a plus rien à faire à la pouri », dit alors Pougloug.

Pak médita quelque temps sur ces mots.

« C'est derrière les femmes de la pouri qu'il court, ajouta Pougloug, puis elle se tut.

– Lorsque Merou me dira qu'il veut épouser une esclave, il sera encore temps de nous en faire du souci, dit Pak.

– Je n'ai pas parlé d'esclaves », déclara Pougloug, et cet entretien inquiétant prit fin sur ces mots.

Pak se décida à causer avec son frère. « Merou, mon jeune frère, dit-il, lorsque le sculpteur rentra à la fin de la semaine, je voudrais que tu m'aides à repiquer et que tu ne retournes pas à Badoung. Tu manges mon riz et je suis en droit de demander que toi aussi tu travailles dans nos savahs. »

Merou fit la grimace, mais parce que c'était un garçon jovial et complaisant, il passa les jours suivants dans la maison, se levant au chant du coq pour revêtir son kaïn et aider son frère. Cependant il était moins gai que de coutume, et durant ses heures de liberté, assis dans un coin de la cour, il taillait un morceau de bois clair sans parler à personne. Son père, le vieillard, s'approchait parfois, essayait de deviner ce qui sortirait des mains habiles de Merou.

« As-tu vu ce que ton frère est en train de sculpter ? demanda Pougloug à son mari.

– Non. Est-ce quelque chose de beau ? questionna Pak, occupé à nourrir et à abreuver ses coqs.

– C'est un cerf qui couvre une biche », dit-elle, et elle serra les lèvres comme elle en avait pris l'habitude depuis que Sarna était dans la maison.

Pak alla auprès de son frère et le regarda travailler. C'était un cerf et une biche : le mâle s'accouplait à la femelle. La sculpture n'était pas encore achevée, la surface n'en était pas lisse, mais on pouvait se rendre compte du sujet. On n'avait jamais rien vu de pareil. Pak éclata de rire, et il sentit en même temps comme un pétillement dans son sang.

« Pour qui sculptes-tu cela, mon frère ? demanda-t-il.

– Pour moi-même. Pour chasser l'ennui », répondit Merou. Pak retourna auprès des femmes.

« C'est un cerf qui couvre une biche, dit-il, et cela me plaît quoique je n'aie encore jamais vu une sculpture pareille. Qu'y a-t-il de mal à cela?

– Cela trahit les pensées de ton frère », dit Pougloug, soulevant la petite Klepon et elle s'en alla.

Étonné, Pak regarda sa seconde femme, et Sarna rit de son visage stupide. « Que veut-elle dire? demanda-t-il.

– Ton frère cadet semble faire des rêves ardents. Il désire une femme », dit Sarna qui s'entendait à ces choses. Pak oublia le sourire étrange qu'elle avait eu en disant ces mots, mais il se le rappela plus tard, lorsque le malheur fut arrivé à Merou.

Ils achevèrent le repiquage dans la nouvelle savah et Merou l'aida encore pendant deux jours à couper l'herbe alang-alang. Mais le troisième jour il repartit pour Badoung et y demeura deux semaines.

Le pounggawa de Sanour fit convoquer Pak et son père par un messager. « Qu'est-ce que cela signifie? » demanda Pak au vieillard, tout en aidant son père à franchir les lisières de la savah, que la pluie avait rendues glissantes. Mais le père, qui d'ordinaire savait tout, haussa les épaules en silence.

« Peut-être le prince veut-il encore nous donner un champ? Pougloug m'a dit qu'il est très satisfait de Lambon et qu'il la fait venir plus souvent que ses autres femmes », dit Pak, plein d'espoir. Mais son père secoua la tête. « C'est aujourd'hui lundi, jour dévaforable pour tout ce qui concerne l'autorité », répondit-il laconiquement.

Le pounggawa le reçut avec son amabilité coutumière; ils s'accroupirent et l'on s'entretint longuement de choses et d'autres. Il fit signe à ses serviteurs et leur fit offrir du sirih, malgré leur humble condition, puis un certain temps s'écoula avant qu'il abordât son sujet, car il n'était pas facile de dire au vieillard les paroles nécessaires.

« Grand-père de Siang, dit-il enfin, et le vieillard sourit à ces mots qui réchauffaient son cœur : Ton fils Merou a mal agi et il faut qu'il soit châtié. »

Il ne s'adressait pas à Pak, frère de Merou, mais au

père, et le vieillard abaissa les paupières, comme il avait appris autrefois, au service du prince.

« Il a levé les yeux de façon inconvenante sur une femme du prince Alit, notre seigneur, poursuivit le pounggawa. Tu sais ce que cela veut dire. »

Le vieillard ouvrit deux fois la bouche, avant de pouvoir parler. Ses lèvres s'étaient desséchées, et il dut les humecter de sa langue noircie par le bétel, avant de pouvoir prononcer une parole.

« Sera-t-il mis à mort ? demanda-t-il, résigné.

— Notre seigneur, le prince, est d'une grande bonté, dit le pounggawa. Il a détourné ses yeux du crime et il épargne la vie de ton fils. »

Pak était assis au milieu d'un fracas de tonnerre, comme si quelqu'un l'avait frappé à la tête. « Faudra-t-il qu'il s'en aille en exil, à Lombok ou sur l'île de Nusa Penida ? demanda-t-il d'une voix rauque.

— La peine de l'exil ne peut être infligée qu'aux hommes de haute caste, tu devrais le savoir », dit le pounggawa, sans même le regarder. Il y eut un silence. Mon frère Merou, pensa Pak. Soudain il se rappela le temps où il portait son frère cadet sur sa hanche. Ils avaient conduit ensemble les canards et les deux vaches du père au pâturage. Les cerfs-volants de Merou avaient toujours volé plus haut que ceux des autres garçons. Le fracas de tonnerre ne se dissipait pas. « Je vous ai fait appeler pour vous avertir que la peine doit être appliquée demain, lorsquel le soleil sera dans son premier quart. Allez à la pouri de Badoung, pour ramener votre frère, car il aura besoin de votre aide », dit le pounggawa. Il regarda les deux hommes, qui étaient muets d'effroi et d'affliction, et il ajouta : « Je regrette que votre famille soit ainsi touchée. Merou a commis un crime sans vilenie et que tout homme peut comprendre. Bernis est une belle femme ; les hommes sont faibles et facilement enclins à la faute. Mais quoique le prince, dans sa bonté, épargne sa vie, l'honneur exige que Merou soit frappé dans ses yeux, qui ont péché et qu'il a levés sur une femme du rajah. »

Pak toussa et demanda : « Et que fera-t-on à la femme ?

– Elle est de haute caste. Le prince la répudie et la bannit à perpétuité », dit le pounggawa.

Pak et son père restèrent encore assis quelque temps, muets. C'était pour eux un faible réconfort d'avoir du sirih à mâcher. Ensuite le pounggawa aida le vieillard à se lever et posa la main sur son épaule. Lorsque Pak regarda son père, il vit que de grosses larmes coulaient sur son visage, et sa propre gorge se serra et s'emplit d'amertume.

Ils ne soufflèrent mot en retournant à travers les savahs, vers Taman Sari. Au village, le père de Pak quitta son fils. « Je vais parler à mon ami, le pédanda. » Pak rentra seul, aveuglé par son chagrin. Les gens, voyant qu'il ne répondait pas à leurs saluts et à leurs appels, se retournaient sur son passage.

Arrivé dans sa cour, il s'assit sur les marches de la maison de Sarna et prit son jeune fils ; cela lui fit du bien. Ses femmes l'entourèrent, ainsi que ses filles, et toutes le regardèrent d'un air soucieux.

« Mon frère Merou rentrera demain et il souffrira des yeux, dit-il après quelque temps. Apprêtez la balé Est et mettez des coussins sur la banquette. Prenez aussi les rideaux de la maison de Sarna, lavez-les afin qu'ils soient propres et suspendez-les autour de son lit. »

A peine eut-il dit ces mots qu'il se rappela que Merou ne verrait plus les rideaux. Il appuya son front sur l'épaule menue de son fils et se mit à pleurer. Ses trois petites filles s'assirent auprès de lui, et Klepon, qui commençait à peine à parler, dit : « Père, père, père. »

Les femmes cependant bavardaient à la cuisine, tout en lavant les rideaux. « Je l'avais bien dit, chuchotait Pougloug. Car la vieille Ranis a tout raconté au marché. Merou avait souvent couché avec une jeune esclave, nommée Mouna, jusqu'au jour où la belle Bernis l'a remarqué et l'a soufflé à Mouna. Alors Mouna est allée tout raconter à l'Anak Agoung Bouma, qui a la surveillance des femmes. Elle l'a regretté par la suite et a essayé de revenir sur ses aveux en prétendant qu'elle avait menti par colère contre sa maîtresse qui la battait souvent. Mais l'Anak Agoung a guetté les deux amants et il a remarqué que Bernis et Merou se faisaient des signes et se donnaient rendez-vous. Dès ce moment-là il n'y avait plus moyen d'éviter le malheur, et maintenant il faut le subir. »

La tante avait déjà commencé à apprêter les offrandes particulières destinées à l'autel domestique et les femmes décidèrent à voix basse de porter en outre des offrandes au temple du village, et de prier les dieux d'adoucir l'heure terrible qui attendait Merou. Elles passèrent la nuit entière à préparer les gracieuses offrandes, et les hommes ne dormirent pas davantage.

Le vieillard rentra tard, et alla directement vers l'autel de la maison, devant lequel il s'accroupit en silence.

Le lendemain matin, il était habillé et prêt à partir avant que Pak eût noué son kaïn. Ils n'allèrent pas se baigner dans le fleuve, car tous deux frissonnaient d'émotion. L'oncle les accompagna et, en cours de route, plusieurs amis de la famille qui avaient appris le malheur, se joignirent à eux. Pak craignait que la route ne fût trop longue pour son père, mais le vieillard s'était taillé un bâton et marchait en avant, de son pas régulier de paysan. Ils ne causèrent pas en cours de route, et lorsqu'ils atteignirent la pouri de Badoung, le soleil était encore bas dans les arbres.

Le gardien du portail les laissa entrer et leur désigna la cour de justice. Il y avait là une maison surélevée et ouverte, assez semblable aux tours de garde, sur laquelle était peinte en rouge et blanc l'image de tous les châtiments de l'enfer. Quelques courtisans siégeaient sur la plate-forme, tandis que d'autres hommes attendaient, accroupis le long du mur d'enceinte. Il n'y avait point de femmes, et Pak se demanda si sa sœur connaissait le sort de son frère et si elle ne pourrait demander pour lui grâce au prince. Mais il savait aussi qu'il n'y avait point de grâce possible lorsque l'honneur du rajah était en jeu, et il se résignait à cette pensée.

Après un temps interminable, il y eut un mouvement dans la cour et quelques porteurs de lances amenèrent Merou. Il était vêtu de son plus beau kaïn et portait son kriss dans sa ceinture. Une fleur d'hibiscus était piquée au-dessus de son front, dans son turban. Mais ce qui effraya Pak, ce fut de voir que son frère avait les hanches enveloppées d'un pagne blanc, de la même étoffe dont on entoure les morts. Merou était debout au milieu de la cour, avec un sourire absent et inconscient, comme endormi.

Un des dignitaires descendit du tribunal, s'arrêta en face de lui et lut dans un livre de lontar l'arrêt qui avait été rendu. Merou ne fit pas un geste, et l'on eût dit qu'il n'avait rien entendu.

Un autre homme, de haute caste, s'approcha du petit groupe de parents et d'amis, et leur dit : « Si vous voulez saluer votre frère et lui parler, vous le pouvez à présent. »

Pak jeta un regard interrogateur vers son père, mais le vieillard fit non de la tête. « Il vaut mieux ne pas le déranger, dit-il à voix basse, sans détourner les yeux de son fils. Dans l'état où il est, il ne sentira guère la douleur. »

Comme personne ne parlait au condamné, un autre homme descendit du tribunal et s'approcha de Merou. Ce fonctionnaire, lui aussi, était revêtu d'un habit de cérémonie, en étoffe blanche.

Il posa les deux mains sur les épaules de Merou et lui adressa la parole à haute voix.

« Frère, dit-il, et ces mots retentirent jusqu'au fond de la cour. J'ai été désigné pour exécuter la peine à laquelle tu as été condamné. Je ne le fais point parce que je te veux du mal. Pardonne-moi de te faire souffrir, et permets-moi d'exercer ma fonction. »

Merou répondit à voix aussi haute : « Fais ton devoir. »

L'homme tira de sa ceinture un couteau de bambou. Deux autres hommes s'approchèrent de Merou et le saisirent par-derrière. Pak détourna les yeux. Il y avait là un petit autel de bambou, orné d'offrandes de fleurs multicolores. Il y avait là quelques poules qui picoraient des grains de riz. Il y avait un petit chien blanc, d'allure cocasse.

L'homme brandit deux fois son couteau et le plongea dans les yeux de Merou. On n'entendit pas un cri. Puis il laissa tomber la petite arme et recueillit dans ses bras l'homme châtié, qui s'écroula en avant, sans connaissance.

Pak emporta son frère sur son épaule, et il lui parut aussi léger que quand il était enfant. Les amis se hâtèrent de dresser une civière en bambou sur laquelle ils étendirent le jeune homme évanoui. Le sang coulait en deux minces filets de ses orbites, et ses paupières closes tressaillaient comme les ailes d'un papillon prisonnier. Le père marchait à côté de la civière et tenait la main pendante de son fils dans la sienne, tandis que les autres portaient le brancard sur leurs épaules. Ce fut un long chemin jusqu'à Taman Sari. Personne ne soufflait mot.

Lorsqu'ils atteignirent la maison, le pédanda les attendait déjà. Il y avait aussi là Teragia et son père, le médecin et balian. Ils étendirent Merou sur les coussins, sous des voiles fraîchement lavés, et restèrent auprès de lui. Vers le soir, lorsqu'il eut repris connaissance, le gamelan, dont Pak était membre, vint dans la cour, et ils jouèrent pendant de longues heures pour Merou, car rien n'adoucit les douleurs aussi bien que la musique.

Beaucoup de jours suivirent, il est vrai, pendant lesquels Merou gémit et cria, en se tordant de douleur, et pendant une semaine on crut qu'il allait mourir. Mais il était jeune et fort, et peu à peu il guérit. Les mains appuyées sur la jeune Rantoung, il essaya de nouveau de marcher, et tous aidèrent ses pas tâtonnants. Il se fit donner son couteau à sculpter et se tailla une canne, sur laquelle il s'appuyait pour marcher dans la rue du village. Souvent Pak lui donnait à porter son jeune fils, car il pensait que la chaleur de l'enfant consolerait son frère, comme elle le consolait toujours lui-même.

Un jour qu'il marchait à tâtons à travers la cour, Merou retrouva la sculpture à laquelle il avait travaillé avant le malheur. Il s'accroupit à terre, prit le morceau de bois dans ses mains et promena ses doigts le long de ses surfaces. Et un autre jour ils virent qu'il avait posé la sculpture sur ses genoux et qu'il y travaillait avec son couteau, en palpant du bout des doigts ce qu'il ne pouvait plus voir. « Que sculptes-tu là, mon frère? » demanda Pak en souriant. « Rien », répondit Merou, levant de son travail son visage aveugle. Mais Pak avait vu. Une flèche grossière pénétrait maintenant dans le dos du cerf qui couvrait sa biche, comme si les animaux avaient été tués à l'instant le plus heureux de l'accouplement. Pak ne sut que dire, car cette vue lui faisait mal, et bientôt Merou déposa la sculpture inachevée, pour ne plus jamais la reprendre. « Je ne peux pas voir ce que je sculpte », dit-il, et ses orbites creuses semblaient regarder dans l'ombre qui l'entourait de toutes parts.

Durant des semaines, le père s'était souvent attardé chez le pédanda et il avait de longs entretiens avec son ami le prêtre. Un soir, en rentrant à la maison, il convoqua toute la famille autour de lui, y compris l'oncle, la tante et le jeune Lantchar. « Mon ami, le pédanda, m'a expliqué qu'il n'y a qu'un seul moyen d'épargner de nouveaux malheurs à notre maison, dit-il. Vous savez tous lequel. »

Ils baissèrent la tête, car ils le savaient en effet. Ils avaient trop tardé à faire brûler le corps de la mère défunte, et il n'était pas surprenant que son âme inquiète se manifestât et réclamât le repos qui lui était dû.

«Par bonheur, une grande crémation doit avoir lieu le quatrième jour du mois prochain, à Taman Sari. J'en ai parlé au conseil, et il semble qu'il ne nous en coûterait pas plus de vingt-deux mille kepengs de faire brûler le corps. Il faut trouver cet argent.

– Nous le trouverons, père, dit Pak, laconique. Depuis longtemps il avait mauvaise conscience, parce que, en écoutant ses propres désirs, il avait presque oublié sa mère défunte. Il éprouva un grand soulagement à connaître enfin la cause de tous ces malheurs et le moyen d'en écarter d'autres. Il déterra ses ringgits : il ne lui en restait que dix-sept, car il avait dépensé beaucoup d'argent depuis qu'il avait épousé Sarna. Pougloug, à son tour fouilla le creux des murs où elle avait coutume de cacher ses bénéfices. Elle amena trois cent soixante-treize kepengs au jour. Pak eut un grave entretien avec son oncle, et l'on vit paraître trois curieuses pièces d'argent qui semblaient hollandaises. Pak réfléchit et calcula, car il était loin de compte, et finalement il alla vendre le kriss de Merou au riche Wayan, qui désirait en acquérir un pour son jeune fils. Wayan marchanda et n'en donna que six cents kepengs, ce qui n'était pas assez. Merou ignorait la vente, car il ne voyait plus, et d'ailleurs à quoi un kriss eût-il pu servir à un aveugle?

Enfin, lorsque la date de crémation approcha et qu'il fallut sculpter l'animal et la tour de la crémation, sans parler des frais d'offrandes et des impôts, Pak se rendit à Sanour pour parler au Chinois Nyo Tok Suey.

Au retour, il était presque joyeux et il dit à son père : « J'ai donné en gage au Chinois les deux savahs de l'ouest et il m'a donné en échange trente ringgits, de sorte que nous pourrons avoir une belle crémation et qu'il nous restera même de l'argent pour les dépenses imprévues.

– Bien, mon fils, dit le vieillard. Mais comment rembourseras-tu ta dette au Chinois, puisque les savahs ne nous appartiennent pas et nous ont été données par le prince? »

Pak ne pouvait plus entendre parler du prince sans que sa bouche prît un goût amer, comme le jour où il avait appris la peine infligée à son frère. Il haussa donc les épaules et dit peu après : « Je vendrai la moitié de la récolte et je paierai le Chinois. Peu importe au rajah que nous soyons délivrés de nos soucis. »

Pougloug se récria : « Et de quoi vivrons-nous et que mangerons-nous si tu vends ta récolte de riz? On croirait vraiment que tu ne vois pas plus loin que le bout de ton nez!

– Occupe-toi de ta cuisine, donne à manger à tes porcs et ne te mêle pas des affaires des hommes, dit Pak, qui remarqua une fois de plus combien sa première femme était laide, avec ses cheveux en désordre et ses seins pendants. Je cultiverai du yam et du maïs, afin que nous puissions nous tirer d'affaire jusqu'à la prochaine récolte », dit-il à son père, désireux d'avoir son approbation. Mais Sarna fit la grimace et dit : « T'ai-je épousé pour manger du yam et du maïs, comme la femme d'un mendiant? Et notre fils ne tombera-t-il pas malade avec une nourriture pareille? »

Mais Pak chassa tous les soucis, et la maison et le village entiers se mirent joyeusement à préparer la grande crémation. Ils édifièrent une bête en forme de poisson, pour y placer les ossements de la mère, et une haute tour de bambou, décorée d'étoffes et de papier doré. Ils apprêtèrent des offrandes et des présents, destinés à être brûlés en même temps que la morte, et Pougloug rapporta du marché un grand nombre de bouteilles en terre cuite. On fixa sur un fond d'étoffe des kepengs en dessinant une silhouette de femme. On paya des prêtres, on acheta du vin de palme en grande quantité pour les invités et les porteurs et l'on prépara de la nourriture durant des journées entières.

L'émotion et la joie grandissaient à mesure qu'approchait le jour de la crémation; les femmes étaient occupées aux préparatifs et les enfants sautaient d'impatience. Merou lui-même semblait prendre part à la joie générale, et l'ombre de son rire exubérant d'autrefois paraissait sur son visage aveugle.

Trois jours avant la crémation, toute la famille se rendit au cimetière, où beaucoup d'autres hommes s'étaient rassemblés. De toutes parts, on ouvrait les tombes et on déterrait les restes des morts. La famille de Pak ne tarda pas à retrouver la sépulture de la mère défunte, quoiqu'elle fût là depuis fort longtemps et que les années eussent aplani le tertre. Ils ouvrirent la tombe et laissèrent Rantoung chercher la première; elle fouillait la terre de ses petites mains, joyeuse et fière. Tous poussèrent des cris de joie lorsqu'un petit os parut enfin, car ils avaient appréhendé de ne rien retrouver. Lorsqu'ils se furent mis tous au travail, ils ne tardèrent pas à retrouver dans la terre humide le crâne et un assez gros morceau de la colonne vertébrale. Ils agitèrent ces os, s'appliquant ainsi à convaincre l'âme morte qu'elle était encore chère à sa famille. Puis ils enveloppèrent les ossements dans les draps blancs qu'ils avaient apportés et remportèrent à la maison ce léger fardeau.

Durant les trois jours suivants, le village entier fut en proie à une véritable ivresse joyeuse, car on avait dressé quarante-deux tours de morts et plus de soixante-dix âmes devaient être délivrées par le feu, afin qu'elles pussent monter au ciel et se réincarner sur terre.

Le jour de la crémation, le gamelan joua dès l'aube, les poteaux des maisons étaient drapés de tissus multicolores, et le temple des morts reçut de lourdes offrandes. Le pédanda vint prier et donner la bénédiction. Devant de nombreuses portes brûlaient des lampes, ce qui signifiait que la maison hébergeait un mort.

Devant la maison de Pak la tour était prête et avait magnifique allure, toute scintillante de décorations innombrables. Au cimetière on avait dressé les animaux des morts, vaches et taureaux blancs pour les Brahmanes, lions pour les nobles, poissons ou éléphants pour les morts sans caste. Il y avait de pauvres gens qui, en guise d'animaux, n'avaient eu que les moyens de fabriquer des cercueils décorés, et Pak fut heureux d'avoir pu faire plus d'honneur à l'âme de sa mère. Il avait chassé de sa mémoire le souvenir de ses savahs données en gage, et c'est de tout son cœur qu'il jouit de la fête et des joies de la crémation.

Lorsque vint l'heure de porter dans la tour ces quelques ossements enveloppés de lin, il apparut que beaucoup de gens de Taman Sari désiraient honorer la mère de Pak, et qu'on ne l'avait nullement oubliée. Il se présenta en effet une foule sans cesse croissante; tous voulaient aider à transporter les ossements et la tour. Deux groupes se disputèrent bientôt cet honneur, comme si la mère de Pak avait été une personnalité considérable de la commune. Aussi un temps très long s'écoula-t-il avant qu'ils eussent rejoint le cortège des autres tours, car avec de grands rires et des cris d'enthousiasme, les porteurs firent de longs détours, allant même jusqu'au marché qui se tenait sous le varinga. Tout cela devait servir à égarer les mauvais esprits, afin qu'ils ne pussent suivre l'âme de la morte. Pak lui-même porta les ossements et monta sur une échelle de bambou jusqu'au sommet de la tour, suivi de son père. Ils restèrent perchés sur la tour oscillante, lorsqu'on la porta au cimetière, car ils étaient les plus proches parents de la morte, et Pak se réjouit de ce que le vieillard vécût encore, pour prendre part à la fête.

Ce fut une longue procession de tours blanches, multicolores et scintillantes, qui se mit en marche, dans la rue, le gamelan en tête, les tours appuyées sur les corps nus de centaines de porteurs, qui transpiraient et riaient, ils mirent plus d'une heure à parvenir sur la place de crémation, derrière le temple des morts, et le cimetière était encore tout bossué par les tombes récemment rouvertes. Le vin de palme avait déjà égayé les porteurs, et autour des bûchers attendaient les hommes forts du village, qui s'entendaient à faire le feu. Chaque famille retira ses morts des tours : les femmes chantaient et portaient des offrandes sur leurs têtes.

Les ossements de la mère de Pak ne formaient qu'un petit paquet d'où s'élevait une odeur de terre humide, aussi familière que l'odeur des savahs. Pak lui-même les disposa à l'intérieur du poisson en bois, tandis que les autres parents et amis se pressaient autour de lui pour témoigner leur affection. Ils y déposèrent en outre des étoffes et versèrent beaucoup d'eau bénite, après quoi ils brisèrent et jetèrent les récipients en terre cuite. Le pédanda allait de bête en bête, bénissant les morts et présidant à la cérémonie.

Déjà les bûchers flambaient de toutes parts sous les animaux, et, au moyen de mottes de gazon, les hommes endiguaient les flammes pour les faire monter dans la direction voulue. Cela craquait et crépitait ; les têtes et les os commencèrent à prendre feu. Pak, à son tour, planta une perche de bambou en feu dans le bûcher de sa mère, et les femmes s'immobilisèrent devant le feu, muettes et tristes, en songeant à la morte. La fumée était si lourde et si épaisse qu'elle vous coupait l'haleine et vous piquait les yeux. Lorsqu'ils se furent assurés que le feu brûlait et que la bête de la morte charbonnait au milieu des flammes, la famille s'en retourna selon l'usage.

Ils régalèrent leurs invités, mangèrent, burent et parlèrent d'abondance, tandis que les enfants rapportaient à Merou, l'aveugle, tout ce qu'ils avaient vu.

Le soir, tard, lorsque la nouvelle vint du cimetière que le feu était éteint et la cendre refroidie, ils y retournèrent. De tous côtés, des torches circulaient dans la fumée ; c'étaient les familles qui cherchaient les cendres blanches des ossements des leurs, parmi la cendre plus foncée des bûchers. Pak en recueillit le plus possible et les femmes emportèrent ces restes dans un récipient en terre.

Mais à présent le temps était venu où il fallait rendre sa solitude plus supportable à l'âme de la défunte, qui planait sans asile, encore mal habituée à son état nouveau, au-dessus des cendres d'où elle venait de s'échapper. On alluma des feux d'artifice et les rues retentirent du vacarme des fusées, des clameurs et des chants. La fumée de beaucoup de torches montait, se mêlant à l'odeur de roussi qui venait du foyer de crémation. Les enfants étaient comme grisés par toutes les émotions de ce jour de fête, mais ils ne voulaient pas dormir. Pak considérait son père avec inquiétude : ne s'était-il pas surmené ? Le vieillard était au contraire particulièrement joyeux et contait avec entrain toutes sortes d'histoires aux invités.

Les femmes écrasèrent les cendres et les déposèrent dans une noix de coco. Une fois encore, le pédanda Ida Bagus Rai vint prier et bénir. Le village résonnait des éclatements du feu d'artifice, et les porteurs parcouraient les rues en chantant à tue-tête, car ils avaient bu trop de vin de palme. La quatrième heure de la nuit était passée, lorsque le cortège quitta la maison de Pak, pour porter les cendres à la mer et les livrer à l'eau, en vue de la suprême purification. Les enfants s'étaient entêtés à venir, eux aussi, et lorsque la famille se mit lentement en route avec son fardeau, elle rencontra dans la rue d'autres cortèges escortés de flambeaux qui suivaient le même chemin. On respirait des odeurs de poix chaude, de sel marin et de mille fleurs fanées. La plage sombre se peupla de lumières et de visages animés, excités. C'était l'heure de la marée haute, et lorsqu'ils eurent confié la noix de coco aux vagues, celles-ci emportèrent le petit objet sur leurs crêtes écumeuses, et il ne tarda pas à disparaître.

Pak effleura l'épaule de son père qui regardait s'éloigner la coquille. « N'es-tu pas fatigué, père ? demanda-t-il. Le vieillard répondit par un hochement de tête.

— Ta mère était une brave femme, dit-il encore, comme si ses yeux avaient revu les années depuis longtemps passées, tandis qu'il regardait fixement la mer. C'était une brave femme et son âme est heureuse d'être maintenant délivrée. Elle nous reviendra bientôt dans le corps d'un enfant nouveau-né et sera avec nous. »

La fatigue, l'excès d'honneur et le vin de palme faisaient tourner la tête de Pak. Sarna portait le petit Siang, et Rantoung traînait Klepon, qui était grasse et lourde. Mais elle finit par s'endormir elle-même tout en marchant. Pak prit alors ses deux filles aînées dans ses bras, laissant la cadette à Pougloug. Ils rentrèrent ainsi et s'endormirent, délivrés de tous soucis. Et en effet il arriva peu après que Sarna vint annoncer à son époux qu'elle attendait un enfant, un second fils pour la maison.

Et puis, au moment où Pak, satisfait de lui, croyait avoir éloigné le malheur et avoir assuré la sécurité de sa famille, voici que les rats envahirent les savahs.

Pak avait donné accès à l'eau, le jour favorable, il avait labouré et roulé la terre, il avait fait les offrandes prescrites et prié la déesse Sri de lui accorder une bonne récolte. Il avait préparé les plants, avait répandu du riz cuit sur les champs, les avait aspergés d'eau bénite et avait encore prié. Son dos lui faisait mal à force de travailler. Lorsque les plants commencèrent à monter, avec des pousses d'un vert sombre, il se sentit heureux, et il laboura et roula la terre pour la seconde fois. Le travail avait été pénible, car les jeunes buffles étaient maladroits et indociles; ils ne faisaient que de mauvais gré ce qu'on exigeait d'eux. Pak avait lissé les bords des champs à la pelle, et il avait bêché à la main les recoins où la charrue ne pouvait pas pénétrer; il avait maintenu le niveau de l'eau à la hauteur convenable et n'avait rien négligé. Il attendit dix jours, puis laboura pour la troisième fois, il accorda au champ trois jours de repos, puis lissa deux fois la savah en se servant du lampit et ratissa la terre de telle sorte qu'on eût dit du velours sous la couche d'eau. Il emprunta des vaches, sollicita l'aide de son ami Rib et ils passèrent une dernière fois sur le champ avec le plus grand lampit précédé de trois attelages. Auparavant il avait nettoyé les lisières, il avait enfoui toute la mauvaise herbe très loin dans le marais, afin de rendre son champ encore plus fertile, et il n'avait permis à aucune femme de venir sur la savah, afin de lui réserver toute sa force.

Il avait ensuite arraché, émondé et lié les jeunes plants. Puis il avait repiqué sans l'aide de personne, car Merou ne pouvait plus l'assister, et l'oncle était retenu sur sa couche par ses articulations malades. Ç'avait été la journée de travail la plus dure que Pak eût accomplie de sa vie. Et il avait observé les jours favorables et la constellation de la charrue; il avait édifié un autel à la gauche de l'accès de l'eau, avait prié et présenté des offrandes. Les jours avaient passé ainsi et tout avait été fait selon les règles. Après quelque temps, les femmes furent admises sur la savah, pour arracher les mauvaises herbes. Les enfants chassaient des chenilles ou des libellules pour les manger, et Lantchar conduisait le troupeau de canards qu'il laissait s'ébattre dans le limon. Pougloug travaillait dur et la sueur coulait le long de ses seins tombants, mais Sarna déclara que ses reins lui faisaient mal parce qu'elle était enceinte. Elle abandonna le travail et cueillit des fruits verts dont elle avait envie. Pak ne fit qu'en rire, car il se réjouissait à la pensée qu'il allait lui naître un second fils, et il gâtait quelque peu Sarna.

Les tiges poussèrent et au bout de quatre mois et demi les épis apparurent. On célébra une fête au temple du riz, et l'on dressa un nouvel autel dans les champs. Les épis étaient lourds, ils prenaient une teinte vert argent; Pak respirait l'odeur humide et douce du grain et commençait à tailler des crécelles, car il se sentait heureux. La récolte serait riche, plus belle qu'elle ne l'avait été depuis de longues années, et il aurait assez de riz pour payer ses dettes et pour nourrir toute sa famille.

Un matin, il alla dans la savah, non pour travailler, mais pour se rendre compte de l'état de la récolte et pour s'en réjouir.

Il ne vit plus que des tiges sans épis, comme si les mauvais esprits les avaient fauchés.

Il sembla à Pak que la lisière de la savah se cabrait sous ses pieds, il eut mal au cœur et son estomac se vide. Il regarda encore, mais il n'y avait plus que des tiges sans épis. Il s'assit à côté de l'autel dédié à Sri, et la sueur froide coula le long de ses tempes et de son dos. Il tremblait et il se sentit malade à la vue de ses champs et à la pensée de tout le travail que lui avaient donné les épis disparus. Il s'accroupit au bord du champ et posa ses pieds sur le sol limoneux, car ses jambes se dérobaient sous lui. Soudain, il remarqua un étrange mouvement entre les tiges et vit un gros rat disparaître dans la vase, puis encore un et encore un. Il comprit que la terre était peuplée de rats. Les tiges s'entreheurtaient, et de temps en temps on entendait un léger grignotement, comme de dents qui rongent.

Après quelque temps, Pak se leva et regarda autour de lui. Il vit que les champs de son voisin, le pêcheur Bengek, étaient rongés, eux aussi, ainsi que les épis de toutes les savahs environnantes. Heureusement, j'ai planté du yam dans ma nouvelle savah, pensa-t-il confusément. Les rats ont envahi mes champs, pensait-il. De quoi les dieux me punissent-ils, puisque j'ai tout fait selon les règles, que j'ai fait brûler ma mère et que j'ai fait à la déesse Sri toutes les offrandes? Nous mourrons de faim, pensa-t-il, car lorsque les hommes n'ont pas de riz, il faut qu'ils meurent. Que faire à présent? songeait-il. Il se pencha en avant et lança une motte de terre mouillée sur un rat qui passait. Ce sont les âmes de méchantes gens qui les habitent, il faut qu'elles détruisent tout. Il ne rentra chez lui qu'à la tombée de la nuit.

Devant la grande maison de la commune, les hommes du village étaient réunis et on les entendait murmurer. Pak passa tristement et ne s'entendit pas appeler. Lorsqu'il arriva dans sa cour, la nouvelle était déjà connue. Pougloug lui apporta à manger, le considéra avec pitié et garda le silence. Sa vue l'irrita, car il avait besoin de réconfort : « N'est-ce pas le tour de Sarna de m'apporter à manger, et pourquoi t'en mêles-tu? dit-il.

– Sarna est malade et ne peut te servir, répondit Pougloug, et Siang aussi est fiévreux. Nous avons fait venir le balian et il leur a donné un médicament. Mange à présent, père de mes enfants. »

Mais l'estomac de Pak ne voulait admettre aucune nourriture, et il se sentait encore malade de chagrin. Il se leva et entra dans la belle maison qu'il avait bâtie pour sa seconde femme. Sarna était accroupie sur le banc et tenait le petit sur ses genoux. Elle avait les yeux troubles, et lorsque Pak la toucha, il sentit qu'elle brûlait.

« As-tu la fièvre chaude? » demanda-t-il. Sarna avait frotté sa poitrine et ses épaules d'une pâte jaune, et l'enfant, lui aussi, portait une boulette de médicament sur son front.

« J'ai mal en respirant, murmura Sarna, je crois que je vais mourir. »

Pak laissa retomber ses mains et ne sut que dire. « Pourquoi tout cela m'arrive-t-il, à moi ? » se demandait-il obscurément.

Il sortit de la maison et partit à la recherche de son père. Le vieillard dormait à la cuisine. « Il avait froid et s'est couché auprès du feu », expliqua la tante, faisant une place à Pak. Le père l'avait entendu à travers son sommeil et il se redressa. Il tira Pak contre lui, comme s'il eût été un enfant et posa sa main sur les genoux de son fils.

« Voici bien des années, les rats, une fois déjà, ont envahi les champs et personne n'a su pourquoi les dieux nous punissaient, dit-il. Les prêtres découvrirent alors qu'un vieux temple, faute d'entretien, s'était englouti dans la savah. Les hommes le dégagèrent, en bâtirent un nouveau, les rats furent pris et tués. Nous construisîmes de petites tours et nous les brûlâmes, de façon à délivrer les âmes prisonnières dans ces animaux, et nous les portâmes à la mer. La moisson suivante fut très abondante et, depuis, on n'avait plus revu de rats. »

Pak sourit à ces mots, car ils lui paraissaient consolants et il se représentait les petites tours des rats.

« Il y a des gens qui prétendent que les rats et les souris contiennent les âmes d'enfants qui n'ont pas été brûlés, parce qu'ils sont morts avant que les dents leur aient poussé, dit-il, pensif. Mais pourquoi des âmes d'enfants nous feraient-elles du mal ?

— C'est absurde, dit le vieillard. Les âmes d'enfants reviennent sur terre sous la forme de rosée, c'est certain, elles ont une influence heureuse et rafraîchissent les savahs. »

Pougloug parut dans la lueur du feu. « Un messager du Soubak est venu convoquer les hommes à une réunion afin de délibérer sur le malheur qui est arrivé », annonça-t-elle.

Le koulkoul retentissait au village, à battements brefs et pressés. Pak soupira profondément, noua son écharpe autour de sa tête et se mit en route.

Comme tout le village à la fois avait été touché par le malheur et que personne n'en connaissait la raison — quoique certains rattachassent ces événements à l'apparition récente de la comète et à la présence des deux bateaux hollandais – la commune décida de consulter les dieux.

On attendit un jour favorable aux choses de la magie, qui fut le quatrième jour de la semaine suivante. Dans l'intervalle on avait fait à tout hasard des offrandes et les rats avaient achevé de ronger le reste de la récolte. Le jour venu, tous attendirent avec impatience la tombée de la nuit, puis s'assemblèrent au temple du village. Le gamelan joua et un cortège d'hommes et de jeunes filles s'en alla à la maison du pédanda, chercher Teragia, par la bouche de laquelle les dieux devaient parler.

Teragia semblait grave et recueillie; elle avait revêtu un kaïn noir et avait jeté une écharpe blanche sur sa poitrine. Deux servantes la suivaient; l'une portait un panier d'offrandes, l'autre tenait l'enfant endormi. Ida Bagus Rai ne se joignit pas au cortège, car il vaut mieux que le pédanda se tienne à l'écart des pratiques de magie. Mais les prêtres du village et le père de Teragia attendaient déjà dans le temple. Deux ombrelles abritaient Teragia, et le gamelan marcha devant elle lorsqu'elle fut dans la rue, car elle était sacrée.

« Où est Raka? »? demandèrent quelques hommes, et les femmes le cherchèrent dans la foule. Mais Raka était invisible, et quelqu'un raconta qu'il était à Badoung, chez son ami, le prince.

Teragia fut conduite sur la balé. Son père avait déjà rempli le récipient d'eau et allumé l'encensoir devant lequel la jeune femme s'assit, les jambes repliées sous elle. Personne ne lui parlait, mais deux femmes soutenaient son dos et la maintinrent, lorsque sa tête commença à s'incliner en avant. Le gamelan joua encore quelque temps, puis il s'arrêta, et dans le silence, la foule se mit à chanter, les femmes d'abord, ensuite quelques hommes, avec les sons gutturaux des chants d'autrefois.

Teragia avait jeûné pendant une demi-journée, car l'expérience lui avait appris qu'elle entrerait ainsi plus facilement en transe. Elle ferma les yeux et respira la fumée de résine et de santal qui montait vers elle; elle s'éteignit elle-même comme on étouffe un feu. Elle sentit qu'elle se perdait et s'oubliait elle-même : un vide se répandait en elle, comme si elle eût été non un être

240

humain, mais un récipient. Elle ne savait plus rien ni du lieu ni du temps, elle flottait, et il n'y avait autour d'elle que du chant. Ses yeux étaient fermés, elle était incapable de les ouvrir, ses membres devinrent d'abord lourds, puis légers, et finalement ils s'évanouirent, comme si son corps l'avait abandonnée après que son âme eut fait place à la divinité.

Elle ne savait pas au bout de combien de temps elle était entrée dans cet état, mais tout ensuite devint jaune autour d'elle, d'une couleur qui n'existait pas dans la réalité, qui n'existait que dans la transe, et elle ne sut plus rien d'elle-même.

Lorsque ses yeux furent fixes, que sa tête s'affala en avant et que les gens virent que Teragia était prête à accueillir la divinité en elle, quelques vieilles femmes la soutinrent. Ses cheveux étaient raides autour de sa tête étroite, comme si elle avait été une prêtresse, et une sueur fine, pareille à une légère rosée, couvrait son visage. Lorsque ses membres commencèrent à tressaillir et qu'elle tomba dans les bras des vieilles femmes, le chant cessa, et il y eut un profond silence dans l'attente du message des dieux. On entendit un oiseau triller dans la garcinie qui poussait dans la cour du temple, ce qui agrandit encore le silence.

Soudain, les lèvres de Teragia se gonflèrent et elle se mit à parler. Une rumeur parcourut la foule, car c'était une voix étrangère, profonde et sonore, qui s'échappait d'elle, et elle parlait un langage inintelligible, le kawa, l'ancien javanais que ne connaissaient que les pédandas et les savants. Bien qu'ils ne pussent rien comprendre, les gens de Taman Sari écoutaient, hors d'haleine, car c'était le seul recours contre le malheur qui avait frappé leurs savahs.

La divinité parla lentement et longtemps par la bouche de Teragia. Les vieilles femmes maintenaient son corps raidi et son père était assis non loin d'elle sur la balé, prêtant l'oreille au message, afin de pouvoir le traduire dans la langue courante. Çà et là, dans la foule, d'autres assistants tombaient à leur tour en transe, des hommes, des femmes, et même deux enfants. Ils se mirent à parler, eux aussi, tous à la fois. Tandis que la confusion des voix et l'émotion allaient croissant, le message de Teragia semblait avoir pris fin. Elle garda le silence et resta étendue dans les bras des femmes, mais son âme ne semblait pas encore être revenue. Son père s'assit en face d'elle et attendit, car il ne faut pas troubler une transe. Voyant que le temps passait et qu'elle ne recouvrait pas ses sens, il trempa les extrémités de ses doigts dans l'eau bénite et l'en aspergea. Peu à peu, son visage perdit sa rigidité, elle ouvrit les yeux et sourit à son père. Elle était très lasse et elle entendait son enfant pleurer dans les bras de la servante, quelque part au milieu du public, car il s'était éveillé et il avait soif! Elle regarda autour d'elle, presque confuse, se leva et disparut dans la foule. Elle dénoua son foulard et donna son sein à l'enfant.

Cependant son père communiquait aux chefs de la commune le message que la divinité avait transmis par la bouche de Teragia, et tous se pressèrent autour de lui pour mieux entendre. Voici ce que dit le balian :

« La divinité a déclaré que des hommes du village détenaient des objets précieux qui doivent revenir aux dieux et qui ont été retenus abusivement. Les dieux ne pardonneront pas avant que ces objets ne leur aient été restitués. Il faudra édifier un nouveau temple au confluent des deux rivières, au nord-est de Taman Sari, et tous devront y contribuer par du travail, de l'argent et des offrandes, et tous les objets dérobés devront être employés à cette construction. Ainsi a parlé la divinité, et elle a menacé de malheurs nouveaux si ses ordres n'étaient pas exécutés, mais elle a promis du bonheur et de bonnes récoltes si on lui obéissait. »

Une rumeur sourde parcourut la foule, car ce message était dur, aussi dur que le sort qui avait frappé les savahs. La plupart des hommes s'assemblèrent autour de Krkek : il était le président de la corporation Soubak, et la construction d'un nouveau temple le concernait avant les autres. Mais au bout de quelques minutes déjà, le sentiment d'oppression se dissipa, et l'on rit ici et là, car c'était bon de savoir ce que voulaient les dieux. Rib le farceur taquina ses voisins et demanda à tous s'ils avaient du bien volé, en imitant les allures importantes et prétentieuses du pounggawa de Sanour. Et tous les hommes rirent et prétendirent ne rien posséder qui ne leur appartînt et avoir toujours donné leur part de sacrifices et d'offrandes aux dieux et aux temples. Mais en secret ils s'épiaient l'un l'autre et cherchaient des indices suspects.

Peu à peu la foule se dispersa, et ils partirent en groupes, avec des torches, de peur de rencontrer des lejaks et de mauvais esprits. Quant à Krkek, il décida que l'on poserait la première pierre du temple dès le prochain jour favorable, qu'il serait édifié au moyen d'offrandes volontaires, et il invita les hommes à déposer leurs contributions à la grande maison de la commune, avant la prochaine nuit de pleine lune. Un groupe d'hommes partit avec le riche Wayan, qui les invita dans sa maison pour boire du vin de palme et discuter la situation.

En compagnie du pêcheur Sarda, Pak traîna le lourd gong, à la suite des autres joueurs de gamelan, jusque dans la maison où l'on conservait les instruments. Durant toute la soirée il s'était senti en proie à un étrange malaise, les mains et les pieds froids, avec un chaud bourdonnement dans la tête et les oreilles. Il lui semblait que le dieu n'avait parlé qu'à lui seul, Pak, et que lui seul était responsable non seulement de son propre malheur, mais de l'infortune du village tout entier. C'était lui qui avait soustrait aux dieux du bien volé et qui devait leur revenir selon la règle; c'était lui qui avait encouru le châtiment. Aveuglément, présomptueusement, il avait gardé pour lui les assiettes destinées à la déesse Sri, les avait déterrées et employées à rendre sa maison attrayante et à séduire Sarna. Portant le poids du grand gong au bout de la perche de bambou posée sur son épaule, il se traînait à grand'peine, et la honte brûlait son corps. Ses champs avaient été rongés; dans sa maison Sarna était couchée, malade, avec son fils unique, et voulait mourir. Mais c'était lui qui était cause de tout, par sa bêtise indécente, et parce qu'il s'était menti à lui-même au sujet de ces assiettes qui ne lui revenaient pas.

Il déclina l'invitation de Wayan, car il n'était pas d'humeur à boire du vin de palme et n'entendit pas ce que Rib lui disait lorsqu'il livra son gong. Il avait peur du chemin qu'il lui restait à faire dans la nuit, bien qu'il portât une torche et qu'il se fût planté par précaution, avant même de se mettre en route, une gousse d'ail derrière l'oreille.

Lorsqu'il eut atteint sa maison sans encombre, il vit que les offrandes destinées aux démons avaient été disposées devant le portail et que Rantoung avait même placé auprès d'elles des noix de coco allumées pour leur montrer le chemin. Le signe de la maladie était suspendu aux niches d'offrandes de l'entrée et lui rappela que Sarna et Siang étaient en danger. En entrant, il eut peur de sa propre ombre qui se projeta sur le pan du mur, en face de l'entrée, qui était destiné à tromper les esprits.

Pak leva sa torche et se dirigea vers la maison de Sarna. La porte était fermée, et Rantoung, étendue sur une natte, devant l'entrée, dormait, fidèle petite garde-malade. Le cœur de Pak se réchauffa quelque peu à ce spectacle, il se pencha et étendit son propre pagne sur l'enfant, car la nuit était fraîche et brumeuse. Puis il leva la torche vers les assiettes enchâssées dans le mur et les regarda longtemps.

Elles étaient belles et précieuses comme au premier jour, et les roses semblaient véritables. La porcelaine était restée blanche et lisse, et on n'y trouvait pas trace de fêlure. Pourtant ces assiettes avaient apporté le malheur dans la cour de Pak. Il soupira profondément, ouvrit la porte et entra dans la chambre.

Sarna reposait sur le lit, l'enfant étendu auprès d'elle, mais ses yeux étaient grands ouverts et elle ne dormait pas. Pak leva la torche au-dessus des deux malades et les regarda attentivement. Sarna marmottait dans sa fièvre, mais il ne pouvait comprendre ce qu'elle disait. Il s'accroupit à côté d'elle et toucha le corps de son fils, brûlant de fièvre; au-dessus du berceau planait l'oiseau en bois, avec les offrandes destinées à Koumara, la divinité des enfants, et il y avait d'autres offrandes sur la poutre maîtresse,

« Comment te sens-tu, mère? » demanda Pak, posant sa main sur le front de Sarna. Mais elle continua de murmurer et ne le reconnut pas. Il prit l'enfant et le coucha dans le berceau. Il eut peur en sentant dans ses bras les membres inertes, comme si l'enfant était déjà mort. La fumée de sa torche se répandit dans la pièce et Sarna se mit à tousser, sans interrompre son murmure fiévreux. Il ouvrit la porte pour donner accès à l'air, mais il pensa aussitôt que l'humidité de la nuit pourrait tuer le petit Siang, et il se hâta de la refermer derrière lui, et demeura immobile sur la galerie, en face des assiettes. Il soupira profondément; car il lui semblait que jamais de sa vie il n'avait été aussi oppressé et gonflé de chagrin qu'à cette heure-ci. Son cœur était petit dans sa poitrine, comme un poing serré.

Il éteignit la torche et chercha son chemin dans l'obscurité jusque chez son père. Le vieillard avait pris l'habitude de coucher à la cuisine, auprès des braises du foyer, car son sang s'était refroidi avec l'âge. Pak se pelotonna contre le vieillard et n'osa pas le réveiller. Mais le père ne tarda pas à sentir sa présence et caressa son visage de la main.

« Pourquoi pleures-tu, mon fils? demanda-t-il.

— J'ai plus de malheur que je n'en peux supporter, dit Pak. Il n'avait pas honte de ses sanglots, car devant son père il continuait à se sentir comme un enfant. Ma femme et mon fils veulent mourir. Que deviendrai-je ensuite? »

Dans son for intérieur, il espérait que son père, qui savait toujours le consoler, le contredirait. Mais le vieillard continua à lui caresser le visage, et, après un temps assez long, il dit : « Il n'arrive que ce que veulent les dieux. »

Avec un pan de son kaïn il essuya les larmes du visage de son fils. Pak poussa plusieurs sanglots, puis se rapprocha de son père et s'appuya contre la peau du vieillard, qui était sèche et rude comme l'écorce d'un arbre. Il finit par s'endormir et rêva de ses savahs.

Ce ne fut pas une tâche aisée de détacher les assiettes du mur. Pak s'y employa le lendemain matin, et il eut recours à toutes sortes d'outils. Mais il avait solidement encastré son trésor dans le mur de la maison, et il craignit de casser les assiettes.

Peut-être offenserait-il les dieux encore plus gravement s'il fournissait pour l'édification de leur temple des assiettes ébréchées ou fêlées. Il fallait donc procéder avec prudence. Lorsque tous ses efforts furent restés vains, il se décida à abattre le mur tout entier pour avoir les assiettes intactes. Il consacra presque toute la journée à ce travail, et toute sa famille l'entourait, surprise par cette action étrange. Comme Sarna tressautait, en proie à la fièvre, chaque fois qu'un pan de mur s'écroulait avec fracas, il ordonna à Pougloug de coucher sa jeune sœur et l'enfant dans sa propre maison. Pougloug obéit avec empressement et prit grand soin des deux malades. C'est une brave femme, se dit Pak une fois de plus, car quelque irritante que fût Pougloug pendant les époques favorables, on pouvait en revanche compter sur elle lorsque le malheur menaçait la maison.

Pak fit reluire les assiettes en les frottant contre son propre kaïn et il les porta aussitôt à la grande maison commune. Il laissa tel quel le mur abattu, se promettant de le rebâtir un autre jour, tant était grande sa hâte de livrer les assiettes pour empêcher de nouveaux malheurs.

Krkek ne parut pas trop étonné lorsque Pak lui remit les assiettes, car tout le village connaissait le trésor avec lequel Pak avait décoré la maison de sa seconde femme. « Le pédanda nous a aidés à établir un plan pour la construction du nouveau temple, dit-il. Nous élèverons trois autels, l'un pour les ancêtres, un autre pour Vichnou, Brahma et Siva, et un trône en pierre pour Sourja. » Chaque habitant de la commune devait donner une contribution d'un ringgit et travailler deux jours par semaine. Le pédanda lui-même avait promis de sculpter les figures en pierre destinées au portail. « Je lui demanderai, poursuivit Krkek, où nous pourrons placer tes assiettes. Elles sont très belles; peut-être pourrait-on les encastrer dans le socle du trône de Sourja. »

Pak sentit son cœur plus léger, à peine eut-il livré les assiettes. Il y avait beaucoup d'hommes autour de lui. Plusieurs avaient apporté leurs coqs, pour les distraire, eux aussi; d'autres jouaient sur une natte à des jeux d'argent. La construction du temple les intéressait et déjà ils commençaient à oublier que les rats avaient mangé le riz de leurs savahs. Pak examina le monceau des objets que l'on avait apportés au cours de cette première journée, et il s'étonna en lui-même. Il y avait là des planches, des morceaux de ferraille et aussi des fragments plus petits d'un métal rouge qu'il ne connaissait pas et qui s'était recouvert d'une couche verdâtre. Il y avait encore des paquets de feuilles contenant des clous rouillés, et plusieurs morceaux de toile à voile, sur lesquels une main adroite aurait pu peindre des images. Des pièces d'argent formaient un second tas, plus petit, de monnaies de toutes sortes, ringgits de Singapour, beaucoup de kepengs, et aussi de l'argent hollandais, où était empreinte l'image de la jeune déesse des hommes blancs, aux seins hauts et au long nez.

Pak n'avait pas le cerveau vif, mais tout en considérant les premières contributions, il fut frappé d'une évidence surprenante : il n'était donc pas le seul habitant du village auquel la mer eût apporté des objets qui appartenaient aux dieux ? Encore que, lors des questions du pounggawa, tous se fussent défendus et eussent paru offensés lorsqu'on les avait accusés d'avoir volé à bord de l'embarcation chinoise, il semblait que des biens mal acquis fussent parvenus de quelque façon inexpliquée entre de nombreuses mains. Lorsque Pak eut compris cela, sa conscience s'apaisa et un sourire large et étonné s'épanouit sur son visage.

Il s'attendait à trouver Sarna rétablie dès son retour dans la maison, à présent qu'il avait remis ses assiettes, et il se hâta de rentrer. Mais Sarna et l'enfant étaient encore sans connaissance et leurs âmes n'étaient pas revenues. Teragia était assise auprès de l'enfant et semblait inquiète. Son père l'avait envoyée, avec un médicament dont elle enduisit les membres de Sarna et de Siang. « Sera-ce efficace ? » questionna Pak. Teragia lui sourit d'un air consolant. « Je prierai les dieux pour que le remède agisse », répondit-elle. Pak envoya Lantchar cueillir trois papayes au jardin, et les offrit à Teragia, pour la récompenser de sa peine.

Il retourna à la maison commune et s'offrit à aider aux travaux de terrassements des fondations du nouveau temple. C'était une besogne pénible, mais il voulait l'accomplir. Sur ses épaules il traîna de jeunes arbres et aida à les planter. Lorsque le travail fut en train, Merou vint, à son tour, appuyé sur sa canne, au chantier, près du confluent des deux rivières, et il demeura là, le visage éclairé d'un sourire qu'on ne lui connaissait pas. Pour lui faire plaisir, les hommes lui demandaient conseil sur la décoration de l'édifice, ou lui faisaient toucher du bois et des pierres, afin qu'il leur dît si l'on pouvait les employer. Merou les effleurait du bout des doigts, et le pédanda désignait aux hommes les dieux, les démons et les animaux qu'il faudrait sculpter ou tailler au ciseau.

« Le pêcheur Bengek l'enroué a-t-il fourni sa part? » demanda Pak avec insistance. Krkek, le sage, le considéra d'un air interrogateur. « Pourquoi demandes-tu cela? dit-il lentement.

– Il me paraît important que Bengek, lui aussi, dont la mère est sorcière, contribue à la construction de la tour, déclara Pak.

– Je me renseignerai à Sanour », dit Krkek.

Trois jours passèrent, et Pak apprit que Krkek était allé à Sanour. Lorsque Krkek reparut sur le chantier, Pak s'arrêta auprès de lui, déposa son fardeau de planches, essuya sa sueur et attendit. Comme Krkek ne disait rien, il reprit haleine et demanda de nouveau : « Bengek le pêcheur a-t-il contribué à la construction de la tour?

– Non, répondit Krkek. En quoi cela te regarde-t-il? »

Pak, de retour chez lui, s'assit et se mit à réfléchir. A quoi sert de bâtir un temple, de nous échiner et de donner tout ce que nous possédons? pensait-il. Aussi longtemps que l'enroué gardera ce qui ne lui appartient pas, les dieux persisteront à nous punir. Ce n'est pas moi qui peux en parler, songea-t-il. Mais il faut obtenir que Bengek le pêcheur livre ce qu'il a pêché dans la mer.

Il passa des heures entières à ruminer ces pensées, puis le soir venu, il retourna chez Krkek pour lui parler. « Il y a des gens, dit-il, qui estiment que tout le mal nous est venu de la maison de Bengek et de sa mère, la sorcière. Si les gens de Sanour interrogeaient les dieux comme il convient, on pourrait savoir ce qu'il y a moyen de faire là-contre. »

Pour la première fois, Krkek manifesta une certaine compréhension. « Il est possible, dit-il, que Bengek ait à livrer plus que d'autres, car il habite près de la mer, et c'est un pêcheur qui ne se soucie guère de savoir si ce que ramènent ses filets est du bien mal acquis. De plus, sa mère suit le mauvais sentier. »

Pak rentra chez lui, et attendit, assis auprès de Sarna qui ne délirait plus, mais qui était encore si fatiguée et si faible qu'elle pouvait à peine parler. De plus, on commençait à manquer de riz, et les racines de yam de la nouvelle savah n'étaient pas encore assez mûres. La racine de yam pouvait d'ailleurs fort bien être nuisible aux malades. Pougloug râpait des noix de coco et mélangeait la pulpe au lait des jeunes fruits, puis elle essayait de décider Sarna à en manger, mais Sarna détournait la tête. Le lait de son sein avait tari et Pougloug ne nourrissait le jeune Siang qu'à grand'peine, en lui faisant sucer au bout de ses doigts du jus de pisang pressé.

« Pourquoi parles-tu toujours dans ton sommeil de Bengek l'enroué? demanda Pougloug à son époux.

– Je parle de Bengek, moi? dit Pak, effrayé. Peut-être est-ce parce que ses champs sont à côté des miens et qu'il les néglige. Je crains que nous n'ayons de plus en plus de vermine dans les savahs, et si ses champs sont malades, comment les miens prospéreraient-ils? »

Pougloug serra les lèvres et regarda son mari en face jusqu'à ce qu'il se sentît mal à l'aise, se levât et allât chez les buffles.

Personne ne sut qui avait répandu ce bruit ni comment il s'était propagé. Mais après une semaine tous les villages des environs – car tous souffraient du fléau des rats – commencèrent à dire que la mère de Bengek, la sorcière, devait être la cause de ce malheur. Beaucoup de gens qui l'avaient toujours crainte, prirent courage et racontèrent des histoires effroyables. On l'avait vue, la nuit, au cimetière, sacrifiant des poules égorgées. Ses yeux coulaient et des enfants auxquels elle avait donné à manger, étaient tombés malades. Les gardes champêtres, qui passaient la nuit dans les cabanes des savahs, se rappelaient des événements étranges et inquiétants. Des boules de feu étaient apparues au fil du fleuve, et des lejaks à une jambe et à tête de porc avaient parcouru les savahs en riant aux éclats.

De Bengek l'enroué, on ne parlait plus qu'à voix basse. Il n'était pas venu sur le chantier et Pak ne le voyait jamais sur la savah. Il n'avait fourni aucune contribution et n'avait pas assisté aux derniers combats de coqs. Le pêcheur Sarda déclara que depuis longtemps il n'avait pas vu Bengek en mer, que sa barque se desséchait sur la plage et que le bois en éclatait au soleil. Les hommes réfléchirent, calculèrent, s'informèrent ici et là, et, finalement, ils établirent que personne n'avait revu Bengek depuis trois semaines. Or, c'était exactement depuis ce temps que les rats avaient commencé à dévaster les champs.

Le dernier homme qui eût parlé à Bengek, était – chose curieuse – Merou. Il avait rencontré l'enroué près de la rivière, dans le petit buisson de bambous qui appartenait à Pak. Merou était allé jusque-là, à tâtons, pour se baigner et se tailler un bâton.

« Qui est là ? » avait-il demandé lorsqu'il eut entendu un craquement dans les branches. « C'est moi », avait répondu la voix de l'enroué. Merou s'était approché de lui, à tâtons, car il se demandait si Bengek volait les bambous de son frère. L'enroué tenait à la main non des perches, mais deux de ces grandes feuilles velues qui poussent autour des rejetons de bambou. Merou s'en souvenait parfaitement, car lorsqu'il avait étendu ses mains, il s'était piqué aux aiguillons minuscules qui recouvrent la surface de ces feuilles, et ses doigts l'avaient brûlé pendant plusieurs jours.

Comme Merou n'avait plus d'yeux, on ne pouvait dire qu'il était le dernier qui eût vu l'enroué. Mais c'était un fait qu'il était le dernier qui eût rencontré le pêcheur. Pak écouta le récit de son frère avec surprise et frissonna. Il ne pouvait chasser de son esprit cette image : le pêcheur s'enfuyant de son bosquet de bambous, avec deux grandes feuilles qui ne pouvaient servir qu'à un seul usage. On pouvait tuer quelqu'un en incorporant à ses aliments les fines aiguilles dont étaient parsemées ces feuilles. Cette image rejoignait de curieuse façon le souvenir qu'il gardait du grouillement de rats dans la boue de sa savah, et du faible gémissement du petit Siang qui mourait de faim faute de lait.

Le chuchotement dans les cinq villages devint murmure, et le murmure s'enfla peu à peu.

« Où vas-tu, mon fils? » demanda le père de Pak, voyant celui-ci planter la veille de la nouvelle lune son couteau dans sa ceinture, et poser sur son épaule la longue perche de bambou épointée, quoiqu'il n'eût aucun fardeau à porter.

« Je vais à Sanour, chez Bengek l'enroué, répondit Pak, brièvement.

– Paix sur ta route, dit le vieillard solennellement, et qu'il ne t'arrive pas malheur! »

De toutes parts, sur les routes, venaient des hommes armés de perches de bambou, même d'Intaran et de Renon, quoique aucun koulhoul ne les eût appelés. Ils étaient de plus en plus nombreux, mais les pères chassèrent les enfants curieux qui trottaient autour d'eux, et aucune femme ne tenta de les suivre.

Lorsqu'ils atteignirent Sanour, ils s'écartèrent de la route pour suivre le cours de la rivière, en retrait du village. Ils pénétrèrent dans le taillis de bambous, pataugèrent à travers le marais qui devait protéger les habitants contre les esprits malins, et s'approchèrent de la maison de la sorcière.

Les murs brillaient, avec leurs morceaux de corail rouge, et trois chiens donnèrent l'alarme par de violents aboiements. Aucun signe de maladie ou de mort n'avait été suspendu au portail, mais le sage Krkek s'arrêta et huma l'air.

La maison de la sorcière était située à proximité de la mer, et cela sentait le varech, la saumure, le poisson. Ils virent les vaisseaux hollandais, qui étaient maintenant au nombre de quatre, car deux nouveaux bâtiments s'étaient depuis peu joints aux premiers. Les hommes s'arrêtèrent et flairèrent. Mêlée à l'odeur âcre de la mer, ils distinguaient une autre odeur qu'ils connaissaient bien : l'odeur de la mort.

Ils repoussèrent les chiens, qui se jetaient dans leurs jambes, franchirent la palissade de bambou et pénétrèrent dans la cour. L'odeur devint plus forte.

Ce qui frappa d'abord les regards des hommes, ce furent les nombreux fossés que l'on avait creusés dans la terre de la cour; plusieurs étaient frais et humides, d'autres, déjà desséchés par le soleil. En plusieurs endroits, le mur d'enceinte s'était écroulé, parce qu'on avait creusé le sol en dessous, et deux arbres s'étaient renversés, leurs racines mises à nu. C'était un spectacle incompréhensible et absurde, comme si un animal inconnu ou un fou avait séjourné ici.

Les hommes restèrent cois et regardèrent; beaucoup d'entre eux avaient peur. Pak avait peur. Krkek se pencha, ramassa un objet, puis le rejeta. C'était la tête d'un poussin mort. En regardant autour d'eux, ils virent plusieurs têtes semblables éparses sur le sol. On ne voyait pas trace de Bengek.

Précédant ses compagnons, Krkek s'avança vers le bâtiment principal. Ces nombreux fossés mis à part, la cour était en ordre, les outils étaient à leur place, les filets étaient tendus entre deux arbres et le grand récipient était plein d'eau. Un coq de combat chanta tout à coup dans sa cloche de bambou et rompit le charme inquiétant du lieu.

« Comment vas-tu, frère? » dit Rib à voix haute, pour rompre le silence, et il s'accroupit en face du coq. Les coquilles de noix de coco dans les cages des coqs étaient garnies de grains de maïs, et l'on n'avait pas oublié l'eau. Néanmoins, Pak n'osait faire un pas. Il s'attendait à apercevoir tout à coup au fond d'une de ses fosses l'étrange caisse que Bengek avait pêchée dans la mer, la nuit où l'embarcation du Chinois s'était échouée.

Krkek continuait à humer et, contournant le corps de bâtiment central, il se dirigea vers la balé Est. Ils trouvèrent là ce qu'ils attendaient obscurément. Enveloppé de toile de lin, enfermé dans un châssis en bambou, il y avait là un cadavre, prêt à être enterré. Quelques offrandes, maladroitement apprêtées, étaient disposées autour, et la grossièreté des décorations de feuillages trahissait qu'il n'y avait aucune femme dans la maison pour les préparer.

Les hommes s'assemblèrent autour de la balé, et Krkek, qui faisait preuve ce jour-là d'un courage exceptionnel, souleva légèrement le voile de lin pour voir qui était le mort. Ils se penchèrent et reconnurent le visage de la mère de Bengek, la sorcière. Il leur sembla qu'elle riait. Krkek recouvrit le cadavre et se hâta d'essuyer ses mains après son kaïn.

« Nous voici impurs pour trois jours, et nous ne pourrons pas travailler au temple », chuchota Rib à l'oreille de Pak. Les hommes restèrent immobiles, ils ne savaient plus que faire. « Il est temps que Bengek enterre sa mère », chuchota encore Rib, l'incorrigible farceur, fronçant le nez. L'odeur était presque intolérable.

« Bengek, où es-tu? » cria Krkek, tourné vers la cour, si fort que Pak en tressaillit. Mais il n'y eut pas de réponse. Les coqs continuèrent à chanter et un petit lézard tityak fit un claquement le long de la palissade de bambou. Soudain, les trois chiens, passant à côté des hommes, partirent dans une même direction en agitant la queue. Krkek hésita quelques instants, puis il suivit les chiens. Il se retourna vers les autres qui lui emboîtèrent le pas, tenant leurs perches pointues comme des lances.

Ils passèrent à côté de la porcherie et de la grange au riz qui donnait une impression de désordre et d'abandon, puis entrèrent dans la palmeraie, derrière l'autel de la maison. Un tyorot chanta, seul bruit dans le silence qui avait quelque chose d'oppressant et d'insupportable.

Soudain, Krkek s'arrêta. « Le voici! » dit-il à voix basse. Les hommes se serrèrent autour de lui. Ils étaient partis de chez eux avec beaucoup d'élan et de courage, prêts à assurer la paix de leurs villages, à tuer la sorcière et son fils si c'était nécessaire. Mais cette étrange cour, sillonnée de fossés, l'odeur et l'aspect du cadavre, ce vide et ce silence inquiétants avaient brisé leur élan. Plusieurs d'entre eux – Pak entre autres – se disaient qu'ils étaient peut-être ensorcelés. Il leur semblait que leurs mains et leurs pieds devenaient plus lourds.

Tous voyaient maintenant Bengek. Il était debout à l'extrémité du terrain, à l'endroit où le mur arrêtait les derniers rejetons de palmiers, et il creusait dans la terre. Les chiens lui firent fête.

« Bengek », cria de nouveau Krkek, et l'enroué, levant les yeux, regarda les hommes.

Ils étaient encore assez loin de lui et ne bougèrent pas. Leurs mains serrèrent leurs perches de bambou et ils respirèrent plus fort. Bengek demeura quelque temps immobile, la pelle à la main.

« Allez-vous-en, cria-t-il ensuite, aussi fort que le permettait sa voix rauque. Laissez-moi seul. Je ne vous ai pas appelés. Je n'ai besoin de personne. Allez-vous-en! Je ne veux pas causer avec vous. Partez! »

Les hommes s'étaient serrés en un groupe si compact qu'on eût dit une petite troupe quoiqu'ils fussent au nombre de près d'une centaine. Soudain, plusieurs d'entre eux s'élancèrent en avant; à grands bonds ils coururent à travers l'herbe en tirant leurs couteaux de leur ceinture. Les autres suivirent; ils savaient à peine ce qu'ils faisaient et ce qu'ils voulaient. Pak courut et se trouva au premier rang, à côté de Krkek.

Bengek se hissa sur le mur et brandit sa pelle. « Allez-vous-en », cria-t-il. Sa voix n'était plus rauque, c'était comme un rugissement bas et profond. « Allez-vous-en, laissez-moi seul, je suis chez moi, partez! »

En pleine course, Krkek s'arrêta net. Il s'arrêta et empoigna son voisin pour le retenir. Ceux qui suivaient faillirent tomber dans leur élan sur les premiers, immobiles, comme enracinés dans l'herbe, et qui regardaient fixement le pêcheur.

« Ne le touchez pas, dit Krkek à voix basse, sans souffle. Il a la Grande Maladie. »

Immobiles, ils regardèrent l'enroué, qui était perché sur le mur et qui dirigeait sa pelle contre eux comme une arme. Lentement, ils reculèrent, car à présent tous pouvaient le voir : il avait la Grande Maladie. Le mal terrible que l'on ne doit même pas nommer! Ils le regardaient fixement et ils voyaient sa figure. Toute boursouflée, elle n'avait plus de sourcils. Les oreilles, épaisses et enflées, s'en détachaient. Chose particulièrement effrayante, Bengek avait piqué trois fleurs rouges d'hibiscus derrière ses oreilles de lépreux.

Les hommes reculèrent lentement. « La Grande Maladie », chuchota Pak, incrédule. « La Grande Maladie, et la sorcière est morte », chuchotaient-ils tous. Krkek se retourna et avisa un tas de pierre de corail provenant du mur qui s'était écroulé. Il se pencha, prit une pierre et la lança vers le lépreux. Pak à son tour ramassa une pierre, il la sentit dans sa main, lourde et rugueuse, avant de la jeter. Tous les hommes se précipitèrent vers le tas de pierres et visèrent la silhouette qui se dressait sur le mur. Les chiens que des pierres avaient atteints bondirent et hurlèrent à leur tour.

Bengek regarda un instant les hommes, fixement, comme s'il n'eût pas compris le sens de leurs gestes. Puis il laissa tomber la pelle, sauta en bas du mur et s'enfuit à grandes enjambées dans la direction de la plage. Les hommes ne le poursuivirent pas, et il était déjà trop loin pour qu'ils pussent encore l'atteindre à coups de pierres. Sa silhouette fondait à vue d'œil et disparut enfin dans les buissons épineux qui bordaient la plage. Le tyorot continuait d'appeler; un petit coup de vent agita les palmiers, puis s'apaisa.

« Les dieux savent qui châtier, dit Krkek à mi-voix. Allons chez le pédanda, pour nous faire purifier! »

VII

RAKA

Derrière les cours ouest où demeuraient les esclaves, avec leurs poules et leurs porcs, le vacarme et le grouillement humain de la pouri s'arrêtait tout à coup à la limite d'un mur. Derrière ce mur se trouvaient des bâtiments abandonnés, où l'on pénétrait rarement et que plus personne n'habitait. Des lianes et des buissons avaient envahi ces ruines ou en avaient écrasé les restes sous leur étreinte. Un fossé plein d'eau entourait le bâtiment principal de cette cour oubliée, mais les ponts s'étaient effondrés. Les démons qui en gardaient l'accès s'étaient peu à peu recouverts de mousse et transformés en pierres méconnaissables. Des abeilles sauvages habitaient les troncs d'arbres et d'énormes papillons voletaient tranquillement au-dessus des fleurs. D'épais essaims de moustiques planaient au-dessus de l'eau stagnante et une trouble odeur de vase se mêlait au parfum violent des fleurs jaunes de Salikanta.

C'était l'endroit où Lambon avait ses rendez-vous secrets avec Raka. Les deux amants s'y rencontraient presque chaque jour, car ils brûlaient d'une fièvre si dévorante que le désir commençait à les tourmenter à peine venaient-ils de se quitter.

Raka entrait par une porte délabrée, du côté ouest de l'enceinte du palais, et Lambon avait découvert un sentier qui la conduisait du temple jusqu'à l'endroit où Raka l'attendait. D'un large bond, ils franchissaient le cours d'eau que n'enjambait aucun pont. Ils se sentaient alors en sûreté dans cette maison en ruine, sur cette île oubliée que la favorite de quelque prince avait peut-être habitée jadis. Les marches s'étaient effritées, les bancs s'étaient enfoncés en terre. Mais les deux amants pouvaient refermer derrière eux une porte comme de jeunes époux, et aidée de Mouna, Lambon apporta des nattes dans ce logis secret. Bien avant le soir où Raka et Lambon s'étaient revus pour la première fois, ce coin était devenu le refuge de la jeune femme. Durant de longues heures elle avait pris l'habitude de rester assise là, la bouche ouverte, sans pensée, comme les nénuphars dans l'eau dormante du canal. Quelquefois elle avait pleuré dans sa solitude, ou s'était endormie ici et Mouna avait dû venir la réveiller. Elle pensait donc que Mouna n'avait pu s'étonner qu'elle continuât à passer ici toutes les heures qu'elle ne devait pas consacrer au prince. Les yeux de la jeune esclave qui avaient une légère tendance à loucher, en voyaient cependant plus qu'on ne lui montrait. Sa petite cervelle exercée aux intrigues des gynécées de la pouri, comprenait vite le rapport des choses secrètes et défendues avec l'amour. Mais parce que Mouna était aussi dévouée à sa nouvelle maîtresse qu'elle avait été hostile à Bernis, cette fille menue et vive était pour Lambon une gardienne fidèle et muette.

Raka et Lambon ne parlaient guère lorsqu'ils se rencontraient. Leur amour était trop fort, leur désir trop violent. Ils se précipitaient l'un dans l'autre comme des bêtes, et ils ne pouvaient se séparer, pareils à deux libellules qui volent pendant une journée entière, accolées l'une à l'autre, au-dessus des savahs. Ce n'est que lorsque la fatigue qui succède au plaisir les prenait qu'ils trouvaient un peu de tendresse dans leurs doigts. Appuyant leurs tempes l'un contre l'autre, et assis sur les nattes, ils chuchotaient. Ils entr'ouvraient la porte, regardaient les grands joncs se balancer dans l'eau et écoutaient coasser les grenouilles perchées sur les feuilles de lotus.

« Es-tu heureux? demandait Lambon.

— Je suis heureux, répondait Raka. Dialogue éternel de tous les amants.

— En sera-t-il toujours ainsi?

– Toujours, petite sœur.

– Lorsqu'on nous aura surpris, faudra-t-il mourir?

– Si nous devons mourir, nous mourrons ensemble, dit Raka.

– Oui, nous mourrons ensemble », dit Lambon, heureuse. Cela lui semblait très simple : mourir ensemble. Le grand amour est toujours près de la mort et de l'adieu. C'était le danger perpétuel qui exaltait ainsi leurs sentiments et poussait si loin leurs étreintes et leur bonheur. La pouri avait mille yeux. Vingt femmes enviaient Lambon, et quoiqu'elles flattassent de toute manière la favorite, elles l'eussent volontiers empoisonnée. Des gardiennes innombrables, jeunes et vieilles, les observaient. Il ne leur échappait pas que Lambon fleurissait, que ses yeux s'animaient d'une ardeur sombre, que sa gorge et ses épaules portaient parfois les marques de délicates blessures d'amour. Mouna préparait une pâte de kounyit et étendait de la poudre jaune sur ces égratignures, de peur que le prince ne les remarquât. Mais les autres femmes jalousaient Lambon, à cause de ces marques qui trahissaient qu'elle était aimée, de même que de vieux guerriers peuvent s'envier des cicatrices.

Lorsqu'il fut temps pour les amants de se séparer, Mouna parut au-dessus du mur qui séparait les ruines du quartier habité de la pouri, et elle siffla trois fois comme un oiseau de betjitja. Raka ne quittait la maison que longtemps après que Lambon fut partie. Il franchissait le fossé et sortait par la porte encombrée de lianes, en flairant et épiant comme une bête dans la jungle.

C'était une chance que la journée du prince Alit fût soumise à un horaire régulier. Il y avait les heures qu'il passait au temple, ou avec les pédandas des environs, qui lui rendaient visite et qui lui apportaient de vieux livres de lontar. Des conférences avec les dignitaires le retenaient. Les pounggawas des divers départements du royaume venaient lui présenter leurs rapports. Il recevait des missives des Hollandais, devait en délibérer, puis y répondre. Et comme distraction, après tant de graves soucis, il y avait les combats de coqs dans la cour de la pouri qui duraient des heures entières. Tout cela, c'était des occupations réservées aux hommes durant lesquelles

Lambon pouvait demeurer cachée. Mais l'étrange, c'était que Raka, lui aussi, fût absent, qu'il manquât en particulier les combats de coq, dont il avait été naguère un des spectateurs les plus ardents et des parieurs les plus assidus.

Lorsque le prince – chose assez rare – était en compagnie de Raka, il pouvait se rendre compte que son ami avait changé. Tantôt Raka était d'une gaieté folle et instable, tantôt une profonde tristesse l'envahissait. Il saisissait avidement la pipe d'opium, comme pour oublier, puis, presque aussitôt, repoussait l'opium comme s'il eût craint que la drogue ne le rendît trop loquace. Il faisait de fréquents cadeaux au prince, ce qui n'était pas son habitude. Auparavant, c'était le prince qui avait entouré le beau Raka d'attentions et de paroles amicales. A présent c'était le contraire. « Est-tu malade? As-tu de la fièvre? » demandait Alit lorsque Raka devenait silencieux et regardait fixement dans un coin de la pièce. Raka se mettait alors à rire. « Tu sais bien que de ma vie je n'ai jamais été une seule fois malade », disait-il, et c'était comme un réveil passager de son ancienne exubérance.

« Tu n'es plus le même qu'autrefois. Qu'y a-t-il? T'a-t-on ensorcelé?

– Peut-être, répondit Raka, et il devint grave.

– J'en ai parlé à ton père. Il dit que tu n'as d'yeux ni pour Teragia ni pour ton jeune fils. Est-ce une femme? »

Raka hésita à répondre. « Oui, dit-il ensuite, respirant profondément. Oui, c'est une femme.

– Pourquoi ne la prends-tu pas dans ta maison? Je ne connais pas une femme à Badoung qui ne se laisserait volontiers enlever par toi, dit Alit avec insistance. Raka tarda de nouveau à répondre.

– Elle est mariée », dit-il ensuite, regardant le prince droit dans les yeux. Les paupières rougies d'Alit clignèrent. Il y eut un silence. Il désirait ardemment revoir Raka tel qu'il l'avait connu autrefois. « Dois-je l'enlever à son mari et te la donner? » demanda-t-il. Raka sursauta. « Ne me tourmente pas, Alit, je t'en prie, et ne parlons plus de cela », s'écria-t-il. Alit suivit Raka des yeux lorsque le jeune homme descendit les marches, sans avoir demandé la permission de prendre congé. Mais Raka avait le cœur torturé, parce qu'il était obligé de mentir à son meilleur ami, et qu'il ne pouvait faire autrement.

Lambon, selon l'habitude des femmes, aimait à jouer avec les « quand » et les « si », lorsqu'ils étaient ensemble. « Si tu m'avais prise comme seconde femme dans ta maison, avant qu'ils m'aient fait venir dans la pouri, disait-elle, tout eût été pour le mieux. J'aurais servi Teragia avec plaisir. Je crois qu'elle m'aime bien. »

Raka lui ferma la bouche; il ne pouvait entendre ce langage.

« Si tu avais prié le prince de me donner à toi avant que ses yeux aient pris plaisir à moi, dit-elle un jour, et Raka brûlait de sept feux.

— Il est trop tard et il a pris son plaisir avec toi. Ne parle plus de ces choses! dit-il durement.

— Mouna m'a dit que le prince t'avait fait cadeau de son cheval préféré, et je suis sûre qu'à ses yeux je vaux moins que sa monture favorite, reprit Lambon.

— Tu parles comme si tu ne savais pas ce qu'est l'honneur d'un homme, dit Raka.

— Que puis-je savoir de l'honneur d'un homme? dit Lambon, innocemment. Je sais que le prince est bon. Elle détacha les fleurs écrasées de ses cheveux et les jeta dans l'eau du fossé.

— Lorsque nous étions enfants, commença tout à coup Raka, je me rappelle un jour où nous sommes allés nous baigner dans le fleuve. Nous étions déjà trop grands pour nous baigner avec nos mères, Alit et moi, mais nous ne l'étions pas assez pour suivre les hommes. Nous allâmes donc au fleuve avec quelques esclaves auxquels mon père avait donné l'ordre de nous accompagner. C'était pour la plupart de jeunes garçons, à peine âgés de quelques années de plus que nous. Ils nous frictionnaient avec des pierres et jouaient avec nous dans l'eau. Je me rappelle que ce jour-là nous fûmes particulièrement exubérants, que nous nous aspergeâmes d'eau, que nous luttâmes et nous battîmes dans le fleuve qui ne nous allait que jusqu'aux genoux. Au cours de ce jeu il arriva que le plus jeune esclave eut la tête d'Alit entre ses mains et qu'il le renversa. Tu m'entends bien, c'était un esclave, un garçon de rien, moins qu'un homme sans caste, et il toucha la tête d'Alit. Il ne voulait pas offenser Alit, ce n'était qu'un jeu. Mais Alit devint tout à coup aussi rigide qu'un rocher. Il ne dit pas un mot lorsque nous rentrâmes. J'eus le sentiment qu'on l'eût brisé si on l'avait seulement touché, tant il s'était raidi. Il alla chez son père et lui demanda de faire couper les mains de l'esclave, parce qu'il avait touché sa tête et l'avait offensé.

– Et a-t-on coupé les mains à l'esclave? demanda Lambon, lorsque Raka se tut.

– Oui, on les lui a coupées avec une hache. J'ai revu l'homme récemment dans les cours. Il a l'air d'un lépreux, avec ses moignons de bras. »

Lambon frémit. « Pourquoi me racontes-tu cela? demanda-t-elle à voix basse.

– Ne comprends-tu pas? Dans la vie d'Alit, une chose est au-dessus de toutes les autres : son orgueil, son honneur. Je crois connaître Alit mieux que la plupart des hommes dans la pouri. Ils le croient bon et un peu faible et se figurent qu'il passe son temps à rêver sur les livres et que ses femmes ne jouent aucun rôle dans sa vie. Mais je peux te dire ce qu'il y a au fond de son âme : orgueil et honneur. Ce noyau-là est dur comme la pierre précieuse et transparente qui coupe toutes les autres. »

Lambon réfléchit longtemps, car il était rare qu'on lui parlât aussi sérieusement.

« S'il en est ainsi, tu ferais mieux de ne plus revenir, Raka, dit-elle enfin.

Raka la prit dans ses bras et se mit à rire.

– Je ferais mieux, en effet, dit-il. Et combien de temps pourrais-tu supporter de rester sans moi, petite fleur? demanda-t-il en riant.

– A peine une heure », chuchota Lambon, et elle cacha son visage contre la poitrine de son amant. Elle put entendre son cœur battre comme le son assourdi d'un koulkoul qui l'appelait.

Ce n'était pas vrai ce que beaucoup de gens colportaient dans la pouri, à savoir que le prince qui, pendant si longtemps, n'avait vécu qu'avec ses livres, aimait maintenant une femme, Lambon. Il n'aimait pas Lambon. Il est possible qu'il aimât Raka, si l'amour est le mot qui convient pour désigner un sentiment fait à parts égales de douceur et d'amertume, où la souffrance et le ravissement alternaient, et dans le cas particulier du prince Alit, la souffrance l'emportait. Car Alit était laid et Raka était beau. Les yeux d'Alit avaient des paupières rougies, ceux de Raka rayonnaient. Alit attendait Raka, et Raka le faisait attendre.

Quant à Lambon, elle était la première femme dont la compagnie réjouissait le prince et qu'il faisait souvent quérir. Il aimait l'avoir auprès de soi, dans sa chambre, muette et souple comme une branche fleurie. Elle parlait peu, et Alit pouvait penser à sa guise, tandis que sa main caressait les cheveux et la peau de la jeune femme. Elle était belle et le prince aimait la beauté, par-dessus tout. La beauté le rendait faible et doux. Lambon ressemblait aux femmes des livres anciens et des poèmes. Lorsqu'il lisait, il emportait son image dans ses rêves des temps et des combats passés. Car le prince de Badoung était un rêveur, cela surtout, un rêveur que la naissance et le destin avaient installé à la place d'un homme d'action.

Il couvrait Lambon de bijoux et lui donnait des noms empruntés aux paraboles et aux poèmes. Il aimait à vêtir et à dévêtir de ses propres mains le corps frêle de la jeune femme. C'est pourquoi il lui offrait beaucoup de robes, et les esclaves n'en finissaient pas de tisser et de peindre, de broder des fils d'or et d'argent sur les tissus, ou d'y peindre de grandes fleurs dorées. Alit habillait et déshabillait sa plus jeune épouse, il voulait sans cesse la voir vêtue d'autres couleurs, il jouait avec sa chevelure, la dénouait, la faisait tomber sur ses bras, ou bien il engageait avec elle des entretiens graves et interminables sur le choix d'une couleur ou des fleurs dont elle devait parer sa coiffure. Parfois aussi Lambon devait danser pour lui, pour lui seul, avec une couronne en or sur la tête. Elle le faisait volontiers. Elle n'avait oublié aucun des pas qu'elle avait appris chez son vieux maître de Kesiman, ni le mouvement voletant des mains, ni le glissement des yeux ni les contorsions du cou.

Oka enseigna à Lambon à pétrir et à griller l'opium, et

à préparer la pipe du prince. Elle était assise aux pieds de son époux, lorsque le pédanda Ida Bagus Rai venait le voir et que les deux hommes avaient des entretiens sans fin sur la signification des choses auxquelles Lambon n'entendait rien. Quand Alit eut découvert qu'elle prenait un plaisir puéril aux jeux d'ombres chinoises, il fit de plus en plus souvent tendre l'écran, allumer la lampe aux formes bizarres, et Ida Katout, le conteur d'histoires, maniait les figures de ses mains adroites, en parlant avec trente voix différentes et faisant des plaisanteries qui agitaient les habitants de la pouri de rires sans fin. Alit contemplait Lambon : oui, elle aussi riait. C'était chose rare, de voir rire Lambon, et il semblait donc au prince qu'il valait la peine de provoquer ce rire. D'ordinaire, elle restait immobile, la nuque droite, les bras à l'abandon, et sa bouche était entr'ouverte, comme si elle allait d'étonnement en étonnement.

Le prince avait de graves soucis, car le blocus hollandais causait un grand préjudice au pays. Le commerce, sur la côte, était paralysé, et seule l'amitié du prince de Tabanan permettait encore de communiquer par un étroit passage avec l'extérieur. La menace des bateaux et des canons dans les eaux de Badoung pesait à l'orgueil du prince, qui s'en irritait comme d'une blessure. Ses frontières étaient occupées du côté de Gianjar, et, à Ketewel, les Hollandais avaient établi une sorte de quartier général. Le Gousti Nyoman, de Bouleleng, s'y était installé, l'ami des Hollandais, traître et espion.

Dans la pouri on faisait alors de grands préparatifs en vue d'un pèlerinage du prince au sanctuaire de Batukau. De plusieurs provinces de l'île, le peuple et les princes, avec leur escorte, se rendaient dans la grande forêt de Batukau pour présenter des offrandes et dire des prières auprès de la source sacrée. On savait qu'à côté de la dévotion, d'autres mobiles inspiraient ce voyage. Le prince de Badoung voulait se rencontrer à cette occasion avec ses amis, les princes de Tabanan et de Kloungkoung, car il s'agissait de décider si l'on satisferait aux prétentions des Hollandais, ou si les trois provinces, les dernières de Bali, maintiendraient leur résistance.

Gousti Wana veillait à ce que le cortège fût magnifique

et digne du prince. L'Anak Agoung Bouma se donnait de l'importance. Molog le soldat murmurait un peu parce qu'il devait laisser partir un certain nombre de ses lanciers qu'il eût voulu faire manœuvrer sans arrêt. On avait encore importé en contrebande beaucoup d'armes, de fusils et de canons, et Molog déclara au prince que son armée ne le cédait en rien à celle des Hollandais. Autre chose était il est vrai d'exercer ses guerriers pour en faire de bons tireurs. Il avait engagé comme instructeurs quelques Arabes qui maniaient avec une aisance stupéfiante les longs fusils à pierre. Ses propres soldats adoraient tirer. Les bruit les amusait infiniment, et ils auraient volontiers dépensé toute la poudre à tirer à blanc, comme on lançait des fusées chinoises à l'occasion des fêtes. Mais ce n'était pas si simple d'imposer l'ordre et la discipline à toute une armée, car les guerriers avaient des savahs, ils s'en allaient parfois cultiver leurs champs en déclarant ce travail plus urgent que les préparatifs de guerre.

Le prince décida que toutes ses femmes l'accompagneraient, car elles étaient belles et il aimait à les montrer aux autres princes. Il voulut également avoir Lambon auprès de lui afin qu'elle pût préparer sa pipe d'opium avant les graves délibérations qui l'attendaient. Dans la pouri on avait remis en état les grands chars de buffles et les charrettes à deux roues, traînées par des chevaux. On les munit de rideaux, pour dérober les femmes du prince aux regards des passants. Les porteurs de lances furent pourvus de nouvelles vestes, noires et blanches, avec des manches rouges dont ils étaient très fiers. L'Anak Agoung Bouma allait de village en village et rassemblait des chevaux : « Le prince notre maître te fait l'honneur de se servir de ton cheval pour son voyage à Batukau » disait-il, et il enlevait aux paysans les bêtes qui étaient à l'écurie. On brossa et on ferra les petits sabots, on chargea sur les chars à buffles les paniers pleins de vêtements de femmes et d'ustensiles nécessaires aux offrandes. On emporta des ombrelles et des chaises à porteur dont on aurait besoin pour assister aux grandes cérémonies, au temple de Batukau. On emmena le gamelan du prince, avec tous ses instruments richement ciselés. Ida Katout nageait dans la joie et l'émotion. Et les meilleurs acteurs de Badoung répétaient leurs spectacles afin de ne le céder en rien à Batukau aux danseurs des autres provinces.

« Viendras-tu avec moi, mon frère? » demanda le prince à Raka. Il ne lui ordonna pas de l'accompagner, mais il posa la question et attendit la réponse. Raka accepta avec empressement et dit qu'il se réjouissait d'avoir l'occasion de danser à Batukau. Mais la vérité c'est que Raka ne pouvait supporter d'être séparé de Lambon, même pendant peu de jours, et qu'il espérait pouvoir échanger quelques paroles avec elle, en cours de route, ou lui serrer la main à la dérobée. De même que le prince, il se réjouissait de voir Lambon dans ses plus beaux atours, lorsqu'elle s'avancerait vers le temple avec la coupe d'offrandes, et que sa beauté effacerait celle de toutes les autres femmes. Le cortège se mit donc en marche le cinquième jour du troisième mois, et l'herbe du grand chemin qui conduit d'abord à Tabanan fut foulée par des centaines de pieds nus.

Le premier jour ils arrivèrent à Tabanan où ils furent accueillis avec une chaleureuse hospitalité. Il y eut un combat de coqs – car bien entendu on avait emporté les coqs – et le coq dont Raka avait fait cadeau au prince rapporta à son maître cent-vingt ringgits et excita l'admiration générale. La nuit, eurent lieu des danses : les danseurs de Tabanan et ceux de Badoung dansèrent, et Raka fut le plus brillant d'entre eux tous. Les femmes du princes de Tabanan emmenèrent les femmes du prince de Badoung dans leurs maisons, elles firent échange de kaïns et d'expérience, et dans les balés c'étaient des bavardages et des rires sans fin. Mais les esclaves étaient hors d'elles, et il fallut bâtonner plusieurs lanciers, parce qu'ils étaient tellement ivres qu'ils en avaient oublié toutes les règles de la bienséance.

Le lendemain matin, le voyage continua; il faisait plus frais et ils traversèrent des régions que beaucoup d'entre eux n'avaient jamais vues. Dans les villages les gens se tenaient au bord des routes, bouche bée, ou s'inclinaient, les mains jointes; les enfants criaient et couraient le long du cortège aussi longtemps qu'ils pouvaient. Lambon était assise dans un chariot, derrière les rideaux tirés, et lorsqu'elle ne dormait pas, elle les entrebâillait pour voir.

Elle espérait apercevoir Raka et recevoir de lui quelque signe secret, mais elle ne voyait que les échines des buffles et les lanciers au bord du chemin. Elle était pourtant heureuse de penser que Raka n'était pas loin d'elle. A Batukau elle le verrait danser et il lui sourirait en secret, lorsqu'elle serait assise parmi les autres femmes, parée de son nouveau kaïn pourpre.

Raka montait un cheval alezan à côté d'Alit. Ils précédaient le cortège d'assez loin, à la suite du premier groupe de porteurs de lances. Les chariots et les bagages avançaient plus lentement que les cavaliers, qui prenaient de plus en plus d'avance. Le père de Raka lui aussi faisait partie de l'escorte personnelle du prince; il se tenait droit sur son cheval blanc, dans son justaucorps noir, et il portait un kriss comme tous les autres hommes.

Lorsqu'ils atteignirent les villages des montagnes, où les toits ne sont pas couverts de chaume, mais de bardeaux pointus, le prince dit à Raka : « Viens, quittons le grand chemin et passons par Mangesta. Je veux être seul, car j'ai beaucoup de sujets de méditation et je ne me soucie guère de respirer la poussière de tout le train de ma cour. »

Raka tressaillit, car il lui était de plus en plus pénible de rester seul en compagnie de son ami qu'il trompait, mais il ne put se dérober. Alit fit part à l'Anak Agoung Bouma de son intention, et au prochain carrefour ils s'éloignèrent, suivis seulement de deux valets dont chacun tenait en bride un second cheval.

A peine eurent-ils quitté la grande route le long de laquelle les villageois se jetaient à genoux, les mains jointes, au passage du prince, que le silence et la fraîcheur les entourèrent. Personne ne les reconnaissait sur ces chemins de traverse; peut-être les habitants de ces villages perdus dans les montagnes ignoraient-ils même qu'un cortège princier était en route. Alit souriait et chantonnait tandis qu'ils chevauchaient. C'était comme au temps de leur enfance, lorsque Raka et lui partaient à l'aventure, seuls et sans serviteurs.

La vie de Bali défilait devant leurs yeux. Des rizières, échelonnées en terrasses arrondies, s'ouvraient devant eux, puis se repliaient et glissaient vers les gorges profondes où des fleuves coulaient en cascades. Des palmeraies couronnaient les crêtes des montagnes, qui se succédaient, chaîne après chaîne, jusqu'à la Grande Montagne dont deux longs nuages blancs masquaient le sommet. Les gigantesques et sombres couronnes des varingas se détachaient sur le vert émeraude des champs, et des portiques de temples gris rose s'érigeaient dans leur ombre. Des sources jaillissaient de terre, et guidées par des tuyaux de bambou, allaient irriguer les savahs. Des bois de bambous se rejoignaient en de belles voûtes au-dessus d'étroites rivières et il y régnait une ombre fraîche et mystérieuse. Des buffles gris dormaient dans les fossés pleins d'eau, derrière les villages. Des enfants nus, coiffés de grands chapeaux, poussaient des troupeaux de canards à travers champs. Des bottes de paille déambulaient, si grandes qu'on ne voyait pas les hommes qui les portaient. Des vieillards, dont les visages étaient pareils à des masques de danseurs, marchaient, appuyés sur leurs cannes, la blague à sirih suspendue à la ceinture. Des femmes revenaient des champs et du marché; elles portaient sur leurs têtes des paniers, ou des gerbes de riz, ou des tours de noix de cocos, ou d'immenses charges de cruches en grès. Leur démarche était devenue raide et égale, par l'habitude de porter, leurs seins et leurs épaules étaient à la fois gracieux et vigoureux. Derrière elles marchaient leurs filles, portant des charges de plus en plus petites, et les enfants de six ans ne balançaient qu'une demi-noix de coco pleine d'eau, au-dessus de leurs petits fronts graves, pour apprendre à porter. Sur les lisières des champs, des paysans accroupis se reposaient de leur travail; dans les rivières, d'autres se baignaient ou lavaient leurs vaches. Et tous ces hommes étaient beaux, vigoureux, bien proportionnés, leurs visages exprimaient la douceur, la confiance et l'aménité. Le paysage devenait de plus en plus beau à mesure qu'ils montaient, avec les mille miroirs des rizières inondées dans les vallées et les pentes soyeuses d'herbe alang-alang qui semblaient une eau agitée lorsque le vent les parcourait, avec les lignes adorables des collines et des montagnes, avec les petites îles qui se détachaient de la plaine, couronnées chacune d'un temple sous un varinga. Des oiseaux sans nombre chantaient, des perroquets des montagnes à gorge rouge voletaient, croisant la route des deux cavaliers. Des faucons blancs aux ailes brunes planaient très haut, et la forêt, avec ses ténèbres, avec l'épaisseur de ses lianes, avec le roucoulement des grands ramiers sauvages, succédait aux villages où les hommes étaient accroupis devant leurs portes, regardant de tous leurs yeux les cavaliers étrangers. Au-dessus des routes vertes des villages, les arbres à pain et les palmiers croisaient leurs cimes; aux carrefours se dressaient les statues en pierre des démons qui protègent les voyageurs. Et partout, partout, on entendait la voix de l'eau, voix bénie qui inondait l'île de fécondité. De champ en champ, c'était un ruissellement, un chantonnement, un murmure, un écoulement, un bourdonnement qui venait des hautes montagnes, qui se déversait dans les vallées profondes, qui faisait pousser le riz pour chacun jusqu'à ce que cette eau, devenue fleuve nonchalant, se jetât dans la mer. Car telle était la volonté des dieux : que l'île leur appartînt, qu'elle ne fût que prêtée aux hommes, afin qu'ils rendissent la terre fertile et assez riche pour nourrir les uns et les autres, et pour que l'on pût célébrer des fêtes et se réjouir de la vie.

Alit chevauchait, le visage presque extasié, et Raka regardait autour de lui, joyeux et léger comme il ne s'était pas senti depuis longtemps. Pendant quelques heures la beauté du paysage lui fit oublier Lambon.

« J'ai encore reçu une lettre des Hollandais, dit le prince, après un long silence, et c'était comme la suite d'une longue chaîne de pensées. Ils vont me déléguer un de leurs plus hauts dignitaires. Il vient de loin : de Batavia, qui est une grande ville de Java. C'est un homme de haute caste et de grand savoir, et l'on m'assure qu'il saura me persuader de payer la somme qu'ils me réclament. » Alit retint son cheval et se rapprocha de Raka. Il parlait pour lui-même plutôt que pour son ami, et Raka n'aurait su que répondre.

« A quelle somme s'élève maintenant leur demande? Eux-mêmes finissent par n'en plus rien savoir. Le Chinois, qui se serait contenté à l'origine de deux cents ringgits, en est arrivé à sept mille cinq cent florins hollandais. » Alit eut un rire bref. « En plus de cela, je dois payer pour chaque jour que les bateaux hollandais passent dans mes eaux. Tant de ringgits pour les frais du siège! Ils s'entendent à compter, ces blancs! On dit que les Hollandais sont encore meilleurs commerçants que les Chinois. Si je paie toutes ces sommes – assurent-ils – notre querelle sera oubliée et Badoung demeurera libre comme auparavant. »

Le prince se tut et Raka, voyant l'expression absente et concentrée de son ami qui contemplait le paysage, demanda : « Et qu'a décidé mon frère?

– J'ai laissé les autres et suis parti seul avec toi parce que j'avais besoin d'éclaircir mes pensées. Il faut que j'énonce devant mes amis de Tabanan et de Kloungkoung une opinion ferme, et il faut que je puisse dire à l'envoyé des Hollandais ce que j'ai résolu. Je ne payerai pas.

– Cela signifie-t-il la guerre? demanda Raka après un silence.

– Probablement, répondit le prince. Oui, cela signifie probablement la guerre. Les Hollandais veulent la guerre et la soumission, c'est pourquoi cela signifie la guerre. Je ne peux rien leur payer; ils le savent bien. Si je les payais, cela équivaudrait à reconnaître : Oui, nous sommes des voleurs et des écumeurs d'épaves, nous avons pillé la barque d'un malheureux Chinois, nous en demandons pardon et nous ferons pénitence. Réponds toi-même si c'est possible. De l'argent? dit-il, et ses yeux s'obscurcirent. S'il ne s'agissait que d'argent, il serait facile de payer. Je suis assez riche et ma famille m'aiderait volontiers à payer. Mon oncle m'a proposé de prendre à sa charge la moitié de la somme et Biyang, sa vénérable mère, veut me donner tout l'argent dont je pourrais avoir besoin pour satisfaire les Hollandais. Mais ce n'est pas d'argent qu'il s'agit. Il s'agit de notre honneur, de notre dignité et de notre orgueil. Comment peuvent-ils s'attendre à me voir payer, alors que par là même je reconnaîtrais être un voleur, un menteur et un bandit? »

Raka regarda son ami en face. « Je me réjouirais si nous avions la guerre », dit-il.

Alit rejeta la tête en arrière et éclata de rire. « Grand Molog que tu es! » dit-il avec une tendresse moqueuse.

« Il est même arrivé une chose amusante, ajouta-t-il, poursuivant son monologue. Les marchands chinois de la côte ont été jusqu'à me proposer de m'avancer la somme nécessaire, ou en quelque sorte de m'en faire cadeau. Savais-tu que ces Chinois, qui font le trafic des porcs et des peaux de buffles, avaient des âmes aussi nobles? Sans doute ont-ils calculé qu'il leur en coûterait moins cher de payer les Hollandais que de subir le blocus.

– Et qu'as-tu fait? demanda Raka, amusé par ce mot étranger « blocus ».

– Bien entendu, j'ai repoussé cette proposition. Allais-je non seulement m'humilier devant les Hollandais, mais encore faire en quelque sorte payer cette humiliation par les Chinois de la côte? »

Alit éclata de rire à cette pensée. Un cortège de femmes qui venaient d'une source, portant des cruches d'eau sur leurs têtes, s'arrêtèrent, suivant des yeux les cavaliers étrangers.

« Nyoman de Bouleleng et Ngourah Agoung de Gianjar, qui ont pactisé avec les Hollandais, me traitent de sot et de forte tête. Ils me considèrent comme un fou. Mais, je te le dis, Raka, je sais ce que je fais, et je sais que je suis sur la bonne route. Les Hollandais ne désirent pas du tout que je leur cède; ils veulent avoir une raison de combattre. Leurs exigences grossissent comme une papaye pendant la saison des pluies. Si je payais demain ce qu'ils réclament aujourd'hui, ils trouveraient la semaine prochaine une nouvelle raison de demander davantage. Je me suis fait traduire quelques écrits des Hollandais parce que je voulais pénétrer leurs pensées. Il n'y a pas de paix possible entre eux et moi. Je n'ai pas le choix, je ne puis suivre qu'une seule voie, qui est juste devant les dieux, les ancêtres et devant ma voix intérieure. Comprends-tu cela, Raka? »

A ces mots, Raka fut saisi d'une profonde tristesse. Aucune femme au monde, se dit-il, ne mérite qu'on trompe avec elle un ami tel qu'Alit. En lui aussi il y avait une voix qui parlait, mais il n'avait pas voulu l'entendre et pendant de longs mois il avait été comme un homme ivre, qui ne sait ce qu'il fait. Il n'avait rien à dire. Mais il pressa son cheval contre le cheval du prince, et posa sa main sur la main d'Alit, qui tenait lâchement les rênes. Alit le regarda en face et sourit.

« C'est bon de parcourir ainsi le pays, tous deux, dit-il amicalement. Cela m'a éclairé sur bien des choses. J'ai regardé autour de moi. Je ne puis croire qu'il existe sur terre un second pays aussi beau que Bali. Je ne puis livrer ou vendre cette terre à des étrangers. Qu'en feraient-ils s'ils avaient le pouvoir d'en disposer? Ils ne connaissent pas nos dieux, ils ne comprennent pas les lois d'après lesquelles les hommes doivent vivre. Ils abattraient les temples, et les dieux quitteraient l'île, qui ne tarderait pas à devenir déserte et laide comme les déserts de Chine. Ils planteraient de la canne à sucre, non pas comme le font nos paysans, tout juste assez pour sucrer leurs mets et pour faire plaisir à leurs enfants; ils couvriraient le pays entier de cannes à sucre et raffineraient le sucre en de grandes maisons qui empesteraient les villages, et ils chargeraient ce sucre sur de grands bateaux à vapeur pour l'échanger contre de l'argent. Ils planteraient d'affreux arbres en longues rangées toutes droites, pour en extraire la gomme, ils dévasteraient les savahs, ils abattraient nos beaux palmiers et nos arbres à pain pour bâtir des villes. Ils feraient de nos paysans des esclaves et des coolies, de sorte qu'il ne leur resterait de loisirs ni pour les combats de coqs ni pour les fêtes ni pour la musique ni pour les danses. Nos femmes devraient cacher leurs seins comme si elles étaient des filles publiques et plus personne ne porterait de fleurs dans les cheveux ni ne présenterait d'offrandes dans les temples. Ils extrairaient la joie du cœur des enfants et ils arracheraient à leurs âmes la patience, la douceur et la gentillesse, pour les rendre amers, irritables et mécontents comme le sont les hommes blancs eux-mêmes. Mais me voici, le prince de ce pays que les dieux ont donné à mes ancêtres, et si personne d'autre ne s'oppose aux blancs, il faut que je le fasse, moi seul sur tout l'île. Je suis faible et au-dessous de ma tâche, je ne suis pas un héros comme l'étaient les grands princes de Madjapahit desquels nous descendons tous. »

Alit se tut, puis il demanda presque timidement.

« Dis-moi si j'ai raison, mon frère?

– Je suis trop stupide pour juger ces choses, dit Raka. Mais il me semble que tu ne peux prendre qu'un seul parti. »

Il se tut la durée d'un battement de paupières, puis ajouta : « Heureux celui qui peut suivre sans s'égarer sa voix intérieure! »

Le prince étendit le bras et désigna la Grande Montagne. Soudain, les deux nuages s'étaient levés; on la découvrait à présent, avec ses pentes douces et longues, elle se dressait, portant sur sa croupe le grand sanctuaire de Beihsaki et les épaisses forêts vierges d'où venaient tous les cours d'eau qui baignaient l'île. La Grande Montagne : la demeure du Grand Dieu.

« Demain ton père m'aidera à parler aux dieux. Je sais qu'ils me confirmeront dans ma volonté d'agir ainsi », dit Alit. Il regarda Raka en face et ajouta en souriant : « T'ai-je importuné avec mes soucis, mon ami?

– Je suis heureux que tu te sois confié à moi », dit Raka.

Qu'ai-je dit là? songea-t-il presque aussitôt. Tu te confies à moi et qu'ai-je fait de ta confiance? pensa-t-il. Aucune femme n'a assez d'importance pour nous séparer, se dit-il encore, et pendant quelques instants. Il eut l'illusion qu'il allait être délivré de la brûlure inquiète et du trouble causés par Lambon. Il ne s'agit pas de la femme, il s'agit de l'honneur – de l'honneur d'Alit et du mien.

Le prince arrêta son cheval qui se mit aussitôt à brouter l'herbe du talus. Le cheval de Raka hennit, et sans attendre l'ordre du cavalier, se rangea auprès de l'autre monture. Une odeur d'herbe et de verdure montait vers eux; l'air avait déjà la fraîcheur de la montagne.

« Raka, mon frère, dit Alit. Il y avait longtemps que nous n'avions plus parlé ensemble comme aujourd'hui. Je veux te poser une question, à cette heure-ci, en face de la Grande Montagne. Ma réponse aux Hollandais peut fort bien signifier la guerre. Et je ne veux pas me mentir à moi-même. La guerre contre les blancs n'est pas un jeu. C'est peut-être la fin. Tu sais que je ne tomberais pas vivant entre leurs mains. Aucun de mes ancêtres ne s'est livré vivant à un ennemi. Si la fin arrivait...?

– Oui, dit Raka, attentif, voyant l'hésitation d'Alit. Si la fin arrivait... »

Ali joignit les mains et les leva à la hauteur de son front. Pendant quelques minutes il demeura muet, comme il faisait toujours lorsqu'il se concentrait à l'extrême.

« Si la fin devenait nécessaire et si je t'appelais, es-tu prêt à mourir avec moi ? » demanda-t-il ensuite.

Un sourire s'étendit sur le visage de Raka, le sourire rayonnant et victorieux d'autrefois. Tout se lissa et devint simple, son cœur battit d'un rythme égal et soulagé.

« Mourir avec toi serait la moindre des choses que je puisse faire pour toi, mon ami et frère », dit-il joyeusement.

« Ce vacarme de gamelan, il y a de quoi vous rendre fou, dit le commissaire van Tilema au contrôleur Visser. Ils ne se tairont donc jamais ? »

Le résident Berginck était assis à la table et fumait son cigare. « On se rend compte qu'il y a longtemps que vous n'étiez pas venu à Bali, Monsieur van Tilema », dit-il, riant en lui-même. Visser descendit les marches et regarda par-dessus le mur dans la première cour de la pouri. Les joueurs de gamelan étaient assis là-bas, et faisaient de leur mieux pour honorer leur noble hôte. Visser revint.

« Si Monsieur van Tilema le désire, je puis leur donner l'ordre de s'arrêter. Mais ce ne serait pas très poli...

– Eh bien, au nom du Seigneur, soyons impolis ! dit van Tilema, agacé. On finit pas ne plus entendre ses propres pensées. Voilà cinq heures que cela dure ! »

Visser disparut de nouveau. Il s'approcha des musiciens du gamelan et leur parla.

« Le touan Besar, votre invité, vous prie de vous reposer quelque temps, dit-il, diplomate. Lui-même va dormir quelque peu pour pouvoir assister ensuite, frais et dispos, aux danses. »

Les joueurs de gamelan regardaient devant eux, indécis. Les uns continuaient à jouer, d'autres déposaient déjà leurs instruments. L'Anak Agoung Bouma accourut, empressé. « N'avez-vous pas entendu les ordres du seigneur ? Vous devez cesser de jouer afin qu'il puisse dormir, s'écria-t-il. Je vous ferai servir à manger », ajouta-t-il plus aimable.

Les hommes s'accroupirent paisiblement et mâchèrent leur sirih.

« Le touan invité vous fait dire qu'il n'a jamais entendu à Java un gamelan aussi remarquable », ajouta Visser pour faire bonne impression.

« Nous ne sommes que de modestes débutants et nous ne méritons pas de jouer devant le grand touan », répondit courtoisement le tambour. Un peu plus loin, des hommes riaient. Quoique tous connussent l'existence d'une île nommée Java, ils ne savaient pas si Java faisait partie du monde ou si le monde finissait à l'horizon de la mer qui entourait Bali. Visser frappa sur l'épaule de l'Anak Agoung et retourna chez le commissaire que le Gouverneur Général de Batavia avait délégué pour débrouiller ces maudites affaires balinaises. Berginck et van Tilema étaient assis devant l'épais café noir que quatre domestiques étaient occupés à leur servir avec un cérémonial fort compliqué. Il était deux heures, et la pouri s'était calmée après les coups de canon, souhaits de bienvenue et salutations. Cependant un assez grand nombre de Balinais étaient accroupis autour de la maison des invités et regardaient les hommes blancs prendre leur café sur la terrasse.

« Ne peut-on pas renvoyer ces bonshommes? demanda van Tilema, impatient. Auraient-ils par hasard payé pour nous voir? J'ai l'impression d'être quelque chose comme le grand chimpanzé du Zoo. »

Le commissaire était un homme grand et mince, aux yeux jeunes, à la moustache d'un blond clair, dans un visage nettement dessiné. Il avait des mains blanches aux doigts pointus, des mains baroques comme on les voit sur les portraits de van Dyk. D'ordinaire le calme et l'amabilité personnifiés, il était ce jour-là nerveux et irritable. Le voyage avait été pénible car la mer avait été mauvaise dans le détroit de Bali. Le débarquement à travers le ressac de Sanour pesait encore à l'estomac du commissaire. Il y avait quelque part en lui une tendresse un peu sentimentale pour Bali, où il avait servi comme jeune fonctionnaire, et il possédait même une certaine connaissance de la langue. Van Tilema était pourvu d'une mémoire spacieuse et bien ordonnée, en sorte qu'il n'oubliait plus ce qu'il avait une fois appris. Néanmoins, il était fatigué par l'effort qu'il avait dû faire pour écouter pendant trois jours de suite des discours balinais, et pour y répondre, d'abord à Tabanan et maintenant à Badoung. Il était un des fonctionnaires les plus capables, les plus réfléchis et les plus cultivés des colonies, et c'est pourquoi il avait occupé si jeune la haute fonction qu'il remplissait au Conseil de l'Inde. A Batavia on avait estimé qu'il suffirait d'envoyer van Tilema à Bali pour résoudre aisément toutes les difficultés et désarmer toutes les résistances. Le commissaire lui-même s'était offert avec empressement à remplir cette mission, car il se réjouissait de revoir Bali et il était sûr de son succès. Il y avait chez lui une certaine coquetterie virtuose. Il ne connaissait pas plaisir plus grand que tirer des marrons du feu sans se brûler les doigts.

Il avait demandé au Gouvernement général de larges pouvoirs dans le sens transactionnel. « Je viens comme une colombe avec une branche d'olivier », avait-il déclaré en arrivant chez le résident. Et voici qu'il était installé depuis trois jours dans les pouris, qu'on lui faisait des présents et qu'on lui rendait des honneurs de toutes sortes, qu'on le promenait et qu'on le gavait comme un nourrisson, qu'il ne voyait que des dos ployés et des mains jointes, mais il sentait à chaque pas qu'il n'obtenait rien et qu'on l'éconduisait sous les formes les plus courtoises. Il en avait été ainsi hier et avant-hier, à Tabanan, il en était de même aujourd'hui, à Badoung.

« Qu'est-ce que c'est encore que ce vacarme? demanda le commissaire irrité, en se retournant.

— Ce sont les pigeons, répondit le résident, souriant. Ils ont de petits grelots d'argent aux pattes, qui tintent chaque fois qu'ils prennent leur vol. »

Le résident se moque de moi, se disait van Tilema, furieux. Monsieur le Commissaire s'énerve, songeait Berginck, ravi. Il n'était pas mauvais que ces messieurs de Batavia se rendissent compte par eux-mêmes du mal que l'on éprouvait à faire entendre raison à un rajah balinais.

Depuis quelques mois le résident se ressentait parfois de son âge. Les colonies vous épuisent un homme plus vite que la métropole. Encore six mois, et il aurait atteint la limite d'âge; on lui décernerait alors une petite décoration, avec une lettre de remerciement et sa retraite. Il possédait à La Haye une petite maison, avec un jardin minuscule où poussait un poirier. Il avait là-bas une fille mariée et deux petits-enfants. A partir de ce jour, les Tilema, les Boomsmer et le Gouvernement général tout entier, avec Monsieur le G. G. en personne, pourraient se quereller à leur guise avec les Balinais. J'en ai eu ma large part, songeait le résident. Que d'autres y viennent à leur tour! »

« Quel est notre programme pour cet après-midi, Visser? demanda van Tilema. Je suis vraiment assez à plat et je ne tiendrais pas précisément à une grande conférence. Je n'ai pas encore réussi à me réhabituer à tous ces ministres parfumés au jasmin comme des filles de Singapour.

– Tjempaka », murmura Visser. « Que disiez-vous, Monsieur van Tilema? » demanda Berginck, distraitement. Van Tilema fronça les sourcils. Visser intervint en hâte. « Ni ministres ni conférences pour aujourd'hui, dit-il. Quand le soleil est là, le prince de Pametyoutan attend Monsieur van Tilema, c'est-à-dire à condition qu'il ait l'esprit clair », dit Visser. Appuyant son bras droit sur sa main gauche et désignant le ciel du pouce tendu, il parodiait un Balinais qui indique l'heure. Le commissaire eut de nouveau l'impression qu'on ne le prenait pas tout à fait au sérieux. Bali démoralise les fonctionnaires, se dit-il, fort injustement. « A quelle heure? » demanda-t-il, impatiemment. « A trois heures, Monsieur van Tilema », dit Visser avec une raideur officielle.

« Et le vieux prince est-il réellement fou? » demanda van Tilema. Le résident retira son cigare de sa bouche : « Ça dépend, Monsieur van Tilema, dit-il. C'est dans la tête que ça le tient. Il a de terribles douleurs et s'imagine qu'une bête habite son cerveau. Il y a des moments où il a l'esprit clair, et même diablement clair. Mais quand il est fou c'est pour de bon!

– Tout comme le jeune prince », dit van Tilema d'un

ton tranchant. Berginck lui sourit aimablement. Visser tira un billet de sa poche, l'étudia et reprit : « A quatre heures nous devons assister à un barong à Taman Sari. J'en ai spécialement prié le prince parce que j'ai pensé que cette danse intéresserait Monsieur van Tilema. Ce village a par hasard eu des malheurs, et ils mobilisent pour la circonstance leur barong qui doit les tirer du pétrin.

– Barong, barong », dit van Tilema. Il explora les nombreuses cases de sa mémoire, mais ne trouva rien. « Je dois avouer que j'ai oublié ce que c'est qu'un barong, dit-il. Peut-être cela n'existait-il pas de mon temps.

– Spécialité de Bali. Possible qu'on ne veuille pas nous le montrer, à nous autres Hollandais, dit le résident. Transe, magie, kriss, tout ce qu'on veut. Visser est très excité là-dessus. Chaque village a son barong, espèce d'esprit gardien. Vous verrez ça, Monsieur van Tilema. Je dois dire que c'est plus intéressant que la plupart des danses qu'on nous produit d'habitude.

– J'ai pensé, dit Visser avec quelques circonlocutions, qu'il ne serait peut-être pas sans intérêt pour Monsieur van Tilema de voir une danse du kriss. Nous risquons toujours de nous tromper sur le compte des Balinais parce qu'ils sont si polis, doux, soumis, gais et enjoués comme des enfants. A l'occasion du barong, on peut voir tourner tout cela d'un instant à l'autre à la cruauté, à une sorte de démence dont il faut bien tenir compte lorsqu'on a affaire aux Balinais. Faute de quoi on commettrait des erreurs de jugement. »

Tiens, tiens, voilà le contrôleur lui-même qui me fait des conférences, pensa van Tilema, mi-agacé, mi-amusé. Il regarda le visage bonasse, mais échauffé de Visser. Plein de bonnes intentions, se dit-il, indulgent. « Une excursion commentée! dit-il d'un ton un peu pointu. Parfait, vous avez été très aimable d'arranger ça pour moi. Si ces messieurs veulent bien m'excuser, je vais encore prendre rapidement un bain et mettre un uniforme frais pour cette excursion à Taman Sari. »

« Qu'est-ce que vous pensez de notre touan Besar? » demanda Berginck à son contrôleur, tandis qu'ils se dirigeaient à travers la cour vers la maison chinoise, où on les avait logés cette fois-ci. Visser fut pris au dépourvu par cette question familière qui lui sembla presque un manque de tact.

« Un homme très cultivé et plein des meilleures intentions. Les Balinais sont ravis qu'il parle leur langue, dit-il, tâtant le terrain.

– Bon, bon, répondit Berginck, qui ne savait que le malais et le javanais. Mais obtiendra-t-il quelque chose ?

– J'ai parlé au pounggawa de Sanour, dit Visser. Il estime que...

– C'est nous qui payons le pounggawa, vous le savez aussi bien que moi. Son opinion ne signifie absolument rien, répondit le résident, l'interrompant. Mais que pensez-vous ? Vous connaissez les Balinais mieux qu'aucun d'entre nous. Van Tilema pourra-t-il en dernière heure les empêcher de faire une sottise ?

– Le Conseil de l'Inde est hostile à l'envoi de torpilleurs et de soldats. Chaque coup de canon coûte de l'argent et du sang, chaque enfant peut en faire le compte. Le commissaire est porteur d'une offre qui est déjà presque un commencement de retraite. Si Badoung paye les 7.500 florins à titre de dommages et intérêts, le Gouvernement renoncera aux frais du blocus et tout sera oublié et pardonné. Je dois reconnaître que, si le prince de Badoung n'accepte pas cette proposition, il n'a vraiment pas tout son bon sens, Monsieur le Résident, conclut le contrôleur.

D'un air pensif, le résident mordit la pointe de son cigare.

– Lorsqu'on considère la volonté générale de paix et la peur qu'ont tous les partis d'un éclat, on se demande vraiment d'où peuvent bien venir les guerres. Avez-vous une allumette pour moi, mon cher Visser ? » conclut-il.

Lorsque les fonctionnaires hollandais et le prince de Badoung, avec son escorte, arrivèrent à Taman Sari, tout le village était déjà sur pied. Seize porteurs de lances précédaient la voiture et les gens se rangeaient au bord de la route et tombaient à genoux pour saluer les nobles visiteurs. Le pounggawa, accompagné de son domestique à l'ombrelle, attendait à l'entrée du village et conduisit lui-même les hôtes au temple des morts, devant le portail duquel la danse du barong devait avoir lieu.

Des centaines d'hommes, de femmes et d'enfants étaient déjà assis en cercle, avec l'habituel accompagnement de marchandes et de chiens affamés à l'arrière-plan. Pour le prince et son escorte, on avait dressé une estrade en bambou, et à l'intention des seigneurs hollandais on avait apporté des chaises fournies par le Chinois Nyo Tok Suey.

« Encore du gamelan! » soupira le commissaire, à peine eut-il pris place. Les musiciens de Taman Sari étaient assis à terre, avec leurs turbans décorés d'or; ils jouaient de toutes leurs forces.

« Si cette musique doit encore durer longtemps, je finirai par tomber moi-même en transe. C'est une sorte de narcotique. N'est-ce pas votre avis? » dit-il. Le résident sourit avec complaisance de la plaisanterie de son supérieur.

Le prince Alit se pencha vers ses hôtes. « Le village de Taman Sari a été fortement éprouvé par la maladie, ces derniers temps, dit-il en javanais. Le village espère remédier à cette mauvaise fortune grâce au barong. Il possède un barong d'un très grand pouvoir.

– Intéressant », répondit van Tilema. Le pounggawa s'était accroupi à côté du contrôleur Visser et chuchotait de temps à autre quelques mots à son oreille. Le jeune Oka, aux pieds de son maître, sourit timidement au commissaire en lui tendant une noix de coco. Le commissaire répondit au sourire, mais refusa. Sous le portail du temple, c'étaient de constantes allées et venues. Des femmes chargées d'offrandes entraient, des vieillards guettaient derrière le mur d'enceinte, de jeunes hommes portant le kriss dans leur ceinture, s'approchaient, le dos ployé, des joueurs de gamelan puis s'accroupissaient sur le sol et mâchaient en silence leur sirih.

« Sapristi! dit van Tilema. Voilà un beau garçon! »

Le résident suivit le regard du commissaire et Visser fit un signe au jeune homme ainsi désigné. C'était Raka, qui s'avançait à travers la foule, se frayant facilement un passage autant à cause de sa caste qu'en raison de sa popularité. Le prince lui sourit. Raka s'inclina poliment, les mains jointes, et voulut s'accroupir en contrebas de la plate-forme. Mais le prince le tira aussitôt vers lui. « Voici Ida Bagus Raka, dit-il au commissaire. C'est le fils du pédanda de Taman Sari et le meilleur danseur de Badoung. »

Van Tilema s'attarda avec plaisir à examiner le jeune homme qui se distinguait par ses vêtements autant que par son attitude.

« Ida Bagus Raka dansera-t-il pour nous? » demanda-t-il poliment en balinais.

Raka eut un sourire distrait et répondit par un signe de tête négatif.

« Raka est un danseur de baris; il n'a rien de commun avec le barong, dit le prince.

– Je comprends », répondit le commissaire, un peu confus.

Le gamelan se tut sur la balé, et un second orchestre parut sur le chemin qui conduisait à travers une clairière au temple des morts. Les musiciens marchaient en tête d'un petit cortège qui se dirigeait lentement vers le temple. Des drapeaux blancs et rouges, en forme d'énormes faucilles, les suivaient, et deux hommes portaient des ombrelles dorées à longs manches au-dessus d'un étrange monstre qui s'avançait, escorté d'hommes. Quelques femmes portant des coupes d'offrandes sur leurs têtes suivaient à quelque distance.

« Le barong, dit Visser. Il va au temple des morts pour recevoir les offrandes avant la danse. Les autres danseurs, eux aussi, doivent faire des offrandes et prier, de peur qu'il n'arrive malheur lorsqu'ils se déchaîneront avec leurs kriss. »

L'animal fabuleux s'avançait. Le soleil brillait sur son dos. C'était une énorme créature, à tête relativement petite, sculptée en bois, peinte en rouge et en noir. Les mâchoires étaient mobiles et garnies de crocs redoutables. Sur sa tête se dressait une bosse semblable à l'énorme musculature d'un buffle, une montagne d'écailles de cuir dorées et estampées, richement décorée de petits miroirs. Lorsque le barong s'approcha du portique du temple, de petits reflets mobiles scintillèrent sur les murs gris, à chaque mouvement de ces débris de glace. Une lourde et longue toison d'un blanc jaunâtre couvrait le corps du barong, et l'arrière-train ainsi que la queue étaient décorés d'or, de miroirs et de rouge, et ornés de nombreux grelots qui cliquetaient à chaque pas. Quoique le monstre s'avançât sur les quatre pieds nus, bruns et plutôt malpropres, de deux jeunes villageois aux jambes vêtues de pantalons étroits à raies rouges et blanches, il y avait quelque chose de si bestial dans son apparition et dans ses mouvements que le commissaire suivit avec un sourire étonné l'étrange créature lorsqu'elle disparut derrière le portail du temple, qui semblait presque trop étroit pour son corps puissant.

« Fou, ça, un animal pareil! dit-il d'un air de connaisseur.

— Une sorte de divinité gardienne du village, expliqua Visser, à mi-voix. Chargée de force magique. Ah! les voici qui apportent le masque de Rangda.

— Oui? dit le commissaire, sans comprendre, lorsqu'un second groupe pénétra dans le temple, encadrant un petit coffret voilé de blanc.

— Quelque chose comme le principe du mal, Monsieur van Tilema. Une des formes de la déesse de la mort Dourga, dont on rencontre encore d'autres incarnations que l'épouse de Siva, dit Visser.

— Allons, en voilà assez, dit van Tilema, avec jovialité. La mythologie hindoue a toujours été trop compliquée pour moi! Et voilà que ce satané gamelan va remettre ça! »

Le résident Berginck rit d'un air amusé. Il ne comprenait que trop bien l'aversion de van Tilema. « C'est un vrai soporifique, dit-il. Nous en avons pour une bonne heure avant que ça devienne excitant. » Mais van Tilema se sentait tenu à quelque politesse. « Paysage magnifique, dit-il au prince. Ces vieux arbres, et ce chemin dans la clairière... Merveilleux, vraiment, ce Bali! »

Alit le considéra avec un léger étonnement : « Notre hôte est trop bon de louer ainsi notre île, quoiqu'elle ne présente rien d'extraordinaire », répondit-il courtoisement.

« Voici Teragia, dit Raka.

– Qui? demanda le prince, posant sa main sur l'épaule de son ami. Mais il se hâta de la retirer.

– Je croyais me rappeler que tu t'étais un jour enquis de ma femme. La voici... » dit Raka.

Alit regarda, sans surprise. Teragia gravit les marches du temple; elle portait un vase d'argent plein d'eau bénite, et était suivie de quelques jeunes filles aux cheveux lisses, parés de fleurs.

« Je ne serais pas fâché si ça commençait une bonne fois », dit le commissaire au résident.

Visser chuchota quelques mots à l'oreille du pounggawa. Celui-ci chargea un gamin d'un message et un peu plus tard le gamelan se tut, pour reprendre sa musique sur un rythme tout différent.

« Allons, enfin... » dit le résident, satisfait, et, les yeux mi-clos, il savoura son cigare.

Deux hommes portant des ombrelles à longs manches sortirent du temple et se postèrent des deux côtés de l'escalier, à côté des démons en pierre qui le gardaient. Ensuite parut le barong. Il attendait entre les montants du portail et semblait regarder les hommes en dessous de lui. Bientôt, à pas lents, il descendit et parcourut la place de danse. Ses grelots tintaient, ses mâchoires se fermaient en claquant avec un bruit de castagnettes, et ses jambes à pantalons rayés rouge et blanc piétinaient tantôt en avant tantôt en arrière. C'était la danse d'un animal dangereux, mauvais, et pourtant assez comique; elle dura un certain temps. M. van Tilema soupira lorsque le barong se retira dans le temple. Quatre danseurs parurent; ils portaient des masques blancs, souriants, des visages de jeunes filles figés dans leur douceur, sous des chapeaux ronds, pointus et dorés. Ils tenaient des éventails et zigzaguaient à travers la place, glissant et s'entrecroisant. « Que représentent ces dames affectées? » chuchota van Tilema qui s'efforçait vainement de maintenir son humeur à la température ordinaire. « D'aucuns disent : des papillons, d'autres : les esprits qui entourent le barong », répondit Visser. « Parfait », dit le commissaire. Le prince sourit à son invité. Il trouvait étonnamment impoli que les Hollandais s'entretinssent dans leur langue et fissent des remarques moqueuses sur la danse sacrée à laquelle il les avait conviés.

« Je suis sûr que les danses au pays de Hollande sont infiniment plus belles et plus somptueuses que les nôtres », dit-il à son invité. Le commissaire trouva cette remarque charmante et se mit à rire. Il posa sa main sur les genoux du prince et répondit : « Jusqu'à présent la Hollande n'a pas encore trouvé le temps de se consacrer à l'art de la danse. Peut-être cela viendra-t-il un jour. » Raka fit écho au rire du commissaire; il trouvait ces blancs comiques et divertissants.

« On m'a rapporté que la reine du pays de Hollande est très belle. Ne danse-t-elle pas? Et les princes et les princesses de la cour? » demanda Raka, joignant les mains d'un geste rapide lorsqu'il mentionna la souveraine étrangère. Berginck à son tour éclata de rire. « Bonté divine! » s'exclama-t-il, égayé jusqu'au fond du cœur. Van Tilema fut le premier à se reprendre. « Les coutumes de notre pays sont très différentes de celles des cours des sultans de Java, Ida Bagus Raka », dit-il aimablement. Son humeur s'était soudain améliorée. Le jeune et beau danseur Raka répondait aux images qu'il se faisait de Bali lorsqu'il se rappelait le temps qu'il avait passé sur l'île comme jeune fonctionnaire. « Somme toute, ce sont de grands enfants », dit-il en hollandais au résident.

Après que les masques blancs et souriants eurent disparu, soulevant de petits nuages de poussière sous leurs larges pieds d'adolescents, quatre autres masques firent leur entrée par le portail du temple.

« Dyaoks », dit van Tilema, dont la mémoire se remettait à fonctionner. « Oui, Dyaoks », confirma le prince, heureux que son hôte parût comprendre le spectacle. Ces masques avaient de grands yeux ronds et fixes, des moustaches, et des plumes de paon étaient piquées sur leurs coiffures aux formes étranges. Ils avaient chaussé des gants informes, portant aux doigts de longs ongles faits d'une substance nacrée et, dans l'ensemble, ils donnaient une impression de force et de méchanceté. Entre eux et les masques souriants s'engagea une sorte de jeu de menaces et de poursuites, l'annonce d'un combat, exécuté avec les mouvements arrondis, artificiels et irréels des danses balinaises. Cette partie du spectacle, elle aussi, dura longtemps, et van Tilema se décida à boire du lait de noix de coco. Il commençait à s'habituer au gamelan, qui semblait répéter à l'infini, avec des variations sans fin, la même phrase musicale. Lorsque le rythme changea pour la seconde fois et qu'un léger mouvement parcourut les spectateurs, il en fut presque désagréablement surpris. Le barong reparut dans l'encadrement du portail et descendit parmi les danseurs masqués. Ses deux porteurs d'ombrelles restèrent au bas de l'escalier. « Il a l'air vraiment dangereux », murmura le commissaire à l'oreille du résident. Berginck approuva de la tête, sans détourner les yeux du barong. L'animal avait quelque chose de farouche, de menaçant et d'effréné dans sa démarche. Parfois il demeurait immobile et regardait fixement un groupe de spectateurs, de sorte que les enfants qui étaient au premier rang, se tortillaient ou se retournaient, mi-effrayés mi-rieurs. A d'autres moments, il s'élançait subitement en avant, piétinait d'un air mauvais, se secouait en faisant sonner tous ses grelots, faisait claquer ses horribles mâchoires, et sa cocasse barbiche noire se balançait de haut en bas. Il se mêla aux huit danseurs masqués, les poussant tantôt ici tantôt là, faisant jaillir la poussière du sol, plein d'une force bestiale et d'une vie ardente. Van Tilema suivait les mouvements de l'animal d'un regard fasciné. Il avait complètement oublié que deux jeunes paysans faisaient mouvoir cette dépouille. Cependant, après quelque temps, sa tension se relâcha, et il regarda de nouveau Raka qui lui plaisait particulièrement. Le jeune Brahmane avait tressé ses longs cheveux brillants sous un turban noir, décoré de paillettes dorées. Il portait un kaïn d'un rouge lie-de-vin, où brillaient çà et là des fils d'argent, et une étoffe de soie brune était serrée autour de ses reins exceptionnellement étroits, remontant jusqu'à la poitrine. Il ne portait pas de fleurs d'hibiscus, comme le prince et la plupart des autres hommes, mais avait arboré au milieu du front une seule orchidée, pareille à une bête qui s'échappait de son turban. Cette orchidée scorpioïde seyait de façon indéfinissable au visage de Raka, avec son nez mince et arqué, ses yeux en amande, et ses longs cils. Ses lèvres étaient si ondulées qu'elles semblaient toujours sourire de façon mi-railleuse mi-énigmatique. Van Tilema regarda Raka se pencher en avant, prendre une jeune noix de coco des mains d'un homme et la présenter au prince. Alit accepta la noix en souriant, en rabattit le petit couvercle vert et but, puis il la rendit à Raka. Le commissaire se pencha vers le résident.

« Ce jeune homme a-t-il de l'influence sur le prince ? » demanda-t-il à voix basse.

Berginck retira son cigare des lèvres.

« Autant que je sache, pas d'influence politique », répondit-il.

Visser tira doucement van Tilema par la manche, lorsque le commissaire parut s'oublier à contempler Raka.

« Voici les danseurs au kriss. Ils sont assis là », dit-il.

Le commissaire regarda dans la direction indiquée, mais il n'y avait rien de spécial à voir. Un groupe d'une douzaine d'hommes étaient accroupis auprès du portail du temple, l'air somnolent, semblait-il. Ils avaient le torse nu et des kriss plantés dans leurs ceintures – comme d'ailleurs la plupart des spectateurs – mais ils ne portaient pas de turbans. La plupart d'entre eux étaient jeunes, quoiqu'on pût en compter deux ou trois qui pouvaient avoir atteint la quarantaine. Ils étaient accroupis là, un bras allongé sur le genou pour se maintenir en équilibre, et mâchaient paresseusement comme des vaches qui ruminent au pâturage. De temps à autre, l'un soufflait un mot à l'oreille de son voisin, qui répondait par un sourire endormi.

Les grelots du barong tintinnabulaient, le gamelan déroulait ses arabesques sans fin, le temps passait. Déjà les arbres qui entouraient la place projetaient des ombres plus longues, et il faisait presque sombre sous le varinga. Les huit danseurs au masque se rassirent lorsqu'ils eurent achevé leur danse et le barong se retira, en se secouant d'un air menaçant, derrière le portail du temple. Il y eut une brève pause durant laquelle van Tilema assista avec plaisir à un spectacle charmant.

Toute une foule de paysans, qui revenaient des champs et voulaient rentrer chez eux, mais qui n'avaient pas osé interrompre la danse, s'était peu à peu amassée autour de la place. A présent on les laissait passer et ils défilaient comme sur une image rustique. Des hommes portant des gerbes de riz au bout de leurs perches, d'autres chargés de bottes de foin, des enfants qui ramenaient les buffles du pâturage et d'autres enfants des troupeaux de canards. Enfin parut un cortège de femmes qui portaient de grandes feuilles de palmier destinées à on ne savait quel usage, et, après elles, un groupe de fillettes traversa encore la place, chargées de paniers et de fruits, riant avec un peu d'inquiétude, car le gamelan s'était remis à jouer et le spectacle reprenait. Alors qu'une nouvelle figure masquée apparaissait déjà à l'autre extrémité de la place, quelques canards attardés poussèrent des cris glapissants qui firent rire les enfants au premier rang. Un vieillard se leva et les chassa, à l'instant où venait de commencer la scène suivante du spectacle.

Un être affreux, vêtu de rouge et portant un masque de démon, s'avançait en déclamant son texte d'une voix nasillarde. Van Tilema sourit, car il se rappelait des représentations théâtrales balinaises auxquelles il avait assisté voici bien des années, et le son étrange de cette voix éveilla en lui des souvenirs fort anciens.

« Je crois que c'est la fille de Rangda qui va méditer dans un cimetière », murmura Visser, lorsque le regard du commissaire rencontra le sien. Mais van Tilema ne désirait pas d'explications. Dans le crépuscule qui tombait, il observait de nouveau le groupe des danseurs au kriss. Ils étaient assis là, comme si le spectacle ne les eût concernés en rien. Van Tilema avait entendu et lu d'étranges descriptions de ces danses balinaises du kriss, quoiqu'il n'eût jamais eu l'occasion d'en voir lui-même. Sans doute a-t-on un peu exagéré, se dit-il, sceptique. Il se retourna vers Berginck et constata que le résident s'était endormi avec beaucoup de tenue d'ailleurs, la tête droite, soutenue par le col de l'uniforme, malgré ses yeux fermés. Le regard du commissaire se porta ailleurs. Le prince était plongé dans une conversation avec Raka. Van Tilema fit un effort pour essayer de comprendre. Son balinais était insuffisant, mais il réussit à entendre qu'il était question de la possession enviable d'un être d'une grande beauté. Mais s'agissait-il d'une femme ou d'un coq, c'est ce qu'il ne put établir. Lorsque Raka sentit sur lui le regard du blanc, il s'interrompit, tira de sa ceinture une poignée de cigarettes en feuilles de maïs et les tendit à van Tilema d'un geste à la fois timide et gracieux. Le commissaire accepta et avala courageusement la fumée au parfum doux et fort d'œillet. Les voyages d'inspection aux colonies donnaient l'occasion de faire toutes sortes d'expériences curieuses ou douteuses, car l'hospitalité était grande dans les Indes néerlandaises. Le commissaire appréhendait déjà le dîner.

Cependant, le barong avait reparu et il semblait se quereller de façon sauvage et dangereuse avec la fille de Rangda. Ses mâchoires claquaient de plus en plus fort et son corps se cabrait. Il frappait le sol, et lorsqu'il s'arrêtait, la tête baissée et la nuque dressée, attendant on ne savait quoi, son attitude avait quelque chose de menaçant qui faisait peur.

Van Tilema promena de nouveau son regard par-dessus les spectateurs et s'étonna de la nonchalance et de la bonne humeur générales, malgré le spectacle de l'animal fabuleux et de son adversaire démoniaque. Dans le fond, auprès des marchandes, étaient assis des hommes qui mâchaient, mangeaient et flirtaient.

Il s'était même formé un petit groupe de joueurs, qui jetaient leurs kepengs sur une planche, se penchant en avant pour mieux voir. Au premier rang du cercle qui entourait la place de danse étaient installés les enfants. Les uns avaient leur sourire habituel, rêveur ou somnolent, d'autres se bousculaient les uns les autres, suçaient des cannes à sucre ou fumaient des cigarettes. Leurs mères, derrière eux, tenaient les nourrissons contre leurs seins, et quelques enfants plus craintifs se cachaient dans les sarongs de leurs mères ou de leurs sœurs aînées; plusieurs s'étaient même endormis. Plus loin, un groupe de jeunes filles étaient adossées les unes contre les autres – comme si elles avaient posé pour un sculpteur, se dit le commissaire – et parce qu'il commençait à faire plus frais, deux d'entre elles s'étaient enveloppées d'une étoffe commune que le vent soulevait par instants ainsi qu'une voile légèrement gonflée. Mais derrière les jeunes filles, se pressaient les gars du village, riant, se poussant, et cherchant visiblement à s'approcher d'elles.

Lorsque les yeux de van Tilema eurent fait le tour de la place, sans qu'il fût rien arrivé de nouveau, il se perdit dans ses pensées. Le gamelan jouait, la fille de Rangda lançait des jurons d'une voix étouffée, le barong allait et venait en piétinant, van Tilema pensait à sa mission et se demandait comment il réussirait le plus facilement à s'en acquitter. Dans sa tête, le discours qu'il prononcerait à la conférence du lendemain commença de s'ébaucher. Il souriait en lui-même lorsque quelque heureuse tournure balinaise lui revenait à l'esprit. Somme toute, il s'agissait d'amener ces gens au bon sens. Il observa de nouveau le prince à la dérobée. Alit semblait nonchalant et sans énergie. Opium, se dit le commissaire, opium, vie de harem et fainéantise. Ce n'est pas un adversaire bien redoutable, décida-t-il en lui-même, satisfait.

Soudain il y eut autour de lui un mouvement qui le tira de sa songerie. « Qu'est-ce qui se passe »? demanda-t-il à Visser. Le prince s'était levé et suivait des yeux le barong que deux hommes reconduisaient sous ses ombrelles sacrées, vers le portail du temple.

« Rien. Les jambes de devant sont entrées en transe », dit Visser avec un sourire. « Comment ça? En transe? » demanda van Tilema, stupéfait. « Depuis un moment déjà je voyais venir la chose. Le gamin tremble depuis le début », remarqua Berginck, bien qu'il eût somnolé. Raka se retourna en souriant vers les hommes blancs.

« La danse va immédiatement reprendre, dit-il. Un autre danseur est prêt à remplacer son ami. »

Le gamelan n'avait pas cessé de jouer et van Tilema s'étonna de l'indifférence avec laquelle on avait accueilli cet incident.

« Quelle sorte de transe est-ce donc? demanda-t-il. Je n'ai rien remarqué.

– Rien de particulier pour un Balinais. Une sorte d'état cataleptique. Ils ont des prêtres dans le temple qui le ranimeront », dit Visser. Déjà le barong repassait, se démenant plus sauvagement que tout à l'heure. Avec des mouvements menaçants, il fit plusieurs fois le tour de la place qui lui était livrée tout entière. Mais de l'autre côté en face du temple, deux porteurs d'ombrelles parurent, escortant une autre créature démoniaque. Elle portait un masque, à longs crocs saillants, aux yeux hagards, et une langue énorme pendait hors de sa bouche. La tête était entourée d'une perruque volumineuse, faite de poils de chèvre qui descendaient jusqu'à ses genoux. Dans ses mains, le monstre agitait une étoffe blanche souillée. Les enfants reculèrent, pris de peur, lorsque le monstre entra dans le cercle. « Voilà Rangda en personne », dit Visser à mi-voix. Ces explications continuelles du contrôleur commençaient à agacer le commissaire. « Voulez-vous que nous proposions de tenir séance demain matin à huit heures? Je voudrais encore pousser jusqu'à Kloung-koung », dit-il au résident, sans accorder beaucoup d'attention à cette dernière scène. Rangda poussait des cris rauques et aigus derrière son masque. Des troupeaux de canards avaient été refoulés jusque contre le cercle des spectateurs, et leurs cris se mêlaient comiquement aux clameurs du monstre. Une marchande lança un gourdin vers un chien qui avait essayé de dérober des aliments sur son éventaire, et il poussa un aboiement pitoyable. Visser se pencha et ramassa les casques de ses deux chefs. « Il vaut mieux tout débarrasser, dit-il. Dans un instant ça va démarrer. »

Qu'est-ce qui va démarrer? songea van Tilema à part lui-même. Rangda, debout, se donnait des claques sur les genoux, et se penchait en arrière avec un rire d'une bassesse démoniaque. Le barong piétinait derrière elle, la poussant par la nuque, ses mâchoires faisaient un bruit de claquettes et Rangda agitait son étoffe souillée. Rangda, elle aussi, avait les pieds poussiéreux d'un simple villageois; l'ongle du grand orteil était déchiré et noir. Le petit groupe des danseurs au kriss était accroupi au bas de l'escalier comme tout à l'heure. A l'autre extrémité de la place se tenaient les porteurs d'ombrelles, qui avaient accompagné Rangda, et derrière eux venaient d'autres hommes portant des ombrelles et des drapeaux en forme de faucilles. Ils entouraient un monstre assez semblable à Rangda, mais qui se détournait du spectacle, comme si tout cela ne l'eût concerné en rien.

« Est-ce que ça va continuer longtemps? » demanda van

Tilema. Le contrôleur murmura : « Dourga, la déesse de la mort. » Van Tilema se tourna vers le prince, pour demander si la séance pourrait s'ouvrir à huit heures. Mais le prince ne parut pas prendre garde à lui. Du bras, il avait enlacé l'épaule de Raka, sans d'ailleurs regarder le jeune danseur, son visage avait une expression absente et soucieuse. Raka lui-même semblait dormir, et son visage, sembla-t-il au commissaire, avait changé étrangement. Le crépuscule envahissait la palmeraie et effaçait les traits. Mais à cet instant précis, van Tilema distingua encore très nettement une gracieuse jeune femme, au second rang des spectateurs, qui renouait le foulard de sa fille et parlait en riant à l'enfant. « Ça y est, dit Visser, le barong a besoin d'aide contre Dourga. »

Au même instant une clameur retentit et les danseurs au kriss se jetèrent dans un élan furieux sur Rangda. Serrant leurs kriss arqués dans leurs poings, ils s'élancèrent, la mort, le meurtre et la folie inscrits sur leurs visages. Ce déchaînement avait été si subit et leur élan paraissait si dangereusement irrésistible que van Tilema, surpris, étendit la main pour chercher un appui. « Pas de danger », entendit-il murmurer le contrôleur, et il lui en fut reconnaissant. Rangda leva la main et les hommes se jetèrent sur le sable, comme morts. On eût dit en effet des cadavres, avec leurs jambes écartées; ils étaient tombés au hasard de leurs attitudes, comme fauchés par une arme invisible, tels des morts sur un champ de bataille. Mais Rangda à son tour fut saisie d'un mal étrange. Ses membres tressautèrent, elle se secoua et tomba raide dans les bras des porteurs d'ombrelles. Plusieurs hommes accoururent et emportèrent ce corps raidi.

« Tombé en transe lui aussi, ce n'était pas prévu au programme », murmura Visser. Escorté de ses deux porteurs d'ombrelles, le barong commença de circuler entre les danseurs au kriss, allongés sur le sol. Au contact de ses pieds, ils se levèrent l'un après l'autre. Le kriss à la main, ils firent quelques pas vacillants, la tête inclinée en avant, et soudain, tournèrent contre eux-mêmes les lames ondulées, à double tranchant et à pointe aiguë. Hurlant et gémissant, ils s'élancèrent contre leurs propres kriss, enfoncèrent les pointes dans leurs poitrines, bondirent, pris de soudaines convulsions, pour se rejeter avec plus de force encore sur leurs lames. Cette folie de destruction et de suicide montant par vagues, s'apaisait, puis reprenait, explosait à nouveau. Van Tilema constata qu'il s'était malgré lui cramponné à Visser, qui murmurait de temps à autre : « Il n'y a pas de danger, tout se passe normalement. » Le résident Berginck tirait violemment des bouffées de son cigare, pour prendre contenance, mais ses mains tremblaient, car le spectacle était d'une cruauté presque insupportable. « Il ne coule pas une goutte de sang, murmura Visser, s'efforçant de les rassurer. Aussi longtemps qu'ils sont en transe, ils ne peuvent pas se blesser. »

En effet, van Tilema voyait les thorax bruns et luisants des hommes déchaînés reparaître, intacts, sous les lames. Et le plus inexplicable était à ses yeux l'attitude des spectateurs balinais. Ils se pressaient autour de la scène sur laquelle se débattaient les hommes, et quelques-uns d'entre eux riaient même. Les enfants étaient restés au premier rang, ne voulant rien perdre du spectacle. Un prêtre en veste blanche et à turban blanc marchait paisiblement parmi les danseurs enragés et les aspergeait d'eau. De temps à autre, des hommes se jetaient sur un danseur, lui arrachaient son kriss et entraînaient son corps détendu vers le barong qui attendait, silencieux. Ceux qui s'éveillaient de leur transe, essuyaient leurs visages trempés de sueur avec la barbe noire, parsemée de fleurs et assez cocasse du barong, puis disparaissaient dans la foule. D'autre se déchaînaient de plus en plus, comme s'ils voulaient à tout prix se tuer et se déchirer.

Un cortège de jeunes filles sortit du temple, conduit par une grande femme maigre. Elles marchèrent en silence, d'un pas légèrement dansant, au milieu des hommes fous qui criaient et gémissaient, et elles essayèrent de les éveiller de leur transe en les aspergeant d'eau bénite. Van Tilema, considérant avec un mélange de répugnance et d'effroi curieux ce tourbillon d'événements inexplicables, tandis que la place s'enveloppait d'un voile de poussière, ne remarqua pas ce qui se passait tout près de lui.

Raka, le jeune et beau danseur, avec son orchidée piquée coquettement dans son turban doré, était soudain tombé en transe. Le prince avait tout d'abord essayé de réveiller son ami tremblant, par des paroles apaisantes. Il l'avait ensuite enlacé des deux bras lorsque les membres de Raka avaient commencé à tressauter et à bondir. Plusieurs hommes de sa suite l'aidèrent à retenir Raka jusqu'à l'instant où le prince leur fit signe de se retirer et lâcha son ami. Avec un cri subit, Raka se libéra, et tenant déjà son kriss à la main, il s'élança au milieu des autres danseurs, qui tournaient encore autour du barong.

Le commissaire avait légèrement pâli, car Raka, dans son inconscience, l'avait rejeté en arrière, et la lame onduleuse du kriss l'avait presque effleuré. Le prince sauta en bas de l'estrade, sur laquelle ils étaient tous installés et, les sourcils froncés, il regarda Raka disparaître dans le tourbillon. Parlant fort, les membres de sa suite se pressaient autour de lui. Le résident lui-même parlait au prince, mais en javanais, et en cette minute d'émotion personne ne le comprit. Visser était resté auprès du commissaire, assez pâle lui-même, en sueur, et souriant d'un air un peu forcé. « Voilà qui est étrange, dit-il, comme se parlant à lui-même. Autant que je sache, Raka n'avait encore jamais été en transe...

— Pouvez-vous m'expliquer tout ça, Monsieur le Contrôleur, dit le commissaire, qui remarqua avec irritation que ses propres mains tremblaient, qu'il sentait dans ses genoux un vacillement et dans ses mâchoire une sorte de crampe.

— Il n'y a rien à expliquer, Monsieur le Commissaire. C'est Bali, voilà tout.

— Et la morale de tout cela? questionna van Tilema.

— Je ne sais pas ce que Monsieur van Tilema entend par là, dit Visser d'un ton officiel.

— Vous ne savez pas? Je me figurais qu'une morale devait se dégager de toute cette histoire », dit van Tilema.

Berginck s'était approché et entendit ces derniers mots.

« Une danse du kriss n'est pas un facteur politique, dit-il, avec raideur. Ces choses-là sont à leur place dans les revues ethnologiques, mais non dans nos dossiers. Dieu merci, j'ai pensé à me munir de genièvre. Du vin de riz ne suffirait pas à faire digérer une chose pareille. N'est-ce pas votre avis, Monsieur van Tilema? »

Il n'y avait plus maintenant que trois danseurs en transe, Raka et deux des danseurs au kriss. Le crépuscule tombait rapidement. Voyant que ni l'eau bénite ni l'encens ni le contact du barong ne réveillaient ces derniers danseurs, on leur enleva leurs armes. Il fallut le concours de six hommes pour ouvrir le poing de Raka et pour lui arracher son kriss. Le barong se retourna et s'en fut avec ses porteurs de parasol dans la première cour du temple. On y transporta à sa suite les trois hommes évanouis.

L'un d'entre eux chancelait, soutenu par Teragia, un autre était maintenu sous les épaules par deux de ses parents. Quant à Raka, il fallut le porter, car il était rigide comme une tige de fer. Le prince était inquiet à son sujet, car on n'avait jamais vu Raka dans un tel état. Alit réfléchissait à la signification de cet incident, qui s'accordait étrangement avec les manières nouvelles de Raka, et il cherchait s'il n'avait jamais rien lu de semblable dans les vieux livres de lontar.

« Que va-t-il se passer, à présent? » demanda le commissaire à côté du prince, et Alit se rappela tout à coup la présence de ses hôtes de marque. « Si mes amis le veulent bien, nous pouvons rentrer, dit-il avec prévenance.

– Je voulais dire : qu'est-ce qui va se passer au temple? » questionna van Tilema. Ce dénouement ne le satisfaisait pas. La foule commençait à se disperser, courbée et rampant à cause de la présence du prince, mais montrant en somme une excellente humeur, et témoignant une inexplicable indifférence.

« Au temple? Rien de particulier. On tirera les danseurs de leur transe », dit le prince. Il prit des cigarettes des mains d'un de ses courtisans et les offrit à ses invités.

« Je suppose que nous ne devons pas pénétrer dans le sanctuaire? demanda van Tilema. Je serais pourtant assez curieux de savoir comment cette affaire va finir, dit-il en hollandais à Visser.

– Si mes amis veulent bien prendre la peine... répondit le prince. Il précéda les Hollandais avec un sourire vague de courtoisie. Lui-même était impatient de savoir comment se sentait Raka. M. van Tilema se découvrit et tint son casque de liège appuyé contre sa poitrine comme il eût fait à l'église.

Deux torches brûlaient déjà dans la première cour du temple. Le barong était debout, la tête baissée, entre ses porteurs d'ombrelles; devant lui on avait étendu une natte sur laquelle les jeunes filles disposaient des offrandes. Le prince s'arrêta avec ses hôtes, à quelque distance, et regarda. La fumée des torches fit tousser Berginck. Un prêtre était assis devant la natte, avec de l'encens et de l'eau bénite; il s'efforçait visiblement de tirer les trois hommes de leur transe.

« La grande femme qui tient le jeune homme, est mariée à Raka », murmura Visser au commissaire. « Mais ce n'est qu'un gamin », répliqua van Tilema, chuchotant, après avoir examiné le jeune homme. Le danseur s'était détendu, mais n'avait pas encore repris connaissance, sa tête reposait sur les genoux de Teragia et des sanglots ou des gémissements sourds s'échappaient parfois de sa gorge. Un autre homme était allongé là, les jambes ouvertes, la tête posée entre les pattes de devant du barong, entre les pieds nus, bruns, un peu sales et probablement fatigués, d'un gamin du village, qui avait lui-même perdu conscience, magiquement métamorphosé en une sorte de bête mystérieuse et d'esprit protecteur de la commune. On avait étendu Raka devant le prêtre, son corps tressaillait et avait de brusques sursauts; d'une petite écorchure sur sa poitrine coulaient quelques gouttes de sang. Son sapout avait glissé et ses cheveux s'étaient dénoués lorsqu'il avait rejeté son turban; il était grand et éclaboussé par la poussière et le sable.

Le prince fumait à longs traits et Berginck respira avec une certaine répugnance l'odeur d'œillet de la cigarette. Van Tilema observait le prince du coin de l'œil. Il s'efforçait de paraître paisible et froid, mais il était clair que la transe du jeune danseur l'émouvait. Rien d'étonnant à cela, se dit van Tilema, qui sentait encore une vague faiblesse dans ses propres genoux.

Après avoir disposé toutes les offrandes sur la natte, les jeunes filles commencèrent à chanter afin de résoudre la transe avec douceur et de ramener avec précaution les âmes dans leurs corps. Teragia, elle aussi, chantait, la tête du jeune danseur appuyée contre sa poitrine. Elle ne regardait pas Raka, car elle était vidée de tous sentiments personnels, en proie à la seule force surnaturelle. La fumée des deux torches se rabattait vers le sol, et chaque fois que les jeunes filles interrompaient leur chant pour reprendre haleine, on entendait les cigales autour de l'enceinte du temple. Raka se mit à gémir profondément, comme s'il avait été tout plein de souffrance, et le prêtre lui tendit le vase où bouillonnaient les résines brûlantes. Raka plongea ses deux mains dans la braise et cela parut le soulager. Peu à peu son corps perdait sa rigidité; il commença d'aspirer profondément la fumée du feu sacré, et les sursauts de sa poitrine se calmèrent. Les deux autres danseurs reprirent à leur tour connaissance. Ils ouvrirent les yeux, regardèrent autour d'eux, sourirent avec gêne, puis rejoignirent le groupe des autres danseurs au kriss qui étaient accroupis dans l'obscurité, auprès d'une balé, et qui se reposaient. Seul Raka était encore en transe. Le prince considérait le corps inanimé et inerte de son ami, et il lui semblait que Raka ne lui avait jamais été aussi cher qu'en cet instant où il était désarmé et sans connaissance.

« Il ne va pas tarder à se réveiller », murmura Visser à côté du commissaire. Le prêtre aspergea encore le front de Raka et Teragia lui lava les tempes. Le visage de Raka se détendit, on eut un instant l'impression qu'il dormait paisiblement, puis il ouvrit les yeux. Il se redressa et regarda autour de lui avec étonnement. Les femmes avaient cessé de chanter et on venait d'emporter le masque de Rangda dans une sorte d'habitacle voilé de blanc. Raka se leva. Il porta les mains à ses cheveux et en renoua les mèches sur l'occiput. Teragia aida le prêtre à ranger les vases et instruments sacrés.

« A présent nous pouvons partir, s'il plaît à nos amis », dit le prince, se retournant vers le portail du temple. Quelques hommes de leur escorte partirent en avant, courbés en deux, et écartèrent les enfants qui rôdaient encore sur la place.

Van Tilema fit une profonde aspiration de l'air frais et humide qui tombait des arbres. « Intéressant, tout ça, pas vrai, Monsieur van Tilema? dit le résident, qui s'essuya le visage, avant de se coiffer de son casque.

– En effet, très intéressant! Mais dites-moi, mon cher Berginck, comment peut-on parler raison à ces gens-là?

– Je me le demande depuis bientôt douze ans que je suis installé à Bali », répondit le résident avec bonne humeur.

Le prince s'arrêta lorsqu'ils eurent atteint le chemin herbeux qui conduisait vers la clairière où les porteurs de torches et les lanciers s'étaient rangés pour les attendre. « Voilà Raka, dit-il. Où vas-tu, Raka?

– Je vais me baigner à la rivière, Votre Altesse », répondit Raka, penché en avant. Van Tilema l'observa avec curiosité et surprise. On ne voyait plus sur lui la moindre trace de l'état de transe et de frénésie dans lequel il s'était trouvé quelques instants plus tôt.

« Raka n'est-il pas fatigué? demanda-t-il, en balinais.

– Non, touan, non, je me sens léger et content », répondit Raka.

Van Tilema hocha la tête en souriant. « A Batavia on me prend pour un connaisseur de l'île de Bali, dit-il à Berginck. Je vois bien ici qu'il faut que je commence par aller à l'école. »

Le prince, se laissant distancer, resta seul avec Raka. « Comment est-ce arrivé, Raka? demanda-t-il à mi-voix.

– Je ne sais pas. J'ai éprouvé une grande colère, c'est tout ce que je sais, dit Raka. Il hésita quelques secondes avant de demander : Dis-moi, ai-je parlé pendant que j'étais sans connaissance? »

Alit le regarda avec surprise. « Non, tu n'as pas parlé, mon frère. De quoi aurais-tu parlé? »

Raka le considéra longuement, muet. A la lueur des torches les Hollandais avaient déjà rejoint les voitures. Tu m'es devenu étranger et tu as beaucoup changé, songeait le prince, mais il n'exprima pas sa pensée.

« Ne me demande rien, mon rajah, dit Raka, car je ne puis rien te dire. »

Il se détourna, demeura encore immobile pendant quelques secondes, puis il se dirigea vers le fleuve, à la suite des autres danseurs au kriss.

Lorsque Raka fut surpris par les premières atteintes du terrible mal, il se refusa tout d'abord lui-même à y croire, quoiqu'il les vît de ses propres yeux et les ressentît dans ses propres membres.

Cela commença par un symptôme peu apparent : une légère altération de sa peau, près du sein gauche. Une petite tache parut, de teinte rougeâtre, et qui s'éclaircit. Elle avait un aspect malsain et inquiétant, mais n'était pas plus grande qu'un kepeng. Cette tache grandit pendant quelques semaines, puis cessa de s'étendre. Il n'arriva rien de plus, et, quoique Raka s'en fût tout d'abord alarmé, il l'oublia bientôt.

Mais il arriva alors que, pour la première fois, il cessa de prendre goût à l'existence. La vie ne coulait plus pour lui, fraîche et claire comme une source : elle était trouble et fangeuse comme l'eau qui s'écoule d'une savah, et Raka ne savait comment combattre ce sentiment. Durant ses rendez-vous secrets avec Lambon, il était pris d'une humeur soudaine, comme si la compagnie de l'aimée eût été non pas un jeu mais une peine. Lambon se fâchait et devenait jalouse. « Y a-t-il une autre femme qui te plaît mieux que moi ? demandait-elle avec obstination. Regrettes-tu déjà de coucher avec moi ? Trouves-tu la route de Taman Sari à Badoung trop longue pour venir m'embrasser ? Ou aurais-tu peur de la vieille Ranis qui me garde ? » Et elle posait une foule d'autres questions encore, telles que les peut imaginer une femme sotte et amoureuse, pour tourmenter son ami. Raka était de méchante humeur lorsqu'il repartait et il ne rencontrait plus Lambon avec la même régularité. Mais il la désirait et avait soif d'elle, à peine étaient-ils séparés, et il ne pouvait trouver de sommeil.

Pour s'apaiser, il rendait visite au prince Alit, car il se disait parfois que son humeur et sa fatigue devaient provenir de ce qu'il trompait son meilleur ami. Ils fumaient ensemble l'opium, et durant des heures entières Raka oubliait ses soucis. Il faisait emplir sa pipe si souvent qu'Alit la lui retirait parfois en souriant. Mais à peine le soulagement que lui procurait l'opium était-il passé, que Raka se sentait sans joie comme auparavant. Lorsqu'ils se baignaient ensemble, il avait soin de cacher sous son bras la tache malade sur sa poitrine, et même lorsqu'il allait au fleuve avec les garçons de Taman Sari, il dissimulait cette petite tare. Il portait maintenant son sapout noué très haut sur la poitrine, et parce que le beau Raka avait adopté cette façon, la mode ne tarda pas à s'en répandre chez les jeunes gens de Taman Sari et des environs.

Raka attendait que la tache disparût, mais elle ne voulait pas disparaître.

A peu près à l'époque de la danse du barong, à l'occasion de laquelle il était tombé en transe, ses oreilles commencèrent à changer. Le bord extérieur des pavillons, qu'il avait d'une finesse exceptionnelle, commença d'épaissir. Ce signe aussi, Raka voulut l'ignorer. Sans doute une araignée venimeuse m'a-t-elle piqué pendant mon sommeil, se disait-il pour se réconforter. Lorsque personne ne l'observait, il palpait ses oreilles, qui lui étaient devenues comme étrangères. Elles ne démangeaient ni ne faisaient mal; elles semblaient fraîches, mais on eût dit que, par quelque sorcellerie, d'épaisses oreilles d'esclave avaient été attachées à son crâne fin de Brahmane. Lorsque Raka s'avisa qu'on pouvait lui avoir jeté quelque mauvais sort, il respira, soulagé, car un mauvais sort pouvait être conjuré.

Sans en dire mot à personne, il alla consulter le balian. Il ne parla pas précisément de ses maux, mais dit au médecin qu'il craignait qu'on ne lui eût communiqué quelque maladie par sorcellerie.

« Quelle maladie? demanda le père de Teragia.

– Je ne sais pas, répondit Raka, regardant le balian de ses yeux fatigués. Je sens que je suis malade. J'ai des douleurs tantôt ici, tantôt là, et je ne me plais ni à dormir ni à manger ni à jouer avec les femmes. »

Là-dessus, son beau-père le regarda sans mot dire et avec insistance, car c'était un bon médecin. Raka avait revêtu, pour aller le voir, une veste courte, à carreaux noirs et blancs, de sorte que la tache sur sa poitrine était masquée, et deux fleurs d'hibiscus avec leurs lourds calices retombaient sur ses oreilles. Le balian posa encore plusieurs questions à Raka, puis il ordonna de faire déposer le lendemain matin certaines offrandes sur son autel domestique et de revenir le voir avec d'autres offrandes, destinées à la cérémonie qui était nécessaire pour conjurer ce sort inexpliqué.

Raka retourna chez lui, pensif, et les gens, dans la rue, s'étonnaient qu'il ne les interpellât pas et qu'il ne s'attardât pas à causer avec eux, comme il avait coutume de faire. Rentré chez lui, il évita son père, lui-même ne savait pas pourquoi; il alla s'asseoir auprès de sa mère et se mit à jouer avec un pan de son kaïn, comme il avait fait jadis, dans son enfance. Lorsqu'elle promena ses mains tâtonnantes par-dessus son visage pour connaître la raison de son silence, il détourna la tête, de peur qu'elle ne touchât ses oreilles. Mais elle avait un sens délicat pour les pensées inexprimées, et elle demanda : « Pourquoi es-tu triste, mon fils? »

– Je crois qu'une araignée venimeuse m'a piqué pendant mon sommeil, et depuis lors je me sens malade et fatigué, dit Raka.

– Cela passera, répondit sa mère, consolante. Teragia peut te préparer une décoction de racines qui chassera le poison de ton corps.

– Je le lui demanderai », dit Raka, et il s'en fut chercher sa femme. Il la trouva au fond de la cour, occupée avec ses servantes à vanner le riz dans de grands tamis.

« J'ai besoin de te parler, mère », dit-il, car c'est ainsi qu'il la nommait parfois depuis qu'elle lui avait donné un fils. Elle laissa aussitôt son travail et le suivit au jardin, où il s'accroupit sur une pierre brute que son père avait placée là en attendant d'y tailler la figure de Sinta qui était destinée au trône de Sourja, dans le temple du riz.

« J'ai parlé à ton père, dit-il, et il désire que tu lui portes demain matin toutes les offrandes nécessaires pour rompre le charme d'une maladie. Ton père m'a dit que tu savais quelles étaient les offrandes nécessaires.

– Il faut cinq offrandes différentes de riz, et j'emporterai également un vase neuf, afin que mon père puisse le briser sur ta tête », dit Teragia, docile. Elle regarda son époux d'un œil interrogateur et prit peur. Il avait changé de façon indéfinissable. Elle n'aurait su dire quelles étaient les lignes de son visage qui avaient changé, mais elle voyait bien qu'il n'était plus lui-même; il n'était plus Raka, le plus beau danseur du royaume de Badoung. Lorsqu'il la regarda, elle se hâta de détourner ses yeux inquiets et soucieux.

« Ma mère m'a dit que tu pourrais me préparer une décoction de racines, pour chasser le poison de mon corps », dit encore Raka. Ses mains étaient lasses, et ses paupières étaient irritées, comme s'il avait lu trop de livres, ainsi que faisait son ami Alit.

« Je puis te préparer une décoction de racines », dit-elle, laconique. Elle se leva pour quitter le jardin, mais elle se ravisa tout à coup, revint sur ses pas et s'accroupit à quelque distance de Raka.

« Je sais, frère, dit-elle à mi-voix, que tu souffres depuis longtemps du mal d'amour. Crois-tu que cette nouvelle maladie provienne de ce que tu languis après une femme qui appartient à un autre homme? »

Raka la considéra fixement, en silence. Comme souvent déjà, il s'étonnait que Teragia fût mystérieusement avertie de choses secrètes. « Rentre à la maison, mère, dit-il. Je crois que j'entends Poutouh pleurer. » Teragia s'en alla aussitôt, comme il le lui avait ordonné, et un peu plus tard il la vit debout auprès de son père, portant l'enfant sur sa hanche. Dans le trouble qui était résulté durant ces derniers mois de ses relations avec Lambon, il n'avait guère accordé d'attention à son fils. Pas assez d'attention, comprit-il tout à coup. Le gamin avait grandi et regardait autour de lui avec des yeux intelligents. Il avait de petites jambes solides, sur lesquelles il s'appuyait en jubilant lorsqu'il réussissait à se dresser sur la hanche de sa mère. Raka regarda Teragia poser à terre le gamin qui, poussant des cris de joie tel qu'un jeune coq, essayait de marcher, cependant qu'elle le soutenait sous ses petites épaules grassouillettes. Lorsqu'il finit par tomber à la renverse et continua d'avancer à quatre pattes, elle s'empressa de le relever, car il est contraire à la dignité humaine de ramper à terre, et l'on ne doit pas le permettre aux enfants. Poutouh poussa des cris de joie et tendit la main vers le sein à peine gonflé de sa mère. Raka eut envie de prendre son jeune fils contre lui et de sentir dans ses bras la chaleur de l'enfant. Il faut que je reste plus souvent chez moi, songea-t-il. Je jouerai avec mon fils et lui apprendrai les premiers mots. Il lui sembla être subitement délivré du poids de son malaise, il se leva et s'approcha de Teragia. L'enfant le considéra d'abord comme un étranger, mais soudain sa petite figure s'épanouit et il tendit les bras vers son père. Raka lui aussi tendit les bras vers son fils.

Sans doute est-ce à cet instant qu'il eut pour la première fois conscience avec certitude de son atroce maladie. Je suis impur, songea-t-il, et un frisson le parcourut intérieurement. Ses bras retombèrent et il ne toucha pas l'enfant. Il fit demi-tour, alla au jardin, et se rassit sur la pierre. Teragia le regarda partir et porta son fils dans la maison.

Le lendemain, les offrandes furent présentées; Raka se rendit chez le balian et y demeura longtemps. Il se sentit un peu mieux au retour, car la cérémonie compliquée, avec toutes les aspersions, les prières et la purification par l'eau, le feu et la fumée, l'avait quelque peu grisé, comme l'opium qu'il fumait dans la pouri.

Il y eut un combat de coqs à Sanour, et il s'y rendit pour se distraire. Quoique son plus vieux coq y remportât une victoire, il n'était qu'à moitié joyeux. Il portait de nouveau la veste courte à carreaux noirs et blancs, qui dissimulait la marque honteuse. En rentrant, il s'arrêta et tâta ses oreilles. Elles lui parurent un peu moins gonflées. Cette impression de mieux dura quatre jours.

Mais ensuite le mal commença de gagner ses mains.

Ses doigts lui firent mal. Ce n'était pas une douleur forte, mais elle était sourde, comme secrète, elle durait quelques heures, disparaissait, puis reprenait, se relâchait et revenait à la charge. Lorsque la douleur fut passée, après une semaine, ses doigts restèrent raides et bizarrement engourdis. Raka s'assit sur une pierre, au jardin, où personne ne pouvait l'observer. Il regarda ses doigts et les fit jouer. Il les exerçait comme il s'était exercé dans son enfance, lorsqu'il avait fait son apprentissage de danseur. Ils se mouvaient, mais ce n'était plus l'agilité des doigts d'un danseur, cette faculté de vibrer tout en se dominant, de se tourner, de se tendre, de tressauter et d'ordonner, qui avait fait de lui le meilleur danseur de Badoung. Ils se mouvaient comme les doigts d'un homme qui a passé toute la journée à labourer dans la savah. Raka considérait ses doigts, pendant des heures entières. Ce n'étaient plus ses doigts, quoiqu'ils portassent encore des ongles longs. Leur forme était devenue différente, plus grossière, plus lourde. Il les regardait et les faisait jouer. Les yeux baissés, Teragia passait auprès de lui et allait cueillir des fleurs pour les offrandes. Elle faisait semblant de ne pas le voir, pour ne pas le déranger. Il posait ses doigts étrangers sur ses genoux. Lorsqu'elle était repartie, il les faisait encore mouvoir. Ensuite la douleur revint.

Mais précisément ces jours-là, il fut saisi d'un espoir violent. Il lui sembla que la tache rougeâtre, inquiétante et funeste, sur sa poitrine, disparaissait de nouveau. Chaque fois qu'il regardait sa peau, la tache se faisait moins visible, et les contours, qui durant des semaines avait été nets et distincts, se perdaient peu à peu. Raka se rappela avoir entendu dire que, chez des centaines de gens, les symptômes de la Grande Maladie s'étaient manifestés, puis avaient disparu. Ensorcellement passager, et sans force profonde. Sa poitrine était de nouveau nette, ses oreilles ne continuaient pas à enfler et il s'habituait à son état. Il exerçait désespérément ses doigts, les forçant à se mouvoir, car la fête de la pleine lune, avec toutes ses danses, approchait.

C'est vers ce temps-là que son découragement et son manque d'entrain firent place à une véritable soif de vivre. Quoiqu'il continuât de se tromper lui-même et n'admît pas encore l'effroyable vérité parmi ses pensées, il y avait déjà au fond de lui la peur, et la conscience d'être malade, impur et exclu de toutes les joies permises aux autres hommes. On eût dit qu'il voulait retenir tout ce qu'il était condamné à abandonner, qu'il voulait s'en abreuver, accueillir en lui tout ce dont il serait bientôt privé à jamais. Il rencontrait chaque jour Lambon et l'étouffait presque sous ses étreintes. Il ne montrait ni raison ni bonne volonté lorsqu'elle devait le quitter pour se mettre à la disposition du prince. Il négligeait toutes les précautions, comme s'il avait oublié qu'il encourait la mort par cet amour. Lorsqu'il était en compagnie d'Alit, il fumait sans fin, et, dans l'ivresse légère et spirituelle de l'opium il parlait sans fatigue, fiévreusement, assailli par des idées ingénieuses et plaisantes, de telle sorte que le prince le considéra avec étonnement et demanda : « Veux-tu exiler Ida Katout de la pouri et le rendre malheureux en racontant des histoires meilleures que les siennes ? »

Ce fut Lambon qui, la première, fit une remarque sur le changement qui s'opérait en lui. Par une après-midi chaude et claire, alors qu'ils jouaient sur l'île, sans se lasser, comme des papillons amoureux, elle s'arrêta soudain au milieu d'une caresse et, effleurant sa poitrine du bout des doigts : « Qu'est-ce qui est arrivé à ta peau ? » demanda-t-elle, en fronçant les sourcils. Raka remonta son sapout et le resserra. Il faisait sombre dans la maison, mais la porte était entrebâillée et un peu de jour pénétrait par les deux crevasses du mur du fond. De son talon, Lambon ouvrit la porte toute grande, et le soleil envahit leur tiède pénombre. Les doigts de la jeune femme caressaient les muscles du thorax de Raka. « Ta peau était aussi blanche que celle du dieu Ardounya, dit Lambon. C'est pourquoi je t'aime. Je ne veux pas qu'elle devienne rouge comme elle l'est maintenant. Qu'as-tu fait de ta peau ? »

Raka repoussa Lambon, se leva et referma la porte. « C'est la chaleur, dit-il, d'une voix légèrement rauque. Le sang afflue à la peau pour se rafraîchir.

– Je veux que ta peau reste belle et blanche », dit Lambon, obstinée. Raka prit la tête de la jeune femme et la serra jusqu'à étouffer ses paroles. A l'intérieur de la chambre close, l'air était alourdi par la peur. « Mouna connaît un baume qui embellit toutes les peaux. Je le lui demanderai », dit Lambon. « Ferme les yeux et tais-toi », dit Raka, désespéré. Il avait envie de la boire comme on boit le contenu d'une jeune noix de coco, pour en rejeter ensuite la coquille vide.

Il quitta la pouri et retourna à Taman Sari. Devant une savah que l'on venait de noyer sous l'eau fraîche, il s'arrêta pour se regarder. Personne n'était en vue. Deux flamants blancs pêchaient l'anguille, à l'autre lisière. Il dénoua son sapout et se pencha sur le miroir de l'eau. Il vit le ciel et quelques nuages couleur de nacre. Il se vit lui-même, nettement, mais les couleurs étaient altérées. Il ne pouvait se rendre compte de l'aspect de sa peau. Il lava ses doigts gourds et se remit en route.

De retour chez lui, il fouilla dans un grand panier, qui contenait quelques-uns de ses costumes de danse. Il y trouva ce qu'il cherchait : un miroir chinois, dont Alit lui avait fait cadeau afin qu'il pût s'y mirer lorsqu'il mettrait la couronne de baris. Il tint la glace de façon à y voir sa poitrine. La tache ronde avait disparu, et à présent il comprenait pourquoi. Toute la peau jusqu'aux épaules avait pris un aspect rougeâtre et boursouflé. Elle était toute gonflée de maladie et d'impureté. Après cette découverte, Raka se laissa tomber, découragé. Puis il examina encore son visage dans le miroir. Ses paupières étaient gonflées, mais il ne remarqua pas d'autre changement. Du bout des doigts, il effleura ses sourcils et retint son souffle : quelques poils se détachèrent de la courbe régulière et restèrent collés aux bouts de ses doigts malades. Longtemps il les examina d'un regard fixe. Puis il souffla dessus. Pourquoi ce malheur me frappe-t-il, moi? pensa-t-il. Pourquoi moi, ô dieux, pourquoi justement moi?

A la fête de la pleine lune, il dirigea les danseurs de baris du village. Tous devaient porter des vestes blanches, à étroites manches longues, et c'était bien ainsi. Il brandit la lance de sa main droite, leva sa ceinture de la main gauche, en faisant vibrer et jouer ses doigts raides. C'était une torture pour lui, et il avait horriblement peur, car il était malade et impur et n'aurait pas dû entrer dans la cour du temple. Mais il continuait à se mentir à lui-même, sans croire à ses mensonges, et il espérait sans confiance. Peut-être même avait-il la pensée puérile qu'il réussirait à se concilier les dieux en leur consacrant sa danse, malgré les souffrances de ses mains.

Personne au village n'avait rien remarqué, du moins semblait-il qu'il en fût ainsi. Au temple de la pouri, on fêtait également les jours de pleine lune, et, le lendemain soir, on y donna un spectacle au cours duquel il devait représenter Ardounya, le plus beau de tous les dieux.

Ce jour-là, Raka évita Lambon, mais il resta longtemps dans la chambre d'Alit à fumer de l'opium. Lorsque l'heure de la danse approcha, il se sentit léger et presque insoucieux. Il s'habilla dans la chambre d'Alit, selon l'usage amical qui s'était établi entre eux, mais cacha sa poitrine au prince.

Ce soir-là, il lui sembla qu'il dansait mieux qu'il n'avait jamais fait dans sa vie. Il était tout seul avec lui-même, au milieu de voiles bleus qui le séparaient de la réalité. Il ne voyait rien, même pas Lambon au milieu des autres femmes. La pensée étrangère prenait possession de lui, ses bras devenaient des ailes, ses doigts perdaient leur raideur, il oubliait sa peur, et riait de la crainte qu'il avait conçue d'être atteint du Grand Mal.

Ce fut la dernière fois que Raka dansa; à dater de ce jour il ne dansa plus jamais.

Les ongles de ses doigts tombèrent et les doigts se rabougrirent. D'abord à la main gauche, puis la droite à son tour commença de changer de façon effrayante. Il ne dormait plus dans la balé principale, où était le berceau de son fils, mais s'étendait sur une natte, dans une balé vide, voisine de la grange au riz.

Il avait entendu dire que les hommes atteints du Grand Mal transmettaient de mystérieuse façon leur impureté à leurs enfants et c'est pourquoi il se tenait à l'écart de son fils quoique, justement ces dernières semaines, il eût éprouvé un violent désir de prendre Poutouh dans ses bras, de le serrer contre lui, de se laisser consoler et distraire par son bavardage puéril. Quant à Lambon – car le feu de l'amour continuait à le brûler – il n'osait plus la rencontrer que la nuit, dans une obscurité profonde. Il la serrait dans ses bras et lui faisait mal, mais ses doigts ne sentaient plus la douceur de sa chair.

Le jour, il portait toujours une veste noire à manches longues, sous lesquelles il pouvait dissimuler ses mains, et lorsqu'il parlait à quelqu'un il les cachait dans les plis de son kaïn.

Mais quoique les hommes ne vissent plus ses mains, ils continuaient à voir son visage. Le jour de la fête du temple déjà, un chuchotement s'était élevé dans le village, un murmure inquiet, qui allait d'homme à homme et de maison en maison. Il y avait à Taman Sari des vieillards qui reconnaissaient la Grande Maladie avant que le malade lui-même n'en sût rien. C'était comme s'ils avaient flairé la lèpre et le danger; les symptômes les plus légers ne leur échappaient pas.

Les sourcils de Raka n'étaient pas encore tombés, mais ils avaient perdu leur force et leur éclat. C'étaient les sourcils d'un homme marqué par le mal. Sa figure n'était pas encore enflée, mais la peau claire avait pris un reflet rougeâtre. Elle n'était plus tendue sur les os, comme autrefois, mais lâche et comme brillante de sueur. Raka était encore beau, mais il ne ressemblait plus à lui-même. Il ressemblait à un homme que les dieux ont marqué du châtiment le plus dur auquel ils puissent condamner.

Lorsque Bengek le pêcheur avait été atteint de la Grande Maladie, les hommes l'avaient chassé hors du village à coups de pierres et ils avaient brûlé le cadavre de sa mère sans lui permettre d'assister à la crémation. On l'avait poursuivi de village en village, et il demeurait à présent dans les buissons, près de la lagune, à l'embouchure du fleuve, c'est-à-dire à l'endroit le plus insalubre de la côte, où sa propre impureté ne pouvait causer aucun mal. Personne ne se souciait de savoir s'il mourrait de faim ou s'il serait attaqué par les rats, car plus il mourrait vite, mieux cela vaudrait. Mais lorsque les premiers signes de la maladie apparurent chez Raka, tout le village en fut affligé et personne n'osa en parler à haute voix. Ils aimaient Raka et ne pouvaient croire qu'il pût avoir été puni de la sorte, non plus qu'il ne pouvait le croire lui-même. Il était un Brahmane, fils et petit-fils de prêtres, et on ne s'expliquait pas qu'il pût avoir à expier une faute de quelqu'un de ses ancêtres. Sa propre vie paraissait aux yeux de tous claire et aimable, et comme les dieux ne pouvaient se montrer injustes, les gens de Taman Sari espéraient encore qu'une erreur avait été commise et que les vieillards s'étaient trompés. Le village hésitait, retenait son souffle et attendait. C'était le quart d'heure de grâce pour Raka.

Or, une nuit de la première semaine du quatrième mois, alors que Raka était couché seul dans sa balé, endurant de terribles souffrances – car les orteils de son pied droit commençaient à se racornir – il arriva que

Teragia vint auprès de lui. Il la vit approcher, portant la petite lueur d'une lampe d'huile de coco, qu'elle déposa par terre, à quelque distance, comme si elle avait voulu lui épargner d'être vu. Raka retint sa respiration, il se roula dans son kaïn et il fit semblant de dormir. Teragia entra sans bruit dans la balé et s'agenouilla auprès de lui. Il couchait non sur une banquette en bambou mais sur une natte, à même le sol. Pendant quelque temps elle ne parla pas et il n'entendit que son souffle, précipité et contenu.

« J'ai senti que tu ne pouvais pas dormir, frère, dit-elle à mi-voix. C'est pourquoi je suis venue. »

Raka ouvrit les yeux. Tout d'abord il ne distingua rien dans l'obscurité, jusqu'à ce que ses yeux s'y fussent habitués. Ensuite il vit la tête de Teragia au-dessus de lui, dans l'ombre : elle portait sur ses épaules un foulard clair, pour se garantir de la fraîcheur de la nuit. Il se recroquevilla sous son kaïn pour se cacher. Mais Teragia prit sa main sous l'étoffe, et, quoiqu'il se défendît, elle saisit ses doigts rabougris et les serra dans ses grandes mains chaudes. Après plusieurs minutes, quelque chose en lui céda, se détendit et le terrible effort de dissimulation se dénoua, fondit, il n'y eut plus qu'une douleur dans sa gorge, une vague chaude dans sa poitrine, et il appuya sa tête contre le sein de Teragia pour pleurer.

Elle le berçait lentement, comme un enfant, et un peu plus tard elle dit doucement : « Est-ce que tu as très mal ? »

Il secoua la tête contre son sein et continua de sangloter, car les larmes le soulageaient comme un bain qui eût lavé son for intérieur. Teragia attendit patiemment qu'il se fût un peu calmé, et cela prit un certain temps. Elle retenait ses doigts d'une forte pression de ses grandes mains, les membres malades étaient comme pris entre deux moitiés de coquille de noix, ainsi que les cendres d'un corps brûlé lorsqu'on les livre au fleuve. Raka sentit un calme l'envahir et il cessa de sangloter. Teragia appuya son front contre les joues de son époux et commença de parler, aussi près de lui qu'elle l'avait été la nuit où il avait conçu leur fils.

« Tu évites ton père depuis de longues semaines et tu as

peur que ta mère ne te touche. Mais il est temps que tu leur parles. »

Raka réfléchit longtemps dans l'obscurité avant de répondre : « Et que m'arrivera-t-il ensuite? »

Teragia se redressa et détacha ses mains des siennes. Elle caressa le front de Raka comme s'il avait eu de la fièvre. « Il faut que tu penses non à toi, mais à ton père et au village. Tu attirerais un grand malheur sur eux si tu restais ici, tu le sais », dit-elle. Raka ne répondit pas.

« Tu es impur, dit Teragia, et tu rends la maison de ton père impure, ainsi que tout le village et les temples. L'eau de la savah deviendra impure par ta présence, et les enfants périront et les hommes mourront de faim si Taman Sari a encore une mauvaise récolte.

— Que dois-je faire? Que dois-je faire? murmura Raka.

— Il ne faut pas que tu attendes que le village te rejette. Il faut que tu t'en ailles de toi-même, dit sa femme.

— Tu es dure, Teragia, dit-il, plein d'amertume.

— Oui, je suis dure, dit-elle, et elle continuait à caresser son front.

— Pourquoi cela m'arrive-t-il, à moi? Pourquoi justement à moi? Qu'ai-je fait? Pourquoi les dieux me punissent-ils si terriblement? Pourquoi m'ont-ils fait lépreux et impur pour toujours? »

Teragia enlaça les épaules de son mari désespéré, et s'y cramponna si fort que son étreinte lui fit mal. Cela le soulagea un peu. « Je n'en sais rien, dit-elle. J'ai interrogé les dieux, mais ils ne m'ont pas répondu. Il faut que tu portes ton mal.

— Le porter pour toujours et à jamais! » répéta Raka. Teragia comprit à quoi il faisait allusion. Ceux qui meurent de la Grande Maladie ne peuvent pas être brûlés, de sorte que leur âme, impure et prisonnière, doit rester sur terre, comme un fléau, et ne peut trouver la paix. Raka, son bel époux, un lépreux, maudit pour l'éternité, son âme marquée du signe, et sans espoir de ressusciter jamais!

« Parleras-tu demain à ton père? demanda-t-elle, et de nouveau, comme tant de fois déjà, elle sentit qu'elle était de pierre, lourde et dure.

– Oui, chuchota Raka, je lui parlerai. »

Elle sentit le corps de son époux se détendre dans ses bras lorsqu'il eut pris cette résolution.

« Le village décidera où tu pourras bâtir ta maison, dit Teragia. Ils t'aiment et te faciliteront les choses autant que possible.

– Faudra-t-il que je renonce à tout et que je ne revoie plus personne ? » demanda Raka, comme se parlant à lui-même.

Les parents, la maison, l'enfant. La pouri, les danses, les temples, les combats de coqs, les fêtes. Son ami Alit – et Lambon, la bien-aimée. Abandonner toute la vie, la vie rayonnante et claire de Raka, et prendre congé de tous!

« J'irai avec toi, dit Teragia. L'enfant restera chez tes parents. Je l'ai déshabitué du sein lorsque j'ai reconnu ta maladie, de sorte qu'il n'aura plus besoin de mère.

– Tu veux venir avec moi ? » demanda Raka, avec étonnement. Il n'avait même pas pensé à Teragia en songeant à tout ce qu'il devrait quitter. Mais elle venait avec lui. Elle était dure, lourde et sévère, et elle avait de grandes mains, des plis autour de la bouche, et elle ne savait ni rire ni jouer. Elle s'en irait avec lui, la femme qu'il n'aimait pas, et la bien-aimée resterait ici et serait perdue. « Je ne veux pas que tu m'accompagnes si je suis rejeté, dit-il. Je n'ai pas besoin de toi.

– Qui préparerait à manger pour toi ? » demanda-t-elle, et à présent déjà, dans l'obscurité, au comble du malheur, elle sourit. Elle se pencha sur Raka, et sans qu'il dît rien, elle trouva l'endroit de son épaule dont il avait commencé à souffrir. Il soupira profondément lorsqu'elle palpa les articulations, et il abandonna ses membres malades à ses chaudes et fermes mains maternelles.

L'esclave Mouna traversa les cours à toutes jambes, la coiffure en désordre, le kaïn flottant, de sorte que les hommes la taquinaient au passage chaque fois qu'elle montrait un peu de ses jambes. Mais Mouna n'entendait rien, elle continuait à courir, franchissant portes et cours, passant entre les poulaillers et les petites balés des esclaves, jusqu'à ce qu'elle eût atteint le mur de la vieille maison en ruine, au bord de l'eau. Elle écarta les lianes qui cachaient l'entrée, puis, malgré la hâte qu'elle venait de montrer, elle hésita et reprit haleine.

De l'autre côté du fossé plein d'eau, Lambon était assise, des fleurs dans les cheveux, tout occupée à se tailler une longue baguette flexible. Ses pieds pendaient dans l'eau qui sentait les roseaux et la vase. Lorsqu'elle avait taillé sa baguette, Lambon, la langue entre ses dents, se mettait à chasser les quelques libellules posées sur les nénuphars. C'était une entreprise absurde, car on avait suffisamment à manger à la pouri, et la femme préférée du rajah n'avait pas besoin de chasser des libellules pour ses repas. Mais Mouna comprenait que Lambon n'agissait ainsi que pour faire passer le temps, durant ses longues journées d'attente vaine. Lorsqu'elle eut pris un couple de libellules, Lambon s'arrêta d'ailleurs. Elle jeta sa baguette à l'eau et se rassit, tenant les deux libellules dans sa paume. Elle les considéra longuement, puis finit par les oublier. Mouna imita le cri du betjitja et Lambon leva les yeux.

« Ne veux-tu pas rentrer, maîtresse? » demanda Mouna. Lambon fit non de la tête. Mouna mesura le fossé des yeux, prit son élan et le franchit. Lambon la considéra avec une légère surprise. La petite esclave s'accroupit auprès de sa maîtresse et enlaça ses genoux d'un geste tendre. « Pourquoi rentrerais-je? demanda Lambon, impatiente. Personne ne s'inquiète de moi, et le prince, qui est enfermé depuis trois jours avec le pédanda, ne veut voir personne. »

Mouna avala avant de parler. « Raka ne reviendra plus jamais, petite maîtresse », dit-elle.

Lambon tressauta et écarta Mouna d'elle. Quoique l'esclave l'eût assistée dans toutes ses secrètes manœuvres, quoique ce fût elle qui avait aplani la route, corrompu ou endormi par l'opium les vieilles gardiennes du harem, de façon à permettre à Lambon de sortir librement, quoiqu'il fût sous-entendu entre elles, que Lambon avait rendez-vous avec un homme, le nom de Raka n'avait jamais été prononcé entre les deux femmes.

« N'attends pas plus longtemps, Lambon, car Raka ne reviendra plus jamais, dit encore Mouna, d'une voix chantante.

– T'a-t-il chargé de ce message? demanda Lambon, effrayée. Ou as-tu appris qu'il allait chez une autre?

– Petite maîtresse, dit Mouna, désolée, et elle enlaça de nouveau les genoux de Lambon. Petite maîtresse, Raka est malade. Il ne viendra plus jamais. Il a la Grande Maladie, et les gens de Taman Sari l'on rejeté. C'est pourquoi le prince s'est enfermé avec le père de Raka et ne veut voir personne. »

Lambon ferma les yeux. Tout se mit à tourner autour d'elle et pendant quelque temps ce fut un bourdonnement, comme si elle avait été debout sous une cascade. Mais elle émergea de nouveau, repoussa l'esclave qui la tenait dans ses bras et cria : « Tu mens, ce n'est pas vrai. »

Mouna ne dit plus rien. Elle regarda simplement Lambon, et la jeune femme vit que les yeux de l'esclave s'emplissaient de larmes, qui coulaient lentement le long de ses joues et qu'elle séchait du bout de la langue lorsqu'elles atteignaient sa bouche. Quoiqu'elle pleurât, Mouna ne cessait pas de sourire et de tenir les genoux de sa maîtresse. Il semblait à Lambon que son propre cœur voulait s'envoler de sa poitrine, comme un oiseau s'enfuit d'une cage ouverte. Elle respira avec précaution.

« Raconte ce que tu sais, dit-elle.

– Personne n'a d'abord voulu le croire, dit Mouna, reprenant haleine avant de parler, car c'est trop terrible que le sort ait justement frappé Raka. Ses ancêtres étaient des Brahmanes et des prêtres, et on ne connaît aucune faute par laquelle il aurait encouru un pareil châtiment. Mais c'est pourtant ainsi et quelque mal a dû être commis à une époque quelconque pour que les dieux châtient Raka. Le jour de la pleine lune, à la fête, on avait pour la première fois remarqué les traces du mal qui ensuite n'avait fait qu'empirer, et les gens de Taman Sari se réunirent et la commune décida de le questionner. Ils allèrent chez son père, le pédanda, et ils demandèrent à voir Raka, qui avait fini par se cacher. C'est arrivé il y a neuf jours, maîtresse. »

Lambon approuva de la tête. Elle remuait faiblement les doigts sur ses genoux et faisait le compte. Il y avait onze jours qu'elle avait passé avec Raka une dernière et sombre nuit. Onze jours de terrible impatience, d'incertitude et d'attente! « Et ensuite? dit-elle.

– Lorsqu'il est sorti de sa balé ils ont vu qu'il avait la Grande Maladie et ils ont dû le chasser du village, quoique tous en fussent affligés, car personne ne souhaite le moindre mal à Raka. Mais Taman Sari a déjà été suffisamment éprouvé et les gens ont peur des dieux. Je me suis laissé dire que le pédanda, son père, les avait lui-même approuvés et qu'il avait ordonné à Raka de quitter immédiatement sa maison. Car une maison de prêtre doit rester, plus que les autres, à l'abri des impuretés. Mais ils racontent que son père l'a accompagné lorsque le village l'eut repoussé, qu'il l'a embrassé et béni avant de le quitter au carrefour, sans se soucier de son impureté. Ils n'ont pas brûlé la balé où Raka couchait; ils n'ont fait qu'y déposer des offrandes particulières pour les mauvais esprits, et le pédanda est demeuré pendant trois jours plongé dans ses prières et dans la méditation. Ensuite lui et sa maison eurent recouvré leur pureté, et depuis lors il ne parle plus de son fils. Les gens de Taman Sari, eux aussi, ont été tristes pendant tout un jour, mais ils essaient d'oublier, et on dit que la récolte de riz sera bonne. Il y avait eu trop de malheurs et de maladies sur la côte, mais il semble qu'à présent les dieux se soient laissé réconcilier.

– Et Raka? demanda Lambon, à voix basse.

– Raka? dit Mouna. Raka? Ils disent qu'il n'est pas aussi laid que d'autres lépreux. Par exemple, il n'a pas perdu ses sourcils. Il paraît qu'il a assisté à l'entretien lorsque les chefs de la commune allèrent parler à son père, mais il n'a pas dit une seule parole. On raconte qu'il a pris très poliment congé de tous, comme s'il partait pour une simple promenade, ou s'il allait à Kesiman. Arrivé au carrefour, il s'est retourné, a fait un signe de la main et a souri tant qu'ils ont pu le voir. »

Lambon réfléchit longuement à tout cela. Mouna avait les yeux pleins de larmes, mais Lambon ne pleurait pas. On eût dit que ce grand malheur ne réussissait pas à pénétrer dans sa petite tête.

« Et où est-il maintenant? demanda-t-elle.

– La commune de Taman Sari lui avait désigné une

place au sud du village, et son père avait promis de lui donner du bois et du bambou pour se bâtir une balé. Mais la commune de Sanour ne lui a pas permis de s'installer, car l'eau coule de Taman Sari à Sanour, et leurs savahs seraient impures si Raka s'établissait là. Les cinq villages de la côte se sont alors réunis pour le reléguer là où est la place des lépreux. »

Lambon frissonna. Elle connaissait l'embouchure, avec ses eaux stagnantes et impures, avec les taillis épineux et les rives sablonneuses, où des nuages de moustiques restaient suspendus le jour et où s'assemblaient la nuit les esprits et les âmes égarées.

« Et il est là-bas, tout seul? murmura-t-elle.

— Non, pas seul, dit Mouna. Le pêcheur Bengek l'enroué vit là-bas, lui aussi, et a essayé de travailler la terre. »

Après une légère hésitation, elle ajouta : « Et Teragia, sa femme, est partie avec lui.

— Comment as-tu appris tout cela? demanda Lambon.

— La vieille Ranis a rapporté ces nouvelles du marché. C'est Pougloug, la marchande de Taman Sari, qui lui a tout raconté et beaucoup d'autres ont confirmé son récit mot à mot.

— Oui, Pougloug connaît toujours toutes les nouvelles », dit Lambon, qui sourit faiblement au souvenir de la femme de son frère. Tout cela était bien loin d'elle et tant d'événements s'étaient déroulés depuis qu'elle avait quitté la maison de sa famille. La nouvelle par laquelle Mouna avait ouvert son récit parut ne l'atteindre que maintenant. « Et tu as dit que Rak ne reviendrait plus jamais? » chuchota-t-elle.

Mouna étreignit de nouveau les genoux de sa maîtresse et les serra plus fort. « Petite maîtresse, dit-elle, petite maîtresse, ne comprends-tu donc pas qu'il est impur? On le chasserait à coups de pierres s'il venait à Badoung. Tu ne dois plus penser à lui, sinon les dieux se fâcheraient.

— Faut-il que nous présentions des offrandes pour nous purifier? demanda Lambon avec un effroi subit.

— Je n'entends rien à ces choses et nous ne pouvons demander conseil à personne, répondit l'esclave.

314

– Non, nous ne pouvons demander conseil à personne, répéta Lambon. Elle croyait avoir oublié sa famille et la maison où elle avait grandi, mais à présent elle les regrettait. Pougloug et la tante savaient toujours quelles offrandes il fallait présenter. Elle réfléchit encore quelque temps, la tête lourde

– N'a-t-il donc pris congé de personne dans la pouri? demanda-t-elle.

– Non, de son enfant et de ses parents seulement, autant que je sache.

– Pas non plus du prince? questionna encore Lambon.

– Comment un lépreux pourrait-il parler au prince? dit Mouna. Peut-être lui a-t-il fait dire adieu par son père, ajouta-t-elle.

– Sais-tu quelque chose à ce sujet? » demanda Lambon.

L'esclave approcha sa bouche de l'oreille de sa maîtresse.

« On prétend que le prince a pleuré lorsqu'il a appris la nouvelle. Le jeune Oka l'a raconté à Ida Katout », chuchota-t-elle.

Lambon ouvrit ses mains et regarda le couple de libellules à demi écrasé qu'elle avait tenu durant tout ce temps dans son poing fermé. Elle posa les mains sur ses genoux. « Que vais-je faire à présent? demanda-t-elle, stupide de désespoir.

– Oublier, dit l'esclave. Les jours vont et viennent, l'eau s'écoule et tu oublieras bientôt. »

Lambon secoua violemment la tête. « Si, si, dit Mouna. Je sais ce que c'est. Moi aussi, j'ai aimé un homme, le sculpteur Merou, ton frère. Lorqu'il m'a abandonné pour Bernis, cette chienne, j'ai cru mourir tant mon cœur me faisait mal. A présent je ne me rappelle même plus ni sa figure ni sa voix. »

Lambon réfléchit, mais cela ne servait à rien. « Peut-être pourrais-je demander au prince s'il ne veut pas me voir », dit-elle timidement. Mouna la considéra d'un regard surpris.

« Il a pleuré. Ne devrais-je pas être auprès de lui s'il est triste? Je pourrais lui apprêter la pipe qui aide à supporter les souffrances, dit encore Lambon.

– Veux-tu toi-même de l'opium? » demanda Mouna qui avait les antennes sensibles. Lambon n'avait encore jamais fumé. « Oui, procure-moi de l'opium, dit-elle.

– Viens, rentre avec moi, petite maîtresse, dit Mouna. Tu auras la fièvre chaude si tu restes continuellement auprès de cette eau morte. Je te donnerai de l'opium et je demanderai à Oka si le prince veut te voir. Peut-être le pédanda a-t-il transmis pour toi un petit message d'adieu.

– Quelle menteuse tu fais! dit Lambon, qui dégagea en souriant ses genoux des mains de l'esclave. Je viendrai tout à l'heure. Laisse-moi un instant seule. »

Mouna la regarda attentivement et soupira. Elle se retourna, avisa une poutre vermoulue qu'elle jeta en travers du fossé. « Voilà, n'est-ce pas mieux ainsi? demanda-t-elle en s'engageant sur ce ponton.

– Nous n'aurons plus besoin de pont, maintenant, dit Lambon, et ce n'est qu'en prononçant ces mots qu'elle prit pleinement conscience de son malheur. Lorsque Mouna eut disparu derrière le portail envahi par les lianes, elle demeura assise quelque temps, toute raide et comme pétrifiée de tristesse. Elle allongea le pied et poussa la poutre dans l'eau. Les gouttes rejaillirent jusque sur son kaïn, et elle le défit. Elle découvrit les libellules mortes dans sa main, déchira lentement les ailes, les corps minces et brillants, les têtes avec leurs yeux en pierres précieuses, puis les jeta à l'eau.

Elle étendit les bras autour de ses genoux repliés et appuya sa tête dans ce petit creux sombre. Elle eût voulu pouvoir pleurer. Mais les larmes ne venaient pas.

VIII

LE SRAVAH

Lorsque les gens de Taman Sari eurent bâti leur temple du riz et l'eurent inauguré par une grande fête, lorsqu'on eut achevé de dresser à Sanour la nouvelle tour à neuf étages, dans le temple de corail, lorsque les villages de la côte eurent brûlé tous leurs morts, eurent restitué aux dieux les biens mal acquis et eurent chassé leurs lépreux, le bon temps revint. On avait fait tout le nécessaire pour pénétrer la volonté des dieux et pour répondre à leurs vœux; aussi étaient-ils satisfaits et accordèrent-ils aux villages de la côte du bonheur et des récoltes en abondance.

Les rats disparurent des savahs, le riz poussa lourd et épais. Là où la terre ensemencée ne portait d'ordinaire qu'une récolte de quarante-cinq gerbes, on pouvait compter sur soixante gerbes, tant étaient pleins les épis qui mûrissaient. Les cocotiers portèrent de grosses grappes de fruits et les écureuils s'étaient éloignés vers le nord. La pluie venait de la Grande Montagne aussi souvent qu'on en avait besoin, et les cours d'eau amenaient beaucoup de limon fertile. Quelques vieillards et quelques enfants, aussi jeunes que la rosée des champs, moururent, mais tous les autres malades guérirent, et la main-d'œuvre ne manqua pas pour cultiver la terre et battre le riz. Les bras maigres des enfants s'emplirent de chair, et ils eurent de beaux petits ventres ronds, au point que c'était plaisir de les voir s'attrouper devant les portails. Il y eut aussi en ce temps-là plus de garçons que de filles et l'on célébra de nombreux anniversaires, à l'occasion desquels le village entier cuisinait et se régalait, buvant du touak ou du vin de riz doux, et les chiens eux-mêmes engraissèrent grâce à l'abondance des déchets provenant des offrandes et des banquets.

Pak eut sa large part de cette prospérité générale et il lui semblait que ce n'était que justice. Ses assiettes avaient été enchâssées dans le socle de l'autel principal du temple neuf et en étaient un des plus beaux ornements. Il en avait fait don aux dieux, il n'était que juste qu'ils l'en remerciassent à leur façon. Pak aimait à s'arrêter devant l'autel neuf, en revenant de ses savahs. Il laissait ses buffles brouter sur le pré, tandis qu'il entrait au temple, s'agenouillait devant l'autel et considérait ses assiettes avec joie. Il lui semblait qu'elles devenaient de plus en plus belles, plus blanches, et que les roses y brillaient de couleurs de plus en plus fraîches.

Le travail des champs était moins pénible, car son frère Lantchar était maintenant assez grand pour l'aider, tandis que Merou accompagnait Rantoung qui gardait les canards.

L'aveugle, lui aussi, aimait le temple neuf, et se reposait volontiers là-bas, en laissant les volatiles confiés à sa garde s'ébattre dans la vase des savahs. Parfois il promenait ses doigts à tâtons sur les figures de pierre et les ornements du portail, et sur les sculptures de la porte de l'autel de Gedong au sujet duquel on avait pris son avis. Il s'était développé en lui un sens particulier qui lui tenait lieu de la vue, car il trouvait partout son chemin au village et était même capable de faire certains travaux de ses mains habiles; par exemple, tailler des crécelles pour les savahs ou des jouets pour le petit Siang. D'une façon générale, les enfants aimaient à l'entourer, surtout la petite Madé, la seconde née, enfant tranquille qui le conduisait là où il ne pouvait s'orienter lui-même. La jeune Klepon se promenait déjà sur ses solides petites jambes nues, et Rantoung, à qui incombait son éducation, lui faisait porter parfois sur sa petite tête tondue, une assiette vide en feuilles ou un petit morceau de canne à sucre, afin qu'elle apprît assez tôt à porter des fardeaux.

Le vieux grand-père assistait à ces jeux et se tordait de rire à la vue des mouvements comiques et des menus malheurs de sa petite-fille, à l'occasion de ces premières expériences.

A d'autres égards encore, la paix et la bonne entente régnaient dans la maison, et il y avait à cela une raison particulièrement réjouissante. En effet, dès avant sa maladie, Sarna avait annoncé, non sans fierté et quelques plaintes qu'elle attendait un second enfant, et nul ne douta que ce serait encore un fils, car elle était de cette sorte de femmes qui mettent toujours des garçons au monde. Elle parlait avec une certaine complaisance de son état; tantôt elle avait des nausées et son estomac se vidait, tantôt Lantchar devait grimper aux arbres pour lui cueillir les fruits les plus verts et les plus acides qu'il pût trouver. Pak riait avec bonne humeur de ces caprices et considérait avec satisfaction sa seconde femme, dont la fécondité et la maternité arrondissaient de plus en plus les rondeurs naturelles. Pougloug, elle aussi, se montrait aimable envers sa sœur cadette et se moquait de ses plaintes et de ses envies. Elle-même était exceptionnellement taciturne; parfois elle restait seule, silencieuse, les mains croisées sur ses genoux, et un sourire secret éclairait sa figure laide. Comme elle ne disait rien, Pak ne remarqua rien non plus. Ce fut la tante qui dut lui ouvrir les yeux en disant : « Tu devrais prier ton frère Merou de sculpter un second berceau.

– Pourquoi cela? Que signifie cette plaisanterie? » questionna Pak, ébahi. « As-tu des yeux pour ne rien voir? » s'écria la tante en se tordant de rire, et le vieillard, lui aussi, se moqua de la sottise de son fils. Même Klepon et Siang rirent, sans du reste savoir pourquoi. Seule Pougloug demeura silencieuse, fidèle à sa récente taciturnité et à son discret sourire. Il fallut quelque temps avant que Pak comprît que ses visites de courtoisie auprès de Pougloug avaient porté leurs fruits et qu'elle aussi attendait un enfant. Il en fut très heureux, car c'était un effet de la fécondité générale. Il lui caressait l'épaule lorsqu'il était seul à seule avec elle et disait : « Ainsi tu veux encore me donner une petite fille, mère? Combien de femmes aurai-je dans ma cour pour battre le riz? »

Comme les deux épouses étaient dans le même état, elles se montrèrent plus aimables l'une envers l'autre, et elles se comportaient comme deux sœurs, car elles attendaient leurs enfants dans le même mois. Lorsque Pak allait aux séances du soukba ou de la commune, dont il avait fini par devenir un membre estimé et considéré, il entendait bien des plaisanteries flatteuses sur ses deux femmes. « J'apprends que tes vaches vont vêler en même temps », disait par exemple Rib le farceur, et Pak répondait avec sa présence d'esprit : « Tu es sans doute jaloux parce que tes canes ne pondent pas. »

Dans la première semaine du cinquième mois, Sarna donna le jour à un enfant, et, comme on l'avait prévu, ce fut un garçon. Cet enfant vint au monde plus facilement que le premier, mais sa naissance n'en exigea pas moins une grosse dépense d'énergie, d'émotion et de cris. Pak qui dut soutenir et frictionner sa femme, était baigné de sueur lorsque l'enfant parut. Sarna se sentit de nouveau trop fatiguée pour nettoyer la chambre après son accouchement, et ce fut Pougloug qui, quoique enceinte, dut se mettre à genoux, pour laver la mère, l'enfant et la terre battue sur laquelle il était né. Pour ce fils encore, Pak avait choisi un beau nom. Il le nomma Lintang, la petite étoile, puisqu'il avait commencé à emprunter au ciel les noms de ses fils. La tante déplorait, il est vrai, pareille prétention, estimant que des noms aussi magnifiques risquaient plutôt de faire tort aux enfants.

Deux semaines après, Pougloug rentra du marché plus tôt que de coutume. Elle déposa sa charge à la cuisine, échangea son kaïn neuf contre un autre kaïn, plus vieux, fit quelques pas incertains et s'assit sur le sol qu'elle avait commencé par balayer. Lorsque Pak, qui était allé avec son plus beau coq à la maison commune, pour se vanter devant les autres hommes, rentra, Pougloug était déjà occupée à accoucher en silence. On ne devinait ses souffrances qu'aux gouttes de sueur qui coulaient le long de sa figure, mais elle eut un sourire entêté lorsque Pak s'assit auprès d'elle pour l'aider. C'était le sixième enfant qui voyait le jour dans sa maison et il commençait à en avoir l'habitude. Les femmes qui assistaient à l'accouchement en plaisantèrent, et la vieille sage-femme, qui était venue pour chaque naissance, s'exclama en riant : « Lorsque je serai morte, Pak pourra me remplacer; il en sait déjà presque aussi long que moi. »

A l'heure du coucher du soleil, l'enfant était à terre et Pak découvrit avec un étonnement sans bornes que Pougloug elle aussi, lui avait donné un fils. C'était la dernière chose qu'il eût attendue de sa première femme, et il en resta stupide et muet. Les femmes éclatèrent de rire en voyant son visage abasourdi et elles déversèrent leurs vœux sur lui et son enfant. Sarna n'était pas la moins surprise. Elle jubilait d'étonnement et de plaisir, se mettait à genoux à côté de Pougloug et la secouait, en ne cessant de crier dans les oreilles de l'accouchée qu'elle avait donné le jour à un fils, à un beau fils gras, comme si Pougloug elle-même l'eût ignoré. Sarna baigna le nouveau-né et elle lava Pougloug, mais ensuite Pougloug se leva et lava elle-même la chambre, car elle y mettait un point d'honneur.

Pak se promenait dans la cour et disait des plaisanteries. « Me voilà pourvu de deux femmes, et quand même condamné à mourir de faim, disait-il par exemple, car elles se sont mis en tête d'accoucher en même temps chacune d'un fils, de sorte que toutes deux sont impures et qu'il n'y aura personne pour me préparer à manger. »

Bien entendu il n'en était pas là, car Rantoung remplaçait en silence les deux mères, faisait leur travail, et elle était déjà capable de porter sur sa tête trois noix de coco ou une cruche d'eau de dimensions moyennes.

« Je n'ai pas de nom pour ton enfant, mère de mon fils, dit Pak à Pougloug. Car tu m'as pris au dépourvu.

– Nous pourrions l'appeler Datang, celui qui est venu », proposa Pougloug dont l'imagination n'allait pas très loin. « Ce n'est pas assez bien pour mon fils cadet », déclara Pak et il se mit à chercher un nom meilleur. Il contemplait le ciel pour trouver des idées nouvelles, mais ne trouvait rien. Boulan, la lune, convenait tout au plus pour une femme, Mendoung, le nuage, était triste. Bjanglah, l'arc-en-ciel, n'était pas beau... Ce n'est que deux jours plus tard que Pak eut une bonne idée. Elle lui vint pendant qu'il lissait pour la seconde fois, avec son lampit, les savahs de l'ouest. La terre glougloutait et s'étendait, le limon éclaboussait les buffles, l'odeur caressait ses narines, le champ était plein de force et de fertilité future. Ce jour-là, Pak rentra à midi et dit à Pougloug : « Nous nommerons ton fils Tanah, comme la terre, et je ne connais pas de nom meilleur. »

Lorsque vint le jour de célébrer la fête des trois mois écoulés depuis la naissance des deux enfants – par économie on fêta les deux naissances en même temps – il y eut encore une surprise dans la maison de Pak. Merou l'aveugle prit en effet Pak à part et lui dit non sans confusion : « Ne pourrait-on célébrer le même jour mon mariage, de façon que nous n'ayons pas besoin de nourrir et d'inviter deux fois le pédanda et les amis? »

Il apparut alors que Merou s'était mis d'accord avec la jeune Dasni, et Pougloug déclara que tout était pour le mieux et qu'elle était depuis longtemps au courant de ce projet. Pak la soupçonna même d'avoir favorisé ce mariage et, après quelque réflexion, il lui donna raison. Sans doute, Dasni avait-elle le visage boutonneux et des seins trops lourds, mais peu importait puisque Merou ne pouvait la voir. De plus, l'aveugle avait possédé assez de belles filles et, Dansi étant cousine de troisième degré, il ne serait pas nécessaire de l'enlever et il n'en coûterait rien de l'épouser. D'autre part, elle était habile à tresser des paniers et des nattes et comme elle avait l'habitude de vendre du sirih, elle pourrait rapporter de l'argent à la maison et assurer les travaux dont la tante trop vieille ne pouvait plus se charger. Tout était ainsi ordonné pour le mieux dans la maison de Pak.

Lorsque les fêtes furent passées et payées, et que Pak fit le compte des économies enfouies dans sa maison, il apparut il est vrai que la famille ne possédait même plus quinze ringgits. Ce n'était pas beaucoup et Pak, une fois de plus, ne se voyait en mesure ni d'acheter un kriss ni de se faire limer les dents, quoique l'un et l'autre fussent nécessaires pour un homme de quelque importance. Si, par ailleurs, le vieillard devait mourir un jour prochain, comme il l'annonçait parfois, on se disposerait même pas d'assez d'argent pour l'ensevelir dignement et pour inviter la commune ainsi qu'il convient. Pak chercha un moyen de se procurer promptement de l'argent et il se dit ceci : mon coq me fera gagner tout l'argent dont j'aurai besoin.

Il se trouvait en effet – et ce n'était là qu'un des aspects de cette prospérité et de cette bénédiction générale qui s'étaient étendues sur la maison de Pak depuis qu'il avait donné ses assiettes au temple – qu'un de ses coqs était devenu un grand combattant.

C'était un des trois jeunes coqs que Sarna avait naguère obtenus de son père : un beau spécimen à plumes blanches, aux pattes fortes et à petite crête pointue. Le père de Pak, qui était connaisseur plus qu'aucun autre habitant de Taman Sari, avait commencé par observer attentivement ce coq, alors qu'il était si jeune que sa voix muait chaque fois qu'il chantait. Pendant des heures entières il était resté accroupi devant la cage, à regarder l'animal, l'avait tiré de son panier, avait examiné ses pattes et son col, l'avait promené, lui avait parlé, avait préparé sa pâture, avec grand soin et selon des prescriptions particulières. Douze grains de maïs et de l'eau, le matin, six grains l'après-midi, et en outre un mélange fortifiant qu'il préparait lui-même avec de la bouse de vache et du poivre. Il avait massé ses muscles, avait rafraîchi et fortifié ses pattes dans le ruisseau qui coulait devant la maison, ou dans la rosée du pré.

Lorsque le coq fut grand, le vieillard appela Pak et lui dit : « Je crois que celui-ci sera vainqueur dans tous les combats. C'est un véritable sravah.

– Ce n'est pas possible, dit Pak. Comment Wayan, qui est avare au point de compter les grains de riz que mangent ses enfants, aurait-il pu me faire cadeau d'un véritable sravah ?

– Wayan n'entend rien aux coqs, mais moi je m'y connais, dit le vieillard. Je l'ai examiné, plume par plume et signe par signe, et je te dis, moi, que c'est un véritable sravah. Il n'a pas une plume qui ne soit blanche ou noire.

Pak tira le coq de son panier, le promena, perché sur sa main, le considéra, l'excita et se réjouit à sa vue. Le coq était beau et blanc, avec quelques pennes caudales noires.

L'après-midi il l'emporta pour la première fois au village, sur la petite étendue de gazon de la maison commune, où les hommes avaient coutume de s'asseoir pour comparer les mérites de leurs coqs.

« Qu'est-ce que c'est que ce coq? lui demanda-t-on.

– Rien de particulier. Il est encore trop jeune pour combattre. Mon beau-père m'en a fait cadeau, dit Pak.

– Est-ce un sravah? questionna un homme d'âge, qui était presque aussi savant que Krkek.

– Je n'entends pas grand-chose aux coqs, dit Pak avec une modestie apparente. Mon père semble croire que c'est un sravah.

– D'où vient-il? demanda un autre, qui prit le coq des mains de Pak et le soupesa.

– De Bedoulou autant que je sache, répondit Pak.

– En ce cas ce doit être en effet un sravah », dit l'homme d'âge. Rib le farceur, qui venait de survenir, s'assit auprès de Pak, regarda le coq et demanda : « Quand saigneras-tu ton poulet pour en faire du saté? » Tous éclatèrent de rire et Pak rit avec eux. « Si tu n'étais pas stupide au point d'être incapable d'apprendre à distinguer les quatre points cardinaux, tu te serais peut-être aperçu que c'est un sravah », dit-il, car il y avait beau temps qu'il n'admirait plus béatement les plaisanteries de Rib et qu'il avait appris à lui donner la réplique et à mettre les rieurs de son côté.

« Si ton coq est un tel prodige, cache-le bien, de peur que son Altesse l'Anak Agoung Bouma ne vienne te le prendre pour l'emporter à la pouri, répliqua Rib.

– C'est un sravah, et il y a longtemps que je n'avais pas vu aussi bon coq », observa un vieillard édenté qui avait assisté en silence à leur discussion, mâchant sa chique de bétel et de tabac. Pak remporta son coq chez lui, fier et plein d'une joyeuse espérance. Les sravahs étaient des descendants d'un coq divin et invisible; on les reconnaissait à certaines signes particuliers. Un sravah ne pouvait manquer de remporter beaucoup de victoires et lui rapporter honneur et argent.

A dater de ce jour il y eut en dehors des savahs qui prospéraient et des enfants qui grandissaient, un autre grand sujet de joie et d'espérance dans la vie de Pak : le jeune coq. Il laissa à son père le soin de préparer la nourriture du sravah et de veiller à son éducation, mais c'était lui-même qui lui donnait à manger afin que le coq s'attachât à lui, et il passait la plus grande partie de ses loisirs à l'admirer, et le cajoler, à le porter ici ou là, à le montrer, à le vanter et à lentement le préparer au combat.

Le sravah était sans défaut et il devenait de jour en jour plus fort et plus combatif. Son dos était large, ses muscles, que Pak massait quotidiennement, étaient vigoureux comme ils devaient l'être. A présent on ne lui donnait plus de grain à manger; on ne le nourrissait plus que de poulet haché et séché, de viande et d'os, surtout de pattes d'animaux, afin de lui en transmettre la force et la résistance. On pouvait compter vingt et un anneaux sur son ergot, ce qui est la marque des vainqueurs, et lorsque Pak le soulevait et le déposait, il sentait avec quelle élasticité le coq rebondissait aussitôt. De plus, les muscles de ses épaules se mettaient à vibrer et parfois un gloussement s'échappait de sa gorge après qu'il avait crié, ce qui n'arrive qu'aux meilleurs combattants.

« Tu remporteras beaucoup de victoires pour moi, mon sravah, car tu es beau et fort », murmurait Pak à son coq et il lissait ses plumes pendant des heures entières, car le coq aimait ces caresses, et les mains de Pak, elles aussi, en étaient heureuses.

Tous les quinze jours, il le jetait à l'eau et le faisait nager, afin qu'il eût des pattes agiles, et, le jour anniversaire des coqs que l'on fêtait dans tout le pays, il déposa sur son panier les offrandes prescrites. Lorsque Merou se fut marié, Pak ne permit pas au coq de rester dans la cour, car non seulement un coq de combat ne devait pas avoir de poules, mais encore, pour garder toutes ses forces, il devait être gardé de toute impureté semblable. Aussi Pak confia-t-il son coq pendant quarante-deux jours à Wayan, et tous les jours il allait lui-même donner à manger à son animal et veillait à ce que le sravah fût déposé dans l'herbe afin qu'il pût en manger suffisamment.

Wayan considérait le coq et s'en voulait à lui-même d'avoir fait cadeau d'un si bel animal. Il demanda :

« Veux-tu échanger ton coq contre trois noix de coco? Je veux bien le reprendre quoiqu'il ait toutes sortes de défauts. »

A cette offre Pak partit d'un éclat de rire, et il fut content lorsque les quarante-deux jours furent passés et qu'il put reprendre son coq chez lui. A présent, en effet, l'animal était assez grand pour apprendre à combattre sérieusement et à défendre l'endroit vulnérable sous son aile. Pak lui noua une ficelle autour du cou, au bout de laquelle un kepeng pendait sur la poitrine de l'animal. Comme le coq s'en irritait, il battait des ailes et dressait ses ergots, apprenant ainsi exactement les mouvements nécessaires pour se défendre et pour attaquer.

Lorsque Pak emportait l'après-midi son coq devant la maison commune, où les hommes comparaient leurs animaux, il n'y avait pas un volatile que son sravah parût craindre. Il se dressait sur ses pattes, baissait la tête, son cou était gonflé d'air et il était plein d'une sauvage ardeur.

Ainsi arriva le combat de coqs de Sanour, qui devait durer trois jours, et le vieillard dit à Pak : « Cette fois tu peux laisser combattre ton coq et il sera sûrement vainqueur. »

Pak tira son oiseau de son panier, le caressa et lui fit cette promesse : « Coq, voici que tu vas combattre pour la première fois et tu gagneras certainement, car il n'y en a pas de plus beau et de plus vaillant que toi. Si tu es vainqueur, je t'achèterai un gâteau de riz rouge, tel que tu n'en as encore jamais mangé, je te le promets. » Le coq écouta attentivement, dressé sur ses pattes, entres les genoux de Pak, puis il poussa du fond de sa gorge un gloussement satisfait, de sorte que Pak fut certain que l'animal l'avait bien compris.

Pendant les trois derniers jours précédant le combat, il vint comme de coutume beaucoup de gens dans la maison de Pak pour demander conseil au vieux père. Pak chercha l'étui plat en bois qui contenait les lames de combat, au nombre de neuf, de formes et de longueurs variables. Elles étaient belles et brillantes, car le grand-père les avait huilées comme il faut, en mélangeant l'huile de la lampe du théâtre d'ombres à des épices, afin que la pointe du couteau s'alliât à la force du poivre rouge pour foudroyer l'adversaire. Le père possédait une pleine cruche de cette huile et il en donnait quelques gouttes à ses visiteurs, gratuitement ou en échange de fruits et de riz.

Pak et son coq étaient de plus en plus émus à mesure qu'approchait le jour du combat. Pak lissa les plumes du sravah jusqu'à ce qu'elles fussent luisantes, il revêtit son plus beau kaïn et il se mit en route en compagnie de son père. Tout en marchant entre les savahs, ils voyaient affluer de toutes parts d'autres hommes qui portaient des coqs dans leurs sacs et c'était partout une grande et joyeuse animation. En cours de route, le vieillard répéta avec insistance ses conseils à son fils : « Tu ne dois faire combattre ton coq que contre un coq tout blanc, ou tout au plus contre un bouvik chatoyant, quoique ces bouviks soient des adversaires redoutables. De plus, garde-toi bien d'oublier que tu ne dois lâcher ton coq qu'au nord-est de l'arène et que tu ne dois en aucun cas le laisser refouler dans une autre direction. J'ai connu un coq qui ressemblait au tien et qui appartenait au vieux prince de Pametyoutan. Il a combattu pendant dix ans et a été partout vainqueur. J'ai appris récemment qu'il vivait encore; on lui donne du riz et des soins attentifs dans la pouri, quoiqu'il soit vieux, car il a rapporté autrefois au prince une vraie fortune.

— Si mon coq est vainqueur aujourd'hui, je lui achète un gâteau de riz rouge. Je le lui ai promis, déclara Pak.

— Il remportera la victoire », dit le vieillard.

L'arène de Sanour était un grand bâtiment carré, dont l'intérieur était disposé en trois gradins. Au centre, légèrement surélevé, était le carré de l'arène de combat. L'air frais circulait dans la maison, car elle n'avait pas de murs; le toit n'était soutenu que par des poteaux et le second toit reposait lui-même sur des poteaux, de sorte que l'air et la lumière pénétraient en suffisance. La place était entourée de marchandes, mais au combat lui-même n'étaient admis que les hommes et les jeunes garçons assez forts pour garder les buffles. D'un côté on avait dressé une estrade destinée aux princes qui avaient annoncé leur venue, et au nord-est s'élevait un petit autel en bambou, chargé d'offrandes destinées aux démons qui aiment les batailles et le sang. Car le combat de coqs n'est pas seulement un plaisir et un jeu; c'est en même temps un sacrifice nécessaire. Si l'on n'accordait pas un peu de sang de coqs à ces démons, leur soif et leur colère augmenteraient et ils entreraient dans la peau des hommes qui commenceraient eux-mêmes à se battre et à s'entre-déchirer, faisant couler le sang non plus goutte à goutte, mais à flots.

En face du siège du prince était l'emplacement du juge. Un homme d'un certain âge était assis là; il avait devant lui une cuvette pleine d'eau et une demi-coquille de noix de coco dont le fond était percé d'un trou rond. A côté de lui siégeait un autre homme muni d'un petit gong. Les combats se poursuivaient déjà depuis plusieurs heures, mais sur le conseil de son père, Pak avait contenu son impatience et celle de son coq. Les premiers combats ont moins d'importance et ne convenaient qu'à des coqs inférieurs au sien. Néanmoins, la salle était déjà pleine et les cris des coqs enfermés dans les sacs retentissaient de toutes parts. De jeunes garçons, des marchands qui vendaient du vin, des fruits ou des œufs, circulaient entre les spectateurs. L'atmosphère était agitée par les clameurs des parieurs qui montraient leurs pièces de monnaie et concluaient parfois des paris par-dessus toute la largeur de l'arène. Sur l'arène même étaient accroupis les propriétaires des coqs qui étaient en train de combattre et dans les coins ceux qui avaient tiré leurs bêtes de leurs sacs et leur cherchaient un adversaire. Plusieurs hommes dont les animaux allaient combattre étaient occupés à attacher à leurs pattes les lames minces et pointues, à double tranchant; ils entouraient soigneusement les manches de l'arme d'une longue ficelle, faisant pointer le couteau qui saillait dangereusement de l'ergot des combattants.

A l'instant où Pak, chargé de son coq, atteignit la balé de combat, et se mit à la recherche d'une place, l'attention générale était détournée de l'arène, car le prince de Badoung venait précisément d'arriver avec son escorte et prenait place sur l'estrade. Le pounggawa salua le prince qui l'invita à s'asseoir auprès de lui. Les gardiens des coqs du rajah déposèrent leurs paniers ct commencèrent à en tirer les animaux. « Bèh! » dirent les spectateurs, lorsqu'ils virent paraître les combattants. C'étaient des animaux puissants et beaux; ils frémissaient de courage et d'ardeur combative, poussant des cocoricos, battant des ailes, dansant d'impatience, et l'on avait peine à les retenir. Le pounggawa était accompagné de deux domestiques qui portaient quatre de ses coqs, lesquels étaient eux aussi de magnifiques spécimens. Aux pieds du prince, un petit vieillard prit place : Ida Katout le conteur d'histoires. Il tenait contre lui un sac brun, d'où il tira un peu plus tard, à gestes délicats, un coq blanc qui se démenait courageusement, quelque petit qu'il fût. Le père de Pak se pencha vers son fils et dit : « Le petit blanc a déjà gagné quatorze combats. Il a une cicatrice à la patte droite. » Pak ne jeta qu'un coup d'œil rapide, absorbé qu'il était par le spectacle des coqs du prince. Mon coq est tout aussi beau, songea-t-il dans un sursaut d'orgueil, et son cœur s'échauffa. Il ouvrit son sac, que le sravah impatient n'avait cessé de becqueter, et balança le coq dans sa main. Son orgueil fondit aussi vite qu'il avait grandi. Non, songea-t-il, mon coq est loin de valoir ceux du prince. Il pouvait valoir mieux que la plupart des coqs de Taman Sari, sans doute. Sur le gazon de la maison commune il avait belle allure. Mais à présent que Pak devait le comparer aux plus beaux coqs du royaume de Badoung, il rapetissait à vue d'œil et Pak perdait courage.

« Je préfère attendre. Je veux voir comment se comporteront les autres coqs », chuchota-t-il à l'oreille de son père. Le vieillard témoigna son approbation en levant les sourcils, sans perdre l'arène de vue. « Veux-tu parier? » demanda Pak car il savait que son père ne possédait pas un seul kepeng. Il tira de sa poche de sirih un petit chapelet de kepengs et le tendit au vieillard. Pak avait déterré sous la maison la valeur de cinq ringgits à l'occasion du premier combat de son coq. Mais à présent il n'était plus très sûr de gagner autant d'argent.

Il replaça provisoirement son coq dans le sac et tourna toute son attention vers le combat en cours.

Des cris s'élevèrent dans la balé, car deux coqs rouges

étaient déjà prêts à combattre, dans les mains de leurs propriétaires qui se faisaient face, et l'on échangeait les derniers paris. L'argent roulait à terre ou passait de main en main jusqu'à ce qu'il eût atteint le parieur qui faisait la contre-partie. Tous pariaient à la fois, offrant à grands cris une mise égale, double ou quintuple. A l'instant où les coqs furent lâchés l'un contre l'autre, le silence se fit. Pak n'avait fait que hocher la tête lorsqu'on lui avait proposé des paris. Il aimait trop son argent pour le placer sur un quelconque coq rouge d'un inconnu. Il le réservait pour son propre coq de combat, qui dressait de temps à autre la tête et poussait un cri guerrier, suivi du petit gloussement prometteur de victoire. Les deux coqs rouges commencèrent par tourner l'un autour de l'autre, puis ils battirent des ailes et les lames de leurs ergots tranchèrent l'air. Dès la première rencontre tous deux furent blessés. L'un semblait avoir le tendon de la patte gauche sectionné, car il resta assis et un peu de sang coula en dessous de lui. L'autre saignait entre les plumes de l'aile gauche, mais il demeura debout. Comme tous deux avaient cessé de combattre, le gong sonna et en même temps le juge posa la coquille de noix de coco dans le récipient d'eau. Elle s'emplit d'eau et sombra; il la repêcha, la posa de nouveau; lorsqu'elle eut sombré pour la seconde fois, la pause prit fin et l'on sonna de nouveau du gong.

Durant ces brefs instants de nouveaux paris avaient été conclus et les propriétaires des deux coqs s'étaient retirés avec leurs bêtes dans les coins de la balé, afin de les fortifier par toutes sortes de moyens en vue du prochain combat. Mais ils ne semblaient pas avoir beaucoup de succès. Lorsque le gong sonna pour la reprise et que les coqs furent ramenés au milieu de l'arène, l'un se rassit comme tout à l'heure, et l'autre, immobile, n'attaqua pas. On fit encore plonger les coquilles de noix, tandis que les spectateurs commençaient à encourager les coqs, à les injurier ou à se moquer d'eux. Lorsque le gong retentit de nouveau sans qu'il y eût eu combat, au milieu d'un rire général, les deux lâches furent enfermés ensemble dans un panier et ainsi contraints à combattre. Le coq à la patte blessée se décida enfin à l'attaque. Il prit son vol — les spectateurs se turent — les lames brillèrent et l'autre coq s'écroula. On retira le panier, le gong retentit à nouveau et la noix de coco s'enfonça dans l'eau. Parce qu'aucun des coqs ne se tenait plus sur ses pattes, l'issue du combat demeura finalement incertaine et les spectateurs se remirent à causer et à rire. Les deux hommes emportèrent leurs coqs, l'un blessé, l'autre mourant, et s'en furent. Le père de Pak se retourna en souriant vers son fils. Pak leva les sourcils. Il était content de n'avoir point parié.

Le prince dont le visage clair se détachait au-dessus d'une veste noire, avait à peine pris garde au combat. L'air sérieux, il s'entretenait avec le pounggawa. De temps à autre, Ida Katout joignait les mains pour lancer dans la conversation quelque plaisanterie que le prince, souriant distraitement, négligeait de relever. Il arrivait un nombre de plus en plus considérable de gens, chargés de coqs en nombre croissant. Un mur de spectateurs se forma derrière le dernier gradin. On était de plus en plus serré, il faisait chaud, et il n'y avait plus un souffle d'air.

Pak paria deux fois : cinquante kepengs sur un coq sans queue, deux cents kepengs sur un bouvik. Il gagna chaque fois. Il fut en proie à une violente émotion lorsqu'un coq du prince combattit contre un coq de Kesiman, mais il n'osa pas parier. Le coq de Kesiman semblait magnifique, le coq du prince avait déjà souvent combattu. Il avait de l'expérience, mais il avait déjà dépensé une grande part de sa force. Le coq de Kesiman plut à Pak. Mais quoiqu'il combattît vaillamment, ce fut le coq du prince qui l'emporta, et Pak laissa échapper l'air de sa poitrine serrée où il l'avait retenu durant le troisième assaut. Il fut de nouveau content de n'avoir pas parié.

Ainsi passèrent de longues heures, et le soleil entrait déjà dans le troisième quart du jour lorsque Pak tira enfin son coq de son panier et s'avança parmi les autres hommes pour lui chercher un adversaire. A cette heure-ci, la chaleur et l'agitation étaient intenses, les paris montaient de plus en plus haut. Déjà les parieurs qui avaient perdu tout leur argent, jetaient à terre anneaux et kriss, et les cris de coqs, les appels des parieurs étaient également stridents.

Lorsque Pak déposa son coq par terre en lui rebroussant les plumes pour l'exciter, et que l'animal bondit sur ses pattes flexibles, Pak remarqua aussitôt qu'on admirait son sravah. Le coq était hors de lui d'ardeur combative. Il baissait la tête, prêt à s'élancer sur n'importe quel autre coq qu'on lui montrerait. Mais Pak savait qu'il ne devait le laisser combattre que contre un coq blanc ou contre un bouvik, et il refusait tous les autres adversaires. Il regarda autour de lui et avisa un homme de Taman Sari, qui possédait un bon coq blanc. Les deux bêtes s'étaient souvent mesurées par jeu, dans l'herbe de la maison commune, et Pak était certain que son coq l'emporterait s'il se battait contre le blanc. Cependant, le propriétaire de ce coq, nommé Limbak, croyait fermement à la force de son propre animal, et c'était d'ailleurs un grand vantard et parieur. Il avait taquiné et irrité Pak en disant du mal de son sravah. Pak échangea un regard avec son père et, marchant sur les talons, il s'approcha de Limbak. « Eh bien ? » questionna-t-il. Limbak déposa son coq à terre et tous deux retinrent leurs animaux pour les empêcher de s'élancer immédiatement l'un contre l'autre. Les coqs avaient le plus grand désir de combattre et il n'était pas nécessaire de les exciter. Plusieurs spectateurs s'accroupirent autour d'eux et donnèrent leur avis, mais Pak était déjà si surexcité qu'il n'entendait plus ce qu'ils disaient. Limbak saisit le sravah pour l'examiner et Pak prit le coq blanc de Limbak. Il tâta les plumes de son cou et le fit s'élancer. Il sentit dans ses mains que son propre coq avait de meilleurs muscles et meilleur souffle. Sûr de lui, il étendait déjà la main pour puiser de l'argent dans sa ceinture. Mais Limbak, quoique vantard, n'était pas fou. « Non, dit-il, rendant son coq à Pak. Pas aujourd'hui. Au prochain combat, si ton coq vit encore. » Quelques hommes rirent.

Pak se rassit et chercha autour de lui un autre adversaire pour son coq. Le sravah était animé d'une telle ardeur et d'une telle impatience de combattre qu'il en éclatait presque. Il battait des ailes, poussait des cris provocants et Pak sentait le cœur de l'oiseau battre sous ses doigts.

« Montre ton coq », dit quelqu'un derrière lui. Lorsque

Pak se retourna, il se vit en face du pounggawa, l'homme le plus puissant des cinq villages de la côte. Il n'était pas assis sur un siège surélevé comme il eût convenu à un homme de sa caste; dans l'ardeur du combat il s'était mêlé aux gens du commun et tenait un bouvik devant lui. Tandis que Pak regardait fixement le pounggawa et son coq aux plumes chatoyantes, son sravah voulut déjà s'élancer, la tête baissée. « Un beau couple! » dit le pounggawa. Il tendit son propre coq à Pak et saisit le sravah de celui-ci pour l'examiner. Quoique deux autres coqs combattissent à ce moment-là dans l'arène, Pak sentit qu'une partie de l'attention se détournait des combattants vers le pounggawa et lui. Des appels furent lancés. « Lâchez-les l'un contre l'autre! » et : « Voilà qui fera un beau combat! » Et : « Pak, le pounggawa veut manger ce soir du poulet rôti. » Cette dernière exclamation avait été poussée par Rib, et Pak se retourna, furieux, vers son joyeux ami qui s'esclaffait. Il tenait encore le coq du pounggawa et celui-ci tenait le coq de Pak. Or, Pak n'avait jamais eu entre ses mains un coq pareil. Tout ce que son propre coq possédait, ce coq le possédait aussi, mais deux fois mieux. Ses muscles étaient plus durs et plus larges, l'air vibrait dans sa poitrine, ses pattes étaient élastiques comme du bambou et le courage se dégageait de lui comme la chaleur du feu. Pak se retourna, troublé, car de tous côtés fusaient des clameurs, des encouragements ou des conseils de prudence. Il chercha son père et rencontra les yeux du vieillard, loin de lui, au milieu de la foule. Il vit cependant que le vieillard s'était levé, regardait vers lui et levait les sourcils, les paupières fermées, ce qui signifiait clairement : « Oui... laisse-le combattre! »

« Bon », dit Pak au pounggawa, et dans son émotion il oublia toutes les politesses qu'il devait à un grand seigneur comme celui-ci. Ils étaient assis là, homme contre homme, au même niveau, sur le sol de l'arène de combat, et on n'avait pas le temps de se faire des politesses.

« Vingt-cinq ringgits, dit le pounggawa, et Pak retomba de ses nues.

– Je n'ai pas autant d'argent, Altesse, dit-il, reprenant

son sravah, et puisant un peu de courage au contact de sa force.

– Veux-tu parier cinq ringgits? » demanda le pounggawa. Pak consentit. Le pounggawa s'écria : « Qui parie vingt-cinq ringgits sur le sravah, contre mon coq? » Pak se sentit entraîné comme en saison de pluie dans le remous d'un fleuve. Un silence se fit tout à coup.

« Montre-moi ton coq », dit le prince, du haut de son siège surélevé, et il étendit la main. Pak ne comprit pas de quoi il s'agissait. Quelqu'un lui donna une bourrade dans le côté. « Son Altesse le rajah veut voir ton coq », lui cria Rib. L'Anak Agoung Bouma qu'il connaissait descendit de la plate-forme et prit le coq des mains de Pak. Celui-ci se sentit abandonné lorsqu'il se fut dessaisi de l'animal. Il suivit des yeux l'Anak Agoung Bouma qui alla le tendre au prince. Le rajah soupesa le coq dans sa main, lui rebroussa les plumes du sol, le caressa, examina ses pattes, le fit bondir, puis le retint. Le coq résistait, il était impoli envers le prince, car il aimait son maître Pak et ne tolérait aucune main étrangère.

« Cinquante contre tes vingt-cinq », cria le prince au pounggawa, et le coq alla de main en main jusqu'à ce qu'il eût retrouvé son maître. Les ministres et courtisans qui étaient assis derrière le prince lançaient des appels et des exclamations, et une bague ornée d'un rubis roula par terre. Elle roula à côté de Pak qui la suivit des yeux, étonné. Les paris proprement dits n'avaient pas encore commencé, ce n'était que le commencement de la grande agitation qui se produirait lorsque les deux adversaires, armés de lames, seraient lâchés l'un contre l'autre. Pak retenait son coq et le cœur lui battait presque jusqu'à la gorge.

Soudain il fut saisi d'une grande peur. S'il lâchait maintenant son coq bien-aimé contre l'autre, il n'était pas certain qu'il gagnerait. Il pouvait mourir en moins de temps qu'il n'en faut à une coquille de noix de coco pour s'enfoncer dans l'eau. Il sut tout à coup que son coq perdrait et mourrait. Il regarda autour de lui. Il regarda son propre coq, qui lui parut très petit et jeune. Il regarda le coq du pounggawa. C'était une bête énorme, elle devenait de plus en plus grande et dangereuse aux

yeux de Pak. Pak serra son coq contre sa poitrine.
« J'ai peur, dit-il.

– Comment? demanda le pounggawa.

– J'ai peur. Mon coq n'est pas assez bon, Votre Altesse », dit Pak. Le pounggawa le considéra encore pendant quelques instants, haussa les épaules, puis se leva. Quelqu'un ramassa la bague au rubis qui avait roulé à terre. Le coq de Pak chanta. Pak avait honte; il se retourna, cherchant le sac tressé de l'animal qu'il voulait enfermer pour s'en aller. Des moqueries et des plaisanteries l'assaillirent de tous côtés. Le prince, qui avait ri un instant plus tôt, semblait maussade. A ce moment, Ida Katout rétablit la bonne humeur du prince. Il tira son petit coq blanc de sa poche et grimpa sur la plate-forme de l'arène.

« Vingt-cinq ringgits contre les cinquante de mon prince, s'écria-t-il. Et personne ne pourra dire que nous sommes des lâches, mon coq et moi! »

Tous les assistants éclatèrent de rire, même le prince. C'était un spectacle cocasse de voir le petit homme se gonfler et se démener comme un héros du théâtre d'ombres. Et le petit coq faisait en quelque sorte de même; battant des ailes, il baissait la tête et manifestait clairement qu'il voulait tuer le sravah de Pak.

« Accepté, mon ami? demanda Ida Katout à Pak.

– Oui, monsieur, si vous le voulez bien », répondit Pak, troublé. Ils furent aussitôt entourés d'un cercle de spectateurs, et, un peu plus tard, ils étaient assis dans un coin de l'arène, occupés à fixer les lames aux pattes de leurs coqs. Pak se répéta ce que son père lui avait conseillé : se placer au nord-est de l'arène, se servir de la lame courte et large et ne pas oublier d'insuffler un peu de sa force au coq avant le combat. Cependant, Ida Katout avait provoqué de nouveaux rires en attachant à la patte de son coq la lame la plus longue et la plus dangereuse qu'il possédât dans son étui. Elle était de forme ondulée comme un kriss minuscule et, ainsi armé, le petit coq blanc avait un air très guerrier. Néanmoins Pak se sentait en sûreté. Lorsque leur tour arriva, ils portèrent leurs coqs au milieu de l'arène. Les deux bêtes étaient impatientes de combattre et les spectateurs commencèrent à parier.

Pak remarqua alors que tous ne misaient pas sur son grand et beau coq, et que le petit coq blanc passait pour un dangereux adversaire et un redoutable meurtrier, ainsi que son père, qui savait tout, le lui avait d'ailleurs raconté. On pariait avec ardeur, les voix s'élevaient, l'argent volait et l'animation était grande. Pak tenait sa main sur le cœur de son coq et il le sentit battre vite et fort contre la petite poitrine de l'animal. Il rebroussa les plumes de son cou pour l'exciter davantage. Il lui souffla son haleine dans les yeux et le bec, puis le lâcha. Il avait déposé ses cinq ringgits auprès d'Ida Katout, qui avait lui-même déposé par-dessus ses propres cinq ringgits. De tous côtés, de l'argent était répandu sur le sol, et lorsque le combat s'engagea, Pak sentit battre son cœur comme un tambour dans sa poitrine.

Les deux coqs tournèrent l'un autour de l'autre, la tête baissée, les pattes repliées, et ils se guettaient l'un l'autre. Soudain, le petit coq blanc s'élança et attaqua le sravah. Le sravah lui aussi battit des ailes et se défendit. Les lames scintillèrent, quelques plumes blanches volèrent, puis les coqs se séparèrent. Il n'était encore rien arrivé. Au troisième assaut, il y eut un bourdonnement parmi les spectateurs et Pak sut que son coq avait été blessé à la patte droite. Un peu de sang coula, mais le sravah ne semblait pas le remarquer. Boitillant, il tournait en rond, la tête baissée, observant l'autre coq. Le petit blanc était un adversaire redoutable. Pak ne se rendait compte que maintenant combien il était dangereux. Il était expérimenté et prudent; il voulait tuer et il saurait attendre le moment propice. Pour la quatrième fois, il prit son vol, et lorsque les lames se touchèrent dans un poudroiement de plumes, les hommes s'écrièrent : « Touché! » Mais ils s'étaient trompés.

Les coqs se séparèrent, et le sravah de Pak, ployant sur sa patte blessée, resta à terre. Le plumage du blanc était taché de sang, mais c'était le sang du coq de Pak, et non le sien; aucun des deux animaux n'était gravement blessé. Comme ils ne continuaient pas à combattre, le gong retentit. Pak saisit sa bête et se dirigea vers l'angle nord-est, où il retrouva son père, à son grand soulagement. Le vieillard prit le coq, le baigna rapidement et adroitement dans un récipient destiné à cet usage, massa la blessure du bout des doigts, caressa les plumes et tendit l'animal à Pak afin qu'il lui prêtât son souffle, car Pak était jeune et le père, trop vieux, n'aurait pu donner lui-même assez de force à l'animal. Avant que le gong retentît, le coq était déjà prêt, et quoiqu'il boitât, une ardeur combative croissante semblait l'avoir gagné. A peine Pak l'eut-il lâché que, battant des ailes, il se précipitait déjà sur le coq blanc et qu'un bourdonnement parcourut la balé comme une vague. Cette fois, le sravah avait attaqué avant que le coq blanc pût se défendre, et l'aile gauche de celui-ci pendait, paralysée. Quoique les deux coqs fussent blessés, ils paraissaient ne rien sentir et ne cherchaient qu'à combattre et à tuer. Le coq de Pak boitait, le coq d'Ida Katout ne pouvait presque plus voler, mais ils fonçaient l'un sur l'autre, bondissaient en l'air et entrechoquaient leurs petites épées avec un grand courage et un total mépris de la mort. Au cinquième assaut, Pak vit que son coq venait d'atteindre l'autre sous l'aile. « Touché! » crièrent les spectateurs, et le juge fit résonner le gong. Ensuite les deux coqs s'écroulèrent à terre, le blanc était comme mort, avec un peu de sang sur la poitrine. Le coq de Pak se coucha, lui aussi, et sembla ne sentir qu'à présent qu'il avait été blessé. Le gong retentit et le juge posa la coquille de noix sur l'eau. « Lève-toi, lève-toi », dit Pak à son coq, d'une voix suppliante, car il ne serait vainqueur que s'il était debout au prochain coup de gong. « Lève-toi, prends courage, lève-toi », criaient tous les hommes qui avaient parié sur le sravah. Le prince, penché en avant, observait le coq de Pak avec un sourire concentré.

L'animal d'Ida Katout redressa la tête et, faisant un immense effort, il se redressa quelque peu. Au même instant, le coq de Pak bondit sur ses pattes; elles étaient pleines de force, Pak le savait. Le coq s'appuya sur sa patte intacte pour que l'autre patte n'eût pas à supporter le poids du corps, et il resta debout. Le vaillant petit coq blanc d'Ida Katout inclina la tête de côté et s'écroula. Il était mort. Le sravah demeura debout. C'était son premier combat, et personne ne pouvait lui expliquer ce que signifiait le coup de gong. Mais c'était un authentique sravah, un descendant du coq divin, et il avait la victoire dans le sang et dans la moelle des os.

La noix de coco sombra pour la seconde foix. On frappa le gong. Le coq resta encore debout pendant quelques instants, puis – tous les hommes éclatèrent de rire – il battit des ailes et poussa un cocorico de victoire, suivi d'un gloussement tel que ne l'ont que les meilleurs animaux de combat.

Ida Katout jeta à son coq mort un regard chagrin et dérobé, mais il divertit aussitôt la galerie, en tirant un à un de sa ceinture, avec des geignements affectés, les vingt-cinq ringgits qu'il venait de perdre, et en les déposant aux pieds de son maître. Le prince rit. Il ne regarda plus le coq de Pak. Pak ramassa ses dix ringgits. Il regrettait à présent de n'en avoir pas parié cinquante. Il prit le coq mort par les pattes et releva le sien avec grand soin. Le sravah s'était rassis aussitôt après avoir poussé son cri de victoire; il perdait de plus en plus de sang. Accompagné par les appels et les exclamations de quelques amis de Taman Sari, Pak s'en fut, car le combat suivant avait déjà commencé.

« J'aurais quand même dû le laisser combattre contre le coq du pounggawa, dit Pak à son père.

– C'est juste », répondit le vieillard. Pak sentait le cœur de son coq battre sous ses doigts et il l'aimait beaucoup. Peu à peu ce petit cœur vaillant et ému se calma. Le vieillard prit le coq, examina la blessure et essaya d'étancher le sang. Pak était inquiet; il n'avait pas éprouvé autant d'inquiétude depuis la maladie du petit Siang. Dans son cœur, ce coq venait aussitôt après ses enfants. « Coq, mon frère bien-aimé, lui murmura-t-il. Tu t'es bien battu, tu es plus courageux et plus fort qu'aucun autre. Tu as remporté la victoire et tu la remporteras encore. Et tu auras le gâteau de riz que je t'ai promis. »

Il s'arrêta auprès d'un éventaire et acheta pour deux kepengs de gâteau de riz rouge au sucre de palme, frit à l'huile. Aidé de son père, il lava la blessure dans le ruisseau, puis replaça le coq dans son sac et rentra chez lui.

Le vieillard prépara un baume en crottin de vache, et la

blessure guérit en trois jours. Pak enterra ses ringgits. Il était heureux et attendait avec impatience le prochain combat de coqs. Il est vrai qu'il eut quelques querelles avec les femmes de sa maison au sujet du coq vaincu, car elles auraient voulu le cuire et en faire un repas de fête. Mais Pak s'en empara et le hacha en menus morceaux, avec tous ses muscles, ses os et son vaillant petit cœur pour le donner à manger à son sravah, car il importait que sa force s'accrût de celle du courageux animal qu'il avait vaincu. Et le sravah dansait et voletait dans sa cage chaque fois qu'il voyait Pak, tant il aimait son maître. D'ailleurs Pak apprit un peu plus tard que le bouvlk du pounggawa avait été battu et tué par un coq rouge du prince et il se dit encore : j'aurais dû les laisser combattre.

A partir de ce jour, Pak assista à tous les combats de coqs des environs, jusqu'à Kouta et à Badoung. Les battements de cœur, l'émotion, la joie et l'orgueil qu'il éprouvait à l'occasion de ces batailles lui étaient devenus indispensables. Quoique Pougloug eût souvent murmuré, voire même protesté à haute voix, contre les coqs, elle témoignait de la politesse et même de l'empressement à celui-ci. En effet, il ne se passait presque pas de combat sans que Pak rentrât, la ceinture chargée d'argent, et plus son coq remportait de victoires, plus le maître prenait courage et risquait des sommes de plus en plus importantes. Le coq était à tel point devenu le favori de la maison, que Pak et son père devaient veiller avec soin à ce que les femmes ou les enfants ne lui glissassent pas en cachette des grains de riz, ce qui l'eût alourdi et gâté.

Avec une récolte abondante, trois fils dans la maison et de l'argent enfoui dans la terre glaise, avec la joie qu'il devait au coq, le bonheur et la prospérité générale, tout eût été sans doute pour le mieux, si Badoung n'eût pas exigé des gens de Taman Sari des prestations de plus en plus lourdes. Non pas de tous, mais de ceux qui dépendaient de la pouri et qui étaient en quelque sorte les serfs du prince. En temps ordinaire, cette servitude ne pesait guère, mais à présent les bateaux des Hollandais étaient à l'ancre dans la rade, les canons étrangers étaient en batterie sur la plage, et le bruit se répandait de plus en plus que l'on ferait la guerre aux Hollandais.

Pak était un serf. Son père avait été dans sa jeunesse domestique dans la pouri de Pametyoutan. Il avait reçu comme récompense les deux savahs de l'ouest. Pak lui-même avait rendu de temps à autre des services au prince de Badoung, petits services de porteur dont il avait été récompensé presque trop généreusement par les deux savahs de l'est. Il avait conduit sa sœur au palais et on lui avait donné une nouvelle savah. Néanmoins, il sentait un goût amer dans sa gorge lorsqu'il pensait au prince. Car Merou, son frère, était aveugle et marchait appuyé sur une canne, et Pak était un serf de l'homme qui avait fait aveugler son frère. Lorsque vinrent les délégués de Badoung et qu'ils armèrent de kriss, de lances ou de fusils les hommes de Taman Sari qui dépendaient de la pouri, Pak prit les armes qu'on lui donna, mais il n'avait pas la moindre envie de combattre. Il était un homme sans caste, un paysan, non un guerrier de la caste des Ksatryas. Sans doute avait-il toujours désiré posséder un kriss, et il s'en affublait orgueilleusement lorsqu'il allait aux combats de coqs. Mais il déposa la lance dans la balé où étaient rangés ses autres outils. Quant au fusil dont deux soldats du chef Molog lui enseignèrent l'usage, il le porta après quelque réflexion chez le pounggawa.

« Altesse, dit-il, je suis un homme simple, et il me semble que des démons et des esprits malins sont cachés dans cet objet. J'ai des petits enfants dans ma cour et j'aurais trop peur que ce fusil ne les tue sans que personne n'y ait touché, peut-être même, à ce que l'on dit, de loin. Si nous devons avoir la guerre contre les hommes blancs et que mon prince m'appelle, il sera toujours temps de venir le prendre ici. »

Le pounggawa, loin de se fâcher, sourit de ce langage. Comme Pak n'était pas le seul qui eût des objections contre cette sorte d'armes, les fusils ne tardèrent pas à s'aligner dans une grange vide de la maison du pounggawa.

Mais il arrivait de plus en plus souvent que Pak fût appelé à exécuter toutes sortes de travaux à Badoung, et il murmurait. Il travaillait dans les savahs et livrait au

340

prince la moitié de sa récolte. La moitié de sa sueur, de son travail et de ses douleurs dans les cuisses et dans le dos allaient au rajah. « Ce n'est pas juste qu'il nous enlève de nos champs pour nous faire réparer ses murs et creuser des fossés », disait Pak et tous les hommes des campagnes parlaient de même dans tout le royaume. Car sous les ordres sévères de Dewa Gde Molog, on remettait en état la pouri de Badoung, qui avait été laissée pendant de longues années dans le même état de somptueux délabrement que la plupart des autres pouris balinaises où l'on butait la nuit contre des marches effritées, dont les murs d'enceinte étaient fendus, les poutres rongées par les termites, et dont les tuiles s'émiettaient. A peine Pak fut-il rentré dans sa savah, après avoir aidé à ce travail, qu'il fut rappelé à Badoung.

Pour une fois, il avait sujet de se réjouir. Pak rentra en hâte, joyeux et ému. Mais comme toujours, sa femme Pougloug était déjà informée de tout avant qu'il eût le temps d'ouvrir la bouche. « Ne réussirai-je donc jamais de ma vie à raconter une nouvelle fraîche? dit-il, irrité. Je suis chargé de conduire deux chevaux de somme lorsque le prince ira à Tabanan. »

La bouche ouverte, Pougloug n'attendait que l'occasion de lui couper la parole. « Le second mercredi de ce mois, expliqua-t-elle avec volubilité, la crémation du père de l'actuel rajah de Tabanan aura lieu, et les préparatifs durent depuis trois mois. On dit au marché que ce sera la plus belle crémation que nous ayons vue de ce côté-ci de l'île depuis dix ans. On a dépensé trente-cinq mille ringgits et j'aurais grande envie d'y aller et d'emmener Rantoung et Madé, car de toute leur vie elles n'auront sans doute plus l'occasion de voir un aussi beau spectacle.

– Trente-cinq mille kepengs? demanda Pak.

– Ringgits, ringgits. Trente-cinq mille ringgits, dit Pougloug. On attend des invités de toutes les pouris, mais il ne viendra aucun blanc, comme ce fut le cas à la crémation du prince de Karang Asem, car les Hollandais et le prince de Tabanan se sont querellés. A Ketewel les soldats blancs ont installé une sorte de camp, de sorte qu'à la réflexion il vaudrait peut-être mieux que je n'aille pas à Tabanan avec mes filles, de peur qu'il n'y ait des batailles...

– Le prince de Tabanan ne t'a pas invitée », dit Pak, qui avait parfois presque autant d'esprit que son ami Rib. Son père rit. « Combien de femmes de l'ancien rajah brûlera-t-on ? demanda-t-il, tout en crachant son jus de bétel.

– Aucune. C'est démodé et ça ne se fait plus, père, dit Pougloug. Mais on écoutera jouer six gamelans différents, les danses dureront une journée entière et, la veille de la fête, il y aura un grand combat de coqs. Il y aura assez de choses à voir, dût-on même avoir six yeux au lieu de deux.

– Il y a des gens qui parlent comme s'ils avaient douze langues au lieu d'une seule », dit Pak agressif. La dernière parole de Pougloug ne parvint à sa conscience qu'après qu'il eut fait cette plaisanterie. « Un combat de coqs ? demanda-t-il. A Tabanan ?

– Renseigne-toi auprès de gens plus intelligents que moi », répondit Pougloug, offensée, et elle s'en alla, la cruche d'eau sur la tête, le petit Tanah suspendu à sa hanche.

Avec l'âge, le père avait pris l'habitude de longues périodes de taciturnité songeuse, d'où il émergeait parfois avec une fraîcheur inattendue et étonnante.

« Pourquoi serait-ce démodé que des femmes se fassent brûler avec leurs époux, afin d'entrer en même temps qu'eux au ciel de Siva ? dit-il, vertement. Lorsque le père du prince de Pametyoutan a été brûlé, vingt-six femmes, deux de ses demi-frères et plusieurs courtisans l'ont accompagné. Ce fut une fort belle crémation. »

Pak n'écouta pas, mais réfléchit. « Lantchar, dit-il à son frère cadet. Tu devrais m'accompagner lorsque j'irai à Tabanan. Tu pourras porter le coq.

– Et que me rapporteras-tu si ton coq est vainqueur ? » demanda Sarna qui avait assisté à la conversation. Elle eut un petit rire et lança à Pak un regard provoquant, car elle ne voyait pas elle-même qu'elle avait grossi. Mais Pak le voyait et il voyait aussi qu'elle avait une oreille mutilée.

« Pour cinq kepengs de médecine de glands de terre,

répondit-il, mordant, et la femme de Merou partit d'un grand éclat de rire, car on sait que la médecine de glands de terre est un remède contre le sang chaud.

– Tu parles quelquefois comme si tu avais oublié que j'aurais pu épouser un rajah », dit Sarna à Pak. Là-dessus, le vieillard intervint encore une fois dans la conversation. « Le vieux rajah de Tabanan était un grand seigneur. Ce serait une honte s'il était brûlé sans ses femmes, et je ne crois pas que l'on puisse agir ainsi. »

Lorsque Pak arriva à Tabanan avec escorte du prince de Badoung, il constata une fois de plus que son père avait dit juste et avait toujours raison. Assis auprès d'une marchande de sirih, il entendit raconter que les trois femmes préférées de feu le rajah avaient manifesté le désir d'être brûlées avec lui. Il n'écoutait que d'une oreille distraite, car de l'autre côté on parlait des combats de coqs du lendemain. « La dernière fois, le rajah de Kloungkoung a gagné plus de quatre cents ringgits, dit un homme de haute taille, qui s'était accroupi à côté de Pak, pour acheter du riz cuit. On attend son arrivée demain, de bonne heure, et s'il apporte ses coqs, nous aurons certainement de magnifiques combats.

– La rajah de Badoung a les meilleurs coqs du sud de Bali, dit Pak orgueilleusement. Nous avons apporté douze coqs dont pas un seul n'a même la moindre égratignure.

– On ne permettra pas que les femmes soient brûlées, dit un jeune homme à la gauche de Pak, la bouche pleine, tout en mâchant.

– Et qui donc oserait le défendre? demanda la marchande de sirih en roulant du tabac dans une feuille.

– Les Hollandais. Ils n'aiment pas que les femmes se laissent brûler, dit un homme plus âgé, qui s'approcha du groupe et s'accroupit à son tour.

– Les Hollandais n'ont rien à dire à Tabanan, pas plus qu'à Kloungkoung, déclara l'homme de haute taille.

– Viens-tu de Kloungkoung, ami? questionna Pak

– Oui, de Kloungkoung. Et toi? répondit l'autre.

– Je viens de Taman Sari, sur la côte de Badoung, dit Pak.

– Quelle est ta caste? demanda le vieillard, ce qui était la question usitée entre étrangers.

– Je suis sans caste et le prince m'a donné quelques savahs, répondit Pak modestement.

– Et toi? demanda le vieillard au grand.

– Je suis un forgeron de Bandjar Pandé, répondit l'homme.

– Le maître est-il venu assister aux combats de coqs? demanda Pak, plus poliment, car la ghilde des forgerons jouissait de la plus haute considération. Leurs filles ne pouvaient pas épouser des hommes de caste plus haute, tant ils étaient orgueilleux.

– Oui, dit le forgeron, j'ai apporté deux coqs que je ferai combattre. Et toi?

– Moi aussi j'ai un coq, un petit animal assez jeune, dit Pak avec la modestie qu'exigeait la bienséance.

– La tour de crémation est aussi haute qu'un cocotier, dit le jeune homme, et on a commandé cinq cents porteurs. Moi aussi j'aiderai à porter. »

Pak paya sept kepengs pour son repas et se joignit au forgeron lorsque celui-ci s'en alla. La ville était déjà pleine de nobles visiteurs et de leur escorte, et, quoique le soir fût assez avancé, de nouveaux groupes ne cessaient d'arriver. Les rues grouillaient et bourdonnaient; de toutes parts flamboyaient les torches ou brillaient les lumières plus douces d'innombrables lampes à huile. Tous les hommes avaient des yeux brillants d'impatience, et l'on vendait et buvait beaucoup de touak. Tous étaient vêtus de leurs plus beaux kaïns et même Pak portait un kriss dans sa ceinture. Devant le mur de la pouri princière, se dressait dans le ciel un immense échafaudage de bambou couvert de nattes, qui abritait la tour de crémation. Pak le considéra avec respect; il se réjouissait d'assister à la crémation, quoique ce fût surtout la perspective du prochain combat de coqs qui l'émût. Le ciel était clair et parsemé d'étoiles.

« Où passeras-tu la nuit? » demanda le forgeron, aimablement.

– J'ai laissé mon frère et mon coq dans la pouri de Gousti Oka. Notre rajah demeure chez lui parce que c'est un de ses cousins, mais la pouri n'est pas grande et nous devrons probablement coucher en plein air.

– J'aurais plaisir à voir ton coq, dit le forgeron, et Pak

344

se rendit compte que c'était un de ces hommes pour qui les combats de coqs sont toute la vie.

– Viens avec moi », dit-il, flatté.

Ils cherchèrent leur chemin à travers la ville inconnue et surpeuplée, parvinrent jusqu'à la pouri de Gousti Oka, qui était ministre à la cour de Tabanan, et trouvèrent non sans peine le jeune Lantchar, avec le coq, dans la foule qui stationnait en dehors du mur d'enceinte. Nombre de porteurs de la suite du prince de Badoung s'étaient déjà roulés dans leurs kaïns et dormaient à même la terre. On avait allumé des grands feux et beaucoup de torches, pour éloigner les esprits malins. On respirait une odeur de fumée, de chevaux et d'hommes rassemblés en grand nombre. Ici aussi un vrai rempart de marchandes s'était dressé autour des hommes; elles étaient venues de coins reculés comme Mengui et Badjra pour gagner de l'argent. Quelques hommes de Badoung avaient apporté leurs coqs, car ils ne pouvaient se priver du plaisir d'avoir leur propre combat.

« Il y a une différence entre regarder manger les autres, et se bourrer soi-même le ventre », dit le forgeron qui paraissait être un homme éloquent et intelligent. Pak retrouva son frère auprès du feu. Le visage somnolent, Lantchar était accroupi devant la flamme et mâchait. Il était devenu un joli garçon et les femmes commençaient à lui lancer des œillades. Pak lui avait prêté son second turban pour cette grande circonstance. Derrière lui, dans la pénombre que traversait de temps à autre un flamboiement, sur le gazon foulé, contre le mur de la pouri, se trouvait le panier qui contenait le sravah. Pak se montra satisfait. Il avait sévèrement recommandé à Lantchar de ne pas se séparer du coq, car il avait le sentiment qu'il pouvait y avoir des voleurs dans cette ville inconnue, animée par les fêtes. Un coq tel que le sien pouvait facilement attirer les regards des voleurs.

« Voici mon frère, Lantchar, dit-il au grand forgeron. Et voici mon coq. »

L'homme de Bandjar Pandé s'accroupit aussitôt devant la cage et examina le sravah. Le coq, à moitié endormi, était troublé par la fumée, l'odeur étrangère et les reflets des flammes sur le mur de la pouri. Mais à peine eut-il reconnu Pak, qu'il se mit à danser comme si l'on avait été en plein jour.

« Peux-tu le tirer de son panier? » demanda le forgeron. Pak remarqua avec fierté l'expression d'admiration sur le visage de son nouvel ami, et il lui tendit le coq. Le sravah se hérissa au contact de la main étrangère. Le forgeron rit. « Je parierai demain sur lui », dit-il, ce qui était un grand compliment. « Tes coqs valent certainement mieux que les miens, repartit Pak, avec non moins de politesse.

– Écoute, dit le forgeron, c'est ici un mauvais logis pour la nuit, aussi bien pour toi que pour ton coq. Tu peux venir avec moi, dans la maison de mon oncle; il est chef de district et il y a assez de place dans sa cour. Vous serez sûrs de trouver là-bas une natte et une poignée de riz pour vous deux; quant à ton coq, il pourra se distraire en compagnie des miens. »

Pak allait accepter cette invitation tentante lorsque son cœur tressaillit d'effroi. Peut-être cet homme était-il justement un des voleurs dont il avait peur. Il l'emmenait dans quelque cour inconnue, l'invitait à dormir, et lorsque Pak se réveillerait demain matin, on lui aurait volé son coq. Pak se sentit le cœur serré à la pensée qu'il était si loin de son village, en pays étranger, où l'air même avait un autre goût que chez lui.

« Non, nous restons plutôt ici, dit-il d'un ton presque abrupt. Nos chefs pourraient me chercher. »

Le forgeron le regarda en souriant et dit : « Comme tu voudras, ami. Paix sur toi!

– Paix à ton sommeil », lui cria Pak, qui regrettait presque un peu son refus. Il se serra contre Lantchar, regarda encore pendant quelques instants fixement dans la flamme, entendit un murmure de voix et, un peu plus tard, les grelots d'une troupe de chevaux qui passaient, puis il s'endormit.

Le lendemain, dès l'aube, il était debout, car les koulkouls semblaient battre dans tous les coins de la ville à la fois. Lantchar se frotta les yeux, il ne reconnaissait pas ce mur d'un palais inconnu, et au-dessus de lui, ces arbres étrangers. Pak alla d'abord dans la pouri, aux écuries, pour s'assurer si les deux chevaux dont il avait la garde, avaient bien reçu leur nourriture. Il demanda aux domestiques qui couraient de-ci de-là, l'air pressé, où l'on pouvait se baigner à Tabanan, et il se mit en route en compagnie de Lantchar. Il portait lui-même son coq.

Déjà des gamelans commençaient à jouer çà et là; on voyait des cortèges de femmes se diriger vers les temples, portant des pyramides d'offrandes sur leurs têtes. Ils trouvèrent le bain, avec son petit temple, mais durent attendre, tant était grande l'affluence. Après qu'ils se furent rafraîchis et lavés, Pak tira la nourriture de son coq d'un mouchoir noué dans sa blague à sirih, y mélangea un peu d'eau et donna à manger au sravah. Il trouva un coin herbeux où il l'installa afin qu'il pût se rafraîchir et se repaître d'herbe. Il lui frotta le poitrail et lui dit des paroles flatteuses. Le coq écoutait attentivement et battait des ailes. Pak demeura longtemps assis au bord de la route, car, quoique beaucoup d'hommes défilassent déjà en portant des coqs, il estimait qu'il était trop tôt pour aller au combat. Lorsque le sravah apercevait les autres coqs, il voulait aussitôt combattre, et l'émotion et l'impatience le fatiguaient. Pak acheta à manger pour son frère et lui : du riz et des noix chaudes, grillées, pour neuf kepengs. Puis ils cherchèrent un endroit où s'installer.

Le premier homme qui interpella Pak, fut le forgeron. Pak se rendit aussitôt compte qu'il avait fait erreur la veille lorsqu'il l'avait pris pour un voleur. Le forgeron était richement vêtu et portait un admirable kriss, tel que n'en pouvait posséder qu'un homme de la ghilde des forgerons, à laquelle incombait depuis des siècles le soin de forger les armes sacrées. Le forgeron était traité par tous avec un grand respect. Son oncle, un homme grisonnant, qui avait de grands yeux courageux comme ceux d'un noble, semblait occuper une situation importante à Tabanan. Pak se sentit honoré lorsque le forgeron lui fit signe de s'asseoir auprès de lui. Ils examinèrent leurs coqs, et Pak constata que le forgeron possédait deux bêtes remarquables, un bouvik et un coq sans queue.

« Dommage que nos corps ne puissent pas se combattre aujourd'hui, dit le forgeron. Mais ce n'est pas le jour favorable.

— C'est la vérité », confirma Pak. Son père lui avait

recommandé de rechercher un adversaire rouge ou un animal brun à col jaune, et de faire combattre son coq dans le coin nord-ouest de l'arène.

Un immense concours d'hommes était déjà assemblé autour de l'arène, et tout un côté de la balé n'était occupé que par des princes et leurs dignitaires. On pouvait admirer les plus beaux coqs de Bali, car de nobles visiteurs étaient venus, même du nord de l'île, pour assister à la crémation, et avaient apporté leurs coqs. Non loin du rajah de Badoung, Pak vit un bel homme aux yeux ardents, qui s'entretenait avec beaucoup de vivacité avec le jeune prince.

« C'est le Gousti Nyoman, de Bouleleng, dit l'oncle du forgeron, qui connaissait de vue la plupart des nobles.

– Nyoman le traître », murmura le forgeron. Pak le considéra avec étonnement. Le prince de Badoung semblait moins gai que les autres rajahs. « Votre maître est-il malade? » demanda l'oncle. « Opium », répondit Pak qui avait entendu ce mot dans la bouche de Pougloug. Il avala de la salive. C'était bizarre, ce goût amer qui lui venait à la bouche, chaque fois qu'il voyait le prince qui avait fait aveugler son frère Merou.

Ce fut pour Pak la journée la plus excitante, la plus agitée, la plus belle aussi qu'il eût vécue depuis la naissance de son premier fils. Car son sravah affronta le coq rouge du prince, le meilleur coq de Badoung, et sortit vainqueur du combat.

Lui-même se rappelait à peine comment la chose était arrivée. Il avait commencé par refuser fièrement plusieurs adversaires qui lui déplaisaient pour des raisons quelconques, puis, lorsque le gardien des coqs du prince lui tendit le coq rouge, il n'osa pas dire non. Il regarda son sravah et vit que son coq voulait se battre contre le rouge et le vaincre. Il était plein à la fois de peur et de courage. Et il accepta le combat. C'était ce même coq rouge qui avait tué le bouvik du pounggawa, devant lequel il avait jadis battu en retraite. On s'était alors moqué de lui. Son coq était vaillant. Il valait n'importe quel coq de prince. Il accepta le combat et gagna.

Pak n'oublierait plus jamais l'émotion qui s'empara de lui lorsque le bourdonnement de voix s'enfla dans son dos, que les hommes sursautèrent, que les paris montèrent. Il sentit que c'était là le combat le plus important du jour. Lorsqu'il lâcha son coq contre le coq du prince, le sang battit dans ses veines comme s'il allait faire éclater sa poitrine. Pak paria lui-même vingt-cinq ringgits, une fortune. Des milliers de ringgits avaient été misés sur son coq, de quoi s'acheter tout un royaume. Il était là, son sravah, blanc avec ses plumes caudales noires, et lui-même, Pak, n'était qu'un homme sans caste. Contre lui pariaient nombre de princes de Bali, avec toute leur cour, mais le forgeron avait misé cent ringgits sur le sravah. Lorsque le combat commença et que les clameurs s'éteignirent soudain, Pak eut l'impression que son cœur allait lui-même cesser de battre.

Il y eut cinq reprises dans ce combat, car aucun des deux coqs ne réussissait à blesser son adversaire. Cinq fois les coquilles de noix plongèrent et cinq fois le gong donna le signal de l'assaut suivant. Cinq fois Pak porta son coq dans l'angle de l'arène, l'encouragea, le baigna, lui insuffla sa force, l'excita, le supplia de combattre et de vaincre, de ne pas abandonner son maître. L'arène se couvrit de plumes blanches et rouges. Plusieurs princes descendirent de leur estrade et s'accroupirent à terre pour mieux voir. Le rajah de Badoung était assis à côté de Pak le paysan et criait d'émotion. Pak lui-même s'entendait crier.

Au sixième assaut, le sravah tua le coq rouge.

Pak était baigné de sueur lorsqu'il emporta son coq. Il dut faire un effort pour ne pas laisser tomber les ringgits qui constituaient son gain.

En détachant les lames, il faillit se couper, tant ses mains tremblaient. Le cœur du coq battait si fort qu'il eut peur que le sravah ne dût s'abattre après le combat et mourir, le cœur brisé par l'émotion de la bataille et de la victoire. Mon coq a vaincu le coq du rajah! se dit-il. Mon coq a vaincu le coq du rajah! Mon coq a vaincu le coq du rajah! Il lui acheta un gâteau de riz et s'assit dans l'herbe, à côté du panier. Mon coq a vaincu le coq du rajah, songeait-il.

Ce soir-là, il accepta l'invitation du forgeron de Bandjar Pandé et passa la nuit dans la cour de son oncle. Ils eurent à manger en abondance, et restèrent jusque tard dans la nuit à écouter les histoires d'un conteur que l'oncle avait mandé pour divertir ses hôtes. Lantchar faisait des yeux tout ronds, car il n'avait jamais entendu d'aussi belles histoires. Pak s'efforçait d'être attentif, mais il ne pouvait retenir ses pensées. Mon coq a vaincu le coq du prince, songeait-il. J'ai gagné vingt-cinq ringgits, songeait-il. Il se pencha vers Lantchar et dit à mi-voix à son frère cadet : « A présent nous pourrons tous les deux faire limer nos dents, car j'ai gagné assez d'argent pour inviter le village entier. »

Le forgeron avait rapporté une fortune du combat. Il avait parié cent ringgits sur le sravah, et trente sur son coq sans queue. En revanche, il avait perdu vingt-cinq ringgits lorsque son bouvik avait été tué. Pak put se convaincre que le forgeron était un homme très riche, car il semblait attacher moins d'importance aux gains qu'au plaisir du combat. Parfois une ombre passait sur son visage, et Pak devinait que son nouvel ami devait penser au coq qu'il venait de perdre. Dans le courant de la soirée, alors que Pak avait déjà bu une certaine quantité de vin de riz, le forgeron s'assit auprès de lui et dit : « Ne voudrais-tu pas vendre ton sravah?

– Non », dit Pak, qui avait l'esprit clair sur ce point, malgré les nuages de l'alcool. Il dormit d'un sommeil profond dans une balé que l'on avait entourée de parois de bambou. La cour débordait d'invités, mais on avait fait de la place pour tous. La ville était pleine de musique et de danses.

Le lendemain, la crémation eut lieu. Lorsque Pak arriva dans la pouri avec son nouvel ami le forgeron, il trouva plus d'hommes qu'il n'en avait jamais vus assemblés en un même lieu. Le gamelan jouait sans arrêt. La grande tour avait été découverte : elle était magnifique, avec ses onze étages pleins d'ornements. Pak dut incliner la tête en arrière pour en voir le sommet. Trois plus petites tours avaient en outre été dressées à l'intention des femmes.

« Voici la bête de crémation », dit le forgeron, en désignant à Pak le lion, qui était debout sous un toit doré, entre des colonnes garnies d'étoffes rouges. C'était une bête magnifique, toute dorée et couverte d'ornements. Devant le mur extérieur de la pouri, on avait édifié des balés, où avaient pris place les invités royaux, les hommes d'un côté, les femmes de l'autre. Pak leva la tête, car il s'avisa que Lambon pouvait être parmi ces dernières, mais il ne la vit pas. « Ma sœur est la femme préférée de notre prince », dit-il au forgeron. Il avait complètement oublié cet honneur, et ce fut l'aspect des femmes, richement vêtues, du rajah qui l'en fit souvenir.

« En ce cas il n'est que juste que ton coq ait vaincu le sien, dit le forgeron. Tu lui as fait perdre vingt-cinq ringgits.

– J'en gagnerai encore bien davantage, répondit Pak. Il était gonflé d'orgueil. Ce n'est que le commencement. »

Là-dessus le forgeron ne répondit pas, comme s'il avait conçu des doutes sur l'avenir du sravah. Pak regarda encore la tour. « Le voici », dit-il, impatient.

Un pont en bambou avait été jeté par-dessus le mur de la pouri; c'est par là que l'on transportait le cadavre, afin que son impureté ne se communiquât pas au portail du palais. Le pont conduisait obliquement jusqu'à l'étage supérieur de la tour. Le bourdonnement de voix s'apaisa quelque peu et tous dressèrent la tête, lorsque le cadavre fut amené. Le gamelan exécutait une musique sonore et solennelle. Les porteurs grouillaient comme des abeilles, bruns, le kaïn retroussé comme pour travailler aux champs. C'étaient des jeunes gens choisis pour leur force; il y en avait des centaines, sembla-t-il à Pak.

« Je ne sais pas si tu peux compter à coup sûr que ton coq sera encore vainqueur, dit le forgeron. Chaque combat fait perdre des forces à l'animal. Il a dépensé beaucoup de forces, hier. Tiens, voici les femmes! »

Pak s'irrita de ce que son nouvel ami pût douter de son sravah. « Mon coq a assez de forces pour combattre encore cinquante fois », dit-il, puis il regarda les femmes. Elles franchirent le pont et attendirent de pouvoir monter dans leurs tours qui furent amenées par des porteurs, soutenues par des perches innombrables, une tour pour chaque femme. Pak ne put voir si elles étaient belles, parce que leurs cheveux longs et dénoués les cachaient, et que leurs parents les entouraient de trop près pour les accompagner jusque dans les tours. « Elles ne sont pas vêtues de façon bien remarquable », dit-il, quelque peu déçu. Les femmes étaient habillées de blanc, de simples écharpes et de kaïns blancs, mais leurs chevelures étaient dénouées comme celles des princesses d'autrefois.

« Ainsi qu'il sied à des femmes qui se livrent spontanément à la mort », dit un vieillard qui avait entendu la remarque de Pak. « Elles ne sont plus très jeunes », dit le forgeron. « Mais malgré tout coquettes », fit Pak en riant. Les expériences qu'il avait faites dans sa vie conjugale avec Pougloug et Sarna avaient fait de lui une sorte de connaisseur en femmes. Les femmes vêtues de blanc avaient apporté des peignes et des miroirs et elles étaient occupées à lisser leurs cheveux, pour être aussi belles que possible à l'heure du sacrifice.

« Il ne m'appartient pas de te donner des conseils », dit le forgeron, reprenant la conversation au point où ils l'avaient interrompue, lorsque les tours eurent été rangées l'une derrière l'autre, de sorte qu'on ne voyait plus grand-chose des femmes, « mais peut-être ferais-tu bien de vendre ton coq avant qu'il commence à perdre de sa valeur ».

Pak faillit se fâcher, mais soudain il éclata de rire. « Veux-tu par hasard me l'acheter? » demanda-t-il.

Le forgeron le regarda en face, comme s'il eût voulu dire : Pour un paysan tu n'es pas sot!

« Peut-être, répondit-il.

— Je ne le vends pas », dit Pak. Au même instant les clameurs des porteurs s'élevèrent à nouveau. Leurs visages étaient barbouillés de suie et de chaux et, levant les mains, ils menaçaient les esprits invisibles qui pouvaient empêcher leur passage. Oscillant, les tours s'élevèrent sur leurs épaules, puis retrouvèrent leur équilibre. « Il y a là-haut le jeune rajah de Tabanan et son fils », dit le forgeron, désignant la grande tour. La foule commença de pousser pour arriver immédiatement à la suite du cortège sur la place où devait avoir lieu la crémation. Pak ne vit pas grand-chose de la procession qui précédait les tours. Il n'entendit que les cris des porteurs et la musique du gamelan. De temps à autre, il pouvait jeter au vol un coup d'œil sur l'éclatant cortège. Porteurs de lances, ministres, nobles, femmes portant des offrandes. Le cheval préféré du rajah lui-même suivait la marche. Pak avait peine à respirer tant il était violemment poussé en avant. La rue ressemblait à un serpent multicolore, pleine d'hommes, tête contre tête, qui se pressaient à la suite du cortège. « Ce n'est pas loin », dit le forgeron, consolant. Pak lui adressa à travers la foule un rire d'assentiment. Ils ne parlèrent plus du coq. Lorsqu'ils approchèrent du lieu de crémation, ils reçurent une bouffée de chaleur; de temps à autre, la fumée les atteignait, les faisant pleurer et tousser.

« C'est là-haut qu'on est le mieux », dit le vieillard, qui semblait être un habitant de Tabanan. Ils le suivirent sur un étroit rebord glissant, d'où l'on pouvait en effet apercevoir toute la place. « Pourquoi le feu brûle-t-il déjà ? La bête de crémation n'est pas encore arrivée », demanda Pak. Un mur carré entourait un renfoncement, d'où s'élevaient de hautes flammes et d'où provenaient la chaleur et la fumée.

« Pour les femmes, dit le vieillard. Mais voici la bête. »

Un pont de bambou passait par-dessus le feu, protégé contre les flammes par des feuilles vertes.

Pak s'arc-bouta solidement sur sa plate-forme, de peur que la foule ne le renversât. Le forgeron enlaça ses épaules et ainsi tous deux tinrent bon plus facilement. Cependant le cortège était arrivé. On véhiculait le pédanta, coiffé d'une haute couronne, sur une chaise à porteurs. Un grand serpent en étoffe, richement décoré, reliait sa chaise à la grande tour qui le suivait.

Lorsque le cortège s'arrêta, le pédanda se leva, prit un arc et lança quatre flèches dans quatre directions différentes. Une fleur, qui se détacha au vol de la flèche, atteignit exactement la tête du serpent.

« Et si je t'offrais quarante ringgits pour ton coq ? » dit le forgeron. Pak vacilla sur son rebord lisse, appuyé sur l'épaule de son voisin. Quarante ringgits, c'était une somme énorme ! Il n'avait jamais entendu dire que des sommes pareilles eussent été payées pour un coq.

« Le coq me rapportera plus de quarante ringgits, si je le fais combattre, dit-il, respirant, soulagé.

– Tu dois savoir ce qu'il vaut pour toi », dit le forgeron, avec bon sens.

En bas, le serpent s'était détaché du siège du pédanda et s'était enroulé autour de la bête de crémation qui avançait au milieu du cortège, imposante et magnifique. La fumée devenait intolérable. Tous rirent et crièrent lorsque les porteurs de la grande tour se retournèrent, esquissant un pas de danse en avant, puis en arrière. Trois fois ils firent tourner l'énorme échafaudage, afin d'égarer les esprit malins, car dans leur stupidité, ils ne savent que marcher en ligne droite. Les porteurs appuyèrent ensuite la tour contre un pont de bambou qui conduisait à une plate-forme couverte de terre. On y dressait déjà le lion de crémation. Les parents du rajah mort, son fils et son petit-fils, qui étaient venus jusqu'ici sous le toit le plus élevé de la tour, portèrent le corps enveloppé de blanc par-dessus le pont, aidés par un grand nombre d'hommes. Tous se pressèrent alors vers le lion qui avait été ouvert et qui était prêt à recevoir la dépouille du mort. Le forgeron cria quelques mots à l'oreille de Pak, mais celui-ci ne les comprit pas, car le vacarme était encore plus grand. Le feu sifflait, les bambous éclataient dans les flammes, des femmes chantaient, le gamelan jouait, les porteurs hurlaient, et Pak avait la tête troublée par tout ce fracas et par la fumée.

« Que dis-tu? » répondit-il.

Le forgeron lui indiqua d'un signe qu'ils reprendraient plus tard leur conversation. Le corps, cependant, avait déjà été introduit à l'intérieur du lion, le pédanda dit une prière et versa des flots d'eau bénite dans la bête de crémation. Les parents entourèrent la place et disposèrent des offrandes à côté du rajah mort. Le gamelan se tut et le chant cessa. Pak essuya avec un pan de son kaïn ses yeux qui pleuraient.

Comme il n'y avait rien de nouveau à voir pour le moment, le forgeron reprit la conversation. C'était un homme entêté, ce forgeron. Il avait l'habitude de plier le fer!

« Il est possible que tu gagnes encore deux cents ringgits avec ton coq, si les dieux le veulent, dit-il. Mais il est également possible qu'il soit tué dans le prochain combat. En ce cas, tu regretteras d'en avoir refusé quarante ringgits. Pour quarante ringgits tu peux t'acheter une nouvelle savah. »

Pak sentit son cœur se rétracter à ces mots. S'il plaît aux dieux, mon sravah peut mourir dans le prochain combat. « La chaleur », murmura-t-il d'un air plaintif. On venait d'allumer le feu sous la bête de crémation et, avec des craquements et des lueurs bleuâtres, les flammes s'attaquèrent au lion, sous la forme duquel l'âme du rajah mort serait délivrée. De nouvelles clameurs s'élevèrent, lorsque les porteurs commencèrent à tourner autour de la place avec les trois petites tours. Les sommets des tours oscillèrent avec les groupes de parents qui tenaient compagnie aux femmes. Lorsque les esprits eurent été suffisamment refoulés, les tours furent ramenées l'une après l'autre auprès du pont suspendu au-dessus du bûcher, et que soutenaient de hauts poteaux de bambou. Les femmes et leurs parents descendirent des tours et s'avancèrent vers le milieu du pont, où une sorte de petite balé les accueillit.

« Il doit faire chaud là-haut », dit Pak. Le vieillard, avec lequel ils s'étaient déjà entretenu auparavant, s'approcha de nouveau d'eux. « La première femme du rajah et ses deux favorites, dit-il. Il avait vingt-quatre femmes, et trois seulement s'en vont avec lui. Leur sort est enviable.

— Que font-elles là-haut? demanda Pak au vieux.

— Elles attendent que le lion soit consumé et que l'âme du rajah soit délivrée, afin de pouvoir l'accompagner au bon moment au ciel.

— Faut-il attendre? » demanda Pak au forgeron, avec quelque impatience. Ce n'était pas un séjour agréable, dans la fumée, au milieu de la foule, et sur ce terrain glissant.

« C'est une belle crémation, telle qu'on n'a pas tous les jours l'occasion d'en voir », dit poliment le forgeron au vieillard. Mais celui-ci, comme c'est l'habitude des vieillards, louait le passé aux dépens du présent. « Autrefois on faisait les choses mieux que cela. Trois femmes, ce n'est pas assez pour un grand rajah! » dit-il.

Les ornements rouges et dorés du lion avaient noirci et

l'animal n'était plus qu'un squelette de poutres calcinées. Le crâne roula dans le foyer lorsque des hommes attisèrent le feu au moyen de cannes de bambou drapées de blanc et de noir. « Mon père a aussi assisté à de grandes crémations, avec beaucoup de femmes, dit Pak, poliment.

– Je sais que ce n'est qu'un caprice absurde, reprit le forgeron. Mais ton coq me plaît. Je t'en offre cinquante ringgits. »

En s'entendant offrir quarante ringgits Pak avait hésité. Lorsqu'on lui en offrit cinquante, il eu tout à coup le sentiment que le forgeron voulait le duper. Il lui sembla que son coq valait bien davantage : cent ringgits, deux cents, il ne savait pas combien... Il a vaincu le coq du prince, se dit-il, et il éprouva de nouveau le même orgueil que tout à l'heure. Pour aucune somme du monde on ne pouvait acheter une telle joie.

« Tu es riche et je suis un homme pauvre, dit-il poliment, mais je voudrais garder mon coq.

– Les voilà qui vont sauter », remarqua le vieillard. Les trois femmes, vêtues de blanc, s'avançaient sur le pont. Elles arrangèrent encore leurs vêtements et leurs cheveux, car elles voulaient être belles pour aller au ciel. Les gens qui étaient derrière Pak se mirent à pousser, et il poussa en sens contraire. Les flammes s'élevèrent subitement, car on venait y répandre des cruches pleines d'huile. Deux des femmes s'avancèrent jusqu'au bord du pont, échangèrent un regard souriant et posèrent leurs mains en un geste singulier sur leur tête. Pak vit que chacune tenait en mains une petite colombe. Elles s'élancèrent en même temps. Leurs corps tendus tombèrent, tandis que les deux colombes prenaient leur vol.

« Bèh! dit le vieillard, satisfait. Voilà leurs âmes qui s'envolent vers le ciel et qui sont heureuses. » La troisième femme s'était approchée à son tour du bord du pont. Elle ne souriait pas et ferma les yeux. Le feu ronflait au-dessous d'elle. Elle hésita la durée d'un clin d'œil, puis s'élança. Sa colombe prit son vol. « Elle a eu peur », dit le vieillard, dédaigneusement. La foule se dispersa aussitôt. Du côté de la pouri il y eut soudain un fracas de tonnerre qui épouvanta Pak. Il se cramponna au bras du forgeron.

« Les canons », dit celui-ci en riant. Les flammes s'écroulèrent et la fumée s'épaissit encore. « Peut-on s'en aller? » demanda Pak, qui toussait. Le gamelan s'était remis à jouer et ramenait les invités vers la pouri. Les parents des trois femmes étaient descendus du pont, et, en souriant, ils se mêlèrent aux autres nobles.

« Je vais te faire une proposition, dit le forgeron lorsqu'il furent dans la rue, poussés par la cohue dans la direction de la pouri. Ton coq me plaît. J'ai gagné hier grâce à lui cent ringgits. Je t'offre ces cent ringgits. Ne sois pas un imbécile et donne-le-moi. »

Pak n'hésita qu'un instant. « Pas pour mille », répondit-il.

Jamais son coq ne lui avait été aussi cher qu'à présent. Le forgeron ne laissa pas paraître sa déconvenue. Riant, il frappa sur l'épaule de Pak et ils se séparèrent bons amis, après que Pak eut cherché son sravah dans la cour, où il avait passé la nuit.

Le lendemain matin, ils se mirent en route pour Badoung et Pak se réjouit à la pensée de toutes les nouvelles qu'il rapportait et que, pour une fois, Pougloug ne connaîtrait pas avant lui. Ils firent halte vers midi auprès d'une source, afin qu'hommes et chevaux pussent boire. Pak s'assit avec Lantchar au bord de la route et tira son coq de son panier pour le rafraîchir quelque peu. L'Anak Agoung Bouma, qui avait naguère emmené Lambon dans la pouri, s'approcha d'un pas nonchalant et s'arrêta auprès d'eux. Pak joignit poliment les mains. « Est-ce le coq qui a tué le coq rouge de notre maître le prince? demanda l'Anak Agoung.

— C'est lui, Votre Altesse, répondit Pak, humblement, mais en réalité gonflé d'orgueil.

— Un beau coq », dit l'Anak Agoung. Il se pencha, tira de ses propres mains le coq de l'herbe, caressa ses plumes et le soupesa. Le coq chanta, battit des ailes et se débattit. L'Anak Agoung examina ses pattes et compta les anneaux de peau de l'ergot. « Un véritable sravah », dit-il en connaisseur. Pak inclina la tête : « On m'en a offert cent ringgits », dit-il. Il ne pouvait avaler sa salive.

« Ton coq plaît au prince. Il te fait l'honneur de l'accepter comme présent », dit l'Anak Agoung. Il fit signe à un homme, lui remit le coq et lui ordonna de l'emporter.

Pak resta au bord du chemin, avec son panier vide. Sa gorge se chargea d'amertume, comme le jour où son frère Merou avait été aveuglé.

IX

LA FIN

Une automobile parcourait le Koeningsplein, à Batavia. Elle roulait à vive allure et la poussière tourbillonna autour du visage de Boomsmer, qui tira son mouchoir de sa poche pour se protéger. Néanmoins il avait l'impression que la voiture n'avançait pas. Le gravier de l'allée du palais du Gouvernement grinça sous les pneus. La blanche façade à colonnes s'offrait au soleil, claire et silencieuse. Boomsmer descendit de voiture et gravit en courant le large escalier. Ici, sur ces marches de pierre blanche, il faisait frais. Boomsmer considéra son mouchoir poussiéreux, éponge la sueur de son front, puis, se servant du même mouchoir, il épousseta ses chaussures noires. Ne sachant que faire du mouchoir maculé, il hésita un instant, puis, après s'être retourné, le roula et le lança dans un coin sombre du vestibule. Il pénétra ensuite par une double porte dans l'antichambre de la salle de séances.

Van Tilema attendait dans l'embrasure d'une des hautes fenêtres. « Vous voilà enfin! s'écria-t-il presque grossièrement lorsque Boomsmer s'inclina. Tous les autres sont déjà en séance.

— Je suis venu à toute allure, en voiture, Monsieur van Tilema, répondit Boomsmer, froissé. J'ai failli me trouver mal de saisissement en apprenant la chose. Van Tilema se retourna, montrant son visage irrité.

— Qu'est-ce que c'est que cette histoire, Monsieur le

Résident? dit-il, sans offrir un siège à Boomsmer. Comment est-ce possible? Trois veuves brûlées! Trois innocentes créatures! Sommes-nous encore au Moyen Age?

– Oui, dit Boomsmer laissant tomber ses deux mains. J'ai failli avoir une attaque lorsque Gousti Nyoman m'a rapporté l'événement.

– M. le Gouverneur Général est hors de lui, dit van Tilema désignant enfin un siège au jeune résident. Boomsmer s'assit, tout en s'efforçant de garder de la tenue. Quand on pense qu'une chose pareille a pu arriver dans une colonie hollandaise!

– A Bornéo, il y a encore des mangeurs d'hommes, dit Boomsmer, vexé. Que voulez-vous qu'on fasse contre la folie des indigènes?

– Ce que l'on peut faire, cela vous regarde, Monsieur le Résident, dit van Tilema. Mais il est inadmissible qu'une chose pareille soit tolérée. Le Gouvernement vous a nommé résident à Bali parce que vous êtes jeune et que vous avez été initié aux nouvelles conceptions de notre politique coloniale. M. le Gouverneur était persuadé que vous administreriez Bali dans son esprit. Et voilà qu'aussitôt après votre entrée en fonctions il arrive une histoire pareille! Le Gouvernement était persuadé que beaucoup de difficultés à Bali provenaient du manque d'énergie de notre bon vieux Berginck. Mais je suis obligé de le reconnaître : une chose pareille ne serait jamais arrivée sous son administration. Trois femmes brûlées! Savez-vous ce que cela signifie? Avez-vous idée de la façon dont la presse anglaise exploitera et grossira l'incident si jamais elle devait en avoir vent? »

Boomsmer fit la moue. Les Anglais feraient mieux de balayer devant leur propre porte, pensa-t-il. Depuis la guerre des Boers on ne cessait de lui prêcher l'exemple des Anglais; il y avait assez longtemps qu'il entendait ce refrain. Mais lorsqu'il pensait aux veuves brûlées un malaise le reprenait. Comme s'il avait senti l'odeur de chair brûlée! C'était une indignité, c'étaient des mœurs de cannibales qui ne pouvaient être tolérées, il était d'accord là-dessus avec le gouvernement. Il entretenait sa propre indignation. Van Tilema fit signe à un domestique accroupi dans un angle de la pièce, lorsqu'il vit la figure

congestionnée de Boomsmer, et aussitôt les kipas les
éventèrent.

« Je regrette de n'avoir pu empêcher cet incident
effroyable, Mijnheer van Tilema, dit Boomsmer. Je suis
absolument de l'avis du gouvernement. Nous ne pouvons
pas tolérer cela. Non seulement c'est une violation des
traités que nous avons récemment conclus avec les
provinces du sud, mais encore un tel geste est inconcilia-
ble avec les principes d'humanité qui inspirent l'action du
gouvernement néerlandais. C'est à mon avis la goutte qui
fait déborder le vase.

– Ou l'étincelle projetée sur le tonneau de poudre », dit
van Tilema.

Le visage congestionné de Boomsmer s'éclaira. « Son
Excellence le Général van der Velde m'avait déjà parlé de
l'éventualité de certaines opérations. J'en serais heureux,
j'en serais infiniment heureux, Monsieur van Tilema!
Quelque déplorable que soit le point de départ, je ne m'en
féliciterais pas moins si nous avions enfin recours à la
force armée pour imposer dans les provinces du sud ces
principes humanitaires et modernes que cette racaille de
rajahs ne cesse de violer. Mon Dieu, oui, dit-il en se
levant, et dans son émotion il commença d'aller et venir
dans la chambre, il est temps, il est grand temps que nous
défendions notre honneur. Le gouvernement a fait preuve
d'une mansuétude infinie, de beaucoup trop de patience.

– Vous êtes un idéaliste. Tous nos jeunes fonctionnaires sont de grands idéalistes », dit van Tilema avec une
ironie imperceptible. Il avait du goût. Il aimait les beaux
livres. Lui-même travaillait à un ouvrage sur l'architec-
ture javanaise. Il avait horreur des grands mots. « Lorsque
je travaillais comme fonctionnaire à Bali, nous étions tous
des réalistes. On nous avait inculqué que le gouvernement
ne voulait pas dépenser d'argent, qu'il cherchait autant
que possible à faire des bénéfices. Kopra, taxes de ports,
importations et exportations, tout à fait dans la tradition
de l'ancienne Compagnie. Nous étions des marchands. A
présent on suit une mode nouvelle en politique. La
morale, l'humanité, les principes généreux, les droits des
indigènes, et tout ce qui s'en suit. Parfait. Je suis
d'accord. Je me suis assez longtemps débattu avec les

rajahs et ils méritent de recevoir un jour ou l'autre une sérieuse leçon. Je n'ai jamais aimé ces grands seigneurs et leur favoritisme dans les pouris. Le soudra, le brave paysan, voilà qui est sympathique! Les anciennes lois communales, c'est là qu'est la véritable Bali. Moi aussi je serais partisan des canons s'ils devaient nous débarrasser des rajahs et restituer aux communes l'influence qu'elles avaient autrefois. La moutarde me monte au nez, à l'idée qu'on permet que des femmes soient grillées à petit feu. Sur ce point nous sommes d'accord, Monsieur le Résident. »

Boomsmer jeta un coup d'œil à sa montre. « Je crois qu'il est temps que nous entrions », remarqua-t-il. La sueur coulait de tous ses pores et il avait horreur de cette sensation. Il mettait son point d'honneur à ne pas paraître souffrir de la chaleur, quelque tropical que fût le climat. Il mit la main dans sa poche, mais se rappela tout à coup qu'il n'avait plus de mouchoir. Lorsque le commissaire se retourna, il se hâta de passer le revers de la main sur son front. A présent sa main était mouillée. Il l'essuya à la doublure de la poche de son uniforme blanc. Mais déjà son front avait sécrété de nouvelles gouttelettes. « Chaude journée, aujourd'hui, à Batavia, dit-il avec un sourire empressé.

– Vous trouvez? » répondit van Tilema, les sourcils levés, en ouvrant la porte.

La salle de séances était très haute, vaste et assombrie par les rideaux tirés. Un portrait à l'huile de la Reine, en grandeur naturelle et en toilette d'apparat, était accroché au mur dans le sens de la longueur. Il y avait encore là une grande table entourée de chaises. On avait dû renoncer au tapis vert, car la moisissure des tropiques l'envahissait rapidement. Sur la table étaient posés une carafe d'eau et un grand récipient en verre, à couvercle, qui contenait des cigares. Plusieurs de ces messieurs attendaient dans la pièce : le général van der Velde, avec sa barbiche d'un blond grisonnant, ses lunettes, et quelques membres du Conseil de l'Inde, dont van Tilema faisait également partie. Le nouveau résident de Bali et Lombok fut accueilli par les uns ou les autres avec plus ou moins de politesse ou de condescendance. Le général lui fit un simple signe de tête, car ils avaient eu un entretien dès l'arrivée de Boomsmer à Batavia. « Eh bien Boomsmer, en voilà une vilaine affaire! s'exclama un autre des membres présents, Mijnheer de Voogt, qui avait connu le jeune résident lors de ses débuts dans l'administration.

– Ce ne sera pas long », répondit Boomsmer avec une pointe acerbe. Un domestique ouvrit la porte d'en face et le Gouverneur Général Arnheim entra. Le Gouverneur Général était un homme de taille moyenne, aux cheveux gris et aux sourcils touffus, ombrageant les yeux marron. Il avait des gestes vifs et brefs; on eût dit qu'il avait continuellement hâte de liquider l'affaire dont il s'occupait, pour en aborder une autre, plus importante. Il était aimé, quoiqu'il passât pour autoritaire. Il l'était peut-être. Mais il prenait la responsabilité de ses décisions, et, lorsque les choses allaient de travers, il ne la rejetait jamais sur ses subordonnés.

Ces messieurs le saluèrent avec une nuance de liberté dans le respect, car les cigares sur la table indiquaient que la séance n'aurait pas de caractère officiel. La plupart d'entre eux étaient impatients de fumer, mais avaient préféré attendre l'arrivée du Gouverneur Général. Arnheim se dirigea d'un pas rapide vers le haut de la table et s'assit. Les kipas se mirent en mouvement. « Bonjour, Messieurs, dit le Gouverneur Général d'un air satisfait. Tout le monde est là? Manque Kuiper. Tant pis, nous pouvons commencer sans lui. Cigares? Cigarettes? » Et il fit circuler le récipient en verre qui ressemblait à ces bocaux de bonbons acidulés qu'on trouve dans les épiceries. « Quelqu'un de vous a-t-il soif? » demanda-t-il encore, ce qui acheva de convaincre les membres du conseil qu'ils étaient là en tant qu'invités, et non pour délibérer véritablement.

Le Gouverneur Général choisit lui-même un cigarillo, à peine plus grand qu'une cigarette, et prit aussitôt la parole.

« Je vous ai réunis, messieurs, dit-il avec entrain, pour vous annoncer que notre expédition dans les provinces du sud est maintenant chose décidée. Nos troupes sont prêtes à embarquer le 10 septembre. Son Excellence van der Velde m'a soumis ses plans et vous donnera tous les renseignements utiles. Je voudrais simplement résumer une dernière fois les motifs de cette décision dont le Conseil de l'Inde a délibéré à plusieurs reprises. »

Ces messieurs fumaient et les kipas faisaient circuler un peu d'air chaud à travers la salle. Ils écoutaient avec une attention somnolente, comme une classe d'écoliers lorsque le maître parle et que les élèves ne risquent pas d'être interrogés.

« Les royaumes de Badoung, de Tabanan, de Bangli et de Kloungkoung nous on donné depuis quelques années plus qu'assez de raisons de marcher contre eux. Ils ont signé des traités qu'ils ont négligé d'observer. Ils ont fait à nos remontrances des réponses insolentes et inadmissibles. J'ai reçu voici quelques jours du prince de Badoung un refus définitif de payer les sommes demandées. Tabanan s'est solidarisé avec lui et, si nous ne montrons pas le poing, nous aurons un de ces jours la rébellion jusqu'à Bouleleng. Dans les provinces du sud de Bali il se passe des choses auxquelles nous ne pouvons pas plus longtemps assister en spectateurs. Les rajahs continuent à exercer leur justice cruelle et injuste; ils font trancher des têtes et des mains, ils condamnent leurs sujets à des tortures dont le seul récit vous fait dresser les cheveux sur la tête. A Bangli un homme a été roulé dans les épines et les débris de verre jusqu'à ce que mort s'en suive. A Badoung un homme a été aveuglé pour je ne sais quel mince et ridicule délit. Vous connaissez les incidents qui se sont produits à l'occasion de l'échouage du *Sri Koumala*. Aucune sanction effective n'a encore été prise. Si le gouvernement persiste à essayer de gagner les provinces du sud par la mansuétude, elles le doivent avant tout à Monsieur van Tilema qui leur a toujours tendu la perche au Conseil. »

Le Gouverneur Général eut un sourire de reproche à l'adresse du commissaire qui se leva légèrement de son siège. Mais ce n'était qu'un jeu, car les deux hommes étaient liés l'un à l'autre par une vieille et solide amitié.

« Mais voici que vient de se produire, poursuivit le Gouverneur Général en élevant la voix, cet incident effroyable et incompréhensible de Tabanan. Messieurs, nous vivons au XXe siècle, et dans notre voisinage immédiat, sous notre propre gouvernement indo-néerlandais, on assassine cruellement et follement des femmes innocentes. Cet incident effroyable, qui n'aurait jamais dû se produire, nous montre que nous n'avons plus un seul jour à perdre et qu'il faut que nous envoyions nos soldats à Bali. C'est notre devoir de gouverner nos colonies de telle façon que nous puissions regarder le monde entier en face, avec la conscience tranquille. C'est notre devoir de propager sur cette île l'esprit néerlandais et le progrès néerlandais. C'est notre devoir de défendre les droits de l'homme, même chez les indigènes, et d'extirper en même temps les sombres superstitions et les coutumes cruelles dont ils souffrent. Vous estimerez certainement avec moi, messieurs, que rien ne doit nous empêcher d'introduire la civilisation et l'humanité dans ces colonies qui sont une partie du grand empire néerlandais. »

Il y eut des murmures approbateurs autour de la table. Boomsmer se versa un verre d'eau. Van Tilema observait une mouche qui s'était installée sur le portrait à l'huile de la Reine. Il connaissait d'avance la suite du discours.

« Quelques voix s'élèveront pour demander si les frais et les risques à courir par nos troupes vaudront le bénéfice escompté, poursuivit le Gouverneur et ses yeux vifs et bruns firent le tour de la table. Eh bien, je réponds à cette question qu'il ne s'agit pas d'un bénéfice, tout au moins pas d'un bénéfice qui peut se chiffrer en tant et tant de sacs de café, de riz ou de florins. Notre bénéfice est un bénéfice spirituel, si je puis ainsi m'exprimer, un bénéfice moral. C'est l'accroissement de notre prestige et de notre influence extérieurs, c'est un surcroît de puissance et d'autorité à l'intérieur, c'est de cela qu'il s'agit. De l'orientation que nous donnerons à notre politique coloniale dépendra le rang que nous occuperons à côté d'autres empires qui possèdent également de grandes colonies. (Encore l'Angleterre, songea Boomsmer.) Il y a encore beaucoup à faire sur nos îles, sous le rapport du progrès et de l'éducation; nous le savons. Il faut que la civilisation progresse pas à pas. Et la prochaine étape que nous devrons franchir sera la soumission complète de Bali. »

Il y eut un nouvel et vif murmure d'approbation. Le Gouverneur Général se pencha en arrière et se fit tendre par un de ses voisins une allumette, pour allumer un nouveau cigarillo. Il semblait avoir achevé son discours.

« Excellence, dit van Tilema, lorsque le Gouverneur Général eut terminé, je crois parler au nom de nous tous en vous remerciant de votre exposé. Nous vous approuvons tous sans réserves et nous sommes prêts à soutenir votre point de vue au Conseil de l'Inde. Nous aimons nos colonies et nous voulons pouvoir en être fiers. En ce qui me concerne, j'ai pour Bali une prédilection qui, je le reconnais volontiers, est de ma part une faiblesse de caractère plutôt sentimentale. Je n'en suis que plus à l'aise pour déclarer qu'il faut absolument empêcher que se renouvellent d'abominables et honteuses pratiques du genre de celles qui se sont produites à Tabanan.

– Je vous remercie, Mijnheer van Tilema, dit le Gouverneur Général, et il conclut : Je savais que nous serions tous du même avis, messieurs. »

Avant que le Gouverneur Général eût eu le temps de se lever, Boomsmer se dressa. « Excellence, mon Général, messieurs, dit-il avec précipitation. En tant que résident de Bali j'ai encore deux mots à dire. Autant je déplore l'incompréhensible et abominable triple assassinat de Tabanan, autant – je serais presque tenté de dire – je me réjouis que cet incident soit la cause déterminante d'une expédition militaire. Je remercie Son Excellence de vouloir faire de Bali une partie du grand empire néerlandais, par l'action, par l'esprit, et, s'il le faut, par l'épée. »

Il se rassit, plongea la main dans sa poche, ne trouva pas son mouchoir et sourit à la ronde, presque intimidé. Le Gouverneur Général se leva et eut un geste négligent d'approbation. Van Tilema avait cligné des yeux en entendant ces grands mots qui sortaient naturellement des lèvres de Boomsmer chaque fois qu'il ouvrait la bouche. « Veuillez m'excuser, Messieurs, il faut que je sois pour deux heures à Buitenzorg », dit le Gouverneur Général, et en quelques pas pressés il quitta la pièce. Lorsqu'il fut sorti, tous se mirent à parler à la fois, tout en prenant congé les uns des autres.

« Avec trois bataillons je me charge de régler cette

affaire en quinze jours, dit le général van der Velde. J'emmène encore trois sections du Génie, pour bâtir des ponts, etc. Je suis content que notre G. G. ait une bonne fois frappé du poing sur la table.

— Nous avons des hommes de confiance indigènes dans tous les districts, expliquait Boomsmer à M. de Voogt. Et nous possédons des rapports exacts sur la quantité d'armes qui se trouve dans les pouris. J'ai fait dresser de petits plans de tous les points stratégiques importants. On les fera imprimer pour nos officiers.

— Voyons, que dites-vous de cela, van Tilema? demanda un petit conseiller obèse au commissaire. N'est-ce vraiment qu'une agréable excursion dominicale, cette expédition à Bali? On prétend que les Balinais sont des adversaires dangereux... »

Van Tilema haussa les épaules. « Je n'ai aucun don de prophète », dit-il. Le petit conseiller le retint par le bouton doré de son uniforme blanc.

« Je puis en tout cas vous affirmer une chose, van Tilema, dit-il. Ces trois veuves brûlées sont venues fort à propos pour notre G. G. Les troupes étaient pour ainsi dire déjà prêtes à embarquer.

— S'il n'y avait pas eu cet incident, il y en aurait eu un autre. Quand on a la volonté d'agir on en trouve toujours les moyens », répondit le commissaire.

Il faisait frais sur le large escalier de pierre. Les voix des hommes résonnaient quoiqu'ils parlassent à mi-voix. Dans un coin du vestibule Boomsmer avisa son mouchoir sale. Après une brève hésitation, il resta en arrière des autres, se baissa rapidement et le fourra dans la poche de sa vareuse. Pourquoi le laisser perdre? pensa-t-il. Il est encore bon et la babou pourra le laver.

Près de l'endroit où il débouchait dans la mer, le fleuve était très large; son eau était presque sans courant et une odeur de marécage s'en élevait. A marée basse, lorsque les vagues s'éloignaient de la plage, il se formait là, entre fleuve et mer, une sorte de marais sablonneux, où s'infiltraient quelques flaques d'eau et d'où s'élevaient des nuées de moustiques. Le sol était stérile, rien n'y poussait qu'une herbe dure et des touffes de chardons pleins d'épines.

Çà et là des morceaux de corail rouge avaient été amenés dans le lit du fleuve mort par la marée montante, et l'on eût dit des morceaux de chair crue. Il n'y avait ici ni chants d'oiseaux ni ombres de palmiers.

Lorsque Raka et sa femme s'établirent en ce lieu et commencèrent à se bâtir une maison, ils y rencontrèrent un compagnon peu désirable : Bengek l'enroué. Le pêcheur n'avait jamais été beau, mais la maladie avait achevé de le défigurer. Teragia ferma les yeux lorsqu'elle le vit pour la première fois. Après quelque temps elle s'habitua à sa vue; lorsqu'il souffrait beaucoup, elle allait même à lui et le consolait, ou couvrait ses mains et ses pieds de compresses de terre glaise. Il l'appelait « Mère », et Teragia finit par supporter cet attachement comme elle supportait la fidélité des trois chiens affamés qui s'étaient joints à eux.

Tout d'abord Bengek répugna profondément à Raka. Mais il apparut bientôt que le pêcheur avait eu le temps de se familiariser avec le lieu et le sort auxquels ils étaient tous deux liés, et qu'il était disposé à leur venir en aide. Il possédait une barque et, quoique ses mains fussent à peine encore capables de soulever le filet ou de manier l'hameçon, il rapportait de temps à autre un poisson qu'il partageait avec eux. Le pire, ce fut d'abord le manque d'eau, car l'eau morte du fleuve contenait des germes de toutes sortes de maladies et de mauvaises fièvres. Teragia fit appel à son pouvoir d'autrefois. Elle était impure, parce qu'elle vivait avec un impur, et elle ne savait pas si les dieux ne lui avaient pas retiré son don. Mais lorsque, les yeux clos, elle parcourut le terrain, elle sentit couler quelque chose tout au fond. Elle invita les hommes à creuser pour découvrir la source. C'était un travail pénible, car les mains de Bengek n'étaient plus que des moignons, et les doigts de Raka, qui s'atrophiaient de plus en plus, lui faisaient mal. En outre, la grande maladie faisait peser sur lui une constante lassitude. Sans doute les deux hommes seraient-ils morts de faim s'ils n'avaient eu la femme avec eux. Car Teragia ne fut pas atteinte par la maladie, et elle leur communiquait chaque jour une part de sa propre force et de son propre courage. Ils creusèrent et ils trouvèrent l'eau à l'endroit désigné par Teragia. Ils bâtirent deux balés, l'une pour les époux, l'autre pour Bengek, qui avait dormi jusque-là sur des branches sèches comme un oiseau des forêts. Raka reçut de son père du bois de bambou. Les serviteurs de la maison du prêtre l'apportaient jusqu'à un certain endroit, puis Teragia allait le chercher aussitôt que les autres étaient repartis.

Cet endroit était situé légèrement en aval de la dernière savah de Sanour. Le pays était plat et sec, le vent de la mer le parcourait. Il y poussait une herbe marine, drue et courte, rien de plus. D'un temple, depuis longtemps englouti, il restait encore une statue de pierre, un raksasa, un de ces gardiens de temple au visage mauvais, tout crevassé et couvert de mousse. C'est là que l'on déposait certains jours un peu de riz pour les exilés, un peu de fil, afin que Teragia pût tisser des kaïns pour eux, et quelques autres objets de première nécessité.

Malgré tout, la vie de ces désespérés ne s'écoulait pas sans qu'il y eût place pour un peu d'espérance. « J'ai entendu dire qu'il était déjà arrivé que des malades comme nous guérissent et fussent de nouveau accueillis dans la communauté des villages », disait Bengek de sa voix rauque. Il portait toujours derrière ses oreilles des fleurs qu'il allait cueillir dans les roseaux.

« Si les dieux le veulent, nous guérirons », répondit Raka. Il ne pouvait pas encore croire au destin qui l'avait frappé. Parfois il espérait s'éveiller un matin sain et sauf, et que ce temps terrible serait derrière lui comme un mauvais rêve.

« Nous devrions avoir un temple », dit-il, et Teragia fut heureuse qu'il eût conçu cette pensée et elle s'empressa d'approuver. Les deux hommes commencèrent donc à puiser de la terre glaise et à former des tuiles qu'ils mirent à sécher au soleil. Ils cherchèrent des morceaux de corail blanchâtre pour bâtir un mur, et du bois échoué sur la plage, pour dresser un autel aux dieux. Les hommes ne pouvaient travailler que peu de temps, car leurs membres ne tardaient pas à leur faire mal. La construction ne progressait que lentement. Teragia les aidait, comme si elle-même eût été un homme. Raka ne songeait pas qu'elle était une femme. Une femme non aimée n'est pas une femme. Quant à Lambon, elle était perdue et ne revenait le voir que la nuit, dans ses rêves. Teragia, elle aussi, éprouvait une nostalgie dont elle ne parlait jamais. Son cœur souffrait parce qu'elle avait dû quitter son jeune fils, Poutouh, pour s'en aller avec Raka. Parfois ils restaient assis, l'un auprès de l'autre, pendant des heures entières, sans mot dire. Raka pensait à Lambon et Teragia pensait à Poutouh.

Bengek apporta de la plage une planche qui sentait le pourri. Il rit. « Il y a bien longtemps, un bateau chinois s'est échoué par ici. Plus personne n'y pense plus, maintenant.

– Je m'en souviens, dit Raka. Il sourit en se rappelant le Chinois qu'il avait porté sur son dos à travers le ressac.

– C'est une planche qui provient de ce bateau, dit Bengek. Nous pouvons nous en servir pour le fond de notre autel. »

« Nous devrions cultiver un jardin, dit Raka, un autre jour. Des palmiers, des arbres à pain et des hibiscus. Et nous planterons un varinga à côté de notre autel, afin d'en éloigner les esprits malins. »

La nuit, Teragia sentait les esprits malins, même lorsqu'ils étaient invisibles. Ils entouraient leur abri, agitaient leur sommeil, oppressaient leurs songes et leur cœur. Parfois d'étranges lueurs dansaient sur les marais, sur l'autre rive du fleuve. Teragia se mit à inciser une lettre dans un morceau de bambou, et elle la déposa au pied du raksasa, de façon que les domestiques pussent la trouver lorsqu'ils apporteraient du riz.

« A notre père, le pédanda Ida Bagus Rai, à Taman Sari, disait cette lettre. Nous, les exclus, nous prions le pédanda de nous envoyer des semences et des fruits de tous les arbres fruitiers, mais surtout des rejetons de varinga, afin que nous essayions de les planter ici et de rendre plus hospitalier l'endroit que nous habitons. Nous demandons pardon au pédanda de l'impureté que cette lettre portera dans sa maison pure. Bonheur et paix pour le pédanda, pour sa maison et pour l'enfant de sa maison. »

Lorsque Teragia retourna chercher du riz, auprès de la statue, la lettre avait disparu. Une semaine plus tard, elle trouva des noix de coco, les semences et les jeunes plants qu'elle avait demandés. Elle attendit que les deux domestiques eussent disparu à l'horizon, dans la direction des rizières et des palmeraies, puis elle alla chercher le précieux envoi. Le pédanda n'y avait joint aucune réponse à la lettre, et Teragia était rongée par le désir de revoir son enfant. Peut-être est-il malade, se disait-elle. A présent il doit commencer à parler. A présent il doit marcher comme un petit homme. Quand s'inquiétera-t-il de ses parents?

Tous trois se consacrèrent aux plantations. Le sol était stérile, et le fleuve, qui avait donné tout son limon fertile aux savahs, n'amenait ici que du sable et des ordures. Mais grâce à l'eau produite par la source de Teragia, grâce aux cendres de feuilles sèches brûlées qu'ils incorporèrent au sol, et grâce aux offrandes qu'ils avaient présentées aux dieux, les semences poussèrent et les plants jetèrent des racines. Un peu de verdure et d'ombre s'éleva autour des balés.

« Nous voulons aussi avoir une savah », dirent les hommes, un peu plus tard. Les hommes sont des plantes aussi résistantes que les chardons. Ils se mirent au travail, et parce qu'ils n'avaient pas de charrue, ils commencèrent à retourner la terre, avec leurs mains malades et mutilées. Parfois ils ne disaient mot pendant des journées entières, d'autres fois l'enroué était repris par des accès de son ancienne loquacité et il posait beaucoup de questions à Raka. Au surplus, chose étrange, il continuait à respecter la caste de son compagnon d'infortune. Il s'agenouillait devant Teragia et joignait les mains lorsqu'il parlait à Raka.

« Sais-tu pourquoi ce malheur t'est arrivé? demanda-t-il, comme ils se reposaient d'avoir creusé.

— Les dieux l'ont voulu, répondit Raka.

— Pourquoi l'ont-ils voulu? questionna encore Bengek. Si les dieux sont justes, comme on le prétend, pourquoi punissent-ils aussi durement un homme tel que toi?

— Je paye pour la faute d'un aïeul, dit Raka.

— Toi? demanda Bengek, étonné. Toi, Raka?

– La faute est punie pendant sept générations et au-delà. Bien des choses ont pu se passer durant un temps si long. Peut-être un de mes ancêtres a-t-il fait un faux serment. » Il avait cessé de se révolter contre son destin. A présent il le subissait.

« Oui, les dieux sont justes, dit Bengek. Ils m'ont envoyé la Grande Maladie parce que ma mère était une sorcière. »

Raka le considéra avec un étonnement las lorsqu'il prononça ces mots. Mais Bengek était préoccupé par ses propres pensées. Sans doute était-ce un lourd fardeau qu'il avait traîné durant toute sa vie. A présent qu'il était lépreux, il pouvait en parler à Raka, qui était lépreux, lui aussi.

« Elle était sorcière et elle avait voué ses descendants aux puissances mauvaises. Ma vie était maudite dès l'origine. Je suis demeuré seul pour ne pas la transmettre à des enfants et à des petits-enfants. Je voulais émigrer, m'exiler moi-même dans une autre île, où personne ne m'aurait connu. J'avais enfoui mon argent sous le mur, afin de pouvoir quitter un jour cette sorcière, ma mère. Mais elle alla au cimetière, une nuit, et fit des offrandes et prononça des formules magiques, et les esprits mauvais lui montrèrent où j'avais caché mon argent. Elle le vola, et j'eus beau le chercher partout, je ne le retrouvai plus. Lorsque je la menaçais, elle se moquait de moi. La nuit, elle se transformait en une sphère brûlante; je l'ai vue s'envoler au-dessus de la savah. C'était une sorcière, et je l'ai tuée, afin qu'elle ne pût pas provoquer de nouveaux malheurs. Je l'ai empoisonnée avec du bambou, et lorsqu'elle s'est sentie faible, je lui ai demandé où était l'argent. Je sentais l'approche du Grand Mal, et je voulais donner l'argent aux dieux, afin qu'ils détournassent le châtiment de moi. Mais la sorcière mourut sans me dire où elle l'avait caché. Lorsqu'elle fut morte, je commençai à chercher. J'ai retourné chaque coin de terre, mais je n'ai rien trouvé. Ensuite, les hommes vinrent et me chassèrent. Les dieux sont justes, Raka, c'est ainsi. »

Lorsqu'ils eurent retourné la terre, ils irriguèrent leur terrain destiné à devenir une savah, au moyen d'une conduite d'eau qui partait du fleuve. Pendant de longs jours, Raka ne put pas marcher parce que ses pieds étaient malades; cependant, son visage restait beau et échappait à la maladie mieux que tout le reste de son corps. Teragia lui tailla des béquilles en bois. Des béquilles pour Raka le danseur!

« Combien de temps faudra-t-il que nous attendions encore avant de mourir, Raka? demanda Bengek, qui travaillait plié en deux.

– Je ne sais pas, dit Raka.

– Es-tu impatient? » demanda Bengek. C'était une question étrange, que Raka médita longuement. « Notre sort ne sera pas plus heureux après notre mort, ami, dit-il enfin.

– Oui, c'est là le pire, dit Bengek, que nous soyons condamnés à être impurs à jamais. »

Raka se tut. Il tailla à grand-peine un tuyau en bambou, qu'il tendit à l'enroué, afin qu'il l'enfonça en terre.

« Ne pourrons-nous vraiment jamais ressusciter? demanda Bengek.

– Ceux qui sont atteints de la Grande Maladie ne peuvent pas être brûlés. Comment leur âme pourrait-elle dès lors être délivrée? Comment pourraient-ils ressusciter? » dit Raka. Il ne disait pas « nous »; il persistait à écarter de lui ce destin.

« Et pas d'issue? » demanda Bengek.

Raka eut un sourire.

« Il y a un conte, dans un vieux livre de lontar, dit-il. L'histoire d'un roi dont le frère souffrait du Grand Mal. C'était un capitaine, il avait fait la guerre et il était revenu victorieux. Il était très fier, lorsqu'il fit son entrée dans la pouri, avec beaucoup de lanciers et de solennité. Alors une vieille femme s'approcha de lui et l'étreignit de ses deux bras comme une amante, et tous virent qu'elle était lépreuse. Le Grand Mal s'empara de lui et il fut banni. Mais parce qu'il était le frère du roi, on lui bâtit une balé au fond de la dernière cour de la pouri, et on lui permit d'y rester, tout seul. Lorsque le roi mourut et fut brûlé, le lépreux sortit de sa balé et se jeta derrière son frère dans les flammes. Et son âme délivrée monta au ciel. »

Bengek réfléchit à ces mots pendant un long moment, et garda le silence.

« A quoi cela peut-il nous servir, cela, à toi et à moi, ami? dit-il enfin. Pour nous aucun feu ne brûlera dans lequel nous puissions nous précipiter. Nous n'avons même pas de coquilles de noix de coco pour cuire nos aliments. »

Raka leva les yeux et vit Teragia venir à leur rencontre. Elle était grande et très maigre; son visage était sillonné de rides nombreuses qu'y avaient tracées le souci et la détresse. Elle l'aida à se dresser sur ses béquilles et le ramena à la maison. Elle était auprès de lui, et quoiqu'il ne l'eût jamais aimée, sa présence était pour lui comme une gorgée d'eau fraîche.

« Je demanderai de la semence à ton père, pour notre savah », dit-elle. « Je t'ai tissé un kaïn neuf », dit-elle. « Le jeune varinga a des pousses », dit-elle. « Il faut que nous préparions de belles offrandes pour la fête du nouvel an », dit-elle. « Vous autres hommes, vous pourriez fabriquer un petit gamelan, avec des touches en bambou », dit-elle. Ils étaient lépreux, rejetés de l'humanité et maudits pour l'éternité, mais la vie continuait d'être en eux. Teragia la sentait couler dans ces hommes comme elle sentait couler les sources sous la croûte de la terre.

Elle traça une nouvelle lettre sur un fragment de bambou.

« Au pédanda Ida Bagus Rai, notre père.

« Le pédanda aura-t-il la bonté de nous envoyer du riz à semer, afin que les hommes puissent cultiver la savah dont ils ont ameubli le sol sans charrue ni lampit, par le seul travail de leurs mains? Le varinga a jeté ses premières racines. Raka s'est résigné à son sort. Seul mon cœur est malade et ne cesse de s'inquiéter de l'enfant dans la maison du pédanda notre père. Le pédanda pardonnera à sa fille impure Teragia. »

Quelques jours s'écoulèrent après l'envoi de cette lettre et personne ne se montrait sur les rives plates du fleuve, dans la direction de la statue de pierre du raksasa. La nourriture s'épuisait. Les deux hommes allèrent en barque à la pêche et se donnèrent beaucoup de mal. Mais leurs mains étaient devenues trop maladroites pour ce travail délicat et ils rentrèrent sans le moindre butin. Teragia chercha des larves à l'embouchure du fleuve. Elle en rapporta une pleine poignée, prit quatre libellules et deux papillons. Elle fit griller le tout et le servit aux hommes avec les derniers grains de riz. Bengek mangea goulûment. Raka tendit à sa femme la feuille qui contenait le reste de son repas. Elle se retira dans un coin de la pièce, se détourna et mangea avec reconnaissance. Deux jours passèrent encore.

Le troisième jour, vers l'heure de midi, Teragia vit une silhouette traverser les prés et s'asseoir auprès de la figure du raksasa. Elle abrita ses yeux dans sa main et attendit que la silhouette s'éloignât, pour aller chercher la nourriture. Mais l'homme demeura assis. Tandis que Teragia le considérait, sans le reconnaître, le vent apporta par-dessus les joncs un son qui l'atteignit en plein cœur. Quoique le ressac grondât au loin et que les grillons chantassent, Teragia avait l'illusion du silence, car elle n'entendait plus ces bruits. Ce qu'elle avait entendu, c'était la voix de son enfant.

Elle se leva et courut vers Raka, qui était assis près de leur temple inachevé, car les malades avaient le courage d'entreprendre bien des travaux, mais la force leur manquait souvent pour les terminer. Elle l'appela et dit : « Mon frère, notre fils est venu, il joue là-bas, auprès du raksasa. Viens, approchons-nous et allons le regarder. »

Raka considéra sa femme avec étonnement. Puis il secoua la tête : « Non, pas moi, mère, dit-il. Je ne veux pas qu'il me voie impur. Il ne doit rien savoir de plus que ceci : que son père est Raka le danseur. » Teragia posa une main consolante sur l'épaule de son mari, puis s'en alla, seule.

Elle courut à travers l'herbe dure jusqu'à ce qu'elle fût assez près pour distinguer nettement la figure de raksasa. Le démon en pierre sur l'autre rive, était entouré d'herbe et le soleil faisait luire le sable mouillé. Teragia était à la fois et assez loin pour que son impureté ne pût nuire à son enfant et assez près pour pouvoir le regarder et entendre sa voix éloignée par le vent mais reconnaissable malgré tout. Elle abrita de nouveau ses yeux sous sa main et essuya des larmes de ses paupières pour mieux voir.

Elle vit que la silhouette assise auprès du raksasa n'était pas celle d'un domestique, comme elle avait supposé, mais celle du pédanda lui-même. Ida Bagus Rai, l'homme le plus pur de Taman Sari, était venu à l'endroit le plus impur, pour procurer la paix à son cœur. Poutouh, son fils, était debout entre les genoux du prêtre.

Teragia s'accroupit au bord du fleuve et regarda dans la direction de son enfant. L'enfant ne la voyait pas et le pédanda ne fit rien pour éveiller son attention. Il ne trahit pas qu'il l'avait vue et ne lui fit aucun signe. Il resta assis, parlant à l'enfant. Le jeune garçon était nu et fort. Sa petite tête avait été tondue, et la boucle frontale avait été taillée. Il portait des bracelets, des anneaux aux chevilles, et une petite boîte de métal au cou pour le défendre contre les mauvais esprits. Teragia elle-même y avait enfermé son cordon ombilical et avait noué ce collier autour de son cou. Il y avait bien longtemps de cela, songea-t-elle. A présent il courait et parlait à son grand-père, avec une ardeur maladroite. En essayant de se saisir d'un papillon, il tomba, mais ne pleura pas. C'est Poutouh, mon fils, mon petit prince, mon joli petit bourgeon, pensa Teragia. Ses yeux étaient heureux et son cœur puisait de la force dans ce spectacle.

Elle était assise sur une rive du large lit du fleuve et le prêtre était assis sur l'autre rive. Il avait coiffé ses cheveux en arrière et les avait ornés de fleurs. Il faisait chaud. Lorsque le soleil commença de décliner, le pédanda se leva, prit l'enfant sur sa hanche et s'éloigna par le chemin qui conduisait vers les rizières, les palmeraies et les demeures des autres hommes.

Les ordonnances firent sauter les bouchons de champagne et plusieurs de ces dames se récrièrent comme si on les eût chatouillées. Les dames du Comité d'honneur, vêtues de robes blanches et brodées, à manches à gigot, avec de grands chapeaux plats, avaient les joues rouges et brûlantes. L'embarquement des troupes était un événement qu'on avait voulu fêter. Les ordonnances emplissaient les verres. Ils avaient appris à servir le champagne au casino militaire de Sourabaja. Les dames levaient les verres et les offraient aux officiers. Les musiques de deux bataillons jouaient en même temps, celle du onzième, en bas sur le quai, celle du dix-huitième sur le pont de la *Van Swoll.* Le lieutenant Dekker, dans son uniforme bleu, flambant neuf, prit sa coupe des mains d'une jeune fille en rose. Elle avait une couronne de roses mousse sur son grand chapeau de paille jaune, d'où un long ruban de velours noir pendait sur sa nuque. Le lieutenant Dekker ne savait pas son nom, car il n'était arrivé que tout récemment de Hollande à Sourabaja. Mais dans l'excitation particulière du départ, elle lui semblait extraordinairement gracieuse et jolie. Lui-même n'avait que vingt-cinq ans. La jeune fille détacha un petit bouquet de fleurs de sa ceinture de velours noir, et le fixa à l'épaulette du jeune officier. Le lieutenant Dekker se pencha vers elle, afin qu'elle pût l'attacher plus commodément. Il se demanda si des officiers qui s'en allaient à la guerre avaient le droit de prendre un baiser à une femme, si le cœur leur en disait. Il prit la jeune fille par la main et voulut l'entraîner dans un coin plus tranquille. Mais il n'y avait pas de coin tranquille sur le pont. Il n'y avait pas de coin tranquille sur tout la *Marinelaan.* Non seulement les deux musiques jouaient en même temps, l'une la Marche des gladiateurs, l'autre *Oranje Boven,* mais encore on prononçait deux discours à la fois. L'un, en bas, sur le *Pier,* où les troupes avaient été rangées en carré, et écoutaient, le visage immobile, le commandant du détachement qui leur faisait une allocution de départ. Et l'autre, sur le pont du bateau transporteur, où la présidente du comité d'adieux était à l'œuvre.

« Pour le bien de nos colonies... au nom des Pays-Bas... vous partez en guerre... afin de combattre pour l'Ordre et la Loi... et vous ne connaîtrez ni trêve ni repos... tant que l'ennemi outrecuidant n'aura pas été châtié... vos bons fusils... » Le commandant avait une vraie voix de commandement mais dans le vacarme on n'entendait que des lambeaux de phrases.

En haut, c'était la présidente du Comité qui déclamait un discours d'adieu qu'elle avait rédigé avec beaucoup de soin, qu'elle avait ensuite transcrit et appris par cœur, en le répétant plusieurs jours de suite. Elle parlait d'une voix aiguë, et malgré tout avec timidité, agitée et ardente dans son corset étroit, tenant dans sa main gantée la coupe de champagne. C'était l'instant le plus solennel de sa monotone existence coloniale.

« Lorsque vous reviendrez en vainqueurs... Vos mères seront fières de vous.. ne pas craindre le danger pour châtier l'ennemi... les femmes et les jeunes filles de Sourabaja vous souhaitent gloire et victoire...

– Hip, hip, hourrah », clamèrent les hommes, en bas, avec un ensemble étonnant. C'étaient des garçons vigoureux, à l'air hardi, la plupart blonds, avec des chapeaux de paille relevés dont on pouvait en cas de besoin rabattre les bords. Leurs uniformes bleus étaient nets, leurs boutons brillaient. Une partie des troupes de couleur, les Javanais et les Amboynais, s'étaient déjà embarqués à bord du *Tandjoung Priok*. La *Van Swoll* était réservée aux hommes et aux officiers du dix-huitième bataillon, ainsi qu'au génie. En réalité, c'était non un bateau de guerre, mais un des bateaux de messageries qui étaient employés pour le transport de l'expédition.

« Et quand pensez-vous revenir, lieutenant ? demanda la jeune fille aux roses mousse.

– Dans deux ou trois semaines, dit Dekker. Puis-je vous écrire d'ici là, Mademoiselle ? ajouta-t-il, avec un léger battement de cœur.

– Ce serait délicieux, mais y a-t-il des bureaux de poste à Bali ?

– Tout cela a bien entendu été organisé en vue de l'expédition, répondit Dekker, avec fierté. Il se sentait merveilleusement intégré au mécanisme de cette guerre, et exactement à sa place. C'est une vraie chance qu'à peine arrivé aux colonies, je puisse prendre part à une pareille campagne, dit-il, plein d'enthousiasme.

– Oui, mais c'est dommage que j'aie fait votre connaissance aujourd'hui, dit la rose mousse. Je vais me faire du souci à votre sujet.

– Vraiment ? demanda Dekker, ravi. En ce cas je vous écrirai tous les jours. Voulez-vous me le permettre ?

– Mais vous ne connaissez même pas mon adresse, dit la jeune fille.

– Non, mais je sais votre nom : Brigitte.

– Brigitte comment ?

– Je n'en sais rien. J'ai entendu votre mère vous appeler : Brigitte. »

L'orchestre jouait « Wilhelmus van Nassaue ». Les soldats escaladaient sans fin l'escalier hors le bord et disparaissaient à l'intérieur de la *Van Swoll*. Plus loin, dans la rade, deux bâtiments plus petits étaient à l'ancre, et l'on y embarquait des bataillons ouvriers destinés à la construction des routes. Ils chantaient d'une voix rauque. Les rires et le bruit des voix à bord de la *Van Swoll* étaient d'une densité impénétrable. Le champagne, joint à la chaleur de midi, à la musique, aux discours et à l'émotion joyeuse et guerrière du départ grisait les officiers. Des pères de famille, colonels ventripotents, ficelés dans leurs uniformes de campagne, étreignaient leurs femmes et leurs enfants. Des jeunes filles javanaises se tenaient en dehors de la grille de la *Marinelaan* et tendaient le cou vers leurs amoureux hollandais. Quelques soldats étaient ivres et criaient des plaisanteries inintelligibles vers le *Pier*, montrant leurs têtes tondues aux hublots. On poussa des hourrahs en l'honneur de la reine Wilhelmine, les uns officiels, d'autres spontanés.

« Et il faut que vous interdisiez aux Balinais de dépouiller les naufragés et de brûler des femmes, dit Brigitte au lieutenant Dekker.

– Nous y mettrons le holà, comptez-y, Mademoiselle Brigitte », promit-il. Elle le considérait avec enthousiasme. Toutes les femmes admiraient tous les hommes. Ils étaient des héros, dans leurs uniformes bleus, neufs et seyants. Toutes les femmes semblaient aux hommes particulièrement jolies, car ils partaient pour la guerre et la grande aventure.

« Et faites-nous honneur, là-bas, chez les sauvages... » dit la présidente du Comité, qui ne supportait pas la dose de champagne qu'elle avait absorbée par patriotisme. « Tout le monde à terre, tout le monde à terre » crièrent des sous-officiers parcourant le bateau, précédés de deux trompettes.

« Si je reviens... dit le lieutenant Dekker, essoufflé.

– Je me tiendrai là-bas, près de la lanterne, et j'attendrai », dit Brigitte. Au dernier moment il rassembla tout son courage et l'embrassa quand même. Ce fut un baiser complètement manqué, un baiser de débutant, qui effleura les joues, au lieu des lèvres. Néanmoins, Brigitte lui fit un sort. Elle ferma les yeux comme si elle allait s'évanouir. Dekker sentit tout à coup son uniforme devenir trop étroit en plusieurs points. La dernière chose qu'il vit de Brigitte fut ses grandes manches à gigot, quelque peu froissées, lorsque, à la suite de sa mère, elle descendit l'échelle hors le bord. Les deux musiques s'étaient remises à jouer, l'une sur le pont, l'autre en bas, sur le quai. On leva les câbles, il y eut tout à coup une telle foule de gens qui faisaient des signes, criaient, pleuraient ou riaient, que l'ont eût dit que pas un seul habitant de Sourabaja n'était resté à la maison. Glissant lentement, la *Van Swoll* sortit du bassin, le long de la *Marinelaan,* vers le port, où les autres bateaux étaient déjà alignés. Deux torpilleurs escortaient la fraction de la flotte qui quittait Sourabaja cet après-midi. Le vaisseau-amiral *Wilhelmina* était déjà à Bouleleng. Le vaisseau qui transportait l'état-major, le *Both* et la *Bromo* avaient pris le large dès le matin. Il était quatre heures passées, et lorsqu'ils atteignirent l'entrée du port, une légère brise commença de souffler. Mais la mer était calme et lisse aussi loin qu'on pouvait voir.

Le lieutenant resta debout à la lisse jusqu'à ce que le *Pier* ne fût plus qu'un mince trait sur la côte. Le soleil éclairait la mer, faisant jaillir des étincelles. La musique à bord cessa de jouer, mais on entendait encore venir de la terre, non pas une musique à proprement parler, mais le roum-ta, roum-ta-ta de l'accompagnement d'une marche militaire. La vie était merveilleuse. Le lieutenant Dekker, avec ses vingt-cinq ans, son estomac plein de champagne et la perspective d'une expédition militaire, se voyait lui-même comme une figure de roman. Lorsque la nuit tomba brusquement, il descendit dans sa cabine.

C'était une pièce minuscule, qui contenait deux couchettes superposées. Les ordonnances y avaient déposé sa petite cantine d'officier, sur laquelle on avait bouclé son équipement de campagne, bidon et baudrier. Cela vous avait un air guerrier. Sur la couchette du bas était allongé un homme maigre, au nez busqué chevauché de lunettes qui semblaient déplacées. « Je suis le pasteur Schimmelpennink, dit-il. Vous ne voyez pas d'inconvénient à ce que j'occupe la couchette du bas? Je suis sujet au mal de mer. »

Le lieutenant dévisagea son compagnon de cabine et vit l'insigne d'aumônier sur son col d'uniforme entr'ouvert. « Je préfère pour ma part coucher en haut; on est à l'abri des cancrelats », répondit-il, courtoisement. Le pasteur pâlit, mais sourit vaillamment. Dekker était quelque peu déçu à la pensée qu'on lui avait donné pour compagnon un pasteur, plutôt qu'un autre de ses camarades. Il était le plus jeune officier du bataillon et ne connaissait guère les autres. Il jugeait certains de ses aînés dépourvus de toute culture, mais ils se donnaient de l'importance à cause de leur prétendue expérience des guerres coloniales. Ils portaient de longues barbes, ce que le lieutenant Dekker jugeait peu seyant pour des officiers, parce que cela les vieillissait. Certains d'entre eux avaient grossi, à force de boire de la bière et parce qu'ils n'avaient plus fait campagne depuis quelque temps. Dekker lui-même était mince et portait une petite moustache aux pointes relevées dont il était d'autant plus fier qu'il ne l'arborait que depuis peu de temps. Il fouilla dans sa cantine et en tira le petit livre que tous les officiers avaient reçu pour leur information sur l'île étrangère, puis il remonta sur le pont. Quoique la mer parût encore lisse, le bateau commençait à tanguer lentement. Le lieutenant s'assit au salon, sous une lampe, et jeta un coup d'œil sur son livre. « Derrière la douceur apparente du Balinais, lut-il, se cachent la cruauté et la ruse. » A l'autre extrémité de la pièce, une partie de cartes s'était déjà engagée autour de bouteilles de bière. Auprès d'une autre table, des officiers se racontaient à mi-voix des histoires pour hommes. Après quelques instants Dekker se leva et monta sur le pont. Elle avait un ruban de velours noir sur son chapeau et un autre comme ceinture. Comme elles étaient charmantes et fines, ces jeunes filles! Bordés de chaînes de lumières, trois autres bateaux, en avant de la *Van Swoll*, faisaient route vers l'aventure. A l'entrepont, les soldats chantaient. Les deux torpilleurs, qui avaient jusqu'alors escorté la flottille, restèrent en arrière. Soudain, des détonations éclatèrent comme si des canons venaient de se décharger. Mais ce n'étaient que des fusées que les torpilleurs avaient lancées en signe d'adieu. Elles étaient rouges ou vertes, et leurs longs serpentins colorés se reflétèrent dans l'eau. Le lieutenant Dekker était ému. C'était merveilleux de s'en aller ainsi vers le danger!

« Et surtout promets-moi de te méfier des eaux malsaines, lui avait écrit sa mère, d'Euschede. Oncle Pietr te fait dire de t'enrouler la nuit dans ta ceinture de flanelle, car le climat tropical est traître... »

Encore des fusées. « Car le soldat mène une vie li-ibre », chantaient les hommes à l'entrepont. Elle s'appelait Brigitte De Haan, 43 Kaliasin, Sourabaja.

Le pasteur était déjà endormi lorsque le lieutenant Dekker escalada sa couchette. Il n'y trouva pas de blattes, mais en revanche des fourmis en quantité suffisante. Le lendemain matin, lorsqu'il regarda par le hublot, la côte de Bali était déjà en vue. Elle ne paraissait guère différente de celle de Java.

La côte était envahie par la foule des gens qui voulaient voir les onze bateaux jeter l'ancre dans la rade de Sanour. C'était l'heure de la marée haute, et le ressac grondait. De temps en temps, une énorme vague verte déferlait, et son écume blanche masquait pendant quelques instants les bateaux de guerre hollandais. Femmes, enfants et grands-parents étaient venus des villages pour ne pas manquer ce spectacle. Ils étaient accroupis dans le sable, les adultes mâchaient du sirih, les enfants fumaient des cigarettes ou suçaient des morceaux de canne à sucre. Ils avaient tous peur, mais la curiosité était plus forte. Le pêcheur Sarda, grâce à ses bons yeux, put compter les canons dont les bouches étaient dirigées vers la terre, sur le pont des deux grands bateaux gris. « J'en aperçois quatre sur chaque bateau, annonça-t-il. Ils sortent de leur trou comme des scarabées.

– Dans la pouri de Badoung ils en ont douze », dit Krkek, d'un air méditatif. « Tireront-ils? » questionna une femme en resserrant d'un geste peureux son foulard autour du nourrisson auquel elle donnait le sein.

– Comment pourraient-ils tirer? dit Krkek. Ils ne peuvent pas tirer sur nous, car nous sommes des paysans, et tout ceci ne nous concerne pas. La ville de Badoung est loin, et les grands bateaux ne peuvent pas aborder. Si les soldats blancs étaient intelligents, ils se seraient servis de petites embarcations, au lieu de ces vaisseaux qui ressemblent à des éléphants et qui ne peuvent pas aborder.

— Que penses-tu qu'ils feront ? demanda Pak à son père. Le vieillard était assis sur la plage et mastiquait, abritant ses yeux sous sa main, comme s'il avait encore été capable de voir à une telle distance.

— Je ne sais pas, fils, répondit-il, après un long moment de réflexion. Pak se sentit oppressé. C'était la première fois que le vieillard n'avait pas su répondre à une de ses questions.

— N'est-il encore jamais venu des bateaux semblables pour combattre le prince ? » demanda Pak. « Pas à Sanour, répondit son père. Lorsque j'étais enfant, il en est venu à Bouleleng et beaucoup d'hommes sont morts. »

Un petit cercle d'auditeurs se forma autour du vieillard. « Nous autres paysans, nous n'avons aucune querelle avec les hommes blancs, dit Krkek, personne ne mourra sur cette côte. » Il fallait que le riz fût planté sur de nombreuses savahs, que la circulation de l'eau fût assurée, car si l'irrigation ne se faisait pas au jour et à l'heure convenus, ce serait un désordre général. Krkek, le chef de la corporation Soubak, entendait maintenir l'ordre et la tranquillité dans son district. « Cela n'a aucun sens de rester accroupi ici à regarder les bateaux étrangers, dit-il. L'important c'est que le travail aux champs ne soit pas négligé. — Que pourrions-nous faire dans les champs à présent ? demanda Rib, irrespectueusement, le soleil va se coucher et la nuit tomber.

— Ils ont des drapeaux sur chaque bateau, de couleurs rouge, blanche et bleue », annonça Sarda qui faisait profiter tout le monde de sa vue perçante. « Qu'est-ce que cela signifie ? demandèrent plusieurs hommes. Le père de Pak réfléchit.

— Cela signifie qu'ils honorent nos dieux, dit-il enfin. La blanc pour Siva, le bleu pour Vichnou et le rouge pour Brahma. »

Pak était fier de la science de son père, et la plupart écoutèrent son explication avec respect. D'autres rirent.

Quelques marchandes étaient arrivées sur la plage, des femmes particulièrement actives et courageuses comme Pougloug et Dasni. Mais les hommes étaient trop émus pour songer à s'asseoir et à manger du riz. « Voici le pounggawa », dit Krkek, et tous se retournèrent vers la route qui conduisait du village à la plage.

Le pouggawa arrivait, escorté de plusieurs serviteurs et de son porteur d'ombrelle. Les gens s'agenouillèrent avec empressement et joignirent les mains pour le saluer. Ils furent étonnés de voir que le pounggawa se faisait précéder d'un domestique qui portait à l'extrémité d'une perche de bambou un morceau d'étoffe blanche. « Ce drapeau contient-il un pouvoir magique? » demandèrent les femmes, en chuchotant. Krkek leur expliqua : « Non, dit-il. Cela signifie que nous avons des sentiments pacifiques.

– Cela est vrai », murmura-t-on autour de lui. Ils se sentaient rassurés, à sentir le pounggawa auprès d'eux et en voyant que leur chef de district avait fait apporter un drapeau de paix.

Après que le serviteur du pounggawa se fut avancé assez loin sur le sable mouillé en agitant le drapeau, une barque se détacha du plus grand des vaisseaux. Les hommes se pressèrent autour de l'endroit où l'embarcation devait aborder. A l'avant de la barque flottait également un drapeau blanc.

Quelques pêcheurs suffisamment exercés à ce travail, tirèrent l'embarcation à terre lorsqu'elle eut abordé. Les autres hommes s'accroupirent respectueusement le long de la plage, formant une longue haie, avec leurs femmes et leurs enfants derrière eux. Plusieurs reconnurent l'homme qui débarqua et se dirigea vers le pounggawa. Ce n'était pas un Hollandais, c'était Gousti Nyoman, de Bouleleng. Les hommes qui l'avaient amené n'étaient pas davantage des blancs; c'était des Javanais, mais leur uniforme les rendait malgré leur peau colorée semblables aux Hollandais.

Après que le pounggawa eut salué le Gousti et échangé quelques mots avec lui, il arriva une chose inattendue. Le pounggawa monta à bord de la barque étrangère, sans serviteur ni ombrelle, et Gousti s'assit à côté de lui. Un des Javanais donna des ordres et l'embarcation repartit. Ils ne tardèrent pas à ia voir danser sur le ressac de plus en plus léger, puis elle atteignit le grand bateau.

« Que signifie ceci? demanda Pak, inquiet. Garderont-ils notre pounggawa comme prisonnier?

– Il faut que nous restions ici et que nous attendions les événements », dit Krkek. Ils se rassirent tous; la plage était bordée d'une interminable chaîne d'hommes qui attendaient en silence. Quelques-un finirent malgré tout par acheter du sirih ou du riz cuit, et les marchandes gagnèrent quelques kepengs. Il commençait à faire frais et sombre. La grande montagne, au loin, fut la dernière à retenir la lumière, puis elle disparut à son tour. Les bateaux à l'ancre avaient allumé des feux; quelques jeunes garçons des villages cherchèrent dans les champs des feuilles sèches de maïs et les allumèrent. Personne ne voulait rentrer.

Il faisait nuit noire lorsque la barque accosta de nouveau, ramenant le pounggawa. Tous les hommes aidèrent à tirer la barque à terre et lui offrirent leurs services pour descendre. Il s'approcha du feu; ils remarquèrent alors qu'il avait l'air grave.

« Hommes, dit-il. Il vaut mieux que vous retourniez maintenant dans vos maisons. On ne vous fera aucun mal si vous faites ce que je vous ordonne. Je m'en vais immédiatement à Badoung pour remettre une lettre importante au prince. Lorsque je serai de retour, je vous dirai ce que nous pourrons espérer. Je vous recommande avec insistance de ne rien faire qui puisse exciter la colère des Hollandais, car ils sont puissants et ils ont beaucoup de fusils. Rentrez chez vous, à présent. Paix à votre sommeil. »

Les gens se dispersèrent rapidement, dans un léger murmure. Ils se hâtèrent de regagner leurs maisons, car il faisait nuit et certains, comme les habitants de Taman Sari et de Renon, avaient encore un assez long chemin à parcourir.

« Que signifie tout cela? » demanda encore Pak à son père. Soudain, ce pays natal qu'ils habitaient leur était devenu étranger et inquiétant. Personne ne savait s'il fallait présenter des offrandes, et de quelle sorte, pour détourner le malheur qui était en l'air, mais trop mal défini pour qu'on pût savoir sous quelle forme on pourrait le contrarier.

« Le pounggawa a raison, dit le vieillard. C'est comme le jour de la Nyepi, lorsque le ciel est nettoyé et que tous les démons descendent sur terre. A ce moment-là aussi nous restons dans nos maisons, et quiconque se hasarde dans la rue est puni. Il en est de même à présent. Si les Hollandais viennent dans nos villages et s'ils trouvent les rues vides, il retourneront sur leurs bateaux, de même que les démons sont toujours repartis parce qu'ils se sont figuré qu'il n'y avait pas d'hommes à Bali. »

Pak fut frappé de cette évidence. Ils parcoururent en silence la dernière partie du trajet. Ils laissèrent brûler la lampe à huile pendant toute la nuit, mais il n'arriva rien de fâcheux, quoique les gens de Taman Sari s'éveillassent souvent pour épier. Ce fut une nuit semblable à toutes les autres; les chiens aboyèrent et les grillons firent grand bruit.

Le lendemain à l'aube, le koulkoul sonna longtemps et avec insistance. Pak se hâta de se rendre à la maison commune, avant même d'avoir pris son bain. La rue du village n'était pas encore tout à fait claire, et, dans le demi-jour, grouillait une foule d'hommes qui, tout en marchant, nouaient leurs foulards de tête et s'entretenaient à mots brefs. Lorsqu'ils arrivèrent devant la maison commune, ils trouvèrent la rue et le gazon, où étaient d'habitude les coqs, envahis par une troupe de cavaliers armés de lances. Ils reconnurent Dewa Gdé Molog, le chef des guerriers du prince. Les chevaux hennissaient et se mordaient entre eux; un nuage de poussière montait de ce rassemblement. Molog se plaça au bord de la grande balé et les gens de Taman Sari s'accroupirent respectueusement, presque sous les sabots des chevaux.

« Hommes de Taman Sari, s'écria Molog de sa voix forte. Le prince de Badoung m'envoie proclamer ceci : Les Hollandais veulent faire la guerre à ce pays. On fait appel à vous pour le défendre et pour lutter jusqu'à la dernière goutte de sang. Tous les hommes de ce village qui vivent du riz de notre seigneur ont reçu des armes et ont appris à s'en servir. Servez-vous-en contre l'ennemi comme l'exigent notre honneur et notre sécurité. »

Les hommes gardèrent un silence de mort lorsqu'ils eurent entendu ces mots. Le Dewa Gde Molog prit des mains d'un guerrier de son escorte un kriss, qu'il tira de sa gaine pour le montrer à tous. Il dirigea successivement la pointe de l'arme vers les quatre points cardinaux. C'était Singha Braga, le kriss sacré, avec le lion et le serpent. On n'entendait d'autre bruit que les aboiements des chiens du village.

« Le prince, votre seigneur et maître, vous envoie le message que voici : Suivez le kriss sacré et défendez votre pays », dit Molog. Il rengaina l'arme, puis toussa, car il s'était fatigué à chevaucher de village en village pour répéter partout le même appel au combat. Les hommes de Taman Sari se turent, confus. Ils étaient encore accroupis aux mêmes endroits après que Molog et ses cavaliers eurent disparu dans un nuage de poussière en direction de Sanour.

« Où est le pounggawa ? demandèrent enfin quelques-uns des hommes. C'est lui qui doit décider ce que nous devons faire. »

Lorsqu'ils arrivèrent à Sanour, devant la maison du pounggawa, ils apprirent que leur chef n'était pas encore revenu de Badoung. En revanche, Molog avait laissé un détachement important de guerriers, armés de lances, de kriss et de fusils, dans la palmeraie qui faisait suite à la cour du pounggawa. Les hommes ne savaient pas s'ils devaient se sentir menacés ou protégés par cette présence.

Pendant quelque temps ils restèrent indécis, dans l'attente. Le pounggawa leur avait ordonné de demeurer dans leurs maisons, mais il se sentaient mieux en sûreté lorsqu'ils étaient ensemble. Personne ne pensait ce matin à aller dans la savah. Finalement Krkek réunit autour de lui quelques hommes sensés de la commune, et ils se retirèrent dans la grande balé de la maison commune de Taman Sari, avec ses poteaux et son toit à deux étages, où ils avaient déjà résolu bien des difficultés concernant le village.

Ils discutèrent quelque peu, se prononçant dans divers

sens, à la façon laconique des paysans placés devant des problèmes inattendus. Le riche Wayan proposa d'abandonner le village et d'aller se cacher si les Hollandais devaient progresser.

« Se cacher où? demanda Rib avec un reste de bonne humeur. Nous ne sommes pas des écureuils pour nous cacher dans des noix de coco. »

Pak avait l'impression étrange qu'on nouait une corde mince autour de sa poitrine. Krkek, à sa façon tranquille, résuma finalement l'opinion générale. « En quoi la guerre entre le prince et les Hollandais nous regarde-t-elle? dit-il. Nous n'avons pas voulu de guerre, et combattre n'est pas notre affaire. Que mangeront les gens de Badoung si les paysans se battent, au lieu de cultiver le riz? La charrue est plus importante que le kriss.

– C'est la vérité », dirent les hommes.

Pak avait encore son mot à dire.

« Si les Hollandais font du mal à nos femmes ou veulent blesser nos enfants, nous combattrons, mais s'ils ne font que traverser notre village pour aller à Badoung, nous resterons dans nos maisons et nous ne bougerons pas », dit-il, le cœur serré. Le rajah a fait aveugler mon frère. Il m'a pris mon meilleur coq, je ne veux pas combattre pour lui, songeait-il, à part lui.

« Nous voulons combattre comme les tatous », dit Rib, et la délibération s'acheva sur un rire général. Lorsqu'on touche un tatou avec une perche de bambou, il se roule immédiatement et fait le mort; on peut marcher dessus ou le jeter en l'air, il demeure inerte et ne sent rien.

Vers midi, le koulkoul retentit de nouveau, et tous se dirigèrent vers la maison du pounggawa, à Sanour, où on les convoquait. Ils avaient tous des kriss dans leurs ceintures, et l'on ne voyait plus d'enfants dans les rues du village. Ils envahirent la cour et s'accroupirent, les mains jointes. Ils étaient si nombreux qu'ils ne trouvèrent pas tous place et qu'un grand nombre d'entre eux se pressaient au portail. Le pounggawa semblait fatigué, comme si sa magnificence avait quelque peu pâli depuis la nuit dernière.

« Hommes de Badoung, dit-il. Je veux maintenant vous rapporter tout ce qui est arrivé. Je suis allé hier à bord du bateau qui transporte les rajahs et seigneurs des Hollandais et j'ai causé avec eux. Ils ne vous veulent aucun mal. Ils vous aiment et entendent vous prendre sous leur protection. Ils n'ont de grief que contre le prince de Badoung. Ils m'ont remis une lettre à son adresse et je l'ai portée à Badoung. Dans cette lettre ils lui ont une dernière fois proposé la paix et lui ont demandé de faire sa soumission. J'ai passé la nuit entière à m'entretenir avec le prince et ses conseillers. Le vieux tyokorda de Pametyoutan, lui aussi, était présent, ainsi que le pédanda Ida Bagus Rai, le saint homme dont le prince écoute les conseils. Le prince a refusé de se soumettre.

« Hommes de Badoung, je vais à présent retourner sur le bateau des blancs et leurs transmettre cette réponse. Ils débarqueront ensuite et le combat commencera. »

Le pounggawa observa l'un après l'autre les visages des hommes qui étaient le plus près de lui. Ils avaient cette expression somnolente qui trahit chez les Balinais la plus vive attention.

« Ce combat, poursuivit le pounggawa, sera plus cruel que vous ne pouvez l'imaginer, et beaucoup d'hommes seront tués. Voulez-vous que je dise aux Hollandais que les cinq villages de la côte désirent rester en paix avec eux ? »

Il y eut un silence, puis un murmure, et enfin un vieillard, qui était le chef de la commune de Sanour, prit la parole : « Qu'il en soit comme a dit le pounggawa : restons en paix avec les Hollandais. Mais, seigneur, beaucoup d'hommes de nos cinq villages font partie de la pouri et mangent le riz du prince. Ceux-là sont tenus de combattre. Que doivent-ils faire ?

– Que chaque homme décide cela avec lui-même, répondit le pounggawa. Je ne retiens aucun de ceux qui voudraient combattre pour le prince. Moi-même je hisserai un drapeau blanc au-dessus de ma cour, et ceux qui craindraient les Hollandais pourront venir chez moi et y seront en sûreté. Quant à ceux qui voudront combattre, je ne peux rien pour eux : qu'ils se joignent aux guerriers du commandant Molog et qu'ils se mettent sous sa protection. Et maintenant je vous conseille de retourner dans vos champs. Si les Hollandais vous trouvent occupés à un travail paisible, ils ne vous feront aucun mal. »

Ayant ainsi parlé, le pounggawa rentra dans sa maison, sans attendre la décision des hommes. Ceux-ci hésitèrent encore quelque peu, debout sur la route, puis ils se dispersèrent et retournèrent lentement chez eux.

« Que feras-tu, Pak? demanda le pêcheur Sarda, au moment où ils approchaient de la sortie de Sanour, à l'endroit où leurs chemins allaient se séparer.

– Je ne sais pas encore. Il faut que j'interroge mon père, répondit Pak, que les nombreux discours entendus depuis la veille avaient troublé et fatigué.

– Ma famille a reçu trois savahs du prince, dit Sarda. Je ne puis sans doute faire autrement que d'aller chercher ma lance et d'aller chez Molog. »

Pak considéra le pêcheur avec surprise. Sarda était son ami et l'avait aidé à enlever sa seconde femme. Ils avaient souvent bu ensemble du vin de palme, et au gamelan ils étaient assis côte à côte, Sarda portant le gong à l'autre bout de la perche. Sarda voulait combattre et Pak ne voulait pas. Il posa la main sur l'épaule de son ami avant de le quitter. Il ne savait que dire.

De retour chez lui, il s'accroupit à côté de son père et mangea en silence le riz que lui servit sa seconde épouse. Les femmes tenaient leurs enfants contre leur sein, elles étaient impatientes de connaître les nouvelles que leur apportait Pak. Elles n'étaient cependant pas assez impolies pour le questionner. « Allez à la cuisine et ne m'assiégez pas comme des grenouilles qui coassent », dit-il néanmoins, avec impatience. Lorsque les femmes se furent retirées, les hommes de la famille restèrent réunis : Le père, Pak, l'oncle, Merou l'aveugle et le jeune Lantchar. Sur ses genoux Pak tenait son fils cadet. Lorsque Pak eut achevé son récit, tous restèrent silencieux et mastiquèrent. Enfin le vieillard prit la parole.

« Je ne comprends pas très bien ce que tu racontes, mon fils, dit-il. Le pounggawa a été nommé par notre rajah et il est un parent du prince. Comment peut-il vous conseiller de rester en paix, alors que le prince vous appelle au combat?

– Le pounggawa est notre ami et ne veut pas que les villages de la côte souffrent de la guerre. Nous devons le remercier de ne pas nous obliger à combattre, dit Pak, qui n'avait pas pensé à cette objection.

– J'ai entendu dire que le pounggawa était un ami des Hollandais et à leur solde, de même que Gousti Nyoman. Peut-être est-ce un traître comme l'autre. Qui vous dit que son conseil soit bon ? » demanda le vieillard, têtu.

Pak joignit les mains et répondit : « Le rajah a aveuglé mon frère, ton fils. Il m'a pris mon meilleur coq. Je ne veux pas combattre pour le rajah.

– Nous sommes tous les serviteurs du prince, répondit le vieillard. Mon père et moi et toi, nous l'avons tous servi. Les savahs qui produisent notre riz appartiennent au rajah. Nous appartenons au rajah. S'il envoie le kriss sacré pour nous appeler, il faut que nous le suivions. »

Lorsque le vieillard prononça ces mots il cracha sa chique au bétel et regarda devant lui. Les autres se turent, oppressés. Au fond de la cour les coqs chantaient. Les femmes, à la cuisine, étaient plus silencieuses que jamais. Le vieillard se leva et traversa la cour ; il disparut auprès de la grange au riz. Après quelques minutes, ils le virent reparaître ; il portait une lance à la main et son kriss dans sa ceinture. Il resta debout devant ses trois fils et les regarda l'un après l'autre. Merou l'aveugle leva son visage vers son père, car il avait senti ce regard sur sa tête.

Pak joignit les mains et demanda avec la politesse qu'il sied de témoigner à un supérieur : « Où mon père se propose-t-il d'aller ?

– Chez les guerriers du rajah, répondit le vieillard. Paix sur vous qui restez ! »

Ils s'accroupirent, les mains jointes, et le regardèrent sortir par la porte étroite de la cour. Pak se sentit aussi abandonné que lorsque, dans son enfance, il s'était attardé au pâturage avec les buffles jusqu'à la tombée de la nuit.

Il n'arriva rien de particulier, cette nuit-là, et le lendemain matin commença comme tous les autres matins. Par des cris de coqs, des bruits de balais dans la cour, par des aboiements de chiens et les craquements du feu que l'on allume. Il est vrai que les femmes n'allèrent pas chercher de l'eau à la rivière, car Pak leur avait ordonné de rester à la maison. Elles en puisèrent une provision dans l'étroit cours d'eau qui traversait le village. Quant aux coqs, on les plaça comme d'habitude sur l'herbe du talus, devant le portail. Après une heure d'inaction Pak commença de s'impatienter. Il avait envie de prendre ses buffles et d'aller dans la savah, qui devait être labourée pour la seconde fois. Il s'appuya contre le portail de sa cour pour s'enquérir de ce que faisaient les autres hommes. La rue était plus déserte que d'habitude, on ne voyait ni femmes ni enfants. Quelques hommes passèrent; Pak les interpella : « Allez-vous travailler dans la savah?

— Nous ne savons pas... » répondirent-ils, indécis.

Pak rentra dans sa cour, s'occupa dans sa grange, et frotta ses buffles avec des bouchons d'herbe, attention qu'ils accueillirent avec surprise. C'était une chance qu'un homme sage comme Krkek eût son mot à dire au village. Il délégua le coureur de la confrérie soubak et fit dire aux hommes d'aller travailler aux champs comme d'habitude. Pas de danger! Pak poussa ses buffles, respira, soulagé, recommanda la prudence aux femmes et sortit de sa cour. Il éprouvait un peu d'inquiétude en pensant à son père.

Il laboura sans beaucoup de conviction; les sillons qu'il traçait dans son champ étaient moins droits que d'habitude. Mais après quelque temps la terre et l'air de la savah le guérirent comme ils l'avaient toujours guéri, et ses soucis se dissipèrent, comme s'évanouit un petit nuage au-dessus des palmiers, vers le nord. Le tyorot lança son appel, tel un petit koulkoul de bambou. Lorsque le soleil fut haut, le grand koulkoul retentit au village. Pak se demanda s'il devait rentrer.

Tout était bouleversé. D'ordinaire chacun savait ce qu'il avait à faire : quand il fallait travailler, quand célébrer des fêtes, quelles offrandes présenter, quels usages observer. Mais depuis qu'on était menacé de la guerre contre les Hollandais tout était devenu incertain, et il fallait prendre des résolutions sur lesquelles Pak, dans sa simplicité, se sentait mal préparé à délibérer. Par exemple, il avait ordonné ce matin à Merou de ne pas sortir avec les canards. Mais il voyait à présent que les autres gardiens étaient sortis, que les canards fouillaient la vase d'un bec joyeux, et il commençait à se demander s'il avait eu raison. Ses canards étaient affamés, peut-être s'entre-tueraient-ils à l'écurie, à coups de bec. Mais comment un homme qui ne savait même pas quelle ligne de conduite adopter au sujet des canards, pouvait-il savoir ce qu'il faudrait faire si l'on en arrivait à combattre les Hollandais? « Lorsque le kriss sacré appelle, il faut partir », disait le père qui était sage. C'était la première fois que Pak agissait autrement que le vieillard. Sa gorge s'emplissait d'amertume, sa langue, son palais et sa bouche tout entière étaient amers. Je ne veux pas combattre, se disait-il. On m'a aveuglé mon frère et on m'a pris mon coq. Je ne veux pas combattre.

Il vit Lantchar accourir à travers les savahs, hors d'haleine et butant aux lisières. « Les Hollandais sont là, cria le jeune homme de loin. On a reçu des nouvelles. Ils ont quitté leurs grands bateaux et ils débarquent, sur des canots sans nombre : des milliers de soldats, armés de fusils et de canons. Que faut-il faire? »

Des hommes accouraient des autres savahs et d'autres messagers vinrent du village. « Ils ressemblent à des raksasas, avec de grandes barbes et des yeux immenses. Ils viennent avec des chevaux gigantesques, tels que personne n'en avait encore vus. Ils ne peuvent pas nous parler, mais ils nous menacent de leurs fusils. Les femmes pleurent d'anxiété dans les cours. »

Pak tira sa charrue du limon et fit avancer ses buffles. Il labourait la nouvelle savah et, heureusement, elle était située près du village. Lantchar l'aida à dételer les animaux. De tous côtés les hommes accouraient des champs. Quelque grande que fût sa hâte, Pak s'arrêta un instant devant le temple du riz. Il confia les deux buffles à Lantchar et entra. Il plia le genou devant l'autel principal et contempla ses assiettes. Il était certain que les dieux le protégeraient pour le remercier de son présent. Il aurait voulu prier, mais il ne connaissait les paroles d'aucune prière. Il ne pouvait que s'accroupir, les mains jointes devant le front, et présenter ses vœux aux dieux, du fond de son cœur. « Protégez ma maison, ô dieux, ma famille, mes enfants, mes champs... » Lorsqu'il sortit du temple, il n'avait plus peur.

Au moment où ils approchaient de l'entrée du village, les lanciers surgirent des taillis de bambous, près de la rivière. Ils étaient plus nombreux que la veille. Pak vit qu'un grand nombre d'hommes s'étaient joints aux guerriers du prince. Des hommes comme son propre père, qui étaient venus parce que le kriss sacré les avait appelés. Il chercha le vieillard parmi les fantassins qui formaient l'arrière-train du détachement. Mais la cohue était telle qu'il ne le vit pas. Ses buffles l'entraînaient vers l'étable et l'eau gicla dans ses yeux lorsqu'ils traversèrent le ruisseau. Les guerriers ne tardèrent pas à disparaître dans la direction de Sanour.

Le village parut à Pak aussi étranger que s'il n'avait pas eu sous ses yeux Taman Sari, comme s'il avait vécu l'aventure de cet homme qui, d'après un conte ancien, ouvrant les yeux, s'était subitement vu dans une île inconnue. Dans les rues, c'était une agitation et une fuite générale. Les gens se précipitaient en tous sens, ayant perdu la tête comme des poulets. Le koulkoul résonna, augmentant encore l'agitation. Des femmes pleuraient, des enfants criaient si fort que leurs clameurs couvraient presque l'étrange crépitement que l'on entendait dans la direction de Sanour. L'atmosphère était chargée de poussière. Au milieu de cette confusion, un cortège de femmes portant des corbeilles d'offrandes s'avança dans la direction du temple du village. Elles avaient raison, il fallait honorer les dieux. Un peu plus loin, Pak rencontra Ida Bagus Rai. Tenant un long bâton à la main, suivi de deux disciples, il s'avançait comme s'il avait ignoré la guerre et la peur. A son passage, des hommes s'agenouillaient rapidement et joignaient les mains.

Pak rassembla tout son courage et aborda le prêtre, quoique ce fût une grave impolitesse. Mais les circonstances étaient assez exceptionnelles pour la rendre pardonnable.

« Pédanda, dit-il, mon vieux père que le pédanda connaît bien, nous a quittés. Il est parti avec les guerriers du rajah. Que dois-je faire afin qu'il ne lui arrive pas malheur?

— Ton père est un fidèle serviteur, dit le pédanda

avec douceur. Les dieux le protégeront. Et tu as peur? »
Pak baissa les yeux. Le pédanda sourit. « S'il y a du
danger, amène ta famille dans ma cour, dit-il. Je l'accueillerai volontiers, j'ai été pendant de longues années l'ami
de ton père. Ils seront en sûreté chez moi, car ma cour est
sous la protection des dieux. »

Pak allait le remercier lorsqu'un formidable coup de
tonnerre retentit. La détonation avait été si violente que
Pak sentit l'air comprimer ses oreilles, comme si sa tête
allait éclater. Un cri aigu et prolongé des femmes et des
enfants, dans la rue et dans les maisons, suivit. Pak s'était
cramponné aux genoux du prêtre et avait enfoui sa tête
dans son kaïn, comme s'il était encore un enfant. « Cela
commence, dit le pédanda, encore souriant. Les canons
hollandais. » Il se dégagea avec douceur de l'étreinte
anxieuse de Pak et poursuivit son chemin.

Lorsque Pak arriva à la maison avec ses buffles la
nouvelle était déjà parvenue à Pougloug de façon inexplicable qu'un incendie avait éclaté à Sanour. « Les Hollandais ont incendié le village et ont massacré tous les
habitants. Il n'y en a pas un seul qui en ait réchappé »,
dit-elle, les lèvres tremblantes. Sarna entoura de ses bras
le cou de Pak, sans pudeur, comme s'ils avaient été
derrière des portes closes, dans l'intimité de leur maison.
Il se débarrassa d'elle. « A-t-on donné à manger aux
coqs? » demanda-t-il à Merou. L'aveugle répondit négati-
vement. Pak alla chercher ses coqs et leur donna à
manger. Chose curieuse, ses femmes se calmèrent quelque peu à le voir faire.

Il y avait au jardin un palmier particulièrement haut
que Pak escalada pour voir l'incendie de Sanour. Mais
Sanour ne brûlait nullement. On ne distinguait qu'une
légère fumée à l'ange nord-est du grand village, là où se
trouvait le temple du corail. Et tous les habitants de
Sanour n'étaient assurément pas morts, car les premiers
fuyards commençaient d'arriver, avec leurs enfants, leurs
buffles, leurs paniers, leurs coqs, et ils racontèrent ce qui
s'était passé.

Les guerriers du rajah s'étaient cachés derrière les
palmiers, sur la côte, afin de surprendre les soldats
étrangers lorsqu'ils débarqueraient. C'était une entreprise

d'une folle audace, car il y avait peut-être une centaine de Balinais contre mille soldats. Mais leur sang de guerrier bouillonnait et leur ardeur était indomptable. De plus, Molog en personne les commandait.

Les soldats étrangers firent feu des embarcations et leurs fusils étaient si rapides que chaque coup paraissait faucher plusieurs hommes. Les soldats de Molog tirèrent eux aussi, mais ils manquèrent leurs buts et voulurent attaquer le détachement qui débarquait, avec leurs lances et leurs kriss. Le sable de la plage gicla sous les balles des Hollandais et les guerriers restèrent à l'abri des palmiers. L'aspect des soldats étrangers avec leurs chevaux énormes inspira l'épouvante lorsqu'ils débarquèrent des chaloupes. Trois hommes s'avancèrent alors sur la plage, à la rencontre des guerriers; ils portaient un drapeau blanc. L'un de ces hommes était le Gousti Nyoman, de Bouleleng, qui tenait à la main son kriss dégainé. Les deux autres étaient les deux grands seigneurs blancs que le prince avait toujours traités en amis. Dewa Gde Molog les reconnut. Le Gousti Nyoman éleva la voix et cria aux guerriers de déposer leurs armes; en ce cas, dit-il, il ne serait fait aucun mal au village. Molog répondit par un grand cri, ses soldats s'élancèrent en hurlant, surgissant des taillis, le kriss à la main. Mais ils s'écroulèrent comme si Dourga la déesse de la mort les avait frappés. Cependant deux Hollandais furent blessés et tombèrent à leur tour. On les releva et on les ramena vers la chaloupe. Les autres guerriers battirent en retraite. C'est alors qu'éclata le grand tonnerre et que le plus grand des vaisseaux qui étaient à l'ancre s'enveloppa tout à coup d'un épais nuage. Et les obus atteignirent et détruisirent le temple du corail. Les autels et les trônes des dieux s'effondrèrent, et le feu prit de telle sorte que la nouvelle tour à onze étages et jusqu'aux racines du varinga qui émergeaient de terre furent consumées.

Les gens de Taman Sari écoutèrent ce récit avec angoisse et épouvante, mais avec plus de curiosité encore. Ils se glissaient hors de leurs maisons et entouraient les fuyards dans la rue, leur posant mille questions. Lorsqu'ils entendirent parler de la destruction du temple, ils se refusèrent d'abord à y croire. « Bèh! s'écrièrent-ils. Comment pourrait-on détruire un temple? Les dieux ne le permettraient pas. Bèh! Bèh!»

Les réfugiés étaient pour la plupart apparentés aux familles de Taman Sari. Les parents, frères et sœurs de Dasni étaient venus, eux aussi, avec une vache épuisée qu'ils traînaient au bout d'une corde. Soudain, dans leur dos, quelqu'un éclata de rire et tous se retournèrent. C'était Rib le farceur. Les gens le considérèrent avec surprise. « Et dire que pendant des années ils ont présenté des offrandes et célébré des fêtes dans le temple du corail et qu'il apparaît maintenant qu'il n'était pas du tout sacré », s'écria-t-il, riant aux larmes. Ils le regardèrent, ébahis, puis le rire peu à peu se communiqua. Ils comprenaient ce que Rib voulait dire. Il avait raison. Il n'y avait pas de dieux dans le temple du corail, sinon les obus n'auraient pu le détruire. « Si ç'avait été un lieu saint, le bombardement n'aurait servi de rien! » Malgré leur émotion et leur anxiété l'hilarité se répandait à cette pensée.

« Il n'y a jamais eu de dieux dans le temple du corail, et imbéciles que nous étions nous n'avons cessé d'y déposer des offrandes », s'écriaient-ils. Plus ils se convainquaient que, de toute évidence, ils avaient adoré un temple où aucun dieu n'avait jamais séjourné, plus la chose leur semblait comique. Et c'est avec de grands rires et des exclamations amusées qu'ils finirent par conduire les réfugiés dans leurs cours.

« Mais contre notre temple du riz les canons ne pourront rien, dit Pak lorsqu'ils furent rentrés chez eux. Celui-là est sacré et les dieux y viennent tous les jours. »

A la tombée de la nuit, les premiers soldats hollandais arrivèrent à Taman Sari. En tête marchait un homme qui portait une quantité de galons d'or sur ses vêtements, un chef comme Molog. Son cheval était encore plus grand et plus effrayant qu'ils ne l'avaient imaginé d'après les récits entendus. Il était deux fois plus grand et plus haut que les chevaux qu'ils possédaient eux-mêmes. Les soldats hollandais, eux aussi, semblaient avoir deux fois plus de force et de courage que les hommes de Bali. Ils déchargèrent quelques fusils, pour s'amuser, semblait-il, car personne ne fut tué, et le claquement du coup était joyeux comme l'éclatement d'un feu d'artifice chinois, les jours où l'on se faisait limer les dents, ou à l'occasion d'une crémation.

Les gens de Taman Sari ne purent résister à la tentation de guetter derrière leurs murs et de dévorer des yeux ces étranges soldats. Mais lorsqu'ils entendirent des clameurs vers l'entrée nord du village, que les lanciers traversèrent la rue au galop et que la nuit commença de tomber sans que les coups de feu eussent cessé, la peur les reprit.

Pak était assis sur les marches de sa balé principale et méditait. Son père n'était plus là pour le conseiller. Il songeait avec tristesse au vieillard et il sentait en même temps que lui-même était trop ignorant pour remplir son rôle de chef de famille en des circonstances aussi troubles. Je suis propre à travailler dans la savah comme un buffle, mais ma tête est creuse et je ne sais que faire. Devons-nous rester derrière nos murs? Ou bien faut-il s'enfuir? La responsabilité de la sécurité des parents de Dasni, de ses frères et sœurs et de la vache lui pesait comme un fardeau supplémentaire.

Pougloug sortit de la cuisine, lui apportant son riz et un œuf de cane cuit dur; elle resta assise auprès de lui tandis qu'il mangeait.

« Le pounggawa a pris tous les fusils qui étaient cachés dans sa grange et les a déposés devant le chef des soldats étrangers, dit-elle. Il y avait vingt fusils. Il a hissé un drapeau blanc à la pointe d'une haute perche et a suspendu un second drapeau devant sa porte, auprès des cages d'oiseaux, de façon que les ennemis sur les grands bateaux puissent le voir et ne tirent pas sur sa maison. Le pounggawa est un ami des Hollandais, et nous serions en sûreté dans sa maison. Des centaines de gens se sont déjà réfugiés là-bas. »

Pak rejeta sa feuille vide. « Femme, où as-tu appris tout cela? demanda-t-il, troublé. As-tu un oiseau à ton service qui te raconte tout ce qu'il a vu? »

Pougloug se leva, offensée, et sortit. Cependant, elle revint encore une fois. « Tu as des enfants, des fils et des filles. Je pensais que tu serais heureux de savoir où l'on est en sûreté. » Ayant dit ceci, elle s'en retourna à la cuisine. Pak continuait à ruminer.

Peut-être en effet serions-nous en sûreté dans la maison du pounggawa de Sanour, songea-t-il. Mais comment y arriver? Il fait déjà nuit et la route est longue. Peut-être les savahs sont-elles pleines de soldats ou de mauvais esprits qui guettent les âmes des morts. Que ferait le vieillard? se demanda-t-il, l'esprit tendu. Il n'irait pas chez le pounggawa, car il l'a qualifié de traître. Tout à coup, il sut la réponse et son visage redevint lisse. Il alla chez les femmes et ordonna aux fillettes d'appeler toute la famille.

« Apprêtez-vous, dit-il, lorsqu'ils furent tous réunis. Nous allons dans la cour du pédanda Ida Bagus Rai. Il nous a offert de nous abriter dans sa maison, parce que mon père est son ami. Hâtez-vous, afin que nous y arrivions avant la nuit.

– Faut-il emporter du riz? Y demeurerons-nous long-temps? Emmène-t-on les buffles? Les canards? Les coqs? » demandèrent les femmes, parlant toutes à la fois. Pak se boucha les oreilles. « Prenez les enfants et laissez les animaux ici, dit-il. Je reviendrai demain matin pour leur donner à manger.

– Lantchar pourrait emporter des noix de coco et des papayes, afin que nous n'arrivions pas les mains vides », dit Sarna, avec coquetterie. Pak lui sourit pour la remercier de cette bonne idée. Rantoung avait enlacé la jeune Madé et tenait la petite Klepon par la main. La tante portait le jeune Siang et Pougloug ainsi que Sarna avaient chacune leur nourrisson sur la hanche.

Lorsque tout fut prêt pour le départ, les premières chauves-souris volaient déjà. Ils hésitèrent au portail, car à l'instant même où ils s'apprêtaient à sortir, ils entendirent un piétinement de bottes de soldats sur la route et les Hollandais s'avancèrent dans un nuage de poussière. « Par le jardin, en longeant le ruisseau », dit Pak. Ils rebroussèrent chemin à travers la cour, en passant à côté de l'autel devant lequel la tante avait déposé des offrandes, à travers la pénombre de la palmeraie et la haie de bambous qui bordait le ruisseau.

Il apparut alors que les parents de Dasni traînaient

malgré tout leur vache derrière eux. Elle pataugea dans le ruisseau et beugla, car cette eau lui était inconnue. Dasni conduisait Merou l'aveugle, et Lantchar prit les trois petites filles sous ses mains étendues lorsqu'ils atteignirent le taillis de bambous. Il y faisait déjà sombre. Pak marcha en avant sur le terrain glissant et humide. Des vers luisants étaient pendus aux branches et le petit Siang étendit les mains vers eux. Ils atteignirent l'extrémité de la plantation de bambous et virent les savahs plus claires, par delà la voûte formée par les branches de bambou. Ils se hâtaient pour s'échapper de ces ténèbres inquiétantes. Soudain Pak fit halte. Tous s'arrêtèrent. Seule la vache continuait à patauger dans l'eau.

Des épis de la savah surgirent brusquement des têtes, des épaules, des hommes; des soldats en uniforme bleu. Ils étaient si loin qu'ils paraissaient petits. Ils mirent leurs fusils en joue. Les femmes poussèrent des cris. Pak les repoussa en arrière, à l'abri des bambous. Les balles sifflèrent. La vache, cette fois, s'arrêta. Pak sentit avec étonnement que ses genoux tremblaient. Il retint son souffle et resta debout, dans l'obscurité, ayant les siens derrière lui. De l'endroit où il était, il ne pouvait voir les soldats, mais il les entendait approcher. Leurs pieds faisaient un grand vacarme; ils piétinaient la rizière et une odeur de cuir et de sueur étrangère émanait d'eux. Un chef monté sur un cheval blanc parut sous la voûte, à l'entrée du taillis. Ils le voyaient, mais lui ne pouvait les distinguer, parce qu'ils étaient couchés dans l'obscurité et ne bougeaient pas. Le chef fit tourner son cheval, cria un ordre dans la direction de ses soldats et ils coururent à sa suite, à travers le ruisseau et la haie, puis disparurent dans les palmeraies du village.

Pak attendit encore quelque temps avant de bouger. Lorsque les derniers bruits se furent éteints, il avança en rampant. Il semblait maintenant que l'on fût en sûreté. Il fit signe aux siens de le suivre. La vache se remit à patauger dans le ruisseau. Pak attendit à la lisière de la savah piétinée qu'ils fussent tous réunis. Ses filles manquaient encore à l'appel. Ils attendirent, mais les enfants ne venaient pas. « Rantoung, Madé, Klepon! » appela Pak. Un léger sanglot lui répondit dans les buissons.

« Vous avez eu peur », dit Pak et il sourit, quoique ses lèvres tremblassent. Il remonta sur un bout de chemin le long du ruisseau, pour aller les chercher. Il ne les vit pas, mais se dirigea vers l'endroit d'où venaient les pleurs de Madé. « Tais-toi, murmura-t-il dans l'obscurité. Sinon, les soldats reviendront. » L'enfant pleura encore plus fort. Il entendit le bruit d'une respiration derrière lui; c'était Pougloug qui l'avait suivi pour chercher ses filles. « Tais-toi », chuchota-t-elle à son tour. Elle tendit le bras entre les branches de bambou et tira Madé à elle. Pak cherchait à tâtons les autres enfants. Ils étaient étendus par terre. Sa main rencontra le pan d'un kaïn qui avait trempé dans le ruisseau. « Qu'y a-t-il? » murmura Pougloug. « Je ne sais pas », répondit Pak.

Mais il savait déjà. Ses yeux s'étaient habitués à la pénombre du sous-bois. Il voyait ses petites filles. Elles étaient allongées par terre. Elles ne bougeaient plus et ne répondaient pas. La petite tête de Rantoung était dans l'eau, elle tenait la petite Klepon serrée contre elle.

Pak se pencha et releva les deux enfants. Il les porta au jour et les déposa sur la paille de sa savah piétinée. Les deux fillettes étaient mortes.

Le lieutenant Dekker était absolument certain d'avoir vu briller des lances entre les palmiers avant d'avoir commandé « Feu ». Mais lorsqu'il pénétra avec ses soldats dans la palmeraie, il n'y trouva pas trace d'ennemis. Il fit fouiller le terrain de fond en comble, car on l'avait envoyé en patrouille avec son détachement de vingt hommes pour dépister dans la région d'éventuelles embuscades d'indigènes. Pas d'ennemi. Pas de lances. Il descendit de cheval et laissa sa monture brouter l'herbe rase qui poussait sous les palmiers. Cette pénombre était agréable. Il ferma ses yeux fatigués par la poussière et le soleil. A ce moment il revit des lances. Il vit la côte, telle qu'il l'avait découverte en débarquant : avec le scintillement des lances cachées derrière les palmiers et ces indigènes à demi nus qui s'étaient élancés comme des fous, tenant leurs poignards ondulés, contre les soldats. « Dangereux et rusés », avait-il lu dans son manuel. Le pays était comme fait pour les embuscades. Ces hommes bruns pouvaient se cacher dans les rizières et dans les taillis de ces plantations que le lieutenant avait tout d'abord prises pour de la jungle, ils pouvaient se cacher derrière chaque arbre et dans chacune de leurs étranges cabanes. Il y avait partout des murs, comme si les villages avaient été bâtis tout exprès en vue de la guerre. On ne voyait pas les gens, on ne les entendait pas, mais ils étaient partout à la fois, Dekker le sentait. Ses hommes, qui avaient essaimé à travers la palmeraie sous le commandement du sergent, revinrent. « Mon lieutenant, pas un chat », annonça le sergent en rectifiant sa position. C'était un vieux colonial fort expérimenté, à barbiche blonde, traversée de fils blancs comme celle d'un bouc. Dekker eut vaguement l'impression qu'on ne prenait pas tout à fait au sérieux son prestige de sous-lieutenant. Il avait éprouvé un sentiment très exaltant de lui-même et de la guerre lorsqu'il était parti sur son cheval blanc, à la tête de ses hommes. Mais dès les premières heures de la campagne les choses avaient pris un aspect différent. A deux reprises il avait perdu l'orientation, que chaque forçat ou travailleur javanais était capable de retrouver pour peu qu'il regardât le soleil. Un cheval dans les rizières, c'était une absurdité, il le savait à présent. Sa monture enfonçait dans la vase, butait contre les talus, tombait, faisait des écarts devant les serpents, tant et si bien que Dekker, pestant et jurant, sentait la sueur couler à flots sous la vareuse de son uniforme. Jamais plus à cheval, se promit-il.

Il avait grand'soif. Pour la troisième fois, il étendit la main vers son bidon, quoiqu'il le sût vide. Le long de la plantation coulait un ruisseau dont le bruissement ne faisait qu'exaspérer la soif.

« Défense de boire », cria-t-il d'une voix tranchante, lorsqu'il vit quelques-uns de ses soldats s'approcher du cours d'eau. « Il est expressément recommandé aux officiers de ne pas laisser leurs hommes boire l'eau des rivières du Bali. Cette eau contient le plus souvent des microbes et la contagion d'épidémies est un des risques les plus sérieux de l'expédition. Chaque détachement sera approvisionné en eau potable en quantité suffisante », disaient les instructions de service.

« Nous avons trois hommes qui ont les pieds malades, mon lieutenant, dit le sergent. Ils voudraient se rafraîchir un peu. »

Dekker regarda avec une pointe d'envie les soldats se déchausser et tremper leurs pieds nus dans le ruisseau. Lui-même, en sa qualité d'officier, ne pouvait en faire autant. Il ne pouvait pas demander au sergent un peu du contenu de son bidon, quoiqu'il eût remarqué que les hommes se rendaient de tels services, en camarades. Il se retourna brusquement, car il lui avait semblé que des yeux l'épiaient derrière un tronc d'arbre. Rien! Pas d'yeux, pas de lances, pas d'ennemi. Le lieutenant Dekker s'était toujours figuré qu'à la guerre on affrontait l'ennemi face à face, qu'il n'y aurait qu'à l'attaquer et à le battre. Ici l'ennemi était invisible et dans votre dos. C'était plutôt inconfortable.

Au loin retentirent les sonneries de trompettes qui annonçaient le rapport du soir. Le lieutenant Dekker se détendit. C'était comme à la caserne, on se sentait chez soi. Les hommes se rechaussèrent. Dekker alluma une cigarette à laquelle son palais desséché ne trouva aucun goût. Il la jeta et humecta ses lèvres du bout de la langue. « Nous allons rentrer, sergent », dit-il. A ces mots, prononcés d'un ton plus jovial, le sergent s'approcha du sous-lieutenant. « Nous aurions dû amener quelques Amboynais, dit-il en levant les yeux vers les palmiers.

— Pourquoi? demanda Dekker. L'ordre avait été donné de n'employer que des troupes blanches pour les missions dangereuses. Il s'était senti très fier lorsque son capitaine lui avait donné des Hollandais pour sa patrouille.

— Mon lieutenant a soif, dit le sergent. Si nous avions quelques troupiers indigènes, ces gars-là vous grimperaient là-haut en un clin d'œil et décrocheraient quelques *klapas* pour mon lieutenant.

— Décrocheraient quoi? demanda Dekker.

— Des *klapas* : des noix de coco, mon lieutenant », expliqua le sergent.

Dekker avait dans sa poche, outre l'instruction de service sur les expéditions à Bali, un petit vocabulaire malais. Mais il ne s'était pas encore familiarisé avec la langue, car ce que l'on apprenait en Hollande et qui passait pour une préparation au service colonial, était assez différent du langage que parlaient les soldats. A tout bout de champ, il se heurtait à ces bribes malaises que tout le monde mêlait ici au hollandais.

« Allons, en route », dit le lieutenant. Le sergent répéta le commandement à voix haute, Dekker remonta sur son cheval et le fit marcher à côté du sergent. En réalité c'était lui qui aurait dû diriger la patrouille, mais le sergent s'orientait mieux que lui. Dekker tira son instruction de sa poche et jeta un coup d'œil sur la carte sommaire du pays qui y figurait, mais il la replia aussitôt. Ils débouchèrent dans une rue de village. Tous les villages se ressemblaient dans ce sacré pays, avec leurs éternels murs, leurs tours, leurs temples baroques, les épaisses et hautes couronnes d'arbres qui se rejoignaient par-dessus les rues. « Patrouille, halte », dit le sergent. « Qu'y a-t-il? » demanda le sous-lieutenant, surpris. « Service, mon lieutenant... Réquisition », dit le sergent. Il laissa le lieutenant et ses hommes debout au milieu de la rue et poussa une porte d'un coup de botte. Dekker se prépara à donner l'ordre de tirer si c'était nécessaire.

Il n'arriva rien. Le sergent revint, portant trois noix de coco ouvertes. Il en tendit une au sous-lieutenant et fit circuler les autres de bouche en bouche, parmi les hommes. Dekker n'avait jamais rien bu d'aussi délicieux que ce liquide frais et dilué qui coulait dans sa gorge sèche et poussiéreuse. Il but le contenu de la noix jusqu'à la dernière goutte. Le sergent l'observait d'un air satisfait.

« Patrouille, marche, dit le sergent. J'ai payé trois kepengs, mon lieutenant. »

Lorsqu'ils atteignirent le bivouac, à Sanour, les hommes allaient déjà à la soupe. Les ouvriers indigènes avaient fait de bonne besogne en ces quelques heures. Ils avaient dressé des tentes et des lits de camp. Partout brûlaient ces sortes de lampes que l'on appelle aux colonies des « lampes de compagnie ». Le général, avec son état-major, avait même été logé dans une maison véritable, non pas sans doute dans une maison hollandaise, mais malgré tout dans une sorte de bâtisse qui possédait des murs et des portes. L'odeur de la soupe, qui montait des grandes marmites, excitait l'appétit; leurs gamelles à la main, les hommes attendaient leur tour, en longue file, les figures éclairées par de larges sourires.

Le lieutenant Dekker fit son rapport au capitaine, salua quelques-uns de ses camarades, puis regagna sa tente. Il était plus fatigué qu'il ne l'avait cru lui-même. Ce n'est qu'à la vue de cet appareil sommaire qui se nomme lit de camp qu'il sentit ses membres devenir lourds et ses yeux le brûler. Son ordonnance, un Javanais, fumait, assis devant la tente.

« *Minta makan* », dit Dekker, tout fier d'être capable de commander son repas en malais. L'ordonnance s'en fut en courant. Il faisait bon sous la tente. La lampe brûlait. Il commençait même à faire frais. Le pasteur était allongé sur son lit; il lisait, tout habillé, mais avait déboutonné sa vareuse. « Alors, camarade, nous avons eu des aventures? » questionna-t-il, en repoussant ses lunettes sur son front.

Le sous-lieutenant Dekker était quelque peu irrité à la pensée qu'il lui faudrait supporter durant toute la campagne le voisinage du pasteur. Il en avait même touché un mot au premier lieutenant. Schimmelpennink était aimable, gai et bon camarade, mais on avait toujours l'impression qu'il voulait vous faire sentir : voyez-vous, même un pasteur est capable de se montrer gai et bon camarade. De plus, il souffrait d'une santé délicate. En débarquant il avait été pris d'un mal de mer épouvantable, qu'il avait d'ailleurs supporté en héros. Il ne semblait pas sentir la chaleur dont le lieutenant souffrait beaucoup. Au contraire, il avait souvent froid et s'en plaignait amèrement. Cette fois encore il avait lieu de se plaindre.

« Mon *jongos* n'est pas encore arrivé, avec les *barang-barang,* dit-il. Je n'ai pas d'autre ressource que de coucher en uniforme. C'est vraiment désagréable. »

Dekker se déchaussa et s'étira.

« *C'est la guerre*, dit-il en français.

— Comment dites-vous? Ah! oui, parfaitement », répondit le pasteur.

L'ordonnance apporta le repas. De la viande garnie de pommes de terre et d'une épaisse sauce aux oignons.

Dekker avait très faim. « *Minta minum* », dit-il, car il n'avait pas moins soif.

– Voilà justement le hic, dit Schimmelpennink gaiement. Il semble que l'approvisionnement en eau n'ait pas été assuré. Il était prévu que les bateaux nous fourniraient de l'eau en quantité suffisante. Mais il n'en est pas arrivé une seule goutte dans tout le camp.

– Nous devrions envoyer quelques Amboynais sur les cocotiers pour décrocher des *klapas,* dit Dekker, faisant état de ses connaissances récentes. Il avait envie d'une boisson fraîche.

– Des hommes de troupe m'ont donné à boire de leurs propres bidons, dit le pasteur. Ce sont de braves garçons... Il règne vraiment un excellent esprit de camaraderie et ils apprécient les moindres plaisanteries... »

Le sous-lieutenant défit sa vareuse et déboucla son revolver. « Où peut-on se laver ici? demanda-t-il. Il était mortellement fatigué.

– Se laver? Ça n'existe pas à la guerre, répondit Schimmelpennink, gaiement.

– Je pourrais peut-être aller jusqu'à la plage et faire un plongeon. » On entendait le bruit régulier et proche du ressac.

Le pasteur replaça ses lunettes sur son nez et reprit son livre. Le sous-lieutenant vit que c'était un bréviaire.

« Impossible, dit Schimmelpennink. Requins, baracudas, poissons à aiguillons, très dangereux. »

L'ordonnance revint et posa devant son lieutenant un quart plein de café. Dekker le but avidement. Le pasteur le regardait.

« C'était bon? demanda-t-il avec une pointe d'envie.

– C'était au moins liquide », répondit le lieutenant. Il s'allongea sur son lit et ferma les yeux. Des lances. Jungles, palmiers, hommes bruns et nus, poignards, lances, embuscades, eau, lances.

Le pasteur se remit encore sur son séant. « Moi aussi j'ai mes déconvenues, dit-il. Demain c'est dimanche. J'ai voulu prêcher aux hommes la parole de Dieu. Impossible. Je suis allé insister auprès du général. Refus. On repart demain matin. Je voudrais vraiment savoir pourquoi on m'a amené.

– Pour les morts, dit le lieutenant qui s'endormait. Pour réconforter les blessés.

– Comment ça : réconforter? dit le pasteur Schimmelpennink. Nous avons eu aujourd'hui deux blessés légers. L'un était musulman. L'autre m'a fait demander. Savez-vous ce qu'il voulait de moi? Que je lui procure de l'eau-de-vie, du genièvre!» Il s'étendit et replia ses lunettes. «Puis-je éteindre, à présent? demanda-t-il.

– Avec plaisir, répondit le lieutenant, qui dormait déjà.

– Il paraît qu'il y a aussi des cas de malaria», dit Schimmelpennink, soucieux.

Il faut que j'écrive à Brigitte, rêvait le lieutenant. «Lorsque nous nous sommes approchés de la côte, les sauvages tout nus se sont élancés sur nous avec leurs lances... », ainsi commencerait la lettre...

La pouri de Badoung brûlait en plusieurs points. Les Hollandais avaient semé des obus sur la ville et les environs, et plusieurs parties de la pouri étaient entièrement détruites. Seule l'aile nord-est, avec ses temples et ses cours annexes, était intacte. Dans les cours sud aussi, quelques balés étaient restées sauves, et c'était là que se pressaient les femmes et leurs servantes. Nombre d'esclaves et de serviteurs avaient pris la fuite. Mais en même temps il ne cessait d'affluer d'autres hommes, réfugiés des villages environnants, ou familles qui se sentaient attachées au prince. Pendant deux jours on avait entendu beaucoup de cris et de pleurs, mais à présent le silence s'était rétabli.

Les hommes de Badoung avaient derrière eux quatre journées de combat, d'un combat pour eux sans précédent. Les fusils des Hollandais tiraient vite et portaient loin. Il ne fallait pour les décharger guère de courage comme il en fallait pour attaquer l'adversaire au kriss et à la lance. On s'aperçut en outre que les Hollandais avaient, comme ennemis, des coutumes très fâcheuses. Dans les guerres entre les divers royaumes balinais on observait toujours certaines politesses. On combattait le matin de bonne heure, puis on faisait la pause lorsque le soleil était au zénith, pour manger et se reposer pendant les heures chaudes. Mais les Hollandais, lorsqu'ils avaient commencé à tirer ou à marcher, n'accordaient aucun répit. Ils avaient d'ailleurs une façon sournoise de combattre. Ils ne venaient jamais du côté où on les attendait, mais imposaient à leurs soldats de longs et pénibles détours pour surprendre les guerriers de Molog dans une direction toujours imprévue. Ils abattaient des cocotiers qui avaient mis des années à pousser, avant même qu'ils eussent donné leurs fruits, et s'en servaient pour jeter des ponts sur les rivières, au lieu de les traverser à gué. Ils foulaient les savahs avec leurs lourdes bottes et avec les sabots de leurs chevaux, au lieu de suivre les routes, et ils démolissaient les murs sans raison. Leur force et leur absence de scrupules les rendaient invincibles.

Dans la pouri de Badoung, tous savaient que le combat était terminé. Des messagers annoncèrent que les soldats étrangers avaient bombardé la pouri de Kesiman et y avaient installé leur campement pour la nuit. Il n'y avait plus aucun obstacle entre Kesiman et Badoung.

Parce que le bâtiment principal du rajah, dans la première cour, avait été réduit en ruines, et que la fumée et l'odeur de brûlé y étaient presque insupportables, le prince s'était installé dans une balé voisine du temple domestique. Il était revenu tard dans l'après-midi de Kajoumas, où il avait séjourné auprès de ses guerriers, pour leur inspirer un nouveau courage. A son retour, couvert de boue et de sueur – il avait dû éviter les routes avec son escorte et passer à travers les savahs pour ne pas tomber aux mains de l'ennemi – il s'était baigné dans le fleuve comme un paysan. Lorsqu'il fut rentré, il se rendit chez ses femmes pour les rassurer. Puis il s'assit sur la balé ouverte et ordonna au jeune Oka de lui préparer sa pipe d'opium. Alit semblait épuisé, mais il souriait de ses lèvres pâles, tout en fumant. Un léger bruissement traversa l'air. Il leva ses yeux troubles et rougis par la fumée. Les colombes volaient au-dessus de lui; le soleil éclairait leur plumage et y projetait des reflets argentés. Les grelots à leurs pattes tintinnabulaient. Elles volaient, blanches sur un ciel gris et enfumé. Le prince les regarda s'éloigner. Elles ne reviendraient plus, comme autrefois, pour se poser sur les toits. Elles quittaient ce lieu maudit, pour s'élever très haut et disparaître dans le ciel.

Un cortège de femmes parut dans le portail de la cour; elles portaient des corbeilles d'offrandes sur leurs têtes et en avant d'elles marchait Biyang, la mère centenaire. Le prince Alit se leva et alla à la rencontre de la vieille femme, pour l'accueillir, les mains jointes, et la saluer. Il vit qu'elle était vêtue comme pour une fête. La peau de ses épaules et de ses bras nus était parfumée d'huiles précieuses; l'on eût dit une feuille fanée.

« Es-tu fatigué, mon enfant? demanda Biyang, posant sa main sur les genoux d'Alit, après qu'elle l'eut accompagné jusqu'à sa balé. Les femmes s'étaient accroupies dans la cour.

— Non, mère, répondit-il.

— Ton oncle et père, le tyokorda de Pametyoutan, est gravement malade et souffre de terribles douleurs. Il n'a pu venir lui-même et m'a déléguée auprès de toi, dit la centenaire, avec un sourire affectueux. Alit la considéra avec attention.

— Qu'as-tu décidé, mon enfant? demanda-t-elle.

— La Fin, répondit le prince. Il y eut un silence. On entendait encore les crépitements de l'incendie dans les autres cours.

— Je suis riche, dit Biyang après une pause, retirant sa main du genou de son petit-neveu. Je te donnerai volontiers tout l'argent que te réclament les Hollandais. Tu peux l'envoyer ce soir même à leur chef, à Kesiman. Ils s'en retourneront alors sur leurs bateaux et Badoung sera sauvé. Qu'en dis-tu? »

Alit regarda en souriant la petite figure recroquevillée de la vieille femme. « Non, mère, dit-il. Ce serait manquer à l'honneur.

— Je n'entends rien à cela, dit Biyang, d'une voix chantante. Je ne suis qu'une vieille sotte, et je ne sais pas grand-chose. Mais le désespoir règne dans les pouris. Même les vaches beuglent sur leurs veaux qui ont été tués. Il n'est pas bon que tant de malheurs arrivent si l'argent permet d'y remédier.

— L'argent ne peut rien », dit le prince.

Biyang se tut. « Je rapporterai ta décision à mon fils. Si c'est la Fin, nous mourrons avec toi », dit-elle encore. Sous sa peau de vieille femme, elle avait un visage de jeune fille, au sourire doux, presque joyeux.

Elle eut un geste vers la cour. « Mes femmes t'ont apporté des fruits et des offrandes pour tes autels. Elles te demandent la permission de rester dans ta pouri jusqu'à demain, car leurs balés se sont effondrées.

– Elles sont les bienvenues, dit le prince. Il eut une hésitation, puis il ajouta : Dis-leur de se faire des vêtements blancs comme si elles étaient des hommes. »

Biyang inclina la tête, car ne portaient de vêtements blancs que ceux qui étaient destinés à la mort sacrée. « Je le leur dirai », murmura-t-elle. Elle se leva, repoussant l'aide d'Alit. Elle le regarda d'un air presque moqueur. « Pour ma part, il est temps que j'aille bientôt au ciel, dit-elle. Mais toi, mon enfant, tu aurais encore pu rester quelque temps, car tu es jeune, et le monde est beau pour les vivants.

– Mon âme est vieille et a soif de repos, répondit Alit, gravement.

Biyang lui dit d'un ton léger et poli :

– Puis-je à présent conduire mes femmes auprès des tiennes, car il ne leur reste guère de temps pour apprêter leurs vêtements ?

– Paix à ta route, dit le prince.

– Paix à tes actes », dit la vieille femme. Il la regarda s'éloigner, appuyée sur sa canne, suivie de ses femmes. « Dis à la vieille Ranis qu'elle m'envoie Lambon », ordonna-t-il au jeune Oka.

Il ne tomba plus d'obus, ce soir-là, dans la pouri, et le feu s'éteignit en plusieurs endroits après avoir dévoré tout le bois et le chaume. Lorsque Lambon arriva, le prince la prit entre ses genoux, comme si elle était une enfant, et non une femme. Elle resta assise auprès de lui, tranquille et silencieuse, se sentant à l'abri. De temps à autre, elle sanglotait malgré elle, car elle avait eu très peur et elle avait beaucoup pleuré. Alit posa ses mains sur les cheveux de la jeune femme et les caressa. Ils étaient chauds et lisses. Il ne prononça pas une parole. Il resta assis et caressa les cheveux de Lambon. Il ne s'en rendait même pas compte, tout absorbé qu'il était par ses pensées. A côté de lui, à ses pieds, le jeune Oka s'était endormi.

Lambon, à son tour, finit par s'endormir et sa tête retomba sur les genoux du prince. Longtemps il demeura ainsi. Puis il éveilla les deux jeunes êtres, prudemment, afin que leurs âmes eussent le temps de revenir. Tous deux le regardèrent, étonnés, et sourirent.

« Lambon, dit le prince. Je veux que tu ailles à présent chez les femmes et que tu leur portes ce message : Demain matin aura lieu la dernière attaque ; il y aura un grand combat et ce sera la Fin. Toutes celles qui veulent quitter ma pouri, femmes, servantes et esclaves, sont libres de s'en aller. Que celles qui voudront partager la Fin avec moi, se taillent des vêtements blancs et des vestes, comme si elles étaient des hommes, car elles seront admises à mourir avec les hommes et à aller au ciel. Dis-le-leur.

– Oui, Seigneur, chuchota Lambon, la tête baissée.

– Je ne te reverrai plus, Lambon », dit Alit, la regardant. Elle était restée petite et gracieuse, presque semblable à une enfant. « Tu as été chère à mon cœur, petite sœur. Je te souhaite du bonheur si tu veux retourner dans la maison de ton père. »

Lambon eut un toussotement. « Je veux rester auprès de mon maître », dit-elle d'une voix blanche. Alit se détourna d'elle. Lambon hésita un instant, puis elle joignit les mains, s'inclina et sortit. « Et toi, Oka ? » demanda le prince. « Moi aussi, je resterai, dit le jeune garçon. Me donnera-t-on un kriss ?

– Oui, tu auras un kriss. Tu pourras en choisir un parmi les miens », répondit Alit, souriant.

Le visage d'Oka rayonna de fierté et de joie, ses jambes se tendirent comme les pattes d'un coq de combat. « Attends-moi ici, car j'aurai besoin de toi », dit Alit avant de quitter le jeune garçon. D'un pas pressé, il se rendit dans la grande balé de la première cour, où tous ses ministres et conseillers l'attendaient. Quoique l'après-midi fût fort avancée, il faisait encore si clair qu'on voyait à peine les flammes de l'incendie qui s'élevaient dans l'air calme, pareilles à des lueurs bleues, avec des nuages de fumée. Les Hollandais s'étaient remis à tirer, mais leur tir, mal réglé, ne portait plus.

Dans la cour du pédanda Ida Bagus Rai, à Taman Sari, les familles avaient cherché refuge en si grand nombre que les hommes étaient assis par terre, serrés les uns contre les autres, avec femmes, enfants et bagages. Çà et là ils avaient allumé de petits feux sur lesquels ils préparaient des repas frugaux. Déjà les enfants, ayant surmonté leur peur, se remettaient à rire, ou jouaient en silence, s'appliquant à ne pas déranger les adultes. Des mères chantaient des berceuses et racontaient des histoires à mi-voix, pour calmer les plus petits. L'épouse aveugle du pédanda, mince et droite dans son kaïn noir, allait et venait à tâtons, veillant à ce que tous trouvassent place. Dasni, la femme de Merou, avait renvoyé Lantchar dans leur maison pour chercher des nattes, qui étaient fort nécessaires. Pougloug était assise à côté d'elle, avec un sourire figé sur sa laide figure, car elle avait perdu ses deux filles, mais il eût été malséant de montrer son chagrin à d'autres. D'ailleurs elle donnait le sein au petit Tanah, qui tétait de toutes ses forces, et, malgré sa tristesse, c'était une joie chaude qui la pénétrait. A côté d'elle, la mère de Dasni murmurait des paroles de réconfort, comme les vieilles gens savent en dire. « Et crois-moi, ou oublie vite. Les enfants viennent au monde, les enfants meurent. J'ai ai eu six et il ne m'en est resté en vie que trois. Si tu me demandais les noms de ceux qui sont morts, je ne pourrais même plus m'en souvenir. Le temps passe; c'est comme de l'eau courante, il lave tout. » Le murmure monotone et consolant de la vieille femme finit par endormir Pougloug.

Pak était assis parmi les hommes, un peu silencieux, mais moins malheureux que lorsqu'il avait retiré du buisson de bambous les corps inertes de ses enfants. Le village avait enterré ses morts, il avait envoyé des délégués chez les Hollandais, avait offert sa soumission et sollicité une trêve pour creuser des tombeaux. Depuis, on n'avait plus entendu aucun coup de fusil sur la côte, et le gros de la troupe avait marché vers l'intérieur, sur Badoung. Néanmoins, la plupart des hommes n'osaient pas encore retourner dans leurs maisons. Au début de l'après-midi, les canons des bateaux et de la côte avaient tonné, comme si toutes les maisons de Sanour et de

412

Taman Sari allaient s'écrouler. A présent le calme était revenu. Beaucoup d'hommes s'étaient même mis à jouer. Ils jetaient leurs kepengs sur les nattes, pariaient, gagnaient ou perdaient. Le jeu détournait leurs pensées des soucis, et cela valait mieux. Au fond de la cour, près des temples domestiques, le pédanda était assis sur sa balé de prière et méditait. Il semblait très loin de tout cela; on eût dit qu'il ne savait même pas que sa cour était pleine de gens sans abri.

Un paysan entra dans la cour, accompagné de son jeune fils. Quoique le soleil ne fût plus très ardent, il portait un grand chapeau rond. L'enfant avait un visage mutin et barbouillé; les pieds du paysan étaient couverts de boue.

« Où est le pédanda? demanda-t-il. J'ai un message à lui remettre. »

Des hommes lui désignèrent l'endroit où le pédanda était plongé dans sa méditation. « D'où viens-tu? » demandèrent-ils au nouveau venu. « De Badoung », répondit-il. « Que se passe-t-il là-bas? » demandèrent-ils. Sans répondre, l'homme s'approcha de la clôture de bambou qui séparait la cour des temples de la grande cour. Il s'arrêta, accompagné du jeune garçon, et attendit.

« J'ai un message à remettre au pédanda », dit-il, après quelques minutes d'attente. Le pédanda, tiré de sa méditation, leva les yeux sur l'étranger. C'était une chose inusitée qu'un homme restât debout en présence du prêtre. « Entre », dit Ida Bagus Rai, et il sortit de sa balé pour aller à la rencontre de l'étranger. L'homme joignit les mains d'un geste rapide lorsqu'il fut en face du prêtre. « Voici le message, dit-il à mi-voix. Demain un grand combat aura lieu à Badoung, ce sera la dernière attaque et la Fin. Le pédanda est invité à présenter des offrandes et à prier. »

Plusieurs hommes et enfants s'étaient pressés contre la palissade, pour entendre; ils étaient accroupis là, mais ne comprirent pas les paroles de l'étranger qui n'avait pas élevé la voix. Le pédanda prit le messager par le bras et l'entraîna avec lui. « Viens dans ma maison, étranger », dit-il. Les gens de la cour les regardèrent faire avec surprise.

A peine la porte se fut-elle refermée sur eux, le prêtre éclata de rire. « Tu ferais un mauvais soudra, prince, dit-il. Tu ne t'inclines même pas devant le pédanda. »

Lui-même s'inclina, car, quoiqu'il fût Brahmane et l'ami et maître du prince, il devait le respect à la caste de celui-ci. Il considéra attentivement le jeune rajah : son kaïn retroussé, ses pieds sales, la faucille dans sa ceinture. « Que signifie ce déguisement ? demanda-t-il. Pourquoi viens-tu sans escorte dans ma maison ?

— Peux-tu le deviner ? dit Alit.

— Veux-tu fuir ? Où ? Si les ennemis ont pris Badoung, ils iront aussi à Tabanan, à Bangli et à Kloungkoung. Où veux-tu échapper à leurs fusils ? dit le prêtre, sévèrement. Et as-tu oublié que les anciens livres réprouvent le Ksatrya qui se dérobe à la bataille ?

— Je ne songe pas à fuir, répondit le prince en souriant. N'as-tu pas entendu mon message ? »

Le pédanda devint grave. « Je l'ai entendu, dit-il. Je ferai des sacrifices et je prierai. Je serai auprès de toi à l'heure de la Fin. Est-ce pour m'annoncer cela que tu es venu chez moi, seul et sous un déguisement ?

— Je veux que tu me montres la route.

— Tu connais ta route. Ta route est bonne, répondit le prêtre. Le prince hésita lorsque le prêtre prononça ces mots. Il posa sa main d'un geste suppliant sur le genou du pédanda.

— Il faut que tu m'indiques la route qui conduit chez Raka, dit-il. Je ne peux pas envoyer de messager chez l'impur. Il faut que j'y aille moi-même. »

Il y eut une longue pause après qu'il eut dit ces mots. Ida Bagus Rai réfléchissait à l'énormité de cet événement : le prince sortait de chez lui, déguisé, pendant sa dernière nuit, pour rendre visite à son ami lépreux.

« Je ne peux te conduire chez lui, dit-il sévèrement ; sa présence rend impur.

— Je le sais, dit Alit. Mais je suis déjà au-delà de toutes ces choses. Demain sera la Fin. Pur ou impur, il n'y a plus de différence pour moi. Cela aussi est écrit dans les livres : Pour celui qui est illuminé, toutes choses sont unes : le Brahmane et sa sainte prière, la vache, l'éléphant et le chien impur, l'homme sans caste qui mange la chair du chien; eux tous ne forment qu'un. Et, ajouta-t-il avec insistance, en regardant le prêtre en face, la Fin ne purifie-t-elle pas tout? »

Après un long silence, le pédanda répondit : « Soit. Je crois t'avoir compris. Marche devant, afin que les gens de ma cour ne te remarquent pas. Je te rejoindrai à l'entrée sud du village. »

Plusieurs hommes regardèrent partir l'homme de Badoung, lorsqu'il se fraya un passage entre leurs nattes et sortit de la cour. Mais ils ne lui accordèrent guère d'attention, car trop de messagers allaient et venaient en ces jours exceptionnels. Le prince, accompagné d'Oka, traversa rapidement le village et attendit sous le varinga, à la sortie sud. On ne voyait pas de soldats hollandais, mais on entendait au loin leurs étranges sonneries de trompettes. Taman Sari paraissait singulièrement désert et silencieux. On eût dit la paix en pleine guerre. Alit respira profondément. Il se sentait plus libre et comme rafraîchi dans les vêtements d'un paysan sans caste. Après quelque temps il vit s'avancer le pédanda. Ida Bagus Rai était seul et ne portait pas son bâton de prêtre. Mais – le prince le remarqua avec un sourire satisfait – il avait revêtu un kaïn neuf, en toile blanche, et une étroite vareuse blanche. Ils marchèrent côte à côte, sans mot dire. Le jeune Oka sautillait devant eux, ou derrière eux, en chantonnant. Il était heureux d'avoir échappé pour quelques heures à l'emprisonnement de la pouri et aux vapeurs assoupissantes de l'opium.

« Comme l'air est doux! » dit Alit un peu plus tard. Puis ils retombèrent dans leur silence. Ils marchaient à travers les savahs. Le ciel se reflétait, très clair, dans celles qui étaient pleines d'eau et d'où montaient les jeunes pousses. D'autres étaient affreusement dévastées et bouleversées par le passage des soldats. Lorsqu'ils arrivèrent dans les champs où les épis mûrissants montraient parmi la verdure leurs pousses argentées, le prince caressa les aigrettes au passage.

« Je suis content, dit-il un peu plus tard. C'est bon de marcher ainsi à travers les savahs. »

Il réfléchissait et se prit à sourire. « Je crois que cela ne m'était plus arrivé depuis le temps où j'étais un enfant

415

comme Oka », ajouta-t-il. Ils descendirent vers le fleuve et le traversèrent à gué. Ils escaladèrent l'autre rive et poursuivirent leur route sous les palmiers qui bordaient le talus. Ici il faisait déjà plus sombre, mais le ciel était encore clair. Lorsqu'ils quittèrent les palmiers pour s'engager en pleins champs, ils virent devant eux, au loin, la mer, avec son ressac blanc. En face, se dressait la Grande Montagne, presque sans nuages. Vers l'ouest le ciel verdissait et une première étoile monta de la mer. Ils ne rencontrèrent pas un seul homme, la paix de l'heure était parfaite.

Le pédanda avait pris les devants, avec sa chevelure et son kaïn blancs. Le prince suivait. Tout en marchant d'un pas léger et régulier, il se rappelait les paroles des livres anciens. « Les sages ne pleurent ni les vivants ni les morts. Tout ce qui vit est éternel. Ce qui est, ne peut jamais finir. La vie est indestructible. Elle n'est et ne peut être diminuée ni altérée. Seul le corps fragile passe. L'esprit est impérissable, éternel, indissoluble. » Il regardait au-delà de lui-même. Sur leurs grandes ailes pesantes, les chiens volants traversaient l'air et apportaient le soir. La terre commença de s'incliner en pente douce vers la mer. Après quelque temps ils atteignirent le bord de la dernière savah. Et la plaine fut devant eux, dans le jour déclinant, avec le chant de milliers de cigales.

Le pédanda s'arrêta et désigna l'autre rive du fleuve, qui s'élargissait sous leurs yeux dans son vaste lit sablonneux. « C'est là-bas que vivent les impurs, dit-il. Je ne peux pas aller plus loin. »

Il s'assit dans une attitude méditative à côté de la statue du raksasa, à demi enfoui sous les herbes. Le prince se retourna vers Oka. « Reste auprès du pédanda », ordonna-t-il d'un ton amical. Lui-même s'avança sans hésiter, traversa le fleuve et s'approcha d'un fourré bas dans lequel il apercevait des toits.

Teragia revenait de la source, portant la cruche d'eau sur sa tête. « Ne t'approche pas, étranger, cria-t-elle. Ici vivent les impurs.

– Je te salue, Teragia », dit le prince, sans s'arrêter. Elle le regarda avec étonnement, lorsqu'il s'approcha et s'arrêta en face d'elle. Son visage était tanné par le soleil et la souffrance, et si immobile qu'il ne sut pas si elle le reconnaissait lorsqu'il enleva son chapeau et le jeta devant lui, dans l'herbe.

« Où est Ida Bagus Raka? demanda-t-il. J'ai un message pour lui. » Il donnait à Raka son titre complet comme s'il eût encore été le favori de tous les hommes. Trois chiens efflanqués vinrent à sa rencontre et le flairèrent sans aboyer.

« Dans la maison, dit Teragia. Entre si tu ne crains pas l'impureté.

– J'ai rejeté toute crainte derrière moi », répondit Alit aussi gravement que s'il eût parlé à un homme. Elle était si grande qu'il lui fallait lever les yeux vers elle. La cour, avec son mur inachevé et ses deux petites balés, était propre, rangée avec soin. Sur une natte de sa maison ouverte était assis Raka, les yeux clos, inactif. Le prince avait appréhendé de trouver le beau visage de son ami défiguré et gonflé par la Grande Maladie. Mais il n'était pas altéré; il n'était que changé et devenu étranger.

« Raka? dit-il, ayant peine à maîtriser son émotion. Raka ouvrit les yeux et regarda l'intrus.

– Alit, s'écria-t-il. Il eut un mouvement brusque et joignit humblement les mains.

– Tyokorda, Altesse, chuchota-t-il. Il vit le déguisement du prince et demanda vite : Es-tu en fuite?

– Tu ne devrais pas me poser une question semblable, toi qui me connais mieux que personne, dit Alit en souriant. Il continuait à chercher Raka dans le visage de Raka. Mais la nuit tombait rapidement et effaçait les traits de l'homme assis.

– J'ai envoyé des messagers à travers tout mon royaume pour annoncer à tous que la Fin est pour demain. Dans tous les temples on présente des offrandes. Ceux qui veulent mourir avec moi peuvent venir dans ma pouri. Je n'ai pas trouvé de messager à envoyer chez toi. C'est pourquoi je suis venu moi-même, dit-il, debout devant l'homme accroupi. Il pensait à la promesse qu'ils s'étaient faite autrefois, lorsqu'ils étaient ensemble à Batukau, et il savait que Raka lui aussi y pensait.

– Le sacrifice de soi est la mort la plus pure, murmura Raka en levant les mains. Et je suis, moi, ce qu'il y a de plus impur au monde. »

Alit vit que les mains de Raka étaient atrophiées, que ses doigts n'étaient plus ceux d'un homme. Lorsqu'il se redressa, les béquilles appuyées contre la paroi de bambou glissèrent à terre. Le prince eut pitié, mais frissonna malgré lui. Seul le corps fragile passe, pensa-t-il de nouveau. Le réconfort et la certitude étaient dans les vieux livres de la Mahabharata, la sagesse qui prévoyait tout et répondait à tout.

Il se pencha vers son ami et effleura son épaule du bout des doigts. Il sentit Raka trembler légèrement. « Le sacrifice de soi rend pur ce qui est impur, dit-il. C'est pourquoi je suis venu te montrer la voie. Demain nous entrerons ensemble au ciel. »

Lorsqu'il se redressa, il sentit que Raka touchait ses pieds. Il se contraignit pour ne pas reculer. Raka posa son front sur les pieds du prince, sans mot dire.

La grande ombre de Teragia tomba sur eux. Elle s'était approchée, tenant une lampe à la main. Lorsque Alit se retourna et partit, elle l'éclaira jusqu'au fleuve. Elle resta debout sur la rive, jusqu'à ce qu'il eût atteint l'autre rive auprès du raksasa. Elle vit la forme blanche du pédanda se lever dans l'obscurité. Il dénoua son kaïn blanc, enleva sa veste blanche, tira son kriss de sa ceinture et déposa le tout au pied de la statue du démon, de même qu'on y avait posé autrefois à leur intention, du riz et des fruits. Vêtu d'un simple pagne, comme le prince, il s'en alla.

Elle attendit longtemps que les silhouettes eussent disparu, puis elle alla chercher les vêtements. Le kriss avait une gaine en écaille. La poignée était en bois sculpté et représentait la veuve voilée. Teragia retourna dans la maison et aida Raka à revêtir le costume des hommes voués à la mort. Elle-même possédait encore un kaïn blanc, du temps où elle avait prié les dieux d'entrer en elle. Elle était heureuse et reconnaissante plus que les mots ne pouvaient l'exprimer. Raka lui aussi était heureux. Elle s'en rendit compte lorsqu'elle le vit rejeter ses béquilles pour quitter la maison, appuyé sur les épaules de sa femme. Ils n'emportèrent pas de torche, de peur qu'on ne les reconnût et qu'on ne les chassât. Ils marchaient dans la nuit, lentement, péniblement, n'ayant que le seul souci de gagner Badoung avant l'aube.

Chaque fois que Teragia se retournait, elle voyait les trois chiens affamés qui les suivaient. Et derrière eux rampait une silhouette courbée : Bengek l'enroué, l'impur, le fils de la sorcière. Il se cachait et croyait qu'elle ne le voyait pas, mais elle l'avait remarqué depuis qu'ils avaient franchi le fleuve. Elle souriait à la dérobée, de son sourire rare et comme pétrifié.

« Bengek veut mourir avec nous, dit-elle à Raka. Le peut-il?

– Qui suis-je pour lui interdire de ressusciter? » dit Raka avec douceur. A la quatrième heure de la nuit, ils arrivèrent à Badoung. Personne ne les avait reconnus et, à travers l'épaisse cohue humaine, ils parvinrent jusqu'aux murs en ruine de la pouri. La porte par laquelle Raka était souvent passé pour rejoindre Lambon, était grande ouverte, comme une blessure. Ils s'accroupirent là pour attendre l'aube.

Des messagers avaient parcouru tous les villages du royaume et y avaient porté la nouvelle : Demain il y aura une grande bataille et la Fin. Beaucoup de ceux qui faisaient partie de la pouri, vinrent, et quelques-uns ne vinrent pas. Et nombreux furent ceux qui, quoique n'appartenant pas à la pouri, n'étant ni parents du prince ni tenus de le servir, vinrent pourtant à Badoung, pour mourir avec lui. Car la mort exerce une séduction mystérieuse comme l'ivresse ou l'amour. Ils vinrent avec leurs femmes et leurs enfants, avec les vieillards et les grand-mères des familles, vêtus de blanc lorsqu'ils possédaient du lin blanc, mais les plus pauvres vinrent dans leurs simples kaïns de couleur. Tous les hommes avaient des kriss, même certaines femmes et certains enfants. Ils entraient dans la pouri, s'avançaient jusqu'auprès du prince ou du chef Molog et disaient : « Tu nous as appelés, nous voici, nous somme prêts à mourir avec toi. » Personne n'avait peur; au contraire tous étaient joyeux et en fête, comme à l'occasion d'une crémation. Les enfants ne pleuraient pas, ils dormaient, appuyés contre leurs mères, ou avaient des yeux brillants et fiévreux où se reflétait le feu. On avait à peine besoin de torches dans la pouri, car l'incendie reprenait tantôt ici, tantôt là, et illuminait les cours.

Personne ne fuma l'opium et personne ne but de vin de palme en cette nuit, car le sacrifice de soi est une mort pure, qu'il faut attendre l'esprit clair et le cœur ouvert. Personne ne pleurait, mais, des balés, où s'étaient rassemblées les femmes du prince, s'élevaient par instants des rires. Une animation extraordinaire régnait là, car les esclaves taillaient de grandes pièces de lin et cousaient à points rapides et larges les petits justaucorps d'hommes. Toumoun, qui avait été autrefois courtisane à Kesiman, montrait une particulière coquetterie. A la lumière d'une lampe à huile, elle se rasait les sourcils et collait des ornements dorés sur ses tempes. L'esclave Mouna s'efforçait de parer Lambon, afin qu'elle restât au ciel la femme préférée du rajah. Avec mille flatteries et plaisanteries, elle peignait l'épaisse chevelure de Lambon et plantait des bâtonnets imprégnés d'huile parfumée derrière les oreilles de la jeune femme. On avait étalé tous les miroirs, et devant chacun se parait une femme drapée de blanc. Mouna elle-même, la petite esclave bavarde, s'était décidée à mourir avec Lambon.

D'une façon générale, on fut surpris du petit nombre de femmes, de servantes ou d'esclaves qui avaient quitté la pouri. Les femmes qu'avait amenées Biyang la centenaire, étaient plus calmes. Le tyokorda de Pametyoutan, auquel elles appartenaient, était vieux et malade; il était lunatique et avait souvent l'esprit troublé. Peut-être ne se réjouissaient-elles guère de rester unies à lui, au ciel et pour l'éternité. Des messagers couraient d'une pouri à l'autre, apportant des vêtements, des bijoux, des nouvelles. Le vieux tyokorda, disait-on, s'était levé de son lit de malade, et s'était habillé de blanc. Il n'était plus capable de marcher, mais on avait préparé une chaise à porteurs, dans laquelle il monterait l'instant venu, pour affronter l'ennemi. Biyang lui tenait compagnie et lui racontait des histoires pour le divertir. Elle-même avait déjà planté un kriss dans sa ceinture, comme un homme, racontaient les messagers, et elle amusait les esclaves en leur montrant comment elle se tuerait. Elle s'était décidée à mourir dans sa pouri, car elle avait des idées à l'ancienne mode, et elle trouvait déplacé qu'une femme royale se montrât à des soldats étrangers, fût-ce même pour être tuée.

Après minuit, une nouvelle vague d'émotion joyeuse gagna le gynécée, lorsque Ida Katout parut et ordonna aux femmes, au nom du prince, de se parer de tous les bijoux qu'elles possédaient. Le petit conteur d'histoires jouissait depuis toujours du droit équivoque d'aller et venir librement chez les femmes du prince, comme s'il eût été, non un homme, mais un buffle châtré. Aussi est-ce lui qui, cette nuit encore, fut désigné pour remettre aux femmes les kriss que le prince leur envoyait. Ce n'étaient pas des kriss particulièrement précieux, car les plus beaux avaient été distribués aux hommes et aux garçons assemblés dans la cour. Mais ils avaient été astiqués et ils avaient des lames luisantes et tranchantes dans leurs gaines. Les femmes confièrent à leurs esclaves le soin de planter ces armes dans leurs ceintures, et Toumoun donna un véritable spectacle en marchant d'un pas fier, comme un homme ou comme un prince au théâtre. Ida Katout lui-même portait un énorme kriss sur son petit dos, et il était fort agité. Le jeune Oka le suivait, portant, lui aussi, son kriss dans sa ceinture. Le garçon était trop impatient et trop ému pour pouvoir se tenir tranquille et mendiait des histoires que le petit conteur lui racontait l'une après l'autre pour faire passer le temps. Quand Ida Katout fut reparti, les femmes ouvrirent leurs paniers et leurs coffres, en tirèrent les couronnes dorées, les bagues et les bracelets, puis se fardèrent comme pour la fête du nouvel an.

A mesure qu'avançait la nuit, les cours des pouris s'emplissaient d'une foule de plus en plus nombreuse; des milliers d'hommes étaient déjà là. Il arriva ainsi qu'en cette circonstance solennelle les quatre castes se séparèrent plus nettement que d'habitude. Les gens simples, les soudras et paysans des rizières, les domestiques et tous les artisans sans caste qui appartenaient au prince, s'assemblèrent dans la première cour, dévastée par les projectiles. Effrayés par la destruction, ils n'osaient pénétrer plus avant dans la pouri. Les guerriers de la caste des Ksatryas, qui étaient venus avec leurs familles entières des petites pouris et des propriétés environnantes, entouraient le chef Molog qui donnait des ordres d'une voix forte. On examinait les canons, on les mettait en position, on réédifiait des socles pour remplacer ceux qui s'étaient effondrés. On distribuait des fusils et on passait des soldats en revue. De tous les hommes réunis dans la pouri, ceux-ci pensaient le moins à la mort, quoique ce fût un des attributs de leur caste. Les parents du prince, tous les oncles et cousins éloignés, les enfants de demi-frères, les rejetons de concubines sans caste, mais qui étaient issus du sang des tyokordas, se rassemblèrent autour de la maison où ils supposaient qu'était le prince. Il y avait là Gousti Wana, le premier ministre, avec tout son clan; il portait des fleurs d'hibiscus en or fin sur son turban et se montrait plus loquace que d'habitude. Il y avait encore là l'Anak Agoung Bouma, qui portait son plus jeune petit-fils dans ses bras, et il y avait aussi l'intendant de toutes les savahs du prince. Tous les dignitaires de la cour étaient présents et tous les parents des dignitaires, ainsi que les serviteurs de ces parents et les familles des serviteurs. On pouvait poursuivre clairement tout le réseau compliqué qui s'étendait de la pouri dans l'empire, comme les racines d'un varinga, avec ses ramifications et ses embranchements. Ils étaient tous là, le cœur joyeux, prêts à mourir avec leur seigneur, tandis que les hommes libres des villages dormaient paisiblement dans leurs maisons avec leurs femmes et leurs enfants.

A la quatrième heure de la nuit, le pédanda Ida Bagus Rai, de Taman Sari, arriva, accompagné d'un de ses disciples, qui portait les ornements sacrés. Tous firent respectueusement place au prêtre, car c'était un des hommes les plus sages et les plus saints du pays. Il était vêtu de blanc et l'on ne savait si c'était en sa qualité de prêtre, ou si lui aussi avait résolu de prendre part à la Fin du prince. Ses cheveux étaient blancs, brillants, et il avait piqué des orchidées et des fleurs rares dans les nœuds de sa coiffure : blanches, jaunes, rouges et bleues, pour les dieux principaux. Lui aussi portait un kriss dans sa ceinture, une arme très simple, avec une gaine en bambou moucheté et une poignée de bois lisse.

Il s'enquit du prince auprès des serviteurs et des dignitaires. Lorsque personne ne put le renseigner sur l'endroit où se trouvait Alit, le prêtre contourna l'étang dans les cours nord-est et parvint jusqu'au fossé plein d'eau qui ceignait l'île des temples domestiques.

Le prince Alit était à genoux devant le grand autel de ses ancêtres, perdu dans sa méditation, les mains jointes sur le front. Le pédanda s'assit auprès de lui sur la natte et appuya la main sur son épaule.

« Pries-tu, mon fils? demanda-t-il doucement.

— Je prie mes grands aïeux de me dire si j'ai choisi la bonne route », dit Alit. Ses yeux avaient un éclat sec et fiévreux à la lumière des deux lampes à huile suspendues devant l'autel.

Le pédanda étendit ses instruments sacrés sur la natte et signifia à son disciple de les laisser seuls. Il tira sa cloche de l'étui, et se coiffa de la haute couronne de prêtre. Il lava sa bouche et ses mains, puis s'assit, les jambes croisées, devant les autels.

« J'invoquerai les dieux en ta faveur et te donnerai leur réponse », dit-il. Sur tous les trônes reposaient des offrandes, et les fleurs qui se fanaient dégageaient un parfum doux et pénétrant. La fumée du bois de santal et de la résine s'y mélangeait. Le murmure de la foule assemblée dans les autres cours parvenait jusqu'à eux, assourdi. Les étoiles parcouraient le ciel avec les heures, un vent frais se leva, emportant l'odeur de l'incendie et faisant vaciller les flammes. La nuit s'écoulait, le koulkoul battait, les coqs criaient. La dernière nuit avant la Fin était passée. Les ténèbres à l'est se faisaient déjà translucides, lorsque le prince et le prêtre se levèrent et quittèrent les temples. Dans les cours, beaucoup d'hommes s'étaient endormis, appuyés aux côtés des balés ou aux murs, fatigués par les efforts et les émotions de ces derniers jours. Les flammes s'étaient éteintes. Le prince et le prêtre marchèrent au milieu des dormeurs jusqu'au portail qui ouvrait sur la première cour.

« Paix à ta route, mon maître », dit le prince, et il s'inclina, les mains jointes, comme s'il avait déjà perdu sa qualité. Le pédanda sourit de ses yeux perdus, qui se souvenaient encore de ses prières sans fin. « Je reste auprès de toi, dit-il, et auprès de ceux que tu emmènes au ciel de Siva. » Le prince sourit à son tour, parce que tous deux pensaient à Raka. Lorsqu'il entra dans sa maison pour revêtir ses vêtements blancs et planter le kriss sacré Singha Braga dans sa ceinture, un silence parfait régnait en lui. Les vieilles paroles des écritures résonnèrent en lui et versèrent à son cœur le calme et la sécurité : « Heureux le guerrier qui accepte la bataille lorsqu'elle vient à lui et que s'ouvre pour lui la porte du ciel. » Du toit de la balé pendaient six cages, garnies de petites colombes grises. Alit les ouvrit, l'une après l'autre. « Si tu ne fais pas ce combat que prescrit le devoir, tu délaisseras ton devoir et la gloire, tu acquerras le crime et, pour le noble, la honte est pire que la mort. » Les colombes se ramassèrent sur elles-mêmes lorsqu'il les prit dans sa main; elles hésitaient à prendre leur vol, car il faisait nuit. Il les leva en l'air. « Le commencement de la Naissance est Mort. La fin de la Mort est Naissance. » C'est écrit.

La journée commença par la détonation formidable d'un obus hollandais.

« Vous avez trouvé moyen de dormir, lieutenant? demanda le pasteur Schimmelpennink, en se mettant sur son séant. Tous mes os me font mal. »

Le lieutenant Dekker roula sur lui-même et regarda son compagnon avec humeur. « Je venais à peine de m'endormir, dit-il d'un ton de reproche.

– C'est presque le matin, Dieu merci! dit Schimmelpennink. Il chercha ses lunettes, les chaussa et tira sa montre de sa poche. Quatre heures trente-six. Espérons que nous aurons demain un meilleur bivouac. »

Le lieutenant rejeta de son front les mèches de ses cheveux. Lui aussi commençait à sentir dans ses reins les marches de la veille et la dureté de sa dernière couche. Les lampes de compagnie brûlaient encore partout, car vers minuit la nouvelle s'était répandue que le prince de Badoung préparait une grande contre-attaque, et les bataillons se tenaient prêts. Les hommes dormaient à terre, à côté de leurs faisceaux. Les officiers avaient passé la nuit dans les huttes de la pouri de Kesiman, du moins dans celles qui tenaient encore debout. Le lieutenant Dekker regarda autour de lui.

« Quelle porcherie, ces palais! » dit-il avec une expression de dégoût. Le pasteur sourit en lui-même. « Vous avez dit le mot juste, camarade, dit-il, approuvant. C'est en effet une étable à porcs, rien de plus. Auprès de ces gens-là, nos Javanais sont de grands seigneurs! »

Dekker se recoucha et ferma les yeux. La paille lui grattait la nuque, le sol en terre battue était bossué et inégal. Il essaya d'adapter ses os à cette couche dure, mais ce fut en vain. Néanmoins il retomba dans une sorte de somnolence et il s'était presque assoupi lorsqu'un coup de tonnerre, presque aussitôt suivi d'un second, le réveilla.

« Les gros canons de marine, dit le pasteur, avec satisfaction. C'est tout de même autre chose que nos petites pièces de douze.

— Les nôtres, je ne les entends même plus », dit Dekker. Les quatre jours de sa campagne lui apparaissaient comme des années, avec leurs aventures et leurs fatigues. Un peu de barbe poussait à son menton, et son nez, qui avait reçu un coup de soleil, pelait. Les trompettes sonnèrent le réveil.

« Départ », dit-il, avec un sentiment désagréable aux creux de l'estomac. Il boutonna sa vareuse. « Savoir si nous aurons un petit déjeuner, dit le pasteur Schimmelpennink.

— Il y a en tout cas quelque chose qui n'est pas catholique dans l'approvisionnement. Je voudrais savoir où va le *makanan* que nous envoient les bateaux. »

Le grouillement d'un bivouac qui s'éveille agitait la pénombre des cours. Des hommes arrachés au sommeil, toussant, se poussant, jurant, riant, se levaient, se démêlaient peu à peu. Le pasteur avait posé le petit manuel balinais sur ses genoux et étudiait la mauvaise carte de la pouri de Badoung. Les canons de marine continuaient d'ébranler l'air.

« J'espère que je n'ai pas la dysenterie, dit Schimmelpennink en serrant ses mains sur son ventre concave.

— Vous ne vous sentez pas bien? demanda Dekker, indifférent.

— J'ai un peu froid et une impression curieuse là-dedans. Peut-être n'est-ce que la ration de guerre d'hier soir.

– Mais c'était excellent, dit Dekker. Les petites faiblesses de son compagnon l'impatientaient.

– A condition de supporter les haricots au lard en conserve, répondit le pasteur, offensé.

– Pourquoi ont-ils encore cessé de tirer? » demanda le lieutenant. Ce silence subit, après les détonations et l'ébranlement de l'atmosphère, donnait une étrange impression de vide.

Cela sentait l'homme, les bottes, les lampes à pétrole, la fumée. La matinée s'avançait avec un peu de clarté au ciel. « Allons-y, Dieu avec nous », gémit le pasteur en se mettant debout. Il frotta ses genoux raides et marqua le pas. « Dieu avec nous », c'est ce que l'on pouvait lire en tête des carnets de ménage de la mère du lieutenant Dekker, à Enschede. Enschede était loin. « J'ai des fourmis au pied gauche », se lamenta Schimmelpennink. On avait éteint la plupart des lampes, mais en plusieurs points des cours on avait allumé des feux. Les hommes se pressaient aux endroits où l'on distribuait du café. « Allons, quand même », dit le pasteur lorsque les ordonnances javanais se frayèrent un passage pour porter leur déjeuner aux officiers. Dekker but en silence. Son sergent parut et fit son rapport. « Section 4 prête. » Dekker boucla son ceinturon; il était gonflé de son importance. Une demi-heure plus tard ils étaient en route.

Le dix-huitième bataillon marchait en tête, avec la musique. Les soldats hollandais chantaient. L'artillerie suivait, avec ses mortiers, protégée sur les flancs par deux compagnies. Derrière eux venait un nuage de poussière. Les Amboynais, qui suivaient avec les compagnies de réserve, marchaient sans discipline et sans pas cadencé. Ils avaient l'air somnolent, quoique ce fût la meilleure troupe au combat. Leurs uniformes bleus étaient couverts de poussière, leurs sourcils et leurs gosiers en étaient pleins. L'odeur d'hommes des bataillons se mêlait à l'odeur forte et douce qui émanait des arbres, de part et d'autre de la route. La route conduisait à Badoung par Tangountiti et l'on ne progressait qu'avec une extrême lenteur. Çà et là une figure brune surgissait derrière un mur et replongeait, effrayée, aussitôt qu'on l'avait remarquée. On ordonna aux compagnies qui devaient protéger les flancs de la troupe d'abattre les murs, pour empêcher des embuscades. Plusieurs fois on entendit exploser des grenades à main que les ouvriers indigènes lançaient dans les fouillis d'arbustes derrière les murs.

Le lieutenant Dekker, avec le onzième bataillon, traversa Soumeta. Ils reçurent l'ordre de faire halte, ils ne savaient pourquoi. Quoiqu'il ne fût que neuf heures, le soleil brûlait de façon intolérable, aussitôt que l'on s'arrêtait. Le temps semblait s'écouler avec une lenteur infinie. Loin, en avant, on entendit des coups de fusil, puis le silence. Les canons de marine continuaient à ébranler l'air de temps à autre. Ils avançaient lentement. Dekker avait encore le sentiment désagréable que des embuscades menaçaient de toutes parts. Il était monté sur son cheval blanc et était assez satisfait d'avoir repris sa monture. Deux jours d'escarmouches et de marches avaient couvert ses orteils d'ampoules qui lui faisaient mal à chaque pas. Il souffrait aussi beaucoup des piqûres de moustiques. Ceux-ci s'attaquaient à sa peau blonde et semblaient même avoir pénétré sous son uniforme. Les idées romantiques qu'il s'était faites sur l'expédition, au moment où il avait pris congé de Brigitte, lui semblaient remonter à des années. Il avait renoncé à écrire des lettres. Il n'y avait aucun exploit héroïque à relater; le danger qu'il sentait sans cesse dans son dos ne s'était jamais manifesté. On disait que sept soldats avaient été blessés pendant ces quatre jours, mais personne ne les avait vus. La colonne sanitaire, avec ses brancadiers bruns, suivait le train sans qu'on la remarquât beaucoup. Les échanges de vues sur l'approvisionnement en eau et en nourriture formaient l'essentiel des conversations. Au bivouac, on jouait au poker comme au casino de Sourabaja. Un Amboynais de la troisième compagnie avait attaqué un Javanais à coups de couteau et avait été fouetté. Le Javanais était déjà rétabli. Dekker commençait à douter qu'un sous-lieutenant eût au cours d'une telle campagne l'occasion de gagner ses galons de lieutenant.

Plusieurs fois, la marche se ralentit, et chaque fois on tirait des coups de feu en tête de la colonne. Le lieutenant vit quelques corps bruns à moitié nus, étendus au bord de la route, avec leurs lances. Il détourna la tête, car c'était la première fois de sa vie qu'il voyait des hommes morts. Ils poursuivirent leur marche; ceci concernait la colonne sanitaire. L'État-Major annonça que l'ennemi s'était retiré dans la pouri de Badoung et s'y fortifiait. Il s'agissait de cerner la pouri et de l'attaquer de tous les côtés à la fois. La troisième et la quatrième compagnie du onzième bataillon furent dirigées sur Badoung par un chemin plus étroit qui s'écartait de la grande route vers le sud-ouest. Un petit détachement d'artillerie, avec deux mortiers et six bons pointeurs, les suivit. Pendant quelque temps encore on entendit la musique qui accompagnait l'autre colonne.

Lorsqu'ils entrèrent dans les savahs, Dekker se remit à pester contre son cheval. Le premier lieutenant était avec le capitaine, en tête de la colonne, et tous deux fumaient. Dekker était entouré des émanations de la troupe. « Avez-vous une cigarette, sergent? » demanda-t-il. Le sergent leva son grand chapeau et y prit une cigarette. Elle avait un goût étrange, ce qui n'avait rien de surprenant. Le tir des canons de marine avait cessé. Un commandement de « halte » retentit en avant de la colonne. Les tireurs épaulèrent leurs fusils et abattirent quelques hommes qui avaient surgi des rizières, armés de lances. Dekker vit avec soulagement que le capitaine et le premier lieutenant étaient descendus de leurs chevaux et les faisaient conduire par les rênes. Il descendit lui aussi et laissa son cheval au sergent. Mais à peine eut-il marché quelque temps qu'il sentit de nouveau ses pieds blessés. « Qu'est-ce que c'est que ces signaux que les indigènes se font? Il y a un bon moment déjà que j'entends cela, demanda-t-il au sergent.

— Des signaux? Quels signaux, mon lieutenant?

— Oui, des tamtams ou des koulkouls, que sais-je? Des tambours de bambou. »

Le sergent prêta l'oreille. « C'est un chant d'oiseau, dit-il souriant. Je ne sais pas comment il s'appelle. »

Ils avaient déjà atteint les premières maisons de la ville de Badoung, lorsqu'un obus tomba, non loin d'eux. Il fit explosion dans une cour, derrière un mur. Les arbres s'écroulèrent, la terre jaillit. Pendant quelques minutes tous restèrent allongés par terre, cherchant à s'abriter.

Le sergent s'était jeté à plat ventre, entraînant avec lui le jeune sous-lieutenant, lorsqu'ils avaient entendu le piaulement de l'obus au-dessus de leurs têtes. « *Godverdomme...* les salauds! » jura-t-il. Dekker sentit ses genoux se dérober sous lui; il était indigné contre lui-même. Les chevaux s'étaient détachés et s'éloignaient au galop.

« C'est le premier que j'aie reçu de ma vie, dit Dekker, avec un sourire, cherchant à s'excuser, lorsqu'il fut de nouveau sur pied, tout en essuyant la terre de sa figure.

— Et c'est par-dessus le marché un obus hollandais, mon lieutenant, dit le sergent. Si la marine ne cesse pas de nous envoyer des marrons pareils ils bousilleront nos propres hommes. »

Ce fut heureusement le dernier coup de canon. Sans doute, le poste de commandement avait-il trouvé moyen de communiquer avec les bateaux de guerre dans la rade. Les craquements et crépitements qu'ils entendaient à présent venaient de la pouri, qui brûlait et s'écroulait. L'odeur de roussi était devenue plus forte, presque intolérable, lorsqu'ils sortirent d'une étroite rue bordée de palmiers et se virent en face d'un mur entamé par les explosions.

Le capitaine réunit ses officiers autour de lui et, tenant à la main la petite carte qu'il avait découpée dans le manuel, il leur expliqua en peu de mots la situation. Ils étaient au nord de la pouri. Un second détachement s'avançait par le sud. Le gros des troupes venait de Kesiman par la grande route qui conduisait à l'entrée principale de la pouri. L'artillerie prendrait position près du carrefour où la grande route virait en direction de la ville de Badoung. Ils seraient couverts là-bas par une petite pouri, nommée Tian Siap ouo Tain Siap, lorsque les mortiers ouvriraient le feu. Les deux compagnies du onzième bataillon devaient avancer le long du mur nord de la pouri et reprendre contact avec le reste des bataillons. Les sonneries des trompettes retentirent et, à faible distance, d'autres sonneries répondirent. Les officiers remirent leurs colonnes en marche. Il n'y avait pas grand-chose à voir, ici, quoique le soleil brûlât et scintillât sur les rizières.

Un cours d'eau séparait le chemin sur lequel ils avançaient, du mur de la pouri. Des nuages de fumée traînaient au sol et leur coupaient la vue. A droite, le chemin était bordé d'arbres qui masquaient à leur tour des murs et des maisons. Le sol était mou et herbeux.

Derrière les murs de la pouri, on n'entendait que les craquements et les crépitements de l'incendie; des toits qui s'effondraient. Il semblait qu'il n'y eût plus d'hommes là derrière. Peut-être avaient-ils tous pris la fuite, ou peut-être étaient-ils cachés quelque part et surgiraient-ils tout à coup pour massacrer les soldats hollandais. Le lieutenant se sentait mal à l'aise. Ses hommes aussi étaient devenus silencieux. Ils marchaient courbés, faisant le moins de bruit possible, le long du mur. Des sonneries retentirent; elles s'approchaient des trompettes qui répondaient au signal, mais on ne voyait pas de troupes. Soudain, un coup de vent balaya la fumée et les cimes des palmiers s'agitèrent. L'entrée était barrée par un varinga dont les soldats durent franchir les racines en marchant à la file.

Ils avaient atteint l'extrémité du mur et contournèrent à angle droit le coin de la pouri. A présent ils longeaient le côté Est au milieu duquel – Dekker avait tant de fois étudié le petit livre qu'il le savait par cœur – se trouvait l'entrée principale. Il vit devant lui le haut portail. C'est ici que débouchait la grande route et, malgré l'incendie et la fumée, on voyait de nouveau le soleil. Les ombres des palmiers se dessinaient sur le sol mou, noires et nettes. Dekker prit ses jumelles, imitant le capitaine. Ils étaient peut-être à un kilomètre du tournant de la grande route du nord, par où devaient venir leurs troupes. Le silence et la solitude qui les accueillaient étaient inexplicables et le jeune sous-lieutenant en eut le cœur serré.

Soudain, un coup de canon retentit derrière le mur de la pouri, puis un second. « Compagnie halte! » commanda le capitaine. « Compagnie halte », répéta Dekker d'une voix tremblante. Il parcourut ses hommes du regard; son tympan était encore ébranlé par les détonations. Personne n'était blessé. L'odeur de la poudre irritait ses narines. Les troupes d'avant-garde avaient fait halte. Les mortiers hollandais de Tian Siap répondirent. Enfin on se bat, pensa le lieutenant.

Au même instant des hommes parurent sur les hauts gradins qui descendaient du portail de la pouri vers la grande route. Des hommes vêtus de blanc, parés de fleurs. Ils marchaient très lentement, les premiers portaient des lances. Derrière eux, un homme s'avançait sur les épaules d'un groupe de porteurs. D'autres suivaient en cortège; l'un à la file de l'autre, ils sortirent du portail : vêtus de blanc, richement parés. Le soleil faisait scintiller leurs armes et ils suivaient leur chef avec des mouvements tranquilles. Les porteurs avaient déposé la chaise, et l'homme qui l'occupait, le rajah, resta debout à la tête du cortège. Le lieutenant lâcha la poignée de son sabre qu'il avait saisie d'instinct. Il ne comprenait pas ce qui se passait. On eût dit du théâtre. Oui, c'était cela, ce spectacle le faisait souvenir de certaines scènes de l'opéra d'Amsterdam où il était parfois allé. Les hommes étaient travestis et se mouvaient lentement, avec mesure, comme s'ils eussent ignoré que les Hollandais étaient en face d'eux, avec des canons, des fusils et des tirailleurs, que leur palais était cerné et que l'on faisait ici la guerre. L'homme qui était toujours seul, séparé des autres – le rajah, murmurèrent les soldats javanais – leva ses mains jointes à hauteur de son front et demeura ainsi, immobile, pendant plusieurs minutes. Le spectacle était presque invraisemblable. C'est impossible, se disait Dekker, on n'a pas idée de faire des choses pareilles, de s'habiller ainsi, fût-on même chanteur d'opéra! Cependant, une force singulière semblait émaner du prince, dans son attitude concentrée. Les hommes qui le précédaient et le suivaient étaient pareils, sur les marches, à de brunes statues, et les soldats hollandais, eux non plus, ne bougeaient pas.

Soudain, le prince leva la tête, et d'un mouvement rapide comme l'éclair, il tira le kriss de la gaine qui pointait derrière son épaule. Il brandit l'arme dans son poing levé, elle scintilla au soleil. Un cri inhumain partit du groupe. Au même instant, tous les hommes tinrent leurs kriss à la main et s'élancèrent à la rencontre des soldats hollandais.

« Feu », cria le capitaine. « Feu », cria Dekker, de sa

voix peu exercée au commandement. Les compagnies tirèrent. Quelques Balinais tombèrent et restèrent couchés. D'autres s'engagèrent sur la grande route, vers le tournant de Tian Siap, où tiraient les mortiers et où retentissaient les sonneries de trompettes. Au pas de course, les deux compagnies du onzième bataillon suivirent. Tout était enveloppé de poussière et de fumée, et, derrière ce voile, on distinguait mal la course effrénée des formes blanches. Le lieutenant Dekker courait devant ses hommes, le long des murs écroulés de la grande route. Quelques Balinais surgirent d'un portail, armés de lances courtes. Dekker remarqua avec surprise qu'il avait dégainé son sabre. A côté de lui, une baïonnette fonça en avant et se plongea dans le ventre d'un Balinais. Lorsqu'il se retourna, il se vit séparé de sa compagnie. Les soldats hollandais semblaient reculer devant les Balinais enragés. Dekker cria un commandement. Il vit un de ses soldats tomber, le visage plein de stupeur. Les autres officiers, eux aussi, lançaient des ordres à leurs hommes et les rassemblaient. Déjà ils avaient rejoint le gros de la troupe.

Derrière le tournant de Tian Siap des obus et des salves nourries accueillirent les Balinais qui se jetaient de front contre les troupes hollandaises. Le prince tomba le premier. Par-dessus lui, les hommes vêtus de blanc coururent à l'ennemi, et, derrière eux, par-dessus eux, d'autres accouraient. Une montagne de morts et de blessés s'élevait entre la pouri et les troupes qui faisaient feu. Cependant, de nouvelles vagues d'hommes surgissaient du portail, tous armés du kriss, tous avec la même expression de démence et de fureur mortelle, tous parés et couronnés d'or et de fleurs.

Trois fois les Hollandais cessèrent de tirer, comme pour ramener ces déments à la raison, pour les épargner ou les sauver. Mais les Balinais voulaient mourir. Rien au monde ne pouvait arrêter leur course à la mort, ni les mortiers ni les fusils infaillibles des meilleurs tirailleurs, ni le brusque silence qui tombait lorsque les Hollandais cessaient de tirer. Des centaines d'entre eux tombaient sous les balles, des centaines d'autres brandissaient leurs kriss et les plongeaient dans leurs propres poitrines. Ils se les enfonçaient au-dessus de l'omoplate, de façon que la pointe atteignît le cœur, selon l'antique et sainte coutume. Derrière les hommes vinrent les femmes et les enfants : garçons, petites filles, les cheveux parés de fleurs, nourrissons dans les bras de leurs mères, vieilles esclaves avec des poitrines d'adolescents et des cheveux blancs. Toutes étaient parées de fleurs dont les parfums se mêlaient aux fumées, à l'odeur de poudre et à l'arôme douceâtre de sang et de mort qui ne tarda pas à se répandre sur la place.

Çà et là on apercevait des prêtres qui passaient en silence entre les mourants et aspergeaient d'eau bénite leurs membres qui tressautaient. Les femmes du prince portaient sur leurs têtes des couronnes dorées, où tremblaient des fleurs en or, et leurs mains et leurs bras étaient chargés de bracelets. Elles arrachèrent ces bijoux et les jetèrent aux soldats, avec une expression méprisante sur leurs visages ronds et innocents. Les Javanais et les Amboynais sortaient du rang pour ramasser les joyaux, mais leurs caporaux les retenaient. Certains officiers détournaient les yeux ou se cachaient le visage sous leurs mains, pour ne pas voir plus longtemps cet affreux spectacle. Le lieutenant Dekker ne put supporter de voir les hommes tuer leurs propres femmes, puis eux-mêmes, et les mères enfoncer le kriss dans la poitrine de leurs nourrissons. Il se détourna et vomit.

Déjà la grande route était jonchée de morts et de blessés, lorsque le premier rang des soldats hollandais se heurta aux Balinais enragés. C'étaient pour la plupart des hommes isolés, qui se jetaient avec leurs kriss contre les Hollandais, mais ils le faisaient avec une telle fougue et une telle rage meurtrière que les soldats reculaient. Les bons tireurs visaient un à un les assaillants furieux et les abattaient avec calme et précision. Le portail de la pouri n'avait pas encore fini de déverser de nouvelles victimes. Elles s'échappaient comme un fleuve de l'écluse ouverte.

Plus loin, vers l'ouest, la pouri de Pametyoutan s'écroulait au milieu des flammes. Lorsqu'une partie des troupes s'en approcha, un second cortège vint à leur rencontre. Le vieux prince s'avançait sur une chaise hissée sur les épaules des porteurs. Il était vêtu de blanc, comme les autres, et son visage, lui aussi, était exsangue et presque blanc. A sa suite venaient ses dignitaires, fonctionnaires et serviteurs. Nombre d'entre eux étaient aussi vieux que leur maître. Des lanciers marchaient devant, quelques femmes et de nombreux enfants fermaient le cortège. Lorsqu'ils eurent déposé la chaise, le rajah se dressa et resta un instant debout, tandis que ses hommes, le kriss à la main, se jetaient sur les Hollandais. Ceux-ci déchargèrent leurs armes et le rajah tomba, bientôt recouvert par des hommes de son escorte qui avaient été atteints par les balles ou qui s'étaient tués eux-mêmes. Les sonneries de trompettes retentirent et les compagnies firent demi-tour pour se replier vers la grande route. Les hommes continuaient à y mourir quoique le sol fût déjà couvert de cadavres. La mêlée se poursuivait sur ces corps, entre les soldats blancs et les bruns Balinais qui ne voulaient pas qu'on les empêchât de suivre leur prince au ciel.

Le lieutenant Dekker dut se faire violence pour regarder. Il vit une femme arracher son kriss à un enfant, en percer le cœur de son nourrisson, puis se jeter elle-même sur l'arme. Un homme enjamba son corps, un petit vieillard presque cocasse. Il brandissait un grand kriss pour tuer le jeune garçon. Dekker tendit son revolver et le déchargea sur l'homme. Il ne savait ce qu'il faisait, il voulait sauver le jeune garçon. C'était un bel enfant, svelte, avec de grands yeux qui ne cessaient de sourire.

Lorsque le petit vieillard fut tombé, le garçon prit le kriss dans sa main et l'acheva, car la balle du lieutenant ne l'avait que blessé. Les mains de Dekker tremblaient. Ses genoux vacillaient et ses lèvres frémissaient. « Ce n'est pas Dieu... ce n'est pas Dieu possible... » murmurait-il. Il avait encore des nausées et avait vomi pour la seconde fois au moment de la mort du vieux prince de Pametyoutan. Le garçon tira le kriss de la poitrine du petit vieillard qui semblait encore rire. Dekker distinguait toutes ces choses comme on voit certaines images en rêve. Et, comme dans un rêve, toutes les formes avaient des contours nets, noirs, avec d'étranges bords verdâtres. Du sang coulait le long du kriss que l'enfant tenait dans sa main. Il leva l'arme, et Dekker se jeta au milieu des Balinais qui tombaient, au milieu des kriss et des balles, pour tenter de sauver le jeune garçon. Il lutta avec lui, pour lui arracher le kriss, mais le maigre enfant était d'une force inattendue. Il se défendait et, le kriss levé, porta un coup sec et brûlant à l'épaule de Dekker. En une seconde de suprême lucidité, le lieutenant, plus fort, serra son revolver et tira une balle dans la main de l'enfant. Mais celui-ci s'était déjà blessé lui-même. Perdant son sang, soudain épuisé, il s'écroula contre la poitrine de l'officier. « Bien fait pour toi », murmura Dekker, irrité en même temps qu'agité par une pitié trop grande pour sa petite âme de lieutenant.

Il ouvrit la bouche et sentit contre soi le corps évanoui. De nouveau il éprouva un malaise, son estomac se contracta, tout commença à tourner, le bord verdâtre des choses disparut, elles devinrent noires, puis il perdit connaissance.

Lorsqu'il reprit ses sens, il se sentit balancé à une cadence régulière. Il se crut d'abord sur le bateau, sur la *Van Swoll*, mais quelqu'un se pencha sur lui et dit : « Eh bien, en voilà une affaire! »

Il était étendu sur un brancard, précédé et suivi de brancardiers qui le portaient en le balançant légèrement. Cela sentait la poudre et la bataille. Il connaissait maintenant cette odeur. Son épaule gauche lui faisait mal et sa vareuse était collée contre sa chair. Lorsqu'il tourna la tête pour se rendre compte de ce qui lui était arrivé, il vit qu'on portait à côté de lui, sur un autre brancard, un second blessé. C'était le jeune garçon pour lequel il s'était jeté dans la mêlée. Ils semblaient avoir atteint l'infirmerie, car les brancards furent déposés à l'ombre de quelques arbres à pain et l'enfant fut étendu dans l'herbe. C'était une étrange impression de sentir si près de soi le corps chaud et vivant de ce petit ennemi qui respirait encore. Le garçon se redressa, les jambes repliées sous lui. Sa tête pendait en avant; sans doute avait-il le vertige, comme le lieutenant Dekker.

« Il saigne, le brave petit mécréant! » dit le pasteur Schimmelpennink, apitoyé. Dekker regarda l'enfant. Il avait les yeux fermés, mais souriait. Il avait des sourcils obliques, une petite fossette à la joue droite et une bouche admirable. Il avait des fleurs dans ses cheveux, et leur parfum se mêlait à l'odeur d'iodoforme de l'infirmerie.

« As-tu mal? » demanda Dekker en hollandais. L'enfant ouvrit les yeux, sourit davantage et joignit les mains auprès de son épaule. Il avait des coupures à la poitrine, aux bras, et la balle du revolver de Dekker avait effleuré sa main droite. Il répondit à voix basse en balinais.

« As-tu mal? répéta Dekker, en malais.

– Non, touan, non », répondit le jeune garçon. Dekker ne cessait de le regarder. C'était la première fois qu'il voyait un visage balinais de près, et il était étonné et presque effrayé par la beauté de ce visage.

« Comment t'appelles-tu? demanda-t-il.

– Oka est mon nom, touan.

– Oka, dit le lieutenant. Il fut repris d'une faiblesse et ferma vite les yeux parce que les arbres à pain commençaient à tourner au-dessus de lui.

– De l'eau? demanda le pasteur, lui tendant un bidon. Cela ranima Dekker. Depuis quand y a-t-il de l'eau? chuchota-t-il, étonné.

– Oui, il semble que le train ait enfin découvert où se trouve Badoung », dit Schimmelpennink avec bonne humeur. Dekker but avidement, puis tendit le bidon au garçon. Oka refusa d'un signe de tête. « Les Balinais ne boivent jamais où un autre a bu », expliqua un soldat javanais qui avait la jambe foulée et qui était assis par terre. Dekker avait une violente envie de rendre à Oka quelque service amical. Il vit le regard avec lequel l'enfant considérait la cigarette du Javanais.

« Fumer? » demanda le lieutenant en malais. Oka fit un signe affirmatif. Le pasteur tira de sa poche un volumineux étui à cigarettes. « C'est malheureusement la dernière qui me reste, dit-il en tendant une cigarette au lieutenant. Dekker l'alluma, en tira avidement une longue bouffée et la passa au garçon. Oka accepta avec reconnaissance. Sa petite figure se détendit. Il fuma, puis retirant la cigarette de sa bouche, d'un geste gracieux, il l'offrit de nouveau au lieutenant. « Petit ami... Oka... Nous deux amis... » dit Dekker, usant du peu de malais qu'il savait. Il posa prudemment son bras autour de l'épaule de l'enfant et se sentit gagné par une chaleur inconnue et par une joie tendre. Sa propre épaule lui faisait mal, mais il se sentait heureux.

Ils tirèrent à tour de rôle des bouffées de leur cigarette, en attendant l'arrivée du médecin – le sous-lieutenant du onzième bataillon et le jeune Oka de la pouri de Badoung.

La bataille avait pris fin. La pouri avait été presque complètement dévorée par l'incendie. Ces messieurs de l'état-major étaient debout sur la petite tour de garde du koulkoul et Tian Siap. Le général van der Velde examinait à la jumelle la grande route, avec ses monceaux de cadavres. Les brancardiers circulaient, retournaient les hommes, s'assuraient s'ils vivaient encore, puis emportaient les blessés. « Ils ne poussent pas un cri », dit le général, pensif, ses jumelles aux yeux.

Van Tilema était assis sur une chaise, un peu plus loin, très pâle, et il fumait nerveusement. « Ils ont une sorte de courage et de fierté que nous ne comprendrons jamais, dit-il, d'une voix fatiguée.

– Ne croyez pas non plus que ce soit un plaisir pour nous autres de faire feu sur ces gens-là, dit le général. Mais si nous n'avions pas tiré, ils auraient poignardé tous nos soldats. Ils étaient enragés.

– Folie sainte, dit Visser derrière eux. On lui avait promis un poste de résident adjoint pour le récompenser des excellents services que ses espions avaient rendus. Mais il se sentait plutôt déprimé.

– Vous rappelez-vous le jour où vous m'avez fait assister à la danse du kriss ? demanda van Tilema. Je crois qu'aujourd'hui aussi, ces hommes étaient en transe, je crois même qu'ils étaient heureux de mourir.

– Espérons-le », répondit Visser, laconique. Boomsmer, qui était à côté du général, toussota. « Malgré tout, je ne comprendrai jamais cela, dit-il. Les femmes, les enfants, les vieillards, comment une telle cruauté est-elle possible ? » Van Tilema se retourna. « Nous avons tous reçu une grande leçon aujourd'hui, sur la façon dont il faut traiter les Balinais, Monsieur le Résident. Il faut s'incliner bien bas devant une telle mort. »

Un adjudant escalada l'échelle de bambou et, saluant le général, apporta un objet enveloppé dans une toile blanche tachée de sang.

« Mon Général, dit-il, on a retrouvé le corps du prince.

Voici son kriss. » Le général prit l'arme et la découvrit. Tous se penchèrent sur le kriss lorsque van der Velde le tira de sa gaine. C'était une belle lame, finement aiguisée, de forme ondulée. Un lion et un serpent ornaient les deux faces du Singha Braga. Le pelage de l'animal était en or, incrusté dans la lame. La poignée elle aussi était en or, ornée d'une quantité de pierres précieuses des Indes.

« C'est Singha Braga, dit Visser. Le kriss sacré.

— Traces de balles, remarqua le général en caressant la lame qui avait été transpercée en trois endroits. Un beau trophée.

— Nous le garderons pour le musée de Batavia, comme souvenir de notre plus noble ennemi », dit van Tilema, remettant le kriss dans sa gaine. Le Général se découvrit et baissa la tête. Boomsmer se détourna, car il avait subitement des larmes aux yeux.

Les derniers coups de feu qui retentirent à Badoung furent les salves d'honneur que l'on tira au-dessus des tombes des quatre fusiliers qui étaient tombés du côté hollandais. Les musiques militaires jouèrent la marche funèbre. Son Excellence le Général prononça un discours, et le pasteur Schimmelpennink s'avança ensuite pour inviter les soldats à honorer la mémoire de leurs camarades morts et à servir aussi fidèlement le Gouvernement néerlandais.

Les Balinais avaient ramassé leurs morts le soir même de la dernière attaque et les avaient brûlés tous ensemble, afin que leurs âmes allassent toutes à la fois au ciel. Il y avait eu beaucoup de morts, personne ne savait combien. Pougloug prétendait qu'il y en avait eu plus de deux mille, mais Dasni la contredit et affirma avoir entendu parler de six cents. Sarna se querella alors avec Dasni, parce qu'elle estimait que c'était une impolitesse de la part de Dasni de présenter Pougloug comme une menteuse. Dasni s'excusa donc et reconnut qu'il pouvait y avoir eu deux mille morts, ou tout au moins mille. En effet, Sarna veillait avec soin à ce que Pougloug fût traitée avec tous les égards convenables, parce qu'elle avait perdu ses deux petites filles en des circonstances si pénibles. Elle alla même jusqu'à prier Pak de coucher plus souvent avec Pougloug, afin qu'elle pût bientôt lui donner de nouveaux enfants et qu'elle oubliât ceux qui étaient morts. Et Pak lui-même, encore troublé et déprimé, se rendait docilement chaque soir dans la balé principale, pour faire visite à sa première femme.

Quel que fût le nombre de morts que l'on avait comptés à Badoung, une chose était certaine : il n'y avait presque aucune famille qui n'eût été éprouvée. Autour du feu des cuisines, le soir, on se racontait comment on les avait trouvés et comment ils étaient morts. Le prince et son oncle avaient été transpercés par des balles. Tous les ministres des deux cours étaient tombés dans l'entourage immédiat de leurs maîtres, de sorte que leurs corps avaient recouvert ceux des princes. Le Dewa Gde Molog et de nombreux Ksatryas avaient été déchiquetés par leur propre canon, qui avait fait explosion lorsqu'il avait donné le signal de la Fin. Il n'y avait guère de femmes et d'enfants qui eussent été blessés par des balles ; la plupart s'étaient eux-mêmes jetés sur leurs kriss, ou avaient été tués par leurs époux ou leurs pères. Les femmes racontaient à la cuisine que Lambon morte était encore fort belle. Elles étaient mortes du même kriss, Lambon, la courtisane Toumoun et l'esclave Mouna. Dans la pouri incendiée de Pametyoutan on avait trouvé Biyang, la centenaire, la mère, appuyée contre le mur ; elle s'était tuée de sa propre main.

On avait eu beaucoup de peine à retrouver le vieillard, le père de Pak, car, simple serviteur, il n'avait même pas porté de kaïn blanc. Lui aussi était mort, transpercé par une baïonnette. Pak n'avait pas eu de répit avant qu'il ne l'eût retrouvé et qu'il n'eût l'assurance que son corps était brûlé et que son âme avait été délivrée pour entrer au ciel avec les âmes des nobles. Nombreux étaient ceux qui portaient le deuil du pédanda Ida Bagus Rai, car c'était un homme très saint, et le village de Taman Sari, privé de ses conseils, avait le sentiment d'être devenu orphelin. Mais on murmurait également ceci : que, non loin du pédanda, on avait découvert les corps des impurs, de Raka, de Teragia et de Bengek. Personne ne comprenait comment les lépreux avaient été admis à prendre part au sacrifice de la Fin. Mais tous s'en réjouirent, car ils avaient aimé Raka et vénéré Teragia.

« Les dieux l'ont voulu, dirent les gens de Taman Sari lorsqu'ils connurent la nouvelle. Ils ont transporté Raka et sa femme dans la pouri, pour les purifier et délivrer leurs âmes de la malédiction et de l'ensorcellement qui pesaient sur elles par la faute de leurs ancêtres.

– Et quant à l'enroué, déclara la tante aux autres femmes, d'une voix chuchotante, nous pouvons nous estimer heureux qu'il ait été brûlé, lui aussi. Ainsi du moins son âme ne pourra-t-elle pas hanter le village, en démon invisible et esprit malin, comme il serait arrivé s'il était mort impur. »

Toutes les femmes se postèrent devant les portails lorsque les soldats hollandais repassèrent en direction de Sanour. Elles leurs tendirent des paniers pleins de noix de coco et de fruits, en signe de soumission et de paix. Les soldats burent et mangèrent, tapotèrent les enfants et rirent des seins nus des jeunes filles. Peu à peu la peur se dissipait dans les villages. De toutes les cachettes possibles les paysans surgirent à nouveau, pour s'occuper de leurs animaux et de leurs maisons. Krkek convoqua une assemblée de Soubak, car la distribution de l'eau avait beaucoup souffert et il était temps de reprendre les travaux des champs.

Pak prit ses buffles et s'en fut dans la savah pour se remettre à labourer à l'endroit même où il s'était arrêté le jour du débarquement des Hollandais.

C'était une belle journée, ensoleillée, mais un vent frais soufflait de la mer à travers les champs. Le tyorot appelait et les flamants étaient debout au bord de la savah, cherchant de petites anguilles. Des oiseaux chantaient dans les taillis de bambous, où étaient mortes Rantoung et Klepon. Les femmes se baignaient, folâtraient ou faisaient la lessive au bord du fleuve. Lantchar aidait Pak en dirigeant un deuxième attelage, et Merou était à la lisière, faisant mine de garder les canards. C'était la seconde fois que Pak parcourait la rizière et la terre était déjà molle sous la charrue. La boue couvrait ses jambes jusqu'aux genoux d'une croûte fraîche. La terre faisait floc-floc-floc. Il avait déposé les

offrandes destinées à la déesse du riz Srih, et avait
imploré une bonne récolte. Ses enfants étaient morts et
son père s'en était allé au ciel, mais ses savahs n'avaient
souffert aucun mal. Il n'arrivait que ce que voulaient les
dieux, et ce que les dieux décidaient était juste.

Madé, la seconde de ses filles, vint vers midi lui
apporter son repas, et il la prit entre ses genoux et caressa
sa petite tête. Il lui coupa une mince baguette de bambou,
pour faire la chasse aux libellules. Bientôt viendrait le
temps de confectionner des cerfs-volants pour ses deux
jeunes fils. La charrue entaillait le limon, les sillons
étaient droits et beaux, le soleil brillait et faisait mûrir les
champs à l'ouest, tandis que Pak labourait et ensemençait
les champs de l'est.

Au retour, il confia ses bœufs à Lantchar et s'en fut
encore au temple du riz. Ses assiettes étaient intactes. Le
temple était sain et sauf, malgré les canons, car c'était un
lieu saint, et les dieux aimaient les nouveaux autels et y
séjournaient chaque jour, invisibles. Pak s'agenouilla et
posa ses mains jointes devant son front. Il n'était qu'un
être simple, trop bête pour prier. Il ne remerciait de rien,
ne sollicitait rien; mais il sentait que toutes choses
obéissaient à une loi et que ce qui arrivait était la volonté
des dieux. Il se réjouissait de manger du riz pour son
souper, de porter Siang, Lintang et Tanah; il se réjouissait de caresser ses coqs et de coucher avec ses femmes. Il
se réjouissait de battre le gong lorsque le gamelan jouerait
de nouveau, de discuter avec les autres hommes les
questions importantes du village, et d'étendre de la paille
fraîche sur ses murs, et il se réjouissait de se reposer, et il
était heureux que la guerre eût pris fin. Ses enfants
étaient morts, son père était tombé. Mais son cœur était
plein d'un contentement que l'homme blanc ne connaît
pas.

« Signe », dit le résident Boomsmer au Chinois Kwe Tik
Tyang. Le commerçant de Bandjermasin lut la quittance
que lui tendait le résident.

« Je soussigné reconnais par la présente avoir reçu du
Gouvernement des Indes néerlandaises la somme de 7 500
(sept mille cinq cents) florins à titre d'indemnité pour

mon bateau *Sri Koumala*, qui s'est échoué le 27 mai 1904 sur la côte de Sanour et qui a été pillé et détruit par les habitants de la province de Badoung.

« Bouleleng, le 2 janvier 1907. »

Le Chinois Kwe Tik Tyang trempa son pinceau dans l'encre de Chine que lui tendait le résident adjoint Visser, et il traça avec soin les caractères compliqués de sa signature au bas de la quittance.

TABLE

La fin de la naissance

Les sages ne pleurent

Cet ouvrage a été réalisé par la
SOCIÉTÉ NOUVELLE FIRMIN-DIDOT
Mesnil-sur-l'Estrée
pour le compte des Éditions U.G.E. 10/18
en décembre 1996

Imprimé en France
Dépôt légal : novembre 1985
N° d'édition : 1629 - N° d'impression : 36778
Nouveau tirage : décembre 1996